周勛初文集

門弟子徐興無敬書

周勋初文集

师门问学录

学生 余历雄
教师 周勋初

凤凰出版社

图书在版编目（CIP）数据

师门问学录 / 周勋初著. -- 南京 : 凤凰出版社, 2021.6
（周勋初文集）
ISBN 978-7-5506-3422-0

Ⅰ. ①师… Ⅱ. ①周… Ⅲ. ①中国文学－古典文学研究－唐宋时期 Ⅳ. ①I206.42

中国版本图书馆CIP数据核字(2021)第074836号

书　　名	师门问学录
著　　者	周勋初
责任编辑	郭馨馨
装帧设计	徐　慧
出版发行	凤凰出版社(原江苏古籍出版社) 发行部电话025-83223462
出版社地址	江苏省南京市中央路165号,邮编:210009
出版社网址	http://www.fhcbs.com
照　　排	南京凯建文化发展有限公司
印　　刷	苏州市越洋印刷有限公司 江苏省苏州市吴中区南官渡路20号,邮编:215104
开　　本	880毫米×1230毫米　1/32
印　　张	16.25
字　　数	392千字
版　　次	2021年6月第1版
印　　次	2021年6月第1次印刷
标准书号	ISBN 978-7-5506-3422-0
定　　价	88.00元

(本书凡印装错误可向承印厂调换,电话:0512-68180788)

周勋初简介：

周勋初，上海市南汇县人，1929年生，副博士研究生肄业。

现为南京大学人文社会科学荣誉资深教授，历任南京大学研究生院副院长、古籍所所长、中国古代文学重点学科学术带头人，兼任江苏省文史研究馆馆长。

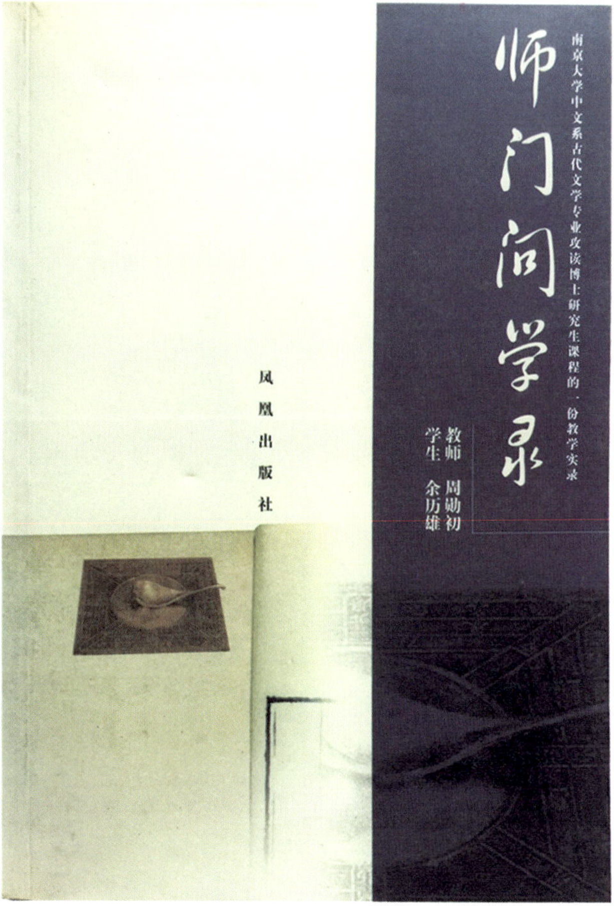

凤凰出版社 2004 年 12 月初版

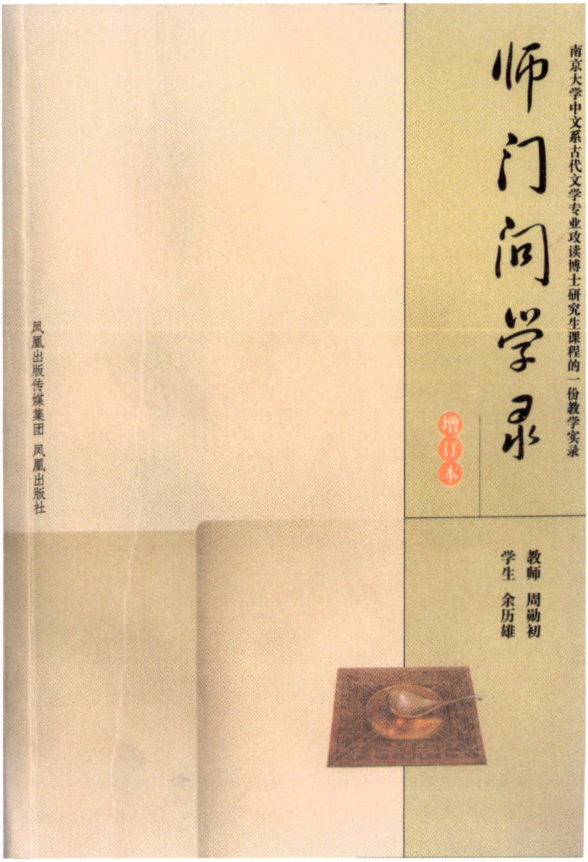

凤凰出版社 2011 年 8 月增订本

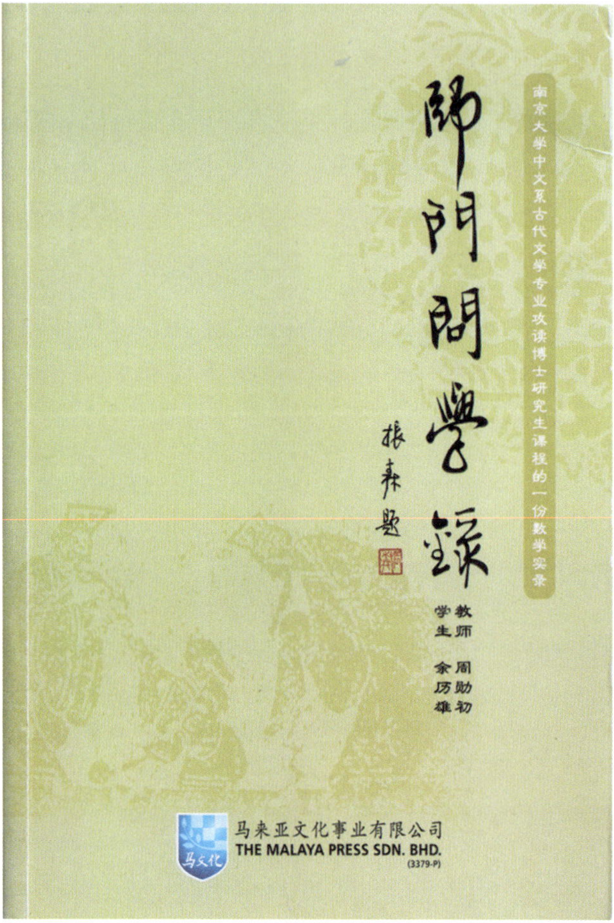

马来亚文化事业有限公司 2011 年出版

师生合影

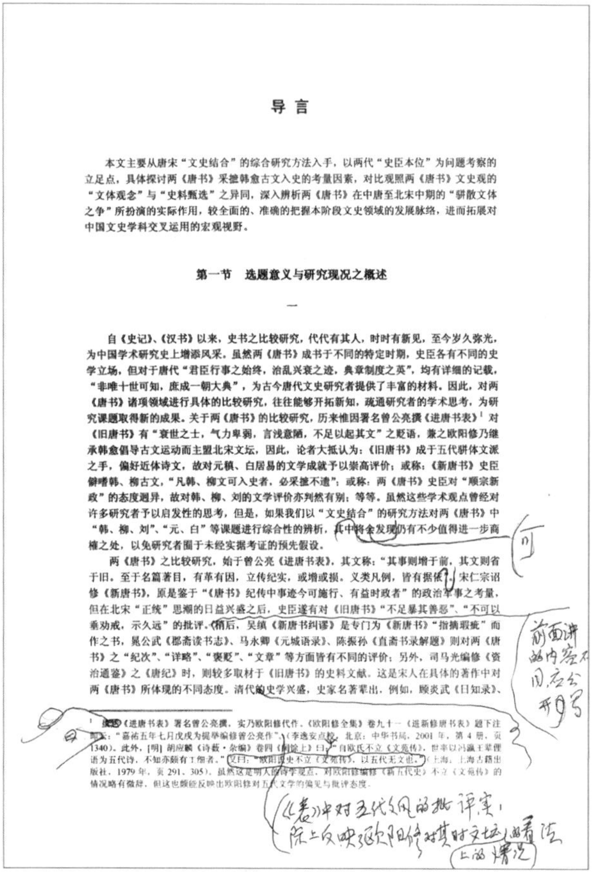

导 言

本文主要从唐宋"文史结合"的综合研究方法入手，以两代"史臣本位"为问题考察的立足点，具体探讨两《唐书》采摭韩愈古文入史的考量因素，对比观照两《唐书》文史观的"文体观念"与"史料甄选"之异同，深入辨析两《唐书》在中唐至北宋中期的"骈散文体之争"所扮演的实际作用，较全面的、准确的把握本阶段文史领域的发展脉络，进而拓展对中国文史学科交叉运用的宏观视野。

第一节　选题意义与研究现况之概述

一

自《史记》、《汉书》以来，史书之比较研究，代代有其人，时时有新见，至今岁久弥光，为中国学术研究史上增添风采。虽然两《唐书》成书于不同的特定时期，史臣各有不同的史学立场，但对于唐代"君臣行事之始终，治乱兴衰之迹，典章制度之英"，均有详细的记载，"非唯十世可知，庶成一朝大典"，为古今唐代文史研究者提供了丰富的材料。因此，对两《唐书》诸项领域进行具体的比较研究，往往能够开拓新知，疏通研究者的学术思考，为研究课题取得新的成果。关于两《唐书》的比较研究，历来惟因署名曾公亮撰《进唐书表》[1] 对《旧唐书》有"衰世之士，气力卑弱，言浅意陋，不足以起其文"之贬语，兼之欧阳修乃继承韩愈倡导古文运动而主盟北宋文坛，因此，论者大抵认为：《旧唐书》成于五代骈体文派之手，偏好近体诗文，故对元稹、白居易的文学成就予以崇高评价；或称：《新唐书》史臣僻嗜韩、柳古文，"凡韩、柳文可入史者，必采摭不遗"；或称：两《唐书》史臣对"顺宗新政"的态度迥异，故对韩、柳、刘的文学评价亦判然有别；等等。虽然这些学术观点曾经对许多研究者予以启发性的思考，但是，如果我们以"文史结合"的研究方法对两《唐书》中"韩、柳、刘"、"元、白"等课题进行综合性的辨析，其中将会发现仍有不少值得进一步商榷之处，以免研究者囿于未经实据考证的预先假设。

两《唐书》之比较研究，始于曾公亮《进唐书表》，其文称："其事则增于前，其文则省于旧。至于名篇著目，有革有因，立传纪实，或增或损。义类凡例，皆有据依"。宋仁宗诏修《新唐书》，原是鉴于"《唐书》纪传中事迹今可施行、有益时政者"的政治军事之考量，但在北宋"正统"思潮的日益兴盛之后，史臣遂有对《旧唐书》"不足暴其善恶"、"不可以垂劝戒，示久远"的批评。稍后，吴缜《新唐书纠谬》是专门为《新唐书》"指摘瑕疵"而作之书，晁公武《郡斋读书志》、马永卿《元城语录》、陈振孙《直斋书录解题》则对两《唐书》之"纪次"、"详略"、"褒贬"、"文章"等方面皆有不同的评价；另外，司马光编修《资治通鉴》之《唐纪》时，则较多取材于《旧唐书》的史料文献。这是宋人在具体的著作中对两《唐书》所体现的不同态度。清代的史学兴盛，史家名著辈出，例如，顾炎武《日知录》、

[1] 按语：《进唐书表》署名曾公亮撰，实乃欧阳修代作。《欧阳修全集》卷九十一《进新修唐书表》题下注即云："嘉祐五年七月戊戌为提举编修曾公亮作"。（李逸安点校，北京：中华书局，2001 年，第 4 册，页 1340）。此外，[明] 胡应麟《诗薮·杂编》卷四《闰馀上》曰："自欧氏不立《文苑传》，世率以冯瀛王辈俚语为五代诗，不知亦颇有工细者。"又曰："欧阳叙史不立《文苑传》，以五代无文也。"（上海：上海古籍出版社，1979 年，页 291、305）。虽然这是明人的诗学观点，对欧阳修编修《新五代史》不立《文苑传》的情况略有微辞，但这也颇能反映出欧阳修对五代文学的偏见与批评态度。

导师批改学位论文手迹

序

周勋初

《孟子·尽心上》记载了孟子的三乐之说，说是“父母俱存，兄弟无故，一乐也；仰不愧于天，俯不怍于人，二乐也；得天下英才而教育之，三乐也”。这最后的一乐，是做教师的特有之乐。中国的文化就是这么一代代通过英才教育而传承下来的。尊师爱徒，也就成了教育领域中的自然追求。

但在视孔孟之道为封建糟粕的“革命”年代，“得天下英才而教育之”却又会引出意想不到的麻烦。尤其像我这样一种出身不好的教师，更得时刻小心。尽管我经常反躬自省，觉得教书还是认真的，没有做过什么亏心事，因此享有孟子说的“二乐”该是没有什么问题的，但我家上几代都是地主，兄弟姐妹和我一样都是与家庭割不断感情联系的孝子贤孙，因此孟子说的“一乐”反而成了我们的第一包袱。不管我怎样努力工作，第一包袱仍然牵制你前进，无法走到革命的大道上。

步入20世纪60年代，政治空气越来越紧张，“千万不要忘记阶级斗争”，“资产阶级知识分子统治我们学校的现状再也不能继续下去了”，雷声隆隆，预示着一场暴风雨即将到来。这时首当其冲的，自然是比我们年长一辈的教师，但像我这样政治上的弱者，也已成了一些先进分子的碍眼之物。

那时我教五年级的中国文学批评史课，开学后一两个月，照例要开一次座谈会，听取同学的意见。其中就有一位年纪很大的调干生，上纲上线，对我大肆挞伐。我很怀疑他到底有没有能力听懂这门课，但他的政治水平显然很高。我明白，无论我作出多大的努力，要想达到这种学生的要求，永无希望。

1964年到1965年，全国高校师生全部下乡补上阶级斗争的主课，参加四清运动。春节前后放了十多天假，我和一位同学一起回南京过年。回家过年总要给家里带些东西吧，但海安县很穷，没有什么东西可买，只有一种白酒，里面融化了猪油，叫作香雪酒，算是当地的土特产，我就买了两瓶回家。那位同学也买了两瓶回去。事后却有人告诉我，说是那位同学本来是不想买的，我劝他买，他也就买了。原来那位学生的成分特别好，政治上很先进，在那革命热情高涨的年代里，买酒似乎意在追求享乐，也是资产阶级的表现，这时也就不管我有没有劝他买酒，由我这样一位政治上特弱的教师劝着才买，倒也合乎情理。我真没有想到，孟子的“一乐”竟会给我带来这么多的风险。因为政治上弱，什么脏水都可以往你头上泼。处在这样的气氛下，要想建立什么正常的师生关系，对于我这样的一名教师来说，太艰难了。

进步与落后，从辩证法来说，本是对立统一的一对概念。没有落后，也就没有进步。因此，没有我这样一位落后分子垫底，也就无法衬托出先进分子的优秀。我很无奈，落后本是娘胎里带来的病，无法摆脱。我想起了《诗经·豳风·鸱鸮》中那只可怜的小鸟：“予羽谯谯，予尾翛翛，予室翘翘，风雨所漂摇，予维音哓哓！”一切只能听人摆布。

我很感慨，一辈子教书，犹如拦腰分成了两截。“文革”之前也教过不少学生，但没有什么贴心的；本来提出“贴心”二字就应该批倒批臭，你想与无产阶级争夺下一代么？

幸运的是，“革命”的年代终于过去，“文化大革命”之后，迎来了改革开放的春天。孟子的“三乐”终于光临寒舍。我妻子祁杰也是当教师的，以前受我连累，一直处境尴尬，如今合家欢欣，过上了太平日子。自80年代起，“得天下英才而教育之”的快乐，全部得到了实现。我先后教过的本科生、硕士生、博士生数量很大，成才者多，这是我们当教师的最感满足的地方。清规戒律撤防了，师生之间的无形障碍也就消除了。教师认真地教，学生认真地学，师生关系融洽，从中看到了个人与国家的希望。

人到中年，各种任务丛集而至，但我很清楚，自己本是一名教师，教书育人，是我的本分，也是我的第一任务，因此不管处在什么情况下，总要尽力完成教学任务。教师作出的努力，总能在学生处得到回报。留在身边的一些学生，朝夕相处，容易增进感情，就是在外地任职的学生，也一直保持着深厚的情谊。每当我讲学或开会在外，总有一些学生随侍在旁，交流情况，无所不谈，宛如家人。有一次我去广州某大学讲演，刚巧有一位在出版社任职的学生前去组稿，该校教师无意中提起明日南京大学的周老师要来讲演，那位学生马上自我介绍，并说已经很多年没有见到老师了，他要抓紧机会在此见面。为此他立即与航空公司的售票处联系，要求推迟航班，此事虽因机票不能改签而作罢，但当学校里的老师告知此事时，我还是很感动。师生的情谊，属于人类感情中最纯真的部分，自应百般珍惜。

所谓教育“天下英才”，如今也成了现实。这一二十年中，还教过许多日本、韩国和中国港、台地区的学生。大家也一直保持着深厚的情谊。90年代，有几次随团赴台湾开会，路过香港，一些在该地任教的学生就来看我，到了台湾后，一些教过的学生也驾车来看我。这些都曾引起同行者的羡慕，我也感到了教师这一职业之可贵。中国尊师重道的精神不坠，传统的道德规范终有复兴的一天。

我很高兴，在我教学生涯行将结束时，还收了余历雄为最后一名博士生。他谦恭有礼，勤奋向学，虽为马来西亚籍的学生，其业务水平却丝毫不逊于本国的学生，这是他以百倍的努力取得的成绩。一个暑天，他竟因疲劳过度而昏厥，我知道后很心疼。

在他毕业前后，我又感受了两次惊喜。

他突然交来了六个学期的听课记录。我教学生一直保持定期讨论问题的做法，每隔两周，讨论一次。一般先由学生提出问题，展开讨论，有时也由我主讲，形式不拘。我万没有想到，余历雄把我讲的内容都记下来了。有的问题，我记不清，说不准，就指点他向哪些方面去查找，他就原原本本整理出了完整的记录。这是很花功夫的事，可见他的用功。我这才看出他的记忆力很惊人。他把这些记录稿也送给了莫砺锋与曹虹两位老师，他们读后也感到惊讶。为此我们交换了一些看法，觉得这种教学方式和教学内容有它值得参考的地方，这就增加了我的信心，决心指导他继续加工，将这份《师门问学录》公开问世。

学生相处三年，就要分别了，不免感到惆怅。本国的学生分开之后，还可通过多种方式经常联系，再次见面的机会也多。国外的学生，再次见面无疑要困难得多。余历雄要回国了，我和祁杰商量，约陶芸先生、莫砺锋、陶友红、曹虹、张伯伟和两家的孩子莫杞、张博一起聚餐。上下数代，其乐融融，既为他饯行，又是最后一次联欢。宴会散后，我要到对面的金鹰国际购物中心去买东西，余历雄一起前去，我就问他要不要买些中国的东西带回国，他说不想买什么东西，并表示对南京的土特产很陌生，我就追问他，始知他在南京前后六年，竟然没有到过新街口的大商场一次。新街口是南京最繁华的地区，商店林立，行人如鲫，观光客也蜂拥而至。南京大学距新街口不远，不到半个小时的路程，我在当学生时就常用晚饭之后的休息时间去购物。我想在南京大学的学生中没有到过新街口大商场的，真可以说是绝无仅有。由此也可见他的用功。真是心无旁骛，一心向学。

余历雄整理出了一份南京大学中文系培养古代文学博士生的教学记录，这种教学方式的得失，还应听取外界的评议。他来这里读书，志趣很高，硕士生阶段，希望在哲学方面打好基础；这次前来攻读博士学位，希望在史学方面打好基础。他思路开阔，提的问题涉及面很广，我虽随方解答，但仍觉得难以满足他的要求，特别是一些即时性的问题，我还没有看过他提到的文章或读过的书，要想正确地解答，无疑是困难的。仓促上阵，难免不发生错误。限于时间，限于条件，限于个人的水平，这份记录中的瑕疵必然很多，谨请各方人士不吝指正。

2004 年 8 月于南京大学

目 录

附录

增订本附录

师门问学录(一)

(2001年2月25日至2001年7月1日)

周勋初　讲述

余历雄　笔录整理

WXL 01:2001年2月25日(星期日)

勋初师曰:最近我比较忙碌,常要到外面参加重要会议,新学期已开始了三四周,直到今天才有时间与你见面。请你代我问候林水檺先生,谢谢他的关心。

余历雄曰:1998年自南京大学硕士毕业回国后,即在某高校中文系任教,主要讲授中国文学史、中国历代文选、论文写作指导等课程。在教学期间,日益感到自己对唐代以后的文史知识较为薄弱,便萌发了继续修读博士学位的计划,希望能够藉此提升自己的学术专业水平,胜任日后的教学任务。洪天赐院长与林水檺老师对我的读博计划都予以积极的支持。

勋初师曰:你在硕士毕业回国后,就能立刻找到适合自己专业的工作,看来目前马来西亚的就业情况不错。我以前教出来的一些韩国博士生、日本高级进修生,在南京大学完成学业回国后,有的到现在还未找到固定的工作,或担任不属于所学专业的工作,感到很气馁。在韩国与日本,受过中国古代文学专业训练的研究人员相当多,但大学里的教师名额太少,资深的教师尚未退休,年轻的学者上不去,就业的情况较艰难。中国香港与台湾地区大学的情况也是如此。马来西亚的高校可能比较缺乏中国古代文学专业的研究人员,你将来博士毕业回国后，应该会有较好的机会发挥自己的长处（编者按：余历雄，时任马来西亚拉曼大学中文系助理教授）。

余历雄曰：我因工作单位的教学事务至去年年末才结束，故未能在9月入学，至今年春季始能报到。据悉，南京大学中文系已取消原有的博士生春季入学计划。这一次留学得到中国国家留学基金管理委员会（China Scholarship Council）提供全额奖学金，南京大学海外教育学院谢乃康先生给予我很大的帮助。

勋初师曰：我年纪已大，原本不想再招收博士生了。因为你的情况比较特殊，我们系里作了特别安排。你在1996年春季到南京大学中文系读硕士班，是林水檺先生推荐的，要求我担任你的指导教师。当时我已不再指导硕士生，就改由曹虹老师指导，后来你也顺利地取得了硕士学位。这次你来读博士班，要求我和莫砺锋老师担任指导教师。我向系里反映了你的情况。我目前手下没有研究生，那就由我来指导你吧。系里的老师也同意了。以后每隔一周你都到我家里来，谈谈你的阅读心得，商讨学习过程中遇到的难题。如果平时有其他的疑问，你也可以随时提出，或者向系里别的老师请教。

我们南大研究生院与中文系办公室都有专门的老师负责学籍管理的事务，你不妨前去询问关于“春季入学”的详情，以确定你的学籍身份。目前你与“秋季入学”的同学一起上课，大概也不会有太大的问题。你能够享有中国的全额奖学金待遇，我也感到高兴，这样就能减轻经济负担，使你能够专心地学习及完成博士学业。如果其他同学也能享有同样的待遇，那是否意味着日后将会有更多的马来西亚同学前来修读硕士班或博士班呢？

余历雄曰：根据申报入学时的博士论文计划，我打算作“北宋三苏政论文研究”，以加强对宋代文史领域的认识。不知这一选题是否合适？

勋初师曰：你的博士论文打算研究宋代文学，关于“三苏政论文研究”这一题目可放后一些考虑。现在作为起步阶段，你不妨先广泛阅读唐宋文人的别集，例如唐宋八大家的“论”体文字。宋人尤好发议论，不止“三苏”而已。宋人的文章与政论、史论的关系都非常密切，应该多加注意。我们系里唐宋文学研究的队伍比较强大，有卞孝萱、莫砺锋、张宏生、曹虹、张伯伟、巩本栋、程章灿、严杰等，都有这方面的专著或文章。莫砺锋老师在唐宋文学研究方面的成果很突出，例如《江西诗派研究》（济南：齐鲁书社，1986 年）、《杜甫评传》（南京：南京大学出版社，1993 年）、《朱熹文学研究》（南京：南京大学出版社，2000 年）等，在学界都得到很高的评价。张宏生老师的《江湖诗派研究》（北京：中华书局，1995 年）、《感情的多元选择》（北京：现代出版社，1990 年），巩本栋老师的《辛弃疾评传》（南京：南京大学出版社，1998 年），严杰老师的《欧阳修年谱》（南京：南京出版社，1993 年），程章灿老师的《刘克庄年谱》（贵阳：贵州人民出版社，1993 年）等，也获得学界的好评。张伯伟老师的《禅与诗学》（杭州：浙江人民出版社，1992 年）和《全唐五代诗格校考》（西安：陕西人民教育出版社，1996 年初版；《全唐五代诗格汇考》，南京：江苏古籍出版社，2002 年修订本）中都有很多涉及唐宋文学的文字。过去我们关注之点比较集中在唐宋两代，现在已经延伸到上下各个朝代，例如郭维森、许结两位老师合著的《中国辞赋发展史》（南京：江苏教育出版社，1996 年），在大陆赋学界享有很高的地位；曹虹老师的《阳湖文派研究》（北京：中华书局，1995 年），可称近年来清代文学流派研究的佳作。其他大学从事宋代文学研究的学者，例如复旦大学王水照教授、四川大学曾枣庄教授、北京大学周先慎教授等，我都认识，如果有需要的话，我也可以推荐你到他们那边进修学习。

你在南京大学的学习环境应该会比在马来西亚的情况要好。我希望你在三年的时间内能够勤奋学习，所发表的学术论文和博士论文，都能够达到或者超过这里研究生的水平。在你毕业回国后，还能继续进行自己的专业研究，将来回来参加学术研讨会，所提交的论文也能够达到国内、国际学者的研究水平。

WXL 02：2001 年 3 月 11 日（星期日）

余历雄曰：目前南大中文系博士生的选课规定与以前的情况有些变化，"跨系选课"的规定与其他系科的情况也有不同。

勋初师曰：近些年来，中国高校培养研究生的方案一直在调整，变化较大。以前，我们的博士生是不需上专业课的，或只需选修几门专业课，主要是培养博士生独立的研究能力。南大研究生院现在有了新的规定，除公共课、专业课外，博士生还得学一门第二外语，在核心刊物发表三篇学术论文。留学生则只需发表一篇论文。你可到系办公室询问详细的情况。你这个学期选修的三门专业课："中国文学史背景研究""唐宋文学专题""明清文学专题研究"，课业方面可能较为吃重。不过，你也应该多挤出一些时间阅读唐宋文献和一些相关论著。如果能够真正学好这三门课，那也不错了。我们的博士生一般是在第一学年内完成选课的要求，然后在第二学年集中精力构思论文选题的计划。

余历雄曰：打算从目前"唐宋文学专题"或其他选课的作业中，开始撰写博士论文计划中的部分章节。

勋初师曰：目前，中国古代文学研究的情况是：(1) 唐以前的研究课题仍有不少，但在研究者的知识结构上要求很高，因为先秦两汉、魏晋南北朝时期各种学术问题尚融而未分，现存的文献材料又很有限，研究者如缺乏综合的研究能力，也就难以取得显著的成绩。(2) 唐以后的研究课题也有很多，现存的文献材料非常丰富，挑一个题目撰写一篇博士论文大概不成问题，但是三年的学习时间太短，选择有关宋代的博士论文，怕难以全面地掌握材料，尤其“三苏”这样思想较为复杂多样的人物，恐怕很难得出超越前人的结论。(3) 现存唐代的文献材料也很丰富，可供研究的课题也很多，如果勤奋学习的话，一般在三年内可以通读大部分的材料。在这样的基础上再来考虑论文计划，那就比较稳当而扎实了。作为博士阶段的研究，选题必须得当，要能够发挥自己的优势，要能够完成本阶段的学习目标，还要有长远的研究计划，才能在博士毕业后继续相关的研究。如果完成博士论文以后，在学术上便东顾西盼或停滞不前，这样的训练也就是没有意义的。

我们现在研究宋代文学，首先面对的问题是：材料太多，好些还没有经过整理。你原本的论文计划是“北宋三苏政论文研究”，这还得再仔细考虑一下，因为你在国外能够接触到的古代文献较少，阅读过的宋代材料恐怕也不多，例如《东都事略》、《续资治通鉴长编》、《宋史》、宋代文人的诗文别集、笔记小说等，这些都是无可回避的材料，至少需要通读一遍。研究政论文，还要阅读《宋朝诸臣奏议》、《历代名臣奏议》中的宋代部分和《宋名臣言行录》等，这些都是大部头的书，得花很长时间才能读好。我们系里的巩本栋老师，他的博士论文题目是《宋代党争与文学》，他确是踏踏实实地通读了这些材料，但对你来说，怕有困难。打好文献基础对研究者来说是非常重要的。在北宋“三苏”中，苏轼的思想最为复杂多样，不容易掌握。目前学界对“三苏”的研究成果较多，有人专作“苏轼研究”，四川大学古籍所对《三苏全书》的整理工作也已基本完成。(历雄注曰：此书由曾枣庄、舒大刚主编，北京：语文出版社，2001 年)相对来说，中国学界对北宋散文的研究成果较多，对南宋散文的关注较少，只有一些零零星星的论著。

你在硕士生阶段做的是魏晋玄学方面的研究，在哲学方面已经打下了一些基础。唐代史学很盛，你如作唐代方面的博士论文，可在史学方面积累知识。如果你在哲学、史学等方面都有很好的基础，那对日后的发展，必将发生很好的作用。用三年时间作唐代方面的博士论文，全面掌握这方面的文献，接触各个领域中的问题，接受严格的训练，也就可以为日后的发展奠定基础。作唐代文史的博士论文，一定会大量接触宋代材料，日后如作宋代文史研究，乃至明清文史的研究，也就可以顺流而下，不会碰到什么困难了。

余历雄曰：中文系在本科阶段，一般都很重视唐宋古文和明清散文。但在中国文学史的教材中，仍按朝代分别论述，未能贯通从"唐文"到"清文"的文史脉络。我希望能够通过对"三苏文"的研究发展到日后的清代散文研究。

勋初师曰：你是从"文"体的角度来思考，想要较全面地掌握从唐宋古文到明清散文的发展，尤其是清代桐城派，以便在日后讲授中国文学史时，能够有一个贯通前后的文史脉络。这个愿望当然很好，但它已经属于另一个专题了。你必须先考虑建立自己的专业研究，再拓展到古代文学的其他方面。如果你能将教学与研究相结合的话，那当然是很好的。你在马来西亚高校讲课，使用的教材是中国北京高等教育出版社版《中国文学史》(袁行霈主编，四卷本，1999 年)，那是中国高校文科的新教材，它的学术容量较大，一般的中国本科生也不容易掌握，教学时必须好好地斟酌取舍。桐城派是清代文学史上一个非常重要的流派，但就在清代，一些学者对桐城派的理论和创作就很有意见。清代的桐城派和"选学派"，到了民国初年仍然有相当的影响。中国文学史的讲课，清代散文一般讲得不多，主要是讲明清小说，好与现代文学贯通，也容易吸引学生的阅读兴趣。当学生对文学史产生兴趣之后，他们可以按照自己的兴趣选择阅读，再尝试进行深入的专题研究。

余历雄曰：一般认为，南朝玄学不如魏晋玄学。但是，南朝文学受玄学思潮的影响似乎比魏晋文学更为明显。

勋初师曰:关于哲学思潮的研究,一般都较注重魏晋玄学,南朝玄学对文学发展仍有一定影响,但情况与魏晋时期不太一样。玄学主要是一种"调和"的思想哲学,你在硕士阶段研究魏晋玄学与文学,对这点应该深有体会。自汉代后,中国向以儒家思想为主体,社会变化之后,知识界就要想法吸收其他思想补儒家之不足。南朝思想领域中的冲突是很尖锐的。例如,"沙门不敬王者论"体现了东晋南朝的王室和僧人之间文化思想上的冲突。印度古时很早就形成了种姓制度,位居其首的是婆罗门,即僧侣;其次为刹帝利,即世俗统治者,这种情况与中国截然不同。中国的王者高高在上,任何人都必须"敬"王者,"不敬"王者是要受惩罚的。翻开《弘明集》与唐释彦悰《集沙门不应拜俗等事》看,这种文化冲突与思想论战的文章很多,事件的发生也不止一朝,最突出的是桓玄与王谧、慧远等人的论争。梁武帝好佛乃至佞佛,在《沈约集》中有好几篇反映这类思想的文章。有的学者将"南朝玄学"解释为:"新"名教与自然的关系。其中或有一些课题仍可继续探讨。

玄学思潮对南朝文学的影响主要体现在文学批评方面。例如,刘勰《文心雕龙》是以一种高度的抽象思维建构一个"体大思精"的文学理论体系,是魏晋以来玄学思潮与文学发展的总结。有人认为,刘勰的文学理论是受佛家思想的影响,这个观点还需要作进一步的论证。西晋陆机《文赋》的撰著也是受到玄学思潮的影响,那是陆机入洛以后的事。有的学者仍然认为《文赋》是陆机在吴地时所作。如果我们结合当时江南的社会思潮来看,这种说法是经不起推敲的。唐长孺在《读〈抱朴子〉推论南北学风的异同》一文中论叙甚明,可参考(载《魏晋南北朝史论丛》,北京:生活·读书·新知三联书店,1955年)。总的来说,在魏晋南北朝时期,尤其南朝,文学批评的著述非常丰富,这些都与玄学思潮的发展密切相关,新的思想巧遇这种时代,正好扮演着促进的作用。

WXL 03:2001 年 3 月 25 日(星期日)

余历雄曰:日前读章学诚《文史通义》,其《诗教》篇曰:“至战国而文章之变尽,至战国而著述之事专,至战国而后世之文体备。故论文于战国,而升降盛衰之故可知也。”“后世之文,其体皆备于战国”,“其源多出于《诗》教”。“知文体备于战国,而始可与论后世之文。”章学诚《文史通义》是否具有“文学‘战国中心’意识”?

勋初师曰:章学诚《文史通义》的最重要命题是“六经皆史”。这也是清代学术史上的一个重要命题。“六经皆史”之说,由来已久,这个命题反映出章学诚对中国传统学术变迁的认识,同时也关涉不同时期的学者对“六经”的新诠释。历来许多研究者对此都有深入的探讨。章学诚“六经皆史”说是为了恢复知识分子“经世致用”的儒家传统。清代学者因高压政治的限制,大都在义理上未能取得成绩,因而提出了“以史学取代经学”的命题,希望能在借鉴历史的前提下干预时政。“六经皆史”说名义上仍是“尊经”,实际上“经”的地位已降至与“史”同列了。这也是时代变迁的结果。时至清代中叶,儒家正统地位已在下降。有人说是“史”的地位提高了,这个说法恐怕还要再推敲。

章学诚(1738—1801)是浙江会稽人。《文史通义》中有一篇《浙东学术》,具体地论述了历来浙东地区“经世致用”的学术传统。其实,“推尊乡贤”已经成为中国知识分子的一种传统,其中当然也有援引乡贤以“自重”的意思。由于时代的不同、政治形势的变化及其他因素,章学诚的“史学经世致用”说与浙东前辈学者之经世精神,已有很大的不同。章学诚的学说对浙江地区的后起学者,例如龚自珍、章太炎等,都产生了很大的影响。同样是时代与政治的变迁，章学诚与章太炎因政治立场的不同，后者对前者的“六经皆史”说有相当尖锐的批评。1995年10月，我应邀到韩国参加成均馆大学举办的“东洋学国际学术会议”，会上也讨论到了“六经皆史”的问题。我提交的论文《清儒“六经皆史”说辨析》（收入《周勋初文集》第七册，南京：江苏古籍出版社，2000年）也谈到章学诚与章太炎对“六经皆史”说的不同诠释。如果你有兴趣的话，不妨看一看。

你引用的《诗教》篇这段文字是大家所熟悉的。你是从中国文学史的角度思考，提出《文史通义》中的“文学‘战国中心’意识”，很有意思，但仍需要严密地斟酌辨析，才能将问题说清楚，梳理出一个完整的观点。章学诚的这个说法有他自己的道理，可以作为我们对中国文学史研究的一种启发，但不能当作一个“结论”。如果仔细推敲，章学诚的说法也有不通之处。他的例证是：“今即《文选》诸体，以征战国之赅备。”然后他从汉魏六朝各种文体的作品中，分别举出一些文章的特点，以证明在战国时期的著作中已有这样的特征。从目前的学术研究来看，要做这样的“论证”并不会有太大的困难，但也不会带来具体的“结论”。其实，章学诚的目的不在“文体论证”，而是探讨中国学术史上经、史、子、集变迁的“势”。章学诚从文史校雠之学而深入史学领域，目的是“辨章学术，考镜源流”。他在追溯文章、著述与文体源流的演变之际，同时也辨析“战国著述”与“后世之文”的继承关系，见解颇有独到之处。

章学诚的见解固然精辟，但我们只能将它作为一种“启发”，而不能当作一个“结论”。（历雄插语：高教版《中国文学史》第一编《先秦文学》绪论，即将章学诚的“见解”作为先秦文学的“结论”。见第一卷第34页。）我想这是属于编撰者的“处理方法”问题了。但这并不是一种好的处理方法。章学诚的这一段话给后人提供了一种视角，富有启发意义，但并不赅备。张宏生老师讲授“明清文学专题研究”的课，以《文史通义》作为讨论的重点，这也是很有意义的。你不妨藉此将《文史通义》通读一遍，增广中国学术史方面的知识。

余历雄曰：《诗教》篇论及赋体文学与纵横家关系，其观点与《汉书·艺文志》的传统说法也不相同。

勋初师曰：章学诚《文史通义·诗教》篇论及赋体文学与纵横家的关系时，他是这样说的："京都诸赋，苏、张纵横六国，侈陈形势之遗也。"但他同样没有把话说清楚。"赋出于纵横家之言"的说法，对后世影响很大。实际上的情况是不是这样？这还需要进一步的论证。这里我给你分析春秋、战国时期外交人员的不同。班固《汉书·艺文志》说："纵横家者流，盖出于行人之官。"我们知道，先秦纵横家是一个流品很杂的学派，我在《韩非子札记·韩非对纵横家的批判》中也有所辨析。可补充的是：春秋时期的行人之官主要是能够"诵《诗》三百，使于四方"，"权事制宜，受命而不受辞"的外交官，人品素质较高；这些人大都是诸侯的同一族人，故站在本国的立场，不大会做出危害本国的事。战国时期的纵横家往往出身下层，与服事的诸侯无血缘关系，彼此只是出于利益上的结合，故而这些人每从中谋取私利，不讲信用。《汉书·艺文志》上说战国时期的纵横家常是"邪人为之"，"上诈谖而弃其信"，人品素质很差。因此，春秋、战国时期的"行人之官"与纵横家是有明显区别的。后人未能对春秋、战国时期外交人员之不同作出分析。北齐刘昼撰《刘子》，在《九流章》中说："纵横者，阚子、庞援、苏秦、张仪之类也。其术本于行人。译二国之情，弭战争之患；受命不受辞，因事而制权；安危扶倾，转祸就福。然而薄者则苟尚华诈，而弃忠信也。"就因分不清前后二者之间不同，从而有此混淆不清的说法。

章学诚也是把行人之官和纵横家综合起来一起讨论的。他以为后者的言辞只是变本而加厉，实则二者之间的异同仍有很多地方可以分析。

WXL 04:2001 年 4 月 8 日(星期日)

余历雄曰:近来阅读您的《西学东渐和中国古代文学研究》(收入《周勋初文集》第六册,2000 年)一文,发觉“中国文学史”已经从“课堂讲授”发展到一门“现代学问”。

勋初师曰:《西学东渐和中国古代文学研究》这一组论文是我在美国作学术访问期间撰写的,原题为《中国古代文学研究现代化进程的思考》。我原是应一家出版社的约稿而撰写的,在美国写好初稿,1999年时改写,重新修订章节,写成这一组论文。当时写得匆匆忙忙,许多材料不在身边,后来又没有时间大幅度地改写,因而这一篇还不能算是我满意的论文。编《文集》时,要不要编进去,很伤脑筋。这个题目,我有信心写好,也积累了一些材料和知识,但算来得花上五年的时间才能如愿,而我又抽不出这么多的时间。这时觉得我在稿子上毕竟花过一番心思,或许也有可供他人参考的地方,因而还是舍不得丢掉,最后还是编了进去。随后我又写了《文学“一代有一代之所胜”说的重要历史意义》一文,发表在《文学遗产》2000 年第 1 期上,算是实现了部分心愿。

《文学遗产》编辑部计划组织编写一组“全国古代文学学科博士点介绍”专栏的系列文章,系统介绍全国各大学和科研机构中的中国古代文学学科博士点,使读者们对这些博士点的历史和现状有深入的认识。首先在《文学遗产》1999 年第 1 期上介绍的是北京大学,接着是北京师范大学、复旦大学等。我原本委托张伯伟老师撰写,张老师因教学任务很重,还负责主编《中国诗学》、域外诗学及其他工作,太忙了,没时间写,事情就耽搁下来了。后来,编辑部为庆祝 21 世纪的到来,又邀请我在 2000 年第 1 期上写一篇文章。我就以胡小石先生早期讲授中国文学史的情况为中心，写了上述文章，连同我们系的《中国古代文学博士点简介》，一起发表在《文学遗产》2000 年第 1 期上。这是“新世纪”的第一期刊物，同时还刊有程千帆、姚雪垠、钱仲联、启功等老一辈学者的文章，编辑部非常重视这期刊物，有人说这可以称为“金版”。我们系的《博士点简介》刊在这一期，也有“走向学科新纪元”的意思。对此我也感到高兴。

我在《西学东渐和中国古代文学研究》一文中提到，包括文学观念在内的西方学术，是通过以日本为中介而影响到中国各种类型的学者。当时章太炎、刘师培、王国维等人的学术渊源不相同，他们对中国古代文学研究的影响，则是呈现多元发展的态势。民国初年，在学界产生较大影响的，是桐城派与“选学派”之间的纷争。由于两派人员曾先后或同时在京师大学堂及其后身的北京大学任教，他们都将讲课的内容编印成讲义，以阐述自己的文学观念。例如，刘师培《中国中古文学史讲义》、黄侃《文心雕龙札记》、姚永朴《文学研究法》等，直到现在仍有一定的学术价值。

“中国文学史”是当时京师大学堂文学科的一门新课。林传甲(1877—1921)于光绪三十年出版的《中国文学史》(武林谋新社，1904 年印。林字归云)，即是他任教时规仿日人笹川种郎(1870—1949)《支那历朝文学史》(明治三十一年，1898 年；后有上海中西书局 1903 年中译本)而编成的讲义。也有人说，苏州东吴大学黄人(1866—1913)于 1907 年前后刊行的《中国文学史》(今有国学扶轮社铅印线装本，无出版年月)才是中国学者撰著的第一部中国文学史。(历雄注曰：一说是窦警凡《历朝文学史》，于光绪二十三年〔1897〕脱稿，光绪三十二年间〔1906〕铅印出版。)日人古城贞吉于 1897 年出版的《支那文学史》(后有开智公司 1913 年中译本)可能是日本第一部相关的著作。朱希祖(1879—1944)也曾在北京大学讲授中国文学史，他于 1916 年出版《中国文学史要略》(北京大学出版部)。谢无量(1884—1964)《中国大文学史》(上海:中华书局)于 1918 年出版。从今人的学术眼光来看,这些早期的文学史著作,内容庞杂而缺乏体系,几乎兼容"国学"中的大部分内容。

余历雄曰:现在有些学者提出了"中国文学史学"的新概念。

勋初师曰:前些年,中国学界流行撰写一些各领域的"世纪回顾与展望"的文章。《文学遗产》也发表过好几篇关于回顾中国文学史的论文。他们讨论的课题主要有:第一部《中国文学史》是谁写的? 哪一年写成? 各个年代有哪些文学史著作? 国外的中国文学史著作对国内相关著作的影响,关于"重写《中国文学史》"的倡议,《中国文学史》写作方式的探讨,等等。有人将文学史著作一本一本地胪列出来介绍,也有人提出所谓"中国文学史学"的概念。我认为,这样的讨论对于学科建设有其价值,但还不够。我们还需要探讨的东西很多,例如有的文学史著作虽然出现很早,或部头很大,但没有什么影响。有的著作虽发表得迟,但该书作者可能早在大学里讲授;有的著作虽发表得早,但却是在老师的影响下才从事研究的。我们要研究的是:哪一种文学史观念一脉相承地贯彻下来,经得起时代的考验,一直影响到后来的文史研究者。基于这种考虑,我撰写了《文学"一代有一代之所胜"说的重要历史意义》一文,郑重介绍胡小石老师的讲学情况。

胡小石先生(1888—1962)早年在两江师范学堂学农博专业,信从达尔文的进化论,又承其家学,接受扬州学派的影响,首先在中国文学史的讲授中引入"一代有一代之所胜"的学说,具有重大的历史意义和理论价值。胡先生终身在高校任教,一直开设中国文学史课,他的学生之中也有不少人以讲授中国文学史为专业,例如,冯沅君、苏雪林、胡云翼、刘大杰等人,其间薪火相传,在中国文学史这一学科的建设中,有着突出的贡献。这一问题在我脑海中酝酿已久,但不愿写出。

目下学界有这么一种风气，学生一味吹捧老师，不管是不是符合实际。因为“名师出高徒”，目的还在抬高自己。胡先生是我本师，因此我一直想避免被人误解。后来我与程千帆先生谈论此事，他鼓励我及早写出来。他说如果不讲这一情况，后人也就不清楚了，后来我的学生也对我说，读了这篇文章才了解这段历史。至此我才感到这一工作确是该做。“发潜德之幽光”，也算是为发扬师门学术作出了一点小小的贡献。（历雄插语：王水照主编的《宋代文学通论》一书中，对“一代有一代之所胜”的“胜”有数种诠释。开封：河南大学出版社，1997 年。）其实，汉字一词多义，这是可以接受的。王水照先生将这些诠释放到宋代文学中考察，主要是替“宋词”寻找定位。无论是对中国文学史、宋代文学或宋词进行学术考察，这种“一代有一代之所胜”的命题都深具历史感。但这只是揭示了中国文学发展中的一些现象，还有很多重要的课题需要探讨。这就是我在文章中提出“留给后人的思考”之用意。

WXL 05：2001 年 4 月 29 日（星期日）

余历雄曰：日前阅读郭英德《论古典文学研究的“私人化”倾向》（载《文学评论》2000 年第 4 期。又及：陈洪、孙勇进《学术：公私之间的天空》，载《文学评论》2001 年第 3 期）及一些学术论争的文章，觉得有些问题还可再商讨。

勋初师曰：关于古典文学研究“私人化”的问题，较早前我就有所闻知，但因事忙，没有深入了解，郭英德教授的文章，我不曾阅读。有一位老师曾经向我提过他的看法，认为有些观点很滑稽，可能是对其中的某些提法有不同看法吧。听你介绍，觉得作者把有些问题提出来，还是很有意义的。学界这些不良风气，确实存在。但文章中提到的一些现象，没有落实到人和文，读者理解不同，往往出入甚大。我们探讨问题时，提出的问题必须很明确，然后深入分析，具体辨证，不要泛论一切，因为这样做容易引起歧义，见仁见智，达不成共识。例如“私人化”课题所谓的“小题大做”：“小题”的意思是什么？“大做”的方法如何？这个问题必须讲清楚。现在各家对“大”“小”的理解都不一致，重点也不一样，缺乏共同的认识。

(1) 所谓的“小题大做”，似乎可有两种不同理解。有些题目虽小，但所阐发的意义很大，影响深远，这样的“小题大做”就很有价值，也需要有一定的学术造诣才能办到。当然，题目太小的文章确实不容易做好，有些太小的“小题”，不管你说得多么重要，确是没有多少学术意义。例如，从《全唐诗》中挑出几个小诗人的几篇作品来研究，这能说明什么问题？有些小作家及其作品，因为各方面都显得水平低下，在当时与后来一直不被重视，这就说不上有什么研究价值了。我对一些学术上的成语，常是从大家习惯所认可的角度去理解的。陈寅恪的一些论文题目确实很小，如《狐臭与胡臭》，讨论的只是一个生理上的特殊问题，但它所牵涉的却是中外文化交流的问题。耍杂技者有胡臭，外国人每有此异味，这样的题目虽小，但这样的文章还是很有意义的。几年前我为王昆吾的《唐代酒令艺术》(上海：知识出版社，1995年；上海：东方出版中心，1996年)一书作鉴定，就认为这是“小题大做”的一部成功之作。因为酒令虽是日常生活中的一件小事，但涉及音乐、歌舞等项，反映社会风气，能用来说明中外文化交流，也是敦煌学上的重要课题。如果研究者没有专门的学识和开阔的视野，如何能够办到？这样的文章与著作，有人也称为“因小见大”。我们中文系的博士学位论文题目，实际上还是相当大的，例如，《江西诗派研究》《江湖诗派研究》《大历诗人研究》《阳湖文派研究》等，研究者需要阅读大量的文献材料，需要解决很多学术问题，并不是“小题大做”。

(2) 所谓“舍内求外”的说法是很含混的。这个“外”，主要是指韩国和日本。新中国成立之后，韩国因受“抗美援朝”的影响，与大陆之间不能正常地开展邦交，学习汉语文学的人也就减少。只有汉城大学设有“中文系”，学生主要是去中国香港、台湾地区进修。中、韩正式建交后，韩国许多大学都先后开设“中文系”，需要聘请大批的中文研究专家。中国大陆的学者大部分是从这个时候到韩国进行学术交流的。由于去的人很多，往往泥沙俱下，有些人表现较差。我们系里的许多老师都曾应邀前往韩国、日本和西方国家的大学任教或访学，他们的学术业绩都获得好评。我们也有一些老师应邀到马来西亚、新加坡的高校讲学。1991 年 6 月，新加坡国立大学主办国际汉学会议，韩国岭南大学李章佑先生提交的论文《唐代文学研究在韩国》(载《汉学研究之回顾与前瞻》上册，林徐典编，北京：中华书局，1995 年)，提到韩国汉学的发展情况，探讨近数十年来中国大陆、韩国、日本及中国台湾地区的汉学交流，可以一读。在同一时期，也有大批的韩、日学者应邀前来中国进行学术交流和专题合作研究，能说这些韩、日学者也是“舍内求外”吗？日本学界的“文选学”研究已达到相当高的学术水平，著名的学者有铃木虎雄、吉川幸次郎、斯波六郎、冈村繁等，他们利用本邦所藏的珍贵文献，如唐钞《文选集注》等，写出了很好的文章，我们的学者向他们学习，这是完全可以理解的。我们系里的“域外汉学研究”，近年来才刚刚起步，但在文献整理方面已经取得了很多成绩。张伯伟老师告诉我，他在韩国典籍中发现了大量有关近代史的珍贵材料，也发现很多文学方面的珍贵典籍。这项工作还要继续做下去。我看不到有什么“内”“外”的问题。

(3) 学术研究“专业化”的问题，各有各的说法。胡适等人早年提出了“为学术而学术”的问题。他们都是著名的学者，他们的学术研究成果也无关“专业化”的问题。

我们应该关心学界的动态，但在学生阶段，首先应该好好地学习。做博士生，应该关注社会上的各种思潮，但不要牵扯太多精力，我也不赞成你去参加这样的讨论。

余历雄曰：吴孟复先生《桐城文派述论》（合肥：安徽教育出版社，1992 年）一书提出了“桐城学派”、“桐城文派”、“桐城诗派”之别。

勋初师曰：目前学界似乎还没有接受“桐城诗派”这一说法，几家《中国文学史》也没有这样的章节。我们知道，桐城派的主要成就是在古文创作方面，它在清代文学史上可说是自成体系，独具一格。吴孟复《桐城文派述论》一书从“桐城”一派而提出“桐城学派”、“桐城文派”、“桐城诗派”之别，这是“派中分派”。做这种文章可有两种做法：一是停留在桐城派的范围内论述各家的诗歌成就，分析其诗歌特点与短长；一是把桐城派的诗歌放在整个诗坛上考察，为之争取一席之地。如果要在清代各大诗派之外再增加桐城诗派的话，我们可以尝试作些比较——“桐城诗派”在中国诗史上起着什么作用？“桐城诗派”与同时代的诗派或诗人相比，有哪些独特之处？“桐城诗派”对后世文学产生哪些影响？这些问题都必须明确地说明，不能含糊回避。有些人也可以这样说：李白的文比他的诗好，杜甫的文比他的诗好。我们知道，李、杜并非每一首诗都写得好，如果拿较差的诗和他们自己较好的文相比，这有什么意思？比较的基础、前提和目的是什么？难道只是为了标新立异、引人注目？

吴先生的书（页 28）说：“唐诗以韵胜，宋诗以理胜，清诗以学胜。清诗之所以上迈元、明而与唐宋鼎峙，即在于学。”如果我们采用这个说法来诠释“桐城诗派”的话，那可能就有些问题了。唐诗、宋诗暂且不论，“清诗以学胜”之说或是可以接受的；但是，清代诗坛的代表诗人或代表诗派是什么？桐城派并非以“学胜”而闻名。桐城派的主要人物，如方苞、刘大櫆、姚鼐等，他们虽多以教书为业，但还不能算是以

“学胜”的大学问家。清代的大学问家是顾炎武、戴震等人，他们都不是桐城人。吴孟复是老一辈的学者，在古文研究方面造诣颇深，《桐城文派述论》是他的一部力作。他也是安徽人。他的“桐城诗派”之说是否有意“推尊乡贤”而提高自己家乡的声望呢？这倒是值得探讨的。（历雄插语：钱钟书《谈艺录》四二也曾论及“桐城诗派”。北京：中华书局，1988 年补订本。）钱钟书的《谈艺录》，我在早些年读过，但他如何论证“桐城诗派”，我已记不起了。从事“作家研究”或“文学流派研究”必须以阅读作品为主，不能以阅读他人的论著而先入为主。关于“桐城诗派”，你可以翻阅《方望溪集》《海峰先生文集》《惜抱轩文集》等，自己试作比较，看看方苞、刘大櫆、姚鼐等是否有“诗派的意识”？再读姚鼐、吴仲伦、方东树等人的著作，看是否在理论上有建立本地域的诗派的自觉？

WXL 06：2001 年 5 月 6 日（星期日）

余历雄曰：《世说新语・文学》篇“简文称许掾”条刘孝标注引檀道鸾《续晋阳秋》曰：“……至江左佛理尤盛，故郭璞五言始会合道家之言而韵之。”余嘉锡笺疏曰：各本“至过江，佛理尤盛”，又引《文选集注》卷六十二公孙罗注引檀道鸾《论文章》，作“至江左李充尤盛”（北京：中华书局，1983 年；上海：上海古籍出版社，1993 年修订本，页 262—265）。程千帆先生《文论十笺》上辑《南北文学不同论》叙魏晋诗风时笺注曰：“‘至过江，佛理尤盛’七字原误在‘故郭璞五言始会合道家之言而韵之’十五字之前，今据文义乙正。”（《程千帆选集》本，沈阳：辽宁古籍出版社，1996 年）程先生的说法是否较为可据？

勋初师曰：你提到的这个校勘学上的问题，历来争论已久，至今仍未有一致的看法。这主要是文献记载与历史事实之间，有不相符合之处。《世说新语·文学》篇“简文称许掾”条刘孝标的注文和余嘉锡《世说新语笺疏》的案语，二者都有说不通的地方。余嘉锡笺疏说：各本作“至过江，佛理尤盛”，又引《文选集注》的材料说“至江左李充尤盛”。换句话说，两种说法都有文献为依据。“李充”之说则云出自檀道鸾《论文章》中的记载。现存的《文选集注》原为唐钞本，虽是残卷，仍有很高的文献价值，然而檀道鸾的这一段话还是很难理解。(1) 从郭璞的生平事迹和传世诗文来看，均与佛理无涉。(2) 从余嘉锡的笺疏来看，也可得出当时“不闻有佛理之说”的结论。(3) 如果认为“佛理尤盛”四字应作“李充尤盛”，虽有所据，但过于突兀，且未有文献能够证明李充是重要的玄言诗人。(4) 按行年而论，李充稍晚于郭璞，郭璞的五言诗不可能在“李充尤盛”之后“始会合道家之言而韵之”。此外，上述材料还牵涉到玄言诗的起源、年代及何时为盛的文学史问题，必须谨慎对待。

我在《郭璞诗为晋“中兴第一”说辨析》(收入《文史知新》，《周勋初文集》第三册，2000 年)一文的论证中引用了程千帆先生的观点。程先生《文论十笺》所说的“据文义乙正”，这是古书校勘中所谓“上下两句误倒”的例子。经过“乙正”之后，这一段文字的前后文义也就豁然贯通了。余嘉锡笺疏的说法虽有文献依据，但不能圆满解决问题；程先生的观点虽然缺乏文献依据，但疏通文义一无障碍。这是“理校”的高明之处，但要用得慎重。虽然如此，目前学界没有多少人采用程先生的观点，大家仍然较倾向于余嘉锡的说法，不过以后情况会慢慢变化的。你的硕士论文采用了程先生的观点，我是赞成的。我们可以这样理解：第一，撰写论文时，如果引用这一段文字而不影响所要辨析的问题，那也可以采用《文选集注》的记载和余嘉锡的说法，再加上一些简单的补充说明。第二，如果你要辨析的是两晋之际的文史问题，或如我这一篇文章专门为辨析郭璞及其诗文而作，余嘉锡的说法就讲不通了，至少说服力嫌不够。关于“江左李充”的课题还可再继续研究，但可供采用的材料不多。

余历雄曰：前些时候已购得一套《唐钞文选集注汇存》，上海古籍出版社，2000 年 7 月版，全三大册，印刷、装帧都非常精美。

勋初师曰：唐钞本《文选集注》具有非常珍贵的文献价值。现在可以向你介绍一下我搜辑出版《唐钞文选集注汇存》的情况。我在书前写了一篇《前言》，叙述这一套书的成书过程。1994 年 9 月，我应邀到日本国立奈良女子大学讲学，有机会参观各地馆藏的善本古籍。在横山弘教授等友人的帮助下，借得天理图书馆所藏《文选集注》影印本数十册，由大平幸代同学代为复印一套，带回国内。大平同学的工作态度非常认真，复印效果非常好。后来，大平同学到我们中文系作高级进修生，学习态度也很认真。那时候你也在中文系读硕士，你们见过面的。

在中国古代书目中，从未有《文选集注》的记载，此书中的一些重要旧注，如公孙罗的《文选钞》和《文选音决》，陆善经的《文选注》，在中国现存的典籍中也未见载录。在日本的文献中对此书的记载也不多。综合当前国内外学界的说法：此书当可定为唐代某一《文选》研究者参照经史著述中的“合本子注”体例汇编而成。从书中的避讳情况与征引诸家旧注来看，编著年代可推断为玄宗朝之后，具体的编者和写本年代，目前尚未有一致的结论。此书大概在唐末宋初即已传入日本。据董康《书舶庸谭》载，光绪、宣统之际，此书在日本尚存三十二卷。清朝末年，罗振玉在日本发现此书后，视为珍宝，便请人摹写，加上家藏原钞本两卷，共得残本十六卷，于民国七年(1918)影印行世，名为《唐写文选集注残本》。此时，中国学界始知有如此珍贵的唐钞本文献存世。罗氏摹写时有失真之处，文献价值也就大为降低。日本京都大学的内藤虎、狩野直喜教授在已知的十六卷外，又觅得原钞本七卷，于是均据原钞制版，编入《京都帝国大学文学部影印旧钞本丛书》，于昭和十七年(1942)全部印成。此书影印本基本保存原貌，文献价值很高。然书成时正值抗日战争期间，故流传不广。我从日本带回国内的就是此书影印本的复印件。

1995 年 8 月，我应邀到郑州大学参加“《文选》学国际学术研讨会”，便向大家介绍了《文选集注》的流传和文献价值。大家听后，对此都很重视，却又慨叹无法目睹为快，要求我设法公开影印出版。上海古籍出版社随后同意将此书影印出版。稍后，我又获得中国台湾“中央图书馆”、天津艺术博物馆、北京图书馆、日本御茶之水图书馆成篑堂文库等方面的支持，征集到了一些新的材料。此书原来应该有一百二十卷，因此我原拟名《唐钞文选集注零卷》，出版社不同意，他们说这样命名后书就很难卖出去，因此他们拟名《唐钞文选集注汇存》。这一名字确是好些。《汇存》在卷帙、篇幅等方面都比罗氏摹写影印本、京都大学影印本有所增加，在质量方面也有很大的提高。原京都大学影印本的序次，是按材料收集到时的先后编排的，按原书卷次来说，出现很多前后重出或颠倒之处，不便使用。现在大家看到的篇名目录，是陈尚君教授按胡刻《文选》目录重新编定的。此《汇存》也收入了吴正岚编制的《文选集注引书索引》，便于检索。

1995 年 4 月，我应邀到中国台湾“中央大学”参加“海峡两岸文学研究新趋势研讨会”，承汉学研究中心好意，获得台湾“中央图书馆”所藏的《景印宋本五臣集注文选》。我原想将它在大陆重新影印，但考虑到中间有太多的政治手续，未必能获批准，只好作罢。韩国奎章阁本《六臣注文选》也很有学术价值。我的一位韩国籍博士生郑玉顺同学，她的博士论文就对“奎章阁本《六臣注文选》”进行文本研究，为学界提供了一些新材料和新的结论，颇为可贵。她毕业时，送给我一套奎章阁本《六臣注文选》。所以，目前我藏有一些两岸、韩、日珍贵的《文选》版本。

《汇存》出版后，国内外学界都感到高兴。京都大学本当时印得很少，中国大陆学者固然无法看到，日本学者也很难看到，后建的日本大学也无从购得，只有一些历史悠久的著名大学获得珍藏。现在大家都能够看到了，而且是比以前更好的版本。我不是《文选》学的专家，我只是提供给《文选》学的研究者一种比较难得，更完备、更好使的文献材料。做学问必须注重文献，有了可靠的文献，学问才会做得扎实。

余历雄曰：您还有一篇论文讨论到了《文选集注》上的各家“印章”。

勋初师曰：有关《文选集注》上的各家印章也是一个有趣的课题。2000年8月，我到长春参加长春师范学院主办的“第四届《文选》学国际学术研讨会”，提交了一篇论文《〈文选集注〉上的印章考》（收入《无为集》，《周勋初文集》第七册，2000年），向大家介绍这个问题，提示《文选集注》残卷流传过程中的一种奇怪现象：为什么这些残卷常被分割成二十行、二十五行等残片？原来是清末民初的一些收藏者和书商为了多卖钱而将卷子分割后出售的结果。日本京都大学《旧钞本丛书》的《文选集注》原件上盖有一些印章，但编入《旧钞本丛书》时已被抹去，一般都看不到了。我从所能看到的印章中，考证出“田潜”此人在《文选集注》上大盖印章及其所引起的误解。《文选集注》的许多“奇特经历”都与田潜此人有关。看来田潜和北京琉璃厂的旧书铺正文斋是将《文选集注》残卷割裂销售的始作俑者。

我做的事情很杂，一直匆匆忙忙，写文章时老是留下遗憾。上述文章中提到“日本石川文化事业财团主办的御茶之水图书馆”所藏“《文选集注》第十六卷”残叶，就有错误。这片残叶乃《文选集注》第六十一卷中物，我却错写成了第十六卷了。又这片残叶藏在成篑堂文库，成篑堂文库虽属御茶之水图书馆管理，但二者性质不同，御茶之水图书馆是东京府府立的，成篑堂文库是私立的，所以当横山弘教授与之商洽要求将此残片印入《唐钞文选集注汇存》时，石川文化事业财团经董事会讨论通过，始能提供照片，供我这个中国人编入书中。我在文中没有把二者的不同性质和关系讲清楚。

WXL 07：2001 年 5 月 20 日（星期日）

余历雄曰：您在《唐人笔记小说考索》（南京：江苏古籍出版社，1996 年）一书中论及唐代笔记小说的史料来源与唐代的史馆制度关系密切。唐以前的官、私修史似乎都较少这样的情况。

勋初师曰：唐代修史与唐前修史的情况有明显的区别。唐初编纂了好几部前代史，例如《晋书》《隋书》等，还建立了史馆制度编纂本朝国史，这在《旧唐书》《新唐书》《唐会要》等书中都有详细的记载。唐前的史书多属私人撰著，例如《史记》《汉书》《三国志》等均是。汉代的修史条件较差，私家修史很不容易。两晋时的修史条件改善了许多，私家修史也较容易，还有多家史氏同时或先后撰著本朝《晋书》。根据史志书目的著录，唐前撰成的“晋书”有二十馀种，但大部分都没有流传下来。臧荣绪《晋书》的史学水平较高，李善注《文选》时多有征引。唐初重修《晋书》也多取材于臧氏《晋书》，兼采其他几种《晋书》和有关晋人的笔记小说。

唐初史学兴盛，史官地位崇高，远非前代可比。刘悚《隋唐嘉话》卷中就记载了薛元超的所谓“三恨”：“始不以进士擢第，不得娶五姓女，不得修国史。”可知修史已成唐代士人所向往的事业。现在有的史学家认为《隋唐嘉话》中的记载与薛氏本人的情况不合，因而认为这一记载当系误说，然而这种说法还是反映了唐代士人的一种普遍心态，很有价值。唐代条例规定私家修史有罪。据封演《封氏闻见记》卷十《赞成》记载，郑虔因被人告发私修国史而遭贬谪十馀年。唐代士人以任职史馆为荣，那些未能担任史职而又企羡修史的士人，便将自己的著作称为“补国史之阙”，“备史官之采”，较著名的是李肇《国史补》。唐代编修国史，往往采录文士撰著的行状、家传等，柳宗元《与史官韩愈致段秀实太尉逸事状》所讨论的“段秀实传”，就是大家熟知的例子。自唐高祖至武宗，史馆均撰有历朝国史、实录等，武宗以后的诸朝实录则因战乱而未暇修纂。唐末五代，史料又多毁于战火。因史料残缺不全，后晋史官编修的《旧唐书》，讹误之处较多。北宋编修《新唐书》时，史官拓展了史料的范围，兼采唐人笔记小说，尤其宋祁编修的列传部分，凡可入史者皆采摭不遗。因此，在史料来源方面，《旧唐书》《新唐书》与国史、诸朝实录、唐人笔记小说等均有密切的关系。总的来说，唐人笔记小说以文史类为主，故事性较丰富；宋人笔记小说的学术性较强，数量也远超唐代。因宋代史料保存较为完整，元代史官编修《宋史》时，较少采摭宋人笔记小说。

唐人笔记小说在唐玄宗“开元盛世”以后崛兴，其主要的内容是追叙“明皇轶事”。这种情况与“安史之乱”之后唐代由盛转衰有关，明皇成了关键人物，所以我称之为唐代士人的“明皇情结”。元稹《行宫》诗说：“白头宫女在，闲坐说玄宗。”元稹《连昌宫词》、白居易《长恨歌》、郑嵎《津阳门诗》都有类似的内容。你也可以翻阅丁如明辑校《开元天宝遗事十种》（上海：上海古籍出版社，1985 年），主要也是“明皇轶事”的内容。我所说的“明皇情结”是指中唐士人围绕同一个“中心主题”而出现的撰著盛况，在此之前的诗文、史著中未曾有过。（历雄插语：汉初士人论“秦亡”、唐初士人论“晋衰”的情况似乎与此相似。）所谓的“汉初论秦亡”、“唐初论晋衰”，这是属于汉初或唐初士人对前朝迅速衰亡的理论探索或史实剖析，他们较为缺乏中唐士人所共同拥有的这种“情结”，也没有文学作品中所特有的爱恨交织的感情色彩。中唐士人无论是撰述本朝旧事或前朝轶闻，他们的情感与理性是纠结在一起的。

余历雄曰：日前阅读李时人主编的《全唐五代小说》（西安：陕西人民出版社，1998 年，全五册），编者对“小说”的定义与编选标准，似乎仍可商榷。

勋初师曰：近百年来，人们对中国固有小说的认识或研究，无论是唐宋传奇或明清小说，都受到欧、美文学观念的影响。现在国内外学界对中国小说的研究，日趋兴盛，不时也有较高水平的论著。这些研究者往往是以“近代意义上的小说”为标准来探讨中国古代小说的发展，藉以论证唐宋时期的小说创作上取得了哪些成绩，其艺术特征如何，哪些作品最符合“近代意义”的标准？也有人根据“近代意义”的标准，从唐宋人的文集中筛选一些篇章，或节录部分段落，编为“全唐五代小说”或“宋代小说全编”等等，如果符合标准的就归为“正编”，接近标准的则归为“外编”，不符合标准的就弃之不取。这样的处理方法是否符合“中国小说”发展的实际情况呢？这一问题一直使我很困惑。看来中国的古代小说研究者似乎都有这么一种潜意识，以为西洋小说的发展走的是一条正路，中国小说走的是一条邪路，因此他们要以西洋小说为准则，对中国小说进行甄别。他们的关注之点也就放在如何动手术上，对于中国古代小说的特点，反而没有多少热情去加以研究。现在大家都说，只有民族的才是世界的，小说研究界的情况则是：只有世界的(?)，去掉民族的。我想，学界对此情况仍然需要认真地探讨。

我撰写《唐人笔记小说考索》一书的思路与当前的研究情况有些不同。我撰写《唐代笔记小说叙录》（收入《周勋初文集》第五册，2000 年）的目的是为爱好“文史之学”的读者提供一种可靠而便用的书目，希望当今的唐代文史研究者，除了注意正史材料之外，也要注意唐代笔记小说中的材料。我所介绍的笔记小说，除了唐人著作，还有不少五代十国时期的作品，也包括王谠《唐语林》这样汇集唐人现成材料的宋人著作。这些材料对于考证唐代史实都有很好的作用，也可为研究唐代文学提供参考。我撰写《唐代笔记小说叙录》，目的是向唐代文史研究者郑重推荐五十馀种笔记小说而作的介绍。我从“书名与异称”、“著录与版本”、“内容之分析”等方面作了考证和阐发，介绍前人的研究成果，提示该书的特点，为研究者提供可靠的文献讯息。读者只需略作比较，就会发现我的这两种著作与目下一些介绍小说知识的“小说辞典”、“小说总目提要”性质很不一样。

WXL 08：2001 年 6 月 3 日（星期日）

余历雄曰：从魏晋玄言诗到南朝山水诗的发展，可否概括为魏晋玄学思潮中的“言意之辨”已从“忘象”演变为“重象”？

勋初师曰：这是一种新鲜的说法。但你所谓从“忘象”演变为“重象”的过程，只是一种抽象的思辨，一种推论，难有确证，无法取得定论。唐代士人经常称赞终南山之美，但在李白、杜甫的诗文中，却未对终南山有超常的赞美。当李白来到浙东和安徽之后，他对南方的山水就大为赞扬。或许晋宋时期的士人也像这样发现江南山水之美的。中国历代士人对山水观念有不同的理解，实际上可诠释为一种时代思潮的变化，如儒家的“比德”说，智者乐水，仁者乐山，但在儒家学说中并未将自然山水放在重要的位置。在先秦诸子中，只有庄子比较重视自然山水。魏晋时期庄老之学兴盛，加上东晋南朝士人对自然山水之美的“发现”与重视，都可说是中国文学史上“山水文学”发展的契机，山水诗是其中主要的题材之一。

刘勰《文心雕龙·明诗》篇曰:“庄老告退,山水方滋。”刘勰是南朝齐、梁时人,上距魏晋不远,他能够见到的魏晋南朝作品比我们现在看到的多,他对庄老思潮与山水文学的关系之辨析应是有道理的,是较为可信的。有些人或有不同的看法。葛晓音《山水方滋　庄老未退——从玄言诗的兴衰看玄风与山水诗的关系》(收入《汉唐文学的嬗变》,北京:北京大学出版社,1990年)一文认为,晋宋之际,山水方滋,庄老“未退”。她是从哲学的角度加以考察的,认为宋、齐、梁、陈四朝士大夫均好佛法而兼擅玄谈,社会上玄风并未告退。这是有见解的。那么“告退”一词的涵义究竟怎样解释呢?汉字是“一字多义”或“一词多义”的,词义往往在上下文的联系中发生微妙的变化,我们应该仔细推敲古籍中的文字。“方滋”对“告退”,都寓渐进之意。“告退”,不是说“立刻”或“突然”消退,而是“慢慢地、渐渐地”消退,它有一个时间的过程。谢灵运山水诗的末句一般都带有玄言的成分,但玄言已不占有诗中的主要位置,可以说是“告退”了,渐渐地消退了。陶渊明《饮酒》诗中说:“采菊东篱下,悠然见南山。山气日夕佳,飞鸟相与还。此中有真意,欲辨已忘言。”这可以说是诗人的一种“悟”,也可以理解为“言意之辨”,但陶渊明毕竟不是在写玄言诗,而是把目光转向山水与田园了。

至于王弼《周易略例·明象》篇所谓“得意在忘象,得象在忘言”的“象”,原是指“卦象”,并非自然景象或山水景象,二者没有必然的联系。如果在论述时牵强地将二者联系在一起,得出的结论也是不可信的。你提出的这一个问题,常是只能陷于抽象的推论而难有确证,作为一篇作业还是可以的,如果作为学位论文的选题,我就不能同意了。你在读硕士阶段的研究方向是魏晋文学,魏晋文学研究是绕不过玄学这一课题的。或许你对玄学课题较感兴趣,但这与学位论文是另一回事。魏晋文学研究的领域中问题多而材料少，前人积累了一定的研究成果，现在的人在研究生阶段要想超越，那就真要有新的心得。

勋初师曰：你现在在读李南晖的博士论文《唐国史与唐人偏记小说关系研究》，兴趣很大，那你不妨将阅读的范围从魏晋文学扩大到唐代文学，顺流而下，拓展你的学术视野。你不妨先读一读《唐人笔记小说考索》《唐代笔记小说叙录》和《唐人轶事汇编》，作为学术研究的另一个起点。在中国传统的学问里，“小说”是相对于“大道”而言的，自古以来“小说”的地位就不显。段成式《酉阳杂俎》可说是唐人编著的一部“百科全书”，内容极为丰富，兼容唐代各种类型的笔记小说，如“杂传”、“杂史”、“地理”、“小说”等。《酉阳杂俎》卷八记载了一则有趣的轶事：“荆州街子葛清，勇不肤挠，自颈已下遍刺白居易舍人诗。……凡刻三十馀处，首体无完肤，陈至呼为‘白舍人行诗图’也。”这一条材料对我们进一步认识白居易诗歌在中、晚唐社会的广泛流传是很有帮助的。在唐人笔记小说里，还有很多这类有趣的材料。现在，我们研究唐人笔记小说必须尽量避免两种毛病：(1) 中国传统观念中对“小说”的偏见；(2) 以欧美的文学观念诠释“中国小说”。

余历雄曰：近日读报看到“北京大学推行博士学位论文匿名评审制度”(上海《文汇报》2001 年 5 月 29 日讯)的报道：北京大学中文系试行了一年的匿名评审制，去年原定有四十位博士生要进行论文答辩，因闻匿名评审和导师回避制，有二十名博士生立即提出推迟论文答辩。最后，有两名博士生未能通过评审和答辩。此事在全校引起了巨大反响，研究生们感受到巨大的威慑力量。据讯，目前上海交通大学、天津南开大学和黑龙江的哈尔滨工业大学等大陆著名高校的研究生院，对此匿名评审制也颇感兴趣。

勋初师曰：关于北京大学中文系的“博士学位论文匿名评审制度”，我也略有所闻。这是具有积极意义的制度，对建立严谨的学风很有帮助。它对博士生的学习当然也会带来一定的压力。我想，这是能够克服的，而且应该克服。教育部最近一次向我们系里抽查博士学位论文，经过七位专家的匿名评审，结果是6优1良。这应该算是相当优秀的成绩了。目前，国内的一些学术刊物也在尝试实行“双向匿名专家审稿制”，以确保论文的质量。你在读博期间需要发表一些论文，撰写文章时要特别注意：著述立论必须严谨有物，不能妄发空泛浮夸之言。

WXL 09：2001年6月17日（星期日）

余历雄曰：学界关于“史料笔记”和“笔记小说”的界定似有多种不同的说法。

勋初师曰：关于“史料笔记”和“笔记小说”的定义、特征、内涵、外延等，学界争议较大，至今未有定论。有的研究者喜欢与人辩驳商榷，长篇大论，也没能把问题说清楚。有的研究者先是辨析“小说”的定义，再申论“史料笔记”或“笔记小说”的问题，但在作品的归类方面往往顾此失彼，无法自圆其说。“小说”是相对于“大道”而言，人们虽然常常爱讲“大道”，实际上仍然喜欢“小说”，因为“小说”比“大道”常是更为生动有趣、丰富多彩。

中国“小说”的定义及其概念的演变，一般的中国文学史、小说史都有论述，你也较为熟悉。现在我简单地讲讲“笔记小说”和“史料笔记”的情况。南朝时已经有“笔记”之称，当时或称“笔”，或称“笔记”，并不严格区分。《文心雕龙·总术》篇以“文”“笔”对称，但也不是指称文体的概念。从赵宋之时开始，才有人以“笔记”命为书名，例如宋祁《笔记》，又称《宋景文公笔记》，还有苏轼《仇池笔记》、陆游《老学庵笔记》等。“笔记小说”的概念也是到了宋代才提出的。北宋史绳祖《学斋占毕》说:“前辈笔记小说固有字误或刊布之误,因而后生末学不稽考本出处,承袭谬误甚多。”但他没有明确地作出文体概念的解释,看来是指一般的笔记、随笔、小说之类的文字。在《宋史·艺文志》中著录的笔记小说,史官或是抄自宋人的官私书目,不一定曾经目睹其书,有些作品的归类也不正确,查阅时要谨慎些。

刘叶秋《历代笔记概述》(北京:中华书局,1980年)一书将中国历代笔记归为三大类,即:小说故事、历史琐闻、考据辨证。他所指称的“笔记”,实际上也包括“笔记小说”。“小说”,一般都较讲究情节和故事性。“笔记”,随笔散行的文字,作者常是用来记叙读书心得,摘录材料,有的还偏重于典章制度,故事性较弱,或者不一定具有故事性。二者兼而有之的,不妨称为“笔记小说”。例如李肇《国史补》记载“韩愈好奇,与客登华山绝峰,度不可返,乃作遗书,发狂恸哭,华阴令百计取之,乃下”。故事内容较有趣。有些记载则是一条一条的,缺乏完整的情节与故事性。李剑国《唐前志怪小说史》(天津:南开大学出版社,1984年)、《唐五代志怪传奇叙录》(天津:南开大学出版社,1993年)等也有自己的看法。吴志达、宁稼雨不采“笔记小说”之名而用“文言小说”的概念,如吴志达《中国文言小说史》(济南:齐鲁书社,1994年)、宁稼雨《中国文言小说总目提要》(济南:齐鲁书社,1996年)等。“文言小说”的概念之中也有不易分清之处,例如,魏晋南北朝时期的《世说新语》等书,大量记载当时口语,我们能否在条文中轻易作出“文言”与“非文言”之别?文言是与白话对举而言的,《三国演义》用浅近的文言写成,《水浒传》是用白话写成的,二者的性质完全一样,但前者如按其表达方式而言,应该称为文言小说,他们为了体例一致,时而又以文言小说与通俗小说为别而将《三国演义》等书排除在外。因为他们所持的标准非一,读者也就难于掌握。

我用“笔记小说”一名，也有很多朋友提出商榷，对此我也并不坚持，因为“笔记小说”一名确是也嫌含混，如用在书目中，就不太妥当。但我目前无暇细加思量，因而只能按照约定俗成的方式处理，在不得已的情况下使用。希望日后有人能想出一种办法，将此问题简单而又明确地解决。

余历雄曰：李南晖的博士论文《唐国史与唐人偏记小说关系研究》(南京：南京大学，2000 年)提出了“偏记小说”的概念，为什么采用此名？

勋初师曰：唐代刘知幾在《史通·杂述》篇中将正史以外的“杂著”归为十类，又称之为“偏记小说”。这十类杂著中，有好些作品都可理解为“笔记小说”或“偏记小说”。李南晖是我的博士生，他的博士论文《唐国史与唐人偏记小说关系研究》对此课题有深入的论述。目前关于笔记小说的著作，有：吴礼权《中国笔记小说史》(北京：商务印书馆，1993 年)、陈文新《中国文言小说流派研究》(武汉：武汉大学出版社，1993 年)、张晖《宋代笔记研究》(武汉：华中师范大学出版社，1993 年)、苗壮《笔记小说史》(杭州：浙江古籍出版社，1998 年)等，不妨参考。中华书局的程毅中先生不同意使用“笔记小说”一名，看来他认为目前这个概念已经越用越“滥”了。记得他在一篇文章中提出不妨采用“偏记小说”一名，流弊可能会少一些，李南晖大约也有同样的考虑吧。程先生长期在中华书局参加古籍整理的工作，水平很高。中华书局编有“历代史料笔记丛刊”，选取史料价值较高的历代朝野见闻之随笔，编为唐宋、元明、清代史料笔记三大套，陆续校点出版，目前已经整理出版百馀种，深获学界的好评。他认为“史料笔记”的概念较合适。较早时，中华书局也曾出版“学术笔记丛刊”多种，例如，王楙《野客丛书》、何焯《义门读书记》、周寿昌《思益堂日札》等。

余历雄曰：如何看待各种唐人笔记小说在历代书目中的不同著录

或归类？

勋初师曰：根据中国历代书目的著录，笔记小说多是介于子、史二部之间的“杂著”，二部之间又相互渗透，每随时代的变化而转移。我的意思是说：在不同的时代或不同的书目中，某种笔记小说可能被归为子部，也可能被归在史部，归类屡有变化。如果你一开始就从集部的角度阐述“笔记小说”的概念，从文学角度给“笔记小说”下定义，恐怕很难准确地掌握“笔记小说”的内涵。唐人笔记小说的名称，多以“传”、“记”、“录”、“志”等命名，有些著作就直接使用“阙史”、“补史”、“史补”标举，这些原是史部的概念。这种情况很能说明唐代笔记小说与魏晋南北朝杂史、杂传的关系。我的《唐人笔记小说考索》与《唐代笔记小说叙录》是将这些笔记小说视为一种历史现象的记录，从“书名与异称”、“著录与版本”、“内容之分析”等方面进行辨析，便于读者掌握与领会。我的研究目的和方法是希望能够在唐代文史研究领域中闯出一条新路，真实地体现出“笔记小说”的文献价值。

唐人习俗，高官与社会名流死后都撰有行状。根据《唐会要》卷七九《谥法》记载，三品以上的官员死后，都要递上行状，请求赐谥。行状也是史官编撰正史本传时的重要材料。唐初以来，朝廷的典章制度较为完备，历次诏修国史、实录，因而后代修史都有可资编撰的材料。但在唐武宗以后，兵祸连连，制度无法贯彻，史料又多亡佚。五代、北宋史官编撰新、旧《唐书》时，许多史事已无所取资，只能依据唐人笔记小说。宋祁喜好笔记小说。据岑仲勉《唐史馀沛》（上海：上海古籍出版社，1979 年新版）考证，《新唐书》列传多采唐人笔记小说、文集、碑志、佚书等。宋代仍然保留撰写行状的制度，宋代史料的保存也较完整。《宋史》较少采用宋人笔记小说。历来学界对《宋史》的成就评价不高，这与元人修《宋史》时的情况有关，我们以后有机会再详细讨论。

WXL 10:2001 年 7 月 1 日(星期日)

余历雄曰:相对来说,北宋的古文运动是以宋初古文理论的探索与欧、苏六大家的古文创作为主,南宋的古文运动似乎以编选“文章选本”为主。张智华对南宋古文运动研究的一系列文章亦以“文章选本”为讨论的重点。

勋初师曰:所谓“宋代古文运动”,一般是指北宋古文运动,南宋古文运动的情况较为复杂。北宋古文六大家虽有党争的背景,内有派系之分,他们的文章风格仍然各有特色。如果我们选择“比较研究”的课题,应该考虑“求其同不如求其不同”。例如,求苏轼兄弟之同,不如求其不同;求鲁迅兄弟之同,不如求其不同。这样的研究课题将会更有意义,便于读者去掌握,去领会。王安石的文章峭刻拗折,这与他的性格和修养有关。王安石《读孟尝君传》《读柳宗元传》诸文,苏轼恐未能为;苏轼《前赤壁赋》《后赤壁赋》诸文,王安石亦难相比。这是王安石与苏轼的不同。宋初的古文家,官小地位低,文学成就不高,在文坛上的影响力也较弱。自欧阳修主盟文坛后,情况才有所改变。欧阳修在文学与政治方面,对王安石、曾巩、苏氏父子等都有深刻的影响。欧、苏、王、曾之外,还有苏门四学士(黄庭坚、晁补之、秦观、张耒)等,他们的文章也具有一定的特色。北宋后期到两宋之际,中、小作家很多,但他们历练不足,文章缺乏鲜明的特色,未能形成有代表性的流派。宋人认为,韩愈、柳宗元的文章较难学,欧阳修、曾巩的文章较易学。南宋人则普遍学苏轼文章。

南宋文章选本的情况较为复杂。张智华是我和莫砺锋老师合带的博士生,他的文章《南宋文章选本叙录》(载《文献》1999 年第 1 期)、《南宋人所编古文选本与古文家的文论》(载《文学评论》1999 年第 6

期)、《南宋人所编诗文选本在中国学术史上的地位》(载《北京师范大学学报》2000 年第 5 期)等,都是他写得较好的文章。一般认为,"文学运动"至少要具备两方面的因素:文学理论和文学作品。文章选本正好能够体现出文学理论和文学作品的结合。当然,这是指文学意义上的文学运动,南宋古文运动并不止于文学上的意义,还有其他方面的因素。南宋的文章选本与科举考试关系密切,科举考试的内容主要是试策论。吕祖谦编《古文关键》几乎全选议论文;谢枋得编《文章轨范》也是为"场屋"而准备,让科举考生能够顺利过关。南宋文章选本的普及与印刷术的发达也有关系。

南宋文章选本多选苏轼诗文而不选王安石,有两个因素:一是苏轼文学成就高,名气大;一是南宋人排斥新党,因而反对王安石的文章。南宋理学兴盛,但没有纯粹显示理学特色的文章,那是因为理学家"不为文章"或"不能为文章",他们认为文章是末技,是"害道"者也。

余历雄曰:有关吴钢主编《全唐文补遗》(西安:三秦出版社,1994 年陆续出版,已出版七辑)与周绍良主编《全唐文新编》(长春:吉林文史出版社,1999 年陆续出版,全 22 册)的情况,我想听听您的意见。

勋初师曰:关于"全"字号古籍文献的补编、续编、新编的工作是没完没了的,《全唐文》的补续情况也是这样。不过,我们首先要知道"原编"的成书情况,才能理解为何需要进行补续。现今的通行本《全唐文》是中华书局 1983 年影印本,书后附有《唐文拾遗》及《唐文续拾》,全 11 册。后又另行出版了《全唐文篇名目录及作者索引》,以便检寻。陈尚君教授写过一篇题为《述〈全唐文〉成书经过》的论文,介绍清人编纂《全唐文》的起因、用书、体例、刊刻及补遗情况。这篇论文写得很好,收入《唐代文学丛考》(北京:中国社会科学出版社,1997 年)一书。此书还收录其他读《全唐文》的札记,将《全唐文》存在的很多问题都说清楚了。

现在中国大陆至少有两种《全唐文》补编或新编：一是吴钢主编的《全唐文补遗》，其内容主要是陕西、河南等地新出土的唐代碑刻、墓志、经幢等，数量相当可观。因编者整理了一批材料之后，便立即出版一辑，看来日后还会继续出版。一是周绍良主编的《全唐文新编》，全书已出版完毕。此书除了吸收自《全唐文》刊行之后的研究成果外，其增补的内容主要有三方面：(1) 周绍良负责的唐代墓志。早前他主编《唐代墓志汇编》(上海：上海古籍出版社，1992 年)、《唐代墓志汇编续集》(上海：上海古籍出版社，2001 年)，收入这方面的材料数量很大，这次大概是将这些墓志补入了《全唐文新编》。(2) 张锡厚负责的敦煌抄件。(3) 栾贵明从《永乐大典》中辑出的唐代佚文。周绍良先生对敦煌文献也熟悉。他年辈高，积累多，贡献最大。上述新材料给研究者提供了很多新的讯息。清代的学者来不及看到这些材料，所以留下很多问题。一般认为，唐文较难进行作品编年，因为有些文章本身提供的讯息量太少，难作准确的考证。

另外，正在进行尚未完成的有：(1) 陕西师范大学霍松林、西北大学韩理洲主编的《新编全唐五代文》。该书在 80 年代就已开始筹备编纂，它计划增补的内容主要也以各地的金石材料为主，但因编纂人员之间有些问题有待处理，短期内恐怕无法完成任务。韩理洲个人的研究成果倒有不少，如《唐文考辨初编》(西安：陕西人民出版社，1992 年)、《新增千家唐文作者考》(西安：三秦出版社，1995 年)等。(2) 徐州师范大学孙映逵负责的《全唐文》点校本，该书原定由太原山西教育出版社于 2000 年出版，但目前仍无下文。(历雄注曰：此书已于 2002 年 12 月出版。)(3) 复旦大学陈尚君负责的《全唐文补编》，中华书局原拟铅印出版，后又改用电脑重新排版，前后耽误了很多时间。

如果我们从研究文学的角度来看，无论是韩愈、柳宗元、杜牧的散文，抑或初、盛唐时期的骈文，较好的作品大部分都已收录在《全唐文》

里。同样，从研究唐代诗歌的角度来看，较好的唐人诗歌大部分都已收录在《全唐诗》里。从总体来说，新增补的唐文、唐诗数量虽然可观，但对于唐文、唐诗艺术特色整体的理解并不会有多大的改变。目前，我们正在编纂一部《全唐五代诗》，共有六位主编：傅璇琮（中华书局）、郁贤皓（南京师范大学）、吴企明（苏州大学）、佟培基（河南大学）、陈尚君（复旦大学）和我（南京大学）。我们六人对大多数问题的看法是一致的。当然，编纂一部崭新的《全唐五代诗》仍然是有必要的，因为这可提供许多经过整理的材料。我在《御定〈全唐诗〉的疏误与〈全唐五代诗〉的编纂》（收入《无为集》，《周勋初文集》第七册，2000 年）一文中也谈到了这一点。

余历雄曰：日前在南京旧书店以贰拾元人民币（版权页定价￥3.00）购得《韩非子校注》（《韩非子》校注组，南京：江苏人民出版社，1982 年）一书，请您谈谈编此书时的情况。（历雄注曰：勋初师于扉页上题："此书售阙已久，历雄于旧书铺购得，甚可喜也。"）

勋初师曰：此书印数 13600 册，当时很快即售罄，反映良好。在此书之前，江苏人民出版社还出版过我的《〈韩非子〉札记》（1980 年）一书，印数 3000 册。我原本已经声明，先出版《韩非子校注》，后出版《〈韩非子〉札记》，但没有如愿。我在《评法批儒运动的参与和两种〈韩非子〉著作的产生》（上、下）（收入《无为集》，《周勋初文集》第七册，2000 年）中已详细地介绍了这两种著作的编撰与出版过程。通过此书，我也结识了郑良树教授，他当时是马来亚大学中文系主任。我们到 1991 年共同参加新加坡国立大学举办的国际会议时才见面。

《韩非子校注》一书采用"注释不过页"的排版格式，每页正文和注释的字数都要有精密的计算，技术上要求很高，当时全国能排这种格式的工人不多，江苏新华印刷厂中也只有两位工人能承担。这样的工人目前在全国恐怕已经没有了。当然，现在大家都采用电脑排版，早已将这种旧的操作方式淘汰了。此书附有 8 种《韩非子》善本书影，下附简要说明，增加了此书的学术分量。这是我在北京图书馆校书时看到的善本，下了一番工夫才弄清楚现存《韩非子》善本的情况，这是我较满意的地方。至今的同类著作中，都未见有这样的附录。

在《韩非子校注》的《后记》中有一段这样的文字："全书的文字统一和校勘审定工作是周勋初同志负责的。"实际上，此书从总体规划、拟订体例到编制附录中的人名索引等项，我都是主力，或独力完成。但我政治上很弱，"文化大革命"中搞法家著作，不能有什么名目，只能出出苦力。1982 年时虽说已经拨乱反正，但习惯势力还在，本来上述这句话也没有写上，还是出版社的坚持，才添上去的。后来，出版社打算重新出版此书，请我重新修订文字，用我个人的名义出版。我认为此书当年是以"《韩非子》校注组"的名义出版的，是经过众多人士集体讨论辛苦努力的成果，现在不应由我一人独自修订，因此婉拒了出版社的美意。但现在有人以《韩非子》白话翻译等名义，大量袭用《韩非子校注》中的串讲而不注明出处，实在有伤文德。

师门问学录(二)

(2001年9月9日至2002年1月20日)

周勋初　讲述

余历雄　笔录整理

WXL 11:2001年9月9日(星期日)

勋初师曰:上次我和你讨论过学习计划,希望你能在第二学期结束之前,将博士论文的选题范围确定下来,以便能有较充裕的时间撰写论文。所以,这个学期除了继续阅读材料,也要作好论文选题的准备。暑假里你读了哪些书?

余历雄曰:暑假期间阅读了一些唐人笔记小说和相关的研究论著,以及黄永年先生《文史探微》(北京:中华书局,2000年)、《树新义室笔谈》(上海:上海书店出版社,2000年)等书。

勋初师曰:唐国史与唐人笔记小说的渊源关系,这是一个非常有趣的课题,它也关涉到一些必须严谨看待的问题。陈寅恪《〈顺宗实录〉与〈续玄怪录〉》(收入《金明馆丛稿二编》)一文说:"通论吾国史料,大抵私家纂述易流于诬妄,而官修之书,其病又在多所讳饰,考史事之本末者,苟能于官书及私著等量齐观,详辨而慎取之,则庶几得其真相,而无诬讳之失矣。"陈先生提出的这一项治史原则提示我们,必须将官修史书与私家著述对照并读。我在《古今文史观念的演变》(收入《当代学术研究思辨》,《周勋初文集》第六册,2000年)一文中,即以正史和小说为重点,申述了这一观点。

如果你要进一步了解唐初帝王事迹,温大雅《大唐创业起居注》

(上海：上海古籍出版社，1983年校点本)是一部重要的史籍，它可用以比勘、考订正史，深入了解《旧唐书》《新唐书》《资治通鉴》中所记载的唐初史实，很有参考价值。唐太宗朝或以后的官修史书或私家著述，对李世民兄弟之间的政治斗争很忌讳，一般都把李建成、李元吉二人说得很坏，很无能。温大雅与李渊是同时人，跟随李渊在太原起兵，《大唐创业起居注》大约撰于隋恭帝义宁、唐高祖武德年间，其时李渊诸子间的矛盾还未充分暴露，故记载李渊诸子的事迹较为客观。在这一部史籍中可以看到李建成也是一个很能干的人，后来许多史书将他的开国功劳都归到李世民的名下，我们阅读唐史时要注意这一点。

你阅读了黄永年先生关于唐史研究的论文，觉得很受启发，那非常好。你可以继续按照这样的思路，扩大阅读范围，看看能否提出自己的观点。黄永年是我的老朋友，他的论文我基本上都看过，我也把自己的论文给他看。你手头上这一本《树新义室笔谈》，他没送我，因而内容不详。我在1987年出版过一本论文集《文史探微》，上海古籍版；黄永年这一本自选论文集，书名也叫《文史探微》，不知道为什么要取同一名字？黄永年是目前西北地区学问很好的学者，他喜欢做翻案文章，论文里往往有一些新的东西。他的老师吕思勉先生是一位著名的史学家，黄永年的论文，如《长恨歌新解》，与吕思勉《三国史话》(上海：开明书店，1943年初版；沈阳：辽宁教育出版社，2001年新版)中的思路很接近，很有意思。黄著《文史探微》中写得最好的，我以为当推《唐代河北藩镇与奚契丹》一文。以往唐史专家大都把注意力放在西北边境的军事设施上，因为唐王朝与吐蕃、回纥等族关系密切，冲突不断。人们印象中奚与契丹只是边防小患，对于唐王朝为什么要把最大的一股兵力放在东北，安史之乱何以在东部发生，后来的河北藩镇到底应该怎么看，总觉得有些讲不清楚。读了黄先生这篇文章后，这些问题都可豁然了。五代、宋代为什么屡受辽、金威胁，也可得到合理的解释。

李肇《国史补》卷中说："韩愈好奇，与客登华山绝峰，度不可返，乃作遗书，发狂恸哭，华阴令百计取之，乃下。"宋人对这一条材料很有意见，认为这很不符合韩愈正气凛然的形象，因此非议李肇的记载不实。其实，这只是宋人的假想，没有任何文献依据。作为学术研究来说，我们可以重新考证或依据新的材料来为韩愈辩护，但不能为了维护宋人假设的理想形象而偏私。李肇在新、旧《唐书》中无传，但他长期担任中书舍人、翰林学士等要职，又身处元和、长庆间，交往者多为一时名人。他与韩愈同时，且同朝任职，对韩愈的情况应该了解。《国史补》意在补正国史，对朝廷政治、官场轶闻及典章制度多有记载，内容极为丰富，唐宋以来的史著多见征引。欧阳修《归田录》自称以此书为准式。当然，李肇《国史补》中难免会有个别的误载，但绝大部分的材料都可资考证，我在《国史补叙录》中已作了辨析。

余历雄曰：近读张安祖、杜萌若《〈唐国史补〉"元和之风尚怪"说考论》（载《文学遗产》2001 年第 3 期）一文，论及李肇《国史补》对"元和体"的概括与元稹、白居易及后人的诠释，多有不同之处。

勋初师曰：张、杜这篇论文，主要是讨论应该如何概括中国文学史上所谓"元和体"的问题。这篇论文尝试从不同时期、不同派系、不同人物的文献材料对"元和体"之诠释来考察问题，思路是很不错的，但考证的方式并不完善。李肇"元和之风尚怪"说，涉及层面较广，"怪"字是多义性的，不一定全是贬义。李肇的概括与元、白对"元和诗体"的诠释很不一样，但我们不能只是围绕着元、白来讨论问题。我在《元和文坛的新风貌》（收入《文史知新》，《周勋初文集》第三册，2000 年）一文中已探讨了这一问题。李肇提到"元和尚怪"的士人，计有：韩愈、樊宗师、张籍、孟郊、元稹、白居易等，却偏偏漏掉柳宗元、刘禹锡二人，这一点是值得注意的。我们对前代文学的总结和归纳，需要掌握一定的原始文献与研究理论，才能有较宏观的视野和谨慎的辨证态度。

余历雄曰：上海古籍出版社出版了《汉魏六朝笔记小说大观》（1999年）、《唐五代笔记小说大观》（2000年）二书，今年又将出版《宋元笔记小说大观》，这些书的情况如何？

勋初师曰：中国历代的笔记小说，数量众多，种类繁杂，很多未曾加工整理，存在很多问题。我们阅读笔记小说也必须注意版本的选择，也要懂得目录学的知识。从事中国传统学术研究，目录学的知识是不可或缺的。在不同的时代，同一种文献被目录学家著录在不同的类别，这就是学术观念的演变。甚至在同一时期，不同的目录学家对同一种文献也有不同的著录情况。我们作学术研究，必须对这些问题有准确的判断，如果判断不正确，结论也就可能会有问题了。

你说的《唐五代笔记小说大观》是上海古籍版校点本，是将以前出版的单行本汇编而成，尚未吸收当前的一些研究成果。中华书局版《历代史料笔记丛刊》有“唐宋史料笔记”多种，它组织了一批专家做整理工作，是目前较好的本子。当然，其中也仍有不少质量并不理想的整理本。我在20世纪80年代整理的《唐语林校证》一书出版后，听取了别人的意见，自己也纠正了一些错误，又发现了一些新的资料，自信水平又有提高，本想出一种修订本；1998年，我在台湾清华大学教书，中华书局将该书重新印刷了一次，却未通知作者，故而未作任何修改，这一点我很不满意。这部书以后还是要再修订的。程毅中先生校点的《隋唐嘉话》于1979年出版，其中也有一些小毛病，我提供过一些意见，这次重新印刷也未作任何修改。

从事唐代文史研究应该注意三方面的材料：正史、作家文集和笔记小说。唐宋笔记小说记载了很多奇闻轶事，但材料零碎分散，使用起来很不方便。中国目前已出版了好几种有关笔记小说的工具书，只是数量过少，解决的困难还不太多。我主编的《唐人轶事汇编》（上海：

上海古籍出版社，1995 年）就是对这些唐宋笔记小说进行系统的整理，希望为学者治学提供方便。我在“体例”方面下了些功夫。我只给你介绍两点：(1) 本书不录正史材料，如果与正史记载类同的材料，成书在正史之前的则采录，这样就可得知正史的史料来源；成书在正史之后而又明显采自正史者则不收录。(2) 有些辞条共记一事或记载相近者，就按照文献的先后或记述完备与否来考虑，著述在前与记载完整者在先，其他著作则附后，这样就可同时掌握首出的与完整的材料，以及事件的传播过程。这部书出版后，获得学界的好评。目前，上海古籍出版社与我约定，由我组织人员仿照《唐人轶事汇编》体例，重编《宋人轶事汇编》。这部新书估计有 250 万字，分量比《唐人轶事汇编》(173 万字）还大，难度也较高，大概还要好些年才能完成。

余历雄曰：罗国威《〈文选集注〉传存管见》（载《书品》2000 年第 6 期）一文认为，上海古籍版《唐钞文选集注汇存》的辑存工作仍有遗漏，未能称善。

勋初师曰：罗国威提出的意见，主要是对我编纂《唐钞文选集注汇存》的“体例”不太了解，同时说明他对一般的著作体例也存有模糊的看法。我所辑存的是“唐钞本”《文选集注》中传世的卷子，这有非常明确的体例要求，对于古代典籍中“标记旁注及背记所引”的《文选集注》中文字，或是后人传抄、摹写、迻录的文字，因与原文常有出入，性质有别，故不能纳入，否则这书材料杂乱无章，成为大杂烩了。《唐钞文选集注汇存》中的材料必须是“唐钞本”的原本卷子才符合辑存的要求。关于这一点，南京大学中国思想家研究中心的吴正岚写了一篇题为《关于〈《文选集注》传存管见〉的困惑》（载《书品》2001 年第 3 期）的文章，已经作了回答，并提出了商榷，你可以看一看。当然，如果有人愿意继续做《文选集注》辑佚补阙的工作，为研究者提供方便，上述材料完全可以收录进去，但其文献价值肯定要比唐钞本《文选集注》差得多。

罗国威是四川师范大学的毕业生，现在是四川大学中文系副教授。他对《文选》也有研究，出版过两种著作：《敦煌本〈昭明文选〉研究》（哈尔滨：黑龙江教育出版社，1999年）、《敦煌本〈文选注〉笺证》（成都：巴蜀书社，2000年）。在《敦煌吐鲁番研究》第五卷（北京：北京大学出版社，2001年）上，任职于中华书局的敦煌学者徐俊，就新近四种《文选》版本研究的专著写了一篇书评，包括上述罗国威的两种著作。其中对《敦煌本〈文选注〉笺证》的书评这样写道："笺证部分包括冈村繁和罗国威中日两位学者对《文选注》所做的校订考释，冈村繁所作篇幅略大（据徐文统计：笺证文字共211页，其中冈村繁文123页），尽管日文汉译由罗国威先生承担，但将全书署名'罗国威笺证'，似仍欠妥。"其实，这一篇书评对罗国威的著作仍是有所肯定。我之所以提出书评中的这一段文字，那是因为在著作署名等问题上也要尊重事实，这点你们今后要多加注意。罗先生在《〈文选集注〉传存管见》的"附记"里还说，他比我更早从日本奈良女子大学的横山弘教授处得到"成篑堂《文选集注》残卷"，这是不正确的。横山教授跟我老早认识。1981年时，他来南京大学跟我进修，以后一直保持着密切联系。《文选集注》的出版，他出了大力，这点我在此书《前言》中已有说明。不光是《文选》，他得到珍贵材料后，总是先寄给我。御茶之水图书馆成篑堂文库所藏的这页《文选集注》残片，我们以前都不知道，后来横山从富永一登、衣川贤次二教授的一篇文章中知道此事，遂向成篑堂文库联系，要求提供照片。成篑堂文库有规定，学者可去阅读与抄写，但不能提供照片，于是我们便以中日合作文化交流的名义提出申请。御茶之水图书馆是东京府府立的，成篑堂文库则是私立的，由财团法人石川文化事业财团经营，他们要开董事会才能决定。为此我们又等了几个月。董事会讨论后同意提供照片，但他们附了一份材料，声明这一页《文选集注》佚文只能印入《唐钞文选集注汇存》一书中，不能移作他用。横山教授收到照片后，立即用快件寄给我，我让吴正岚专程赶到上海送交上海古籍出版社。社里为赶时间和降低成本，打算附于书后，我要求他们保证质量，印成精品，他们接受了我的意见，把这页插入（历雄注曰：即《唐钞文选集注汇存》一、六九六“俯仰未能弭”至一、七〇〇注文小字“妾在巫山之阳高丘之”共25行），后面的几十页全部重新制版。出版社本来早就发出预订通知，为此只能又将出版时间拖后，重发征订通知，吴正岚随之又重编了索引。大家为此付出了很多代价。由于大家齐心协力，此书才能顺利地在中国出版。2000年8月初，我和横山教授一起到长春参加《文选》会议，罗国威向他要《文选》材料，横山才把成篑堂文库所藏的这页残片的复印件给他的。后来横山教授看到了罗国威的文章，认为说的既不符事实，又违背了他对御茶之水成篑堂文库的承诺，倒像是在印入《唐钞文选集注汇存》之前就已交给他人发表了，为此感到很不愉快。国外在收藏者对藏品的权利等方面有严格的规定，国人对此观念很模糊，往往不顾一切，只管为我所用。一些出版社也常这么干。这些地方，今后你也要注意。1995年底，横山教授与我还同时到马来西亚参加国际学术研讨会，你和林水檺先生也一起接待过他。

WXL 12：2001年9月22日（星期六）

余历雄曰：您在《唐人笔记小说考索》一书中提及“唐代笔记小说的崛兴与传播”，它与“周末诸子私学之兴起”似乎有着相似的文化背景。

勋初师曰：周代制度原本是官、师合一。周代后期，即春秋、战国时期，官学失守，诸子之学兴起，学在民间，这也可以说是“礼失求诸野”的另一种表现吧。这是属于中国学术史的问题。

唐代以前，修史之责在私家，有专门的史氏世家，也有师弟相传的史家。唐代建立史馆，逐渐确立了官修国史的制度。我在《唐人笔记小说考索》上编《唐代笔记小说的崛兴与传播》一章里提到，唐人笔记小说的创作是从开元盛世之后才开始崛兴的，这与当时士人的“明皇情结”有关，形成了一种兼备史学与文学于一体的新体裁，这与纯粹的史书撰著是不一样的。中唐以后，唐代官修国史的制度依然存在，韩愈曾担任史官，奉诏撰修《顺宗实录》。在新、旧《唐书》本传，还有“父子相继修国史、实录”的记载，如蒋氏父子、柳氏父子、沈氏父子，都曾被称为“良史”，但他们中的一些人已不是世袭的史官。渐渐地，唐代史官的地位大不如前了。直笔撰史容易得罪权贵，触犯时忌，反而是那些稗官野史、笔记小说更能舒畅地著述所见所闻、所思所感。可以这样说，笔记小说的崛兴体现了唐代史学观念的转变。你提问的“周末诸子私学之兴起”与“唐代笔记小说的崛兴”，我想二者之间的文化背景或有某些相似之处，可以提供我们一些联想，但从根本上来说是有明显差别的。

还有一个关于唐代史学观念的问题：唐初诏修前代史，例如，《梁书》《陈书》《北齐书》《周书》《隋书》，史官的态度是严谨的，工作态度规规矩矩。重修《晋书》时，史官也参考了诸家《晋书》，唐太宗御撰四篇“论赞”，态度也是严谨的，但史官同时又兼采了很多志怪异闻、笔记小说等，这一点确实较难理解，后世史家也批评得很厉害。北宋史官纂修《新唐书》时也采摭唐人笔记小说，但这与唐初撰著《晋书》时采摘的志怪异闻是不一样的。《新唐书》刊行后，即有吴缜写作《新唐书纠谬》一书批评其失误。唐代中、后期的史料过于残缺，纂修难免有失误，《新唐书》的史官也是没有办法。黄永年先生《唐史史料学》（西安：陕西师范大学出版社，1989 年）一书，对唐史的史料来源与后人的相关著作都有详细的介绍，应该参考。你手头上的这本吴枫编写的《隋唐历史文献集释》（郑州：中州古籍出版社，1987 年）写得较早，也可以翻一翻，只是作者本人有独到体会的地方比较少。

现在中国的一些地方政府对编修“地方志”很感兴趣，而且常将一些历史名人写进去，并且写得很高很大，以提高当地的知名度。这也可以说是正常的现象，无可厚非，但如果做过了头，那就不符事实了。上次我们提到郑虔因私撰国史而遭人告发，结果被贬十年。后又因陷安禄山叛军中，署伪职，被贬到浙江台州。郑虔是杜甫的好朋友，杜甫的很多诗歌都有述及，但郑虔传世的诗文并不多，因此当时虽有诗名，但在后代来说，算不上是唐代的重要文学家。郑虔（685？—764？），字若齐，授广文馆博士，人称“郑广文”，后卒于台州。据说，郑虔的后人都世居台州。前些时候，浙江台州地方上筹建“郑广文纪念馆”，征辑郑虔研究资料，大力褒扬郑虔的功绩与文学影响。我想，这一点还是需要谨慎看待的，至少现在没有多少材料可以说明郑虔对唐代文学有重要影响，但郑虔对推进台州的文教建设曾有贡献当是没有什么疑问的。

余历雄曰：最近正在阅读《资治通鉴》的《唐纪》部分与司马光的一些史论文章，他的史笔和文才都很好，后人的文章选本似乎较少选录司马光的文章。

勋初师曰：司马光《资治通鉴》的《唐纪》是整部史书中编写得最精彩的部分。我们应将《资治通鉴》与《考异》一起细读，看看司马光是如何缜密地甄选和辨别史料的，这与研究两《唐书》对唐代史料的不同取舍关系密切。司马光在洛阳编修《资治通鉴》，后人去参观，残稿还堆满了两间屋子。他将六七百卷的“长编”删削成《唐纪》八十卷，确实下了很大的功夫。因司马光不在唐宋八大家之列，文坛上的名气稍弱，他的著述也比不上欧阳修全面，因此，有些文章选本没有选录他的作品，但《资治通鉴》中的“赤壁之战”、“淝水之战”等文，还是常被选入历史文选中。唐代的文学作品哪些写得最好？以前大家认为是韩、柳古文写得好，现在有人认为是传奇小说写得好，这是文学观念差异的问题。（历雄插语：前些时候，有些学者曾经讨论韩、柳古文能否看作是传奇小说的源头。）以往讨论文学史的时候，有些人喜欢争论这些课题，但往往是各说各的，未能得出什么定论。我在《通才达识，迥出意表——读陈寅恪〈论韩愈〉》（收入《当代学术研究思辨》，《周勋初文集》第六册，2000 年）一文中说，陈寅恪的文章结论或有偏颇，但他对问题的论述却给予后人很多的启发，耐人寻味，影响深远。有些人写文章四平八稳，反而没有启迪他人的余地。讨论一个学术课题，例如韩、柳古文与传奇小说的关系，如果自己没有新的发现或新的材料，那就不要牵扯进去了。

勋初师曰：撰写论文必须视野开阔，思想活跃。我撰写《诗仙李白之谜》（收入《周勋初文集》第四册，2000 年）时，从一个新的角度——“丧葬习俗”来考察李白的文化背景，得出了一些新的结论。所谓的“剔骨葬法”，在汉族生活的中原地区是从未听闻的，李白就是用这种葬法来办理好友吴指南的丧事，这就使我想到蛮族文化对李白的影响。《新唐书·吴保安传》记载郭仲翔“二次捡骨”归葬吴保安之事，它可与李白葬友之事互相参照。过后，我再联系其他相关的材料，发觉李白与唐代士人截然不同的行为举措，都与他“胡化”的家庭背景和特殊经历有关。确定了这一点后，再去思考那些难有确证、悬而未解的问题，视野就开阔多了。如果我们采用研究杜甫的方法来研究李白，我看恐怕是解决不了什么问题的。有一些关于李白家世研究的论文，他们写得好像亲眼所见、亲耳所闻那般，几乎是在创作小说，这个我们就不必去理会了。

WXL 13:2001 年 10 月 7 日(星期日)

余历雄曰:李宗侗《中国史学史》(北京:中国友谊出版社,1984 年)一书提及唐代诸朝约有八次诏修国史,这是否能作为唐人笔记小说发展或笔记小说史分期的参照。

勋初师曰:唐代朝廷历次诏修国史,可以作为理解唐人笔记小说发展的一种参照,但不能跟得太紧,跟得太死,以免将二者的发展关系过于简单化。唐代诏修国史是朝廷内部的事,外部官员或在野的士人未必知道其中的内情。朝廷诏修国史的情况,一般只牵涉到监修官和编撰人员的调动,对当时笔记小说的发展不会带来明显的影响,对中国历朝国史进行专门研究是史学家的工作,我们主要是探讨唐国史对唐人笔记小说的影响。李宗侗的书我没细看,关于"八次诏修国史"的说法,我不太清楚他是按照什么衡量标准。朝廷历次诏修国史的情况都不太一样。有时朝廷因对编修的进展不满意,撤换了监修官或编撰班子,重新编撰;有时朝廷是因人事问题而撤换监修官或编撰班子,继修者对原有的国史旧文未作太大的改动;有时是因新继位的皇帝对前朝已成书的国史不满意而下诏重修。朝廷诏修国史的原因时有不同,前后相继的诏修原由也未必有因果关系。我们比较感兴趣的是这些唐国史的具体内容和流传过程,以及唐人和后世史家如何评价与采用这些国史的材料。

此外,我们还必须了解国史的史料来源。据唐代史馆制度,唐代史馆中积累的史料是很丰富的,一些部门负有定期上交所管材料的任务,这点《唐会要》卷六三《诸司应送史馆事例》中说得很清楚。起居郎和起居舍人负责记录皇帝的言行法度,史官据之编成起居注。这是修史最重要的材料。史官把各方面收集到的史料甄别汇编,据以修撰实录和国史。从正史艺文志或官私书目的著录，如《旧唐书·经籍志》《新唐书·艺文志》《崇文总目》《郡斋读书志》《直斋书录解题》等，可知自唐高祖到武宗，本朝史官都有修撰前朝实录的惯例。唐武宗以后，因局势动荡，史馆制度不全，没能来得及修撰。前朝修的国史或实录，战乱中也有散失，流落民间。在上述书目中著录的武宗以后诸朝“实录”，是五代或北宋史官补撰的。唐代历次诏修国史，修成后不可能对外公开或刊行，一般只提供给王室成员或三品以上的朝官传阅，士人群体或笔记小说的作者都不容易看到。李南晖的博士论文《唐国史与唐人偏记小说关系研究》也曾讨论到这一点。虽然后来传抄国史的情况发生了变化，历次诏修国史与笔记小说的发展仍没有必然的联系，只是国史的对外流传为笔记小说的作者提供了丰富的材料，这一点倒是可以肯定的。

余历雄曰：关于刘知幾《史通》对史书“二体”之褒贬，及其对唐宋人“史体观念”的影响，郝润华《论梁武帝〈通史〉与南朝修史风气》（载《历史文献研究》总第19辑，武汉：华中师范大学出版社，2000年）一文也曾论及南朝的“通史风气”。

勋初师曰：刘知幾是唐代著名的史学家，《史通》是一部重要的史学理论著作。刘知幾《史通》开篇就提到“六家”、“二体”。“六家”是指《尚书》《春秋》《左传》《国语》《史记》《汉书》，“二体”是指编年体和纪传体。刘知幾认为，编年、纪传二体史书均属正史，二体中又有通史、断代史之分。不论是修撰通史或断代史，史家都应该要有“通”的意识。在刘知幾所提到的正史中，“班、荀二体，角力争先”，即是纪传体的班固《汉书》、编年体的荀悦《汉纪》，但他没有提及司马迁的《史记》。这与刘知幾所谓的“四家”（即《尚书》《春秋》《国语》《史记》）“其体久废”有关。魏晋南北朝时期，流行的史书体裁是断代纪传体，所以班固《汉书》受到当时史家的重视。后来时间久了，时代观念改变了，史家也感到断代纪传体的缺点，于是又有人提出要重视通史纪传体。郝润华的论文就是讨论这个问题的。她原是历史系出身，所以对这类问题感兴趣。

南朝“通史风气”对唐代史学的影响，较明显的是唐初的《南史》《北史》，此后的正史如《旧唐书》《新唐书》《宋史》等，仍是断代纪传体。除北魏之外，南朝的宋、齐、梁、陈四朝，北朝的东魏、西魏、北齐、北周四朝，存在的时间都较短，如果个别修撰断代史书，很多重大的历史事件就会显得非常零碎，无法反映出历史事件的整体性。《南史》《北史》二书就较好地解决了这个问题。其实，纪传体是一种综合性的史书，兼容编年、纪事、传记各体的特长，所以史书中还是以纪传体最受青睐。相对来说，《旧唐书》本纪较详而中唐以后的列传较简，《新唐书》是本纪简略而列传较详。欧阳修采用“《春秋》笔法”修纂《新唐书》本纪，有意识地删削史料，如果我们只阅读《新唐书》本纪，将无法全面了解唐代的重大历史事件。宋祁修纂《新唐书》列传，大量采摭笔记小说，材料比较丰富，但是宋人对此很有意见，认为宋祁的做法并不符合传统的修史规范。唐宋笔记小说的数量很多，水平高低不一，不能说采摭笔记小说就是不好。

勋初师曰：宋代以后，史书的体裁就更丰富多样了，编年体有《资治通鉴》《续资治通鉴》，还有“纪事本末体”、“长编体”、“纲鉴体”等。司马光《资治通鉴》的史料考证也得益于他对笔记小说的重视。我们作学术研究应该实事求是，提高对史料的考辨能力，经得起多重考辨的材料才有助于我们下结论。（历雄插语：据《资治通鉴·唐纪》载，玄宗天宝三载〔744〕至肃宗至德二载〔757〕，这一段时间的纪年都是改“年”为“载”，这有什么意思？）这是有史料根据的。在《旧唐书》《新唐书》的本纪中也是同样的记载，但都没有说明“改年为载”的原因。这个“改年为载”对中国的典章制度没有影响。到了肃宗至德三载二月，史书又恢复了以“年”纪年，如《旧唐书·肃宗本纪》即有“改至德三载为乾元元年”的记载。唐人笔记小说中也有以“载”纪年的情况，但也有不改的。按玄宗于三年正月一日颁《改天宝三年为载制》，尚存《唐大诏令集》卷四，内云：“历观载籍，详求前制，而唐虞焕乎可述。是用钦若旧典，以叶维新，可改天宝三年为三载。今春事将兴，阳和布泽，发号施令之日，革故履新之时，宜弘在宥之恩，以助生成之化。”大约是想施行一些仁政，藉以提示其在政治上的成就。只是此时玄宗实已暮气日重，大唐天下由盛转衰，“改年为载”之举未能取得“革故履新”的期盼，因而史家不予评论的吧。

余历雄曰：唐玄宗时，朝廷初置“玄学博士”，这有何特别的意义？

勋初师曰：据《资治通鉴·唐纪》玄宗开元二十五年(737)载，“春，正月，初置玄学博士，每岁依明经举”。“玄学博士”是唐代新设置的教职，它与魏晋时期的玄学思潮没有关系。《新唐书·选举志》上记作开元“二十九年，始置崇玄学，习《老子》《庄子》《文子》《列子》，亦曰道举。其生，京、都各百人，诸州无常员。官秩、荫第同国子，举送、课试如明经”。《唐会要》卷六四《崇玄馆》则曰：“开元二十九年正月三日，于玄元皇帝庙置崇玄博士一员，令学生习《道德经》《庄子》《文子》《列子》，待习业成后，每年随贡举人例送至省，准明经例考试。”唐明皇笃信道教，又自以为老子后裔，故而自注《道德经》，列入考试科目，这时又扩大规模，列入培养选拔人才的国家计划。但唐代士人由此晋身的还是不多。唐代文士喜欢议论“三教”。“三教”地位的高下往往此起彼落，唐德宗时才形成了“三教论衡”的制度，一般订在皇帝诞辰之日举行。新、旧《唐书》与唐宋笔记小说都有关于“三教论衡”的记载。如果从思想史的角度来看，“三教论衡”的学术水平并不高，它往往只是为了迎合唐代帝王的“政治口味”而有所表现。但是这一措施却是很好地体现出李唐王朝在宗教上的开放态度，三教圆融，彼此尊重，求同存异，后来形成了中国的一种民族心理，对于社会稳定起到了很好的作用。中国历史上从未发生过宗教战争，即是明证。我撰有《“三教论衡”与文士心态》（收入《文史知新》，《周勋初文集》第三册，2000 年）一文，你可以看一看。

WXL 14：2001 年 10 月 28 日（星期日）

余历雄曰：最近北京三联书店陆续出版了《陈寅恪集》（全 13 种 14 册），收入目前所能找到的陈寅恪全部著述，包括三大册的《读书札记》。

勋初师曰：北京三联书店出版《陈寅恪集》，这是一件好事。编者陈美延，她是陈寅恪先生的女儿，中山大学教授，主要从事化学研究。我赞成研究生细读陈寅恪的论文，主要是指那些收录在《金明馆丛稿初编》《金明馆丛稿二编》中的论文，还要去读《隋唐制度渊源略论稿》《唐代政治史述论稿》《元白诗笺证稿》等专著。这套《陈寅恪集》收录了三大册的陈寅恪“读书札记”，我想，出版社大概是考虑到编辑“全集”之故，讲究“全”，所以连这些“札记”也都收录进去。这也是很好的措施。但我认为，研究生阶段不必花太多时间去读陈寅恪的“札记”。这些“札记”是陈先生一边读书一边做的笔记，有的批在书眉上，有的批在边上，或写成了夹注，都较零碎，不成体系。这些观点逐渐成熟以后，大都已吸收到后来正式发表的论文中去了。虽然陈寅恪《读书札记一集》是与《新唐书》《旧唐书》有关的部分，你也不必花很多气力一条一条地阅读，这对你现在的工作没有太多实际意义。当然，快速地翻一下，看能否提供一些有用的材料，也是应该的。研究者因需深入探讨陈寅恪学术观点的形成，必须翻一翻这些“读书札记”，看看他的学术观点如何从零碎的“札记”发展到完整的“论文”，那是很有意义的。

清代朴学家做学问的方法也常是从“读书札记”开始，一本书一本书地看，一条一条地写，综合了较多的史料，又能提出自己的见解，很受学界的推重。顾炎武《日知录》、钱大昕《十驾斋养新录》、赵翼《廿二史札记》等书都是这样写成的。吕思勉“读书札记”的体例与陈寅恪不同，前者是一篇篇的学术短文，已经在零碎的笔记基础上作了加工。后者是零零碎碎的笔记。《吕思勉读史札记》（上海：上海古籍出版社，1982年）的内容集中在唐以前和唐代的文史领域，唐以后的部分还没来得及整理他就病逝了。

余历雄曰：“学者研究”似乎已成了目前热门的论文选题。

勋初师曰：目前，在中国大陆，不论是学者或高校研究生，王国维研究、钱钟书研究、陈寅恪研究、胡适研究等，都已成了热门的研究课题。但是，总体上看研究水平不高，缺乏有代表性的学术成果。这有多方面的原因。就以“陈寅恪研究”来说，陈寅恪早年曾留学德国柏林大学、美国哈佛大学等地，通晓梵文、巴利文、蒙文、藏文、满文等多种语文，他开始打算研究的是“东方学”，研究“丝绸之路”上的学问，研究中亚游牧民族的历史流动，研究“敦煌学”等。现在很少有人懂这些学问，基础不够如何进行“陈寅恪研究”？现在大概只有季羡林具备利用古代异族语文的条件。季先生早年留学德国哥廷根大学，也学了多种古语，如梵文、巴利文、吐火罗文等。陈寅恪国学基础和诗文也好，这点季羡林就不如了。陈寅恪在三十七岁时回国，发觉当时的中国不具备研究“东方学”的条件，敦煌研究的资料不全，大部分都在国外，虽然是被偷、被盗出去，但保存得较好，在中国国内反而不行。后来陈寅恪便不搞“东方学”了，转向中国文史研究，主要集中在魏晋南北朝和隋唐部分，但他仍然得益于“东方学”的基础学问。例如《李太白氏族之疑问》(收入《金明馆丛稿初编》)一文,即从唐代中外文化交流的角度入手,认为李白是“胡人”,不是“汉人”。其实,元稹、白居易的先世都是少数民族,也算是“胡人”的后代,但元、白汉化已久,不像李白那样带有很多胡化的特点。陈寅恪的这个结论被郭沫若批评得很厉害。虽然陈寅恪的结论有待商榷,但他的研究方法却很有启发性,突破了传统的思考模式。郭沫若坚持李白是“中国人”,也作了一些精彩的分析,但他的态度却很主观,只是迎合上级喜好,而且还存在一些知识性的错误。他的研究工作,也留下了很多教训。陈寅恪对隋唐制度渊源、隋唐政治史的研究,有很多新见。

王国维和陈寅恪二人可以说是20世纪中国学术的顶尖人物。从目前学界的情况来看,一时恐怕很少有人能够超越二人的成就。陈寅恪的一个重要长处就是能够从常见书、普通书中看出大问题,又能够提出自己的见解,很了不起。我们现在也常常翻阅《旧唐书》《新唐书》或《资治通鉴》,却看不出有哪些较大的问题。在“大跃进”时,有人说,陈寅恪没有什么了不起的,为什么不能超过他?如果陈寅恪读过一百本书,我们就找来一百个人,每人读一本,那不就超过了吗?这些人真是滑稽得很。“大跃进”时期就是这个样子。我们也不必过于批评郭沫若或其他人,而是应该想一想,如何能够从阅读陈寅恪的论文中学到陈寅恪的本领。

余历雄曰:班固说,“道家者流,盖出于史官”。这句话似乎未对汉代史官或唐代的史学思想产生影响。

勋初师曰:据《汉书·艺文志》说:“道家者流,盖出于史官。”这是班固根据刘歆的《七略》或刘向的《别录》而写下的。班固论述道家与史官的源流关系,接下来的这句话更为重要:“历记成败存亡祸福古今之道,然后知秉要执本,清虚以自守,卑弱以自持,此君人南面之术也。”班固的话说得很清楚,道家之“流”“源”自史官,但道家只是继承和发展了史官的专业，从中得到启发，从而自成一家，后来道家清静无为的思想就不能说是直接出于史官了。史书记载，老子曾经是周朝守藏室的史官，据说他撰有五千馀言的《道德经》，这是道家的重要典籍，所以，道家与史官的关系应该说是非常密切的。据《太史公自序》，司马谈曾经“学天官于唐都，受《易》于杨何，习道论于黄子”，所以，他不仅是一名汉代史官，而且还是著名的天文学家和阴阳学家。董仲舒虽被称为汉代大儒，实际上是个阴阳家。贾谊、司马迁的思想也很复杂，这大概是西汉前期和中期学术思想较为自由的缘故。到了东汉，情况就很不一样了，班固是个“纯儒”型的史官，我们怎能说他与道家思想有渊源关系？司马迁、班固的史学思想有很大的差别。

唐代史官是属于朝廷官僚体系中“量能而授”的职能官员，不是世代相袭的祖传专职，也不是什么思想学派。例如，刘知幾、吴兢、韦述等，都是唐代著名的史官。中唐时期，蒋乂父子、柳登父子、沈既济父子都是颇享盛名的“史官家族”，但这三家史官也不是世代相袭，而是三家子弟受到父辈家风的影响，大都具有史官的才能，又得到朝廷的赏识而授予史官之职。这与司马迁受父遗命继成祖业的情况是不一样的。唐代的史馆制度已经相当完善，史官的任免也有相关的规定，这与史官本人的思想没有必然的关系。如果你打算从司马迁、班固以来思想变迁的角度，探讨唐代史官的思想渊源，我想，这恐怕不容易理出头绪。

余历雄曰：在唐代或唐以前的文学理论著作中，似乎未有论及“小说”一体者。

勋初师曰：刘勰《文心雕龙》一书论述了多种文体的源流与演变，有《史传》篇、《论说》篇等，但没有讨论到汉魏六朝的小说。王运熙《〈文心雕龙〉为何不论述汉魏六朝小说？》（载《庆祝王元化教授八十岁论文集》，上海：华东师范大学出版社，2001 年）一文，你不妨读一读。

程毅中《唐代小说史略》(北京:文化艺术出版社,1990 年;北京:人民文学出版社,2003 年新版题作《唐代小说史》)也可参考。唐人的文论著作也没有论及唐代小说。倒是刘知幾《史通·杂述》篇提出了“偏记小说”的新概念,他从史学角度将正史以外的“偏记小说”分为十类,这与文学意义中的“小说”很不一样。台湾学者王梦鸥先生对唐代小说颇有研究,他的《唐人小说研究》(台北:艺文印书馆,1971—1978 年,全四集)学术水平很高,也应该读一读。

在唐代,中国已发明木版印刷,但还在创始阶段。“偏记小说”的作者情况不等,很多作品都是手抄稿本,数量有限,流通也不广,因此较难流传下来。不过,唐人“偏记小说”中的若干种与唐国史的史料关系非常密切。宋人或称“偏记小说”为“笔记”或“小说”等。宋国史与宋人笔记小说的关系并不密切,这或许是宋代文体分类较为严谨的结果。但是,宋代的史官也撰有笔记小说,例如,欧阳修纂修《新唐书》和《新五代史》,又撰有《归田录》;宋祁编纂《新唐书》,又撰有《景文笔记》;司马光编修《资治通鉴》,又撰有《涑水记闻》等。相对来说,宋人笔记小说的学术性较强,唐人笔记小说的故事性较丰富。

WXL 15:2001 年 11 月 7 日(星期三)

余历雄曰:研究人物传记,如何梳理史料或进行史料溯源?

勋初师曰:我们阅读古代典籍,撰写论文,不能光是埋头苦读,还要懂得使用专业工具书,提高治学的效率。例如,王溥《唐会要》可以说是一部检阅唐代典章制度的重要典籍,目前有中华书局版和上海古籍版两种通行本,前者配备了张忱石编的《人名索引》(北京:中华书局,1991 年),使用起来较为方便;后者是新式点校本,版式好,读起来舒服。上海古籍出版社请上海社会科学院历史研究所的一些学者依据四种抄本作了校雠,从质量上看,要比中华书局那本好得多,但因未配备《索引》,不便检索。张忱石先生学问很好,还擅长编"索引",他的成果很多,错误较少,是目前获得学界评价很好的"索引专家"。余嘉锡《世说新语笺疏》后附《常见人名异称表》《人名索引》《引书索引》等,都是张忱石编的,大家都说编得好。中华书局版"二十五史"中的多种人名索引也是张忱石编的。张忱石做事很肯下苦功,那时还未使用电脑,他用卡片做"索引",其他人要午睡,他却利用时间做索引,下了很大的功夫。当时有些人觉得这种工作很烦琐,很枯燥,又不易出名,他的这些成果却为治学的人提供了很大的方便。现在我们较常使用的工具书有:傅璇琮等编《唐五代人物传记资料综合索引》(北京:中华书局,1982 年)、张万起编《新旧唐书人名索引》(上海:上海古籍出版社,1986 年)、方积六等编《唐五代五十二种笔记小说人名索引》(北京:中华书局,1992 年)等,为查找唐代人物提供了很大的便利。

梳理唐代史料,或进行史料溯源,需要具备一定的文献学基础和目录学知识。李南晖的博士论文《唐国史与唐人偏记小说关系研究》,其中部分内容就是梳理唐国史、唐代实录与"偏记小说"的关系。他的文献学基础较好,论文得出的结论还是比较可信的。你以前在文献学方面的训练较少,基础较弱,如果从事梳理唐代史料的话,恐怕会遇到不少困难,但得补上这一课。如果你有兴趣,可以先从唐人笔记小说中发掘问题。例如,笔记小说中所反映的"牛李党争",李德裕、牛僧孺的真实面貌如何?是作者的刻意编造,抑或曲笔改写?收录在唐人别集中的行状、墓志铭、神道碑等,多是长篇宏制,史官纂修史书传记时,必须加以压缩删节,这与本来的面貌就有差别了。在行状、墓志铭中,一般只写死者生前好的一面,不好的地方就为之隐讳,送到史馆时,史官还得参照其他材料,甄辨真伪,以反映传主的真实面貌,包括好的与不好的两个方面。在唐人别集中，行状之类的数量并不多，你可以从个别重要的人物开始，渐渐地拓展开来。

勋初师曰：唐代朝廷对士人撰写笔记小说的态度应是较宽松的。例如，张鷟（约658—约722），盛唐时人，他写作的《朝野佥载》记叙高宗、武后、中宗、睿宗、玄宗诸朝故事颇丰，尤以武后朝的记叙为多，对武后朝排除异己的残酷手段与黑暗政治多有详细而具体的记载，司马光编修《资治通鉴》时多有征引，《旧唐书》《新唐书》中的记载反而较少。张鷟的记载应是可信的，称得上是"实录"。他不可能冒着杀头的危险来"编造"这些当朝故事。我撰写的《朝野佥载叙录》举了很多例子，你可以看一看。我的撰写方法与那些编写"小说辞典"的人不太一样，他们都将《朝野佥载》视为小说，未能看出它的史料价值。

我们现在看到的韩愈《顺宗实录》，已是经过历朝多次改修的本子。它的本来面貌如何？是不是真正的"实录"？为什么有人说韩愈编修得不好？我们现在可以用来考证《顺宗实录》的唐人材料并不多，柳宗元、刘禹锡的集子里或许还存在一部分，但因他们当时是"八司马"中的"罪臣"身份，所以写得很隐讳，较难说明问题。梳理史料必须有足够的证据，否则只能是"发现问题"而不是"解决问题"。较早的时候，中国大陆一些研究者受政治运动的影响很深，他们批评韩愈，抬高柳宗元，都是为当时政治服务的。这谈不上是梳理史料，因而也谈不上写出较高水平的文章。

勋初师曰：我们梳理史料时，还可借助当前的文学编年、史料编年或"行年考"方面的研究成果。例如，曹道衡对中古文学史料的考证，傅璇琮《唐代诗人丛考》（北京：中华书局，1980年），谭优学《唐诗人行年考》（成都：四川人民出版社，1981年）、《唐诗人行年考续编》（成都：巴蜀书社，1987年）等。我的《高適年谱》（上海：上海古籍出版社，1980年）虽是在"文革"后期写的，但也是通过梳理多种史料而编成的。（历雄插语：又有杨翼骧编《中国史学史资料编年》，天津：南开大学出版社，1987年；傅璇琮主编《唐五代文学编年史》，沈阳：辽海出版社，1998年）以前从事文学研究的人，片面地强调文学作品的“阶级性”和“人民性”，受教条主义的影响，学风很不好。20世纪70年代后期、80年代初期，有些人开始默默地撰写考证性的论文，有的写得很好，80年代之后考证之风更盛，有的文章写得零零碎碎，解决的问题不大。从现在看来，撰写论文一定要能够进行考证，辨明事实，这是最基本的要求。不能只是人云亦云，将别人说过的话重说一遍，既没有发现问题，也没有解决问题，因此我们的工作也不能停留在考证上，总要在辨明事实的基础上说明一些重大社会问题才行。

还有一种考证论文称为“占籍考”，较杰出的著作有汪辟疆先生《近代诗派与地域》（收入《汪辟疆文集》，上海：上海古籍出版社，1988年），史念海《两〈唐书〉列传人物本贯的地理分布》（北京：中国社会科学出版社，1998年），陈尚君《唐诗人占籍考》《唐代闽籍诗人考》（收入《唐代文学丛考》，北京：中国社会科学出版社，1997年）等。（历雄插语：胡阿祥《魏晋本土文学地理研究》一书有“文学家籍贯”的地理考证。南京：南京大学出版社，2001年。）胡阿祥的“文学地理研究”也是从“占籍考”方面发展而来的。我们撰写考证性的论文，要能够看得远，看得细，不能是大得无法解决问题，小得没有实际意义。

WXL 16：2001年11月25日（星期日）

余历雄曰：介绍关于撰写《论“江左李充”》一文的构想。

勋初师曰：前几次我们讨论郭璞诗歌的问题时也曾提到有关“江左李充”的校勘问题。研究李充的难点主要是现存的材料太少，难有新的突破。如果你要写这个题目，还是可以试一试。按照余嘉锡《世说新语笺疏》“至江左李充尤盛”的说法，那么，李充就应是东晋重要的玄言诗人，但他也无法肯定这一点。你认为余嘉锡说的不对，那就应该进行多方面的辨析，以论证李充不是重要的玄言诗人。这一个想法或可再作发挥。余嘉锡的文献依据是《文选集注》公孙罗注引檀道鸾《论文章》，虽然如此，它仍引发出一些新的问题，他也没有解决。程千帆先生的意见是将两句文字“据文义乙正”，这样就豁然贯通了。我在《郭璞诗为晋“中兴第一”说辨析》一文中也认同这个观点。如果你现在有新的发现或新的观点，那就可以撰写论文继续辨析。

余历雄曰：钟嵘《诗品》实未判别西晋、东晋玄言诗之高下，不同的是他所列举的东晋玄言诗人较西晋为众。钟嵘的观点与檀道鸾、刘勰、沈约好像不太一样。

勋初师曰：钟嵘《诗品》对玄言诗的评价不高，认为是“理过其辞，淡乎寡味”，“平典似《道德论》”，将两晋的玄言诗都列在“下品”。有些人以为，列在“下品”的诗人水平都很低，所以玄言诗的水平也极差。这种看法是不正确的。在钟嵘的时代，他能够看到的汉魏晋宋古诗，数量应该很多，他的文学批评眼光很高，能够被选中的诗歌，都是历代优秀的作品，现在我们仍然在很多地方认同他的观点。钟嵘评为“上品”的诗歌水平当然极高，评为“中品”的诗歌也很好，评为“下品”的也不错，都是优秀的诗歌作品。所谓“下品”，是相对于那些被钟嵘评为水平极高的“上品”诗歌而言，能够入选“下品”的两晋玄言诗仍然具有一定的水平。如果真要说水平“极差”的话，只能是那些未入选、不入品的诗歌。

清代的汪中（1744—1794）说，扬州府内，除他自己外，通人只有两个：王念孙（1744—1832）、刘台拱（1751—1805）。当时有人请汪中给他一个评价，汪中就对他说：你呀，如果回去好好地再读三十年书，那就可以达到“不通”的地步了。汪中真是个“狂人”，他的这一番话恐怕要得罪不少人。照这样看来，读书“不通”也是一种水平，可能是一种不算高的水平。那些连读书“不通”的地步也达不到的人，应该就是极差的情况了。现代的人埋头苦读，到底是读“通”还是读“不通”呢？那也就很难说了。现在再回头来看《诗品》中“下品”的诗歌，也就可以有较好的理解了。至于你认为钟嵘《诗品》并没有判别东晋玄言诗较西晋为胜，只是两两并举，不分伯仲，钟嵘的观点与檀道鸾、刘勰、沈约等人不太一样。这应该是一种新的理解。你先按照现在的思路将论文写出来，然后我们再仔细讨论，看看你的结论是否经得起推敲。

余历雄曰：我打算从现存的李充诗文、《翰林论》佚文及相关材料进行探讨，以辨析“江左李充”是否为东晋重要的玄言诗人。

勋初师曰：刘勰《文心雕龙》、钟嵘《诗品》和现代人编写的《中国文学批评史》中都有提到李充《翰林论》的，但现存的《翰林论》只有数则佚文，大家都难有较充分的论述。黄侃《文心雕龙札记》说，从《翰林论》的命名就可看出李充文学观是以“沉思翰藻”为贵的。汉魏时期，“翰林”一词可说是“文学”的代称，都是讲究“翰林华藻”的意思。如果你要辨析《翰林论》的每一则佚文，以论证李充文学观是否符合东晋玄言诗的理论，我想，你还得借助其他方面的材料。从李充现存诗文来看，当然不属于玄言作品，但这些作品的数量太少了，不足以反映出李充诗文创作的面貌。你想想看，应该如何处理这些问题？关于汉魏六朝文献的辑佚工作，例如，严可均《全上古三代秦汉三国六朝文》、逯钦立《先秦汉魏晋南北朝诗》等，能够做的现在都已经做得差不多了。目前仍有一些高校或科研机构申报汉魏六朝古籍辑佚的项目，但仍未看到能够取得哪些重大的成果。

WXL 17:2001 年 12 月 9 日(星期日)

余历雄曰:刘大杰《中国文学发展史》说,唐宋以后辞赋的发展就没有什么值得叙述的了。(上海:上海古籍出版社,1982 年,上卷第五章)赵义山等主编的《中国分体文学史》(散文卷)称,唐宋是辞赋发展的全盛期。(上海:上海古籍出版社,2001 年,中编第四章)两种说法似乎都有偏颇之嫌,未为确论。

勋初师曰:上次我们讨论胡小石先生的中国文学史研究,提到胡先生接受扬州学派的影响,首先在中国文学史的讲授中引入"一代有一代之所胜"的学说。扬州学派的主要人物有焦循(1763—1820)与阮元(1754—1849)。焦循在《易馀籥录》中提出了这个对后世颇有影响的论点。刘大杰是胡先生的学生,他的《中国文学发展史》在文体观上也接受了扬州学派的观点,有的章节讲得较为具体,有的章节却讲过了头。刘大杰对中国文学史的总结具有一定的学术根据,很有自己的学术个性,比起那些面面俱到、四平八稳的教科书要强得多。但是,刘大杰《中国文学发展史》经过了多次修改,每一次修改都被人批评,越来越失去了原先的学术个性,尤其"文革"期间的改写本,被批评得最厉害。(历雄插语:《中华文史论丛》第八辑,曾刊载两篇批评的论文:吴文祺《一本荒谬的中国文学史——评修订本〈中国文学发展史〉第二册》;唐振常《可怜无补费精神——评修订本〈中国文学发展史〉关于韩柳的评价》,上海:上海古籍出版社,1978 年)"文革"期间的事,没法说清楚,现已没有必要再去批评刘大杰。我听复旦大学的朋友讲,刘大杰在改写文学史时,朱东润先生曾对他说:"你不要写了,将来会脱不了身的。"刘大杰回答说:"不要说将来,我现在就脱不了身。"可见当时的知识分子也有很多无奈,压力太大。现在有些人批评他,实际上是在唱高调,他们当时的表现也不怎么样。朱先生在四人帮垮台后没有说到刘大杰一句,这就是儒家所说的“恕”道。

有人认为刘大杰在20世纪40年代初版的《中国文学发展史》写得最好,有人认为60年代新版较好。我想,一本由个人完成的《中国文学发展史》,能够经得起半个世纪的考验,而且还继续被读者接受,这是很不容易的事。

刘大杰《中国文学发展史》对汉赋发展的分期概括得很好:形成期、全盛期、模拟期、转变期。大家都能接受“汉赋四期”之说。这应该是受到胡先生的影响,你可以对照着读一下。汉赋、六朝骈文、唐诗、宋词、元曲、明清小说等,这就是“一代有一代之文学”。关于“唐宋以后辞赋的发展”这一点,我们不能讲得太死,应该灵活一些。司马相如的大赋可以张扬汉家天威,使汉武帝有凌云之志;唐宋时期的律赋或文赋能否反映盛唐气象、两宋文采?使人有汉代的人那般感受?李白、杜甫、苏轼的古赋或大赋,似乎也达不到这个水平。比起唐诗宋词,唐宋辞赋确实是逊色不少,无法作为一代文学之“代表”。赵义山等《中国分体文学史》所谓“唐宋是辞赋发展的全盛期”之说,那就必须看看他们的根据是什么?两汉辞赋是“兴盛”,唐宋辞赋是“全盛”,“全盛”应该高于“兴盛”。但唐宋辞赋的作者群体之扩大和作品数量之剧增,能够说明什么问题?这也不能证明唐宋辞赋超越两汉辞赋的成就,我们还得看看作品的质量。例如,清诗、明诗的数量远超唐诗、宋诗,清词的数量远超宋词,都无法得出前者胜过后者的结论。即使从同一文体的时代发展来看,抑或同一时代的文体比较来看,我们也得不出这样的结论。撰写文学史时必须作出客观的判断,不宜褒贬过实。肯定哪些,否定哪些,都必须有足够的证据。

现在的一些中国文学史著作,在每一章或全书之后都开列了参考书目,这很有意思。只是参考书目的分量如太大,学生不一定有时间阅读，反而达不到参考的效果。我想，编者最好还是开列单篇论文作参考，学生就能从容地阅读。好的单篇论文中都包容着很多新观点和新材料，这样更能触及讨论的问题，切合学生实际。虽然单篇论文的观点容易“过时”，但如果真能选取一些有启发性的单篇论文，学术生命也长，仍然是可以办到的。现在的中国文学史、中国通史著作都是集体编撰的，分量较大，分工过细，一般都无法独力完成。这种情况与我们的前辈文史学家很不一样，他们都是独力完成一部又一部的文史著作，虽然篇幅分量比起现在的同类著作显得较小，但却很有学术个性，很有学术魅力，直到今天还有一定的影响。

余历雄曰：关于前辈史学家治唐史的著述与治学情况，请略作指导。

勋初师曰：除王国维（1877—1927）、陈寅恪（1890—1969）之外，中国较著名的前辈史学家有：吕思勉（1884—1957）、邓之诚（1887—1960）、岑仲勉（1886—1961）、向达（1900—1966）、范文澜（1893—1969）等。

吕思勉与邓之诚的史学比较清楚地体现出了自清代朴学发展而成近代新史学的痕迹。吕思勉写了好几部通史和断代史，真正下了苦功的还是魏晋南北朝及隋唐部分。他的《中国通史》上、下册（上海：开明书店，1940年、1944年初版）、《先秦史》（上海：开明书店，1941年初版）、《秦汉史》（上海：开明书店，1947年初版）、《两晋南北朝史》（上海：开明书店，1948年初版）、《隋唐五代史》（上海：中华书局上海编辑所，1959年初版）都深获学界好评。他还有一些政治史、专题史方面的专著，例如，《中国民族史》《理学纲要》《宋代文学》《制度史五种》《文字学四种》等，著作量非常丰富。邓之诚著有《中华二千年史》（上海：商务印书馆，1934年初版）、《清诗纪事初编》（上海：中华书局上海编辑所，1965年初版）、《骨董琐记》（北京：生活·读书·新知三联书店，1955

年)等,他的记性很好,对文献也非常熟悉。《中华二千年史》的思路与吕思勉有些相近。邓氏自云采纪事本末体,而又纲目清晰,似更接近清代史学札记的传统。我本人最喜欢用吕思勉的中国史。他的几部著作,一般都分作两部分,上一部分用纪事本末体,讲政治上的大事;下一部分为新式的"九通"、"书"、"志"之学,讲社会结构、典章制度与文化学术等。他用的材料都经过考核,还注明出处,便于参照与引用。吕思勉、邓之诚都是兼通文学、史学的大学者,能够对中国学术作总体的考虑,既能独力完成史学著作,又能独力撰写文学著作。现在年轻一辈的学者往往分工过细,思考受到局限,未能继承中国古时"文史不分"的传统。

岑仲勉、向达二人接受欧美学术研究方法的影响,他们对近代东、西方的汉学研究成果都有相当广泛的涉猎,虽然他们的研究范围不及吕、邓二人广阔,但他们的研究成果却很有深度,可称专门之学。现在打算从事唐代文学研究的研究生,我还是鼓励他们读一读岑仲勉《唐史馀渖》(上海:中华书局上海编辑所,1960年初版)、《隋唐史》(北京:高等教育出版社,1957年初版)、向达《唐代长安与西域文明》(北京:生活·读书·新知三联书店,1957年初版)等书。

自20世纪八九十年代以来,又出现了好几种隋唐史。我这里只介绍三种。岑仲勉的《隋唐史》融入了他长期研究文史的许多心得,见解每与他人不同,如对武后与牛李党争的评价等。他对唐人与周边民族的关系甚为重视,也很关注宗教、民俗和社会风气。岑氏持论喜与陈寅恪立异。王仲荦的《隋唐五代史》上、下册(上海:上海人民出版社,1988年、1990年)篇幅很大,吸收了学界最新的研究成果,材料丰富,分析细致,立论持平。像吕思勉等人之书,毕竟写得早了一些,后几十年的新成果未能纳入,这点可在王著中得到补足。台湾政治大学王寿南教授有《隋唐史》(台北:三民书局,1986年)一种,叙事条理明晰，遇到复杂的问题则以图表显示，所制图表达数十种之多，读时一目了然，也有其特点。

范文澜《中国通史简编》修订本（北京：人民出版社，1965 年）是以马克思主义观点为指导思想而编写的历史著作。相对于王、陈、吕、邓等传统文史学家，范文澜被称为“新史学家”。其实，范文澜与陈寅恪是同时代的人。我很喜欢阅读范文澜的书，他观点明确，说好说坏，绝不含糊，而且看法每与他人不同。别看他是中国共产党中地位最高的老学者，实际上他在评价前人时，每持儒家观点，这只要看他对李白、杜甫、王维的批评即可明白。他对文学艺术都很内行，常有一些精辟的见解，对人有启发。

英国人崔瑞德编著的《剑桥中国隋唐史》（*The Cambridge History of China*，volume 3，*Sui and T'ang China*，589－906，ed. by Denia Twitchett，Cambridge University Press，1979；中国社会科学出版社，1990 年中译本），书中的史学观点很有新意，可以提供我们借鉴参考。例如他对李林甫的评价，就与我们不同，这大约是西方国家向来重视行政管理，所以对李林甫在这方面的才能予以关注吧。但其对中国古代文献的掌握与处理上有些问题，这也是西方学者的通病，阅读时要稍加注意。

有人称郭沫若（1892—1978）为中国新史学的开山祖师。这里说的“新史学”，是指马克思主义的史学。因为他是最早运用马克思主义的观点研究中国历史的学者之一。他的主要贡献在先秦史方面。因为他在新中国建立后身居高位，也扩大了他的影响。

顾颉刚（1893—1980）编《古史辨》，影响不可小视。他培养了很多学生，像童书业（1908—1968）、杨向奎（1910—2000）等，都很有贡献。但他们的成果大都在先秦领域。谭其骧（1911—1992）在他的影响下专治历史地理，贡献尤大。

前些年，上海人民出版社陆续出版了全22册的《中国通史》。这套书大概是目前篇幅分量最大的中国历史著作。因编撰人员太多，又分散编写，体例较难统一，水平参差不齐。强求一致，则又束缚住了大家的手脚，难得深入。总主编白寿彝（1909—2000），也是顾颉刚的学生。因系回族，少数民族学者不多，身份较突出。与国内同行专家相比，他的研究成果不能算是最高的。中国有一种"有趣"的现象，有的人因学术成就而抬高了政治声望，有的人因政治地位而抬高了学术声望。国外的情况恐怕也是这样。我想，我们还是应该老老实实地做学问，不要去追求那些吹捧出来的"声望"。

WXL 18：2001年12月23日（星期日）

余历雄曰：日前阅读胡可先《中唐政治与文学——以永贞革新为研究中心》（合肥：安徽大学出版社，2000年）一书。关于中唐文学的课题研究，目前情况如何？

勋初师曰：韩愈、柳宗元研究一直是中唐文学研究的重要课题。哪一种研究方法较为妥当？目前大陆学界不同看法很多。胡可先的研究方法比较传统。此书是他的博士论文。首先，"永贞革新"的提法是否妥当？黄永年较早时就提出了意见，认为并不存在所谓的"永贞革新"。（详见《所谓"永贞革新"》，原载《青海社会科学》1986年第5期，收入《文史探微》；另一篇同题论文，收入《树新义室笔谈》）这一点还是需要多加注意的。目前的论文选题，很流行"以某某为研究中心"的标题方式。这种所谓的"中心"要能够经得起推敲，要拿捏准确，以免把握不当而失去研究的"重心"。胡可先较长时间都在从事中唐文学研究，他对唐代的文献很熟悉，梳理工作做得很好，但相对来说，文章的新意少了一些，他的这部著作还是可以读一读。

最近，我向北京大学出版社推荐出版贾晋华《唐代集会总集与诗人群研究》(2001年)。这是一部内容充实而新见很多的学术著作，该书对中唐时期洛阳、两浙的诗人群及韩孟诗人群都有深入的考论。贾晋华原在厦门大学中文系硕士毕业后留校任教，后来到美国科罗拉多大学读博士，毕业后在香港城市大学执教。她有机会接触到海外的学术氛围和较多的欧美论著，视野开阔，思维也很敏锐。查屏球《唐诗与唐学——中晚唐诗风的一种文化考察》(北京：商务印书馆，2000年)一书的写作方式和观点也较灵活，有一些新的开拓，是目前青年学者中较好的一部学术著作。我因事多，且年岁已大，读的新书不多，只能就看到的谈谈。

目前你看到的一些中唐文学研究新著，一般都有二十馀万字，有些是作者在旧稿或博士论文的基础上扩充而成。博士生学习三年，时间很有限，除了课业以外，还要考虑其他事情，很难写出一本十馀万字的高水平的学位论文。中国高校申请博士学位的论文，很难完成篇幅很大的著作，只能要求先提交数万字参加答辩。这只能是论文的精华部分，不是博士论文的全文。博士生本人必须先拟一个论文提纲，提交答辩的只是其中的一部分。答辩通过后，再进行扩充撰写，这样就有较充裕的时间来完成较高水平的学术著作。当你思考论文的提纲时，也应该把视野放得更远一些，拟定一个完整的研究计划，毕业回国后，还能够继续进行学术研究。我想，这样的安排对你日后的教学工作或研究计划都会有帮助。

余历雄曰：日前重读《韩愈的〈永贞行〉以及他同刘禹锡的交谊始末》一文。从韩会、韩愈的“家族故事”来看，确实很能说明韩愈对“二王八司马”的排斥态度。

勋初师曰：关于韩愈研究的论文，大概是陈寅恪《论韩愈》一文写得最好。新意多，启发性大，我也从中得到不少启发。我还特意为学生讲解过这篇文章，后来写了一篇讲义介绍他的研究方法，并收入《当代学术研究思辨》（南京：南京大学出版社，1993 年）一书。“文革”前后，因种种非学术因素的干扰，人们对韩、柳的研究往往是扭曲的，“褒柳”就一定要“贬韩”，将韩、柳的关系搞成很对立。有些观点也很滑稽，例如，拥护“进步的”就要批判“保守的”。谁是进步的？怎样才算是进步的？全都搞不清楚。韩愈为何没有参加“永贞革新”？韩愈为何总是对“二王八司马”持批判的态度？韩愈与柳宗元、刘禹锡的交谊如何？这些问题一直都未能得到较好的解决。

1986 年末，我到汕头大学参加“韩愈学术讨论会”，提交的论文是《韩愈的〈永贞行〉以及他同刘禹锡的交谊始末》。我从韩愈因其长兄韩会党附元载而遭贬的隐痛立论，结合相关的文献材料，分析永贞前后的政治形势，探讨韩愈与刘禹锡、柳宗元之间的政治分歧与隔阂，得出一些新的结论。在赴汕头大学途中，经过上海，复旦大学王运熙教授看了我的论文之后，说是我的新见主要得益于研治唐宋笔记小说而发掘的材料，解决了许多问题。确实如此，当时我正在整理《唐语林》，发现了一些常被人们忽略的重要材料，例如，韦绚《刘宾客嘉话录》相当真切地反映了刘禹锡对韩愈的一些看法，柳宗元对韩愈也有意见。这些材料对我们深入了解韩、柳、刘之间的交谊始末有很大的帮助。后来，上海古籍出版社的赵昌平同志拿去提早发表于《中华文史论丛》1987 年第 2、3 期合刊，故未收入会议论文集中。

古人在文章中评论他人，常是从正面的角度说话，尤其受人委托撰写墓志铭等，更是备致敬仰之意。但他们在与密友或门下弟子闲话家常，涉及某些人或事，因为不再担心涉及人事纠纷，往往说出“真心话”。所以我们研究这些人物，除了正史纪传，也要重视笔记小说，发掘其中的“真心话”，才能全面地掌握材料。中唐时期笔记小说很发达，中唐人记载中唐时的事，当然比后人的转述追记可信。我们研究唐代文学，尤其中唐文学，如果只是依据两《唐书》纪传和文人别集，忽略了唐宋史料笔记，恐怕很难得出新的结论。

余历雄曰：李充《翰林论》佚文，穆克宏、郭丹《魏晋南北朝文论全编》（南京：江苏教育出版社，1996 年）辑得 11 条，较郁沅、张明高《魏晋南北朝文论选》（北京：人民文学出版社，1996 年）多两条。

勋初师曰：你在《论"江左李充"》一文中提到《翰林论》的辑佚情况，我再给你补充两条：（1）《太平广记》卷十三《郭璞》条，原出《神仙传》，内引李弘范《翰林明道论》，云"景纯善于遥寄。缀文之士，皆同宗之"。（2）《太平御览》卷五九三引《翰林论》，云"诫诰施于弼违"。现在，李充《翰林论》佚文可得 13 条。古籍辑佚的工作是没完没了的，一般是从类书或总集里辑出来，愈辑愈多。有时只辑得几个单词单字，对整体来说没有多大的意义，但这项工作还是需要继续做下去。专门去做这项工作是比较枯燥乏味的，很少有人会这样做，而是一边阅读一边做笔记，能辑得多少就是多少。骆鸿凯《文选学》（北京：中华书局，1936 年初版，1989 年新版）第一章就曾提到古籍辑佚的事项，也介绍了《翰林论》的佚文，如果你有兴趣的话，可以再去了解一下。

现在大家都使用电脑，又有各式各样的电子检索系统，只需输入所要检索的条目或词目，资料很快就排列出来，提高了古籍辑佚的效率。电脑有时也会"呆头呆脑"的，它只按照指令操作，指令以外的事项它就不能处理了。在中国古籍里，有很多同书异名或同名异书的现象，电脑无法分辨出来，如果完全依靠电脑，辑佚效果也会打个折扣。例如，我从《太平广记》卷十三辑出的《翰林论》佚文，原本引书作"李弘范《翰林明道论》"。我认为，《翰林明道论》一书当是《翰林论》的别称。作者李充，《晋书》本传说"字弘度"。《文心雕龙·序志》篇称"弘范《翰林》"，黄侃《文心雕龙札记》认为，李充"或其字两行"。经过一番梳理后，我断定这是李充《翰林论》的佚文。郭绍虞曾撰《〈文章流别论〉与〈翰林论〉》一文，以为二书均为附丽于总集而别行辑出者。挚虞之书总集名《文章流别集》，其论辑出单行，即称《文章流别论》；李充之书情况类同，总集名《翰林》，其评论者则称《翰林论》。这种看法是可信的。《通志·艺文略》著录此书，一在"总集"类，一在"文史"类，亦即认为李充此书一部分应入"总集"，一部分应入"文史"。"文史"后人称作"诗文评"类。今据《翰林明道论》一名推断，尚可知其结构。《隋书·经籍志》将此书著录于总集类，云"《翰林论》三卷，李充撰，梁五十四卷"。说明梁代阮孝绪《七录》中著录之总集计五十四卷。《玉海》六十二引《中兴书目》曰："《翰林论》二十八篇，论为文体要。"可知总集内分二十多类，其一云《明道》，若将总集之名与篇端论文之语合称，即可称为《翰林明道论》。《神仙传》为葛洪所撰，葛洪为西晋至东晋时人，其说与刘勰一致，可证李充确是一字宏范。这种地方，需要经过考证的辑佚工作，电脑就无能为力了。

WXL 19：2002 年 1 月 6 日（星期日）

余历雄曰：关于南京大学中文系的唐代小说研究，历史情况如何？

勋初师曰：我们南京大学中文系前后有好几位老师从事唐代小说研究，有些研究生也以唐代小说研究作为博士论文的选题范围，他们的研究方法和重点不太一样，各有特色。在南京大学早期，那时还叫中央大学，汪辟疆先生（1887—1966）校录的《唐人小说》（上海：神州国光社，1929 年；上海：古典文学出版社，1955 年新版；上海：中华书局上海编辑所，1959 年二版；上海：上海古籍出版社，1978 年新版），作了严谨的考订、辑录和雠校的工作，他的研究成果应该不下于鲁迅校录的

《唐宋传奇集》(上海:北新书局,1927 年、1928 年初版)。《汪辟疆文集》(上海:上海古籍出版社,1988 年)还收录了一篇《唐人小说在文学上之地位》。更老一辈的学者信奉儒家的传统观点,研究工作中一般多采用正史中的材料,鲁迅和汪先生的研究小说,当时是很先进的。现在的学者则可兼采正史与唐宋笔记小说中的材料。程千帆先生《唐代进士行卷与文学》(上海:上海古籍出版社,1980 年)一书曾论及唐代行卷风尚与小说勃兴的关系。

陈寅恪先生倡“以诗证史”。笔记小说也可用作史料,后人也可尝试“以小说证史”。因为笔记小说提供了较为翔实的材料,我们据以考证史实,能够起到“证实”的作用。有的笔记小说提供不同的记载,我们可以据此作深一层的研究,看清事情的复杂性。考证时需要严谨的推理,必须掌握翔实的材料,才能得出可靠的结论。有的研究者喜欢根据个别的材料采用推论的方法来作“考证”,他们得出的结论往往是“或然性”的,不一定经得起推敲。如果不能得出“必然性”的结果,就不能起到真正的“证史”作用。

卞孝萱先生长期从事唐代小说与政治之研究。他的论文主要收入《唐代文史论丛》(太原:山西人民出版社,1986 年)和《唐传奇新探》(南京:江苏教育出版社,2001 年)二书中。你手头上这本《冬青书屋笔记》(北京:东方出版社,1999 年)大概也收入了这一类论文。卞先生早年曾协助范文澜编写《中国通史简编》,对正史中的材料非常熟悉。他善于排比文献材料,辨析异同,多重考证,从中得出一些新的结论。程国赋是卞先生的博士生,我也参加了他的博士论文答辩。你带来的《唐代小说嬗变研究》(广州:广东人民出版社,1997 年)和《唐五代小说的文化阐释》(北京:人民文学出版社,2002 年)二书,是程国赋在博士论文的基础上进一步研究的成果。程国赋在南大学习时非常用功,毕业后到暨南大学执教。现在中文系的好些毕业生都喜欢到南部工作,南部的经济条件较好，但学术环境就比不上南京了。李南晖是广东人，他在中山大学执教。我们的毕业生在南部还能够继续做研究，近年来也取得一些研究成果，这是很可喜的。程国赋的唐代小说研究较倾向于理论的阐发，文献考证方面的工作做得较少。他的论文多发表在广州的一些地方性的学术刊物上，我曾向他建议，应该考虑向全国性的学术刊物投稿，尝试新的考验，扩大影响。后来，他写了一篇题为《阐幽发微　考论结合——评介〈唐人笔记小说考索〉》的书评，刊载在《文学遗产》1998 年第 6 期上。

余历雄曰：您的《唐人笔记小说考索》《唐代笔记小说叙录》二书与汪、卞二位先生的研究方法和重点好像都不一样。

勋初师曰：我的《唐人笔记小说考索》（南京：江苏古籍出版社，1996 年）一书出版后，中华书局程毅中先生写了一篇题为《读〈唐人笔记小说考索〉》（载《燕京学报》新四期，北京：北京大学出版社，1998 年）的书评。后来，江苏古籍出版社出版《周勋初文集》时，我将程毅中的书评作为《唐人笔记小说考索》的附录一起刊行。《周勋初文集》出版后，程毅中在《文学遗产》2001 年第 4 期发表了《寻求新朴学发展的道路——读〈周勋初文集〉志感》一文，再次提到《唐人笔记小说考索》。程毅中的书评对我的《唐人笔记小说考索》评价太高了，其中一段文字是这样的："以前陈垣先生曾以《元典章》为反面教材，从校勘工作中总结出了《校勘学释例》一书，为我们整理古籍作出了范例，开拓了道路。现在周勋初先生则以唐代笔记为材料，从整理工作中总结出了一些带有普遍性的问题，为古籍校勘学增添了不少新的例证。"程先生过于抬举我了，将我与陈垣相提并论，更是愧不敢当。程毅中看到了《唐人笔记小说考索》中《唐代笔记小说的校雠问题》的重要意义，认为我是以唐代笔记小说为对象，从版本、校勘、辑佚三个方面展开论述，抉发这一领域中校雠学方面的问题，并对如何处理这些问题提出自己的意见，为研究者指示门径。关于这一点，确实是我整理唐代笔记小说的主导思想，我在书中也阐述得比较清楚。程毅中与我是同行，他长期在中华书局从事古籍整理工作，看到的东西多，对校雠工作的认识甚为深刻。他最近给我寄来了一本名为《古籍整理浅谈》的新书（北京：燕山出版社，2001 年），内容很丰富。程千帆先生在审读我的书稿时，也提出很多宝贵意见，我在《周勋初文集》卷首插页中，影印了程先生的批语作为纪念。

余历雄曰：杜晓勤《隋唐五代文学研究》（“20 世纪中国文学研究丛书”，北京：北京出版社，2001 年，下册，页 1422）一书说，周勋初《唐人笔记小说考索》是“20 世纪惟一一部对唐代笔记小说进行深入探究的著作”，“这种宏观与微观相结合的研究方法，为目前尚不太为人所重视的唐人笔记小说研究提供了一些综合研究的实例”。唐人笔记小说的研究领域是否仍然有待于拓展？

勋初师曰：我在唐代笔记小说方面的研究，确是得到了一些赞誉，另一部总结 20 世纪学术成就的著作，胡戟等人主编的《二十世纪唐研究》（唐研究基金会丛书特刊，北京：中国社会科学出版社，2002 年）“文化卷”第四章《文学》四《唐代文学研究的主要成果》中说，“周勋初《唐语林校证》（北京：中华书局，1987 年）通过清理《唐语林》的资料来源，推究其取材范围和编纂、流传情况，对唐代若干小说集的原貌及在宋代的流传情况作了令人信服的考证，这一番正本清源的工作将唐代小说的整理水平提升到一个新的高度，同时在文献上为唐代小说研究奠定了坚实的基础。他在此基础上撰成的《唐人笔记小说考索》（南京：江苏古籍出版社，1996 年），由目录学入手，将唐代小说创作、编集、传播过程中的各种问题放到古代学术史和唐代文化的大背景下考察，得出不少有意义的结论”（页 649）。“文化卷”第六章《史学与地理学》中，引程毅中的书评，也对《唐人笔记小说考索》作了很高的评价。（页

719)看到自己的成果被人认可，当然感到高兴。

如果你的博士学位论文打算往这个领域发展，其中一个方向是：多方面提升笔记小说的史料价值。主要有三个大的方面。(1)考史：用以考证正史中的人物或事件。(2)辨误：纠正文献材料之失误。(3)创新：为中国文学史研究提供新的成果。例如，我在《常侍言旨考》《常侍言旨叙录》《戎幕闲谈叙录》等文中，辑录颜真卿生平中许多轶闻的片段，这在其他典籍中都不见记载。从这些材料中，我们能从许多不同方面了解颜真卿的真实面貌，更能探究唐代士人心态和宗教信仰中的一些特殊现象。在正史本传中，重要人物的事迹往往都写得四平八稳，较难看出人物的性格，所以我们需要借助笔记小说方面的材料作补充说明。例如，韩愈在正史里的形象是正义凛然的，今人采用正史材料撰写的韩愈传记，也还是这样的形象。我在《韩愈的〈永贞行〉以及他同刘禹锡的交谊始末》(收入《文史知新》，《周勋初文集》第三册，页448—464，2000年)一文中指出，韩愈曾经恶意嘲弄至亲至敬的同年崔群，刘禹锡就批评韩愈此举为“轻薄”。韩愈平时还有矫激、尖刻、好胜、重名的毛病。现在许多撰写韩愈传记的人都很少注意到这一点。

陈寅恪说：“私家纂述易流于诬妄，官修之书病在多所讳饰。”傅斯年《史学方法导论》也持同样的看法。官方记载和私家著述互有短长，必须对勘互读，不能偏于一端。这些学术观点都反映出当代史学家的卓越见识，只是这些史学上的新见仍未普遍地运用在文学研究领域。现在的专业工具书比以前齐全多了，研究者如果懂得善加利用，自然会得到很大的方便。中华书局陆续出版的《古典文学研究资料汇编》，主要是从历代文人别集中摘录材料编成，这确实为古典文学研究者省却了许多查找文献的工夫。但这类资料汇编较少从笔记小说中汇辑材料。我主编的《唐人轶事汇编》从笔记小说中辑出大量材料，如果你能熟悉它，掌握它，撰写论文时就会得到很大的帮助。民国时期，丁传靖（1870—1930）辑《宋人轶事汇编》（上海：商务印书馆，1935 年初版），据他的老朋友吴梅说，丁传靖准备了许多坛坛罐罐，将辑出的材料，按类投入坛罐里。丁传靖当时年事已高，有时抄错材料，有时投错坛罐，所以他编辑的《宋人轶事汇编》错误很多，使用起来很不方便。目前，我和几位同行重新编纂《宋人轶事汇编》，需要采录的材料很多，工作复杂和烦琐，恐怕还得花好几年的时间才能完成。

WXL 20：2002 年 1 月 20 日（星期日）

勋初师曰：下学期我将前往台湾东海大学讲学，为期半年。前几年，我曾到台湾清华大学讲学，也是为期半年；当时东海大学也来邀请，我因在南京大学还带有多位博士生，古籍所的事也较多，不能接着就去。最近两个月，东海大学李立信教授到我们系里讲学，再次洽谈前去讲学的事，这次他们连行政手续与签证都安排好了，所以我就得走一趟。最近，我收到两本赠书：卞孝萱《唐传奇新探》（南京：江苏教育出版社，2001 年）、章群《通鉴及新唐书引用笔记小说研究》（台北：文津出版社，1999 年）。如果你打算研究唐人笔记小说，这两本书也应该参考。但后面一本书只是辑录材料，材料收集得也不很完备。下学期我到东海大学讲学，也讲唐人笔记小说研究，我将向他们介绍卞孝萱《唐传奇新探》，这本书目前在台湾大概还买不到。

关于你下学期的学习，我将与莫砺锋老师商量，由他来给你安排指导。系里的老师你也认识，如果有具体的问题，也可向他们请教。我们可以通过电话或电子邮件联系，方便得很，应该不会有问题。你在南京大学读博快要一年了，对唐代笔记小说也有一定的了解，如果你对这个课题还感兴趣的话，不妨继续深入研究。在研究生阶段，主要是培养与训练研究生独立的研究能力，导师的主要任务是从旁指导。下个学期，你一方面跟莫老师学习，自己设定几个论文选题，拟好提纲，反复思考，多阅读相关的材料，等我回来以后再仔细斟酌。

余历雄曰：最近写了《论“江左李充”》一文，前几天已放在您的信箱里，请您教正。

勋初师曰：日前你交来的《论“江左李充”》一文，我已经看过了，现在给你提几点意见作参考。首先，这篇论文写得有意思，有自己的观点。现在撰写单篇论文，不必写得面面俱到，只要提出具体问题，提出自己的新发现、新观点就可以了。别人已经讲过的东西，你又没有新的发现，那就不要写进论文里，自己心里明白是怎么一回事就行了。你这篇论文分四个部分，第一、第二部分虽然写得很仔细，但只是整理资料与梳理前人的观点，作为单篇论文不必如此，不妨都删去。如果以后你打算将这个课题写成一本书，这一部分就可以保留，或者再发掘些新的补充材料，使之更完备。第三部分讨论《翰林论》与李充的“刑名”思想，这一点倒是很有新意，以前没有人这样写过，你的论文应该以此为重点，继续发挥。第四部分写李充的诗文创作，因材料较少，或可结合《翰林论》与“刑名”思想重新思考。

你这篇论文的题目定得太泛，不够明确，读者或许会不清楚你要“论”李充的哪些问题。李充的材料传下来的较少，难以作全面考证，而且，也不是每个问题都能提出新的观点，什么问题都想讲，这样的论文就没办法写好。你将论文再作修改，或可写成“李充《翰林论》的刑名思想”或“李充《翰林论》的学术渊源”，这样的题目所要讨论的问题就较具体，那就很有针对性了。四五千字的论文比较容易发表，例如，《古典文学知识》《文史知识》就很欢迎这样的论文。如果力所能及，你也可以尝试写作较长的论文，但要提高水平，在核心刊物上发表，就必须去掉枝节，提炼出论文的精华。目前，中国学术研究的队伍非常庞大，学术刊物的数量很有限，《文学遗产》就那么薄薄的一册，每期只能刊载十馀篇论文，要在这样的刊物上发表，确实很不容易。

撰写论文引用前人观点时，要注意两点：(1) 要引用第一个提出这种观点者之成果；(2) 要引用首出的单篇论文，不要转引后出的书。例如，你这篇文章提到李充《翰林集》与《翰林论》的关系，应该引用郭绍虞《〈文章流别论〉与〈翰林论〉》（原载《燕大月刊》第五卷第三期，1929 年 12 月；收入《照隅室古典文学论集》上册，上海：上海古籍出版社，1983 年）一文，而不是转引后出的王运熙、杨明《魏晋南北朝文学批评史》（上海：上海古籍出版社，1989 年）或徐公持《魏晋文学史》（北京：人民文学出版社，1999 年）二书。后出的书只应作为论点的补充说明。郭绍虞（1893—1984）是复旦大学教授，他是王运熙的前辈，王运熙应是继承了郭绍虞的观点。王运熙先生比我稍长数岁。我因家庭经济和身体健康等原因，读大学的时间较后，我在大学时，王运熙就已经出版专书了。他的汉魏六朝乐府诗研究常有精辟的见解，《乐府诗述论》（上海：上海古籍出版社，1996 年）一书汇集了他在乐府诗研究方面的成果。

余历雄曰：最近购得傅璇琮、周建国《李德裕文集校笺》（石家庄：河北教育出版社，2000 年）与傅璇琮先生《李德裕年谱》（石家庄：河北教育出版社，2001 年新版）二书。关于中晚唐“牛李党争”与文学研究的课题研究，目下学界好像还有很多不同见解。

勋初师曰：关于中晚唐“牛李党争”研究，目前还是很热门的课题。20 世纪 80 年代以来，傅璇琮先生《李德裕年谱》（济南：齐鲁书社，1984 年初版）一书是这方面成就很高的学术著作，他着力为李德裕辩护，有些问题作了翻案，也有材料可作根据，但将李德裕说得没有什么毛病，反而容易引起研究者的质疑。河北教育版的傅璇琮、周建国《李德裕文集校笺》一书，是近年来古籍整理方面的一部佳作，获得学界的好评。周建国是王运熙先生的硕士生。卞孝萱先生对“牛李党争”的观点，似乎较倾向于为牛僧孺说好话。前些时候，我们这里的一位硕士生以“牛僧孺研究”为毕业论文，稍后将论文扩充为《牛僧孺年谱》（沈阳：辽海出版社，1997 年）一书，以“丁鼎”的笔名发表。此书自称“时与前贤时修商榷质疑，斟酌异同”，对傅璇琮《李德裕年谱》一书多有辩驳。但大家都不必“矫枉必须过正”。牛僧孺这人会做官，也不宜说得太好。（历雄插语：李浩《从士族郡望看牛李党争的分野》一文，从地域文化的角度探讨“牛李党争”问题。）这篇论文是李浩的博士论文《唐代关中士族与文学》（台北：文津出版社，1999 年）的部分内容。他是霍松林先生的博士生，现是西北大学教授。这种地域文化的研究方法，较早是从陈寅恪开始的。黄永年《二王八司马及其对立面之士庶问题》（收入《树新义室笔谈》）一文也是采用这种方法。

李德裕可说是中、晚唐时期最有影响力的宰相，深受唐武宗倚重，在政治上也颇有建树。后因唐宣宗深恶李德裕，假借早有定论的“吴湘案”将他贬死崖州。李德裕当然不可能是完美的，他也有缺点，攻击牛僧孺时，也有不择手段的地方。宋初孙甫撰《唐史论断》，虽有迂拙之处，但在《贬李德裕》中颇有说得中肯的地方，如云：“况德裕性刚少恕，不忘怨仇，与宗闵辈相排斥凡十数年，略无悛意。宗闵固奸人，常任宰辅，为远郡刺史矣，复乘成功之际，诬其罪而流窜之；牛僧孺虽宗闵党，然有一时名望，斥之遐裔，物议岂平？王涯、贾餗之祸，本仇士良诬谤，中外所知，德裕于二人不闻有隙，但怨李训陷己，而忿及涯、餗。子孙避祸于上党者，已为乱兵所害，又为敕书实涯、餗之罪，言已戮其后嗣，布告中外。夫宗闵已逐，涯、餗子孙已戮，尚声其罪，以快忿心，则在朝之人，常有不足者，得不惧乎？不惟不足者惧，凡有势位于朝，非大贤至公之人，鲜不畏矣。”孙氏上距唐代不远，对情况很熟悉，故此说颇可参考。

唐宣宗也是个有所作为的皇帝。前时的中、晚唐"牛李党争"研究也是有路子可寻的:称赞唐宣宗就难免贬低李德裕,抬高牛僧孺;赞扬唐武宗时的政治事功就难免贬低牛僧孺,为李德裕辩护。然而,我们研究"牛李党争"应不是为了表示赞成哪个,反对哪个,而是要从不同角度去考察这段历史。若想做到这一点,就应梳理这些历史文献的史料来源。(历雄插语:台湾学者傅锡壬著有《牛李党争与唐代文学》一书,第二章《党争与史料鉴别》论及《资治通鉴考异》、两《唐书》与唐人笔记小说对"牛李党争"的不同记载。台北:东大图书公司,1984年。)当你阅读"牛李党争"研究的论著时,不妨注意他们引用的文献材料,史料的取舍将会影响论文的结论。现存的唐人文集或笔记小说中关于"牛李党争"的载述,多有未被发掘者,如果研究者能够善加利用,应该能有更多的新发现。

师门问学录(三)

(2002 年 3 月 25 日至 2002 年 7 月 21 日)

周勋初　莫砺锋　讲述

余历雄　笔录整理

WXL 21:2002 年 3 月 25 日(星期一)

余历雄曰:目前的初步构想,打算以两《唐书》与笔记小说中的“文人传记”或“韩、柳、元、白本传”之史料溯源与比较研究,作为博士论文的选题范围。

砺锋师曰:关于两《唐书》与笔记史料中的文人传记之比较研究,我们南京大学中文系以前有一位韩国籍的留学生梁承根,他的博士论文《两〈唐书〉文人传之比较》(1996 年),跟你刚才汇报的博士论文构想有一部分重叠之处。(历雄注曰:《文学遗产》1997 年第 4 期《博士新人谱》一文,载有梁承根的博士论文提要。)当你撰写论文提纲时,需要稍加注意。梁承根的论文是通过对《旧唐书·文苑传》《新唐书·文艺传》载录的文人进行“初、盛、中、晚”的分期比较与定量分析,探讨两《唐书》对文人传记增删调整的依据,考察两《唐书》编撰者所体现的文学观之异同,辨析五代至北宋的文学思想之演变,等等。他的论文也探讨五代与北宋初期对儒家的传统道德观之不同认识,两《唐书》对文人的品评、褒贬所体现的价值判断也有所不同。具体地说,《旧唐书》的文学观是偏重律诗与骈文,推崇初、盛唐文学,论诗则是“扬杜抑李”,以元稹、白居易为唐代文学的最高成就。《新唐书》重视唐代古文运动,所以对韩愈与柳宗元的评价比《旧唐书》的评价来得高。这是两

《唐书》文学观的基本情况。唐人的笔记史料是否也是同样的观点?你可以作进一步的探讨。

我们阅读笔记史料或笔记小说,要能够辨别材料的真伪。因为这些材料大多是独立的、一条一条的,它不是一篇完整的文章,缺乏上下文或前后文的章法,很多时候较难对它进行准确的考证。我们撰写论文将它引作例证时也会遇到一些困难。古籍原典与今人著作要同时阅读,两者不能偏废。程千帆《唐代进士行卷与文学》(上海:上海古籍出版社,1980年)、傅璇琮《唐代科举与文学》(西安:陕西人民出版社,1986年)二书,仔细阅读一遍,或许你能从中得到一些启发。从笔记史料来探讨唐代文人的创作,例如,从幕府活动与文人事迹的关系、文人群体之间的交游、诗文唱和等方面入手,探讨文学史上的一些特殊问题,应该是能有所收获的。这个学期你还是继续阅读笔记史料吧!继续往下读,而且要带有"问题意识",同时思考整个学位论文的写作计划。文章没有一定的写法,是要依照具体的论文选题而定。当你在这方面有比较明确的想法之后,我们再仔细地讨论吧!

余历雄曰:日前阅读陈新璋《论"天宝之风尚党"与杜甫在天宝期间的谠言》(载《杜甫研究学刊》2000年第4期)一文。所谓"尚谠"的文风,在中国文学史上似乎较为少见。

砺锋师曰:据李肇《国史补》载:"大抵天宝之风尚党,大历之风尚浮,贞元之风尚荡,元和之风尚怪。"一般论述唐诗风格演变的论文都会引用这一段文字。历来研究者讨论较多的是"元和之风尚怪",关于"天宝之风尚党"的论述文章则较少见。"党",可以理解为"谠"和"党争"、"党同"、"流派"等,一词多义,但是把"党"作为一种文风或诗歌风格来看待,还是较难理解的。李肇所称的"党、浮、荡、怪"等名目,并不是贬义词,而是藉以说明当时士人的学风所宗、文风所向之情况。当然,李肇分别用一个字来概括唐代四个不同时期的文风,也未必就是准确的。关于陈新璋的这篇文章,作者是将“党”与“谠”二字作通假来理解的,“谠言”即是正直之言,这也许有一定的道理。不过,这似乎可以再仔细地辨析一下。例如,“党”与“谠”的二字通假是从什么时候开始的?这个可以查一查相关的辞书。如果二字通假的时间较晚,抑或通假的使用率较低,恐怕将会有问题。又如,“党”与“谠”的二字通假是处于什么样的语境?这个对于我们辨析其所指称的是“诗歌风格”还是“诗歌流派”将会有很大的帮助。如果这里的“尚党”通假作“尚谠”,那应该是指相对的一个整体,而不只是一个人;不是杜甫一个人的“谠言”,而是相对的一个整体的“谠言”。你对《唐人轶事汇编》应该比较熟悉,你可以通过翻查唐人笔记小说,看看唐人对于“党”与“谠言”是否还有类似的或其他方面的诠释。如果只有李肇《国史补》“天宝之风尚党”这一条材料的话,恐怕就不能准确地说明问题了。

砺锋师曰:我们读书做学问,需要有多方面的“知识背景”之学问,更要能够有一种从“知识背景”中“跳出来”的智慧。学术有专攻,少说外行话。朱熹说:“寸铁杀人。”我们撰写论文不要随意乱舞十八般兵器,要能直接切入问题的根本。现在的学术分工过细,要能做好自己专业的工夫也不容易,如果处理的是专业交叉的课题,更需要有学术专攻的能力。我撰写《朱熹文学研究》(南京:南京大学出版社,2000年)一书时,很多宋元哲学的问题我都不去讨论,因为搞哲学的人已经作了深入的研究,例如北京大学陈来教授,著有《朱熹哲学研究》(北京:中国社会科学出版社,1986年)、《朱子书信编年考证》(上海:上海人民出版社,1989年)等专著,我没有办法超越他们,但是我将他们的研究成果作为“知识背景”来看待。

砺锋师曰:“夷夏之辨”是属于文化范畴的问题,不是民族范畴的问题,符合华夏的文化传统,即使不居于中原亦可,所以孔子愿意居于“九夷”。金元之际,降元或仕元者认为,金室暴虐,非文化正统之所在；南宋末年时，人们的观点就有不同，例如文天祥的民族正气，就不能接受蒙元异族的统治。因此，一种文化观点的形成与生活环境的关系非常密切，南北之别尤其显著。金元、南宋对峙时，文化思想中心在南方；南宋覆亡后，理学北移，因京师在北方之故。理学入蒙元容易，因当时北方的思想领域处于空白状态；理学在南方则宗派林立，彼此颇多论难。蒙古入主中原，恰逢理学之盛，不知是幸与否？任何一种学术思想，一旦被立为官学，“道不变则万世不变”，那就难有发展了。有生命力的思想总是在野的。

砺锋师曰：中文系的人研究宋元文学，不能花费太多时间去探讨理学的演变，或卷入其他哲学、历史学的问题。例如，研究方回《瀛奎律髓》与理学的关系，后者与文学的和谐关系以及这种关系的形成过程才是研究的重点，而不是着重探讨理学的演变。当然，重点太多也是不行的。前人那种“家有一亩田，不愁生计”的治学方式，我们现在只能另当别论了。目前国家规定高校三年攻博，还有公共课、专业课、外语课等，还要发表数篇论文，已经没有多少时间可用来撰写学位论文了。

（历雄注：师从莫砺锋师问学期间〔2002 年 3 月至 6 月〕，每逢莫老师的小课讨论，王秀春、陈冠梅二位师姐亦在座。本阶段《师门问学录》所记内容，亦含莫老师对王、陈二人提问课题之部分解答。谨此志明。）

WXL 22：2002 年 4 月 9 日（星期二）

余历雄曰：日前写了《论李充〈翰林论〉的学术渊源与文学观念》《论“江左李充”与玄言诗》二文，请您教正。

砺锋师曰:我刚看了你的两篇关于李充研究的论文,写得很有意思,只是论文中的文献材料与前人论著的铺垫较多,针对李充材料的论述反而较少。从总体上来看,这一点还有待改善。当然,前面的铺垫是必要的,这能为后面的论证提供依据,但必须拿捏准确,以免流于铺陈。你的论文也提到程千帆先生"乙正文献"的理校法,作为一家之言,这是一种侧面的解释,也是一种解读方式,但我们并不能据此而得出定论,还要掌握其他的内证、旁证。李充的这个文献校勘问题,目前最多只能这样处理,你的论文刚好也只写到这里,往下如果要有新的突破,那就必须有新发现的材料。《翰林论》的学术思想与李充"刑名"家学之关系,能否具体地体现在《翰林论》对各种文体的论述中?这一点你的论文阐述得还不够明确。你再仔细思考,看看能否将上述问题处理得较好一些。略作修改,这就是两篇"小论文"了,如果需要发表的话,还得再稍加压缩。目前学术刊物的篇幅都很有限,一般论文的字数要求在四五千字左右,不然不容易发表。

余历雄曰:中、晚唐笔记小说的大量崛兴,晚唐咏史组诗的产生,能否理解为唐代"文之将史,其流一焉"(《史通·载文》篇)的一个方面。

砺锋师曰:关于晚唐咏史组诗的问题,所谓"咏史",咏的是前朝史,它本身不一定是史诗或诗史。诗人是通过诗歌这种文体按时序来表达作者对历史的回顾,它较缺乏随机性的创作冲动,诗人的用意不在当朝,一般也较缺乏史学家的精神。这与你所说的唐代"文之将史,其流一焉"的内涵不一样。你探讨的是唐代文章向着"补史之阙"的方向发展,主要是体现在传记、墓志、碑铭一类的文体上,在诗歌方面并不明显,晚唐咏史组诗也不属于这种性质。晚唐咏史组诗的产生与中、晚唐笔记小说的大量出现,两者可说没有必然的联系,或者可以说是没有任何的关系。咏史是咏前朝史,不咏本朝史。咏怀与咏史也不一样。诗人咏怀，以史为鉴，较具有随机性的创作冲动。

中、晚唐的笔记小说主要是记载本朝轶事或前朝旧闻，具有“补史之阙”的史官意识。如果我们要看诗歌中“补史之阙”的内容，那还是看看杜甫的诗吧，尤其抒写“安史之乱”的杜诗，即是我们所说的“诗史”。金元之际的元好问《中州集》，可以说是金代一朝的故国文献；宋元之际的文天祥诗歌，也可说是“亡宋”之诗史。当然，杜甫诗、《中州集》、文天祥诗与晚唐咏史组诗的性质也是不一样的。关于我这篇《论晚唐的咏史组诗》（原载《社会科学战线》2000 年第 4 期；收入《唐宋诗论稿》，沈阳：辽海出版社，2001 年），这个星期五的大课将会继续讨论。上周讲了前面三个小节，本周将讨论后面的部分。如果你有兴趣的话，不妨也来听听。

我撰写《论晚唐的咏史组诗》一文主要并不是为了探讨晚唐咏史组诗的艺术价值，相反的，我在论文里对这些咏史组诗是持否定的批评。我个人认为，本文的积极意义在于第五小节，即跳出“文本”本身，探讨章回小说中的“引诗”，我发现被引的绝大多数是这些晚唐咏史组诗。这有两层意义：一是被引的诗歌本身的艺术价值，一是被引的诗歌在章回小说中的角色或艺术价值。这些“引诗”构成了宋代雅（诗）、俗（小说）文学之间的桥梁。这是一个可以继续探索、研究的课题，例如《牡丹亭》《长生殿》中引的唐诗，孔尚任《桃花扇》不引唐诗而作者自己作诗，等等。从这里我们可以探讨后人（或章回小说）对唐、宋诗接受史的一个侧面，包括宋人对唐诗接受的态度。当然，在北宋初期并无“宋诗”，绝大部分诗人只是仿作“唐诗”而已。自宋人自开“宋诗”面目之后，也开始了“唐宋诗优劣论”之争。明代人自称“文必秦汉，诗必盛唐”，然而，明代诗文较之前代文学，面貌却显得非常模糊，得失之间也就很清楚了。

砺锋师曰：艺术的生命在于“求变”。关键是：朝向什么方向而变？

平易、怪峭、绮丽、清淡？在今人看来，唐宋诗歌的发展历程是很清楚的，但是，当时的唐宋诗人却是在不断地摸索与探索中前进。如果仅仅是延续“诗的生命”，实际上并无创新“艺术生命”之意义。宋代“平易”诗风的形成也是一种摸索的过程。当我们对这种“过程”进行研究时，不能是主题先行，而必须是让材料说话。一流的诗人，其作品往往具有复杂多变的风格；那些风格单一的诗人，恐怕难以成为名家。今人发现“李赤”的诗混入《李白诗集》中，因李白的诗歌较容易模仿，以致假可以混真；但在《杜甫诗集》中的伪作较少，因杜诗较难学，以致假难以乱真。

砺锋师曰：撰写论文必须懂得“取”与“舍”。文学作品的分类与辨体之意义，在中古时期是非常重要的，例如，《昭明文选》的分类、《文心雕龙》的辨体，这是文学“门类独立”的准备工作。唐代诗文有骈散、古今体之争，但在宋、元时期，这种论争已经没有实际的意义了。因此，关于文学作品的分类，如果作品类目没有改变或没有“质的变化”，可以不必讨论。宋、元二朝理学家的作品或文学观有无明显的差别？理学的演变与文学的发展有无必然的关系？朱熹编《楚辞集注》与南宋理学有何关系？元好问是金、元易代之际的诗人，他与理学有何关系？如果没有的话，可以弃而不论。其他方面的论文选题也应该是这样。

我们必须大量地阅读材料，撰写论文时却可能有一大部分派不上用场，但不读这些材料则没办法撰写论文。这就是准备工夫。读过材料之后才能判别真伪，这与不读材料之人的差别就在于此。那些没法用或用不上的材料，或是与论文选题太不相干了。读书，“博”之后要能“约”，不能“流荡不返”。撰写博士学位论文，纲目章节之间应该要有整体的、宏观的思考，这与撰写单篇论文的情况不一样。即使是十馀篇或数十篇的单篇论文，也只能凑合成一册论文集，而无法成为一本自成体系的博士学位论文。

（历雄注：本次《师门问学录》所记内容，含 2002 年 4 月 12 日〔星期五〕“唐宋文学专题”〔晚唐咏史组诗〕之听课笔记。）

WXL 23：2002 年 04 月 26 日（星期五）

余历雄曰：日前阅读王运熙先生《唐代诗文古今体之争和〈旧唐书〉的文学观》（载《文学遗产》1993 年第 5 期）一文。按照此文的写作思路，或可进一步探讨宋初诗文观念之演变与《新唐书》的文学观。

砺锋师曰：王运熙先生的这篇论文，发表的时间较早，论文的基本观点是对的。史官奉诏编撰前代史，在史书中体现出编撰者的某种主观意识，这是常有的现象。不同的是：这些主观意识的强弱和体现的方法有哪些差异。王运熙的论文只谈到《旧唐书》的文学观，你认为《新唐书》的文学观怎么样呢？两《唐书》文学观的差别又如何？除文学观之外，关于两《唐书》“文史观”的比较研究，应该还有哪些方面的考虑？

余历雄曰：正史中的文人传记材料，是否准确地反映出史臣的文学观呢？

砺锋师曰：史官对文人立传的处理是这样的：《文苑传》《文艺传》是文人的合传，但他们在政治上较少可言之处，或者不曾在政治上发挥重大的作用；如果他们的诗文名气不显，未能在当时的文坛上占有一席之地，恐怕也挤不进正史中的文人传。所以，《新唐书·文艺传序》说：“今但取‘以文自名者’为《文艺篇》。”例如，初唐四杰、王维、李白、杜甫、李商隐等人都在《文艺传》。文人的个别立传或数人合传，是因他们在当时的政治上曾有过重要的作用，但从史书的记载来看，这样的人数不会太多。例如，《旧唐书》元稹、白居易合传，《新唐书》韩愈、张籍等合传，柳宗元、刘禹锡等合传。在两《唐书》的文人传中，入选的文人是比较一致的，只是史官的评价有所差别。

在《史记》中的人物合传，人物之间都有一定的"类从"关系，后来的史书则没有那么明显，但史官将特定的人物立为合传，应该会有一定的考虑。如果作为论文选题的话，史书中的人物立传、合传或两《唐书》列传的增删调整，史官意识与史学思想之演变等课题，那就倾向于历史系研究生的选题了。中文系研究生的选题，主要是探讨这些文人传记及其作品中所体现或反映的思想特征或艺术特色，以及这种"文学现象"在文学史上的价值与意义。两《唐书》中关于文人传记的载述，是作为我们课题研究的参考材料，这一点还是需要加以区别的。

余历雄曰：打算从两《唐书》文人传记的"史料还原"之比较研究中，探讨两者"文史观"之异同。

砺锋师曰：关于正史与笔记小说中的人物比较研究，需要注意"史料还原"的工作。在两《唐书》中的材料，有的采自唐国史、实录、行状、碑志、笔记小说等，我们现在看到的正史，是史官对历史素材进行甄选取舍之后的文字。那么，我们能否将史料还原呢？哪些材料是笔记小说的本来面貌？这些材料的可信度如何？哪些文字是体现了史官或编撰者的观点或主观意识？如果具体落实到撰写论文的话，那就必须选取较有意义的、较有代表性的人物传记进行比较。这个问题还是等你把论文写好之后再说吧。

两《唐书》的比较研究，很早就有学者进行试验，也取得了一些新的成果。卞孝萱先生的唐代文史研究也是其中之一。较早的是《史记》与《汉书》的比较研究，因为这两部史书有一半的材料是重叠的，不同的是：史官的史笔和褒贬。两《唐书》材料的重叠部分就更多了，二书的史笔与褒贬也大有不同，如果当中有好些话前人已经说过的，我们就不必重复说同样的话。赵翼《廿二史札记》卷十六说，"《旧唐书》

前半全用实录、国史旧本。”我想，后晋史官纂修《唐书》时，他们对唐代史料肯定会有取舍，不至于如此全盘抄录。纂修前代历史并非文学创作，史官固然需要依据前代史料，当中也会有本朝史官的褒贬，那么，《旧唐书》就不能算作“旧本”了。

砺锋师曰：所谓的“唐宋诗优劣论”、“异同论”等，这些争论由来已久，我们不能只取一个大概，便说唐诗如何如何，宋诗如何如何，然后一棒敲锤，判定孰优孰劣。不行！这可不行！从唐诗到宋诗的发展历程是千变万化的，必须作具体而细微的辨析，不能一概而论。方回《瀛奎律髓》常说，“某某诗第一”、“某某诗第一”。他曾说了很多的“第一”，但不知道谁才是真正的第一？其实，方回的说法是不科学的，没有统一的品评标准。不过，方回（1227—1307）是宋末元初的人，他对唐宋诗歌的评论，是出自一种平等的、自信的心态，《瀛奎律髓》中入选的宋代诗人和诗歌，比重都超过唐代。因此，我们考察唐宋诗歌的发展流变、优劣异同，方回《瀛奎律髓》是一部重要的材料。我们也可以将钱钟书《宋诗选注》（北京：人民文学出版社，1958 年初版，1989 年二版）作为一种参照对读的材料。

WXL 24：2002 年 6 月 6 日（星期四）

余历雄曰：介绍关于“两《唐书·柳宗元传》比较研究”的写作构想。

砺锋师曰：如果按照这个“写作构想”展开来写，应该可以写成一篇“小论文”。从你概括的写作构想中，主要有两个方面：一是两《唐书》对韩愈、柳宗元的立传情况，一是两《唐书》本传载入的韩、柳古文。这两方面的关系非常密切，需要很好地结合论证，以辨析两《唐书》文学观的主要差别。从"韩、柳"、"元、白"与"李、杜"的立传情况来看，你认为《新唐书》史臣所反映出的文学观不如《旧唐书》那样明显，那么，你也应该结合唐代其他重要文人的本传，看看《新唐书》史臣是否有意识地通过文人的"立传情况"来反映其文学观。两《唐书》载入哪些韩、柳古文？这些文章起了哪些作用？两《唐书》对韩、柳的文学评价、褒贬并不一致，你也应该考虑一下。《新唐书》对韩、柳的评价是否以史臣的"文学观"为前提？宋人尊崇韩愈，认同韩愈提出的"道统"之说。北宋欧阳修倡导的古文运动，是继承唐代古文运动而来，但宋人对柳宗元的"接受"却存有一定的矛盾心态。《新唐书》对韩、柳的评价，首先是认同韩愈，把韩愈排在第一位，如果在韩、柳的评价中出现了矛盾情况，两者难以取舍的话，史官最后肯定是："先"韩愈而"后"柳宗元。这一点是明显的。

北宋古文运动是否影响了《新唐书》的撰著呢？欧阳修、宋祁纂修《新唐书》时，宋初以来的古文运动已经在文坛上产生了影响。虽然宋庠、宋祁兄弟的文风比较倾向于西昆体，但也难免会受到影响。据说，欧阳修对宋祁修史好以艰深文辞来表述浅易事理的情况，曾经表示不满，欧阳修也常常以这种情况来开宋祁的玩笑。宋人笔记小说记载了这样一则故事：有一天，欧阳修在宋祁的门壁上写了八个大字——"宵寐非祯，札闼洪休"。后来，宋祁看到之后，便问欧阳修说："非夜梦不祥，题门大吉耶？何必求异如此。"欧阳修笑着说：你编撰的《李靖传》有"震霆无暇掩聪"的字眼，不也是这样的情况吗？（详见《锦绣万花谷》卷二十、《古今事文类聚别集》卷五《文不必换字》）宋祁听了之后便惭愧地离开了。这一则故事虽然是出自笔记小说，但也说明欧阳修的意见对宋祁是有影响的。

余历雄曰：《新唐书》刊行后，吴缜著有《新唐书纠谬》一书。王鸣盛《十七史商榷》卷六十九说：司马光编修《资治通鉴》"悉据《旧史》，于

《新书》无取焉”。宋代史学家对《新唐书》似乎多持批评的意见。

砺锋师曰：我的看法是：王鸣盛的意思是说，司马光把《旧唐书》视为“原材料”，《新唐书》为“次材料”。所谓的“于《新书》无取焉”之语，应该理解为司马光对后出的历史材料较少采用，而不是针对《新唐书》所作的史学褒贬或价值判断。虽然《资治通鉴》表面上是“悉据”《旧唐书》，然而，《资治通鉴》编于《新唐书》成书之后十馀年，司马光的价值判断难免会受到《新唐书》史学观念的影响，他对《新唐书》肯定也是有所“取”的。另有一条补充材料，顾炎武《日知录》卷二十六说：“《资治通鉴》不载文人。”当然，《资治通鉴》一书的编修目的是“本以资治”之用，主要是记载对国家大事有重大影响的人和事，“文人”对国家大事起不了重大影响，所以就“无暇录及”了。那么，“文人”的定义是什么？具体是指哪些人？这个我们就不能拘泥于“文人”的字面意义了。韩、柳、元、白，他们都是“文人”，官位也高，曾经是政治核心人物，对中唐政治有过重大的影响，所以《资治通鉴》有他们的记载。杜甫就不一样了，他只是个“文人”，官位低下，任期又短。所以，《日知录》补充说：如果不是因为王叔文曾经吟诵杜甫的诗句，杜甫的名字也不会在《资治通鉴》中出现。你不妨查找看，《资治通鉴》里有没有记载那些对国家大事没有重大影响的纯粹“文人”，如果有的话，你就可以推翻顾炎武的说法了。

砺锋师曰：我们撰写论文讨论问题，往往必须在动笔之后，才能够看清楚问题之所在。如果你们始终没有动笔，即使有再详细的提纲和章节，所要讨论的问题依然是模糊不清的。可能当你们在撰写的过程中，或者撰写到最后，才发现与当初的设想很不一样，但是，如果迟迟不肯动笔的话，那就无从知之了。光是嘴上说说是不能解决问题的。当进入论文写作阶段时，你们每写好一章之后，我们再个别约见讨论，如果只写了一节半节，那是讨论不出什么结果的。

WXL 25:2002 年 7 月 6 日(星期六)

勋初师曰:这个学期你跟着莫砺锋老师也学了不少东西,那我也就放心了。前些时候我到台湾清华大学和东海大学讲学,先后还到一些研究机构和十多所大学作过讲演,对他们培养研究生的情况有了一些体会。他们的学习时间可以延长,交出博士论文的时间可以拖后。我们的博士生课务较重,学习时间较紧,有些博士生还得忙于找工作,这些情况都会影响到学位论文的写作。除了发表论文之外,目前你已完成了研究生院的课业规定。现在你不妨先把这三个学期以来的学习心得、读书笔记整理一下,尽量争取在九月份将论文提纲确定下来,然后专心地撰写论文。我想,这样的安排应该较能切合你的学习情况。

余历雄曰:陈寅恪原著《韩愈与唐代小说》(《陈寅恪集》第十四册,北京:生活·读书·新知三联书店版,2002 年)、程千帆重译《韩愈与唐代小说》(《程千帆全集》第七卷,石家庄:河北教育出版社版,2000 年)二文,应该如何看待二者的著作权问题?

勋初师曰:其实,这两篇论文也可以算作同一篇论文。陈寅恪先生原稿是用中文撰写的。(历雄注曰:蒋天枢《陈寅恪先生编年事辑》增订本题作《论韩愈与唐代小说》。注:英文本。上海:上海古籍出版社,1997 年,页 98。)1936 年正式发表于《哈佛亚细亚学报》(*Harvard Journal of Asiatic Studies*)第一卷第一期的是 J. R. Ware 的英译本。程千帆先生的译文(1947 年)是用中文撰写的,只是两个中文本之间隔着一个英译本,这还是较为少见的轶事。据程先生说,这个英译本的行文很有问题,颇多费解之处,所以他才重新翻译。陈寅恪的原稿似乎未曾刊布,目前也较难见到,《陈寅恪集》收载的也是程先生的重译本。如果需要引用的话，在论文中注明“陈寅恪原著、程千帆重译”，或将程先生译文的“前言”简单地交代一下，也就可以了。

余历雄曰：最近写了《两〈唐书·柳宗元传〉之比较研究》一文，请您教正。

勋初师曰：以前我们讨论过官修正史与笔记小说互证的重要性。我们探讨两《唐书》的人物评价时，必须注意的是：史臣采摭笔记小说为史料，是否受到笔记小说中观点的影响？例如，对李德裕的评价。因李德裕在“牛李党争”中失败了，当时就有很多“牛党”的人趁机写文章批评他，或在笔记小说中恶意地诬蔑他。两《唐书》史臣是否采摭了这些材料？我们作两《唐书·李德裕传》的比较研究时，需要注意史料的来源。你的这篇论文是否也讨论了类似的问题？让我细读之后再作讨论吧。

宋祁纂修《新唐书》列传，采摭了大量的唐宋笔记小说，但宋祁改写的部分也不少，与原本笔记小说的内容会有差别，这也要注意一下。宋祁（998—1061）的年辈比欧阳修（1007—1072）稍早，较范仲淹（989—1052）稍晚，他的诗文创作在北宋文坛也有一定的影响。你翻阅一下《全宋文》的目录也是好的，可以对宋代文章的情况有基本的认识。《宋祁文集》五十卷，分量稍多，现在你的学习时间较紧，或稍后再细读。你不妨先阅读《宋景文公笔记》，薄薄的一小册，较易得的，有《四库全书》本、《丛书集成》本等。

余历雄曰：今本《柳宗元集》未收《永州谢上表》，倒有柳宗元代他人而作的《谢上表》数篇。

勋初师曰：柳宗元到永州、柳州贬所时，有没有写《永州谢上表》《柳州谢上表》呢？一般来说应该是有的，表示感谢皇帝的“恩德”，但这些都是表面文章，有的是违心之言，所以有的文人不太愿意收进自己的集子里。通行本《柳宗元集》未载《永州谢上表》，那也是很正常的事。我们不能据此而说柳宗元没有写《永州谢上表》。试看韩愈这两篇文章:《论佛骨表》与《潮州谢上表》,前后的态度转变得那么快,反差那么强烈,看来《潮州谢上表》讲的并不是韩愈心里话,韩愈的立场始终是排斥佛老的。现行的《韩愈集》《柳宗元集》是我们现在能够看到的韩、柳文章,那些在韩、柳当时就已不传或不收入的文章,我们只能阙而不论了。

元和文坛呈现新的风貌,文人都在求新求变。韩愈有一些文章,常被当时文坛批评为不合文体要求。刘禹锡、柳宗元不在"元和之风尚怪"的名单内,有趣得很。我们要注意的是韩愈文章的创新精神。韩愈《平淮西碑》、段文昌《平淮西碑》,哪一篇写得较好?历来各有各的说法。李商隐《韩碑》是学韩愈的诗体,诗曰"文成破体书在纸",就是称赏韩碑"破体"的独创性。虽然韩碑后来被推倒磨去,用段碑替代,实非"破体"之故,而是被人"泣诉碑词不实"所致。宋祁纂修《新唐书·吴元济传》时,仍然采摭韩碑全文而不取段碑。

余历雄曰:欧阳修与宋祁皆好韩、柳古文,但在《新唐书·阳城传》中,宋祁采摭柳宗元《与太学诸生喜诣阙留阳城司业书》的观点而不载录韩愈《争臣论》,这与欧阳修《上范司谏书》的观点也不一致。

勋初师曰:你的论证是较为细致的。虽然欧、宋皆好韩、柳古文,但二人的修史观点也有差别。因此,宋祁修史是采摭柳文抑或韩文,我们应该作具体的、个别的辨析。如果扩大范围来看,韩、柳、欧、宋四人既是文人又能撰史,探讨宋祁纂修《新唐书》列传的文史观,必须同时辨析"韩、柳之间的异同","欧、宋之间的异同",以及韩、柳、欧、宋之间的古文理论与史学观点,等等。(历雄插语:陈振孙《直斋书录解题》卷四说,《新唐书》列传"用字多奇涩,殆类虬户铣谿体,识者病之"。所谓的"虬户铣谿体"是否古文之属?)我们一般都说宋祁文章"好艰深之辞"。所谓"艰深之辞"也可以是指古文,不一定专指"骈偶"之文。欧阳修、苏轼的古文是平易晓畅的，他们都不作“艰深之辞”。所以，有“艰深奇涩”的古文，也有“平易畅晓”的古文。宋祁纂修《新唐书》列传，好用艰深奇涩之辞，很多人都批评他，说他修得不好。欧阳修对宋祁“好艰深之辞”也很不满意。关于“虬户铣谿体”的情况，我给你提供一些补充材料。

我在《唐代笔记小说叙录·阙史》（页446）中说：“黄伯思文曰《跋高彦休〈阙史〉后》，载《东观馀论》卷下，称‘彦休叙事颇可观，但过为缘饰，殊有铣溪虬户体，此其赘云’。自注：‘唐徐彦伯为文，多变易求新，以‘凤阁’为‘鹍阁’，以‘龙门’为‘虬户’，以‘金谷’为‘铣溪’云云。后进效之，谓之涩体。语见《朝野佥载》。’”我又指出《阙史》中有“紫微”、“夕拜”、“蒲亚”、“潞豸”等官名称谓，晦涩难明，这些都是“铣溪虬户”笔法。“铣溪”、“铣谿”二词通用。因此，“铣溪虬户”一词，唐人就已使用过了，不是宋人最早提出，也不是专指宋祁的文章。陈振孙《直斋书录解题》大概是引用“唐人话语”来批评宋祁修史“过为缘饰”的缺点吧。

WXL 26：2002年7月21日（星期日）

余历雄曰：打算按照《两〈唐书·柳宗元传〉之比较研究》的思路，撰写《两〈唐书·韩愈传〉之比较研究》。

勋初师曰：你这篇柳宗元研究的论文，我已看过了，你提出的几个问题还是较有新意的，可以继续发挥，但有几处材料理解错了。例如，《旧唐书》本传对柳宗元的文学才华的评价是：“贞元、大和之间”的“一代之宏才”，这是对的。接着又说：“足以平揖古贤，气吞时辈。”这个评价也很高，但附有假设的前提：“如俾之咏歌帝载，黼藻王言。”柳宗元是否达到这个要求呢？本传说他“蹈道不谨，昵比小人”。很明显的，《旧唐书》实际上并不认为柳宗元能够达到“足以平揖古贤，气吞时辈”的评价。因你忽略了“如俾之”三字，所以得出的结论就不正确了。其他方面的意见，我已批改在论文边上，你拿回去参考。这篇论文的思路较为开阔，往下你还打算撰写两《唐书·韩愈传》的比较研究，这计划很好。你还可以扩展到两《唐书》“韩门弟子传”、《元稹传》《白居易传》的比较研究等，尽量多发掘一些新材料，加强论证的力度。

从两《唐书》的《文苑传》或《文艺传》来探讨史臣文学观的演变，这也是可以尝试的方法。正史《文苑传》或《文艺传》中记载的人物，都是文学成就较为突出的文人，如李白、杜甫等，但他们在政治上却无所作为。中国古代文人与政治的关系非常密切，身为文人而不厕身《文苑传》或《文艺传》，此即说明，他们在当时政治上所发挥的作用，比那些厕身《文苑传》或《文艺传》的文人要大得多，初唐陈子昂，盛唐张九龄、高適，中唐韩愈、柳宗元、刘禹锡、元稹、白居易等均是。中唐名臣兼文人的裴度也是这样。因此，探讨两《唐书》文学观的演变，不能只根据《文苑传》或《文艺传》的材料，上述诸人的传记都是重要的材料。

余历雄曰：我想分析一下“宋祁与北宋太学生”和“宋祁文章与北宋‘太学体’”的关系。

勋初师曰：这两个课题，学界的关注似乎较少。你提到的宋祁《对太学诸生文》也写得很生涩。例如开头一句：“诸生有过臣学舍，谂臣曰：……”“谂”就是“询问”的意思，这个字就用得很生涩。欧阳修、苏轼的文章就不使用这样生涩的字。学界一般是将宋祁的诗文理解为“西崑馀绪”，较少论及他与“太学体”的关系。最近我在台湾讲学，有位朋友周益忠送我一本新著《西崑研究论集》（台北：学生书局，1999年），书中也没有讨论到这个问题。四川大学曾枣庄教授的《论西崑体》（高雄：丽文文化公司，1993年）一书你也不妨参阅。“宋祁研究”这个课题也可作为博士论文的选题，这应是一个较为有趣的论文题目，但要考虑周详后再决定。

从韩、柳文章到元、白文章，有奇诡苦涩的风格，也有浅切平易的风格。欧阳修的文章风格似乎较近白居易而远于韩、柳。北宋六大家的文章风格基本上都是如此。宋祁的生涩文风倒是近于韩、柳风格。（历雄插语：范仲淹、宋祁的文风近于“太学体”，但两人在政治上却是对立的关系；范仲淹、欧阳修都是支持政治革新的政治家，而欧阳修却是排抑“太学体”的主帅。）你的这个分析大体上是正确的。那么，欧阳修、宋祁在文学与政治上的关系如何？这也是一个很有趣的问题。我在《元和文坛的新风貌》一文中也提到一个类似的观点：韩愈在政治与军事上是裴度的坚决支持者，他在《平淮西碑》中大事褒扬裴度的军功，但裴度对韩愈的文学创作却很有意见，批评韩愈“以文为戏”，也未曾引荐韩愈担任御前文职；刘禹锡与韩愈在政治与文学观点上都存在分歧，刘禹锡不满意韩愈《平淮西碑》的写作，反而称赏段文昌《平淮西碑》，裴度却引荐刘禹锡担任御前文职。虽然韩愈与柳宗元互相推崇对方的古文创作，但两人在政治上的意见却很不一致。唐宋时期文人的往来与交游情况是比较复杂的，我们不能只凭一般的印象就轻易地作出判断。学术研究必须建立在扎实而可靠的文献基础之上。

据欧阳发《先公事迹》载，欧阳修尊称宋祁为“前辈”。这是“敬重”与“褒扬”的意思，并非贬抑之词。这里牵涉到《新唐书》最后写定的问题：欧阳修“一无所易”，书成，欧、宋联名并署，呈奏朝廷。宋庠也赞叹欧阳修的雅量。黄进德《欧阳修评传》（南京：南京大学出版社，1998年）也认为欧阳修此举是谦恭待人，不肯掠人之美。有趣的是，黄先生同时也列出多种宋人书录、笔记，作为备说，以为欧阳修不愿动手改宋祁的文字，“别有文责自负之意存焉”。欧阳修是否真的“一无所易”呢？如果你要探讨欧、宋纂修《新唐书》之异同，这个问题也可再作考虑。(历雄插语:宋祁纂修《新唐书》列传是在北宋"太学体"盛行之际,欧阳修知贡举、倡导古文运动之前。因此,《新唐书》列传之纂修不受欧阳修倡导的古文运动之影响。)你的这个观点很有意思,好像没有人这样说过。如果你能够加强论证的话,这个观点将可推翻前人的说法,或者在中国文学史上必须重新探讨这一问题。你不妨继续发掘新的材料、继续往下写,看看如何能够提出更完整的、明确的说法。

余历雄曰:介绍"博士学位论文提纲"的初步构想。

勋初师曰:你的这份"论文提纲"的构想和这篇柳宗元研究的论文,有个同样的长处,即是:打通唐代文学与宋代文学之联系,打通唐宋文学与唐宋史学的联系。这是很好的尝试。其实,你不一定只将视野局限在韩、柳、欧、宋古文的领域,以后还可以扩展到诗歌、笔记小说等方面,扩大阅读范围,发掘新的材料。但"韩、柳综合研究"这样的题目拟得不好。你的博士论文题目或目次,要能够突出《旧唐书》与《新唐书》文学观的演变,突出欧、宋纂修《新唐书》的史学差异,突出欧、宋古文观的差异,等等。这样才能引起读者的兴趣,才不会流于"一般的印象"。当然,这件事情先不着急,你要抓紧时间先把目前的构想写出来。这份"论文提纲"我们下次再作讨论吧。

师门问学录(四)

(2002 年 9 月 7 日至 2003 年 1 月 5 日)

周勋初　讲述

余历雄　笔录整理

WXL 27:2002 年 9 月 7 日(星期六)

勋初师曰:最近你交来的几篇论文稿子,大致上是沿着"博士学位论文提纲"的思路。你不妨继续往下写,看看哪一部分写得较精彩,见解较精辟,又有一定的学术价值,那就抽取作为博士学位论文,提交参加答辩。其余未提交答辩的部分,你可以在毕业回国后,继续补充扩展。你要尽量抓紧时间,勤快些,然后留下较充裕的时间进行修改。提交论文之前的修改阶段是很重要的,时间要掌握得好,不能马马虎虎、匆匆忙忙地就提交上去。如果错误连篇,漏洞百出,这样的学位论文就是失败的。

余历雄曰:日前写了《论两〈唐书〉本纪采摭韩愈古文》一文,请您教正。

勋初师曰:两《唐书》本纪采摭的韩愈古文,主要是指韩愈修的《顺宗实录》。《顺宗实录》作为唐代的重要史料,关涉德宗、顺宗、宪宗三朝的国家大事,两《唐书》都会对其甄选采摭,这与史臣是否偏好韩愈古文没有多大的关系。你的立论应是可以被接受的。《顺宗实录》、两《唐书》本纪对唐顺宗的评价是比较正面的,认为他是一个想有所作为的皇帝,但他只是一个短命皇帝,来不及施行较多的善政就病死了。历来学界对两《唐书》采摭《顺宗实录》的讨论,主要在于如何评价"二王八司马”事件，抑或如何确认对韩愈、柳宗元、刘禹锡的历史评价上。人们向来总是比较同情遭遇失败的文人。例如谢灵运，他出任永嘉太守时，终日累月地游山玩水，对地方上并没有做过多少好事，但人们仍然很怀念他，对他的不幸被杀感到惋惜。后来他的名望越来越大，大家又以他曾到过这里做过官为荣。现在的浙江省温州市还保留着“谢公池”等遗迹，主要街道还以他命名。人们对柳宗元、刘禹锡的政治遭遇也是深表同情的，但对“二王”的评价可就没有那么好了。

“二王八司马”在顺宗朝的政治活动能否称为“永贞革新”？黄永年的论文你已经阅读过了，他说不能同意。你的论文里改用“顺宗新政”一词，虽然去掉了“永贞”年号，但仍需作些补充说明。我想，新上任的执政者常会对他的前任提出不同意见，总想办些大事来突显自己的过人之处。我们不能对这些开头的事给予过高的评价。例如，大家都痛恨李林甫黜落举子的“野无遗贤”之举，李林甫死后，杨国忠为相，他想收买人望，便建议恢复“文部选人”。杜甫对此还称赞杨国忠，对他抱有幻想。杨国忠怎会是个好人？虽然这个“开头的事”给举子们的入仕带来一些希望，实际上杨国忠是为了捞取自己的政治资本，这怎能得到好的历史评价？我想，就事论事，“二王”有些“政治革新”的精神，但他们出身低微，政治号召力不够，却又锋芒太露，难以成事。就这点来说，评价应是复杂的，我们既不要跟在过去的史学家后面大肆挞伐，但也不必反过来一味颂扬。如果他们继续执政，情况恐怕也会很糟，不一定会超过元和时期的政绩，但我们也不能把预测当作事实来评价。

我看了你的几篇论文，觉得你的总体思路是：韩愈与柳宗元的综合研究，实际上是以韩、柳作为个案，对两《唐书》进行“文学观”、“文史观”的专题研究；《旧唐书》不一定是批评刘、柳，《新唐书》也不一定是赞扬韩愈。我想，你不妨先把“宋祁研究”的部分写好，从韩愈到宋祁，探讨唐代古文运动的发展及其对北宋文史方面的影响。这样的研究将会更有新意。

余历雄曰：最近读了一些五代史的材料。其中有些问题，例如：关于贾纬《唐年补录》"一书两名"的情况，《新五代史》"徐注"是否欧阳修"自注"等问题，正在思考。

勋初师曰：后晋史官贾纬《唐年补录》"一书两名"的情况是存在的。一般史书都题作《唐年补录》，王溥《五代会要》题作《唐朝补遗录》，应是同书异名。岑仲勉《唐史馀瀋》"《册府元龟》多采唐实录及《唐年补录》"条（上海：上海古籍出版社，1979 年）作了一些考证，亦称《唐年补录》，这个书名应是可靠的。《新五代史》"徐注"是否欧阳修"自注"而署名徐无党？清人早就提出怀疑，但我看这个可能性不大。如果是欧阳修托名的话，他肯定要在注文里详加发挥他的"《春秋》史学观"，但这一点在"徐注"里并不明显。目前还是按照旧说为妥：徐无党为欧史作注。你对中唐史官蒋係、蒋氏子弟和五代史官赵莹、贾纬的材料看得较仔细，这种文史结合的思路还是很好的，可以加深对问题的理解。（历雄插语：日前购得陈光崇《中国史学史论丛》一书，沈阳：辽宁人民出版社，1984 年。）陈光崇是东北地区较知名的历史学者，我在撰写《〈唐语林〉考》一文时也曾引用过他的论文《张氏〈通鉴学〉所列〈通鉴〉引用书目补正》。你手头上这本《中国史学史论丛》是他较早出版的史学论文集，大部分论文都写得较好，例如《欧宋修书异同论》《欧阳修的史学》等，都可以看看。

余历雄曰：祝尚书《北宋"太学体"新论》（载《四川大学学报》1999 年第 3 期）与邓国光《〈宋史〉论宋文》（"第二届宋代文学国际学术研讨会"论文，2002 年）二文对北宋"太学体"的说法并不一致。

勋初师曰：这个情况倒是很有趣，可以让你对北宋"太学体"有较多的了解。祝尚书是四川大学古籍所《全宋文》整理班子中较优秀的学者，文献基础较深厚，他编著《宋人别集叙录》（北京：中华书局，1999年）一书，对宋人文集作了全面的梳理，学术水平很高。邓国光是澳门大学教授。他研究的范围很广，除文学外，也研究经学。邓先生治学很刻苦，他的《挚虞研究》（香港：学衡出版社，1990年）等书，写得很扎实。

勋初师曰：上个月中旬，我们中文系和古籍所联合举办的“第二届宋代文学国际学术研讨会”获得与会的国内外学者很好的评价。现在我们主办的学术研讨会，已经形成了自己的风格：严格的会议要求和相当的学术规模。我们前后办过五次重要的国际学术研讨会：(1) 1990年“唐代文学国际学术讨论会”（论文集：《唐代文学研究》第三辑，桂林：广西师范大学出版社，1992年）；(2) 1995年“魏晋南北朝文学国际学术研讨会”（论文集：《魏晋南北朝文学论集》，南京：南京大学出版社，1997年）；(3) 1998年“第四届辞赋学国际学术研讨会”（论文集：《辞赋文学论集》，南京：江苏教育出版社，1999年）；(4) 2000年“明清文学与性别国际学术研讨会”（论文集：《明清文学与性别研究》，南京：江苏古籍出版社，2002年）；(5) 2002年“第二届宋代文学国际学术研讨会”（论文集：《第二届宋代文学国际研讨会论文集》，南京：江苏教育出版社，2003年）。其中要以1990年讨论会的学术规格为最高，筹备工作中遇到的困难也最多。唐代文学学会之前已经开过四次年会，偶有国外的个别学者参加，大都是在国内讲学的，专程前来的学者很少。当时我觉得，唐代文学已成一门国际性的学问，应该举办一次大型的国际会议，让国外及港台地区的学者都来参加，把中国古代文学的影响进一步扩大。着手做时，第一个想到的问题是如何邀请台湾的学者来参加，而这也是最令人头痛的难题。两岸隔绝已久，之前不久，台湾当局才允许台胞来大陆探亲，因此，我们当时对台湾的情况，可谓一无所知。刚巧前时叶嘉莹先生来大陆讲学，送给程千帆先生一本罗联添的

《韩愈研究》(台北:学生书局,1981 年增订版),我才知道此人是研究唐代文学的,现为台湾大学教授。福建社科院的蔡厚示教授又来信告诉我,他们院里购进了一本罗联添编的《中国文学史论文精选》(台北:学海出版社,1984 年),其中收了我一篇《梁代文论三派述要》,我就想到,可以直接与罗先生联系,估计他接信后也不会感到突然。后来知道,台湾学者也组织了一个唐代学会。他们接到我的邀请信后,很高兴,随即向上申报,并得到了批准,因此他们组成了第一个经"台湾行政院"核准赴大陆参加学术会议的代表团。由王梦鸥任顾问,杨承祖任团长,罗联添、汪中、罗宗涛、吴宏一为团员,李丰楙、王国良为秘书,阵营可谓强大。团队之外,该地还有李殿魁、郑向恒、沈谦三教授前来。我们还通过各种渠道了解世界各地情况,表明目的和打算,因此,国外的很多知名学者也都应邀与会,例如,日本的兴膳宏、松浦友久、筧文生、筧久美子、西村富美子、横山弘、内山知也、森濑寿三、斋籐茂、市川桃子,美国的倪豪士、李珍华、车淑珊,韩国的车柱环,香港的邝健行、陈志诚,国内的专家学者就更多了。这一年,我前后办了两次会议——胡小石、陈中凡、汪辟疆三教授的百年纪念会议和第五届唐代文学国际学术讨论会。因为劳累过度,还生了一场大病,但我感到很愉快。应该说,两次会议都很成功。据新闻系宋新桂同志统计,国内有一二十家新闻单位对唐代会议作了报导,像新华社、中国新闻社、人民日报、中央人民广播电台、中国国际广播电台等都发了消息。此后,唐代文学研讨会的规模越办越大,但是与会的老学者越来越少了。今年 10 月,在江苏镇江将有一次"《文选》学国际学术研讨会",我也得去参加。现在的学术研讨会越来越多了,主办的情况也跟以前不一样。以前很少有学校愿意主办学术研讨会,因要花大钱,费精力,又要出版论文集,工作累得很。现在的情况可就不一样了,学校向教育部申请项目也要看办过几次研讨会,出版过哪些学术著作,等等。因此,现在很多学校或地方政府都乐意主办学术研讨会。但有些研讨会不按照学术规范,马马虎虎,整体水平较低,会议开得很不像样。

WXL 28:2002 年 9 月 21 日(星期六)

勋初师曰:上回你撰写关于李充《翰林论》研究的论文,引用了钟嵘《诗品》评"郭璞诗",曰:"宪章潘岳,文体相辉,彪炳可玩,始变中原平淡之体,故称中兴第一。"引文中的"中原"二字可商,还是以作"永嘉"二字为好,即:郭璞"始变永嘉平淡之体"。这是大家都较熟悉的一段文字。王叔岷《钟嵘诗品笺证稿》一书亦作郭璞"始变永嘉平淡之体"。你应该使用王叔岷《钟嵘诗品笺证稿》(中国台湾"中央研究院"中国文哲研究所中国文哲专刊,1992 年)。他这书名曰"笺证",重在疏通文义,力气不放在版本上,但这位王老先生精于校雠之学,对古籍整理的工作做得比较认真细致,他的校雠著作是学界公认较可靠的一种。

曹旭《诗品集注》(上海:上海古籍出版社,1994 年)一书作郭璞"始变中原平淡之体"。曹旭一书收集了很多材料,参考的版本很多。之前韩国的车柱环《钟嵘诗品校证》(汉城大学校文理科大学出版,1967 年)也参考了很多版本。现在的学者作校勘时,大都走同样的道路:详列版本。因为目前资讯发达,材料公开,因此整理一种书时,常能搜集到好多不同的版本。但从校雠学的角度来说,著书并不以罗列版本为贵,而是应该将掌握到的版本梳理出几个系统,校勘之时,只要抓住几种系列之中的首出之书,也就可以执简驭繁,不致多歧亡羊了。例如今人周祖谟有《洛阳伽蓝记校释》(北京:中华书局,1963 年修订本),范祥雍有《洛阳伽蓝记校注》(上海:上海古籍出版社,1978 年新一版),前书所用版本可能比后书要少,但梳理的版本系统清晰,读者易于把握,有“振裘挈领”之妙，故黄永年以为周祖谟在处理版本的问题上要高上一等。此说见其《古籍整理概论》内《校勘》部分论处理对校时语（西安：陕西人民出版社，1985年初版；上海：上海书店出版社，2001年新版，页67—68）。总之，版本校雠需要谨慎处理，哪些材料适合作为校勘之用，哪些不合适，必须先搞清楚。有些书，如《古今图书集成》《笔记小说大观》等，够不上作什么版本来看待。可以说，现在好些人开出的“版本”名单，内中好些书实际上大都不具备作为一种版本来看待的资格。校记的文字要简明扼要，将问题解决即可，不要繁琐，不要罗列那些无关紧要的材料。今人整理的古籍版本，学术水平参差不齐，差别较大。我们撰写论文引用文献，需要选择较可靠的版本，如果版本有问题的话，即使论文的观点再好，恐怕也难站得住脚。

你这一篇论文提到李充的家世及其父祖事迹，从李充家学与时代背景来考察《翰林论》的学术思想，立论较新颖，有自己的看法，以前好像没有人这样写过。你再仔细地校对文字，我看看能否寄到社科核心刊物上发表。核心刊物的学术门槛较高，所刊载的论文都要经过专家严格的匿名审阅。如果编辑部接受用稿的话，那你就达到了南大研究生院“发表论文”的要求。如果不成功的话，我们再考虑其他办法。

余历雄曰：宋祁著有《论对偶之文不宜入史》一文。宋祁的文体观点似与欧阳修相近，只是前者修史的文辞较后者“艰深奇涩”。

勋初师曰：关于“古文”与“骈文”的文体争论，它在唐宋时期才逐渐明显。在《史记》与《汉书》里，我们一般是说“单笔”或“复笔”，没说是散文或骈文的问题。你最近阅读了较多的宋祁材料，宋祁是不是古文家呢？宋祁的赋体作品有较多生涩怪僻的文字，这大概是赋体文学的特征，编撰史书就不可能用赋体了。当然，比起欧阳修，宋祁修史的文字是较生涩的。宋祁说“对偶之文不宜入史”，现在我们翻阅《新唐书》列传，仍是古文散体。韩愈倡导古文运动，“韩门弟子”与晚唐的古文家可概括为两派：一是李翱、皮日休等人的“平实派”，一是皇甫湜、孙樵等人的“奇崛派”，而韩愈古文的“雄奇”特征倒是没有了。相对于宋初道学家石介、孙复的古文而言，宋祁应是继承、发展了韩愈与李翱一派的古文。如果从石介与“太学体”的渊源关系来看，宋祁文章与“太学体”是有区别的。欧阳修知贡举与排抑“太学体”的时间则稍晚。(历雄插语：最近读了祝尚书《论乾淳“太学体”》一文，载《新国学》第三卷，巴蜀书社，2001 年。)南宋有“太学体”吗？这时太学中又形成了一种影响很大的特有文风了么？祝尚书这一篇论文我没看过，你先读一读，看看能否有自己的体会。

余历雄曰：关于“两《唐书·阳城传》的价值取向”之写作构想，我先介绍一下。

勋初师曰：你从韩愈文章以及《旧唐书》《新唐书》本传等方面对阳城事迹的评价来辨析“宋祁论韩愈”这个课题，观察的角度还是可以的。韩愈与欧阳修对阳城出任谏官五年而“居官不谏”的情况都很不满意。宋祁给阳城的历史评价较高，认为只要能在最关键的时刻发挥作用，从效果上来说，那就是最好的，可以不管他之前是否平平庸庸。譬如古代的军事作战，之前输了几场小战役没有关系，只要能在最后的决战中大获全胜，那就是赢得了全部的战功。这是事后坐论成败的看法。如果阳城来不及进谏就死了，或始终无“大事”可谏，那他就是平平庸庸的人了。欧阳修《上范司谏书》就持这种观点。你提到“太学生何蕃”的问题也很好。韩愈与《旧唐书》是一种观点，宋祁与司马光是另一种观点。虽然宋祁与司马光的观点相同，但并不能说明后者是依据宋祁的观点或根据相同的材料。宋祁能够看到的史料，司马光一般都能见到，司马光编修《资治通鉴》的时间较晚(1071—1086)，能够看到的史料比宋祁还要多。而且，司马光“本以资治”为编修目的，与宋祁纂修前朝史的性质并不完全一样。

史家评论历史人物是不容易的，我们阅读材料时不妨敞开思想，多想一些，下笔立论时则必须严谨有据，不要过于偏向一方。例如，两《唐书》纪传都将裴延龄评得很坏，说他搜刮民财，声名狼藉。古代中国是个重农轻商的社会，凡是主张“利”的官员，如盛唐时期的牛仙客，中唐时期的皇甫镈，都不会得到好的评价。这些人实际上到底是些什么样的人物，是否可以换个角度探讨一下？王安石的“熙宁变法”非常重视“财”与“利”，道学家就批评王安石是“小人”。

余历雄曰：关于白居易《韩愈比部郎中史馆修撰制》是否“伪文”的问题，该怎么看？

勋初师曰：白居易《韩愈比部郎中史馆修撰制》是否属于“伪文”？唐代士人对“史官韩愈”的评价如何？一般认为，柳宗元和《旧唐书》等书上对“史官韩愈”的评价都不高。韩愈在《答刘秀才论史书》中言作史危险，“岂可不畏惧而轻为之哉？”柳宗元在《与韩愈论史官书》中就说：“前获书言史事，云具《与刘秀才书》，及今乃见书稿，私心甚不喜，与退之往年言史事甚大谬。”以为不宜临事萎葸而居史职。实际情况不一定是这样。据岑仲勉《〈白氏长庆集〉伪文》（载《历史语言研究所集刊》第 9 册，北京：商务印书馆，1947 年；收入《岑仲勉史学论文集》，北京：中华书局，1990 年）与朱金城《白居易集笺校》（上海：上海古籍出版社，1988 年，页 3190）的考证，只能说明这篇《制》文不是白居易所撰，并没有证明它是后人“伪造”的。况且，《制》文载于《文苑英华》，可以说明它出自唐人之手，并非“伪文”。这一制文不一定非得白居易所撰。至于《制》文为何会冠上白居易之名，那是另外一个问题了。

据《制》文所述，韩愈的人品与史才都得到了很高的赞誉。韩愈的性格倔强，勇往直前，并非怕事之人。长庆二年，朝廷派他宣抚镇州，这在当时是件非常危险的事，没有人敢去，韩愈却将生死置之度外，勇往直前。当时连唐穆宗也为韩愈的安危深感担忧。韩愈终于完成了使命。韩愈既不畏惧叛变的强横藩镇，又怎会将宦官放在眼里？怎会因宦官的淫威而曲笔修史？据《旧唐书》载，韩愈纂修《顺宗实录》，取舍不当。我们现在翻阅《顺宗实录》，并没有发现不妥当的记载，如果有的话，那就是仍会感觉到韩愈史笔的“锋芒”。这应是使得党派斗争者感到不满和不安的原因了。

余历雄曰：介绍关于《宋祁论韩愈排佛》一文的写作构想。

勋初师曰：宋祁认同韩愈的排佛观点，因宋祁本人也是排斥佛教的。韩愈与宋祁都有与僧人往来的书信和诗文创作，这种情况对唐宋士大夫的生活情趣来说并无冲突。唐宋士大夫可以自愿地作为一名“居士”或修道者，但要他们出家为僧就不愿意了，真正皈依佛教的士大夫更是极其少数。这就是中国人思想的包容性，与西方人的思想很不一样。以前，我到汕头大学参加会议，参观了潮州灵山寺，据说大颠原在此寺驻锡，寺内供奉着韩愈，配享从祀。据当地的人说，韩愈被贬潮州时信奉了佛教。这是民间传说，没有根据，现在地方政府却当作真的，辟为旅游景点，有趣得很。《韩愈集》是门人李汉编辑的，是比较可靠的唐人集子。韩愈与大颠和尚共有三封往来的书信，都没有提到信佛的事。我们还可从韩愈《与孟尚书书》中了解事情的真相，传说也就不攻自破了。（历雄插语：《宋景文公笔记》卷下“杂说”中的某些观点，有较明显的功利性，近乎法家之言。）宋祁的这些观点与《韩非子》中《主道》篇、《扬权》篇中的思想非常相似，尤其以四言一句的韵文论说形式，可说出自《扬权》篇。从这一点来看，更可说明宋祁与宋初道学家的思想是大不相同的。

WXL 29:2002年10月5日(星期六)

勋初师曰:上回我们谈到《宋景文公笔记》的某些观点近乎法家之言,你核对了《韩非子》诸篇之后,应该能肯定这一点吧。宋祁年辈比欧阳修稍早,虽然当时中国已经统一,西北的军事边防仍是朝廷的头等大事,国家处于整顿社会秩序之际。宋代士大夫重视军事边防,兵家战略与法家思想有某些共通之处,因此宋祁的战略思想中有法家之学是可以理解的。欧阳修之时,政局比较稳定,朝廷强调太平盛世之道,这是传统儒家之学。宋代的道学家、理学家是讲究"大原则"的,不具体做事,更不谈军事与经济。欧阳修议论国家大事也是从经学的大原则出发,欧阳修修史也是讲究"《春秋》大一统"的史学思想,这与宋祁是有区别的。法家之学是讲究具体的军政治国方略,讲究吏治,讲究具体地做事。这里是说欧、宋之别。实际上,欧阳修任地方官时也讲究吏治,这是他与道学家、理学家有别的地方。

勋初师曰:你现在作"宋祁研究"的课题,遇到问题又能有自己的想法,能追多少就追多少,不要停下来。如果以后发觉这些只是小问题,零零碎碎的串不起来,那就放掉不要,只选取那些较有学术意义的部分。如果你所探讨的问题能够构成一个较完整的理论体系,那就更好。现在,你阅读材料时能渐渐地发现新问题,渐渐地感受到阅读的乐趣,这样的学习比较有效。如果读书读得枯燥乏味,那也没多大意思。目前,中国大陆唐代文史研究的队伍中,多数是老学者,学术水平较高,但新的研究成果不多。许多学者渐渐转向宋代文史研究。其中老学者较少,水平较高的也不多;中青年学者较多,但学术水平的高度尚未令人满意。你的论文思路的特点是"打通"唐宋文史研究的领域,这一点还是较可取的。

勋初师曰：以前的学者做学问，眼力和耳力都很好，只需看过一次，听过一遍，就能熟记心里，到年纪老了都不会忘记。现在的人做学问，大概只有眼力还可以，阅读后还能熟记；耳朵就不行了，听了一遍很快就会忘掉，尤其听大会报告或开会发言，很多东西都没能听进去，常常是迷迷糊糊，脑袋空空。近来我的脑力也不太好，好些东西都记得不太准确，要想好一阵子才能想起来。（历雄插语：据说，中文系的博士论文开题报告，已经改作"书面开题"的形式，教授们也将自己的意见作"书面答复"，供博士生参考。）这样做，也有一定的积极意义。以前是"开会开题"的形式，会上匆匆忙忙的，学生恐怕也记不了多少。关于你的开题报告，我再向系里了解一下，看看应该怎么处理。

余历雄曰：《新唐书·吴元济传》全文载入韩愈《平淮西碑》，但两《唐书·宪宗本纪》和《段文昌传》皆不载撰碑刻石之事，《旧唐书·吴元济传》《新唐书·韩愈传》亦不载，《旧唐书·韩愈传》载其事而不录碑文。相对于平淮西之役而言，史书对撰碑、刻石、斫磨、重撰诸事的记载，似乎显得较为含蓄、隐讳。

勋初师曰：韩愈的《平淮西碑》究竟写得好不好？这与中唐以来的文坛情况有关。我在《元和文坛的新风貌》一文中已有讨论。对韩愈本人来说，他在平淮西战役中也有功劳，他奉诏撰碑时就更高兴了。当然，韩愈撰碑时的态度很郑重，历七十馀日而文始成。不过，刘禹锡与柳宗元认为段文昌的《平淮西碑》写得更好，李商隐则认为还是韩愈的《平淮西碑》写得好。从内容对比来看，韩碑对裴度的战略高度赞美，段碑则对李愬的战术大为颂扬，两篇碑文对唐宪宗的"中兴"功业都是热烈地歌功颂德。如果从文章风格来看，韩碑的序文模仿《尚书》，铭辞模仿《诗经》，又有创新，这在文体的发展与革新方面有重大的意义。李商隐就察觉到这一点，他的《韩碑》诗说"文成破体书在纸"，又称"字奇语重"，"大笔淋漓"，评价很高。但柳宗元认为韩碑"兼有帽子”，这是说文章的开头部分太过铺张，写得不好。刘禹锡认为，段碑是仿效班固《燕然铭》，“别是一家之美”，因碑铭之体应该用骈文撰写，所以段碑较韩碑好。

两《唐书》的相关纪传载述韩愈、段文昌撰碑之事，是否如你所说的那般“隐讳”呢？我看倒也不一定是这样。韩碑是否“碑辞不实”呢？后人有各种各样的争议。当时柳宗元与刘禹锡处在偏远之地，都认为是“李愬居功第一”，这应是当时唐代社会的主流意见。裴度对韩碑的看法如何？史书上没有记载。当时朝廷大臣与藩镇将领中，有很多人嫉妒裴度的军功，裴度或许不方便对韩碑表态，这是可以理解的。据《新唐书·吴元济传》载，“帝亦重牾武臣心，诏斫其文，更命翰林学士段文昌为之。”这就说明唐宪宗是有自己的考虑：“中兴”功业还需要依靠李愬这样的武将，所以必须“安抚”武将们的感受。虽然两《唐书》本传都说李愬晚年“忽于取士”，但相对于当时的藩镇将领而言，李愬仍是忠于唐王朝的。

余历雄曰：卞孝萱先生《〈说石烈士〉新探》（收入《唐传奇新探》，南京：江苏教育出版社，2001 年）一文，对韩碑被推倒磨掉的真相作了深入的辨析。

勋初师曰：韩碑的碑石，原是吴少阳的碑石，体积很大，石烈士一个人怎么可能推得倒？除了你提到的卞孝萱《〈说石烈士〉新探》一文，我们古籍所姚松老师也撰有一篇《罗隐〈说石烈士〉考辨》（载《程千帆先生八十寿辰纪念文集》，南京：江苏古籍出版社，1992 年），探讨韩碑被推倒的情况，不妨参考。李商隐《韩碑》诗是模仿韩愈的文体而作，他还从文体革新的角度赞誉韩碑。李商隐的观点有没有代表性呢？很多学者对李商隐这首诗都做过详细的注释。我认为，刘学锴、余恕诚选注《李商隐诗选》（北京：人民文学出版社，1986 年）的观点较有说服力，其文曰：在李商隐的时代，藩镇叛乱的问题日益严重，光凭“李愬式”的武将已经不能解决问题，而必须有如“裴度之辈”的贤相和统帅作战略指导，才是伐叛的成败关键。会昌年间，李德裕的伐叛之功与当年裴度的平淮西之功，极为相似；唐宣宗时，李德裕因党争失败而被贬崖州，最后死在贬所。李商隐对此深表不满。李商隐《韩碑》诗赞誉韩碑，赞誉裴度，实际上是寄寓着他对中晚唐政治局势的感慨。

还有一点你也必须注意：你目前不是撰写“韩碑研究史”或“韩碑接受史”，而是讨论宋祁如何评价韩愈。你应该暂时将李商隐的观点放在次要地位进行考虑。如果李商隐的观点影响了宋祁的评价，那就可在论文里作补充说明。当然，撰写论文必须做到能放能收，不妨碍主题的展开就行了。

余历雄曰：从《古籍整理出版情况简报》上看到了有关《全唐文》整理、点校的讯息。

勋初师曰：全国古籍整理出版规划领导小组办公室编的《古籍整理出版情况简报》，已经出版三百多期，它的讯息量很丰富，可以帮助你了解古籍整理和出版方面的情况。你提到的是徐州师范大学中文系点校《全唐文》一事。那是早前就已经进行的古籍整理项目，但工作进展缓慢，困难重重。项目负责人孙映逵教授，他是南京师大孙望先生(1912—1990)的弟子，毕业后在徐州师大中文系任职。据说，此书将由山西教育出版社出版。孙映逵请我写序，我考虑到这一项点校工作对提高《全唐文》的学术价值有很大帮助，便答应了下来。《〈全唐文〉(点校本)序》收在《周勋初文集》第七册。我按照当时的通知，文末注明“山西教育出版社 2000 年出版”，但后来孙映逵告诉我，可能要拖到 2002 年才能出来。复旦大学陈尚君教授也正在编辑《全唐文补编》，也不知道何时才能够正式出版？目前，在中国大陆要出版“大部头”的书，很不容易啊。

WXL 30:2002 年 10 月 19 日(星期六)

勋初师曰:我们先讨论博士论文开题报告的准备工作。你原本交来的论文提纲是准备做“韩愈、柳宗元综合研究”的。近几个月你撰写的稿子,基本上也是围绕着这样的思路。这些稿子我都看过了。你的情况是这样的:(1) 你主要讨论的问题是韩愈研究,柳宗元研究只是作个陪衬;(2) 你主要是从宋祁的角度来讨论问题,而不是纯粹的韩愈研究;(3) 你探讨的《旧唐书》与《新唐书》比较研究,着重点是《新唐书》研究;(4) 在《新唐书》研究中,你注意的是宋祁研究的课题,欧阳修的情况讨论较少。

宋祁研究在你的论文中占了较大的比例。你还有几个关于宋祁研究的课题没写好吧?你可以继续往下写。所以,你的“韩、柳综合研究”,实际上是以两《唐书》研究为主,而不是以韩、柳研究为主。往下你将会发现哪些新的问题,现在也较难说。如果按照你原来的论文提纲做开题报告的话,可能跟以后撰写的论文会有差别,这也没有什么关系。依我看,这个开题报告也不要太着急,你先抓紧时间把部分论文写好了,这个开题报告也就出来了。你是春季入学的,现在也不好单独一人做开题报告,就让系里安排你与其他秋季入学的同学一起做吧。

勋初师曰:上次你撰写的一篇论文,我建议将题目改作《两〈唐书〉本纪采摭韩愈古文之辨析》,这样,讨论的内容就比较具体了。你这篇论文写得还不错,可以推荐到较有影响的学术刊物上发表。现在很多核心刊物都采用较严格的审稿制度,例如《文学遗产》,如果你要投稿的话,也同样需要经过匿名评审。你将这篇论文再作修改,要仔细地校对文字和核对引文,不能马马虎虎。如果以后需要发表论文,若有提到我之处，就直接写“周勋初”，不要写成“周勋初师”，免得审稿的人以为你要靠老师的面子来过关。这样影响很不好。你要有信心，要靠自己的实力闯出一条路来。

余历雄曰：日前写了《宋祁论韩愈排佛》一文，请您教正。

勋初师曰：这一篇论文的构思很好。我也有一些想法，但还没仔细地考虑，你可以参考一下。释家原是讲轮回，讲来世，不讲炼丹，也不讲长生不老，但唐代皇帝服食的“金丹”，很多却是由僧人提炼的。例如唐宪宗，他起初不相信神仙不死之术，后来却迷迷糊糊地相信了，还屡诏僧人与方士入宫炼丹。这是不是唐代释、道二家相混的一个方面呢？像玄奘这样一代高僧，当然不搞炼丹之术，但在唐人笔记小说中记载唐朝僧人炼丹的事例倒是不少。以后阅读材料时，这一点还要多加留意。正史中一般都将僧、道之属归在“方术”类。范晔《后汉书》就已经有《方术传》了，主要是记载方士与道士之流，当时还没有僧人的传记。

赵翼《廿二史札记》卷十六《新书改编各传》说：“方者，方外也；伎者，艺术也。”赵翼的这个“方”字，不一定是指正史中“方术”、“方技”或“方伎”的意思。“方外”可以有两种解释：一是从思想上来说，指儒家以外之学，儒家是讲“方内”的具体学问；一是从地域上来说，指中国本土之外，尤其是西域与印度。《新唐书》不载僧人传记，这是宋祁修史时有意识地删除，并非无意中遗漏，不必刻意为他辩护。赵翼对宋祁排佛的偏见提出批评：一部《新唐书》怎么可以少了《玄奘传》与《薛怀义传》？他认为《旧唐书》在这个问题上史学眼光较《新唐书》好，这有一定的道理。但是《旧唐书》将薛怀义归在《外戚传》，归类不当，这个很不对。薛怀义此人确实较难归类。一般认为，他是武则天的“面首”，如果将薛怀义归在《后妃传》，那就更不伦不类了。薛怀义也不能归在《外戚传》，因为大家都知道他是个“冒牌”的外戚，本名叫冯小宝，行为像个小流氓。我想,《旧唐书》将薛怀义归在《外戚传》,恐怕也是不得已吧。结果两边都不讨好。

韩愈的脾气很硬,性格倔强,所以他敢于上疏排佛,敢于把反对佞佛的话说得很彻底,在当时朝野都产生很大的影响。韩愈有相当多的支持者,只是他们大都不敢说话。你看,后来营救韩愈者都是一些国戚、朝廷大官与地位尊贵的人,这说明他们是支持韩愈排佛的。当然,当时也有人幸灾乐祸,他们甚至说韩愈在贬谪潮州时皈依佛教,借此打击韩愈的名望,抬高佛教的影响。这种说法是不正确的。后来,韩愈的名气越来越大,他和门人李翱的心性之学,他的《原道》《原性》等"五原"文章,成了宋人道学的源头。其实,唐代士大夫排佛是一种政治运动,并不是宗教理论的探讨。儒家讲"道",这个"道"中有很具体的内容,是一种社会伦理的行为规范。儒家讲"修齐治平",较少谈论抽象的哲理思辨,所以在理论体系方面不够严密。宋人吸收了禅宗思想而转化为儒家的"内圣外王"之说。其实,宋代理学是对佛教禅宗的接受和改造,是一种佛教"中国化"的过程。你的论文里说"中国士大夫排佛而不及佛教教义",大概就是这样的情况。

勋初师曰:唐宋士大夫在讲"大道理"的同时,他们也依从当时社会纳妾和养侍女的习俗,例如,韩愈与白居易都有不止一个侍女,司马光的词里也有赠歌妓的生活内容。上回你提到宋祁在成都纂修《新唐书》时,有媵婢与内宠在侧侍候,冬天时亦诸姬环侍,情况也很类似。中国古书记载,男人要纳妾,以繁衍宗族。据《朝野佥载》载,唐太宗赐给任瓌两名宫女为妾,但任瓌的妻子生性妒忌,便将两名妾的头发都烧光。太宗知道后,便派人送去"毒酒",并对任瓌的妻子说,任瓌是朝廷的三品官,应该有妾侍奉,如果你以后不再妒忌的话就没事,如果你还妒忌的话,就将"毒酒"喝下。任瓌的妻子竟然将"毒酒"一饮而尽,酣睡到半夜才醒来。当然,这并不是真的毒酒。太宗没有办法,只好让任瓌的两名妾住在别的地方。这说明唐代士大夫纳妾是很正常的现象，是有法律依据的。

虽然如此，妾的社会地位却很低，即使正室妻子去世了，也不能“以妾为妻”。春秋时期齐侯会诸侯于葵丘，在盟会上就已经订下这个规定“无以妾为妻”，这在继承法上也就是“立嫡不立长”。杜佑在唐代有很高的地位，但因晚年正室妻子去世后，“以妾为妻”，结果被族人批评，还遭受到舆论的非议。两《唐书》本传都记载了这件事情。其实，妾的地位与丫鬟婢女差不多，好多人就是从贴身丫头升任的。《红楼梦》里的丫鬟婢女都不尊重那些姨妈们，但对老太太、太太却敬畏有加，害怕得很。大家都说曹雪芹有先进思想，其实他在这些地方也很正统，《红楼梦》里一些小妾生的儿子，大都很不堪，例如贾环等。《金瓶梅》里的西门庆是个大流氓，但他对“妻妾之别”的观念还是看得很重，有一回正妻吴月娘和宠妾潘金莲发生了冲突，他只好顺着吴月娘的意思将潘金莲鞭打一顿。这也是一种“礼教”的心态吧。于此可见中国礼教影响之深。

余历雄曰：宋祁在《宋景文公笔记》中提到他死后的墓葬安排。《宋史·宋祁传》引用《宋景文公笔记》中的这一段材料，但却刻意删掉“不得作道佛二家斋醮”等文字。这里是否反映出元朝史官的宗教态度？

勋初师曰：宋祁《宋景文公笔记》提到的死后墓葬安排，这与宋代的薄葬习俗有关。汉代习俗讲究厚葬，从现今出土的汉代陵墓来看，建筑规模和陪葬品都很奢侈。曹魏讲究薄葬，与汉代习俗有很大的差别。东晋南朝的习俗也是薄葬，现今在南京出土的墓室，没发现什么特别的东西。唐代皇陵依山为葬，以为可以节约一些，原本也是薄葬，但现在我们看到的唐代皇陵，规模却很不简单。北宋的皇陵都建在河南巩县的一处平地上，有一次开会后我们前去实地考察，其中要数宋真宗的陵墓规模较大，但没有气派，没什么看头。这是宋人讲究的薄葬。宋祁对墓葬的安排很简单，他还反对“道佛二家斋醮”，看来他在排佛抑道上态度是很明确的。你对《宋史·宋祁传》引用《宋景文公笔记》的史料辨证，这个看法是正确的。因元朝人崇奉喇嘛教，又以西藏喇嘛为帝师，他们纂修《宋史》时，绝不会同意宋祁“不得作道佛二家斋醮”的观点。元朝人的宗教信仰较为复杂，他们也信奉道教，与汉族士大夫的传统观点很不一样。

WXL 31:2002年11月2日(星期六)

余历雄曰：宋祁的排佛立场与宋代朝廷扶植佛教、大量翻译刻印佛经的政策很不一致。《新唐书》对韩愈排抑佛老的赞誉，或可理解为宋祁“引为自喻”的意思。

勋初师曰：历代朝廷诏修前代史，基本上仍是本于儒家史官传统。北魏政权崇信佛教，魏收奉诏纂修《魏书》，撰有《释老志》一卷。一般认为，正史中为“释老”立“志”是较难得的事，但《魏书·释老志》的观点仍是本于儒家的立场，从治国安邦的角度来看待问题。宋初纂修的四大书：《文苑英华》《太平御览》《册府元龟》与《太平广记》，都纳入了释徒的大量文献，后面三书都有专门载录“释部”材料的门类。宋代朝廷也大量翻译和刻印佛经，扶植佛教。但是，这些事例并不一定能够说明官方史家的立场，官修正史也不一定就要维护佛教，为僧人辩护。唐代有好些崇佛、佞佛的皇帝，唐代历朝史官仍旧排斥佛教、痛骂僧人。所以，我们不能因宋代的佛教政策与四大书中大量的“释部”材料，而据此判定宋祁纂修《新唐书》就得载有僧人传记。

宋祁修史的态度是谨慎的，《新唐书》不载僧人传记，绝不会是宋祁无意的遗漏，而是有意如此。我们上次讨论到宋祁始终是排抑佛、道二家，他对佛教的态度比《旧唐书》史臣更为偏颇。因此，宋祁对韩愈排抑佛老的赞誉，也可理解为他有“引为自喻”的意思。（历雄插语：《宋祁文集》中载有多篇“斋醮”、“祈雨”的文章。）如果这些“斋醮”文章是宋祁代人撰写之作，那就不能代表宋祁本人的立场。至于“祈雨”文章，如果宋祁当时是担任地方长官，那就是他自己的观点；如果宋祁只是担任幕僚，那就是代幕府主人而作，不是他自己的观点。关于“祈雨”的活动，这是中国古代的一种文化习俗，《诗经》里也有记载。世界上很多民族都有“祈雨”的文化习俗，这未必就与佛、道的问题有关。

余历雄曰：两《唐书》对彭偃事迹的处理方式差别很大。《旧唐书》本传载其事迹颇详，全文载入彭偃《删汰僧道议》；《新唐书》无《彭偃传》，其事迹附见逆臣《朱泚传》，全文仅三十五字，亦不录其《删汰僧道议》。宋祁或因彭偃“附逆”之罪，而不载其排佛之奏疏。这一事例颇能说明宋祁在政治与佛教之间的考量。

勋初师曰：你的辨析是正确的。在韩愈之前，彭偃（？—784）是唐代士大夫排佛的重要人物。陈寅恪撰《论韩愈》时，从《唐会要》中引用了这一条材料。彭偃在两《唐书》列传的位置很不一样，《旧唐书》记载得较详细，《新唐书》过于简略，这应该是两《唐书》史臣的不同考量。五代时期李克用排佛，《旧唐书》的编修时间与之相近，所以史臣将彭偃的事件看得较为重要。宋祁编修《新唐书》时，可能觉得事情已经缓和了，所以看得较轻。不过，《新唐书》将彭偃事迹附在“逆臣传”后，那是因为他已沦为“乱臣贼子”的缘故。《新唐书》讲究“大一统”的思想，深恶彭偃的“附逆”行为，所以连他的排佛“功劳”也都取消了，只字不提。

勋初师曰：在《汉书·艺文志》《后汉书·方术传》与《三国志·方技传》中都载有方士或道士之流的文献著录和传记材料。相对于中国传统思想的“大传统”(以儒家为主的思想)来说，方士、道士或释家等“方术传”中的内容，只能算是“小传统”。但是从欧美学者的眼光来说，他们非常重视这些“小传统”。清华大学葛兆光教授《中国思想史——七世纪前中国的知识、思想与信仰世界》(上海：复旦大学出版社，1998年第一卷、2000年第二卷)一书，将这些“小传统”都写进去，获得学界很好评价。实际上“中国思想史”到底怎么写，还可再研究。应该有多种不同视角和多种不同写法。唐代“安史之乱”以前，佛教宗派林立；“安史之乱”以后，禅宗比较盛行，可能是因“不立文字”之故，信徒不必读多少书，觉得很方便。唐代世俗社会认为，剃光头是一种不孝的行为，不孝的“罪名”是很大的。中国古代的死刑也有很多种，得个“全尸”还是较好的，杀头、砍头就“死无全尸”了。“剃光头”则近于此。古代的中国社会有很多“好佛”的士大夫，其真正的原因倒不容易弄清楚，可能是各有各的原因吧。

一般认为，儒家思想只讲具体的人事，比较缺乏哲理的思辨，孔子就不谈死后的事。道家讲长生不死，但理论基础比较粗糙。佛家的理论或许能够补充儒家在思辨上的欠缺吧。我们评论古人，得看他在做什么具体的事？站在什么立场？例如，当官的立场、修史的立场或个人的立场。站在不同的立场，对同一个时候的同一件事情，态度可能很不一样。撰写评论古人的论文，尤其需要注意这些情况。苏轼遇到“俗人”就谈“俗事”，遇到僧人就谈佛理，在朝当官就以儒者的立场谈论国家大事，这些都是不矛盾的。而且，苏轼的思想比较复杂，兼具儒、释、道的思想，归到哪一家中都有问题。宋祁的情况就比较明确。

余历雄曰：中华书局版与上海古籍版的《唐会要》《五代会要》等书，在部分文句的断句上有的“点长”，有的“点短”，文意的诠释也就略有出入。

勋初师曰：古籍整理中的句读，可以说是一种基本功，也是一门大学问。有的"点长"，有的"点短"，这就得看各人的功夫如何了。例如，有关典章制度的文献中一些官衔名目很多，而且很长，很多人都点不断，实际上有些也不能点断，点断就错了，这样人家就会说你没有学问。"点短"要很有把握，不然就容易犯错误。"点长"比较"保险"一些，但该短不短，一味"点长"，也就看不出有什么学问。中华书局与上海古籍出版社在整理与出版古籍时常常互相竞争，现在的通行本《唐会要》《五代会要》，即有中华书局版与上海古籍版两种。中华书局版只是简单的点断，没有用新式标点；上海古籍版是点校本，使用较方便。中华书局版的古籍种类较多，现在的通行本宋初四大书等均是。我们古籍所整理的《册府元龟》点校本，早在三四年前就该整理好了，却因"人名索引"一项未能及时完成而耽误了出版。现在我们古籍所正在研究与开发电子版《册府元龟》。

余历雄曰：您在《〈册府元龟〉(点校本)前言》(收入《周勋初文集》第七册，2000 年)一文中说，从太宗朝编纂《太平御览》(983 年)到真宗朝编纂《册府元龟》(1013 年)、仁宗朝编纂《新唐书》(1060 年)等，反映出宋初史学思想的演变与宋代史学正统观念的确立。

勋初师曰：中国的"正统观念"是随着政治局势的发展而改变的。虽然宋初纂修的四大书都着重保存前代文献，但其中所反映出的史学正统观念是很不一样的。中国历代的大一统王朝在建立之初，都会商议编纂前代史，一方面是要总结历史经验，一方面则要安顿前朝遗留下来的知识分子。两朝政策有所不同。宋太祖、宋太宗都是武人出身，文化水平不高，这个时期编纂的《太平御览》只是汇辑前代材料而成，大抵沿袭了五代时期的史学观点。宋真宗时，原本是要编纂《历代君臣事迹》，后来才改名为《册府元龟》。这番改动可以说明：真宗一朝确立了宋代的史学正统观念。《册府元龟》的编纂者是当时最负盛名的一批文士，在编纂体例上参照"《春秋》史法"，对历史上的割据政权或归入“闰位部”，或另立“僭伪部”，这与《太平御览》的处理方法很不一样。后来，欧阳修私撰的《五代史记》或官修的《新唐书》，都是按照这种“《春秋》史法”而编写的。因此，你在研究宋祁的论文中讨论宋初四大书的纂修时，需要注意这种史学观念的转变。

WXL 32：2002 年 11 月 21 日（星期四）

余历雄曰：最近阅读了张兴武《五代作家的人格与诗格》（北京：人民文学出版社，2000 年）、《五代十国文学编年》（北京：人民文学出版社，2001 年）二书。他提出五代时期“文学重心南移”的观点，颇有说服力。由是观之，在北方“武夫专权”的文化氛围下，《旧唐书》的文学观不可能倾向于“骈体文派”。

勋初师曰：五代十国时期的文人，有的生于晚唐而卒于五代，有的生于五代而卒于宋初，有的则与五代相始终。他们的诗歌或编入《全唐诗》，或编入《全宋诗》，情况比较复杂，我们必须多方面地检索查阅。清人李调元编辑《全五代诗》（成都：巴蜀书社新版，1992 年）、王士禛编著《五代诗话》（北京：书目文献出版社，1989 年）等也必须翻来看看，以免有所遗漏。《全唐文》与《全宋文》的情况也是如此。这些“全”字号古籍整理的编纂者对此问题肯定有过周详的考虑，但五代十国的文人一般都跨过好几个朝代，这些问题是不容易解决的。因现存的五代作品较少，编纂者一般都在体例方面先作说明，甄选条件较宽，最后倾向于“多收”，尽量征集文献材料。有些归属未明的作品也先辑存备考。

张兴武近年来一直从事五代文学研究，也取得了一些新的研究成果。他是杭州大学吴熊和教授的博士生，《五代作家的人格与诗格》一书是他的博士论文。他对五代时期南北文人情况的分析应是较有说服力的。五代时期北方是武夫专权，文人的处境非常恶劣，很多文人都逃离到南方的十国政权中去栖身，这就是他所概括的“文学重心的南移”。张兴武《五代十国文学编年》一书对文人作品也作了详细的考证，此书可与傅璇琮主编的《唐五代文学编年史·五代卷》(沈阳：辽海出版社，1998年)相互补充。五代后晋史官在武夫专权的环境下编修《旧唐书》，他们的文学观不太可能倾向于“骈体文派”，如果换作南唐史官来编修《旧唐书》的话，或许才有可能重视“骈体文派”的观点。你提出的这一想法很好，但仍然需要举出较有力的论据，才能站得住脚。王运熙《唐代诗文古今体之争和〈旧唐书〉的文学观》一文认为，《旧唐书》史臣属于“骈体文派”。我想，他可能是从《旧唐书》的《元稹白居易传论》《文苑传序》和欧阳修《进唐书表》等材料来讨论问题，没有充分考虑到你所强调的“《旧唐书》之编修环境”。因此，你应该作进一步的辨析：《旧唐书》的文学观究竟怎样？《旧唐书》史臣的诗文创作如何？应该如何说明《旧唐书·元白传论》与《文苑传序》的文学观点？解决了这些问题，你的课题研究才会有学术价值。

余历雄曰：五代时期的一些著作，如王定保(870—941?)《唐摭言》、王仁裕(880—956)《开元天宝遗事》、孙光宪(？—968)《北梦琐言》等，都是散体著述。这或许能够说明五代史家的文体倾向。

勋初师曰：史学著作一般都是以散体著述为主，在“传论”或“赞”中使用韵文，五代的史著也是这样。高似孙《史略》著录的五代霸史、杂史，或五代时期撰著的笔记小说，如《唐摭言》《开元天宝遗事》《金华子》《中朝故事》《北梦琐言》等，当然也是以散体叙事较为合适。骈体叙事往往说得不清不楚。但是，我们并不能将这些五代史著与笔记小说作为论据，认为成书于五代时期的《旧唐书》也是散体之作，这样的讨论没有什么学术意义。我们应该具体地分析《旧唐书》的纪传部分。

如果仔细阅读，《旧唐书》纪传主要也是散体叙事，其中固有一些较倾向于骈体的“美文”，如《郭子仪传》的叙事行文就写得非常优美而生动。我想，这与史臣所依据的唐代史料有关，不一定要将它牵扯到骈散文体的问题上去。如果对照两《唐书》韩愈、柳宗元、元稹、白居易等人的传记，或对照《文苑传》与《文艺传》的载述，二者的叙事行文也差不多，没有明显的骈散之别。

余历雄曰：我打算通过对赵莹、张昭远、贾纬等人的诗文创作以及其他著作的考察，探讨其与《旧唐书》文学观的关系。

勋初师曰：无论在政治方面或思想领域，五代十国的文人与“道”的关系都有一种非常冷漠的疏离感。这种情况与唐宋文人的心态很不一样。这种情况也肯定会反映在文人的诗文创作中。你打算从史臣的诗文创作来探讨《旧唐书》的文学观，这一方法应是可取的，但仍有一个无可回避的问题：他们现存的作品都较少，能否取得较可信的结论？你认为《旧唐书》史臣属于博通典籍的史家，并非偏好近体诗文的纯粹文人。我的想法是：相对于汉唐或宋代史家而言，《旧唐书》史臣并非具有明确的史学观的史家，或者说他们是水平不太高的史家，主要的纂修工作是采辑与保存前代史料，这是他们的缺点，也是他们的优点，一种“歪打正着”的优点。如果与同时代的人相比，他们仍是五代时期较优秀的史家。关于欧阳修、宋祁的身份，在后人看来，他们首先是个文学家，然后是奉诏修史的史臣，而不是严格意义上的史学家。但是，他们纂修《新唐书》具有明确的史学观，体现出宋代的史学正统观念，他们的成果在中国史学史上是有贡献的。

勋初师曰：西汉时期，史家仍有继承先秦世袭史官之传统，司马谈、司马迁父子即以世袭史官自居。东汉时期的“史官概念”与私家修史的情况已经有了变化。魏晋南北朝时，兴起所谓“牒谱之学”，士族世家都很强调家学传统，这也是史学观念的演化。唐代史官有父子相继修史的情况，此虽类似“父子相传”，实际上并无世袭史官之意义。五代的史馆制度与史学思想较为混乱，不成系统。北宋初期在政治上结束了南北分裂的局面之后，在思想上也必须寻求“大一统”的定位，在史学领域也是如此。欧阳修倡导古文运动也有继承韩愈“道统”的意识。因此，北宋诏修《新唐书》不能仅仅理解为史馆运作的活动，唐宋古文运动也不仅仅是属于文学的范畴。

勋初师曰：从近几次的讨论来看，你的学位论文题目大概是：“两《唐书》文学观之比较研究”，或“两《唐书》文史观之比较研究”。你再仔细斟酌，然后准备一份约四千字的开题报告，下一次我们再作具体的商讨。

WXL 33：2002 年 12 月 1 日（星期日）

勋初师曰：日前你交来的第二份“论文提纲”，虽然题目是《两〈唐书〉文史观的比较研究》，但从章节的安排来看，似乎只是“两《唐书》韩柳元白的比较研究”。既然是作“文史观”的比较研究，那就不妨增加“《文苑传》与《文艺传》的比较研究”一章，这样你的论文才会有一个“整体性”的讨论。虽然梁承根的博士论文《两〈唐书〉文人传之比较》已经讨论过这个课题，你不一定就得回避不谈。你可以考虑不同的研究方法和不同的研究重点。论文题目是采用“文学观”抑或“文史观”一词，这个先得看论文的具体内容。按照这份“论文提纲”的考量，讨论的范围较广，并不局限于文学领域，应是“文史观”一词较为合适。这个论文题目仍然符合中文系博士生的研究范畴，它与历史系博士生的论文题目是有所不同的。

勋初师曰：五代时期的冯道（882—954）是一个很具争议性的人

物。冯道历仕五代四朝与契丹，三入中书，相六帝，事九君。他还亲自撰文将这些“光荣”事迹记载下来，自号为“常乐老”。当时的人都称誉他为“元老”。如果从我们现代人的眼光来看，冯道“历仕四朝”，确属巧宦之徒，没有什么人格与骨气，但《旧五代史》中对他比较客气，或许冯道对政权频频倾覆的混乱局面也起着一定的缓和与稳定作用，对饱受战乱之苦的人民或许有过一些好处。宋人的看法就不是这样。大多数的宋人都对冯道大加贬斥，欧阳修《新五代史》对冯道的批评最为严厉，认为冯道“可谓无廉耻者矣”。这是五代和北宋观念的不同，也可以理解为“文史观”的差异。《旧五代史》成书于宋太祖朝，《新五代史》成书于宋仁宗朝，二书对五代君臣的评价很不一样，这是宋初两个时期的史学观念之别。《旧五代史》中还保留着一些五代时人的观点。宋真宗朝诏修《册府元龟》的动机不仅仅是编纂类书的考量，而是具有确立宋代史学正统观念的政治目的。欧阳修、宋祁编修《新唐书》也是基于这样的考量。

余历雄曰：欧阳修《进唐书表》中所谓“气力卑弱”或“言浅意陋”，应是属于史学批评的范畴，而不是文章批评的范畴，也不是针对“骈体文派”之贬语。

勋初师曰：最近我也读了一部分两《唐书》的纪传，觉得《旧唐书》的文笔也未必就是“气力卑弱，言浅意陋，不足以起其文”。《旧唐书》史臣在载述唐代的历史大事与人物事迹时，仍是文从字顺，生动流畅。《资治通鉴》的《唐纪》也写得很生动，文笔很好。欧阳修《新五代史》的“序”“论”写得最好，例如《一行传序》《唐六臣传论》《伶官传序》《宦者传论》等。有的“传论”还被后人编入文章选本，称为“范文”，大概是这些“传论”符合编选者对“文章”的要求。然而，《旧唐书》的“传论”似乎都没有被后人编入文章选本，难道这些“传论”仅仅是因不符合“文章”的要求吗？如果我们仅仅从“文章学”或文体角度，断然划分两《唐书》

的差别是否在“言浅意陋”上，这个大概也没什么学术意义。

这里还有一个问题：史论为重还是史料为重。欧阳修的史学思想是“史论”重于“史料”，所以《新唐书》本纪极其简略，像是模仿《春秋》经文，未能给唐代文史研究者提供完整的材料。自《史记》以来，正史的本纪部分原本是结合了“编年”、“纪传”、“叙事”等史体的优点，欧阳修编纂《新唐书》本纪却把这些优点都给取消了，很多材料我们都嫌记事过分简单。

傅斯年(1896—1950)认为，史著应该以史料为主。他曾提出“史学即是史料学”的口号。这是傅斯年留学德国时受到历史语言学派的影响，在当时中国学界形成了一种新的学术思潮，将“历史”与“语言”两个学科归为同一类别，又创办了《历史语言研究所集刊》，现在我们倒觉得这个刊名很奇怪。如果研究者从史料学的角度来看，一般认为《旧唐书》较好。《新唐书》成书后，虽然宋仁宗诏令新、旧二《书》并行，但《旧唐书》仍长期被废置，不通行，主要是《旧唐书》所体现的史学观无法满足后人“史学正统观念”的要求。你的研究重点是辨析两《唐书》所体现的“文史观”之异同，不必过于强调《新唐书》成书之后的宋人观点。

勋初师曰：我们古籍所的武秀成老师将在这个月末进行博士论文答辩。他的博士论文题目是《〈旧唐书〉辨证》。这本博士论文估计将在下个月由上海古籍出版社出版，约三十万字。我给这书写了序文，这是样稿，你可拿去看看。论文答辩会上我也会发言，如果你有兴趣的话也可参加。我们这里培养的博士生，大部分都能够将博士论文正式出版，早期的情况就不说了，近期的，如张宏生《江湖诗派研究》(北京：中华书局，1995 年)、陈书录《明代诗文的演变》(南京：江苏教育出版社，1996 年)、曾广开《元和诗论》(沈阳：辽海出版社，1997 年)、王青《汉朝的本土宗教与神话》(台北：洪叶文化事业有限公司，1998 年)、郑杰文《战国策文新论》(济南:山东人民出版社,1998年)、胡传志《金代文学研究》(合肥:安徽大学出版社,2000年)、郝润华《〈钱注杜诗〉与诗史互证方法》(合肥:黄山书社,2000年)、徐国荣《中古伤感文学原论》(北京:中国社会科学出版社,2001年)、张智华《南宋的诗文选本研究》(北京:北京师范大学出版社,2002年)等。张伯伟的博士论文《中国古代文学批评方法研究》在答辩十二年后,经过反复加工修订,也于2002年由中华书局出版。徐兴无(历雄注曰:《谶纬文献与汉代文化建构》已于2003年由中华书局出版)、俞士玲、吴正岚(历雄注曰:《六朝江东士族的家学门风》已于2003年由南京大学出版社出版)、赵益、李南晖等人的博士论文也将陆续出版。以后你的博士论文也应该尽量争取出版。如果马来西亚在汉籍方面的出版条件较差的话,你也可以考虑在中国大陆出版。一来可以让你的学术研究有个立足点,继续往前发展;二来可以通过这个管道和中国学界保持联系,发挥影响。

勋初师曰:你的硕士、博士学位(研究生阶段)都将在南京大学完成,所以,你可能是第一个在中国大陆接受比较系统的古典文学研究训练的马来西亚籍留学生。你应该起一个较好的"开头"作用。我对培养学生的看法是:"重视才性"与"乘热打铁"。你的论文选题属于思辨性的题目,从文献材料中发现问题,思考问题,解决问题。你的头脑很清晰,能够提出自己的见解。这就是你的"才性"吧。你现在大量阅读材料,发现问题后就要立刻往下写,不要停下来,不要过于考虑它与论文选题是否有关。我们只需提交大约五万字的"论文精华"参加答辩,其余的部分你可以在毕业回国后继续发挥,"打铁乘热",如能写出十五万字以上高水平的博士论文,那就可以考虑出版了。

WXL 34:2002 年 12 月 20 日(星期五)

余历雄曰:高似孙《史略》卷二载:“神宗常问欧阳修所为《五代史》如何。王安石曰:‘臣方读数册,其文辞多不合义理。’上曰:‘责以义理,则修止于此。每卷后论说皆称。’”从王安石对欧阳修史学“义理”的批评中,或能反映出仁宗、神宗二朝史学观念的演变。

勋初师曰:欧阳修撰《新五代史》,宋祁、欧阳修奉诏纂修《新唐书》,都是宋代史学上的大事。然而,宋人对欧阳修的“《春秋》义理”也有不同的意见。高似孙《史略》这一段文字里的“常”字,应作“尝”字理解,即是“曾经”的意思,不能解释为“常常”。王安石是宋代“变法派”的重要人物,他讲的是“功利”之道,对欧阳修的“《春秋》义理”不会有太大的兴趣,所以他说:欧阳修撰的《新五代史》“文辞多不合义理”。王安石所谓的“义理”应与变法强国有关,与欧阳修强调的“《春秋》义理”的意思很不一样。宋神宗对北宋的“三冗”问题很不满意,所以他支持王安石的锐意变法。宋神宗对《新五代史》过于强调“《春秋》义理”也不满意,但他对欧阳修是比较理解的,所以他说:如果从“义理”的角度来要求的话,欧阳修只能做到这一点。宋神宗对“义理”的看法与王安石相近,但我们也不能把“义理”的字面意思看得太死。宋神宗仍然重视欧阳修《新五代史》的“传论”,后世的文章选本也选取这些“传论”,说明它在史学和文学方面都有一定的参考价值。

余历雄曰:《史通·论赞》篇对前人史书中的“传论”、“赞”语等多有批评意见。

勋初师曰:刘知幾对史书“传论”、“赞”语的撰著方式有自己的一套看法。《史通·论赞》篇认为,唐初编修《晋书》的“论赞”体例是模仿了范晔《后汉书》的“误本”。每一篇纪传都有“序论”已经是很烦琐了,篇末还加上“赞曰”，就像文人撰写碑文那样，既有“序”又有“铭”，节外生枝，文字泛滥，编修史书的人不应该如此仿效。但范晔《狱中与诸甥侄书》中对自己的这些“序论”、“传论”、“赞”语等是很自负的，认为“皆有精意深旨”，“笔势放纵，实天下之奇作”，成就很高。萧统《文选序》还特别强调：“赞论之综辑辞采，序述之错比文华。”这是六朝文士与唐代史家对“论赞”文体观念的不同理解。

刘知幾又说，“释氏演法，义尽而宣以偈言”。这只是举例作比方，并不是说史书“论赞”与释氏“偈言”有文体渊源的关系。但刘知幾认为，“论赞”与“偈言”都犯有同样的文体毛病，都应该提出来批评。释氏“偈言”与唐代“变文”倒是有文体渊源的关系。《左传》的“君子曰”，《史记》的“太史公曰”，班固《汉书》的“赞曰”等，都是中国史书的重要体例，很早的时候就有了，只是史家撰著时或用单句、散句，或用复句、偶句，情况有别而已。

刘知幾没能看到两《唐书》、两《五代史》的“传论”，不然，他也会严加批评的。《旧唐书》的《元白传论》具有文学总论的性质，可以不按一般史书的“传论”体例来要求，同时也应该看到元、白对中、晚唐乃至五代文学的影响。我们对《元白传论》的辨析，不能只看骈散文体之别，还得看看具体的评价内容。《旧唐书》中的“传论”在整体上写得如何，还是可以继续探讨的。

余历雄曰：日前阅读李慈铭《越缦堂读书记》（上海：上海书店出版社，2000 年）一书的“两《唐书》读书记”。李慈铭对《旧唐书》的评价时褒时贬，落差很大。

勋初师曰：李慈铭《越缦堂读书记》是后人从《越缦堂日记》中辑录出来的读书札记。清人往往是集文人与学者的身份于一身，他们撰写的日记常是具有学术性质的随笔，而且是有意识地想使它广为流传。清人的日记中较少涉及自己的日常生活，这与我们现代人写的日记很不一样。李慈铭(1829—1894)的官位不大,学问相当好,读书很有见解,但口气很大。读书札记中的片言只语,有时或能提供读者一些启发,有时或是前后自相矛盾,从整体上不一定能够反映出作者的学问体系,而且往往是没什么体系。如果我们撰写论文引用“读书札记”中的观点,需要谨慎审读,看看“读书札记”中是否有自相矛盾的地方。你阅读李慈铭的“两《唐书》读书记”,觉得他对《旧唐书》的评价时褒时贬,落差很大,这是很正常的情况。李慈铭对《旧唐书》的褒贬对你有没有启发?他说的话不一定就是真理啊。

余历雄曰:高教版《中国文学史》第四编《隋唐五代文学》第八章第四节《晚唐古文的衰落与骈文的复兴》,编撰者对中晚唐骈散文体发展的“时序”叙述,似乎有待商榷。

勋初师曰:如果就你指出的“第四节”来看,编撰者将令狐楚、李商隐、温庭筠、段成式等都归在“晚唐”,而且紧接皮日休、陆龟蒙、罗隐之后,确实很不妥当。这里至少应该另立一小节。唐代文学分期的问题:是“初、中、晚”抑或“初、盛、中、晚”?李商隐等人应该归在哪个阶段?现在学界都比较认可“初、盛、中、晚”四期说。从中国文学史研究的情况来看,论者往往“重诗轻文”,在“轻文”中又“轻”骈文。骈文在中国文学史上有重要的影响,但它在《中国文学史》中常常被忽略,以往的《中国文学史》更是“痛骂”骈文,这种情况很不对头。“骈文”作为一种独特的文体,它一直是不曾间断地存在,历代朝廷公文都采用骈文,写得如何,就看有无“大手笔”了。陆贽《奉天改元大赦制》就是一篇非常优秀的骈文佳作,连藩镇叛军读后都很受感动。李商隐、温庭筠、段成式的骈文都写得很出色,时称“三十六体”,这是中晚唐之际的“大手笔”,在唐末五代就很难找到这样的骈文大家了。(历雄插语:有些研究者认为,时“衰”文也“衰”,便将骈文这种“衰文”安排在晚唐的“衰时”中顺带叙述。)因此,令狐楚、李商隐等“衰文作家”也都归到了晚唐阶段。这在时序上是不合适的，读者也无法看出唐代骈散文体发展的实际情况。

《中国文学史》第四编第八章的编撰者是尚永亮，现为湖北大学教授。（编者按：尚永亮先生已转至武汉大学任教）他是陕西师范大学霍松林教授的博士生，博士论文是《元和五大诗人与贬谪文学考论》，台北文津出版社 1993 年出版，在大陆较难看到。我原本同意出席参加他的论文答辩，临时却因班机延迟而误事，抵达西安时，答辩会已经结束了。但我还是提出了我的意见。我对"贬谪文学"的提法想不清楚，因"贬谪文学"并不具有共同的特征，不同原因的贬谪会有不同的遭遇，从屈原、贾谊、元和文人、苏轼到林则徐，贬谪的性质有很大的差异，情况各不一样，很难得出一个简要的概括和明确的定义。在该《文学史》中，就只有唐代部分有"贬谪与唐文学"一节，实则列朝列代都有这个问题，为什么全书不能有统一的安排？（历雄插语：据悉，某些单位还举办了数届"贬谪文学研讨会"，编有《贬谪文学论集》一书，北京：中国文联出版公司，1999 年。）这个研讨会的情况我不清楚。尚永亮读书很勤奋，也能思考问题，我不清楚他在这个问题上还有哪些发展？

余历雄曰：陈冠明《"三十六体"：宋祁总结、认定的骈文体派》（"中国李商隐研究会"年会论文；载《安徽师大学报》2002 年第 4 期）一文提出"三十六"与"三十六体"之别。

勋初师曰：陈冠明的这篇文章我没有看过，我也没有参加"中国李商隐研究会"的年会。我在《〈酉阳杂俎〉考》（详见《唐人笔记小说考索》下编）一文中提到，《册府元龟》卷七一八《幕府部・才学》和两《唐书・李商隐传》都有关于"三十六"与"三十六体"的记载，王应麟《小学绀珠》卷四也有相关的提法。"三十六体"是否由宋祁"总结、认定的"呢？这个说法还得仔细推敲。"三十六"与"三十六体"，从字面意义上来说，前者指人物，后者指文体。但是，在中国古书中用作指称"人物"

时，也不能说是仅注意其排行吧，这样说，当是注意到了他们三人的共同特征，因此仅言“三十六”也当涵括“文体”之意。《新唐书·李商隐传》多加一个“体”字，恐怕还不能充分说明此即“宋祁总结、认定的骈文体派”。在《新唐书》中是否能够提供其他类似的例证？依我看，“三十六”的概念比“体”字的概念更为重要。

WXL 35：2003 年 1 月 5 日（星期日）

勋初师曰：关于你的“博士论文开题报告”，根据我们系里的安排，改用“书面开题”。你必须将所提交的“开题报告”复印八份，送交系里古代文学或古典文献专业的老师，包括：莫砺锋、徐有富、许结、程章灿、曹虹、张伯伟、巩本栋与严杰老师。因张宏生老师应邀到香港讲学，系里没有安排他参加你的“书面开题”。这几位老师大概会在寒假内审读你的报告，或会在下学期开学后交回审读意见，由我转交，使你能够有所吸收与遵循，开始正式撰写论文。你这次春节回国期间，也要尽量争取时间思考论文章节的内容和深入展开，开学后我们再作具体的讨论。

勋初师曰：较早以前，盛唐文学研究是唐代文学研究的重点。美国汉学家斯蒂芬·欧文对初、盛唐文学研究很感兴趣，他的《初唐诗》（贾晋华译，南宁：广西人民出版社，1987 年）、《盛唐诗》（贾晋华译，哈尔滨：黑龙江人民出版社，1992 年）对中国的学者也曾产生一定的影响。近年来，研究者渐渐转向中晚唐文学研究，有些高校的博士论文也较关注中晚唐文学研究，对初唐文学、五代文学研究的关注较少。从你的“博士论文开题报告”的内容来看，部分章节是探讨两《唐书》采摭韩柳古文之研究和两《唐书》对元白文学评价之研究，也是偏重于中晚唐文学方面。不过，你是从五代、北宋“史臣本位”来考察问题，你的研究视角与其他人不太一样，应能取得较新的结论。论文提纲的最后一章《〈新唐书〉与欧、宋文史观之异同》，应该考虑怎样提升到理论研究的高度来概括前六章的个案研究，要能够从整体的把握上来总结你对这项课题的研究。

两《唐书》的《文苑传》和《文艺传》对初盛唐文人的选择和评论较为接近，对中晚唐文人的选择和评论分歧较大，这一点在你早先的论文中也曾论及。你可以在“两《唐书》文史观之比较研究”这一前提下，对两《唐书》的文人立传与评选之异同再作辨析。马茂元先生《读两〈唐书·文艺(苑)传〉札记》(载《文史》总第八辑，北京：中华书局，1980年)一文写得较早，他采用的是一般的传统的材料，如两《唐书》本传、《全唐诗》、唐人别集等，较少采用唐宋笔记小说或新出土的金石材料，所以有些论证并不完善。傅璇琮先生《唐代诗人丛考》(北京：中华书局，1980年)在这方面的研究作得很好。如关于刘长卿的生年、卒年、登第年代、两次贬谪的时间和地点等问题，他在《刘长卿事迹考辨》一文中都有新的说明，澄清了陈陈相因的种种误说，所用的材料和考证的精密都超过前人。学界也一致认同这是可信的结论。如果现在我们还依据《新唐书》新校点本和闻一多的旧说立论，那就要闹笑话了。

余历雄曰：一般认为，中国文学史上的“宋调”是在北宋中期才渐渐形成的。从《新唐书·文艺传序》的论述中，是否能够说明宋祁、欧阳修时，宋人已经具有总结唐代文学的自觉意识？

勋初师曰：宋祁、欧阳修纂修《新唐书》时，北宋朝廷已经积累了丰富的唐代文献材料，这一点可从《新唐书·艺文志》的著录中得知。然而，文献材料的积累并不完全等同于总结前代文学的条件已经成熟，对前代文学已有清楚的认识也并不等于本朝的诗风已经形成。中国文学史上的“宋调”是在北宋中期才渐渐形成的，例如，宋初诗歌“三体”其实是唐诗的馀绪，直到梅尧臣才是宋诗的“开山祖师”；宋初道学家、古文家的复古运动是不成功的，嘉祐以后的欧、苏古文才渐开“宋文”之面貌；柳永的慢词与唐五代以来的小令大有不同，是他奠定了宋词在词史上的地位。我们还必须考虑其他的问题：宋人对“宋调”或宋代文学的“确认”，是否作为史家身份的宋祁、欧阳修“总结”唐代文学的必要前提？《新唐书》是否提供了足够的材料？史家的探讨与文学家的探讨有何不同？如果这些问题已经超出你的博士论文范围，不妨留待以后继续探讨。

余历雄曰：日前购得黄永年先生《唐史史料学》(上海：上海书店出版社，2002 年 12 月新版)一书，这书应该怎样看？

勋初师曰：黄永年先生的《唐史史料学》(西安：陕西师范大学出版社，1989 年初版)是一部唐代文史研究的重要工具书，他对现存的唐代史料与相关的著作，都作了很好的考辨。特别是对《旧唐书》与《新唐书》的分析评判，最见功力。此书当时只印 1500 册，自初版之后便售缺已久，国内外很多学者都无法购得。现在上海书店出版社重印新版，这是一件好事。我曾经读过此书，同意他大部分的观点，但觉得还有一些不足之处。这次重印新版，有些地方作了增补，有的似乎没有作出修订。例如，此书介绍《全唐诗》时说，季振宜《全唐诗》“其原稿民国初为邓邦述所得，见邓氏《寒瘦山房鬻存善本书目》卷六，此鬻存书抗战初以邓氏身故又散出，今藏台北‘中央图书馆’，1976 年已由联经出版事业公司以《全唐诗稿本》为书名影印公世。”(新版页 248)这一说法并不正确。1996 年 11 月，我应邀到台湾政治大学参加“台湾第三届唐代文化学术研讨会”，提交的论文题为《季振宜〈唐诗〉的编纂与传流》，文中指出：联经出版事业公司影印行世的是“另一种季振宜《唐诗》”，是“季振宜着手编纂时之草稿”；“季振宜《全唐诗》誊清本”并未运往台湾，而是在中华人民共和国成立后不久，由香港寄回南京，送至北京图书馆善本室珍藏。(收入《文史知新》,《周勋初文集》第三册,页507—514,2000年。)《寒瘦山房鬻存善本书目》著录的是现存北京图书馆中的季振宜《全唐诗》誊清本,而非台湾联经出版事业公司影印出版的《全唐诗稿本》。《稿本》正称应作“季振宜《唐诗》”,郑振铎又称之为“底本”、“百衲本”。这书是从蒋氏密韵楼、刘氏远碧楼中流出的,并非出于邓氏群碧楼。我在论文中对此事的本末也作了详细的考证与说明。我的结论借助于两个重要的条件:一、我曾经到中国台湾“中央图书馆”、北京图书馆、北京故宫博物院图书馆亲自调查过季振宜《唐诗》三种本子的流传情况,对草稿、誊录本(正本)和曹家抄写的呈上之本作过较仔细的考察和辨析;二、李致忠先生曾经担任北京图书馆善本室主任,承他来函告诉我详情,更加肯定了我原先的想法。《唐史史料学》一书对《刘宾客嘉话录》的版本介绍也有不足之处,只列举《顾氏文房小说》本、《学海类编》本、《丛书集成》本三种。现在学界公认的好的整理本有两种:(1) 唐兰《〈刘宾客嘉话录〉的校辑与辨伪》(载《文史》第四辑,北京:中华书局,1965年),(2) 罗联添《〈刘宾客嘉话录〉校补及考证》(原载台湾《幼狮学志》第二卷第一期、二期,1963年1月、4月;收入《唐代文学论集》下册,台北:学生书局,1989年)。王谠《唐语林》中采录了《刘宾客嘉话录》文字,我整理《唐语林校证》(北京:中华书局,1987年)一书时也补充了一些重要的材料。但上述几个问题在全书中只能说是小疵。任何人著书,都不能十全十美,尤其像《唐史史料学》这一类的书,牵涉到的典籍和材料太多,学界不断推出新的研究成果,一个人精力有限,不可能一一看到,也不可能有这么多的时间仔细读过。黄先生年纪大了,对新的材料和新书的成果不能充分吸收,也可理解,这是无可奈何的事。(历雄注曰:陶敏《韦绚及其〈刘宾客嘉话录〉》一文,对今本《刘宾客嘉话录》的整理出版提出一些意见与建议。载《文史》2002年第2辑,北京:中华书局。)

师门问学录(五)

(2003 年 3 月 1 日至 2003 年 7 月 23 日)

周勋初　讲述

余历雄　笔录整理

WXL 36:2003 年 3 月 1 日(星期六)

勋初师曰:你在上学期末提交的"博士论文开题报告",我们系里的莫砺锋、程章灿、许结、徐有富、严杰、巩本栋等老师都给你提出了很好的参考意见。我想,"书面开题"应是很好的做法。几位老师的意见都已直接写在你的报告边上,你拿回去仔细读读,如有疑问,我们下次再作讨论。你也可以直接向诸位老师请教。

余历雄曰:在假期里阅读了叶庆炳《李杜比较观》(收入《唐诗散论》,台北:洪范书店,1977 年)一文和其他关于李白、杜甫比较研究的论文。关于两《唐书》对李、杜的评价,或《文苑传》的立传情况,或可再作辨析。

勋初师曰:关于李白、杜甫的比较研究,那是中国古代文学研究中的老课题。现在的研究者,如果想在老课题上作出新学问,那就必须先了解前人的研究情况。在我阅读过的李、杜研究论文中,我认为,胡小石先生《李杜诗之比较》(1924 年演讲记录稿,收入《胡小石论文集》,上海:上海古籍出版社,1982 年)一文写得好,最富有启发性。胡先生说,李白守着诗的范围,杜甫则抉破诗的藩篱。以前的研究者一般认为,杜甫信奉儒家思想,在文学思想与创作方面倾向于保守,李白是信奉道家思想的浪漫主义诗人,在文学思想方面是进步的。现在我们都已知道这样的说法并不准确。李白自称是西凉武昭王李暠之后。魏晋南北朝时，西凉地处偏远的西陲，相对于战乱中的中原政权来说，还算是一个比较安定的地区，也保留了较多汉魏六朝的传统文化，但是我们现在所能看到的材料实在太少了。例如，在中国大陆有太多的政治灾难，很多优良的传统文化现在已经看不到了，海外的老华侨家庭反而保留了较多的中华传统文化，在马来西亚的华人家庭就更明显了。上次到马来西亚参加国际汉学研讨会，他们还提到马六甲州“峇峇娘惹(baba nyonya)文化”，这种情况也是有趣得很。

比起国内外的李白研究专家，我对李白的研究起步较晚。1989年，我到安徽九华山参加中国李白学会的年会，我提交的论文是《李白家人及其名字寓意之推断》。在这之前，我从来没有写过李白研究的论文，我的《中国文学批评小史》(武汉：长江文艺出版社，1981年初版)也没有关于李白的章节。这篇有关李白家人名字的文章引起了大家的注意。后来，我便构思有关李白研究的其他文章，陆陆续续写了十篇论文，每一篇论文都讨论不同的课题。学界对这些课题的关注较少，以前从未有人触及过。我对自己所提出的问题和取得的结论还是比较满意的。1996年，台湾商务印书馆将这十篇论文合为一集出版，书名《诗仙李白之谜》。南开大学罗宗强教授还特意写了一篇题为《李白研究的一个更为广阔的领域》的书评，刊于《文学遗产》1998年第4期。1999年高教版《中国文学史》第四编第三章《李白》中也采用了我的不少观点。

唐人的启蒙教育是读《千字文》与《太公家教》等书，也学习儒家经典，写作近体诗，然后参加科举考试，进入仕途。李白的情况很不一样，他学习的是“六甲”与“百家”，写作的是古诗、乐府、辞赋，他不参加科举考试，只想要一朝出奇策，立不世之大功。李白为儿女取的名字也很奇特，长子名叫“伯禽”，小名“明月奴”，另外两个孩子名叫“颇黎”、“天然”。很多研究者是从传统的思路来看待李白，他们都不能理解李白这些有悖传统的做法。李白出四川以后，思想和性格方面都有新的发展变化，比起其他的唐代诗人很不一样。现在有些从事文学研究的人，喜欢讨论地域文化对文学创作的影响。四川是个大盆地，很有地方特色，北宋“三苏”、邓小平、郭沫若、巴金都是四川人，他们在出川前和出川后的表现都很不一样，可能你也曾听到过这些名人的性格趣闻。湖南人也很有个性，具有倔强硬干的精神，其他地方的人不愿意做的事、做不到的事，湖南人都愿意做，而且做得比别人好。毛泽东就是湖南人，干了很多其他人不敢干的事。

叶庆炳先生《李杜比较观》一文是采用较为传统的写作方法，是以前港台、海外学者常用的写法，面面俱到，平平稳稳。现在，我们撰写论文并不要求写得面面俱到，而是要有突破口，要能启发思考。近八十年过去了，胡小石先生的论文仍然耐人玩味。李白、杜甫在生前死后的名气与影响都很不一样。杜甫在世时名声不大，死后名气却越来越大，宋代江西诗派有“一祖三宗”之说，继承发挥杜诗的艺术技巧。陆机在两晋南朝时的名气很响，影响很大，钟嵘《诗品》对陆机诗歌的评价很高，唐太宗《晋书·陆机传论》对他的评价也很高，但在盛唐以后，陆机的名气与影响就渐渐不行了。南朝、初盛唐人都不重视陶渊明，但陶渊明的名气与影响在宋代以后却慢慢地提升了。北京大学袁行霈教授的中国古代诗歌研究也非常重视陶渊明，著有《陶渊明研究》（北京：北京大学出版社，1997 年）一书（历雄注曰：袁行霈新著——《陶渊明集笺注》，北京：中华书局，2003 年。）。前辈中有一些人认为李白的诗往往一气呵成，有时不免轻易下笔，初读时即觉有味，慢慢地味道会变淡，不耐读。杜甫的诗，需要反复地读，细细地读，才能读出诗中味道。元稹、白居易应是最能欣赏杜诗的人，两《唐书》即采用元、白的文学观点来评价杜甫。唐人重实践，不把精力放在理论探讨上，因此唐代的诗歌理论不足以反映唐诗的风貌。宋人重视诗歌理论，也勤于创作，但一般认为宋诗不如唐诗。

余历雄曰：日前阅读了《旧唐书》史臣的一些史传材料和诗文著作，觉得他们的文才、史笔都很不错，知识面颇广，不能说是“言浅意陋”之人。

勋初师曰：唐代的大手笔、五代的大手笔、宋代的大手笔都很不一样，我们不能将五代文人与唐宋大家放在同等的水平线上比较。《旧唐书》史臣张昭远、贾纬等，他们的文才和史笔，都可算是五代的大手笔了，但比起韩愈、柳宗元、宋祁、欧阳修等，毕竟还是略逊一筹。宋人能够看到的唐人集子，固然曾经流传至五代，但是《旧唐书·经籍志》所著录的唐人集子，史臣是否都真正见过？我们知道，《旧唐书·经籍志》是依据毋煚《古今书录》精简而成，开元以后的“经籍”都没有著录。我们不能说《旧唐书·经籍志》著录的书，史臣就一定见过，没有著录的书就没有见过；也不能说宋人见到的书，五代史臣就一定见过。

史臣与笔记小说作者的注意力不同。《旧唐书》的重点不在于《文苑传》或文人的作品，而是将相大臣的事迹，如郭子仪、李光弼的功勋。我在《唐诗文献综述》一文中提到，“初唐四杰”之一的王勃是个短命诗人，只活了二十七岁，没当过大官，也没做过什么大事。《新唐书·文艺传》中《王勃传》的记载，大部分是采自四种笔记小说，即：《唐摭言》《酉阳杂俎》《贾氏谈录》《封氏闻见记》。《旧唐书·文苑传》中的《王勃传》非常简略，《新唐书》史臣应是有意识地补充材料，采摭了很多笔记小说。我们固然要重视正史中的材料，但也不能将《文苑传》《文艺传》中的文献看得太重要，因为其中往往夹杂着一些传闻失实的内容，我们撰写论文而引用时，必须谨慎辨别。

余历雄曰：宋人的笔记小说称，曾公亮擅长四六文。曾公亮、欧阳修却批评《旧唐书》多用骈文。是否可说实际上宋代古文家并不反对骈文?

勋初师曰:曾公亮擅长四六文,这是宋代中书制诰诏令的文体要求,本来就是如此,这与曾公亮的《新唐书》监修官身份没有冲突。据说,司马光自称不擅长四六文而屡辞知制诰之职。四六文富有节奏感,抑扬顿挫,便于宣读。评价文章优劣的标准,得看具体的场合与文章的性质,《旧唐书》《新唐书》是史书,采用四六骈文当然不合适,曾公亮、欧阳修批评《旧唐书》多用骈文大概也是这个意思。"文体论"有时也不能处处皆准,今人论文体尤其不宜以现在的观念要求古人。翰林学士拟的制诰诏令,采用骈体可以写得隐约委婉,在复杂的问题上不明确表态,于人于己都留有馀地,这是士大夫对现实政治的考虑。一般来说,修史用单笔,便于实录直叙;作文用复笔,讲究馀韵回旋。两《唐书》的史官不只是编修史书而已,他们还有其他的官职公务。例如宋祁长期担任外官,屡有调动,时间很紧,与欧阳修较少沟通,《新唐书》间或出现失误是难免的。两《唐书》的史官是否像司马光编《资治通鉴》那样先做"长编"呢?这是一项甄选判别前代史料的重要过程,需要相当的史识、史才,也要费很长的时间,一般的史官都不容易办到。

余历雄曰:许多中国文学批评史的著作都曾提到"唐代史家的文学观",对于"两《唐书》文学观"的讨论较少。罗根泽《中国文学批评史》较早提到"《旧唐书》的文学观",然而"《新唐书》的文学观"似乎尚未"进入"中国文学批评史的视野。

勋初师曰:"两《唐书》的文学观"是否都应该"进入"中国文学批评史呢?这就取决于编写者着重发掘哪些方面的材料。罗根泽先生(1900—1960)《中国文学批评史》(历雄注曰:北京:人文书店,1934年一册本初版,含周秦至六朝;重庆:商务印书馆,1943年四册本初版,即周秦两汉、汉魏六朝、隋唐、晚唐五代;上海:古典文学出版社,1957年两册合编本，即周秦汉魏六朝、隋唐五代；北京：中华书局上海编辑所，1961年第三册初版，即两宋部分，未定稿；北京：中华书局上海编辑所，1962年三册合编本；上海：上海古籍出版社，1984年三册合编本新版。）一书，首先设置了“刘昫”的章节，这与罗先生的治学注重开拓勤于搜集资料有关。我在《罗根泽先生在三大学术领域中的开拓》（收入《当代学术研究思辨》，《周勋初文集》第六册，2000年）一文中，专门介绍罗先生在诸子学、中国文学批评史、中国文学史等领域的创新与开拓。罗先生曾应顾颉刚之约，先后主编《古史辨》的第四册和第六册，他有了这样的国学基础，对打通和开拓文史研究领域都很有帮助。

罗著《中国文学批评史》明显受到19世纪英国学者德昆西（De Quincey）的影响。我在最新一版罗著《中国文学批评史》（上海：上海书店出版社，2003年1月）序文中，引用了朱自清的“评介话语”（详见《朱自清古典文学论文集》，上海：上海古籍出版社，1981年）重新介绍这一情况。罗著《中国文学批评史》中设置“刘昫徐铉的折中说”一节是有特定的时代因素的。如果从发掘材料方面来看，郭绍虞《中国文学批评史》（上海：商务印书馆，1934年上册初版、1947年下册初版；上海：新文艺出版社，1955年改写本；上海：上海古籍出版社，1979年新版，高校文科教材）、朱东润《中国文学批评史大纲》（开明书店，1944年初版；上海：古典文学出版社，1957年重版；上海：上海古籍出版社，1983年新版；上海：上海古籍出版社，2001年导读本，蓬莱阁丛书）二书都不如罗著丰富。

现在编撰中国文学批评史的人，或因可资采用的文论材料太多了，就没有再从两《唐书》中采摭零零碎碎的、不成体系的材料；尤其到了宋代，文学批评的材料就更加丰富多彩，即使“《新唐书》的文学观”没有进入中国文学批评史的视野，也不会引起什么争议。人们较为关注的是欧阳修、梅尧臣、苏舜钦等人的诗文革新理论与创作实践。如果你能够明确地提出“两《唐书》的文学观”在中国文学批评史上的重要影响，这也是很有意义的。我们南京大学中文系的传统是：鼓励研究生多阅读一些文史典籍，培植文史领域的基础知识，掌握好古典文献专业方面的各种学问。

新中国建立以后，自20世纪50年代至80年代，中国学界编撰的中国文学批评史方面的著述，大体可分为两派：一是“理论史派”，他们原来都是教文艺理论的，解放初期师从苏联专家毕达可夫学习文艺理论，后来社会主义阵营发生分裂，苏式文艺学不好教了，而他们对古代文学本有基础，于是陆续转到批评史的领域中来了。他们依据苏联文艺理论来写中国文学批评史方面的文章，主要有张文勋、王文生等人。一是“文学史派”，可以复旦大学中文系的学者为主要代表，他们原来都是教文学史的。60年代后，中国为了“反修”，当时主管宣传教育工作的中共宣传部副部长周扬号召建立中国式的马克思主义文学理论，中国文学批评史才走红起来，各校纷纷开设批评史课，于是大批原来教文艺学和文学史的教师转到批评史的教学与研究中去，一直沿续到现在。

在中国文学批评史这一新学科的建设过程中，郭绍虞先生(1893—1984)的贡献最大，这是大家一致公认的，郭著《中国文学批评史》上卷出版后，朱自清就称之为“开创之作，因为他的材料与方法都是自己的”。(《评郭绍虞〈中国文学批评史〉上卷》，载《朱自清古典文学论文集》下册，页540)

严羽在《沧浪诗话》中说：“夫学诗者以识为主：入门须正，立志须高。”郭绍虞之取得成功，即与此说相符。他自年轻时起即立志作批评史的研究，一直工作到九十高龄，笔耕不辍，极为难得。在他开创这一新学科时，首先从事先秦学术研究，钻研儒、道等主要学派与批评史的关系，并对一些常用的概念，如道、神、气等，进行系统的梳理与辨析。

因为中国文学批评史是介于中国古代哲学与中国古代文学之间的一种交叉学科，首先抓住一些结合点上的重要问题进行研究，对批评史发展的线索，也就有了整体的把握。他早期的一些论文，如《文学观念与其含义之变迁》《儒道二家论“神”与文学批评之关系》《中国文学批评史上文与道的问题》（郭绍虞文集之一《照隅室古典文学论集》上编，上海：上海古籍出版社，1983 年）等都是学科建设中的重要基石。

郭绍虞还喜欢作中国语言文字的研究，早年出过《语文通论》《语文通论续编》两部著作，都由开明书店出版，后来都编入了郭绍虞文集之二《照隅室语言文字论集》（上海：上海古籍出版社，1985 年）。其中如《中国语辞之弹性作用》等文，写得很漂亮，对理解中国古代诗文有很大的好处。因为他有这方面的专长，故能写出《永明声病说》《从永明体到律体》等很精微的论文。

郭绍虞在这一领域中具有的优势，与他个人的经历和所处的环境有关。他在五四运动前后到北京工作时，常到北京大学哲学系旁听。他是苏州人，与顾颉刚同乡，他到大学工作，是由顾颉刚推荐的。顾颉刚编《古史辨》，影响很大，那时郭绍虞已在燕京大学工作，曾有文章讨论孔门学风，编进《古史辨》第二册，可见他对先秦学术思想之关注。他曾声称“文学批评又常与学术思想发生相互连带的关系，因此中国的文学批评，即在陈陈相因的老生常谈中也足以看出其社会思想背景”。注重思想背景研究，也就成了郭著的一大特色。

但我们也经常听到有人说，郭绍虞的书不好读，甚至有些同一专业的教授也说读不懂。这又是什么原因呢？

我想这与他个人的思想方法与学术背景有关。

我想从另一方面说起。大家都说，我受老师胡小石的影响很大，这当然是事实。但学生受老师的影响，是多方面的，除古典文学外，其他专业的一些老师对我也深有影响。方光焘先生（1898—1964）是我的恩师。1953年时，同班同学都提前一年毕业去参加工作了，我因肺病初愈，希望留校多读一年，方先生同意了我的请求，并让我集中精力去听胡小石先生的中国文学史课。没有方先生的关怀和安排，也就没有我的今天，因此方先生的恩情我是永远不会忘记的。1957年，我从中国文字改革委员会回来读研究生，经常到方先生家去看望他。有一次，他正在读《江海学刊》1961年第12期上的郭绍虞《释"兮"》一文，刚巧读毕，方先生就发表意见说："郭绍虞这人，长于分析而短于归纳。"这话给我印象很深。方先生知识面广，见解很高，他常发表一些读书心得，对我启发很大(历雄注曰：1997年，商务印书馆出版了《方光焘语言学论文集》)。

郭绍虞的《先秦儒家之文学观》等文，确是呈现出"长于分析而短于归纳"的弱点，里面常见"两点""两方面"等词汇，如"尚文"、"尚用"；"神的观念"、"道的观念"；"一是论世，一是知人"云云，分析得很细致。一般说来，分析之后，应该继之以归纳，提炼出若干论点，让人能明确地掌握，但郭文并不如此，分析之后往往缺乏归纳，有的归纳则又不太明确。他在归纳"尚文"、"尚用"时说："这两个概念，尚文则宜超于实用，尚用则宜忽于文饰，所以似相冲突，但他却能折衷调剂以成为儒家的中庸思想。"(《照隅室古典文学论集》上编，页151)这样的归纳，似乎有些架空立论，流于纯概念的推导。

儒家的中庸思想、折衷观点，内容极为丰富，必须结合这一学派的社会基础、学术渊源和在现实生活中的实际作用加以说明。郭绍虞的分析却完全剥离了这些观念的社会内容，令人觉得只是一些抽象出来的概念在那里演绎。这也是当时哲学界的普遍现象。例如罗根泽先生撰《晚周诸子反古考》，让人只是看到各家的"托古"之说在那里交锋，这些"托古"之说何以产生？内涵为何？均无说明。读者也就茫然了。

中国早期的理论界，建设各种新的学问时，大都以日本为中介而接触欧美学说，章太炎等人的情况也是如此。郭绍虞在论述文体的演变时参照亚里斯多德的《诗学》，说明《风》《雅》《颂》的由来，即可见其一斑。但这一辈人做的仍是中国学问，用的仍是一些固有的术语，这也给读者带来困难。建国初期，有两位搞美学的年青学者提出商榷，说是《沧浪诗话》中的“悟”字应该用新名词“灵感”去解释，郭氏以古解古，则他人无法理解；郭先生即反驳说，严羽提出“有透彻之悟”，“有一知半解之悟”，难道可以说有透彻的灵感，有一知半解的灵感么？于此可见问题的难处。对古代的术语不能作新的解释，则今人难于理解；如用新的名词加以比对，则又会使这一学说走样，这也就是现在的人经常讨论的话语问题吧，可说至今仍未解决。阅读郭著的困难，有的是由这方面的问题引起的。

郭先生也有一些文章分析与归纳之间的关系处理得很好，如《文气的辨析》，条分缕析，把批评史上极为复杂的一个问题原原本本地讲清楚了。有的问题就不一定能做到这样，例如他对“贯道”、“载道”之说作了很多分析，以为这可以代表唐宋两代文学理论之不同，还可以说明道学家与古文运动中苏氏一门之间的冲突。经过他的概括，似乎构拟出了中国文学批评史上的两大潮流，但如细加考察，则又可能产生模糊之感。问题出在“贯道”说一边。“载道”、“贯道”这种两分法，可能是从欧美“为人生而艺术”、“为艺术而艺术”这种两分法的学说中得到启示的吧。为此他从先秦时叙起，中间经过《文心雕龙》，再讲到唐代古文运动，最后落实到三苏及其弟子等人。这条线索的勾勒，总嫌勉强。例如他在《中国文学批评史上文与道的问题》中说：“论文而不囿于儒家之道，则所谓道者，‘万物之所然也，万理之所稽也’，‘圣人得之以成文章’（并《韩非子·解老篇》语）。此所以文与天地并生，而亦可以云‘贯’。”这里就有自相矛盾之处。既云“并生”，则又何以为

"贯"？从词义来说，"贯"字也不可能引申出这么复杂的内容。郭文随后又说："假使以所传之道为万物之情，则知所谓贯道云者，正即刘勰所言'心生而言立，言立而文明，自然之道也'。是故言文以明道，则可以包括贯道载道二者；言载道，则只能成为道学家的文论；言贯道，也只成为古文家的文论。"刘勰《原道》中的这几句话，是在说明"道"衍化成两仪、三才乃至万物，也就并生出华美之"文"，"夫岂外饰，盖自然耳。"须知刘勰是依玄学而立论的，这与韩门中人的"贯道"之说又有什么关系？郭文中还说"道学家于道是视为终身的学问，古文家于道只作为一时的工夫。视为终身的学问，故重道而轻文；作为一时的工夫，故充道以为文。盖前者是道学家之修养，而后者只是文人之修养。易言之，即是道学家以文为工具，而古文家则以道为手段而已。"这一番话，如果站在道学家的立场看问题，或许可以成立；但如站在古文家的立场，则将视之为污蔑。古文家写文章，自有其"道"存焉，只是此"道"非道学家所认可之道而已。

由上可知，郭绍虞所归纳出来的一些结论，看似逻辑谨严，实则体系上有混乱，前后之间没有必然的联系。这也就是说，他据以归纳的对象并非同质的东西。

新中国建立以后，党和政府强调历史唯物主义的重要意义，要求学界普遍采用这一学说。郭先生很要求进步，他的著作经过多次改写，1959 年时，人民文学出版社还出版了《中国古典文学理论批评史》上册，依据现实主义与反现实主义的斗争学说重写批评史。由于建国初期的理论界始终跟着政治运动团团转，他的几次修订和改写都未能取得预期效果。有些人甚至认为还是他早年在商务印书馆出的几本书写得最好。

自 80 年代起，复旦大学的一批教师在王运熙、顾易生两位教授的带领下，一直在继续进行《中国文学批评史》的研究与写作。他们先后编成《中国文学批评史》三卷本(上海:上海古籍出版社,1979年、1981年、1985年,高校文科教材)、《中国文学批评通史》七卷本(上海:上海古籍出版社,1989—1996年陆续出版)、《中国文学批评史新编》上、下册(上海:复旦大学出版社,2001年)。他们的思路,或可说是与郭绍虞为远,与朱东润为近。他们的基础或许不如郭绍虞那么深厚,但他们综合了前人的研究成果,再加上个人与集体的钻研,他们的代表著作《中国文学批评通史》七大部分,内容丰富,条理明晰,自有其优越之处。尽管这些著作不像郭著那样富于个人特点,但那是时代和环境的限制,也是势所必然之事。

WXL 37:2003年3月16日(星期日)

勋初师曰:上一次你交来的论文中,有一部分内容是通过排比对照《顺宗实录》《旧唐书》《新唐书》《资治通鉴》等史料来探讨阳城的卓行和隐逸事迹,但其中有的材料是重复的,这样的做法并不能很好地解决问题。撰写论文之前确实必须掌握大量的材料,但不是将所有的材料都写进去,而是取决于这些材料能否解决问题。现在有些青年学者撰写论文的缺点是"尽写所知",拖泥带水,节外生枝。我们撰写论文要能够精简利落,一气呵成,还要讲究文章的"气势",给读者的思维带来"刺激",豁然通解。你的论文中有部分句子文言味道较重,还得改一改。

余历雄曰:阳城本传,《旧唐书》入《隐逸传》,《新唐书》入《卓行传》。我打算从五代、北宋时的"社会时尚"着眼,再作补充说明。

勋初师曰:《旧唐书》的《隐逸传序》将历代隐逸者概括为四种情况:粲然可观者、甚可嘉者、又其善者、无足多者。《新唐书》的《隐逸传序》说："古之隐者，大抵有三概。"两《唐书》对唐代隐逸者的人物评选只是反映出五代、北宋史臣的价值判断，不一定具有客观可信的衡量标准。例如，《新唐书》为何新增《卓行传》？史臣如何区分阳城的"隐逸"与"卓行"？司空图该是"文苑"者、"隐逸"者抑或"卓行"者？赵翼《廿二史札记》卷十六认为，阳城不愧是"真谏官"，应该入之列传；司空图是"避乱晦迹"者，列入《隐逸传》就可以了。宋祁认为，阳城"鲠峭"、司空图"知命"，都应该列入《卓行传》。所谓"鲠峭"是对古代谏官的赞誉，称赏阳城直言进谏，但"知命"与"卓行"是什么关系？这一点宋祁没有说清楚。阳城在唐中兴时隐逸，司空图在唐衰亡时隐逸，哪一种隐逸行迹较符合两《唐书》的隐逸准绳？如果从五代、北宋的"社会时尚"来探讨问题的话，视野固然较为开阔，但要能够准确把握材料，以免牵强附会。

余历雄曰：《新唐书》本传初载阳城"不肯娶"，其弟亦终身不娶，后又说阳城"乃载妻子中道逃去"。这里的"娶"、"妻"二字应该如何理解？

勋初师曰：中国古书中所称的"婚娶"是件大事，是指正室元配，男人纳妾不能算作正式的婚娶。《阳城传》所载，是说阳城早年与其弟未有正式的婚娶，至于"载妻子中道逃去"的"妻"，一般来说，应是指"正妻"，因为"妻"字只作"正室"解。史书上这段记载很含混，如果孤立起来看，只能作这样的解释。但这里称作"妻子"，则当另作别解。例如柳宗元的正室妻子杨氏早逝后，他便一直没有正式续娶，后来他在柳州与当地的一个妇人一起生活，生有两个儿子，名叫周六、周七。柳宗元的诗文中没有留下这个妇人的姓名，应是侍妾的身份，地位低微，但《旧唐书·柳宗元传》又说"观察使裴行立为营护其丧及妻子还于京师"，大约"妾子"连文不词，只能称作"妻子"吧。因此，《阳城传》中说的"妻子"，应当是指其"妾"其"子"，阳城实终身未娶。

中国人的“正室”观念是影响深远的，到了民国时期仍是如此。例如，著名的国学大师章太炎，他与汤国梨结婚（1913年6月15日，蔡元培主婚，时章太炎四十六岁），汤是正室夫人，后生有二子；其实，章太炎另有三个女儿，分别取名章㸚、章叕、章㗊，年龄较二子为长，乃与侍妾王氏所生。据他的学生说，章太炎年轻时患癫痫，大户人家不肯把女儿许配给他，只能把丫头作侍妾，所以正式婚配时年纪已很大。当时中国人还有一种社会风气，如果男人年轻时长期生病，便以丫头为侍妾，方便照料生活，但他依旧是“未婚者”。又如，李梅庵，名瑞清，号清道人，他是清朝遗老，南京大学早期的校长，著名书画家，是我老师胡小石先生的老师。李梅庵曾经三娶余姓女子，均早殁，遂不再婚娶，这也是指不正式结婚的意思，身边还是有侍妾照顾生活。现在，我们的国家法律规定一夫一妻制，青年人不太容易理解古人的“正室”观念。

余历雄曰：关于《韩愈评传》（中国思想家评传丛书，卞孝萱、张清华、阎琦合著，南京：南京大学出版社，1998年）与《韩昌黎文学传论》（阎琦、周敏合著，西安：三秦出版社，2003年）二书的学术争论，请略作介绍。

勋初师曰：你说的《韩昌黎文学传论》这本书我未曾读过，所以不清楚他们争论的具体情况。我的著作中，除《唐诗大辞典》《唐人轶事汇编》是由我主编的之外，其他的著作都是我自己独立研究的成果。“合著”时问题多，不容易处理。我不喜与人合写论文。我想，学术著作应该讲个人的心得，独特的见解，如果其他人有不同的意见，可以另行撰文讨论，不必等到统一各方的观点后才来写论文。我们南京大学的这套“评传丛书”，部头很大，目前已经出版了百馀部，但有几种写得不太理想，没能反映出较高的学术水平。虽然我是副主编，但我是较后加入的，没有参加早期的准备工作。撰写者的水平参差不齐，主要是约稿工作没有做好。但这套丛书总共有两百部，内有若干部达不到标准，也在情理之中，我们想法子要补救。卞孝萱是“中国唐代文学学会韩愈研究会”会长，张清华、阎琦是副会长，周敏是阎琦的硕士生、郁贤皓的博士生，他们都是韩愈研究的专家，所以这本书的学术质量还是很高的。但参与的人多，难免会有不同的意见吧。

余历雄曰：《新唐书·刘叉传》附在《韩愈传》之后，一般认为，史臣是借用李商隐《齐鲁二生》一文来批评韩愈的“谀墓”之作，这一说法似乎又不可信。

勋初师曰：李商隐《齐鲁二生》是记载程骧与刘叉轶事的一篇二人小传。刘叉真是个唐代“狂人”，李商隐把他写得性格鲜明，很生动传神。在韩愈文集中，确有一些“谀墓”的碑志，大家也常常引用刘叉的“谀墓之讥”来批评韩愈。《新唐书》本传对韩愈的评价很高，不可能借用《刘叉传》来批评韩愈。宋祁大概是注意到刘叉这个唐代“狂人”，打算将他载入史册，但关于他的事迹材料实在太少了，只能采摭这篇小传入史。我们也可以这样说，《刘叉传》的“谀墓之讥”，也是刘叉“捉金作贼”的一项具体内容。“韩门弟子”中，皇甫湜、贾岛、刘叉的性格和行为都很奇特，所以宋祁把他们归在一起的吧。唐人的行状、墓志铭、神道碑等都是重要的史料，例如权德舆撰写的行状碑志，大家都说写得很好，送至史馆，史官考核材料后，便写入国史。两《唐书》史臣又根据这些材料写成正史纪传。白居易为元稹撰写墓志铭，元稹的家人非常感激，“谢文之贽”非常丰厚，白居易不收，布施予洛阳香山寺。元、白二人是好友，当然只写元稹好的一面。一般的行状碑志都是如此。李商隐《齐鲁二生》也可视作笔记小说，正面、反面的形象都可以写，不过，这类作品有些内容可能是道听途说，不能完全相信。

余历雄曰：《旧五代史·晋书·桑维翰传》（北京：中华书局，1976年点校本，页1161）案语引《春渚记闻》云云，其文字不见今本何薳《春渚纪闻》(唐宋史料笔记丛刊,北京:中华书局,1983 年),不知是否遗漏?

勋初师曰:这个问题我倒是没有注意,可能是辑校者遗漏了,也有可能是《旧五代史考异》引文引错了。这一点倒是可以说明正史史料与笔记小说的关系是密切的。我作《唐语林校证》时,发现《新唐书》中新增的材料很多取自笔记小说,可以得知正史的史料源头颇多,但这些史料经过改写,难有确凿的论据来证明它定然出自哪一部笔记小说。例如,《新唐书·阳城传》中增入的数则轶事,其史料来源今已不可考,这样的题目较难发挥,无可奈何。如果你要做史料考源,应该挑几条较有把握的材料,但也不能求之过深。

WXL 38:2003 年 3 月 30 日(星期日)

余历雄曰:关于《宋稗类钞》与宋人笔记小说所载轶事的史料价值,如何判断。

勋初师曰:清人潘永因编辑《宋稗类钞》,最大的缺点就是没有注明材料的出处。他有时还擅自改动原书文字,任意删节,歪曲了原意,那就失真了。现在我们已经无法一一核准它的文献来源。而且,此书命名为"宋稗",一般人都会认为是宋代的小道者流,小说家之言是不足取的,这与"笔记小说"的概念不太一样。类似的书还有徐珂编的《清稗类钞》(北京:中华书局,1984 年、1986 年出版,全 13 册)。或许有人认为,清人的学问是朴学,"稗"为末流,大可不必注明出处。赵翼《廿二史札记》一书也不考证小说或取证于小说。目前,《宋稗类钞》只有简单的点校本(北京:书目文献出版社,1985 年,上、下册),没有进行整理,学术价值不大。不过,《宋稗类钞》所载的宋人轶事,仍可作为我们理解宋代文史的补充材料。丁传靖《宋人轶事汇编》(北京:商务印书馆,1935年,上、下册)因为注明材料的出处,比起《宋稗类钞》要好一些。但丁传靖所提示的出处也有错误,他的好友吴梅在金陵大学讲课时,就已经指出了这一点。

以前,我撰写论文时曾经引用丁传靖《宋人轶事汇编》一书中的材料,也吃过他的苦头。例如,《宋人轶事汇编》卷十二引周煇《清波杂志》曰:"崇宁、大观间,海外诗盛行,朝廷虽尝禁止,赏钱增至八十万,禁愈严而传愈多,往往以多相夸。士大夫不能诵坡诗,便自觉气索,而人或谓之不韵。"(页585)这是一则有关苏轼诗歌风靡朝野的生动记录。我要发表论文时,核对周煇《清波杂志》原书,却发现无此文字。随后我向人请教,也没有结果。大家都很熟悉这一段文字,却不可能贸然记得它的出处,我的论文因此延搁了很久都不能正式发表。后来,我翻检了冯应骝的《苏文忠公诗集笺注》,在书后的附录中才找到上述文字的原出处:《风月堂诗话》。这类问题在《宋人轶事汇编》中很常见。因此,即使丁传靖已经注明材料的出处,我们引用时还是要重新核对原书。这种治学态度应该坚持。丁传靖《宋人轶事汇编》只能作为一种文献检索,不能完全引以为据。目前,上海古籍出版社约我重编《宋人轶事汇编》,具体工作由葛渭君、周子来、王华宝三位专家承担。如果这新编编成出版后,上述问题就可以避免了。届时,潘永因《宋稗类钞》、丁传靖《宋人轶事汇编》恐怕都得淘汰了。

我整理的古典文献和主编的工具书都很讲究"体例"。上次我向你介绍过《唐人轶事汇编》体例的特点,这次新编《宋人轶事汇编》也是仿照这种体例。我主编《唐诗大辞典》(南京:江苏古籍出版社,1990年)也设计了独特的体例,如在"诗人"栏目中,我们以辞条字数的多寡来区分唐代的大、中、小作家,读者可以从中得知该诗人在唐诗史上的地位。如果大小作家都作同样分量的介绍,读者得到的印象就会模糊了。这项体例得到学界的认可，后来许多出版社编撰工具书时也仿照此例。本辞典还有两个重要的附录：我负责撰写的《唐诗文献综述》和莫砺锋老师编制的《唐诗大事年表》，都对读者学习唐诗很有帮助。这是其他同类的工具书所没有的。

勋初师曰：关于材料的出处方面，还需要注意另一种情况：当我们阅读王国维、陈寅恪等名家的论文时，不能直接从他们的论文中摘引他们的“引文”。他们有时候只是断取，或概括大意，甚至是部分改写，并非原书的文字。在他们的那个时代，还承清人遗风，并没有像我们今天这样严格的学术规范，这一点应该是可以理解的。胡适、傅斯年等人已接受了西方学界的学术规范，与我们今天的情况较为相近。以前，我在撰写《中国文学批评小史》时，起初就从陈寅恪的论文中直接摘引张籍写给韩愈的书信，后来核对原文，才发现陈寅恪的论文中是将张籍写给韩愈的两封信（《上韩昌黎书》《上韩昌黎第二书》）合成了一段文字来论述。幸好我能及时发现，及时改正，要不然险些就出洋相了。这是一个很好的教训。

余历雄曰：从欧阳修对穆修古文的批评和对宋祁修史好用“艰深之辞”的不满来看，似乎可以说明《新唐书》与嘉祐以前的古文运动的关系较近，与嘉祐以后的古文运动的关系较远。或者说，从成书的时间来看，欧阳修倡导的古文运动并未对《新唐书》产生重大的影响。这个说法能够成立吗？

勋初师曰：唐宋古文运动是个长时间的发展过程，从韩愈、柳宗元到欧阳修、苏轼，中间出现过许多重要的古文家，有的古文写得较好，有的写得较差，《旧唐书》《新唐书》刚好处在这个过程之间，所以会引起研究者的关注。你摘录出《梦溪笔谈》卷十四《艺文一》中的这一条材料，提到欧阳修对穆修、张景古文的批评，前已提到，欧阳修对宋祁修史好用“艰涩之辞”也表示不满，这些文字或能说明北宋古文运动发展的一些个别情况，但不要将它和《新唐书》的关系卷得过深。宋祁纂修《新唐书》列传有十馀年的时间，然后才定稿，欧阳修没有作任何的改动；而且，宋、欧二人是先后修史，两地修史，单凭一、两条“宋稗”材料未必能准确说明宋祁是否受到欧阳修的影响。当然，欧阳修对宋祁好用“艰深之辞”的不满是个不争的事实。我们现在翻阅宋祁文集，如果与欧阳修的文章相比，或会觉得宋祁的文章仍有“太学体”的痕迹。两人的文风很不一样，或可理解为古文运动流程中的两个“点”，这是宋代古文的两种风格或流派的同时发展，但也不要过于夸大这种“点”的作用与影响。

关于穆修、张景等人的古文成就，如果将他们与欧阳修、苏轼相比，就会觉得他们是理论热情有馀，写作水平不够，在北宋古文运动中没能产生较大的影响。据《曲洧旧闻》卷四载，穆修为了使韩愈、柳宗元的文集能够流行于世，为了推广古文创作，自己曾经刻印韩柳文集，然后在相国寺出售。这条材料的记载很生动，但如果要依靠这种方法来推广古文，它的影响还是很受局限的。例如，我们现在要发表自己的研究成果，到南京夫子庙去推销自己的著作，哪会得到积极的影响？欧阳修的情况就不一样了，他的官位较高，交游面广，欧门弟子遍布各地，尤其是他利用“知贡举”的方便来推广古文，取得非常显著的成就与影响。

余历雄曰：宋祁纂修《新唐书》与司马光编修《资治通鉴》时，都很重视唐宋笔记小说的史料价值，但是两人处理史料的态度很不一样。

勋初师曰：你的观察是正确的。宋祁主要是采摭笔记小说入史，丰富了《新唐书》人物传记的内容，但他较少对笔记小说作考证。司马光很重视甄辨史料的真伪，考异的功夫非常严谨缜密，对笔记小说的态度也是如此。另外还有一个问题：一般的文章选本只选录《新五代史》“传论”，不选《新唐书》“传论”，清人编选《古文观止》也是如此，这个问题可以继续探讨。前些时候，我翻阅《黄侃日记》(南京：江苏教育出版社，2001 年)，发现黄侃曾有一段较长的时间在阅读《新唐书》，然后模仿《新唐书》传记的写作。这件事情有趣得很，很能说明《新唐书》传记的魅力。后人有没有模仿《宋史》或《明史》传记的写作方法？这一点似乎还没有引起人们的关注。

WXL 39：2003 年 4 月 13 日(星期日)

勋初师曰：最近你交来的论文稿子我已经都看过了，也在稿子边上写了一些意见。你这一节论文讨论的是"'衰世之士'的'气力'与'其文'"，问题在于开头部分"文咏之士"的提法很不妥当。你引用刘知幾《史通》、赵翼《廿二史札记》的说法，但刘、赵二人对"文咏之士"一词持贬义的态度，否定"文咏之士"能够秉承史学之大义。你的论文对"文咏之士"一词却是持褒义的看法，与引书的原意有差别，这样就会产生混乱了。如果你对"文咏之士"与两《唐书》史臣的"双重身份"有不同的理解，那就必须将这个概念阐述清楚，或提出与《史通》《廿二史札记》商榷的意见，以免引起读者的误解。另外，你的论文提到，贾纬与桑维翰因夙怨而影响到《五代汉高祖实录》的编修，但又说此事与《旧唐书》的编修无关，行文叙述似乎首尾未详，应在正文或注文里简单交代一下，以免令人产生不必要的疑惑。论文的行文遣词也要注意一下，不要过于突兀地使用古代汉语，也不要刻意使用现代式的口语。论文要写得简洁明快，不要烦琐芜杂，也不要含糊不清、模棱两可。

另一个问题是引书格式。这个问题在大陆学界也很有争议，目前还未有一致的意见。例如，你的论文中有"《史通通释・论赞》篇"、"《廿二史札记校证》卷七《晋书二》条"、"《世说新语笺疏・文学》篇"、

"《唐语林校证·德行》篇",等等,这些都不符合学术规范,应该写成"《史通·论赞》篇",然后在注文或参考书目中注明"[唐]刘知幾撰、[清]浦起龙通释";"《廿二史札记》卷七《晋书二》条","[清]赵翼著、王树民校证";"《世说新语·文学》篇","[南朝宋]刘义庆撰、[南朝梁]刘孝标注、余嘉锡笺疏";"《唐语林·德行》篇","[宋]王谠撰、周勋初校证"等。这是技术性的问题,以后撰写论文时稍加留意就行了。

一般来说,我们对《旧唐书》史臣的了解较少,你在论文里对《旧唐书》的几位史臣都作了较为充分的介绍和论证,这是可取的。除了《旧五代史》《新五代史》《五代会要》《册府元龟》之外,你也不妨参考《唐人轶事汇编》中的材料,补充新的内容。这样的话,"官书及私著等量齐观,详辨而慎取之"这句话才会显得有意义。历来学界大抵认同欧阳修对《旧唐书》"气力卑弱,言浅意陋"的批评,你这一节论文的标题似乎表明要有意为《旧唐书》辩护,但从你目前的论述来看,辨析的力度还不够,需要再提升一下。下一次我们具体讨论你对《新唐书》史臣的论述,看看能否将两《唐书》的史臣结合在一起对照论证。

余历雄曰:钱大昕《修唐书史臣表》没有说明梅尧臣"入唐书局"的具体时间。如果根据朱东润《梅尧臣集编年校注》(上海:上海古籍出版社,1980年)卷二十六《和吴冲卿学士石屏》、卷二十八《次韵和酬裴寺丞喜子修书》二诗的考证,梅尧臣应在嘉祐三年(1058)六月得到欧阳修荐举,始"入唐书局"。

勋初师曰:清代很多著名的史学家,他们做学问的态度跟我们现在不一样。他们可能认为有些学问是"基本常识",不需要仔细说明,或不需要将每一项考证都注明出处。但这些"基本常识"对我们来说,却已成了"专门知识"。钱大昕《修唐书史臣表》没有说明梅尧臣"入唐书局"的具体时间,可能他认为这是一件小事,对《新唐书》的纂修没有产生影响,况且当时《新唐书》的纂修快要完成了。如果你要确定梅尧臣“入唐书局”的具体时间，那就必须研究得比前人更为仔细。你根据朱东润《梅尧臣集编年校注》的考证是比较可靠的，因为朱东润先生是梅尧臣研究的专家，他在这方面是下过工夫的。因此，你制作的这个“《新唐书》史臣简表”，实际上是根据钱大昕、黄永年(《〈旧唐书〉与〈新唐书〉》，北京：人民出版社，1985 年)的两个“表”而略作补正，也可以算作你小小的一份研究成果吧。

余历雄曰：据王得臣《麈史》卷中“不遇”条称，“景文出知成都，听以书局自随，既成上之，旌赏都毕，已而景文召还。”“至雍，道中被命郑州，不得朝，卒于外。”严杰《欧阳修年谱》(页 242)据李焘《续资治通鉴长编》卷一九三、王偁《东都事略》卷六五称“宋祁卒于京师”。因此，宋祁究竟卒于何处，似乎尚未有明确的答案。

勋初师曰：关于宋祁研究这一课题，学界一直讨论得较少，有些论文也写得马马虎虎，不一定靠得住。宋祁是“卒于外”还是“卒于京师”呢？你的这个问题想得很仔细。我想王得臣《麈史》的这条材料应该比较可信。因王得臣(1036—1116)与宋祁是同时代的人，王于嘉祐四年(1059)登进士第，这是宋祁去世前的两年。史称王得臣阅历丰富，学问博洽，《四库全书总目》中的《麈史》提要对王氏学识也评价甚高。他对宋祁事迹的记载应该比其他后出的材料要可靠。不过，你使用的《麈史》版本不太好，尽量不要使用《笔记小说大观》本，应该使用上海古籍版“宋元笔记丛书”的整理本。中华书局版“唐宋史料笔记丛刊”似乎还没有《麈史》一书。同样，你的论文中引用魏泰《东轩笔录》、朱弁《曲洧旧闻》等书，也应该使用中华书局“唐宋史料笔记丛刊”本，这些都是经过古籍专家认真点校的成果。

余历雄曰：《程千帆全集》似乎未收《治学小言》(济南：齐鲁书社，1986 年)一书。

勋初师曰：《程千帆全集》是程千帆先生生前自己编订的，主要是收录那些具有学术价值的著作，并没有将所有的作品都收录进去。这一编集的工作是从 1998 年开始的，先由莫砺锋老师初步选出文章与著作，然后由程先生决定去取。原来只叫作《程千帆文集》，正式出版时程先生已殁，出版社径自改称《程千帆全集》，因此这一集子原本就不全收他的文字。《全集》没有收录《治学小言》，程先生或许有一定的考虑，有可能是有些文章不出己手，只是他人写下的谈话记录，也有可能是有的意见已经在其他的论文中表述过了。学者的文集不同于作家的文集，学者的论文首先要考虑有无学术价值，如果收录缺乏学术价值的论文那将是毫无意义的。我总觉得，《全集》卷首还缺少两项内容：程先生的照片和著作书影。这两项内容一般都以铜版纸印刷，制作成本较高，有些出版社不太愿意承担。江苏古籍版的《刘申叔遗书》(1997 年)收录了刘师培的绝大部分作品，但它只是影印本，没有经过今人整理。不过这一部《遗书》还是很有学术价值。影印本的印刷成本较低，出版社通常比较愿意出版这类书籍。如果需要组织专家来点校整理的话，那成本就很高了。如果我们需要参考刘师培《南北文学不同论》，还是应该选择程千帆先生的笺注本，此文收录在《文论十笺》中。

在前些年，上海古籍出版社出版了程千帆、曹虹导读的刘师培《中国中古文学史讲义》(蓬莱阁丛书，2000 年 12 月)，据说印刷量是 6000 册，相当不错了。如果与清代顶尖的朴学家相比，刘师培的学问还是比较逊色的。清代朴学家的治学方法是先做读书笔记，经过深思熟虑后才写成论文，晚年时又加以总结检讨，传世的著作都比较严谨扎实，经得起考验。刘师培的好些文章是为杂志社供稿，尤其是一些短文，即写即发表，没能仔细推敲思考。刘师培(1884—1919)去世得较早，36 岁就死了，著作量倒是很多，也没能来得及总结提高。所以，从长远来看，刘师培在学术史上的地位就不可能太高。(厉雄插语：北京大学历史系李帆的博士论文以刘师培研究为题，后出版为《刘师培与中西学术——以其中西交融之学和学术史研究为核心》一书，北京：北京师范大学出版社，2003年3月。）

有些学者对自己在“文革”期间写的文章很懊悔，这也是没有办法的事。从现在的角度来看，大家认为没有必要再从政治方面去批评别人，因为这一类文章的产生往往是情有可原，所以这一类文章作者是不收进“全集”的。不过这也不能一概而论，有些人的情况并非如此，这就只能具体问题具体分析了。还有一些情况，例如《朱光潜全集》（合肥：安徽教育出版社，1987—1992年）、《宗白华全集》（合肥：安徽教育出版社，1994年）、《林语堂全集》（长春：东北师范大学出版社，1994年）等，他们的名气很大，著作量也很多，除非你是对他们进行专门研究，不然，很少有人会去细读这些著作。近些年来，北京大学也出版了一些著名学者的《全集》，北京大学向来是响当当的金字招牌，但就目前已出版的一些《全集》的学术水平来看，也不见得就能和他们的名气对等。现在大陆学界有一些奇奇怪怪的情况，“名气大”不一定就是“学问大”，许多人都在讲究“名气”，创造“名气”，为名气“造势”，我们就更不能相信这些“名气过大”的人的学问了。

余历雄曰：前些年中国学界掀起了一股“百年回顾”的热潮，很多学术刊物都刊载这些文章。近些年来，出版社似乎热衷于编辑“百年文存”之类的书籍。

勋初师曰：前些时候，湖北教育出版社组织了一批专家编选“二十世纪中国学术文存”丛书，主要是对二十世纪中国人文科学内各个学术领域的研究工作进行总结。该社请陈平原教授任总主编，由他邀约各卷主编，估计将出版四十馀种，目前仍在编选中，尚未出版完成。我负责主编《李白研究》，罗宗强主编《古代文学理论研究》，张少康主编《文心雕龙研究》，褚斌杰主编《屈原研究》等。在大陆出版界，“教育出版社”因负责出版学校教学辅导材料，是目前最能赚钱的出版社，当他们赚了大钱之后再来出版些不能赚钱的学术著作，也可以提高本社的知名度，还是很有意思的。

建国初期，中国大陆各方面都是学习苏联的。当时教育部从苏联聘请了一名文艺学专家毕达可夫前来讲学，在北京大学内办了一个学习班，胡国瑞、蒋孔阳、张文勋、蔡厚示、王文生等人都获得国家选派，向毕达可夫学习苏联文艺理论，这在当时的中国学界被认为是很有成效的。我与他们中的一些人很熟，戏称他们为“毕氏门徒”。实际上毕氏本人的学术水平并不高，原为苏联乌克兰大学副教授，他的理论教条主义成分很多，当时大家学得很起劲。后来，中国大陆与苏联闹翻了，“毕氏之学”也就吃不开了。“文革”结束后，中国进入改革开放的时代，大部分中年学者的这种治学方法或思维模式仍然沿袭下来。这是因为苏联文艺理论中的一些基本原理，如文艺反映现实，内容决定形式等，与此间正宗的理论差不多，中国古代文论也以这类观点占重要位置。如孟子讲以意逆志，知人论世；白居易讲“文章合为时而著，歌诗合为事而作”，都有相通而可以据之发挥的地方。所以几十年来大家在这种理论的笼罩下还是作出了成绩。但从现在的学术研究情况来看，无论是在国内或国外的学界，这种研究方式显然已经在走下坡路。所以，今天我们站在 21 世纪的门槛，总结 20 世纪的中国学术研究，只有那些摆脱教条束缚而另辟新路的科研成果，才能够经得起时代的考验。

你在中国学习已有一段时间了，对大陆学界也有一定的接触和认识。可知绝大多数的研究者是属于“专”家型的，尤其是社科院系统的学者，受苏联计划经济下培养人才模式的影响很深，每个人只搞文学史中的某“一段”或某一专题，研究面较窄，影响到研究者的成长和壮大。步入新阶段后，我们总结了过去的经验教训，因此南京大学培养学生，训练就比较全面。《程千帆全集》你也看过了，研究层面比较广。在中国大陆的学界，像我这样只有七十岁的人，要出版《文集》，还是很不容易的。前些时，王钟陵主编了一套《二十世纪中国文学史论文精粹》，多卷本（石家庄：河北教育出版社，2001 年），《诗词曲论卷》内收录了我的一篇《从“唐人七律第一”之争看文学观念的演变》。傅杰编了一套《二十世纪中国文史考据文录》，上、下册（昆明：云南人民出版社，2001 年），收录了我的一篇《〈唐语林〉考》。黄世中主编了一套《谢灵运研究丛书》，其中葛晓音编的《研究论集》中收录了我一篇《论谢灵运山水文学的创作经验》（桂林：广西师范大学出版社，2001 年）。马鞍山李白研究所、中国李白研究会合编的《20 世纪李白研究论文精选集》，收录了我的《李白两次就婚相府所铸成的家庭悲剧》《李白思想中的“异端因素”》（西安：太白文艺出版社，2000 年）二文。据说我还有一些文章被选为 20 世纪的优秀论文，但编选者不寄书来，所以我无法具体地说。前面提到罗宗强、张少康主编的“文存”部分，我各有一篇论文入选，亦即《梁代文论三派述要》《〈易〉学中的两大流派对〈文心雕龙〉的不同影响》。我主编的《李白研究》，前面有 5 万字的导言，总结 20 世纪的中国李白研究成果；入选论文 33 篇，约 35 万字，詹锳、郁贤皓、罗宗强和我都各有两篇论文入选；最后部分是论著目录索引。我将《李白剔骨葬友的文化背景之考察》一文列入，替代前一选本中的《李白思想中的“异端因素”》，因我以为“剔骨葬友”一文的原创性似乎更强一些。本来我也选了陈寅恪《李太白氏族之疑问》一文，但因陈寅恪有“遗嘱”，说凡选录他的论文都必须是“繁体直排”。这个情况比较复杂，所以我只能作“存目”处理了。这本书大概在今年暑假期间能够出版。

WXL 40:2003 年 4 月 27 日(星期日)

余历雄曰:欧阳修、吴缜、晁公武及陈振孙等人都批评宋祁纂修史书“刻意于文章”,有违传统史体的规范。如果从《宋景文公笔记》和一些宋人笔记小说的记载来看,宋祁的纂修方法却有一定的合理性,尤其对黄庭坚的“文章日进”有很大的影响。

勋初师曰:我已注意到你在论文中论述的这个观点。你和其他人的看法不一样,但也不要刻意地将宋祁说得太好,说得太绝对。观点的论述要把握得当,留有馀地。据《曲洧旧闻》卷四载,黄庭坚曾在相国寺购得宋祁的《唐史》草稿,经过认真学习后,从中学到文章创作的方法,所以进步得很快。这一点说明了“改稿”是一个非常重要的学习过程。北京师范大学的陈垣校长购得清代朴学家的草稿,尤其是钱大昕的稿子,揣摩学术大师的著作是如何经过改稿而成的。但是,自己文章的“改稿”和改写他人史书的情况很不一样,改写史书总是不容易改好。例如,宋祁纂修《新唐书》列传,有意识地改动《旧唐书》列传,经常改削删节唐人的骈体公文,东截西取,往往导致文章的内容不完整,叙事含糊,甚至有违原意。刘知幾《史通》也曾批评唐初史臣纂修的前代八史,史臣将边境的少数民族政权的“公文”改写成骈四俪六的模式,让读者误以为少数民族也崇尚骈文。所以,宋祁的“刻意文章”和我们所谓的“改稿”是有分别的,必须区分清楚。如果你能够再找到更多的材料或例子,以论证宋祁纂修史书的方法对北宋诗文革新的影响,那就更好了。

余历雄曰:《郡斋读书志》《直斋书录解题》《宋史》本传对宋敏求编撰唐武宗以下诸帝实录的著录,各家所载的卷数都不一致。

勋初师曰:史称宋敏求是一位博闻强记的儒学之士,父祖都是当时著名的藏书家，这就为他日后的著述提供了很大的便利。宋敏求编撰唐武宗以下的诸帝实录，为《新唐书》提供了重要的材料。晁公武《郡斋读书志》、陈振孙《直斋书录解题》等都是私家书目，他们是根据私家藏书而编制的书目，他们对宋敏求著作的著录，应是根据各自的家藏本，所以卷数难免不一。宋代还有官方的藏书目录。宋敏求编撰的唐代实录早已亡佚了，究竟谁是谁非，这恐怕难以说清楚。《宋史》宋敏求本传的记载就更后出了，不必理会。你不妨仔细比较一下晁、陈二家的著录，看看哪一家的说法较为通达。当然，如果确实无法弄个明白，你也不要在这个问题上纠缠不清。

余历雄曰：宋祁出为外官，“以书局自随”，作有《予既到郡有诏仍修〈唐书〉寄局中诸僚》一诗。这首诗反映出他对修史任务的重视。此诗在四库本《宋景文集》与北京大学版《全宋诗》中有多处异文。

勋初师曰：宋祁文集目前还没有整理本，一般都是使用四库本《宋景文集》。现在四川大学古籍所编的《全宋文》（成都：巴蜀书社，第12—13 册）、北京大学古籍所编的《全宋诗》（北京：北京大学出版社，第4 册）收录了宋祁的所有诗文，而且是经过点校整理的，使用起来较为方便。如果从字面意义的理解来看，你抄录的这首诗（北京：北京大学出版社版《全宋诗》）的字句较符合宋祁当时的心境，诗末还附有“自注”数语，这应是《全宋诗》编辑者下的功夫。《全宋诗》是北京大学古文献所的重点工程，共有五位主编：傅璇琮、孙钦善、倪其心、陈新、许逸民，但贡献最大的人应是陈新。他是人民文学出版社的退休编辑，北京大学古文献所返聘后，常驻所里负责审订定稿。《全宋诗》共 72 大册，这么大的篇幅，难免会有一些错误，现在很多人写文章进行商榷，认为《全宋诗》“误收”、“遗漏”之处不少，提出很多批评意见。目前整套书已经出齐了，怎么修改，应该考虑。平心而论，这些意见中确有可取之处，但有些批评也未必是中肯的。（历雄注曰：张如安、傅璇琮

《求真务实　严格律己——从关于〈全宋诗〉的订补谈起》一文，对一些宋诗订补文章提出商榷，载《文学遗产》2003 年第 5 期。）如需引用，还应再检核一下。

余历雄曰：上次撰写的《论两〈唐书·阳城传〉的价值取向》一文，提到了《新唐书·隐逸传序》对历代隐逸者的批评。日前翻阅《全宋诗》中的宋祁部分，发觉宋祁也曾创作过多首“隐逸诗”，看来宋祁并不排斥对隐逸生活的遐想。

勋初师曰：你从史臣与文学家两个不同的视角进行考察，确是可以提高对宋祁的认识。中国传统士大夫并非只有“穷者”才会考虑选择隐逸，“达者”也会向往隐逸的生活，这是士大夫内心世界的多样性。宋祁的“隐逸诗”或许只是一种生活情趣的表现，并非真的想要归隐山林。有一点你需要注意：诗文与史料的互证必须是经过缜密的论证才能成立，不能只靠主观的推论或猜测。你原本的论文是讨论《阳城传》的价值取向问题，阳城的事迹到底应该归在“卓行”类或“隐逸”类？宋祁大概认为“隐逸”一词不能够准确地概括阳城的主要事迹。隐逸生活并不是北宋士大夫的社会时尚，宋祁以及北宋士大夫称赏的是阳城的“真谏官”本色，这就是所谓的“卓行”吧。宋祁的“隐逸诗”只能作为补充材料，丰富你的论文内容。

自古以来，中国没有“原教旨主义”的哲学，但也有不变的原则，如“王统”思想，就是所谓的“《春秋》大一统”。中国士大夫可以选择隐逸，也可以不选择隐逸，这与出仕当官并不冲突。北宋初期，“《春秋》思想”尚在逐渐形成之中，无论道学家、文学家或史学家，他们对五代君臣的评价都是较为宽容的；到了宋真宗、仁宗朝，情况就不同了，尤其对冯道的历史褒贬最为明显，欧阳修是批评冯道最严厉的人。武秀成老师的博士论文《〈旧唐书〉辨证》最近出版（上海：上海古籍出版社，2003 年 5 月），我在此书的序文中也再次提到这个观点。冯道的“品德”到底怎么看呢？他并非奸臣或贪官污吏，这些方面品德没有什么问题。他的问题在于历事数朝，还引以为荣。这种表现当然要谴责，但考虑到当时的时势，则还得对那些横暴的军阀也加以揭露，才能说明何以会产生冯道这样的人。赵匡胤“黄袍加身”之后，为了维护政权，必然要“杯酒释兵权”，但还未能考虑到史学上的正统问题。欧阳修的史学正统观念是自觉的、强烈的。宋祁也批评晚唐五代的割据局面，但他的态度不如欧阳修那么鲜明。我们研究唐代文史时，中唐以前的史料可以《旧唐书》为主，中唐以后可以《新唐书》为主，这是学界的共识。你现在考虑的不只是中唐史料的问题，而是史料的比较研究和取舍准绳，那就不能不认真地考虑史学正统观念的演变了。大的原则问题把握清楚了，小的细节问题也就容易处理了。

WXL 41：2003 年 5 月 11 日（星期日）

余历雄曰：赵莹《论修唐史奏》说：“褒贬或从于新意，纂修须按于旧章。”其实，这应该也是《新唐书》史臣修史的指导原则之一。《旧唐书》较为着重保存前代的“旧章”，而《新唐书》较为突出史学正统观念的“新意”。

勋初师曰：赵莹所说的“旧章”应该如何理解呢？你的论文里说是“依照前代之史料”。我认为这个说法并不准确，至少是概括得并不完整。赵莹的话应该理解为“按照过去的‘规章制度’来纂修唐史”，它的具体内容包括如何征集、整理、甄别史料等等，即奏文中所提到的各项统筹规划，不止是局限于“依照前代之史料”一项内容。我们知道，历朝的史官都会汲取前朝或前代同行积累下来的经验以纂修前代史，为顺应本朝的实际需要而对前代“旧章”或“规章制度”略有因革。其实，无论《旧唐书》或《新唐书》都有鲜明的本朝“褒贬之新意”，你原本要探讨的问题即在比较这两种“新意”之异同。前人已经探讨过的，或者已经取得定论的课题，如果你没有什么新的发现的话，那就不要再重复前人的观点了。你的论文也需要有自己的“新意”。

你的论文引王鸣盛《十七史商榷》卷八十二“唐人文集”条曰：“《旧志》载唐人文集只百馀家，《新志》约六百家。今世宋、元集数见不鲜，唐人集则寥寥矣。”王鸣盛考证的课题是：清代时所能见到的宋元文集数量尚多，唐人文集的数量则寥寥无几了。但是，如果你根据《旧唐书·经籍志》的著录而认为五代时唐人文集仅存“百馀家”，根据《新唐书·艺文志》的著录而认为北宋时唐人文集尚有“六百馀家”；后半句的说法是可以接受的，前半句的说法则不正确，需要另作补充说明，否则就会闹出目录学上的笑话了。我们知道，《旧唐书·经籍志》是根据唐代毋煚编的《古今书录》节略而成，《古今书录》则是根据《群书四部录》节略而成。《旧唐书》史臣在《经籍志序》中说得很清楚：《经籍志》的著录断自开元时期，开元以后的唐人著作并未著录，而是附载于唐人本传之内。因此，《旧唐书·经籍志》并不能完整地反映唐代所有典籍的情况，我们还得参阅《旧唐书》诸传之记载。

近来我因编选《李白研究》(20世纪中国学术文存，武汉：湖北教育出版社)一书的需要，看了很多关于李白研究的论著，内有一种台湾里仁书局版的选本，书名为《李太白研究》(全二册)，80年代出版。此书收录了罗根泽先生《李杜地位的完成》一文，该文提到《旧唐书·经籍志》未收《杜甫集》。这是犯了常识性的错误，因为杜甫是开元以后的诗人，他的文集当然不会著录在《旧唐书·经籍志》内。其实，这一篇论文是罗先生在学生时代的习作，后来早已作废，《罗根泽古典文学论文集》(上海：上海古籍出版社，1985年)没有收录此文，聂世美整理的《罗根泽先生著作年表》(载《古典文献研究(1988)》，南京：南京大学出版社，1989 年）也没有提及此文。我之所以提出这个问题，一方面是提醒你撰写论文时要注意避免犯常识性的错误，一方面是指出这套台湾版《李太白研究》的学术水平不高。该书选入李长之的《道教徒的诗人李白及其痛苦》一文，把本该放在第 143 页开头的 8 行文字错排到下页开头去了，这就说明编辑者的工作态度是非常马虎的。1998 年我到台湾清华大学讲学，当时买下这套书是想藉此了解台湾的李白研究情况，同时又有五折优惠，折合成人民币约五十元，算是很便宜的台版书价了。没想到后来编书时竟派得上用场。

罗根泽先生的学术强项是在“诸子考索”方面，这是当年顾颉刚及“古史辨派”学者最拿手的地方。我写过一篇题为《罗根泽先生在三大学术领域中的开拓》的论文，全面地介绍了罗先生的治学情况和学术成就，你不妨看一看。

余历雄曰：日前翻阅马永卿编《元城语录》（文渊阁本《四库全书》题作《元城语录解》，《四库全书总目》题作《元城语录》），其中部分文字是对《新唐书》的评论。《四库全书总目》中的《新唐书》提要引《元城语录》曰：“事增文省，正《新书》之失。”馆臣所引文字并非《元城语录》原文，殿本《四库全书总目》（北京：中华书局整理本，1997 年）的新式标点则全作原文处理，似乎不太妥当。《新唐书》提要中的《元城语录》文字似乎直接摭自《直斋书录解题》卷四《新唐书》条录引的刘元城语。浙本《四库全书总目》（北京：中华书局影印本，1965 年）《新唐书》提要有一句：“使尽登本纪”，殿本原作“使尽登纪传”，如果按文义来看，应以殿本的“纪传”为胜。

勋初师曰：马永卿是刘元城的学生，他编辑的《元城语录》即是刘元城的言论纪要。刘安世，字元城，他的学问师承司马光，所以《元城语录》中对《新唐书》的评论意见，也能反映出司马光的学术观点。《元城语录》的文字浅显易懂，不需要什么注释，明人王崇庆的“解”大可不必多看。清朝乾隆时期，或认为“王崇庆解”的《元城语录》版本较佳，所以“解”和原书一起收入《四库全书》中。《四库全书》馆臣撰写原书的“提要”，不含“解”的部分，所以仍然题作《元城语录》。这倒不是什么大问题。清代“殿本”是指北京故宫内武英殿的刻印本。换句话说，武英殿是清代皇家刊刻书籍的大工厂，因是中央朝廷之辖属，条件较好，有的采用铜版，刊刻的技术水平很高。

目前学界仍未普遍采用《四库全书总目》的整理本。此书虽由不少名人担任主审，但只怕是“挂名”的性质，或未从事具体工作。你提到的标点问题，这是中国古籍整理工作中的重要问题，目前仍未总结出一套规范化的方案。从你指出的失误来看，“整理本”的这一则文字在标点上确是可以再作斟酌。这里还需要注意一点：古人往往是“概括式的”引录典籍，四库馆臣大概也无意照搬《元城语录》原文，这就难免与原书文句有所出入。因此，古籍整理者就更需谨慎行事，精确核对，不能马马虎虎。一般认为，范祥雍《洛阳伽蓝记校注》（上海：古典文学出版社，1958年初版；上海：上海古籍出版社，1978年新版）一书整理得较好，他对书中的正文、子注、讹误倒缺等问题都作了详细的说明，给研究者和读者带来很大的方便，但黄永年仍然批评范祥雍的校勘工作没有做好，可见此工作之难。古籍整理必须是精益求精。目前，中国大陆和台湾地区尚未使用统一的文字标点格式，我看短期内恐怕也还想不出什么好的办法。至于馆臣是否直接摘自《直斋书录解题》引录的文字呢？这种情况就较难说得准。陈振孙只引录刘元城的一句话，馆臣的“提要”则引录了一大段，此虽非《元城语录》原文，然仍大抵符合刘元城的观点。不同版本的古籍中出现异文是常有的事。中华书局版《四库全书总目》影印本是目前的通行本，它原是浙江官府根据“殿本”重新刊刻（乾隆六十年，1795年）的本子，故称“浙本”，自刊刻以来流传最广。因是重刻本，难免会有文字的异同。你举出的这个例子，如果“殿本”的字义较“浙本”为胜，那就采用“殿本”，并注明所依据的版本就行了。我们撰写论文引用古籍时，需要重视版本依据，切忌擅自改动原书的文字。

余历雄曰：陈振孙《直斋书录解题》卷四《新唐书》条末有“随斋批注”四字，开头又称“文简”云云。书内亦多处出现“随斋批注”的文字，“随斋”其人为谁？

勋初师曰：上海古籍版《直斋书录解题》（徐小蛮、顾美华点校，1987 年）附录二载有陈乐素《直斋书录解题作者陈振孙》一文。陈乐素广征载籍，考证得很清楚：程大昌，谥文简；其曾孙程棨，字仪甫，号随斋，元时人。陈乐素（1902—1990）先生是陈垣的儿子，号称当代中国“宋史三大家”之一，其他二人为邓广铭（1907—1998）与聂崇岐（1903—1962）。三人各有其成就，主攻方向并不相同。陈乐素原是杭州大学教授，后至暨南大学历史系创办宋史研究室，著有《求是集》第一集（广州：广东人民出版社，1986 年）、第二集（广州：广东人民出版社，1984 年）。（历雄插语：2002 年 3 月，广州：广东人民出版社还出版了陈乐素《宋史艺文志考证》一书。）

WXL 42：2003 年 5 月 25 日（星期日）

余历雄曰：王鸣盛作《十七史商榷》《蛾术篇》，钱大昕作《廿二史考异》《十驾斋养新录》，赵翼作《陔馀丛考》《廿二史札记》等史学著作，三人的学术风格各不相同。赵翼擅长发挥史家议论，似较能启发读者的思考。

勋初师曰：清人治学每以作读书札记开始。自顾炎武撰《日知录》以来，读书札记的数量越来越多，高邮王念孙、王引之父子在这方面的成就非常出色，例如《经义述闻》《读书杂志》等，这些读书札记对当代学者仍有很大的启迪意义。你的兴趣是在清人的史学札记上，王鸣盛（1722—1797）、钱大昕（1728—1804）、赵翼（1727—1814）三人在这方面的成就很突出。梁启超《清代学术概论》说，“乾嘉以还，考证学统一学界，其洪波自不得不及于史，则有赵翼之《廿二史札记》，王鸣盛之《十七史商榷》，钱大昕之《二十二史考异》，洪颐煊之《诸史考异》，皆汲其流。四书体例略同，其职志皆在考证史迹，订讹正谬。惟赵书于每代之后，常有多条胪列史中故实，再归纳法比较研究，以观盛衰治乱之原，此其特长也。”（详《梁启超论清学史二种》本，朱维铮校注，上海：复旦大学出版社，1985 年，页 43）这是梁启超的评价，他认为赵翼的史学成就有超过他人之处。陈寅恪则认为钱大昕是清代史学第一人。戴震（1723—1777）的性格高傲，段玉裁（1735—1815）、王念孙（1744—1832）等都是他的学生，他说钱大昕可作国朝第二人，言下之意，戴震自认为是清朝第一人。戴震的学问确实很了不起，主要是在义理之学与经学、小学等方面，但他也不一定就是清代第一人。因为这种比较没有什么铁定的标准可以遵循。现在的中国学界也常常出现自认为是“某某第一”的狂人，不过这往往是属于商业炒作性质的“作秀”。

赵翼的史学著作属于史论的性质，他在史料考证中好发议论，因是从归纳法中得出的结论，所以观点明确，材料翔实可信。例如，《廿二史札记》卷十一“宋齐多荒主”、“宋世闺门无礼”等条，胪列了丰富的史料来论证他的学术观点，这除了让读者对南朝王室、士族的荒唐行迹有具体的了解，也能启发读者对南朝王室的文化背景进行思考。钱大昕的史著以考订精到著称，讲究实证，不好议论，不作发挥，他的学术涉及的面很广，总体成就应不在戴、王、赵诸人之下。江苏古籍出版社于 1997 年出版了经过整理的《嘉定钱大昕全集》全十册。如果详细阅读，我们或会认同钱大昕乃“清代史家第一人”之誉。钱大昕出身寒门，年轻时与王鸣盛同学，王父赏识他的才华，以王鸣盛之妹许配他为妻。王鸣盛的仕宦较显，官至内阁学士礼部侍郎，他也擅长典章制度方面的考证，但在议论方面不如赵翼，成就和名气或许不及钱大昕。钱大昕和王鸣盛都是江苏嘉定（嘉定今属上海）人。现在，嘉定县人也正筹备整理王鸣盛的全集。一般认为，出版全集才能扩大学者在学界乃至学术史上的影响，实则这也未必，还得看你在哪些方面有突出贡献。当然，王、钱、赵三人的学术高下究竟如何，还得看你采用哪一种衡量准绳。目前学界公认清人的最高学问是朴学，钱大昕在朴学的很多方面都有贡献。

江苏古籍出版社于2000年为我出版了《周勋初文集》全七册。这一套《文集》在学界也获得一些好评。中华书局程毅中先生于《文学遗产》2001年第4期发表了一篇书评，题为《寻求新朴学发展的道路——读〈周勋初文集〉志感》。这个评价实在太高了，愧不敢当。但我认为中国从事文史研究的学者，对清代朴学的成果还是应该继承的。江苏古籍出版社为了扩大影响，组织了一些专家进行笔谈，第一组文章刊载于《中国典籍与文化》2002年第2期，参加笔谈的专家有卞孝萱、蒋凡、孙昌武、汪涌豪、陈书录、朱刚、王国良等几位先生，第二组文章原是交《江海学刊》发表的，编辑部竟将稿件给弄丢了，其中罗宗强、董治安、郁贤皓、王青、蒋寅等几位先生的稿子存在电脑里，还好办，黄永年先生的笔谈为手稿，未存复本，社里也不便请他再写一次，所以这一组文章迟迟无法发表。事隔甚久，我这套文集的责任编辑王华宝博士存有一份黄永年手稿的复印本，后来找出来了，这组笔谈总算是“失而复得”。蒋寅、张伯伟主编的《中国诗学》同意在下一辑刊载这组文章。《中国诗学》原由南京大学出版社出版，已出版六辑，后因出现变化，间断了数年。自去年始，改由人民文学出版社出版，目前已出版至第八辑。这组笔谈将发表在第九辑上（编者按：北京：人民文学出版社，2004 年 6 月版）。

余历雄曰：赵翼、钱大昕都曾指出，《旧唐书》多抄录唐代国史、实录，也采摭唐人文章入史，因而行文中屡屡出现唐人语气。日前重读《旧唐书·文苑传序》《元稹白居易传论》，发觉这两篇文字也多处出现唐人语气的字眼，例如，以“国初”或“我朝”称唐朝，以“文皇帝”称唐太宗等。换句话说，这两篇文字实乃摭自唐人写成的材料，而非《旧唐书》史臣的骈体之作。

勋初师曰：你的这个发现非常有意义。我认为，至少能够推翻中国文学史上的一些成说或当前学界的一些结论。上次你的一篇论文从两《唐书》采摭韩愈古文（《顺宗实录》）的情况入手，探讨五代、北宋史臣对待古文的态度，证明它与史臣是否偏好古文或骈文无关。这一次你是从史料溯源的角度来辨析《旧唐书》中的“唐人语气”，认为《文苑传序》《元白传论》二文是摭自唐人以骈文写成的材料，并非出自《旧唐书》史臣之手，它与史臣自身的骈体之作是有区别的。所以，论者不能以这两篇文字来证明《旧唐书》史臣是属于骈体文派。在这之前，我从来没有听到有人表述过这样的观点。《旧唐书》采摭唐人材料入史，固然有认同唐人观点之意，因此，除了区别骈体或散体的材料之外，你也得关注这些材料本身所表达的文学意见或文学史观。如果你能够将这两次的讨论结合起来，或再尝试其他方面的探讨，应该可以对“《旧唐书》的古文观”或“文学观”得出更为完整的结论。

很多学者都曾论证过《旧唐书》抄录唐国史或采摭唐人文章的情况。例如，《旧唐书·郭子仪传》传末有“史臣裴垍曰”之语，应是摭自裴垍修撰的唐国史或《德宗实录》中的文字。胡璩《谭宾录》也是大量抄录唐国史而成的一部唐人笔记小说。贾宪保有一篇题为《从〈旧唐书〉〈谭宾录〉考索唐国史》（载《古代文献研究集林》第一集，西安：陕西师范大学出版社，1989 年）的论文，即从《谭宾录》与《旧唐书》相关传记的比勘，证明二书史料之所据，多处皆同源于一书。我撰写《谭宾录叙录》（收入《唐代笔记小说叙录》，《周勋初文集》第五册，2000 年）一文时也作了一些新的考证。你撰写博士论文时，应该充分掌握这些研究前沿的成果，而且还要能够自己发现新的情况，举出更多新的例证，不能只是引用前人的研究成果。撰写论文一定要能够进行史料的考证，而且还要善于运用考证的成果解决问题。

余历雄曰：宋祁纂修《新唐书》列传时多处采摭唐国史、实录和唐人文章，但他更多的情况是"改写"史料，删去了"唐人语气"。或许在改写、删节史料之际，宋祁才会出现"刻意于文章"的情况。

勋初师曰：宋祁喜欢标新立异，好用艰深之辞，纂修史书和撰写文章都是这样，前人称为"虬户铣谿体"。这是唐代以来就有的情况，也有人称它为"涩体"。高彦休《阙史》中以"凤阁"为"鹛阁"，以"龙门"为"虬户"，又有晦涩难明的"紫微"、"夕拜"、"蒲亚"、"潞豸"等官名的称谓，这与武则天于光宅元年（684）改易官名的情况不一样。其时以门下省为"鸾台"，以中书省为"凤阁"等，这是朝廷确有其官而更易其名，《阙史》则是刻意变易求新，不采常用之词而另选一种不易弄懂的新词。至于你说杜甫《进雕赋表》中自称"奉儒守官"，《新唐书・杜甫传》采摭表文时改为"承儒守官"，虽然奉、承二字的意思差不多，可以借用，然而，这也恰能说明宋祁好改字的毛病。如果想在《新唐书》中找出这样的例子，那是不可胜数的。

欧阳修修史的毛病是过于讲究"《春秋》大义"。《新唐书》立有《则天本纪》，他在"赞"语中费尽心思，还说是远绍《史记》《汉书》为例，曰："自司马迁、班固皆作《高后纪》，吕氏虽非篡汉，而盗执其国政，遂不敢没其实，岂其得圣人之意欤？抑亦偶合于《春秋》之法也。唐之旧史因之，列武后于本纪，盖其所从来远矣。"依我看，司马迁作《高后本纪》讲究的是历史的实际，未必真如欧阳修所说的那个意思，欧阳修只是借用古代史书来为自己的史论张目而已。其实，《旧唐书》亦立有《则天本纪》，后晋史臣也是讲究历史的实际，因武则天确实临朝称帝，位列本纪是理所当然的事，并非什么"《春秋》之法"的缘故。《旧五代史》的史臣脑子里也未必有什么《春秋》大义。

余历雄曰：《旧唐书·柳宗元传》曰：柳宗元"尤精《西汉》《诗》《骚》"。文句中使用的书名号似乎不太妥当。（北京：中华书局，1975年点校本，第13册，页4213）

勋初师曰："西汉"是指"西汉文章"，相对于"东汉文章"而言。前者文句古朴，主要是指司马迁的文章笔法；后者整饬华丽，一般是以班固为代表。在中国古代典籍里，"诗""骚"不一定就是指两种文体，也可以涵括所有的文体。《旧唐书》称柳宗元尤精"西汉诗骚"，这句话可以理解为"柳宗元擅长于西汉文章"。"西汉"两字不应加书名号，还是以加引号略作提示为好，也可以不作任何标记。在西汉时，"文章"一词包涵现代意义上的文学之意。中华书局版的二十五史点校本大部分是"文革"后期的产物，虽然当时汇集了国内很多的文史专家进行点校，但在我们今天看来仍然有问题。主要是"工作底本"和"点校凡例"方面的问题。例如，《旧唐书·李白传》的校勘记，竟然引据郭沫若《李白与杜甫》中的考证来"出校"，说明《旧唐书》是沿袭了元稹《杜子美墓系铭》中的错误。这算什么"点校体例"？太出格了。现在，中国学界已有"重新整理点校二十五史"的呼声。如果《旧唐书》重新进行整理点校的话，我想，武秀成《〈旧唐书〉辨证》一书将会起到重要的作用。一部学术著作的生命力本来就应该如此。

WXL 43:2003 年 6 月 8 日(星期日)

勋初师曰:这一本《古典文献研究》第六辑(南京:江苏古籍出版社,2003 年)是我们南京大学古籍所最新出版的“集刊”,主要收录中文系古代文学、古典文献专业的老师的论文,送给你一本作参考。今年六月是卞孝萱先生的八十寿辰,所以这一辑又称为“卞孝萱先生八十寿辰纪念专号”,意思是每人写一篇论文向卞先生祝贺。(历雄注曰:冬青书屋同学会编有《庆祝卞孝萱先生八十华诞——文史论集》一书,南京:江苏古籍出版社,2003 年。)以前,我们也出版过《程千帆先生八十寿辰纪念文集》(南京:江苏古籍出版社,1992 年)一书,为程千帆先生的八十寿辰祝贺。《古典文献研究》是我们古籍所的“集刊”,属于不定期的学术刊物,曾由南京大学出版社出版过四辑(1989 年、1992 年、1994 年、1995 年),后因出版界情况有了很大的变化,停刊一段时间。我的年纪已经大了,古籍所所长的职务就要辞去了,校长将任命程章灿老师为新的所长,出版“集刊”的工作就交给他负责了。程章灿很能干,他联系江苏古籍出版社后,去年 4 月就出版了第五辑。如果条件允许的话,希望以后每年至少能够出版一辑。现在中国大陆的出版情况很糟糕,研究者的科研成果交到出版社,不但没有稿酬,反而自己掏钱,真是无奈得很。从目前的出版形势来看,江苏古籍出版社做得还是不错的。他们在 2000 年为我出版《周勋初文集》全七册,还照样付稿费。我想,出版社大概需要倒贴好几万元人民币吧。《古典文献研究》每一辑的印刷量并不多,我们也买一些赠给其他大学的古籍所或同行专家。近几年我到香港、台湾地区讲学或开会,据悉中国港台、日、韩学者对《古典文献研究》也很感兴趣。

余历雄曰:宋代以前,正史中的文人传记多称《文苑传》或《文学传》,较倾向于文学因素的考量,《新唐书》改作《文艺传》,或可说明宋祁在对文人立传的考量中较偏重于儒家宗经重道的“经术”。

勋初师曰:最近你交来的论文我都看过了,现在给你提些意见作参考。论文第三章讨论的是“两《唐书》韩、柳、刘、元、白的立传考量”。你提出“政治与文学之间的选择”这一命题,需要讲得有分寸,立论不要过于片面。例如,两《唐书》史臣都很重视唐代的政论文,《新唐书》较为重视政论文中的“道统”问题,《旧唐书》对“燕、许之润色王言,吴、陆之铺扬鸿业”也很重视。如果你说《新唐书》对韩、柳、刘、元、白的立传考量较倾向于政治与道统,《旧唐书》较倾向于文学与艺术,那么,你还必须从其他纪传中提出更多有力的例证,不止是五个人的传记而已。其实,历代正史中所载的史事都是偏重于政治问题,记载士人的事迹也是这样。两《唐书》的立传考量也应该是这样,只是偏重的程度有所不同,但却没有本质上的差异。

《新唐书·文艺传序》所谓“唐之文完然为一王法”,是专指韩愈、柳宗元、李翱等人的文章写得非常好,能够成为唐代文章的典范,而不是说所有的唐代文章都能成为“一王法”。宋祁是否把韩、柳文章吹捧得太高了呢?我们不一定要完全同意宋祁的看法。《文艺传序》所谓“故号一艺”是指哪一种“艺”?是“礼、乐、射、御、书、数”的“六艺”之一,还是“《易》《书》《诗》《礼》《乐》《春秋》”的“六经”之一?所谓“孔门四科”之学,即“德行、言语、政事、文学”,宋祁这里好像是把“文学”作为“一艺”。“四科”是没有高下之分的,君子与小人也是“无常分”的。即使如宋祁所说“夫子之门以文学为下科”,然而如果能够达到“文学子游子夏”那样的水平,也已是很了不起的成就了。宋祁《文艺传序》将“艺”字讲得头头是道,好像已经说得清清楚楚了,但是如果我们看看实际上的唐代文学,那么宋祁可能是在胡说八道。我想,《文苑传》《文艺传》的主要问题,应该不止于“苑”、“艺”二字之间的区别。

余历雄曰：《旧唐书》将刘蕡归入《文苑传》，《新唐书》将刘蕡单独立传，二者篇幅却没什么差别，主要内容也是一篇《贤良对策》。刘蕡似乎不能算作"文苑"中的人物。

勋初师曰：严格来说，刘蕡的确不是文学家，他也没有什么文学作品传世，他只因一篇《贤良对策》而留名青史。《旧唐书》将刘蕡归入《文苑传》，尤其显得马马虎虎，推敲得不够仔细。但话又得说回来，我们这样评论刘蕡是用现代眼光看他的活动，《旧唐书》史臣则是把《贤良对策》作为"文"看待的，所以可以归入《文苑传》。《新唐书》将刘蕡单独立传，宋祁大概认为刘蕡这一篇文章写得好，尤其在唐文宗时，朝纲不振，更显得这是一篇难得的、优秀的政论文，在政治上发生了很大的影响。所以《新唐书》才将刘蕡从《文苑传》中转出，单独立传。应该说，这样考虑比较周详。两《唐书》中的同类例子应该还有很多，这是否符合"政治与文学之间的选择"的命题呢？

余历雄曰：王运熙先生《汉魏六朝唐代文学论丛》增补本（上海：复旦大学出版社，2002 年。上海：上海古籍出版社，1981 年初版）未收《唐代诗文古今体之争和〈旧唐书〉的文学观》一文。

勋初师曰：王运熙先生生于 1926 年，年龄与我相差不大，但他出名的时间很早。在 50 年代，我在大学本科念书，还没有在古代文学专业"入门"，王运熙就已经出版了《六朝乐府与民歌》（上海：上海文艺联合出版社，1955 年）。所以，在很多人的印象中，王运熙是一位年龄很大的老学者，其实他只比我年长三岁。王运熙在学问上攀登时主要受惠于他的老师陈子展先生（1898—1990），复旦大学的著名教授。在解放前，复旦大学只是一所不太知名的大学，解放后，中国大陆进行了好几次的大专院校调整，将很多原属于上海其他大学的著名教授都并入复旦大学，复旦大学的名气也就越来越大了。现在，中国很多的政界要人都出自复旦大学，复旦大学的国际知名度更是越来越高了。我们做学问的人看重的不应只是这些“名气”，而是看任何单位、任何个人所作出的实际成绩。

关于你对《新唐书》《旧唐书》文学观之异同的思考，王运熙《唐代诗文古今体之争和〈旧唐书〉的文学观》一文曾经给你带来启发。现在你对这篇论文已有不同的看法。其实，关于《旧唐书》偏重于骈体文、《新唐书》偏重于古体文的观点，前人已经讲过了，王运熙的论文则把这个问题讲得更仔细，这也是他的治学特点。我想，撰写论文应该先往大处看，抓住一个重点扑上去，论文的基本思路明确了，然后再往细节里一一论证。

余历雄曰：最近翻阅了一些关于宋祁的材料。据范镇《宋景文公祁神道碑》载，“嘉祐五年秋，常山宋公自郑州移疾还京师。明年夏四月，疾益侵，召门弟子蜀郡范镇而谓之曰：……粤五月丁酉，公薨。天子辍视朝，朝廷用故事赠公刑部尚书。”碑文即谓宋祁卒于京师。范镇(1008—1089)与宋祁同修《新唐书》，又自称“门弟子”，他对宋祁事迹的记载或较王得臣《麈史》更可信。

勋初师曰：宋祁是“卒于外”还是“卒于京师”呢？上次你采用王得臣《麈史》中的材料，说宋祁“至雍，道中被命郑州，不得朝，卒于外”。现在补充的这条材料，范镇《宋景文公祁神道碑》说：宋祁在郑州时患了重病，然后抱病回到京师，次年宋祁就病死了。这两条材料的说法很不一致，但你也要注意这两条材料的性质。一是“神道碑”，撰碑者一般只说碑主的好话，如果碑主因罪遭贬，或感染恶疾而死，或其他负面的事迹，撰碑者会替碑主润饰隐讳，在碑文中将不会提到这些内容。一是笔记小说，作者可以较自由地直笔实录，没有太多的约束或顾虑，所记载的内容较为真实；当然，有时也难免会有道听途说的毛病。如果《麈史》记载宋祁去世的消息不实的话，当时应该有人提出抗议或反驳，你有没有发现这样的材料呢？我想，如果真是这样，宋人的笔记小说中应该会有记载。不过,据史料所载,王得臣是个学问渊博的人,应该不会随意地编造故事。如果像“神道碑”那样只说好话,估计不会有人反对,因为一般人都是这样写,大家不会对已经死去的人斤斤计较。

现在,你还需要发掘更深一层的问题:无论宋祁是“卒于外”或“卒于京师”,二者有什么差别?其背后的意义是什么?如果能够提出这样的问题,然后根据所掌握的材料解决问题,那么,这个问题的学术价值就较高了。范镇《宋景文公祁神道碑》说:“公薨,天子辍视朝。”它的意思是说:宋祁是朝廷的大臣,天子因宋祁去世了,心里感到悲痛难过,所以不上朝视事。史书里有很多关于“天子辍视朝”的记载,最特殊的是魏徵去世时,唐太宗亲临痛哭,“废朝五日”。朝廷一般只休假一天,太宗却“废朝五日”,此即说明魏徵得到皇帝非比寻常的恩宠。还有其他情况:武则天时,召见张嘉贞,垂帘对话,张嘉贞说:“以臣草莱而得入谒九重,是千载一遇也。咫尺之间,如隔云雾,竟不睹日月,恐君臣之道有所未尽。”于是武则天便卷帘与他见面对话,张嘉贞也就觉得倍受恩宠。我们从现在的眼光来看,武则天已经是个老太婆了,有什么好看的?外国人对中国古籍中的这种记载更是难以理解。以前,我在大学本科毕业时,有一位女高才生被分配到北京工作,大家都对她热烈祝贺,说是“到毛主席的身边工作去了”。想来滑稽得很,你到北京工作跟毛主席有什么关系?无非是每年有两次游行,接受检阅,可以远远地向天安门城楼上望上几眼罢了。现在大家都喜欢谈文化的积淀,这恐怕与古代传下来的封建意识也有因缘吧。现在看来,到北京工作也实在是没有什么了不起的。那么,现在回过头来再看看宋祁的问题:古代士人“卒于京师”,是否就显得比较“体面”呢?这个问题有趣得很。

余历雄曰:李肇《国史补》、王定保《唐摭言》、两《唐书》本传,以及宋、明以后的材料,对“韩门弟子”的概念有不同的阐述。《国史补》认为"韩门弟子"与"科第"的关系非常密切。但从那些亲蒙韩愈指点的"弟子"及与韩愈交游问学的人来看，他们的学习目的也不完全是在"科第"。

勋初师曰：关于"韩门弟子"的概念，首先是李肇《国史补》提出的。文曰："韩愈引致后进，为求科第，多有投书请益者，时人谓之韩门弟子。愈后官高，不复为也。"李肇曾经担任翰林学士、中书舍人，为皇帝草拟诏书，这是地位非常尊崇的官职。李肇与韩愈、白居易是同时代的人，他对"韩门弟子"的情况应该非常熟悉。李商千《"韩门弟子"小考》（载《古典文学知识》2000 年第 1 期）一文首先列举《国史补》之说，这是较可取的，即"韩门弟子"的概念与"科第"的关系很密切。稍后的材料将李翱、孟郊、张籍、皇甫湜等都归入"韩门弟子"之列，恐怕不符合实际情况。孟郊比韩愈大十七岁，韩愈一直对他很推重，二人一直保持着朋友关系。李翱称韩愈为"友"，在《祭吏部韩侍郎文》中称韩愈为"兄"，韩愈则称李翱、孟郊、张籍为"友"或"子"，这些都不是师生关系的称谓。《新唐书・韩愈传》沿用《国史补》"韩门弟子"的定义，又将李翱、李汉、皇甫湜、贾岛、刘叉等称为"韩门弟子"，导致概念混淆不清。如果你要讨论两《唐书》对韩愈与"韩门弟子"的立传考量，这个问题必须好好地辨析一下。虽然"韩门弟子"与"科第"的功利性有关，但是唐代科举考试仍用骈文，与韩愈倡导的古文运动不是一致的。我想，韩愈"引致后进"只是起着养名气的作用，指导"后进"应付"科第"的方法；韩愈也经常指点"后生"写作古文，但这与"科第"没有直接的关系。

《新唐书》新增《刘叉传》，确是摭自李商隐《齐鲁二生》一文。这人的名字应作"刘叉"呢还是"刘义"，各种书上记得非常混乱。有作"刘乂"者，有作"刘叉"者，有作"刘义"者，有作"刘義"者，看来都由形近致讹。"義"之与"义"则又是繁、简之不同而引起的。我们还是依据《唐诗纪事》《唐才子传》作"刘叉"为妥。《夷坚乙志》卷六有《刘叉死后文》

一条，叙唐进士刘叉之轶闻，内云“退之赐余金百镒，余辞而不受，史谓窃之，非也”。此文托之鬼神，固不可信，然洪迈为博识之士，所记正作刘叉。《四库全书》馆臣在武英殿《聚珍版丛书》的《直斋书录解题》卷十九《诗集类上》中的《刘叉集》二卷下加案语曰：“《唐书》附见《韩愈传》者，乃刘叉也。作《冰柱》《雪车》二诗，出卢仝、孟郊右。有集二卷。原本作‘刘义’，今改正。”此说亦可参考。

其实，韩愈这个人的性格非常复杂，怪毛病也很多，“韩门弟子”似乎都有同样的毛病。韩愈虽然“引致后进”，但他对平辈却不大理睬，与白居易关系疏远，我在《元和文坛的新风貌》一文中讨论过这个问题。宋人“尊韩”，所以极力吹捧韩愈，美化韩愈，失去了韩愈的本来面貌。陈寅恪有好几篇论文都批评了韩愈的缺点，尤其《元白诗笺证稿》附论《白乐天之思想行为与佛道关系》讲得最为精辟。我们不要以宋代人的眼光来看唐代人，应该以唐代人的眼光来看唐代人，应该以李肇、白居易、张籍的眼光来看韩愈。韩愈、白居易的生活作风也不是无可议之处，如果从现在的眼光来看，有时还会觉得不可思议。例如，韩愈晚年好声伎之乐，服火灵库，张籍《祭退之》中就提到韩愈“乃出二侍女，合弹琵琶筝”，这哪里是建立“道统”者的形象？如果韩愈不是这样的情况，张籍怎么可能在“祭文”里胡乱编造？白居易提到晚年身边还蓄养着一个善歌的歌伎樊素，一个善舞的舞伎小蛮。试想一想，一个七十岁的老头还带着两个十七八岁的歌舞伎，这在我们现代人的生活观念中也无法接受。

WXL 44：2003 年 6 月 22 日（星期日）

余历雄曰：日前购得姜汉椿《唐摭言校注》（上海：上海社会科学出

版社,2003 年 1 月)一书。目前出版的笔记小说多是点校本,校证本或校注本的笔记小说较少。张固也在《古籍校注不容马虎》一文中,对《唐摭言校注》的校勘、注释问题提出商榷,发表在《书品》2003 年第 4 期上。

勋初师曰:王定保《唐摭言》中很多地方引用李肇《国史补》的材料,尤其是关于中唐时期的唐人轶事和典章制度,但他偶尔也有抄错或抄漏之处。例如,《唐摭言》卷一《述进士》下篇曰:“元和中,中书舍人李肇撰《国史补》。”此说实误。因李肇《国史补序》已经说得很清楚:“予自开元至长庆撰《国史补》。”五代的孙光宪《北梦琐言》也多次征引《国史补》中材料,欧阳修《归田录》也自称依此书为准式。王定保(870—941?)是五代人,《唐摭言》对晚唐的科举制度、士子活动等的记载很多,具有重要的史料价值。我原本打算依照《唐语林校证》的体例做《唐摭言》的校证或笺证,后因工作头绪太多,一直被耽搁下来。

现在有些青年学者或博士生倾向于作“科举史与文学”的交叉研究,大概是受到程千帆《唐代进士行卷与文学》和傅璇琮《唐代科举与文学》的影响,但要达到程、傅二书的水平,谈何容易?我认为,目前这样浅尝辄止的“交叉研究”容易被后出的研究成果所取代。近来有个外校的硕士生做《唐语林研究》的论文,寄了一本给我,请我提意见。《唐语林》是一部多种材料汇编而成的书,内容芜杂,要从纷繁的材料中寻找一种统一的思想,不太容易,作为硕士论文的题目并不合适。如果这只是作为一份作业,考验或锻炼一下自身的专业基础,还是可以的。现在你已经广泛地涉猎到中唐时期的文史材料,将来如果有兴趣做笔记小说的校证工作,也可以尝试做《国史补校证》,进一步提升你的专业水平。

余历雄曰:《世说新语》与《唐语林》二书开篇都是“德行、言语、政事、文学”四个门类。目前学界对上述二书的研究情况似乎有很大的差距。

勋初师曰:《世说新语》与《唐语林》二书有本质上的差别。《世说新语》虽然也是抄录前代材料而成,但编辑者刘义庆有统一的指导思想,讲究取舍,文笔很好,书中许多材料都能反映出魏晋风度的神韵,记载东晋士人的生活动态和言语魅力,各方面都很精彩。刘孝标的注文广征博引,保存了大量的中古史料和语言现象。目前有多种《世说新语》整理本,较具学术权威意义的是余嘉锡《世说新语笺疏》(北京:中华书局,1983 年初版;上海:上海古籍出版社,1993 年修订本)、徐震堮《世说新语校笺》(北京:中华书局,1984 年)。《世说新语》的研究著作也有很多,例如,王能宪《世说新语研究》(南京:江苏古籍出版社,1992 年)、蒋凡《世说新语研究》(上海:学林出版社,1998 年)、范子烨《世说新语研究》(哈尔滨:黑龙江教育出版社,1998 年)等。周祖谟在《世说新语笺疏》的《前言》中说,该书原请徐震堮覆检,但他始终未能完成,因此索回书稿自己检核。后来社会上有一些流言,认为徐震堮有诚心掠美之嫌,但当徐震堮《世说新语校笺》出版后,我们对照二书来看,体例都不一样,"掠美"之说不能成立。

《世说新语》此书之所以深入人心,还与历朝历代知识分子在个人风姿与生活起居等方面向慕魏晋风度有关。我给你讲一件有趣的事。民国四年(1915),袁世凯阴谋称帝,用重金收买了一批名流,让他们联络各方人士,共同劝进。缪荃孙为当时劝进者中的重要人物。其时陈三立正寓居南京城南。有一天,他叫两位学生胡小石、胡翔冬前去,让他们到秦淮河边的一家馆子里订一桌菜,说是明天缪荃孙要来拜访,两位胡先生正跟陈三立学诗,故亦侍坐。那天缪荃孙偕同另一文人孙雄前来。入座后,孙雄啰哩啰嗦地讲了一大堆,说是袁世凯给了某人多少钱,自己只拿到大洋五百元,因而愤愤不平。陈三立不理他,只喝闷酒。缪荃孙也不讲话。酒至半酣,陈三立把酒杯一扬,目光逼视对方，只问了一句："七十老翁何所求？"缪荃孙也只回了一句："好歹已经上了《清史稿》。"其后二人不交一言，直至终席。陈三立援用王维《夷门歌》中的诗句，意在责问缪荃孙何以自毁名节？表明自己绝不可能参加劝进，缪荃孙则表示既已出任《清史稿》的总纂，更无列名"贰臣传"的可能，故可放肆一搏。这就是近代式的《世说新语》。在我早年接触的一些老辈的言谈举止中，尚存这种追求魏晋风度的流风馀韵。等到我们这一辈人时，因为是在政治运动中长大的，又受"知识分子劳动化"的影响，有些人还颇以大老粗自居，时而在讲话时夹进一些粗鄙的骂人的话。现在的知识分子则对钱财很关注，言谈举止中自会带上一些商人色彩。因此，知识分子总是会受到时代演变而带来的不同社会风气的深刻影响。

《唐语林》研究的情况就很不一样了。我在《唐语林校证·前言》（即《〈唐语林〉考》一文，收入《唐人笔记小说考索》）开头写了这样的两段话："一、这是一本很好的书。材料很可贵。研究唐代文史的人，一定得用作参考。""二、这是一本很糟的书。太杂乱。不经过整理，就很难阅读。"后来，我又写了两篇文章：《就〈唐语林校证〉事答客问》（载《书品》1989 年第 2 期）、《〈唐语林校证〉惨淡经营始末》（载《古典文学知识》1994 年第 2 期）。这三篇文字将《唐语林》的作者、性质、价值、存在的问题、整理工作的经过等各方面的情况都交代清楚了。我的《唐语林校证》大概是目前惟一的整理本。《唐语林》的主要价值是保存了大量的唐代史料，但是王谠的水平不高，学识欠佳，抄录材料时杂七杂八的，未能像《世说新语》那样反映出时代的思想与风貌，故而未能在学术史上发挥重大的影响。我们一般是将《唐语林》作为唐代文史研究中的一种参考材料，而较少对《唐语林》本身进行系统的研究，这也是《唐语林》自身的局限所致。《唐语林》始终未能发挥像《世说新语》那样多方面的影响。

余历雄曰：有些研究者对“笔记小说”的概念持有不同的看法。例如，李剑国《唐五代志怪传奇叙录》（天津：南开大学出版社，1993年）、宁稼雨《中国文言小说总目提要》（济南：齐鲁书社，1996年）中，将《国史补》《戎幕闲谈》《酉阳杂俎》等唐人笔记小说视为志人小说或传奇小说，这似乎不是唐人的原意。例如，《国史补序》称“虑史氏或阙则补之意，续《传记》而有不为”。鲁迅则认为《酉阳杂俎》“有如类书”。

勋初师曰：以前，刘叶秋写过一本《历代笔记概述》（北京：中华书局，1980年），此书对从事笔记小说研究的青年学者很有影响。刘叶秋是南开大学中文系兼职教授，宁稼雨是他的学生。李剑国是南开大学中文系教授，是朱一玄的学生。朱、刘二位先生都是研究小说的前辈。宁稼雨和李剑国这两位我都认识。宁稼雨曾经送我一本《中国文言小说总目提要》，我看过了，作者确实下了很大功夫，一个人要看这么多书，很不容易。但书中对有些著作的提要仍有问题。例如，他对段成式《庐陵官下记》的辨析就不够准确（页107）。因为收有《语录》的《说郛》是张宗祥据明钞本所辑，收有十六条文字的《说郛》是宛委山堂本，宁先生把这混为一谈了。这也难怪，《提要》篇幅太大，偶有疏忽，可以理解。李剑国认为“《说郛》本之《语录篇》实是段氏《庐陵官下记》之误羼”（《唐五代志怪传奇叙录》下册页721），这种说法也存在一些问题。我在《〈酉阳杂俎〉考》一文中作了较详细的考证，认为《酉阳杂俎》的成书经过了三次编集，即：《语录》→《庐陵官下记》→《酉阳杂俎》。这个结论将很多问题都交代清楚了。宛委山堂本《说郛》中的《庐陵官下记》共收十六条文字，其中“蛙谜”一条不见今本《酉阳杂俎》，“借书”一条见于《酉阳杂俎》续集卷四，其余十四条散见《酉阳杂俎》前集各卷，宁稼雨《提要》则说“多见于《酉阳杂俎续集》中”，这一错误也很明显。宁稼雨《国史补提要》说“本书为唐代彰扬盛唐气象一类志人小说”（页114），这种说法比较含混，读者难于把握。

李剑国一直在研究志怪小说，出版过好几种专著，例如《唐前志怪小说史》（天津：南开大学出版社，1984 年）、《唐前志怪小说辑释》（上海：上海古籍出版社，1986 年）、《唐五代志怪传奇叙录》《宋代志怪传奇叙录》（天津：南开大学出版社，1997 年）等。他在文献方面下的功夫很深。他的研究方法跟我不一样。我对笔记小说的研究起步较迟，从事整理《唐语林》之前，我对唐人笔记小说的情况知之甚少。我的研究主要是为爱好“文史之学”的读者提供一些整理过的材料，辨析一些复杂的问题。李剑国《戎幕闲谈叙录》说，“范氏尼：《广记》卷二二四引，注出《戎幕闲谈》，范氏尼相颜真卿事。按：此即《绀珠集》、《类说》之《颜郎衫色如此》，乃《常侍言旨》之文。《唐语林》卷六载有此条及翦彩条，周勋初《校证》以为原出《戎幕闲谈》，大误。”（页 601）其实我的这一说法没有什么错误，更谈不到大误。我在《常侍言旨考》和《戎幕闲谈叙录》《常侍言旨叙录》（收入《唐人笔记小说考索》《唐代笔记小说叙录》，《周勋初文集》第五册，2000 年）中反复论及，《戎幕闲谈》《常侍言旨》二书同源异脉，内容多有相同之处，然而细小处仍有差异；而且，柳珵写作《常侍言旨》的年代，已在韦绚编著《戎幕闲谈》之后。从史料溯源的原则来看，这一条材料原出《戎幕闲谈》是不成问题的。（另详《唐语林校证》，页 526）

最近一二十年，我工作确实很忙，事情一件接着一件，写作的任务也压得喘不过气来。我本不喜欢与人争辩，有的问题很小，也不值得计较。总觉得是非曲直后人自会评说，因而不愿花时间在这上面，以免耽误手头工作，但我对学界的情况大体上还是了解的。唐代文学、笔记小说等方面的问题不谈了，就是早年搞的先秦诸子和楚辞等领域，有的学者对我的说法提出批评，我也一律不回答。现在要回过头来再去写这方面的文章，无法集中精力，势必影响到现在的研究计划，不能顾彼失此。但我总觉得目前楚辞学界虽很热闹，水平还是欠佳。

闻一多先生才华横溢，但他构拟的楚郊祀歌说，我已根据楚人“祭不越望”的原理予以驳正，现在的一些楚辞学者从理论上无所探讨，却仍暗袭闻氏之说。东皇太一究为何神？目下仍是异说蜂起，什么楚国上帝、日神、春神等等，有的沿袭旧说，有的另倡新说，但都没有提出什么有力的新证据。因为大家各说各的，都没有作出什么严密的论证，导致异说纷呈，却无新的进展。我主张东皇太一为齐国的上帝，或许与一般人的想法距离太远，不太容易为人所接受，但随着先秦学术研究的深入，大家对稷下黄老学派的认识越来越多，我对自己的这一提法很有信心，只是想要重操旧业，也已力不从心了。屈原的作品中有“东皇”“西皇”的称谓，我从战国时期的政治形势着眼，推论“东皇太一”一名的产生，又从燕齐方士谬忌的身份，证明东皇太一的出生之地与神格，现在的《九歌》研究者则对“西皇”等问题存而不论，看到不能解决的难题就回避，这也不能算是科学的态度吧。最近出土的楚简上有“大水”一词，有人就说这是黄河，从而论证楚人可以祭祀河伯，但“大水”为什么不可以视作长江呢？是否先入为主，意欲比附《九歌》，因而只能将“大水”解作黄河。有的学者又说湘江也可以称为“河”，殊不知先秦时期“河”是黄河的专称，这是不可能有什么疑义的。(1) 从《尔雅》《说文解字》《玉篇》《广韵》到《康熙字典》，都把“河”字解作黄河。(2) 胡渭在《禹贡锥指》的《略例》中说：“江、河自是定名，与淮、济等一例，非他水所得而冒。”这是清代地理学者的权威性意见。(3) 台湾大学中文系的老系主任屈万里先生曾有《河字意义的演变》(原载台湾“中央研究院”《历史语言研究所集刊》第三十本，1959 年；收入《书佣论学集》，台北：开明书店，1969 年)一文，遍查群经、诸子、史籍与出土文献，证明先秦之时“河”指黄河，绝无歧义。这类文章目下楚辞学界的一些专家可能是不会去看的。过去的楚辞学者大都国学基础深厚，现在的楚辞学者则大抵基础有限，仅凭一股聪明劲连猜带想，这样下去，这一领域要想出现丰硕成果，怕是很难。

还有一个关于韦绚生年的问题。据韦绚《刘公嘉话录序》曰："绚少陆机入洛之三岁，多重耳在外之二年，自襄阳负笈至江陵……是岁长庆元年春。"这是一条重要的材料，但学界未能对它作出正确的诠释。"陆机入洛"之年是最关键处。旧说根据《晋书·陆机传》，云陆机入洛时二十九岁，但这种说法无法解决"多重耳在外之二年"这句话的含义。李剑国《戎幕闲谈叙录》根据这种说法推论说，韦绚"乃二十六岁，时为长庆元年(821)，则生于贞元十二年(796)。多重耳在外之二，乃二十一年，绚五岁即离乡也。"(页 595)我不知道李先生从这句话来论证韦绚"五岁即离乡"有什么根据？有什么意义？其实，韦绚这两句话是"对句之骈枝"。我在《韦绚考》(收入《唐人笔记小说考索》)一文中根据《南史》与《后汉书》中的相关记载，得知六朝时曾有"陆机二十四岁入洛"之说，"少陆机入洛之三岁"即是二十一岁，"多重耳在外之二年"也是二十一岁；换句话说，长庆元年韦绚到达江陵，时年二十一岁，其生年当在贞元十七年(801)。这样就解决了所有的问题。

WXL 45：2003 年 7 月 23 日(星期三)

余历雄曰：陈寅恪《元白诗笺证稿》第四章附《读莺莺传》曰："今《白氏长庆集》中书制诰有'旧体''新体'之分别。其所谓'新体'，即微之所主张，而乐天所从同之复古改良公式文字新体也。"关于"旧体"、"新体"之别，朱金城《白居易集笺校》卷四十八、卷五十一题注(上海：上海古籍出版社，1988 年，页 2875、2981)、蹇长春《白居易评传》所论(南京：南京大学出版社，2002 年，页 520)皆同陈说。蹇书附尹占华《元稹评传》则持相反的意见(页 631)。

勋初师曰：陈寅恪所论是元和、长庆年间掀起的复古风潮，韩、柳是一派，元、白亦是一派，各派所宗不同，产生的影响也不同。历来学界都已认同元、白二人对制诰文体的改革，改革前的称“旧体”，按照改革要求来写的称“新体”。这也是大家公认的说法。虽然尹占华持相反的意见，但要想使人信服，还应作出更多论证。蹇长春《白居易评传》（附尹占华《元稹评传》）是南京大学“中国思想家评传丛书”之一。按照常理，同一书中不应该出现两种相互矛盾的说法，虽然是两位作者各自执笔，即使有不同的意见也应该互通声气，避免出现不同的说法，以免一般读者无所适从。蹇先生是西北师范大学中文系教授，长期以来都在从事白居易研究，立论持平，创见少了一些。

朱金城先生的《白居易集笺校》主要是广泛吸收了陈寅恪、岑仲勉等人的相关成果，也有很多个人独自发明的新见，因而被认为是 20 世纪白氏文集整理校勘方面的最大成果。早在 60 年代，他在《中华文史论丛》第五辑（上海：中华书局上海编辑所，1964 年）上就发表了《〈白居易诗选〉编年注释质疑》一文，对白居易诗文中的许多问题提出了很多新见解，其中如对“紫衣”、“捧衣”等词的解释，都很有水平。可以说，此书在人物事迹的考订和典章制度的诠释方面最见功力。但书中也有一些不足之处，日本学者认为据以校勘的善本蒐罗不够，彼邦保存的很多古钞本没有用上。谢思炜的博士论文《白居易集综论》（北京：中国社会科学出版社，1997 年）对白氏文集的版本源流和现存白氏文集的构成情况都作了细致的研究，具有较高的学术价值。《白居易集笺校》中还有一些该注不注的情况。例如，朱金城对白居易《三教论衡》中叙及的儒、释、道三教理论竟未下一笺，或许是佛教与道教方面的知识非其所长，因而不着只字的吧。但他引用任半塘《唐戏弄》中的文字权作笺证，却又显得不妥。任半塘将“三教论衡”中的人物视为“俳优之流”，我认为他是为了追溯中国戏剧的源头，夸大了“三教论衡”中的“嘲谑”成分。试问：像白居易这样的一位人物，难道也可以视之为俳优么？我在《“三教论衡”与文士心态》一文中曾论及这一点（收入《文史知新》，《周勋初文集》第三册，2000年）。元稹文集整理本目前有冀勤校点《元稹集》（北京：中华书局，1982年）和杨军《元稹集编年笺注》（西安：三秦出版社，2002年）两种。后书刊出者虽仅为诗歌部分，但分量很重，功力颇深。近些年来，江苏古籍出版社的吴伟斌对元稹研究感兴趣，发表了多篇论文，而且还经常与人“商榷”，热闹得很。

余历雄曰：白居易说，元稹的制诰“文格高古，始变俗体，继者效之也”。《元公墓志铭》称，“自公下笔，俗一变至于雅，三变至于典谟，时谓得人。”如果从元稹《制诰序》来看，他批评当时撰写制诰者的弊病是：“苟务刓饰，不根事实，升之者美溢于词，而不知所以美之之谓；黜之者罪溢于纸，而不知所以罪之之来。而又拘以属对，跼以圆方，类之于赋判者流。先王之约束，盖扫地矣。”元稹的文体改革是变“俗”为“雅”，为“典谟”，不拘泥于“属对”，反对“不根事实”的制诰。然而，在元、白文集中“旧体”、“新体”制诰的撰写年代，并非一前一后的关系，而是同时兼有二体之作，并行不悖。换句话说，元、白二人撰写制诰不因“新体”而废“旧体”。因此，《白居易集》“中书制诰”的旧、新二体之别及其实际的文体意义，似乎应该重新予以探讨。

勋初师曰：噢，你应该尽快将这些观点写成一篇短文。《白居易集》的“中书制诰”较难有准确的编年。你能否通过制诰作品的编年来重新审视陈寅恪所说的“旧体”、“新体”呢？这个课题相当有趣，较有新意，你可以试一试。

余历雄曰：宋祁尽删《旧唐书·刘禹锡传》载录的《刘白唱和集解》，但仍保留白居易对刘禹锡“诗豪”的称呼。宋祁《九日食餻》诗中有句云：“刘郎不敢题餻字，虚负诗家一代豪。”《宋景文公笔记》中则有多处称誉刘禹锡的文章。宋祁戏称刘禹锡虚负“诗豪”之誉，从宋祁诗句中也可看出他对自己诗歌中的“豪”气颇为自负。

勋初师曰：《新唐书》本传对刘禹锡、柳宗元的批评主要是在政治方面，但宋祁对刘、柳二人的文学成就仍然予以肯定。《唐语林》卷二《文学》篇有好多条记载刘禹锡论文学的材料，其中多数摭自韦绚《刘宾客嘉话录》，例如“刘郎不敢题餻字”的典故即源自此书。九日，即九月九日重阳节，旧时有登高赋诗的习俗。刘禹锡曰：“为诗用僻字，须有来处。”又曰：“后辈业诗，即须有据，不可率尔道也。”刘禹锡撰文作诗皆好用僻字，但又强调用字需有根有据，字字需有来处，因六经中未见有“餻”字，所以他的诗歌也不敢题“餻”字。“僻”字不等于“怪”字。我在《元和文坛的新风貌》一文中说，刘禹锡的创作没有故意求新，没有背离正统规范，所以深得裴度的赏识；刘、柳的创作并不具备“怪”的特点，二人只是沿着前人提供的条件正常地发展，所以李肇《国史补》“元和之风尚怪”的名单中，刘、柳都不在其列。

中国文学史上称宋祁是“西昆馀绪”。宋祁作诗与刘禹锡同样好用僻字，但宋祁不讲究“须有来处”的规定，所以他“敢于题餻字”。虽然宋祁颇为自负，但在后人的评价中，宋祁在诗歌史上的地位与影响仍然不如刘禹锡。你是中文系博士生，你的论文是从古代文学的角度来探讨问题，这是现代学科划分下的专业训练，但材料的使用是不分专业或系别的，有助于解决问题的相关材料都必须善加利用。当你在论述两《唐书》对刘禹锡的评价时，如果能够兼顾史传褒贬与文学创作两方面的材料的话，得出的结论将会更具有说服力。

余历雄曰：顾炎武《与人书十八》《日知录》卷十九中的几条文字都批评韩愈撰写的碑志作品，而且屡引“刘叉之讥”为据，似乎论证未确。

勋初师曰：顾炎武《与人书十八》开头便引刘挚（1030—1097）的话告诫人：“士当以器识为先，一命为文人，无足观矣。”这是宋人的语录。顾炎武在这封信中还以他拒绝李中孚请为先妣立传之事为例，认为

“无关于经术政理之大，则不作也”。这是顾炎武谢绝应酬文字的一贯作风。我们知道，道学家与政论家对“经术政理”的理解并不一致，但顾炎武以此作为评论韩愈“一切铭状”的准绳，未免持论过高。顾炎武引用“刘叉之讥”为据，或许只想替自己的“说词”找个先例，他大概也不会认同刘叉“捉金”的行迹。《日知录》中的几条文字，是顾炎武站在维护文德的立场对前代文章家“妄作志状”、“作文润笔”的情况提出批评，而不是针对韩愈一人的。

顾炎武(1613—1682)是个大学问家，他的言论与著作对清代以来的学术发展很有影响，但我们也要认真考虑他著述时的文化背景：顾炎武为何说这样的话？一般来说，墓志铭中所反映的内容死者家人的意见起很大作用，行状反映的内容首先得考虑官方的评价，祭文反映的内容是师友间的情谊。撰文的目的不同，又怎会有统一的衡量标准？如果你是考虑两《唐书》对韩愈碑志的评价，就应该集中探讨唐宋人的意见，手头上的材料能取的就取，该放弃的就放弃，以免蔓衍枝节。

师门问学录(六)

(2003 年 8 月 9 日至 2004 年 1 月 5 日)

周勋初　讲述

余历雄　笔录整理

WXL 46:2003 年 8 月 9 日(星期六)

余历雄曰:无论在合传人选或载录文章方面,《新唐书》对元稹、白居易的立传情况与《旧唐书》都有很大的区别。《旧唐书》是从唐代“文学盟主”的角度来考虑,《新唐书》似乎是从“盗儒”“贤臣”的角度来考虑。因此,《新唐书》对士大夫的立传考量是政治因素重于文学因素,《旧唐书》则是文学因素重于政治因素。

勋初师曰:上回你讨论两《唐书》的文人立传时也提过类似的观点。这次你是较具体地从元、白二人的立传情况来讨论问题。学界一般认为,《旧唐书·元白传论》是具有唐代“文学总论”性质的文字,你也已经证明这是《旧唐书》史臣摭自唐人以骈文写成的材料。所以,这段文字也可以理解为中唐至五代时期人们对元、白的“文学盟主”地位的认同,《旧唐书》史臣则是通过“立传”和“传论”的形式来确认这项历史评价。从《旧唐书》元、白本传的记载来看,确实较偏重于文学方面的内容,史臣的评价也是着重于元、白的文学成就;当然,我们也不能忽略元、白的身份首先是朝臣,其次才是文人,这与李白、杜甫的情况很不一样。李、杜的身份始终都是文人,并非什么重要的政治人物。韩、柳、刘的身份首先也是政治人物,其次才是文人,韩愈是接近中央权力中心的大官,柳宗元、刘禹锡是长期遭受贬谪的“罪臣”。《旧唐书》为韩、柳、刘立传时是否也因“文学因素重于政治因素”的考量？

《新唐书》史臣对元、白的“分传而立”曾经引起研究者的关注。“盗儒”一词是宋祁对元稹及其合传者（李逢吉、牛僧孺、李宗闵、杨嗣复等）的总结与评价，主要是因这些人物都涉及中晚唐时期的“二李党争”。你的论文中说，宋仁宗诏修《新唐书》是在“庆历新政”失败之后，宋祁身处“朋党之争”的现实政治环境中，曾经亲身感受到党争之害，所以不免对唐代涉及“朋党”者严厉斥责。这一论点固然可以提供读者新的思考，但从你目前的论述与举证来看，似乎还未具备作为一项结论的条件。《旧唐书》本传没有批评元稹涉及朋党之事，是否意味着五代之际没有朋党之患呢？这个观点也需要再作推敲。《新唐书》对元、白的文学成就评价不高，除了你提及的政治与文学因素之外，是否也应该考虑北宋前期与中期文学观的演变？换句话说，你所说的政治与文学因素是宋祁、欧阳修的观点？还是北宋士人的普遍意见？韩愈与刘、柳在《新唐书》中的本传也是“分传而立”，韩愈与“韩门弟子”合传，刘、柳与“二王八司马”合传。那么，韩愈与刘、柳的“分传考量”是否也因“政治因素重于文学因素”呢？

从最近几次的讨论来看，你似乎有意通过两《唐书》立传考量的比较研究，对“两《唐书》的文史观”总结出“纲领式”的结论。这个研究动机很好，但也不能操之过急，以免撰述的思路有所偏颇。

余历雄曰：《旧唐书·武元衡传》叙及武平一事迹，文曰：“祖平一，善属文，终考功员外郎、修文馆学士，事在《逸人传》。”钱大昕《廿二史考异》卷六十《武元衡传》条曰：“《旧史》无《逸人传》。平一事，史亦阙之。”同书卷五十九《杨炎传》条曰：“《旧史》有《隐逸传》，无《逸人传》，而《隐逸传》亦无杨播名，盖亦沿旧文而未刊正也。”因此，武平一“事在《逸人传》”云云，应是《旧唐书》史臣直接抄录唐国史、实录之旧文，仓促间未暇刊正之疏误。

勋初师曰：我已注意到你在论文中的这一条考证材料，这是读书细心而有心得的发现。钱大昕的考异是说“沿旧文而未刊正”，你则进一步说是“抄录唐国史、实录之旧文”。这个“旧文”应该是指哪些材料呢？如果从唐代史馆制度来看，国史中有传的人物一般都是当时的重要朝臣或大名士，这些国史的记载后来都成了异代修史的重要史料。当然，有些朝臣或大名士只是名噪一时，未对后来的政治环境产生重大影响，后世史官便认为这些人物并不重要，或者不必在正史中为之立传。“国史有传”不一定等于“正史有传”。后世史官在修史或抄录史料时，或未能及时文饰改易，使得正史中出现上述失误情况。这是史官的人为失误，但也无意中透露了正史的史料来源。清代史学家在这方面的考证成果非常丰硕。这里说的“史料来源”或“旧文”，大致上是指唐国史或实录，但有时也不一定就是这样，因正史的史料来源还包括行状、家传、墓志铭等。按照规定，三品以上的大官死后需有行状，有些官不及三品但较受恩宠者也撰有行状。

如果你要继续考证的话，必须注意两个方面的问题：一、两《唐书》人物立传的异同，除正史与国史的史源关系之外，还有“类传”名称或人选的变动。二、《廿二史考异》主要是考证两《唐书》人物本传的调入或转出，钱大昕并未就此作进一步的探讨，我们应该避免为了考据而考据的情况。你必须在这个基础上再作辨析：人物本传的调入或转出、“类传”的新增或废删，反映出什么样的史学思想之演变？

余历雄曰：《宋书·礼志二》曰：“建安十年，魏武帝以天下雕弊，下令不得厚葬，又禁立碑。”《三国志·魏书·武帝纪》只载曹操“禁厚葬”一事，未有“禁立碑”之文。今本《曹操集》亦未收禁碑令文。

勋初师曰：陈寿《三国志》多有遗漏，裴松之作注引书二百馀种，裴注字数接近陈寿本书。因材料不足，《三国志》只有纪传，没有志表，未能完善地记载典章制度方面的内容。《宋书》的作者沈约是个大史学家，博物洽闻，熟悉魏晋旧章。《宋书》诸志多可为据，尤其《礼志》《乐志》二种，保存了许多汉魏以来的礼乐史料，历来研究者多视为珍贵的材料。《宋书·礼志》这一段文字，实际上是较完整地记录了从汉末、曹魏、西晋到东晋裴松之奏请禁碑的过程。《宋书》虽为后出典籍，却可弥补《三国志》的不足，它对曹操禁碑之事的记载应是可信的。曹操禁碑确有其事，但禁碑令文或已不存，今本《曹操集》是辑本，未收其文是可以理解的。我们可不能倒过来说，因《曹操集》未收禁碑令文而质疑禁碑之事。

余历雄曰：从曹操的禁碑令到裴松之的奏请禁碑，又引申出"墓志铭起源"的问题。刘师培《〈文心雕龙·诔碑篇〉口义》、骆鸿凯《文选学》等文字中都有不同的看法。

勋初师曰：历来关于"起源"问题的探讨总是众说纷纭，难有明确的定论。刘师培是因出土的汉魏刻石中并无墓志，所以认为这一情况足以证明墓志一体始于六朝。看来刘师培似乎很有"实证"的精神。我们知道，即使目前出土的汉魏刻石中没有墓志实物，也无法充分证明汉魏时期未有墓志一体。骆鸿凯举出了一些汉魏墓志的例子。如果翻检赵超主编的《汉魏南北朝墓志汇编》（天津：天津古籍出版社，1992 年）则可举出更多例子，但这样做只能说明现存哪些汉魏墓志，仍无法准确回答"墓志铭起源"的问题。程章灿《墓志起源考》（收入《石学论丛》，台北：大安出版社，1999 年）一文也曾讨论过这个问题，不妨参阅。

余历雄曰：《旧唐书》本传称韩愈所为之"韩文"，"务反近体，抒意立言，自成一家新语"。《新唐书》本传称韩愈所撰文章，"深探本元，卓然树立，成一家言"。王运熙、杨明《隋唐五代文学批评史》认为：《旧唐书》"所谓'一家新语'之'语'，似也含有贬意"。"韩文'务反近体'，像裴度所批评的那样，'磔裂章句，隳废声韵'，不能算是符合当时通行规范的好文章，因此不称为‘文’而称为‘语’。”（上海：上海古籍出版社，1994年，页720）这种说法似乎并不正确。因为《旧唐书》前句已用“立言”，后句不宜再用“言”字，遂改为“语”字，“言”“语”二字对称，此与《新唐书》所用之“言”字为“通义”之词；况且，《旧唐书》已将韩愈“一家新语”概括为“韩文”，此既称“文”，又怎会是“含有贬意”之理？

勋初师曰：你的辨析大致上是对的。你是从诠释文献的角度辨析两《唐书》对韩愈古文的评价，所谓“自成一家新语”、“成一家言”二句，在文义上确实没有太大的区别。你将这种情况讲清楚了，也就点到即可，不要再作纠缠，不然就会转向文艺理论的探讨了。我们的治学方法是强调以可靠的文献材料来解决问题，而不是以自我预先建构的理论来“硬套”问题。王运熙、杨明大概是从中国文学史上“《旧唐书》史臣是属于骈体文派”的旧说来论述《旧唐书》对韩愈古文的评价，所以才会得出“含有贬意”之说；你的方法则是同时将《旧唐书》《新唐书》对韩愈古文的评价相互比照，所以得出了不同的结论，也纠正了《隋唐五代文学批评史》中的说法。

WXL 47：2003年9月20日（星期六）

勋初师曰：我们培养研究生不能只看博士论文的厚度或字数，而是必须让研究生受到严谨的方法训练，使之遵守学术规范，指导他们自己拟定长期的研究计划，独立地完成研究项目。有些高校的博士生导师将自己承担的研究项目交给博士生作为论文选题，每人负责一部分，例如教师在作“韩愈研究”，学生也就作“韩愈诗歌研究”，或作“韩愈古文研究”，或作“韩愈文论研究”，或作“韩愈思想研究”，或作“韩愈交游研究”等。这样的博士生只是配合导师完成了研究项目，然而缺乏系统的专业训练，也无法自我拟定以后的研究计划。这样的培养方法有缺陷。有的博导同时带十几个博士生、十几个硕士生，大批量地生产研究人员，情况已经到了令人担心的地步。我们中文系仍然坚持每位导师每届最多只招两、三名博士生，以确保博士论文的学术质量。不过，每一届硕士生的人数仍然较多。

目前系里规定，提供答辩的博士学位论文应结构完整、逻辑严密，不允许有存目或省略章节。以前系里提交答辩的博士论文，一般只要求五万字左右的精华部分，现在的这项新规定也有它的合理之处，让答辩人对自己提出的观点作更充分的论述，加强博士论文的完整性。你原定的论文计划分量较大，我们下一次再讨论是否需要按照你已完成的部分改换原定的论文题目。你的部分论文章节已达到正式发表的要求，现在应该考虑如何进一步提升论文的整体水平。

余历雄曰：日前重读贾宪保《从〈旧唐书〉〈谭宾录〉考索唐国史》一文，其中“卷一九一《方伎传》序”条有“似乎国史原本无方伎传”之语。对照《旧唐书·方伎传》与《新唐书·方技传》所载，贾说似乎有待商榷。

勋初师曰：你的这一节论文是讨论《旧唐书·方伎传》与《新唐书·方技传》之异同，重点是两《唐书》的僧人传记，我已经看过了。你认为，唐国史原本即有以术士、阴阳家为主的《方伎传》，但未含僧人传记，《旧唐书》史臣另据“国史诸传”或其他史料抄录而成今本《旧唐书·方伎传》；宋祁改编诸传，尽删僧人传记，即成今本《新唐书·方技传》。我想，你对贾宪保论文的补正应是可以成立的。不过，《旧唐书·方伎传序》是说据“旧本”《方伎传》，而不是说据“国史”《方伎传》。“旧本”不一定是指“国史”，你再斟酌一下。我补充一些意见：《太平御览》《册府元龟》的“方技部”或“方术部”不含僧、道之属，而另设“释部”或“崇释氏”，这不一定能说明《新唐书》的“方技”分类即本于此。况且,《新唐书》并未另立《僧人传》或《释氏传》。类书对"方技"或"方术"的归类是以"类"为主,史书的记载则以"人"为主,二者的性质不同。即使同是史书"类传"中的人物也不一定全都是"同类"。

所谓方术,一方之术;方技,一方之技。《新唐书·方技传》尽删僧人传记,是否意味着当时的佛教已无多大的"一方之技"?宋代以后,除了佛教密宗仍然讲究方术,其他宗派多以佛教的义理来影响士人,较少谈论方术或修炼之术。宋代的科学知识与科技水平已经大大地提高,远胜前代,正规的士人都不搞方术,方技之士就如同文化水平低下的人,常常被士人社会瞧不起。唐代人普遍偏好方术,包括道家方术、释家方术等,例如,唐代有多位皇帝死于炼丹术之误,韩愈、白居易晚年也为丹药所惑。关于高適皈依佛门之事,史书上没有记载,唐宋笔记小说也没有记载,从唐人诗文和佛教典籍中却可以间接地加以推知。我的一篇论文《〈秋夜有怀高三十五適兼呈空上人〉诗发微》(收入《文史探微》,《周勋初文集》第三册,2000年)讨论了盛唐诗人高適的宗教信仰问题,由此反映出唐人世界观的复杂情况。

《旧唐书·方伎传》中有位僧人名叫"泓师"。其实,他的法号是单字"泓"。"师"是禅师、法师或大师的意思。我在《〈明皇十七事〉考》(收入《唐人笔记小说考索》,《周勋初文集》第五册,2000年,页204)一文中也提及泓师的事迹。我在《唐诗文献综述》一文则提及五代时泉州招庆寺静、筠二禅师合撰《祖堂集》之事。有些人不知道有单字的禅师法号,误以为"静筠"是一人之名。有些人称引为"泓师"、"静师"或"筠师",也不一定就是对这些僧人的尊称,而是一般习惯以二字为称谓,因单字称谓容易引起混淆,所以加上"师"字。反过来说,玄奘是唐代的高僧,一般典籍都不称他"玄奘师",而是直呼"玄奘",这里也没有什么不尊敬的意思。

余历雄曰:《直斋书录解题》卷四称:"欧阳修尝卧听《藩镇传序》,

曰:'使笔力皆如此,亦未易及也。'"又称:"然其《序》全用杜牧《罪言》,实无宋公一语。"对照杜牧、宋祁二文,陈振孙所言未确。《解题》对宋祁纂修《新唐书》列传的评价,多是批评的意见,陈振孙似乎对宋祁持有很大的偏见。

勋初师曰:《直斋书录解题》对欧阳修纂修《新唐书》本纪的评价较为客气,曰:"虽太略,犹不失简古。"这可能与欧阳修的名气较盛有关。陈振孙还代欧阳修辩护,文曰:"然则欧公殆不满于宋,名衔之著,固恶夫争名,抑亦以自表异耶?"这一段话可不可靠呢?据欧阳发《先公事迹》载欧阳修语曰:"宋公于我为前辈,且人所见不同,岂可悉如己意?"又曰:"宋公于传,功深而日久,岂可掩其名,夺其功?"虽然欧、宋文笔不同,但二人在诗文创作上似乎未有直接的冲突,在分工修史或"名衔之著"方面也相互推重,宋祁之兄宋庠闻之亦赞叹。当时未闻有"争名夺功"或"文责自负"之说。(历雄插语:关于欧阳修对宋祁撰史的批评,大多出自宋人笔记小说,《解题》所载亦未知其源由,此是否为后人假借欧阳修之名而批评宋祁?)这个就难说了。这些笔记小说的作者或是史学家,或是文章家,他们的"批评"是作为一种史学理论,一种文章规范,抑或趣闻轶事的谈资?这些材料都是零零碎碎的,恐怕无法进行系统的辨析。

我们大致可从《解题》的内容得出两点结论:一、宋祁、欧阳修对唐五代藩镇的观点是一致的;二、陈振孙对《藩镇传序》的批评并不完全正确。现在的问题是:你提出这个问题在你的论文中应作如何处理?宋祁《藩镇传序》中采摭杜牧《罪言》,《新唐书》诸传采摭韩、柳古文,或《旧唐书·文苑传序》采摭唐人文字,不论"全用"或节录,这是否属于史书体例之一?如果能够论证这一点,《解题》的批评或许就显得片面了。你不必对每一条材料都进行辩驳,有些问题是辩不胜辩的。

余历雄曰:邵博《邵氏闻见后录》卷八、陈善《扪虱新话》卷二等处皆论及韩愈《论佛骨表》，云其说始于唐初傅奕的排佛奏疏，自高祖以下，历朝有之。《旧唐书》本纪称，宪宗熟悉唐代列圣实录与前朝奏疏。据此，“排佛”显然并非韩愈触怒宪宗的主要原因，而是其他政治因素在起推波助澜的作用，韩愈不幸成了政治牺牲品。

勋初师曰：你从宪宗朝的君权、朝臣武将与藩镇之间的政治矛盾这一大背景下，审视自韩愈撰《平淮西碑》到贬谪潮州的一系列政治课题，认为“排佛”只是一个“加温要素”，而非主要原因。这样的思路固然视野开阔，前后呼应，但缺点是拉拉扯扯，容易丢失主题，偏向推论，难以得出必然的结论。史书上说，宪宗大怒，“将加极法”，幸赖裴度等大臣以及皇亲国戚犯颜解救，韩愈才幸免于死。有趣的是，裴度是位虔诚的奉佛者，皇亲国戚和大臣中有奉佛者，也有排佛者，你如何看待朝臣对韩愈谏佛的举措？

确实，史书上有很多关于唐代士大夫上疏排佛的记载，排佛论点也大同小异，但前人的态度较温和，韩愈的表现则非常激烈。还有一点：有些话大家都听过、讲过，讲得都差不多，这些话能否发挥影响，就得看是什么人在什么时候讲了。这就是所谓时间、地点、条件的问题了。例如，毛泽东讲的话被奉为“语录”，在“文革”时期很有影响，甚至成了所有一切的指导思想。现在我们再来看看毛泽东“语录”，内中一些话，也只是一般性的意见，之前也已有人说过，但在当时却被捧为“一句顶一万句”，非得是毛泽东说过的话才能发生影响。大家都说，本·拉登很坏，该打；萨达姆很坏，该打。但大家说的没用，只有美国总统、英国首相说的才有用，才能发挥作用。由此看来，虽然唐代有很多士大夫上疏排佛，但非得是韩愈上疏，宪宗大怒，才能产生这样的影响，传为中国佛教史上的公案。有些奉佛者为了挽回一点颜面，还胡乱编造韩愈在潮州皈依佛门的故事。

你现在撰写韩愈研究的论文，或进行与韩愈有关的研究，当然也不必刻意突出韩愈的影响，但研究的重点还是必须准确把握：为何只有韩愈排佛才能产生这样的影响？为何不是傅奕或其他人？韩愈之后的排佛情况如何？

WXL 48：2003 年 10 月 4 日（星期六）

勋初师曰：这几天我把你交来的所有论文稿子，大略重看了一遍。我想，你将要提交答辩的博士论文，可作如下安排：(1) 这几个月来你论述得较完整的是第四章“两《唐书》采摭韩愈古文之辨析”，可以考虑再将这一章详加阐述，将原有的四节扩充为四章，提交作为博士论文的主要部分（正文）；(2) 将原有的第一、二、三章及相关的初稿提炼出精华部分，改写成博士论文的“导言”，加上一个“结论”，提纲挈领，总括全文。导言、正文、结论，三个组成部分前后呼应，即可成为一篇独立的、结构完整的博士学位论文了。(3) 论文题目可以改成“两《唐书》采摭韩愈古文之研究”，或迟些时候再作决定。这样的话，你的博士论文就能有较高的理论水平，内容扎实，观点新颖，容易引起人们阅读和讨论的兴趣。

至于你正在撰写的“两《唐书》采摭柳宗元、刘禹锡古文之辨析”部分，不妨暂时搁放一旁，待你准备提交答辩的论文全部完成后，再继续撰写。因时间的限制，虽然你无法完成全部的论文计划，但我认为，你准备提交答辩的论文已达到学校规定的要求，其馀部分可以在取得博士学位后继续撰写，即使在毕业回国后也能继续进行研究，以便将来能够出版一部反映出你的专业水平的学术著作。

余历雄曰：《旧唐书》本传对柳宗元、刘禹锡的文学评价颇高。《旧唐书》诸传多采摭韩愈、刘禹锡的文章，但很少采摭柳文，《柳宗元传》

亦未载录柳文。《新唐书》本传对柳宗元的评价不如《旧唐书》好，宋祁仍载录四篇柳文入史，诸传亦多采摭柳文。据《曲洧旧闻》载，宋初古文家穆修时已难觅得韩、柳文集。由是观之，《柳宗元集》在晚唐五代或不流传？抑或《旧唐书》史臣未见《柳宗元集》？

勋初师曰：朱弁《曲洧旧闻》卷四称，穆修喜得韩、柳集善本，自费刊刻，售书于相国寺。这是宋人著名的趣闻轶事。但它只说明在坊间或私家藏书中，较难觅得韩、柳文集之善本，却未说明官方藏书的情况。宋代以前印刷术尚在起步阶段，一般书籍只靠手抄稿本行世，数量很少，流传不广。古代书籍的流通主要是靠师友或坊间传抄，最迟在汉代就已经有书店了。据《后汉书》王充本传载，他家贫无书，常常到洛阳的书店看书，过目不忘，久而久之，终于博通百家之学。宋敏求的家庭藏书非常丰富，有的士人甚至搬到他家附近去住，便于向他家借书。80 年代初，上海古籍出版社出版了我的《高適年谱》一书，一位在广西师范学院任教的朋友向我要一本，说是广西新华书店没有进过一本《高適年谱》。80 年代中期，上海古籍出版社出版我的《文史探微》一书，有一位在新疆工作的朋友告诉我，当时乌鲁木齐的新华书店只进了 6 本，他全都买了下来，分送给要好的朋友。乌鲁木齐地处偏远，要买我这本书还真不容易，这位朋友购空后，其他人都买不到了。后来这位朋友把一本送给了他任职的新疆师范学院的副院长，也是一位唐代文学专家，另一位新疆大学的青年朋友打算研究《全唐诗》，这位副院长拿着《文史探微》对她说：你只要看看周勋初的《叙〈全唐诗〉成书经过》就行了。但你必须在今天就把书还给我，如果丢了，我也无法可想了。这位朋友说的故事难免有些夸大。不过，在某些时候或某些地方，书籍的流通真的很不容易，我们不能因此而说这些书籍没有流传下来。

《旧唐书》史臣是否见过《柳宗元集》？这个问题较难准确回答。

但是，所谓《旧唐书》鲜有采摭柳文，或《柳宗元传》未载柳文入史，此与史臣是否见过《柳宗元集》有无必然的联系？你的假设是否对你提出的问题有所帮助？关于《柳宗元集》的流传，你可以参考万曼《唐集叙录》（北京：中华书局，1980 年）的考证。“两《唐书》采摭柳宗元古文之辨析”应是一个有趣的题目，在你原有的论文计划中也已设立了一些章节，那就等你写成论文后我们再作讨论吧。

余历雄曰：钱大昕《潜研堂文集》卷十三《答问》“诸史”条中提出一个新问题：韩愈《平淮西碑》与“国史之文”的关系。如果从史官采摭碑志入史与汉唐碑志辨体的视角，探讨《平淮西碑》在《新唐书·藩镇传》中的史学意义，或能提出一些新的观点。

勋初师曰：关于韩愈《平淮西碑》与段文昌《平淮西碑》的碑体辨析，或文章风格方面的讨论，学界已经取得了一些研究成果。从平淮西之役的过程来看，裴度扮演着一种战略的高级策划者的角色，具有运筹帷幄、决胜千里的战略眼光；李愬扮演的角色是一名善战的将领，出奇兵偷袭的战术运用得非常成功。裴、李二人的不同角色是很明显的，无论从韩碑或段碑都能够看得清楚。军事参谋家都认为裴度的功劳最大，那些喜欢讲究战术或主张出奇制胜的人或许认为李愬的功劳最大。

从当时的形势来看，李愬的战术固然很重要，如果按照当时的计划，即使没有李愬的突袭，裴度也能取得成功，只是在时间上要推迟一些而已。在“安史之乱”以后，除了郭子仪外，像裴度这样的主帅非常难寻。如果没有裴度这样的主帅和一些主战的将领，宪宗恐怕也不敢贸然发动这场“中兴”的战役。然而，战役结束之后，宪宗渐渐对裴度等人改变了态度，大家对此也是没有办法的。

你的论文讨论两个问题：一、唐前史官不采碑志入史，唐初纂修前代八史与两《唐书》史臣则颇多采摭前代碑志，你也举出很多韩愈碑志为例，认为这是史书与碑志的发展演变，这一个论点应是可以成立的。当然，史传取材不一定只是一篇碑志，同时也会参考或采摭其他材料，这一点也需要注意。二、《新唐书·藩镇传》所载68人，惟有《吴元济传》一篇载录唐人文章，即韩愈《平淮西碑》，论者认为有违史体，你则由此深入探讨宋祁不避“违体”之讥的史家用意，又以两《唐书·吴元济传》作为比较，方法和结论也是可取的。不过，钱大昕所说的“国史之文”与你探讨的“史学意义”不是属于同一个范畴，需要另作补充说明。

WXL 49：2003年10月19日（星期日）

余历雄曰：程千帆先生《史通笺记》对浦起龙《史通通释》的观点似多有批评。

勋初师曰：浦起龙（1679—1761?）是江苏无锡人，雍正年间的进士，《史通通释》是他晚年的著作，刊印后曾多次修改。目前较通行的是上海古籍出版社的点校本（1978年）。雍正时期，清代朴学尚未兴盛，乾隆、嘉庆时期才逐渐形成一股严谨的学术风气。浦起龙的年代较早，所以尚未充分体现乾嘉朴学的特点。他读书甚勤，很有见解，他的学问比起清代顶尖的朴学家仍然稍微逊色。不过，青年时期的钱大昕、王鸣盛等人都曾向浦起龙请教学问。浦起龙在文章归类、分段分句、串讲大意等方面的水平很高，《史通通释》《读杜心解》《古文眉铨》等著作都有这样的特点。然而，清代朴学家认为这些都是属于“第二等”的学问，不屑为之。实则这也未必妥当。吴楚材、吴调侯于康熙年间编选的《古文观止》是一部教授子弟诵读古文的选本，他们对文章的分段分句、串讲大意也很重视。朴学家们瞧不起这些“课业”读物。这些读物正是古代孩童启蒙教育和学生进修的材料，也是我们现代人治学的入门教材。

用现在的话说，浦起龙的“逻辑学”水平较高，在归类、分段等方面都很有条理，你看看他在每一句末或段末的“释”或“按”就可以知道了。中华书局点校本《旧唐书》《新唐书》被人批评最多的错误，就在校勘、标点、分段等方面处理得不好。当然，《史通》不是一部启蒙教材，它是一部用骈文写成的史学理论专著，其中有很多典故和史实，涉及典章制度和前代的很多史籍，如果前人没有疏证出处，注释说明，现在的读者就较难读懂。通过浦起龙的“通释”，我们就可以得到很大的帮助。程先生也说“其书自浦二田《通释》出乃大体可读”。浦起龙字二田。据程先生说，《史通笺记》原是他在武汉大学时的备课笔记，他以《史通通释》为底本，浦起龙有遗漏的地方他就增补，有错误的地方他就纠正。所以，程先生对《史通通释》的观点多有批评是很正常的现象。现在从事《史通》研究的人多从阅读《史通通释》入手，但《史通笺记》中的内容可补其不足，因为它除收入程先生的个人研究心得外，同时也收入了一些近代学者的研究资料。

贵州人民出版社的《史通全译》(1997 年)是南京大学古籍所姚松老师和朱恒夫(江苏教育学院)负责的。古籍所的严杰、武秀成老师负责《文史通义全译》(1997 年)。前些时候，大学教师的工资待遇较差，有些青年教师就承担一些研究项目，希望能够改善生活条件。我不赞成教师参与这样的计划，因为本校的教师学术评估不会考虑这些项目，参与的教师就很吃亏了；而且这些项目会影响本身研究计划的进展，对教师本身的研究水平帮助不大。我们学术计划的推进必须“乘热打铁”，一鼓作气，不要拖拖拉拉，或卷入太多无关的项目。学校也应设置本校的研究计划，鼓励本校教师积极地参加。

余历雄曰：宋祁《宋景文公笔记》卷上“释俗”条称梅尧臣为“梅尧

叟”，《苕溪渔隐丛话》前集卷二十九及《能改斋漫录》卷十引文，均改“叟”作“臣”，这是什么意思？

勋初师曰：宋祁与梅尧臣同修《新唐书》，二人是同僚兼朋友，互有诗文往来。“叟”是古人对老者或有德望者的一种尊称。或称“梅叟”，但梅姓老者颇多，担心所指不明；称“梅尧叟”，指称非常明确，又能够说明宋、梅的密切关系。在程千帆先生的文章或书信中，有时称陈寅恪为“世丈”，或称“陈寅老”，这些都是沿用古人的尊语称谓。胡仔和吴曾都是后世的人，他们与梅尧臣没有这种密切的关系，他们在著作中录引宋祁的话语，也就不必要称梅尧臣为“梅尧叟”了。因此，《苕溪渔隐丛话》或《能改斋漫录》改“叟”作“臣”是正常的，如果我们引用二书的话，根据原书再改为“叟”，那就没有必要了。

余历雄曰：韦绚《刘宾客嘉话录》载述刘禹锡、柳宗元品评韩愈《平淮西碑》，其中提及“薛伯鼻修史为愬传”一事，薛伯鼻其人未详。

勋初师曰：唐兰《〈刘宾客嘉话录〉的校辑与辨伪》（载《文史》第四辑，北京：中华书局，1965年）与罗联添《〈刘宾客嘉话录〉校补及考证》（收入《唐代文学论集》下册，台北：学生书局，1989年）二文似乎都未考证“薛伯鼻”其人。我在《唐语林校证》卷二第219条的校勘中指出，“薛伯鼻”当是“薛伯皋”之形讹。薛伯皋即薛伯高，二名通用。《唐语林》卷一第75条、卷二第271条亦提及薛伯高其人。《唐语林》多处引录《刘宾客嘉话录》中文字，引用二书时应该相互参看。

勋初师曰：江苏古籍出版社已改名为“凤凰出版社”。江苏古籍出版社于1990年出版我主编的《唐诗大辞典》，初版印了数万册，后来又曾重印，在学界有积极的影响。《唐诗大辞典》正编分七类，其中“著作”类最难写，撰稿人一定要仔细读过其书才能准确地概括其内容要旨。日本学界的朋友对我说，目前已有多种《唐诗鉴赏辞典》，本书大可不必有“名篇”类。这事我们也有自己的考虑。既名“大辞典”，则自当包括唐诗的各种基本知识，“名篇”脍炙人口，如何鉴赏，也不能留下空缺。出版社也认为应该兼顾各种读者的口味，所以才编有“名篇”类。唐诗与山水胜迹关系密切，故编有“胜迹”类。当时时间很紧，我们也不可能到各处胜迹考察，于是便由莫砺锋、张宏生、张伯伟、曹虹等几位老师借了大量的旅游书改写而成，因不是自己的研究成果，有些辞条的撰稿人只能使用“假名”，如：博甫、厚华、东湖等。白居易有《燕子楼》诗三首，燕子楼在今徐州市，本书“胜迹”类漏了这一条。因原来的燕子楼已毁，所以我们忽略了。我们原拟有三个附录，即：我撰写的《唐诗文献综述》，莫砺锋制作的《唐诗大事年表》，还要再编一种唐代历史地图。后来因制作复杂、印刷困难而放弃了历史地图。目前，凤凰出版社已经出版《唐诗大辞典》的修订本，还将按照本书的体例出版《宋词大辞典》、修订《元曲大辞典》（编者按：2003 年 9 月付印）等。

WXL 50：2003 年 11 月 4 日（星期二）

余历雄曰：历来研究者对“二王八司马”的批评，似乎都出自韩愈《顺宗实录》所定下的基本调子。

勋初师曰：建国以后，研究者极力贬低韩愈，主要是以为他系道统上的人物，说过“君者，出令者也；臣者，行君之令而致之民者也；民者，出粟米丝麻作器皿通货财以事其上者也。……民不出粟米丝麻作器皿通货财以事其上则诛”（《原道》）这样一些为统治者张目的理论，所以大家抬高柳宗元的地位，把他说成是古文运动的领袖，替代韩愈的地位。因此，学术界对韩愈《顺宗实录》的批评主要是为了替柳宗元、刘禹锡的历史评价做“翻案文章”，其中关涉当代政治批判的意味较浓，学术讨论的意义较少。陈寅恪《论韩愈》一文开篇就说："古今论韩愈者众矣，誉之者固多，而讥之者亦不少。讥之者之言则昌黎所谓'蚍蜉撼大树，可笑不自量'者，不待赘辩，即誉之者亦未中肯綮。"这个说法在当时是犯了大忌的。

韩愈奉诏编纂《顺宗实录》，实际上是根据德、顺之际的起居注、朝廷诏令、奏章等史料汇纂而成。《顺宗实录》是现存关于德、顺、宪三朝的重要史料，它也成为后世各种史书的史料来源。"二王"当权之际，朝中大臣已有不满的意见，尤其对"二王"的非正途出身多有看法，这也是唐人的普遍看法。"二王"目睹宦官为患，朝纲不振，也怀有借助皇太子的宠信而革新朝政的政治理想。政治斗争是非常现实的，往往又以成败论英雄，"二王"的政治活动终究是失败了，他们无可避免地要面对当时与后世的批评。韩愈撰著《顺宗实录》不可能别出心裁地"美化"这场失败的政治斗争，其中关涉对"二王"的批评也不应片面地看作是韩愈的私己之见。韩愈在永贞后期的政治沉浮与"二王"政治力量的消长恰成反比，诗文中也曾对"二王"诸人作猛烈的攻击，从韩愈的性格和个人遭遇来看，这是完全可以理解的。然而，如果说韩愈只是一味地以自己的情绪或感受来撰著《顺宗实录》，这恐怕也说不过去。换句话说，《顺宗实录》主要是反映了顺、宪之际朝臣与士大夫的普遍看法，其中也包含韩愈对"二王"的批评意见。后人对《顺宗实录》中对"二王"诸人的批评提出反批评，应当看作是对顺、宪之际的主流意见之商榷，他们不应该只是针对韩愈一人而已。

前面说到后人对历史的评价，常是以成败论英雄，但人们又时而同情失败者，又每基于特定的政治目的而立论。论者批评"二王"的政治举措过于躁进，不一定就是诬蔑刘、柳；赞扬韩愈秉笔直书，不一定就是反对政治革新。现在的中国社会，大家都已尝到改革开放的甜头，大家都在帮资本家说好话，对那些历史上的洋务派评价也就比较客观。现在我们研究韩、柳、刘诸人,除了要能够进入唐人的历史世界,也要能够从历史长河中"跳"出来,善加利用当前的研究成果,认清自己的研究所处的位置与对当今的意义。

余历雄曰:陈寅恪《〈顺宗实录〉与〈续玄怪录〉》一文称,《顺宗实录》所载关于"宫禁"诸事当传自"当日之阉宦"。此说似乎有待商榷。

勋初师曰:陈寅恪治学善于从一般的材料中发现新问题,但他推论较多,有时根据个别例证就作出推论,每因证据不足而影响到结论的可靠性。但他仍然给读者带来很大的启迪。陈寅恪的学问特点是:兼备清代朴学的精神与西方汉学的长处。陈寅恪的学生很多,但成就高的不能说太多,或因天分不如他,各方面的修养也不如他。陈垣(1880—1971)的天分或许不如陈寅恪,他是属于"步步为营"类型的学者。陈垣先生非常强调使用归纳法,有时十分材料才得出一分结论。这两位学者有些像汉代的名将李广与程不识。(历雄注曰:详见《史记》卷一〇九《李将军列传》,北京:中华书局,1982 年版,第九册,页2869—2870。)

大家都知道,唐代的宦官很坏,为祸朝廷,但朝臣如果想要知道内宫隐情,还得依靠宦官疏通消息,有的朝臣还与宦官私结党援。陈寅恪的意思是:"二王八司马"是一派,韩愈与宦官俱文珍是一派,韩愈才能从宦官口中探知"宫禁"诸事,据以撰著《顺宗实录》。有人认为,陈寅恪的说法是有矛盾的,因为"宫禁"诸事关涉宦官的忌讳,俱文珍也是宦官,他怎么可能向韩愈透露宦官的忌讳?细读陈文,陈寅恪大概认为唐代宦官也有派别之分,俱文珍与韩愈"有连",他所透露的是"另一派"宦官的忌讳,这是宦官的内部斗争。我们知道,在唐代史馆制度中,国史、实录皆有特定的史料来源,不必完全依赖这种"有连"的关系。陈寅恪的原意在于强调"官书与私著等量齐观"的重要意义,对于其他细部的论述或有所忽略。一般研究唐史的人不会去重视《续玄怪录》,陈寅恪则认为《续玄怪录》可为《顺宗实录》提供补证。笔记小说的材料可以提供启发和旁证,但又不能说得太准,以免流于牵强附会。

余历雄曰:这个学期跟着其他研究生上“李白研究”课,讨论了很多问题。请您谈谈关于詹锳先生主编《李白全集校注汇释集评》(天津:百花文艺出版社,1996年,全八册)一书的整理出版而引发郁贤皓、安旗两位先生与编撰者之间的一场“学术规范”之争。以前他与杨明照先生之间的争论,也请略作介绍。

勋初师曰:詹锳先生主编的这一套《李白全集》历时十馀年,于1996年12月正式出版,在国内外学术界产生了广泛的影响。南京师范大学郁贤皓教授首先就此书提出“商榷”意见(《从〈李白全集校注汇释集评〉想到古籍整理的学术规范问题》,载《南京师范大学学报》1999年第1期),西北大学安旗教授也对此书的一些观点提出“质疑”(《〈李白全集校注汇释集评〉质疑》,载《西北大学学报》1999年第2期)。詹锳在1998年底去世,这一场学术论争发生在他去世之后。葛景春先生是詹锳的大弟子,也是此书的主要编撰者,他特意撰写《也谈古籍整理的学术规范问题——与郁贤皓先生商榷》(载《河北大学学报》1999年第2期)一文代为答复。詹、郁、葛等人我都认识,他们都是我的朋友。这一场论争主要关涉引用他人研究成果的规范问题。郁贤皓说,此书袭用他的研究成果和重要材料,但却没有注明出处,使读者误以为是编撰者的发明;然而,编撰者如果认为郁贤皓的观点是错误的,就直接点名批评。引用安旗的研究成果的情况也是如此。葛文则作了相应的回答和辩驳。也有人认为,整理古籍不同于撰著论文,如果你不同意他人的观点,或者认为他人的观点不足为据,大可不必征引,因为这并不妨碍读者的阅读与理解。这个意见也有一定的道理。这一问题很复杂,如果要搞清楚,那就要把各人的成果对照起来细细地比较,但我没有这么多时间,因而无法做,对此无法作出判断。其实,詹镁主编《李白全集校注汇释集评》和安旗主编《李白全集编年注释》(成都:巴蜀书社,1990年初版,2000年新版)二书都可说是目前李白研究的两大资料库,材料非常丰富;然而,二书在综合古今研究成果和提炼出自己的一家之言方面,前者如能更精炼一些,后者如能更客观一些,则可以做得更好。

詹先生一生主要研究两个课题:《文心雕龙》和李白。葛景春则专门研究李白,目前已出版了好几种李白研究的专著(《李白思想艺术探骊》,郑州:中州古籍出版社,1991年;《李白与盛唐文化》,郑州:中州古籍出版社,1994年;《李白研究管窥》,保定:河北大学出版社,2002年)。我选编的《李白研究》选录詹锳论文两篇,葛景春论文一篇。

詹锳《文心雕龙义证》(上海:上海古籍出版社,1989年,全三册)是一部"龙学"的长编。杨明照先生是"龙学"的权威,他脾气直率,写文章时常常批评他人。杨明照撰《詹锳〈文心雕龙义证〉指瑕》(《文史》1999年第2辑,总第47辑),指出很多错误,口气严厉,很不留情面。很多学界朋友认为讨论问题时不必如此凶。杨明照的意见比较踏实,詹锳此前在研究著作中常是征引他的意见。

从你几次提问中可以了解到,你对学界的纠纷很关注,很想了解一些学者的底细。这也可以理解,"读其书,不知其人,可乎?"但知人也不易。你要认真地读他的书,了解他的长处和不足,才能作出判断。因此,这里也有一个提高个人修养的问题。

詹锳(1916—1998)和杨明照(1909—2003)都是研究《文心雕龙》的前辈学者,都作出了很大贡献。二人精力集中在训诂和版本上。詹锳是西南联大毕业生,后又赴美学习心理学,因此他的学风比较新派。(历雄注曰:詹锳著有《语言文学与心理学论集》一书,天津:齐鲁书社,1989年。)《文心雕龙义证》三厚册,可以说是卡片功夫。这样说,绝无贬意,因为他们那一辈人多数采用卡片积累材料。他们有时在汇集一大批材料之后再加一个案语，归纳出结论，这已经是理论的提升，而不仅是疏通文义的问题了。詹锳下的按语有一些很有水平。杨明照的学问比较接近朴学传统。他是四川人，四川的学者大都出于向宗鲁等人的传授，旧学的基础很深厚。杨明照疏证出处的功力最深，他的几部书，如《刘子校注》（成都：巴蜀书社，1988 年）、《抱朴子外篇校笺》（北京：中华书局，1997 年）等，都与他在《文心雕龙》方面的几部著作（《文心雕龙校注》，上海：中华书局上海编辑所，1959 年；《增订文心雕龙校注》，北京：中华书局，2000 年；《文心雕龙校注拾遗》，上海：上海古籍出版社，1982 年；《文心雕龙校注拾遗补正》，南京：江苏古籍出版社，2001 年）一样，以疏证出处见长。杨明照在版本的研究上也有很高的修养。他是湖北著名藏书家徐行可的女婿，又是余嘉锡的姻亲，对《文心雕龙》的版本问题既有长期的研究，又曾下过一番普查的工夫，因此他对詹锳的批评，从版本目录与校雠的角度看，水平确是高上一筹。

詹、杨二人的矛盾，由来已久。最近一次冲突是由《文心雕龙・隐秀》篇中一段补文的真伪问题而引起的。在《文心雕龙》的通行本中，《隐秀》篇都有缺文，但明末有的学者，如钱功甫等，说是根据宋本补入了四百多字，然而纪昀等人不信，提出了很多疑点，认为这些补文是假的。这一问题后来差不多已成了定论。只是詹锳于 1979 年写了一篇文章《文心雕龙隐秀篇补文的真伪问题》，发表在《文学评论丛刊》第二辑上，又列出了一些理由，认为补文可信，杨明照随即写了《〈文心雕龙・隐秀〉篇补文质疑》一文加以反驳。这一场争论卷进去的人很多，你可以去看一下张少康等编的《文心雕龙研究史》第四章《当代的〈文心雕龙〉研究（下）》内《〈隐秀〉篇补文的真伪》（北京：北京大学出版社，2001 年）一节。这种问题当然不应该轻下结论，尤其不应该把自己的意见作为定论，但詹锳等人的说法至少说服力还不够。

杨明照后来写了这篇《指瑕》，挑出詹书中的 25 处错误。这些批评大体可成立。杨文不在理论上进行商兑，因而不会出现见仁见智各持一端的情况。用现在的说法，詹锳的错误，属于文献学范畴，这都是实打实的，对就是对，错就是错，没有争辩的馀地。例如詹锳把李曰刚的《文心雕龙斠诠》中的"斠诠"都错写成了"斟诠"，引用《吕氏春秋》中的文字而不知小题在后，都是老辈学者不应有的错误。从这些地方看，詹锳在文献学方面的功夫确是不到家。

《文心雕龙义证》引用《图书集成·文学典》第一百四十卷《册书部·纪事》引殷洪《小说》，释《文心雕龙·诏策》篇中"潘勗《九锡》，典雅逸群"。杨明照指出"《图书集成》嫌晚。詹锳断句既误，文字亦有脱落。当据《御览》五九三文部九'策'下所引者补正"。实则余嘉锡《殷芸小说辑证》中即曾引录此文，且加考证曰："殷洪不知何人，亦不闻别有此小说，此盖是引殷灌蔬《小说》，传写脱去'蔬'字，又讹'灌'为'洪'耳。"殷芸，字灌蔬，见《梁书》卷四十一、《南史》卷六十本传。（历雄注曰：余文见《余嘉锡论学杂著》上册，北京：中华书局，1963 年；《余嘉锡文史论集》，长沙：岳麓书社，1997 年。）看来詹锳找材料时走的是捷径，翻检《图书集成》等后出类书，且径自载入书中。像《图书集成》这样的书，既后出，又芜杂，本不可以作版本依据，一般注重学术规范的学者是不会去用它的，詹书中却多次引用，这是很不应该的。

杨明照还指出詹锳屡次引文有误，如引《孟子·万章》中文，实则出于《公孙丑》章；引陶渊明诗，实际上为江淹拟作等，这都是由于缺少覆核原文这一道工序而产生的。大约《义证》篇幅太大，引书太多，出书之前无力再覆核一次，故而留下不少毛病。

《文心雕龙义证》积累的材料极为丰富。应该说，以一人之力完成这样一部一百几十万字的巨著，很不容易，非下数十年的功夫不可。詹锳于此沉潜有得，也提出了许多独到的心得。阅读《文心雕龙》的人，一册在手，可以获得多方面的知识，又可免翻检之劳，从这一角度看，他对“龙学”作出了很大的贡献。但如对一部著作持高标准严要求的态度，则又可说《义证》之中还存在着很多不足之处。

詹先生治学极为勤奋，看到一条材料，与《文心雕龙》有关者，就赶忙抄下，例如他在《古籍整理出版情况简报》1980 年第 2 期上摘录《日本学者论中国古代文学的特点问题》中的一段(《义证》页 8)；从《光明日报》1978 年 6 月 3 日中摘录刘法立《关于〈文心雕龙〉的注解》中的一段(《义证》页 1149)，这些都是卡片功夫。看来他在看杂志和读报时都不忘从中摘引材料。但《日本学者》一文只是在介绍吉川幸次郎《中国文学史》一书。吉川认为中国古代文学的特点，一言以蔽之，就是“人本主义”，且举《文心雕龙·原道》篇中“唯人参之”一段为证。这种观点是否合适，有待讨论；《文心》中语用得是否恰当，也可讨论，但詹书中辗转引到吉川的学说来诠释《文心雕龙·原道》，这个圈子未免也绕得太大了吧。《光明日报》中的刘法立文，近于串讲，又有什么精彩之处？定要列入书中，让人不大能理解。

大家都有这种经验，我们积累材料时，看到一条罕见的材料，当时觉得很好，赶紧摘录下来，事后再看，却又觉得很平常，也就不一定会用到它了。詹先生大约觉得这些都是辛辛苦苦搜集来的，弃之可惜，千方百计纳入书中，这就难免给人以芜杂之感。

詹书中这类例子很多。《声律》篇中，引朱星《〈文心雕龙·声律〉篇诠解》一文中语以释“器写人声，声非效器”二句(《义证》页 1211)，这里完全是在串讲，目下《文心雕龙》的今译本很多，何必还要再引这类论文？《辨骚》篇中，引鲁迅《摩罗诗力说》中语释“才高者菀其鸿裁”四句(《义证》页 164—165)，实际上鲁迅援此仅用以引起下文，发表自己的感慨，《义证》引此，对于读者理解原文又有多大帮助呢？

詹锳释《文心雕龙·定势》篇中“并总群势”至“随时而适用”几句，则以李白与杜甫为例，洋洋洒洒，做足文章。“就李白来说，他的主导倾向是浪漫主义的，但也有现实主义的诗篇”，并各举例以阐发；“同样，杜甫是现实主义诗人，有些作品富有浪漫主义气息”，其下也各举例以明之。(《义证》页 1121)这样的注释体例，是否可以“义证”二字概括？按理说，真要做好“义证”的工作，就应对刘勰提出的或沿用的一些重要概念，如“通变”、“风骨”、“势”、“体”等，对它们的来龙去脉原原本本地说清楚，就此概念勾出一个完整的体系，而不是罗列众说，或以后代的什么新概念作例证。如果《文心雕龙》中的字句都用这种介绍后代作家的方法来处理，那这部书的篇幅之巨简直无法想象。

詹书中最常用的方法是汇聚各家文字，顺序排列，这也就是我所说的卡片功夫。例如《文心雕龙·物色》篇中“以少总多，情貌无遗”二句之下，即引吴林伯语、杨明照《文心雕龙研究中值得商榷的几个问题》、王达津《刘勰论如何描写自然景物》、徐季子《“乘一总万”与“以少总多”》、郭绍虞和王文生合写的《文心雕龙再议》诸文(《义证》页 1740—1741)，详加阐发。实则刘勰这几句话，并不难懂，这里何必小题大做？再说书中引用的好些文章，作者并非一流，文字也很平常，随着时光的推移，新出的文章层出不穷，读者再来阅读《义证》中引用的文章，会起陈旧之感。因此《义证》的命运，或许会前后有别。前面诠释《文心》篇题的文字，因系溯源，引用的是前此文字，不大会有变化，命运显得“耐久”；后面诠释《文心》中字句的文字，大量引用今人文章，后出转精，易被淘汰，其命运也就不会太“耐久”。

总的看来，詹锳编写此书，已经取得了不少成绩，但从著书立说的角度来看，只能说是完成了一种长编，著者还得再作一番去芜取精的工作。这里他先得定下一个编书的体例，把那些串讲的文字、发挥的文字和联系不密的大量文字删掉，确定自己著作的特色，然后精心编制，才能体现出自己的优势。当然，作为注释中的一种，文献学上的错误首先得去掉。

但我们也要注意，研究像《文心雕龙》这样博大精深的著作，即使是那些成就最高的学者，也不可能全面取得成功，他们往往是在几个方面达到高峰，而在其他方面，也就有其可能陷于迷茫了。例如刘勰在《序志》篇中说，他本想注释儒家学派的经典，但“马、郑诸儒，弘之已精，就有深解，未足立家”。因此范文澜在《中国通史简编》中就说刘勰完全站在儒家古文学派的立场上。杨明照在《从文心雕龙原道序志两篇看刘勰的思想》(《文学遗产增刊》第十一辑，1962 年)一文中说刘勰思想属儒家思想，又征引了六个方面的材料，援用大量例证，说明他还“是古文学派的儒家思想”。这时他所使用的，仍是疏证出处的传统方法。应该说，他用这种朴学手段疏通《文心》字句的词义，取得了很大的成功，但要想藉此阐释刘勰的思想，也就显得不够了。再说他这里使用的仍是清人常用的归纳法。人们若想归纳出正确结论，那搜集的材料必须全面，而且要排除主观成见，不能只采纳自己所需要的材料。刘勰在《论说》篇中说：“详观兰石之《才性》，仲宣之《去伐》，叔夜之辨声，太初之《本无》，辅嗣之两《例》，平叔之《二论》，并师心独见，锋颖精密，盖论之英也。”可知他对魏晋玄学很关注，评价很高。《论说》篇中还说“王弼之解《易》，要约明畅”，说明刘勰并不完全站在儒家古文学派的立场上。我在《〈易〉学中的两大流派对〈文心雕龙〉的不同影响》(收入《文史知新》，《周勋初文集》第三册，2000 年)一文中已经作了全面的考证。可以说，研究《文心雕龙》而不注意刘勰与玄学的关系，也就很难深入。杨先生的修养并不在哲学方面见长，因此他在这方面的论述往往有其局限。

由此可知，你们学生一辈的人对前辈学者固然要尊重，但不应盲从，应该了解他们的优势在哪里，短处在哪里。那么不论是向他们学习，抑或判断学术上的纷争，都可心中有数而不致目迷五色了。

勋初师曰：根据系里的通知，你的博士论文答辩将安排在 12 月 15

日至20日之间的某天进行，具体的时间还未确定。你必须提前一个月将博士论文提交答辩委员会的秘书，让他好作准备分送各位答辩委员。据研究生院规定，答辩委员会成员的情况已作了变动：答辩委员共五位，其中至少一位必须来自非教育系统，一位来自外校；导师不能成为答辩委员。我们南京大学中文系的博士论文答辩现已采用“导师回避制”。我作为你的导师，在会上只负责介绍你的学习和撰写论文的情况，然后便退席回避，不参与讨论。这个制度可以避免所谓“友情评审”，也能够保证博士论文的质量。如果博士生的论文有较高的含金量的话，那也没有什么可担心的。

WXL 51：2003年11月15日（星期六）

余历雄曰：日前阅读曹道衡、沈玉成《中古文学史料丛考》（北京：中华书局，2003年）一书，其中有“李充好玄谈”一条。我的论文《论李充〈翰林论〉的学术渊源与文学观念》则认为“李充不好玄谈”，看法和结论与前者截然不同，如何处理？

勋初师曰：曹道衡先生擅长文史考辨之学，尤其在魏晋南北朝史料方面的研究成果很多。曹道衡早前已出版了《中古文学史论文集》（北京：中华书局，1986年）、《中古文学史论文集续编》（台北：文津出版社，1994年）、《汉魏六朝文学论文集》（桂林：广西师范大学出版社，1999年）等文史考辨专著多种。目前这本是又一种。曹道衡另著有《南北朝文学史》（与沈玉成合著，北京：人民文学出版社，1991年）、《南朝文学与北朝文学研究》（南京：江苏古籍出版社，1998年）、《南北朝文学编年史》（与刘跃进合著，北京：人民文学出版社，2000年）三书，也是获得国内外学界好评的佳作。（历雄注曰：曹道衡还著有《困学纪程》

一书，“北京生活五十年丛书”，沈阳：辽宁教育出版社，2001 年。）曹道衡是苏州人，曹元忠是他的曾伯祖，晚清著名的学者。潘景郑是曹道衡的舅父，章太炎晚年的学生，国学基础很好，著名的版本目录学家。曹道衡有家学根柢，又是北京大学毕业，在同辈中是学问较突出的学者。他长期在社科院文研所工作，主要从事研究魏晋南北朝一段，基本上没有涉足唐宋以后的文史研究。他培养出来的博士生也很优秀，有刘跃进、傅刚等人。刘、傅二人主要也是从事魏晋南北朝文学研究。

曹道衡关于“李充好玄谈”的看法，主要是根据《世说新语》注文及余嘉锡笺疏的材料。你的这篇论文已对这些材料进行辨证，认为余嘉锡的说法靠不住，你的看法和结论大抵可信，不必因与前辈专家的结论截然不同而感到担忧或不安。曹道衡的《自序》和《后记》都写于 1992 年，说明此书是作者的旧作。所谓“后出转精”，后出的研究成果应该比前人做得更好。虽然我们的国学基础不如古人，但学术研究有个积累的问题，后来的研究者凭藉前人成果，采用其他交叉学科的知识，在某一些课题研究上应该能比古人取得更大的突破。复旦大学中文系蒋凡教授曾说，郭绍虞先生在民国时期生活待遇很好，解放后情况仍然如此。他看到一本合用的书时，同一种书一气买三本：一本自己读，遇到有用的材料就作标记，助手就用其他两本剪贴，然后分类。如果我们享有这样的生活条件，也就有其可能作出与之接近的成就。如果说我们比不上前人，那么，是从事学术研究的条件比不上前人？还是学术脑袋比不上前人？今年暑假，我在巴黎见到北京大学的张广达教授，他说自 50 年代起，直到 80 年代，一直拿 68 元钱的工资，我就对他说，南京地区物价指数比北京低两级，属于三类地区，我比你每月还要少拿 7、8 元钱。自 60 年代中期起，我和妻子带两个小孩，住一间 18 平方米的居室。阮囊羞涩，见到一本喜欢的书，价钱稍贵些，就不敢买；买了之后，也没有地方放，只能塞在床底下。如果前人也处在我们同样的生活条件下，会不会做得比我们更好？这还只是一个方面，其他问题就不说了。我们不要盲从前人的定论或成说，也不必妄议前人之短长；不要终日抱怨自己的不足之处，也不必为自己的一时成就而洋洋自得。

勋初师曰：我对魏晋南北朝文学略有研究，出版过《魏晋南北朝文学论丛》（南京：江苏古籍出版社，1999 年）一书。《文史探微》（上海：上海古籍出版社，1987 年）一书内收录了七篇魏晋南北朝文学研究的论文，其中有几篇是我比较满意的。我的研究特点是从思想领域的文化背景上透视中国文学批评史，因观察问题的角度有与他人不同之处，所以能在一些老问题上提出新的见解。例如，关于陆机《文赋》的写作年代，历来很有争议。在"文革"前，我已撰成《〈文赋〉写作年代新探》一文，寄交某杂志社，但未及发表；"文革"后交《文学遗产》，他们提了些意见，认为前面的分析还算细，后面的结论似草率，我就重读《晋书》与《三国志》等书，最后添加了一段，从陆机不再墨守家学门风而转向玄学，说明此文作于入洛之后。由此可见，文章多请人看看，总有好处。旁观者清，往往能够发现文章中的不足之处。我这篇论文从魏晋玄学思潮的背景进行考察，辨析《文赋》的理论阐述深受"言意之辩"影响，由此推断《文赋》是陆机入洛以后的作品，杜甫《醉歌行》中有"陆机二十作《文赋》"的说法，未必可信。有的朋友不接受"入洛以后"的观点，认为这个问题对理解《文赋》的内容没有什么影响。即使我们略知魏晋玄学与陆机家学的情况，也可知道陆机的哲学思想在"入洛"前后有很大的变化，这个问题对理解《文赋》乃至陆机的整个创作，都有帮助。罗宗强先生《玄学与魏晋士人心态》（杭州：浙江人民出版社，1991 年；天津：南开大学出版社，2003 年；天津：天津教育出版社，2004 年）一书对理解其时知识分子的动向很有帮助，应该好好地细读。

前些时候我到台湾讲学，有一次和中国文化大学洪顺隆教授闲聊，我对他说："王粲死于麻风病。"洪先生是魏晋南北朝文学研究的专家，他听了大为吃惊，问我是谁说的？有何根据？我说："是我说的。"他不相信。我将《王粲患麻疯病说》(载《学林漫录》十三集，北京：中华书局，1991年)一文拿给他看，他读后便无话可说。这是我在十多年前写的论文。《三国志》本传上说王粲"体弱通脱"，有人认为是指王粲的文章风格，这恐怕不太符合原义。我从一些书中有关医学的材料入手，从文化背景的角度透视问题，洪顺隆等人对材料很熟，但他们不会去读《甲乙经》和《何颙别传》，所以不会想到这方面的问题。上述结论，也可解决一些旧问题。台湾清华大学施逢雨教授对李白研究很有心得，著有《李白诗的艺术成就》(台北：大安出版社，1992年)、《李白生平新探》(台北：商务印书馆，1994年)等专著，他不谈民俗学等方面的问题，因此也不会涉及剔骨葬友等课题。大陆学界的情况也一样。我用李白剔骨葬友说明他受南蛮文化的影响，用二次入赘说明他受突厥文化的影响，我想很多朋友都会表示难以接受，或许还会说是"匪夷所思"。有些研究者喜欢在老问题里打转，或使用一些莫名其妙的"新名词"、"新理论"来解释，这样实际上都无助于解决问题。有些研究者只有文学方面的知识，他们对相关课题的思想史背景、文化史背景或政治方面的背景所知甚少，甚至一无所知，这样的状况恐怕是无法取得令人满意的成绩的。自古至今，中国古代文学研究的成果已是汗牛充栋，如果你想拥有一席立足之地，那就必须扎扎实实地下功夫，打通文史领域，"杀出一条血路来"。

勋初师曰：80年代初期，大陆的出版社很少，条件约束很多，学者或大学教师出书非常困难。中华书局只考虑出版七八十岁的学者的专著或论文集，中、青年学者的名气不大，不敢贸然出版。当时我只有五十出头，据说曾经考虑过出我的论文集，但因各种顾虑而未实现，我对局里的一位朋友说，不必如此，我的书可让上海古籍出版社出。其后中华书局出版了几位中年学者的著作，例如曹道衡《中古文学史论文集》、邓绍基《读杜别解》等，其他仍是老学者的著作，例如孙楷第、余冠英、游国恩等。上海古籍出版社则对年轻一些的学者的著作出版较多，包括我的《高適年谱》（1980 年）、《九歌新考》（1986 年）、《文史探微》（1987 年）等。以前中华书局编辑室审稿的态度非常认真，责任编辑也是同行专家或资深学者，他们不止是校对文字，还经常与作者商榷学术观点，多次修改，慢慢地磨，有的费时两三年才完成一部书的编稿，作者也获益不浅。这样的学术著作才会有质量方面的保证。目前大陆出版社的数量很多，但真正称得上具有专业水平的出版社却很有限，出版物的学术水平参差不齐，有的情况还很令人担忧。

余历雄曰：日前阅读台湾台北大学蒋义斌《司马光对佛教的态度》（载《宋代历史文化研究续编》，张其凡主编，北京：人民出版社，2003 年）一文，作者从司马光的奏疏与佛教史籍对照辨证，探讨司马光对佛教"教、德有别"的立场，似颇能反映出北宋史家与士大夫对佛教的普遍看法。

勋初师曰：这篇论文我还没看过。从你简要的概括来看，此文观点或可备一说。我们知道，僧人或奉佛者的史学观念不如儒家史学传统那么严谨，他们为了宣扬教义，所撰佛教史籍屡有编造史实的情况，不可尽信。你先前的论文也曾论及《隆兴佛教编年通论》《佛祖统纪》记载唐高祖、太宗二朝的佛教故事，二书所载多有窜改史实之处，不可为据。《佛祖统纪》转引净因自觉的话语载述司马光批评《新唐书》尽删僧人传记之说是否可信？净因自觉在出家前曾受学于司马光，出家之后，他是否会编造老师的话语来张扬佛教教义呢？司马光是北宋的儒者，著名史学家，恪守儒家的史学传统，他不会批评韩愈的排佛奏疏，也不会在史书中赞扬外来的佛教思想。举个例子：不空和尚是玄、肃、代三朝的密宗高僧，曾为皇帝行灌顶仪式，称国师，封肃国公，食邑三千户，谥大辨证广智不空三藏和上，地位崇高。不空和尚也曾为高適行灌顶仪式。不空的俗家弟子赵迁撰有《不空三藏行状》，记其师一生行事颇详。司马光在《资治通鉴》中则称他为“胡僧不空”。宋儒强调“夷夏之辨”，司马光称不空为“胡僧”，显然含有贬义。这种称谓的差异是很有趣的，颇可玩味。司马光对《新唐书》如真的有所批评，那么他是仍然坚持儒家的史学传统呢？抑或基于维护僧人在史书中的“权益”？答案应是很清楚的。

中国佛教史籍《隆兴佛教编年通论》《佛祖统纪》《佛祖历代通载》等所载材料在“编年学”方面仍有一定的价值。例如，我编著《高適年谱》“天宝十三载甲午(754)”条，高適《送浑将军出塞》诗曰：“昨日边廷羽书至”。查本年河陇无边事。后引《佛祖历代通载》卷十七所载：天宝癸巳(753)“西蕃寇围凉州”。据此推断：或是去年河西战争未彻底解决，故浑惟明于今年又率部西去。虽然佛教史籍的某些内容与正史所载多有不合，但这一条材料用于高適诗的编年却还合适，应当可信吧。此即说明，无论正史材料或佛教典籍，使用时都必须详加辨析，才能取得较为准确、可靠的结论。

历代正史将僧人传记列入《方术传》或《方技传》，只载其“一方之技”，对于“高僧”们来说并非理想的“历史位置”。《旧唐书》将唐代高僧玄奘列入《方技传》，似乎有些勉强，《新唐书》尽删僧人传记则显得过激了。历来史官都是根据《春秋》撰史，以史为鉴，藉使“乱臣贼子惧”。儒家的史学传统不语“怪、力、乱、神”，正史中对僧、道之属的评价一般都不高，编年史书《资治通鉴》也不例外。(历雄插语：正史中是否必须立有“高僧”之类传?)那是另外一个问题了。《魏书·释老志》与《史记》“八书”相类，载述释家、道教的宗派思想之发展，它与正史僧人传记的性质明显不同，不能相提并论。

WXL 52:2003 年 12 月 13 日(星期六)

余历雄曰:目前很多人都在谈论南京大学“迁校”一事。

勋初师曰:“迁校”是近日来学校里最热门的话题,南京大学的领导们对此事非常关注,要我明天一起参加他们的会议。南京大学坐落在南京市中心,地段虽然很好,但校园的面积很受局限,建筑物群拥挤,硬体建设几乎达到了饱和点。南京大学的本科班在 1993 年已迁到江北的浦口校区。因周围的配套设施尚未有妥善的规划安排,绝大部分的教师仍然留在大学本部的鼓楼校区,有课的教师每天就得两头跑,较累又耗费时间,但也没有其他较好的法子。在浦口校区的本科生对这样的情况也很有意见。现在计划中的迁校地段是在仙林校区,靠在高速公路旁边,南京师范大学的部分院系已经先行迁入。如果按照整个地区的计划,届时仙林校区将会是一座由七八所大学组成的新型大学城,格局很大,规模也很宏伟。

我的年纪大了,将来或无法随同迁校,但从学校的长远发展来看,我同意迁校计划,同时认为必须做好教师的住房分配工作。如果大家都同意迁校,浦口校区就得放弃了。当然,这一地区南大已经投入了好多资产,将来也有可能改作他用。南京大学本部的鼓楼校区将继续保留,作为博士生中心或科研基地。当然,如果本科生、硕士生、博士生能够安排在同一个校区,大家可以互相学习,竞争攀比,营造一个较好的校园环境。也有人认为,相关的院系安排在同一个校区,不同的院系安排在不同的校区,外国大学就有很多这样的情况。

扬州大学即有多个校区,它实际上是由几个院校组合而成的一所新的大学。原本是扬州师范学院、扬州农学院等,组合之后称为扬州大学师范学院、扬州大学农学院等,学院地点仍在原址。新的浙江大学则是由杭州四所大学(即原浙江大学、杭州大学、浙江农业大学、浙江医科大学)组合而成的“联合大学”,分四个校区,原杭州大学即是其中之一,今称为浙江大学西溪校区,地点仍在原址。据说,目前新的浙江大学在“全国排名”已是名列前五位,真是个“大跃进”。一些杭州的朋友告诉我说,原杭州大学本以文科为主,文学院在大学本部有一定的分量;组合之后,新的浙江大学是以理、工、医科为主,文学院在“联合大学”的新格局下,说话的分量反而不如以前。

南京大学是一所综合型大学,虽然她不是以文科为主,但长期以来,我们中文系的科研成果在全国高校仍然名列前茅。北京大学是全国大学之首,国家对她投入很大,所以她在总体上科研成果也较高。因各种因素,南京大学获得的投入较少,但相比之下,我们取得的综合科研成果仍然颇为可观。南京大学的“国际知名度”或许稍微逊色,这与所处位置有关,北京、上海的有些学校之出名当与位处首都与国际大都会有关。

余历雄曰:中国目前很多高校都规定博士生必须上课和修学分。除高教版“大学教材”之外,现在已有一些大学出版社出版“研究生教材”。许结老师《中国文化史论纲》(桂林:广西师范大学出版社,2002年)一书亦标有“高校文科研究生教材”字样。

勋初师曰:中国目前的教育制度,从小学、中学、大学到硕士生阶段都得上课,现在博士生阶段也得上课,似乎有些不太妥当。我不太赞成博士生也必须如此“正规”上课,但这种情况似乎是大势所趋。前些时候我到台湾清华大学、东海大学讲学,他们博士生的学习情况也是如此,讲课结束后,教师还得布置课题讨论,让学生发表意见。这样的课业安排对学生固然也有帮助,但我总认为,博士生应该自己读书,培养独立的研究能力,读书有体会、有心得才与导师讨论。

中国教育部委托南京大学编著“文科研究生教材”,甄选一些范文，除了能够让研究生拓展学术视野，同时也使他们掌握撰写学术论文的正确方法。我们中文系由徐兴无老师负责编选中国古代文学方面的范文。据他说，我有两篇论文入选，即《刘勰的主要研究方法——折衷说述评》《文学“一代有一代之所胜”说的重要历史意义》。有些研究生并不善于选择论文或学术读物，茫茫然地胡乱阅读，这也不是办法。现在既要编教材，那就必须认真地看待这一项工作，使我们的研究生读了这些教材之后能够真正获益。

中国人研究“中国学问”，不能完全套用西方的研究模式，也不能只是将“中国学问”作为“西方式研究”的一种取证。譬如，戏曲在西方文学史上占据了重要位置，它的起源甚早，而在中国文学史上它却属于一种后起的文体，处在“次要”的位置。有些研究者从西方文论的角度立论，认为中国戏曲比不上西方戏曲，中国文学落后于西方文学。他们对中国小说的研究态度也是如此。至于中国文学史上起源较早的文体，抑或西方文学中所没有的文体，如赋等，他们也就认为并不重要，不值得讨论。这种逻辑哪能算是学术研究？如果我们要研究中国戏曲，不妨先阅读王国维的《宋元戏曲考》，肯定能够得到一些启发。

我撰写《文学“一代有一代之所胜”说的重要历史意义》一文，并非受到王国维的影响，不是为了研究中国戏曲，而是探讨这个命题在“近代以来有关编写中国文学史”的过程中的学术意义。这是学术史研究的范畴。（历雄插语：日前阅读董乃斌等主编的《中国文学史学史》，石家庄：河北人民出版社，2003 年，全 3 册。）近些年来，有些文学史研究者只是将一部部的文学史著作排比下来顺次介绍，他们从出版年代的先后来诠释“文学史学”的发展，但他们对民国时期一些学者的学术背景或师承关系情况不太清楚，对各种文学史著作中“史的观念”的渊源关系关注较少，未能将本课题的研究提升到学术史研究的高度。我对自己的这一篇论文比较满意，我相信里面讲的一些情况文学史研究者大都不太清楚，研究生阅读之后，也能对百馀年来“编写中国文学史的学术意义”有一些新的认识。我们必须重视一种学术观点的提出与其历史背景的关系。

我撰写《梁代文论三派述要》一文的时间较早，于 1964 年发表在《中华文史论丛》第五辑（中华书局上海编辑所）上。这篇论文于 70 年代收入台湾大学杨家骆教授主编的《中国学术类编》内《中国中古文学史等七书》（台北：鼎文书局，1977 年）一书。杨家骆怎么会看到这篇文章，以前我一直想不清楚。因为台湾对大陆的出版物一直是封锁的。要到 80 年代后期，蒋经国开禁，允许台胞回乡探亲之后，大陆的书报杂志才慢慢传进去。后来知道，杨家骆有其特殊条件，可以读到大陆的出版物。因为他在离开大陆之前已经以搞文献出名；到台湾后，一直在台湾大学与台湾师范大学教书，兼做文献整理工作。他与俞大维有亲戚关系，得到了台湾高层人物的支持，因而可以直接买到大陆出的书报杂志，这才有可能很早就将我的文章采入选集之中。80 年代，台湾大学另一位教授罗联添又将此文编进《中国文学史论文精选》。（历雄插语：罗联添编《中国文学史论文选集续编》亦收录此文，台北：学生书局，1985 年。）这一篇论文是我讲授中国文学批评史时的读书心得。后来的研究者谈到梁代文论的情况时，虽然有的人不愿意提及我的这篇论文，但他们的观点基本上都不出这篇论文的范围。如果我们的研究生对魏晋南北朝的文学批评有兴趣的话，这篇论文的写作思路对于他们的研究构想将会有所帮助。

勋初师曰：上个星期我应邀到香港浸会大学参加研讨会。这是一所教会学校，每隔一两年都会举办一次与宗教课题有关的学术研讨会。这一次的主题是“宗教与六朝文学研讨会”。在受邀请的学者当中，我们南大中文系年轻教师的人数最多，赴会的教师有程章灿、许结、赵益、徐兴无和我，曹虹老师因事未及参加；王青、陈致、高华平也是南大中文系的毕业生。港、台学界对南京大学中文系的学术表现给予很高的评价。南大中文系古代文学专业的教师不只是研究六朝文学，唐宋文学、明清文学方面研究的师资力量也较坚实。北京大学于1998年庆祝百年校庆，南京大学被邀请的学者人数也很多。这也反映出我们南大的科研成果产生了积极的影响，在国内外的学术研究领域日益受到重视。

程千帆先生于1978年来到南大中文系，开始新的生活、新的工作。1984年南大古籍所成立，程先生任所长，我任副所长。程先生来到南大后工作太劳累，心脏出了毛病，医生嘱咐要多加注意，不久就辞掉了所长的职务。我经常要以南大古籍所所长的身份处理很多工作。又因我涉及的学术领域比较广，经常受邀参加各种学术会议，例如“中国古代文学理论学术研讨会”“唐代文学学术研讨会”“《文心雕龙》学术研讨会”“《文选》学学术研讨会”，还有全国高校古委会的各种会议等，因此在我的《文集》里有不少论文是为参加各种学术会议而准备的。虽然是“赶会场”，但我黾勉从事，从不马虎，在这些论文里都有一些新见解，有的观点或结论解决了一些老问题，有的则为学界提供新的思考，大部分论文都能反映出我的独特体会，绝少有与人雷同之处。现在有些学者非常热衷于参加国际学术研讨会，四处结交国内外的朋友，藉以提高个人的声望，但他们提交的论文很多是“不灵”的，泛泛而谈，缺少个人心得，也没有解决什么问题。我们并不排斥学术研讨会，反而多次主办规格较高的国际学术研讨会，但要求与会者提交较高水平的论文。

这一次我在香港浸会大学作的学术报告是关于陈寅恪所作的陶渊明与天师道之研究。我已经答应中文系研究生，在今天晚上再作一次报告，如果你有兴趣的话不妨也来听一听。在香港的报告时间很有限，只有20分钟左右，匆匆忙忙，今晚应该可以讲得从容一些。陈寅恪早年主要从事魏晋南北朝和隋唐文史的研究，虽然他自称“先秦两汉之书不敢观”，实际上他对“十三经”和其他先秦典籍非常熟悉。现在有一些学者对陈寅恪的情况不甚了解，认为陈先生有“当代国学大师”之盛名，便撰文称赞他才学过人，讲学精彩，越讲越神。实际情况不是这样。早年他在清华大学教书时，罗根泽先生就说老师讲课时常是夹进很多外文，学生都说听不懂。抗日战争时期，燕京大学内迁成都，借用华西大学校址，陈寅恪在文学院校舍上课，大概是讲“元白诗研究”吧。当时他患眼疾，几乎失明，便常是坐着闭目讲课，这样也就缺少交流，无法形成互动，学生听得没有劲；中间又夹杂很多外语，陈氏自己讲得得意，笑了起来，听的人却又不大能懂，莫名其妙。程千帆先生说陈寅恪还有个奇怪的习惯，一会儿把帽子戴在头上，一会儿拿下来，有趣得很。开始讲课时慕名者蜂拥而至，其后越来越少，只剩下一些真正想学一些东西的人。孙望、程千帆先生一直坚持到底，他们的话应是可信的。由此可见，现在流行的一些吹捧型的所谓回忆录，也是不可信的。

虽然陈寅恪教书多年，学生很多，但嫡派真传的却不多。有成就的有周一良、王永兴等几位先生。王永兴曾任陈寅恪的助手，现为北京大学历史系教授，著有《陈门问学丛稿》（南昌：江西人民出版社，1993年）、《陈寅恪先生史学述略稿》（北京：北京大学出版社，1998年）等书。

WXL 53：2003年12月16日（星期二）

勋初师曰：后天你就要举行博士论文答辩了，你要抓紧时间做好最后的准备。这几天我陆续收到论文评阅人的书面意见，江苏省社会科学院陈辽研究员、南京师大郁贤皓教授，本校的卞孝萱教授、莫砺锋教授、曹虹教授等都给予很好的评价，说明论文的观点或结论得到了大家的认可。陈辽先生是江苏学界著名的资深学者，知识面和研究领域很广，卞孝萱先生、郁贤皓先生是国内外知名的唐代文史研究的前辈专家，他们的意见都有一定的代表性。莫老师、曹老师对你的学习情况都很清楚，他们的意见也能反映出你在学术上的进展。我想，系里同意安排这五位专家学者作为你的博士论文评阅人与答辩委员，应该是非常合适的人选。目前系里实行“导师回避制”，我不参加答辩会的讨论，这五位答辩委员不必、也不会给我“面子”。虽然大家对你的论文印象不错，但你在答辩会上也必须有良好的表现，才能顺利通过答辩。

余历雄曰：最近完成了一部分问学笔记的初稿，请您指正。

勋初师曰：上周你交来四个学期的《师门问学录》稿子，我已经看了，也大略提了一些意见。你在阅读和撰写论文之馀，还能腾出时间细心地记录和整理这些问学笔记，我也感到很高兴。你的笔记做得很详细，很有系统，相当完整地记录了这两年来你跟从我与莫砺锋老师的学习进程。除了笔记的内容详细，每一次的问学日期也记得很清楚，一次都不漏，你能够坚持下来，很不容易。有些材料是你课后的额外补充，内容更显得完整；有些内容是你听错或记错了，这个问题不大，我可以帮你审订、补正。你还有最后两个学期的问学笔记稿子似乎尚未完成，希望你整理后能一起交来。如果是这样的话，估计会有十多万字吧。

我有一个初步的构想：我们可以考虑将这些问学笔记正式出版。书的内容包括：六个学期的问学笔记，大约三万字的博士论文提要，导师及论文评阅人的学术评语等。下个星期我将到北京开会，我准备把出版《师门问学录》的这一件事，向北京的朋友介绍，说明我们是如何具体地培养博士生，听听他们的意见。一直以来，无论教育部或高校院系，大家都只着重讨论培养研究生的教育理论或教学方案，对于该怎么具体指导学生，讨论得较少。具体的指导内容与培养过程，情况因人而异，导师本身也只能说个大概印象。研究生应该如何阅读材料，如何发现问题，如何循序渐进，因缺乏具体的可资参考的例子，大家也只能是走一步看一步。虽然有些博士论文的“后记”介绍了自己的求学经历，但多是寥寥数语的事后追述，轮廓简略，且多有雷同之处。虽然我对你的讲课内容或指导方法不一定会得到所有人的认同，但在你的稿子里提供了许多生动的画面，大致能够如实地反映出我们的“答问”与“问学”过程。在我的印象中，大陆的出版社似乎没有出版过类似的书，不知道他们是否能够接受这一份稿子？没关系，我们不妨试一试。如果成功的话，此书或可作为你日后与中国学界沟通、联系的桥梁。

余历雄曰：近期内您打算再拓展哪些方面的研究课题或研究领域？

勋初师曰：这些年来，我的精力已经大不如前了，思维不如以前活跃，记忆力也差了很多，一些常见的材料也记得不准确，因此日后怕难再有大的开拓了。目前我手头上的项目是撰写《李白评传》（中国思想家评传丛书）一书。80年代后期，我受学校领导的指派，协助老校长匡亚明编“中国思想家评传丛书”。匡校长要求每位副主编承担一本评传的写作，我就认了这本《李白评传》。1998年接过这一项任务后，原本计划一两年之后就完成书稿，后因陆陆续续插入其他任务，一直延搁到现在。

1998年9月，我应邀到台湾“清华大学”中文系讲学，为期半年，次年春节前才回来。后又受聘为江苏省文史研究馆馆长，平时又增加了一些活动。今年是建馆五十周年纪念，我们为了出版纪念物，又增加了很多筹划和审稿的任务，其中就有《馆员文存》（南京：凤凰出版社，

2003年11月)一书。1999年9月,江苏古籍出版社建议出版我的个人文集,随后我便忙于整理、审订旧作,大约有十馀种吧。2000年上半年,用来整理唐代笔记小说方面的成果,主要精力放在撰写《唐代笔记小说叙录》一书上。此书是在《唐语林援据原书提要》的基础上扩大重写,统一了写作体例,内容也更为丰富。这是《文集》中写得最晚的部分,共计57篇,前后大约花了三个月的时间。2000年9月,《周勋初文集》正式出版。因著作性质不同,我的古籍整理成果和主编的辞书等其他方面的典籍都没有收入,如《唐语林校证》《唐诗大辞典》《唐人轶事汇编》《唐钞文选集注汇存》等。虽然《韩非子校注》"全书的文字统一和校勘审定工作"是由我负责的,但当时此书以"《韩非子》校注组"的名义出版,所以现在也不宜独冠我的名字。目前我主编而尚未完成出版的项目有《册府元龟》点校本、新编《宋人轶事汇编》及出任第一主编的《全唐五代诗》等。就这些著作的清单来看,我在这些年来也确是做了不少事。

2000年,我接受北京大学陈平原教授的邀请,主编《李白研究》一书。主编此书可与撰写《李白评传》互相补充发明。按照"文存"的体例,主编必须撰写约五万字的"导论",总结20世纪中国李白研究的成就。这时家里正在装修,很烦神,你师母又得了眼病,不能用电脑,全靠她誊抄草稿,工作进展较慢。2002年春节后,我到台湾东海大学中文系讲学,同时继续编选《李白研究》。时因杂务丛集,不能专心,初稿寄出去后,不断发现小错误。我为《李白研究》撰写的"导论"先后改动七、八次,出版社编辑积极配合,没有表示任何不满,所以我对这家出版社的责任编辑漆咏德先生印象很好。我这个人喜欢读古代文史的原著,也读一些著名学者的典范之作,但不愿意多看一般性的论文,因而负责编选百年文存中的一种,自觉不太合适。但我性格中也有喜奇好异的一面,凡是过去没有做过的事,总想尝试一下,像《李白研究》这样的书，过去没有做过，也可乘机多读一些有关李白的论文。如果读者仔细读一读我的“导论”，就可知道需要阅读多少材料了。这样做，可以纠正自己的缺点，同时也可以告诉读者：哪些好的论文应该多看，哪一些论文不必多看。现在《李白研究》一书已经出版了，编得如何，就让读者自己去评价吧。

“中国思想家评传丛书”中的《李白评传》一书原本是邀请罗宗强先生撰写，后来他因病而推辞了。以前我撰写《诗仙李白之谜》一书，因时间较紧，有些问题没能好好地展开，现在正好可以作较完整的论述。这个学期我给本系博士生上“李白研究”的课，讨论了很多课题，其中也包括《李白评传》里的一些观点与心得。目前，《李白评传》尚有两三章的内容需要补充扩写，估计在明年年中能够完成，交付出版。

WXL 54：2004 年 1 月 5 日（星期一）

勋初师曰：上个星期我到北京开会，和一些朋友谈了此书的内容和出版计划，他们认为可行，此书确有公开出版的价值。但在正式出版之前，我们还得进行一些加工处理。书的内容可作如下安排：（1）六个学期的问学笔记：这是正文部分，反映出你这三年来的学习进展。大约十多万字。（2）博士论文提要：根据你提交答辩的博士论文加以压缩，反映出你的学术研究成果。大约三万字。（3）导师及论文评阅人的学术评语，或论文答辩会的相关材料。（4）后记：你撰写一篇类似“自述”的学记，叙述如何从一名马来亚大学的本科毕业生负笈来到南京大学中文系，在硕士生阶段师从曹虹老师、在博士生阶段师从我的治学过程，较完整地反映出你在近六年的时间内完成了中国古代文学专业的学术训练。这样的话，全书近二十万字，那就能够出版成为一本书了。

1994 年 8 月，我应日本国立奈良女子大学之邀，前往讲学三个月。程章灿老师写了一篇题为《扶桑正是秋光好——周勋初教授日本讲学侧记》的报道，刊载在《中国典籍与文化》1995 年第 2 期上。1997 年 10 月，我应邀到美国作学术访问，为期三个月，先后在多所大学作专题讲演。有一位旅美的台湾自由撰稿人作了采访报道，我未见其新闻稿，钱南秀老师处好像保留了一份。1998 年 9 月，我应邀到台湾“清华大学”中文系讲学，为期半年，交通大学的潘吕棋昌教授来旁听，临别时还赠我一首诗，称赞我的讲学。萍水相逢，恍若故人，雪泥鸿爪，上述诗文都很有纪念意义。我想，这些材料或可附录在书后，与你的问学笔记互相配合，反映我在国内外的部分讲学历程。

待我们将所有的书稿都准备齐全之后，再考虑看交给哪一家出版社较为合适。我想这样的书稿，找一家出版社公开出版应是不成问题的。

勋初师曰：最近我重读了一些有关陈宝箴、陈三立、陈寅恪的材料，对“陈氏家学”在近代学术史上所产生的影响，有特别深刻的感触。清代的知识分子或朴学家，他们的学术活动大都与大官僚有密切关系，如陈宝箴、周馥（周一良的曾祖父），都是曾国藩、李鸿章的幕僚，在晚清的地方政治中扮演重要角色。清代学者的学术活动内容之一，是整理地方文献或编修地方志，或编其他书籍，或编丛书，亦有代拟公文或捉笔应酬文字的。乾嘉时期的章学诚等人即如此。也有一批文人与扬州盐商的关系密切。曾国藩、李鸿章、张之洞手下都有一批学者型的幕僚，他们既秉承传统家学，又接触新式教育。教育的转型对学术风气的转变影响深远，当前中国高等教育的转型对学术研究的影响也是如此。有些从事研究中国近代学术史的学者，对这些材料的重视不够，没能真正体会“学术史”的重要意义。就“陈氏家学”或陈寅恪的教育背景来看，这是研究中国近代史及近代学术史的重要课题。周一良先生出身名门，小时候接受了最好的教育，又曾师从陈寅恪等人，国学与国外学术都有基础，建国前研究魏晋南北朝史，颇有成就；建国后则改行研究外国历史，成就大为逊色，又屡遭政治颠簸，“周氏家学”没有达到预期的高度。

戊戌变法失败后，慈禧怒杀六君子，陈宝箴亦受牵连，因为里面有些人是他保荐进京的。当时盛传陈宝箴必受严惩，但最后只是受到“革职永不叙用”之薄惩，发回原籍后在南昌居住。据陈寅恪《寒柳堂记梦未定稿》说，“实由荣禄及王元和碰头乞请所致也”。慈禧素来信任荣禄，荣禄素来推重陈宝箴，从这一层因缘来看，陈寅恪的说法似乎较为可信。但是陈寅恪的弟弟陈方恪却有另一说法，他说是出于刚毅的营救。陈方恪(1891—1966)先生排行第七，大家都叫他陈七先生。他是个公认的才子，诗文水平特高。当年朱彊村老人就说最怕见到陈七，因为填词填不过他。建国初期他在南京图书馆任研究员，胡小石先生请他来为我们研究生讲版本目录。陈七先生喜欢清谈，不好好备课，有一位革命第一、学习第二的学生就贴大字报炮轰他，吓得他不敢来了。我倒很喜欢听他讲前朝掌故，所以对炮轰他的人很讨厌，但也无可奈何。陈七先生说，慈禧本来要严惩他祖父，但刚毅忽然站出来解救，说陈宝箴是维护圣教的，与康、梁等人不同。当年康有为撰《孔子改制考》，重塑孔子形象，为其变法活动服务，陈宝箴即上了一本，指斥康有为歪曲孔子学说，伤理害道，建议朝廷责令其自行销毁。慈禧很惊讶，说还有此事，要刚毅迅即查明，刚毅居然从档案中将奏本调了出来，陈宝箴才免严谴。此说与陈寅恪说的不同，但也应当可信。陈七先生还记得陈家被遣返江西时，过去关系很好的人都不敢收留，后来一个亲戚将一座闲置的当铺房子让给他们住。当铺房子墙高而窗小，窗又开在高处，南昌夏天特别热，一家十几口，挤在几间屋子里，苦不堪言。关于陈宝箴的死因，近来也屡有异说，有的说是“以微疾卒”，有的说是慈禧“密旨赐死”。我想还是以病死为可信。汪荣祖《史家陈寅恪传》(台北:联经出版事业公司,1997年)一书可作参考。

余历雄曰:前些时候,马来西亚的马六甲州官方与民间掀起了“郑和研究”热潮,大事庆祝“郑和下西洋六百周年”并举办相关的纪念活动。中国当局也予以积极的支持与配合。据说南京某些单位也主办了郑和纪念活动和学术研讨会。

勋初师曰:南京大学的“中国思想家评传丛书”原本拟有《郑和评传》一种,但现存有关郑和的史料实在太少了,恐怕无法写成一部二三十万字的评传专著。郑和应该属于哪一类的思想家呢?大航海家?大旅行家?南京很早就建有郑和公园,在郊区有郑和墓,但都没有引起人们足够的重视,也未曾列入热门的旅游景点。学术研究不能只靠一股热潮,否则热潮过去了,能够留下多少有价值的研究成果?在中国地方上确实有很多这样的热潮,借助“历史名人效应”来推动旅游经济,确是吸引了不少国内外的游客。然而,学界从未对它持以过高的期许。从事学术研究必须持之以恒,主办学术研讨会必须以学科建设为前提,为学科建设创造有利的条件。客观地说,“郑和下西洋”或可视为中国历史上对外交流的友好象征。马六甲州官民的“郑和研究”热潮是否也是一种对外交流的友好表现?抑或为新学科的建设创造条件呢?大家不妨多花一些时间进行学术观察。

勋初师曰:时间过得真快,转眼间三年的博士生阶段已经结束,你也马上就要回国找工作了。我和你师母已经邀请了程先生的夫人陶芸先生,还有莫老师一家三人、曹老师一家三人,今晚我们一起到一家具有江南特色的馆子吃饭,为你送行,也希望你能够顺利地找到满意的工作,在马来西亚好好地施展这些年来所学到的本领。找到工作后,时间就比较紧张了,希望你以后能够回来参加学术活动,经常与大家保持联系。

两《唐书》采摭韩愈古文之研究

（博士学位论文提要）

作者：余历雄

导师：周勋初教授

目　次

本文主要从“文史结合”的综合研究方法入手，以五代、北宋“史臣本位”为问题考察的立足点，具体探讨两《唐书》采摭韩愈古文入史的考量因素，对比观照两《唐书》文史观的“文体观念”与“史料甄选”之异同，深入辨析两《唐书》在中唐至北宋中期的“骈散文体之争”中所扮演的实际角色，较全面地、准确地把握本阶段文史领域的发展脉络，进而拓展中国文史学科交叉运用的宏观视野。

本文由“导言”、“正文”与“结语”三个部分组成。“正文”共分四章。

导言：选题意义与论文构想

一

两《唐书》之比较研究，始于《进唐书表》。文曰：“其事则增于前，其文则省于旧。至于名篇著目，有革有因，立传纪实，或增或损。义类凡例，皆有据依。”据王巩《张方平行状》称，宋仁宗诏修《新唐书》，原是鉴于“《唐书》纪传中事迹今可施行、有益时政者”的考量；但在北宋“正统”思潮日益兴盛后，史臣遂有对《旧唐书》“不足暴其善恶”、“不可以垂劝戒、示久远”的批评。此后，吴缜《新唐书纠谬》、马永卿《元城语录》、晁公武《郡斋读书志》、陈振孙《直斋书录解题》及一些宋人笔记小说，对两《唐书》皆有不同的评价；司马光《资治通鉴·唐纪》多取材于《旧唐书》。清代史学兴盛，沈炳震《新旧唐书合钞》、章学诚《文史通义》、赵翼《廿二史札记》、王鸣盛《十七史商榷》、钱大昕《廿二史考异》等，皆有专门的篇章条目，辨析考证两《唐书》的异同讹误、长短优劣，许多精辟的见解至今仍为学界引以为据。

五代纂修《旧唐书》之前，有韩愈、柳宗元倡导的唐代古文运动；宋初，有柳开、王禹偁、穆修酝酿的古文运动；北宋纂修《新唐书》之后，有欧阳修、苏轼倡导的宋代古文运动。两《唐书》之纂修处在唐宋古文运动的发展历程之间，史臣多处采摭韩愈、柳宗元古文入史，这样的"时代机遇"必然带给研究者对"两《唐书》的文史观"与古文运动之关系有着种种的理解与诠释。历来惟因《进唐书表》对《旧唐书》有"衰世之士，气力卑弱，言浅意陋，不足以起其文"之语，欧阳修乃继韩愈倡导古文运动而主盟文坛，因此，论者大抵认为：《旧唐书》成于五代骈体文派之手，偏好近体诗文，故对元稹、白居易的文学成就评价颇高；《新唐书》史臣僻嗜韩、柳古文，凡可入史者，必采摭不遗；两《唐书》史臣对"顺宗新政"态度迥异，故对韩、柳、刘的文学评价亦判然有别。这些观点虽有启发思考之意义，但其中亦有可待商榷之处。

本文并不否认，两《唐书》采摭韩、柳古文入史的纂修方法，或对后来的古文运动之开展产生一定的影响，但应关注的是：史臣是否亦基于同样的考量？还是鉴于史料甄选的需要？抑或史臣的文学偏好？例如两《唐书·韩愈传》采摭的篇章、篇幅基本相近：《进学解》《论佛骨表》《潮州谢上表》《祭鳄鱼文》等，但在其他纪传的情况则多有不同，史臣的考量因素如何？因此，我们必须深入探讨史臣所采摭的具体篇章，及其在两《唐书》纪传中扮演的角色，藉此对两《唐书》的文学史观与唐宋古文运动的发展进行宏观的理论研究与微观的课题辨析，始能取得较为坚实可信的结论。

二

《旧唐书》之纂修酝酿于后梁龙德元年(921)的史馆奏言,后晋天福六年(941)诏令纂修,开运二年(945)书成,历时廿五年。据正史本传、典章材料、诗文总集所载,《旧唐书》史臣赵莹、张昭远、贾纬等皆为博通典籍之士,今存史臣文章,多为对当时实际政治课题发表的意见,属奏疏策议之类的散体应用文,或编修诸朝实录,或著述一家之言,鲜有专事"沉吟、文咏"的诗文创作。从这样的身份性质来看,《旧唐书》史臣并不以自身的文学喜好主导史书之纂修,更未见有"偏好近体诗文"的倾向。五代时期战火不息,北方武夫政权大举杀戮文士,士人窜逃南方,文学重心遂向西蜀、南唐转移。后周、宋初时,北方文坛始见恢复生气。五代北方文坛寂寞凄清,未见擅长骈文或散文的大家,虽有为数不少的小品之作,但已不复具有"骈散文体之争"的实质意义。这种时代特点与地域因素对《旧唐书》之纂修所产生的影响,应当予以正视。

有些研究者称,《旧唐书》载有大量骈四俪六的"唐代王言",《元稹白居易传论》乃规仿沈约《宋书·谢灵运传论》而作,《文苑传序》亦推崇沈约"律吕和谐,宫商辑洽"的诗歌成就,高度赞誉南朝以来的近体诗文;尤其这两篇文字皆以骈文写成,据此认定《旧唐书》史臣是骈文律诗的偏好者。其实,这是对《旧唐书》的纂修方法存在误解之故。从这两篇文字多处出现的"唐人语气"来看,例如,以"国初"或"我朝"称谓唐朝,以"文皇帝"称谓唐太宗等,皆为《旧唐书》直接摭自唐人以骈文写成的材料而未暇裁正之迹,这与史臣自身的骈体之作是有区别的。《旧唐书》采摭唐人材料入史,固有认同唐人观点之意,但从《旧唐书》甄选史料、保存旧章的修史原则来看,史臣并未以骈散文体来区分材料,这些始终都无法作为史臣偏好骈文律诗之例证。

三

《新唐书》之纂修酝酿于庆历四年(1044)贾昌朝的建议。次年,朝廷下诏设立书局,重修唐史。《新唐书》之纂修可分为前、后两期,前期(1045—1053)主要倚重宋祁,后期(1054—1060)由欧阳修主持大局。嘉祐五年(1060)书成,历时十七年。《新唐书》史臣皆为"绩学之士",一时俊才之选,欧阳修更是诗文革新运动的关键人物。《新唐书》纂修分工不同,史臣所能表现"文才史笔"的情况各异,志、表二类皆专门之学,非"沉吟、文咏"之技所能胜任;本纪、列传则与史传文体渊源关系较深,颇能藉之体现"文才史笔"之才华。历来认为,《新唐书》本纪太简,近乎经学而远于文史之学。欧阳修、吴缜、晁公武、陈振孙等皆批评宋祁纂修《新唐书》列传"刻意文章","好以艰深之辞文浅易之说",有违传统史体的规范。然而,宋祁《论对偶之文不宜入史》提及修史的撰文之法,文曰:"余修唐史,未尝得唐人一诏一令可载于传者。唯舍对偶之文近高古,乃可著于篇。大抵史近古,对偶宜今。以对偶之文入史策,如粉黛饰壮士,笙匏佐鼙鼓,非所施云。"此与赵翼《廿二史札记》所谓宋祁于"其他骈体中有新语不忍弃者,则宁代为改削存之"的辨析是一致的。

《宋景文公笔记》曰:"年过五十,被诏作《唐书》,精思十馀年,尽见前世诸著,乃悟文章之难也。虽悟于心,又求之古人,始得其崖略。因取视五十以前所为文,赧然汗下,知未尝得作者藩篱,而所效皆糟粕刍狗矣。""余于为文似蘧瑗。瑗年五十知四十九年非,余年六十始知五十九年非,其庶几至于道乎?"这一段自述文字可视为宋祁一生治学、修史与文章创作的真实写照。朱弁《曲洧旧闻》称,"黄鲁直于相国寺,得宋子京《唐史》稿一册,归而熟观之,自是文章日进。此无他也,见其窜易字句与初造意不同,而识其用意所起故也。"黄庭坚的诗文创作素有"点铁成金"、"夺胎换骨"之说,《新唐书》列传的草稿与刊行定本,字句造意之间自有不同,此为黄庭坚的“文章日进”提供了参考与借鉴。宋祁“悔其少作”的积极意义,梅尧臣所谓“公之文进矣”,黄庭坚的“文章日进”,三者情况极其相似。虽然前人已指出宋祁“刻意文章”的缺点,但我们也应当看到:宋祁“精思十馀年”的积极尝试与不懈努力,其“刻意文章”亦具有一定的合理性。这些都是北宋诗文革新的理论探索与创作实践的现实教材。

据赵翼《廿二史札记》卷十八“《新书》尽删骈体旧文”、“《新书》好用韩柳文”、“《新书》详载章疏”诸条的辨析,宋祁采摭韩、柳古文入史的情况,在欧阳修纂修的本纪中极少出现。如果从《新唐书》的卷数来看,宋祁纂修的列传即占全书 67%的比率,欧阳修纂修的本纪仅占 4.5%;而且,宋祁始终在《新唐书》刊修官任上,独费心力十馀年,“功深而日久”,史臣之“用意”既深且远也。因此,在《新唐书》文史观的探讨中,必须正视宋祁“文才史笔”之影响,尤其辨析“《新唐书》采摭韩愈古文”与唐宋古文运动的渊源关系,应当避免囿于“欧阳修文学盟主之地位”的旧说。

基于以上的思考,本文将以“两《唐书》采摭韩愈古文”为切入点,着重探讨以下四个方面的问题:(一)所谓“文之将史,其流一焉”,在唐代“文学向史学领域靠拢,史学范围的进一步扩大”的时代趋势之下,两《唐书》史臣如何诠释韩愈的“韩文”、“史笔”、“史官论”及史家褒贬的依据,这些情况如何体现在对韩愈古文的采摭之中。(二)两《唐书·顺宗本纪》皆自《顺宗实录》取材,二者对“顺宗新政”的记载却详略有别,取舍各异;欧阳修“本于经学见解”的史学观点,与宋祁、《旧唐书》史臣显然不同,在史学与经学的不同视野之下,如何体现二者取材的差异。(三)平淮西之役是宪宗朝的大事,两《唐书》对此战役的记载方式却有不同,对韩愈《平淮西碑》的评价亦有差别,二者兼有“时代政治因素”与“碑志辨体意义”之双向评价;韩愈“以史为碑”对史传的影响，亦值得予以重新辨析。（四）五代政权排佛，北宋朝廷崇佛，两《唐书》纪传对士大夫的排佛奏疏大抵采摭不遗，两《唐书·韩愈传》亦全文载入《论佛骨表》；《新唐书》尽删《旧唐书》僧人传记；在两《唐书》史臣所处的不同政治环境与文化氛围中，如何理解二者对韩愈排佛的评价与僧人传记的处理。

第一章

文史同源:对“韩文”与“史笔”的褒贬

《史通·载文》篇提出“文之将史,其流一焉”的概念。文曰:“凡今之为史而载文也,苟能拨浮华,采真实,亦可使夫雕虫小技者,闻义而知徙矣”,“固可以方驾南、董,俱称良直者矣。”刘知幾辨析“文之为用”在史学中的意义,充分发挥“文”的史学作用,凡“不虚美,不隐恶”之诗赋作品,皆与史著的源流、性质一致,或可称为“文史同源”。关于史书中的载文、载言,历来颇有争议。然而,史家“文史同源”的理论阐述,适为本文的选题提供一个可资借鉴的切入口,深入探讨韩愈古文“补史之阙”的积极意义,同时也可丰富“文史同源”的命题内涵。在唐代士人的著作中,所谓的“文史同源”亦有新的诠释。如果结合唐代文集目录与史部类目来看,文集中涌现大量的奏议、诏令、行状、碑志、传记等,集、史二部的著作在历代书目的著录中相互渗透,此可理解为:唐代文学逐渐向史学领域靠拢,史学著作从传统的范围中进一步扩大。因此,在唐代“文史同源”的时代趋势之下,五代、北宋史臣纂修唐史的取材范围,便较前代史家拥有更为充裕的拓展空间。

第一节　韩愈“古文”与科举时文、戏谑文字

韩愈(768—824),字退之,河南河阳(今河南孟州市)人,中唐时期重要的政治人物、文学家。韩愈诗文中屡称“古文”一词,但他始终没有明确阐述“古文”之定义,其内涵外延亦屡有变化,其核心内容则与

“古道”、“儒学”息息相关。韩愈《上贾滑州书》《与冯宿论文书》《题欧阳生哀辞后》等文从多方面探讨“古文”与“古道”的关系,《原道》诸篇则较系统地阐述了“古道”的哲学体系,此亦涵括韩愈渐次建构的儒学道统与王道政统的思想内涵。以下申论两个方面的课题。

韩愈“古文”与科举时文。韩愈四举礼部始登第,三应吏部皆不中,三次干谒未有得,遂撰《答崔立之书》以抒心中不平之愤。论者多将韩愈的科场失意归咎于“有司者好恶”与韩愈惭于“俳优者之辞”的科举时文。唐代京师每年应试举子约千人,“及第”名额仅百分之二三,韩愈屡试落第,亦是当时“举子情状”之一斑。韩愈对科举时文提出“绣绘雕琢”的批评,反映他的不满情绪,此亦落第举子的普遍心态,未必与古文写作或文体革新有关。科场失意或成为一种“激励力量”,助长韩愈力矫庸俗、追求奇崛的文学趣味,由功利的、实用的考虑而影响到审美爱好。虽然韩愈惭于科举时文,“颜忸怩而心不宁者数月”,但是当他任国子监四门博士后,即专意“引致后进,为求科第”,掌握科举时文的技巧。韩愈实未摒弃科举时文,而是通过强化“韩门弟子”对科举时文的掌握能力,以期得意科场;正是这些“韩门弟子”的推波助澜,使得韩愈在科举之外、师友之间倡导的古文运动能够得到推广流传。

韩愈“古文”与戏谑文字。贞元十四年(798),韩愈在《与冯宿论文书》中已经认识到其文章创作与时人所好大不相同。即使同样是古文写作亦有审美情趣之不同,最典型的例子即是韩愈、张籍在书信往来中对“戏谑文字”的不同看法。裴度《寄李翱书》亦对李翱的“以文字为意”、韩愈的“以文为戏”提出批评。《旧唐书》本传对韩愈的“文章之甚纰缪者”的批评,大抵反映了张、裴之辈的意见。然而李肇《国史补》、柳宗元《读韩愈所著〈毛颖传〉后题》对韩愈《毛颖传》的赞誉,《新唐书·张籍传》全文载录韩愈《重答张籍书》,当是认可“以文为戏”的观点。虽然两《唐书》对韩愈“戏谑文字”的评价不一，但皆从“甄辨史料”的角度予以审视，不以等闲作品视之，此或史家对“韩文”的“文史同源”之默许。

第二节 两《唐书》中的“韩文”及其评价

两《唐书》纪传采摭韩愈古文，可概括为两个方面：一是“明采”，史臣明确标示作品篇名，或标明“韩愈云云”，或载其篇名而未录其文；一是“暗采”，史臣采摭其文而未标示篇名，这种情况数量最多，如韩愈撰著的行状、碑传、墓志铭等，以补唐代国史、实录之阙载。本文第二、三、四章将作具体的辨析。

《旧唐书》本传称，韩愈所撰之“韩文”，“务反近体，抒意立言，自成一家新语”。《新唐书》本传称，韩愈文章“深探本元，卓然树立，成一家言”。两者观点相近，认为“韩文”具有西汉文章的气格，成为后学之士的取法典范。然而，《旧唐书》对韩愈振兴儒学的评价是：“于陵迟之末，遑遑仁义，有志于持世范，欲以人文化成，而道未果也”，《文苑传序》也完全没有提及韩愈“涵泳圣涯”的文章，此亦反映出唐末五代儒学不振的情况。

《新唐书》非常推崇韩愈《原道》诸篇“佐佑《六经》”的文章，认为韩愈死后，“其言大行，学者仰之如泰山北斗云”。《文艺传序》又称誉“韩文”为唐代文章之“王法”，评价极高，此与姚铉《唐文粹序》“退之之文可继杨、孟”之语的渊源关系非常密切。《新唐书》的总体评价也反映出宋初古文家“尊韩”的意见，远绍唐代古文家的理论主张。这是两《唐书》对“韩文”评价的较大差异。

第三节　两《唐书》对韩愈“史笔”的诠释

韩愈改任史官，颇得时誉。《韩愈比部郎中史馆修撰制》称其“求之一时，甚不易得”。韩愈在史官任上颇见绩效，不负史职，《新唐书·甄济传》《张巡传》等皆称引韩愈“史笔”，谓其“褒贬尤慎”，故著之史册。关于“刘秀才”、韩愈、柳宗元对“史官论”的争辩，历来议者颇夥，惟两《唐书》本传皆阙而未载。此或“史官论”之是非，亦关涉史臣自身处境的顺逆，遂未引起议论褒贬之兴趣。

两《唐书》对韩愈“史笔”的载述与评价，主要是韩愈纂修《顺宗实录》所引起的纠纷，以致累朝有诏改修。《旧唐书》本传称，韩愈“撰《顺宗实录》，繁简不当，叙事拙于取舍，颇为当代所非”。《新唐书·路随传》亦曰：“书禁中事为切直，宦竖不喜，訾其非实，帝诏随刊正。”《旧唐书·路随传》记载类同。据此，所谓“不当”、“不实”之语，实出自宦官之口，史家之言则称“切直”，是秉笔直书的史家传统。

宋祁修史十馀载，对史官的艰巨责任深有体会。宋祁在《刘子玄(等)传》赞语中引韩愈为喻，感叹“为史者亦难言之”的无奈。《刘子玄(等)传》载有杰出史官十馀人，可称为唐代史官的“合传”，这一篇“史官传赞语”总结了史官秉笔之难处，亦是宋祁发自内心的史家感言。宋祁对韩愈纂修《顺宗实录》的情况，一方面承认“颇为当代所非”、“议者哄然不息”的历史事实，一方面从《春秋》以来的修史情况予以审视，以古鉴今，剖析士人“工诃古人而拙于用己”的管见，论断堪称中肯。

第二章
《顺宗实录》：史学与经学视野下的古文

韩愈《顺宗实录》是两《唐书·顺宗本纪》的重要史料来源。虽然两《唐书》皆自《顺宗实录》取料，但二者所载的“顺宗新政”却详略有别，取舍各异。欧阳修“本于经学见解”的史学观点与宋祁、《旧唐书》史臣显然不同，欧阳修纂修《新唐书》本纪也未将采摭韩愈古文作为主要的思考。《旧唐书》本纪采摭韩愈古文较《新唐书》本纪为多，《旧唐书》本纪“史臣曰”两处直接引录“史臣韩愈曰”、“史臣蒋係曰”，以作为史家的代言词。这一点亦未引起研究者的关注。本章即以“史学与经学的不同视野”为前提，辨析两《唐书·顺宗本纪》取材《顺宗实录》的不同考量因素。

第一节　韩愈与《顺宗实录》

韩愈奉诏纂修《顺宗实录》是他在史官任上的首要大事。据《进顺宗皇帝实录表状》可知，所撰《顺宗实录》五卷乃据韦处厚旧本重修，三易其稿而成，“比之旧录，十益六七”，“忠良奸佞”备载于册，无所不录。《表状》中还提到李吉甫对韩愈秉笔过于“周悉”而有所担忧，表示应“慎重其事，欲更研讨”。据今本《顺宗实录》所载，所谓“奸佞”者当指裴延龄、李齐运、“二王”等人，他们的历史功过在宪宗朝初期已有官方定论，韩愈自然没有重新“研讨”的必要。李吉甫认为应当“慎重”之事，当与韩愈“说禁中事颇切直”的内容有关。

韩愈纂修《顺宗实录》时，德、顺二朝的记注之作、诏令奏章等史料尚存，故能据之纂修。《顺宗实录》在宪宗朝已有钦定之本，当时未见贬抑之词，韩愈又以考功郎中知制诰，当是朝廷对韩愈"史笔"的肯定。《顺宗实录》遭遇"累朝有诏改修"之事，始于穆宗朝宦官之所"恶"。《旧唐书·韩愈传》"颇为当代所非"之语，即指穆宗朝宦官的谤谗，而非宪宗朝"当代"士人的普遍意见。

据李汉《昌黎先生集序》称，《顺宗实录》原以单行本行于世，"列于史书，不在集中"。其后，《顺宗实录》屡遭改修，终唐之世未有定本，又遇五代兵祸，"疏舛残馀"，难辨详略本末。至纂修《旧唐书》《新唐书》时，史臣采摭《顺宗实录》又有删节改易。今本《顺宗实录》乃宋人苏溥刊刻韩愈文集时附入书后，事在《新唐书》告成之后。因此，今本《顺宗实录》与两《唐书·顺宗本纪》中的引文，三者之间存在文字的异同，亦属情理之中。

第二节　《旧唐书》本纪与《顺宗实录》

《旧唐书》本纪采摭《顺宗实录》者，可以《顺宗本纪》"史臣韩愈曰"一段为代表。《旧唐书》既已标明"史臣韩愈曰"，意味着史臣同意以韩愈的史学观点作为官修《顺宗本纪》之评价。检阅二十卷《旧唐书》本纪"史臣曰"之文字，除了《顺宗本纪》作"史臣韩愈曰"、《宪宗本纪》作"史臣蒋係曰"、《昭宗本纪》不书外，其余皆作"史臣曰"，即《旧唐书》史臣自身的价值判断。史臣在"史臣曰"的义例中放弃自身"一家之言"的一致性，这是取决于韩愈、蒋係的史学观点抑或史臣有其用意？据两《唐书》蒋係家族本传载，"蒋氏世以儒史称，不以文藻为事"，"典实有父风"，"三世踵修国史，世称良笔"；蒋伸、蒋兆"能以辞章取进士第，然不为文士所多"。"蒋係曰"文字当是摭自蒋係《宪宗实录》。蒋係是韩愈的女婿，其“不以文藻为事”的典实家风，近于韩愈古文。《旧唐书》本纪引录韩、蒋之语，实可视为同类之案例。

如果我们将“韩愈曰”、“蒋係曰”两段文字与其余《旧唐书》本纪“史臣曰”对比观照，当可发现：前者行文以单句散体为主，文字平近易晓；后者多为复句骈体，行文中颇见雕琢之迹。但必须指出的是：“韩愈曰”、“蒋係曰”两段文字是唐代实录中载述史事的某处段落，固然应以散体为宜；“史臣曰”是史书中的“论赞体”之一，不免雕镂辞藻，文多骈俪。两者的文体性质不同，是故行文自异。《旧唐书》史臣不避骈散文体之别、纂修义例之异，径引韩、蒋之语为史家代言词，此即说明：《旧唐书》史臣能视纂修之所需而不囿于“论赞体”之常规。前述龙德元年的史馆奏言中，亦载有“皆须直书，不用文藻”之语，这是五代后梁史馆的修纂指导原则。由是观之，自中唐以来，史臣“不以文藻为事”的典实家风，后梁史馆“皆须直书，不用文藻”的纂修原则，乃至后晋史臣博通务实的应用文章，皆是文风渊源有自的史家之文。

据贾纬奏疏称，“唐高祖至代宗，已有纪传，德宗亦存实录，武宗至济阴废帝凡六代，唯有《武宗录》一卷，馀皆阙略”。据此，史臣纂修本纪时，德宗朝以前的史料仍有所本，故能于“史臣曰”中从容地褒贬唐史之得失，此即赵莹所谓“褒贬或从于新意，纂修须按于旧章”。如果旧章阙略不备，则奏请购求、朝野进纳，或如贾纬“搜访遗文及耆旧传说”，以备采录。因此，文、武以下诸朝本纪仍可取资于“旧章”，史臣仍能寄寓褒贬于“史臣曰”之中。然而，史臣纂修《顺宗本纪》《宪宗本纪》遇到的难题是：《顺宗实录》《宪宗实录》既非完备，亦非阙如，而是“窜定无完篇”、“议者哄然不息”的局面，给修史工作增添许多的难度。史臣鉴于未有可按之“旧章”，难有褒贬之新意，遂引“史臣韩愈曰”、“史臣蒋係曰”自代。此举虽难免于文体相错、义例不辨之讥，但却能自免于“哄然不息”之争议，不失为一时权宜之计。当然，从严格意义上来说，这也是一种两全而又两难的抉择。

第三节 《新唐书》本纪与《顺宗实录》

欧阳修师法《春秋》义例，法严词约。检阅《新唐书》本纪，较之《旧唐书》则显得过于简略。《新唐书》本纪直接采摭《顺宗实录》者，即《顺宗本纪》赞语“昔韩愈言”云云。《新唐书·顺宗本纪》亦载述顺宗为太子时诸事。上述两处文字皆见载《旧唐书·顺宗本纪》“史臣韩愈曰”，欧阳修当是摭自《顺宗实录》无疑。《新唐书·顺宗本纪》全文八百馀字，采摭《顺宗实录》近两百字，文字比例颇高，欧阳修可谓偏好韩文者矣；然而，《旧唐书·顺宗本纪》采摭《顺宗实录》近三百字，却未闻《旧唐书》史臣是偏好韩文者。其实，韩愈《顺宗实录》是唐代“典籍焚逸”之馀，是唐史的重要素材，后世史臣必然对其甄辑采摭，此与是否偏好韩愈古文没有必然的联系。

《旧唐书·顺宗本纪》采摭《顺宗实录》，载述顺宗朝“一时善政”甚多。王鸣盛《十七史商榷》卷七十四称，此乃《旧唐书》“为书之体，纪载善恶事迹，必明且备，而叔文之美遂于此见，使后世读书有识者，得以为据”，而《新唐书》史臣“立意务欲与《旧书》违异，故顺宗一朝美政，刊削殆尽”；《新唐书》于“禁断诸色榷税一条不书，却书罢宫市”，“此事正为《旧书》漏去故耳”。王氏考辨入微，颇可为据。然而，如果欧阳修只因“立意务欲与《旧书》违异”的“意气之争”，而放弃采摭《顺宗实录》中的大量史实入史，此则未免流于轻断。

在欧阳修倡导“尊韩”之前，宋人的名分思想尚在形成之中，无论是重名份的道学家，或重功利的政治家，他们对唐代“顺宗新政”与“二王八司马”的历史评价皆未有定论，对柳宗元亦颇有好评。然而，欧阳修诗文中对“顺宗新政”诸事相当冷淡，对时人以韩、柳并称斥为“流俗之相传”，指责柳宗元为“韩门之罪人”。这种观点对欧门弟子与后世皆有深远的影响。欧阳修“本于经学见解”的史学观点，重视《春秋》义例，强调“正名以定份”，《新唐书·顺宗本纪》所载善政而不及王叔文事迹，正是根源于日益繁兴的名分思想。如果我们透过名分思想的背景审视《新唐书》“立意务欲与《旧书》违异”的论断，即可探知欧阳修放弃采摭《顺宗实录》诸事，实际上是一种经学思想指导下的史学现象，欧阳修未将采摭韩愈古文作为主要的思考，实与是否偏好韩文无关。《新唐书》采摭韩愈古文多在列传部分，皆出自宋祁手笔，与欧阳修无涉。

第三章

《平淮西碑》:碑志辨体与时代因素的双向评价

汉魏碑志享誉颇高,然唐前史家鲜有采摭碑志入史。自唐代始,史官采摭碑志入史者不计其数。唐人碑志数量存世者远胜前代,尤以张说、权德舆、韩愈等为最。两《唐书》史臣亦多处采摭韩愈碑志,以补史之阙载。凡此种种,对具体辨析汉唐碑志的文体演变及其与史传的渊源关系,皆有重要的意义。历来研究者对韩愈《平淮西碑》"碑辞不实"与"文成破体"的讨论取得了相当丰硕的成果。关于两《唐书》对平淮西之役的不同载述,史臣对韩愈《平淮西碑》的不同取材,其"时代政治因素"与"碑志辨体意义"之双向评价,及其所体现的两《唐书》文史观之异同,仍有待深入辨析。

第一节 碑志辨体与韩愈"以史为碑"

《文心雕龙·诔碑》篇曰:"属碑之体,资乎史才,其序则传,其文则铭。"此即说明碑体"亦文亦史"的特殊属性,然亦引发关于"碑序"与"史传"的辨体之争。汉魏两晋碑序所叙碑主生平事迹,多以"形容为主",未有"据事直书,琐屑毕陈"而与史传、家传相混者。刘勰所称"其序则传"实指以"形容为主"、"颂扬为本"的碑序,其内容也叙及碑主生平事迹,但不要求个性鲜明的面貌,这与据事直书的史传笔法有别;即使如蔡邕诸人的碑铭作品,也未能提供史家"据事直书"的材料,唐前史家亦鲜有采摭碑铭入史。汉末禁碑以来,魏晋南朝碑铭的数量锐减，文体地位远较前代逊色，史料价值亦不如史传。六朝史家的史料取材主要是新崛起的别传、家传、类传等，这些传记对传主的生平事迹皆有精彩详细的载述，非常符合史传文体的要求。南朝墓志是禁碑之后起而代之的文体，至唐代而蔚为大观，成为唐人文集中的重要组成部分。唐初诏修前代八史，史官对南朝墓志多有采摭，以补前史之阙载。如果从史官采摭碑志的角度来看，唐前碑志的写作方法与史传大有不同，作者普遍未有“补史之阙”的史学观念，始终恪守“标序盛德”的文体功能，未能蔚为史传之旁翼。

章学诚《墓铭辨例》称，“墓铭不可与史传例也”。“六朝骈丽，为人志铭，铺排郡望，藻饰官阶，殆于以人为赋，更无质实之意”。“韩、柳、欧阳恶其芜秽，而以史传叙事之法志于前，简括其辞，以为韵语缀于后，本属变体”，“然其意实胜前人，故近人多师法之，隐然同传记文矣”。骆鸿凯《文选学》称，“昌黎以史为碑，更张旧作，自谓拔俗，于体乖矣”。然而，在理论上的文章辨体似乎未能准确地诠释韩碑的文体性质，韩愈“以史为碑”之作却为文士之辈竞相师法，后世史家则对韩碑采摭不遗。韩愈“以史为碑”的作品，据事直书，详载碑主的事迹，突破汉魏以来碑铭墓志与史传著作之间的文体界域，丰富碑志的实用功能，拓展史传的取材范围，这是唐代“文之将史，其流一焉”的最佳注解。唐代史官采摭南朝墓志入史的先例，唐人文集中涌现大量的碑志作品，皆为五代、北宋史臣纂修唐史提供了很好的借鉴。

唐代碑志与前代迥异，武后时期富嘉谟、吴少微的“富吴体”已导其先锋，钦羡一时。张说的碑志开启了与史传同例的局面，两《唐书》列传中屡见其例。权德舆的碑志创作实为“唐人之冠”，其作品渐改骈体俪句为散体之作，遂与史传“据事直书”的散体行文渐相契合。韩愈文集中数量众多的碑铭墓志，实为两《唐书》史臣提供了丰富的史料。《新唐书》“其事则增于前”亦多取材于唐人的碑铭墓志。两《唐书》列传皆多处暗采韩愈碑志、行状之作，例如《唐故太子校书李公（元宾）墓志铭》《赠太傅董公（晋）行状》《唐故国子助教河东薛君（公达）墓志铭》《唐故河南府王屋县尉毕君（坰）墓志铭》《唐故江西观察使韦公（丹）墓志铭》《唐故司徒兼侍中中书令赠太尉许国公（韩弘）神道碑铭》《唐故江南西道观察使赠左散骑常侍太原王公（仲舒）墓志铭》《唐故幽州节度判官赠给事中清河张君（彻）墓志铭》《南阳樊绍述墓志铭》等，对照其文字，皆与史传的史料来源关系密切。因此，从唐前史家的不采碑志，到两《唐书》史臣的采摭不遗，韩愈“以史为碑”的尝试确有积极的史学意义。

第二节　韩愈“碑辞不实”的真相

平淮西之役告捷后，韩愈奉诏撰《平淮西碑》，表彰中兴功烈，以为“将来法式”。文成刻石树碑于蔡州紫极宫，又抄录分赐韩弘与立功将领，使知朝廷备录劳效，素怀异志的宣武节度使韩弘也竭诚表明顺从之意。在战役告捷后的政治军事氛围中，韩愈《平淮西碑》确实带给藩镇将领安抚与震慑的效应，发挥了“将来法式”的作用。然而，两《唐书·宪宗本纪》《段文昌传》皆不载撰碑之事，《旧唐书·吴元济传》《新唐书·韩愈传》亦不载。《旧唐书·韩愈传》载其事而不录碑文，又称李愬妻“因诉碑辞不实”，宪宗乃诏令斫磨韩碑，命段文昌重撰碑文。《新唐书·吴元济传》全文载入韩愈《平淮西碑》，备述“元和圣德”本末颇详。两《唐书》纪传的不同载述亦引发学界对韩、段二碑的许多争论，主要有“文成破体”与“碑辞不实”两个方面。

韩愈撰碑勒石，颇享时誉。柳宗元、刘禹锡皆有意欲撰文与韩碑一较高低之志趣。《刘宾客嘉话录》载有刘、柳品评韩碑的精到见解，从刘禹锡对段碑文势的称善，适可辨识韩、柳、刘对碑体审美与文学观点之异同。韩愈《平淮西碑》序文仿《尚书》、铭辞仿《诗经》，文字古朴，拙茂而劲健，时有创新，堪称“大笔淋漓”之作。李商隐咏韩碑而学韩体，其《韩碑》诗“文成破体书在纸”一句值得注意，即韩碑乃“破当时为文之体”。段碑“效班固《燕然碑》样”，是“当时为文之体”。韩碑撰成勒石，颇受朝廷称赏，时逾年馀，始有李愬妻“碑辞不实”之诉，宪宗斫磨之诏又在稍晚。因此，韩碑“破体”与段碑“时体”之别，实非韩碑遭致废弃的原因。刘禹锡论及李愬之“能”或匹夫之“勇”时，只涉及史官笔法，无关“碑辞不实”的问题。韩碑叙述李愬入蔡之功仅用三十馀字，约占2%的篇幅，段碑所叙近三百字，约占14%的篇幅。虽然二碑所叙的字数、篇幅差距悬殊，但两者所言大略不异，惟韩碑文字古朴，段碑稍加绚丽而已。那么，旧史称韩碑“其辞多叙裴度事”而遭致废弃的记载是否属实呢？李商隐《韩碑》只是较含蓄地说，“句奇语重喻者少，谗之天子言其私”，意即韩碑文辞古奥难晓，以致“读者”误读，遂有向宪宗投诉韩碑“徇私”之谗言，实际上亦与“碑辞不实”无关。然而，这种含蓄的辩解仍然无法切入问题的关键处。

据《林纾选评古文辞类纂》卷八《平淮西碑》评语称，韩愈碑辞因触痛朝廷主和派的“羞愤”之处，兼及宪宗朝后期的朋党之争，才是韩碑朝夕不保的真正原因。卞孝萱《〈说石烈士〉新探》称，《新唐书·吴元济传》所谓“帝亦重牾武臣心，诏斫其文”之语，其实只是宪宗的一种“托辞”，是经过深思熟虑的结果，意在“抑制功高的裴度，牺牲韩愈的文名，调整朝廷内部关系，以巩固其最高统治权”。林、卞二文的共同点即是不囿于学界对韩、段二碑“时体”“破体”的争论，而将“碑辞不实”的隐情与宪宗朝错综复杂的政局相结合，得出较为翔实可信的结论。如果从韩愈奉诏撰碑、勒石紫极宫、碑辞不实之诉、诏令斫磨，直到段文昌重撰碑文的整个过程来看，韩愈个人既获得了崇高的荣耀，也遭受极大的耻辱。然而，韩愈“以史为碑”的写作方法及其成败得失，在《平淮西碑》一文中尤其具有积极的意义，它除了一洗汉魏六朝以来的碑版习气之外，也提供了一种崭新的“史事碑志”之文体样式。

第三节 《平淮西碑》与“国史之文”

钱大昕《潜研堂文集》卷十三《答问》提出一个新的问题。曰：“宋子京修《唐书》，取其文入《藩镇传》，说者谓其文可当国史，然乎？”这是针对《新唐书》的纂修方法而提出的意见。钱大昕的回答是“退之斯文，工则工矣，绳以史法，殊未尽善”。钱氏所称的“史法”是指史家撰述的史学规范，而非“碑辞不实”的旧课题，然而钱氏却未正面“答问”，亦未探析宋祁采摭《平淮西碑》入史的原因。《新唐书・吴元济传》载述韩愈撰碑之事颇详，其与《旧唐书・韩愈传》不同者有二：一、韩愈是遵照“帝美度功”的“圣意”而撰碑，不存在《旧唐书》所谓“其辞多叙裴度事”的指责。这是宋祁为韩愈开脱“不实”罪名的史家妙笔。二、宪宗接获李愬妻的投诉后，还有一个“帝亦重牾武臣心”的思考过程，然后才下诏斫磨韩碑。这就揭示了宪宗与武臣之间渐渐激化的政治矛盾才是关键所在，“碑辞不实”只不过是个“替罪词”，韩愈与韩碑不幸成了这场政治角力的牺牲者。

藩镇边帅是中、晚唐朝廷的心腹大患，最终酿成唐王朝衰亡的祸根之一。《新唐书》立有《藩镇传》五卷、《叛臣传》二卷、《逆臣传》三卷，共载 92 人。《藩镇传》大抵按照地域形势和历任时序的“擅兴若世嗣者”编入各传，具体载述唐代藩镇发展的历史脉络。《藩镇传序》曰：“安、史乱天下，至肃宗大难略平，君臣皆幸安，故瓜分河北地，付授叛将，护养孽萌，以成祸根。”“一寇死，一贼生，讫唐亡百馀年，卒不为王土。”“虽然，迹其由来，事有因藉，地之轻重，视人谋臧否欤。”宋祁惩于“安史之乱”后，“擅兴若世嗣者”不绝于闻，遂立藩镇、叛臣、逆臣诸类传，以暴“昏虐贼乱、祸根罪首”之大恶，为后世垂劝戒。《直斋书录解题》称，欧阳修尝卧听《藩镇传序》，曰：“使笔力皆如此，亦未易及也。”欧、宋对《藩镇传》的处理意见是一致的。自肃宗“大难略平”以来，惟平淮西之役堪称功烈之迹，惟韩愈《平淮西碑》能达于“划刮群奸，扫洒疆土，天之所覆，莫不宾顺”之旨。《宪宗本纪》赞语亦称：“自吴元济诛，强藩悍将皆欲悔过而效顺。当此之时，唐之威令，几于复振。”韩碑约占《吴元济传》篇幅近半。在上述三种类传中，诸人本传皆为“流水式”的载述史事，未有载入其他文章，惟《吴元济传》例外。宋祁既不以旧说“碑辞不实”为是，不以“史法”铨绳韩碑之瑕，又不避违舛“史体”之讥而载入韩碑，可见确有深切的史家寓意。

宋祁在《逆臣传》“赞曰”中有一段纲领式的论述。这是整部《新唐书》的最后一段历史总结，从“汉之亡也”、“晋之亡也”、“天将去唐”叙及“至宋然后天下复安”的过程，总体趋势是“治少而乱多”。史臣从总结前代历史转为直接面对本朝君臣“业业以求治”的政治现实，在史料取舍之间，尤能体现时代价值观的烙印。自真宗朝以来，官方的“帝王用意”日益明显，宋人的“历史正统观”渐趋完整。但在仁宗诏修《新唐书》前夕，正是西夏屡犯宋境之际。据《张方平行状》称，“唐室治乱，于今最近，请节略《唐书》纪传中事迹今可施行、有益时政者，日录一两条上进，善者可以为准的，恶者可以为鉴戒”。宋祁也曾积极上言“陕西用兵”之事，然而唐太宗的“遗德馀泽”已难企及，宪宗朝的“中兴功烈”正可作为宋仁宗朝对西北军事战略的借鉴。因此，宋祁尤其重视平淮西之役的历史借鉴，重视韩碑的史料价值，实际上已超越“碑辞不实”、文章辨体与史书义例的争议了。

《旧唐书》纪传不载韩、段二碑，史臣对裴度、李愬究竟何者“功居第一”也不作是非褒贬。《旧唐书·宪宗本纪》《吴元济传》载述平淮西之役亦详，但史臣只是将讨伐吴元济之事作为“一般性的本传”处理，未有藉此表达“将来法式”之用意。《旧唐书》无“藩镇”、“叛臣”或“逆臣”等类传，史臣大抵按照诸路地域将唐代藩镇边帅分载不同的本传。这种编排固然未能明确反映中晚唐“擅兴若世嗣者”的整体面貌，然而五代政权正是源于唐末的藩镇割据，《旧唐书》史臣必然要考虑到本朝政权的正统地位与合法性。虽然史臣将吴元济诸人斥为“乱胎”、“狂悖”、“凶险”等，但《吴元济传》“史臣曰”称，“治乱势也，势乱不能卒治”。史臣是将“治乱之势”与王者“御治之道”相结合，据以辨析唐代藩镇割据的形成有其历史的必然性，而“御治之道”的失驭是藩镇问题的根源。这种“治乱之势”的史学观点在《田承嗣传》《李宝臣传》《李怀仙传》《朱克融传》《史宪诚传》“史臣曰”部分有更为完整的论述。史臣认为，朝廷建制藩镇是为了守卫山河、教化四方，其大要在于是否“得其人”，而朝廷的“治乱之势”将直接导致藩镇的俯顺或谋逆。史臣处在五代割据之际，一方面总结唐王朝灭亡的历史教训，一方面则藉此告诫源于藩镇的五代政权，必须汲取“逆取顺守”的古训，始能行之久远，否则灭亡必然随之而来。从《旧唐书》的立场来说，无论唐王朝的兴亡抑或唐末藩镇的盛衰，其“治乱之势”的原因都是一样的，史臣既不推崇宪宗朝的“中兴功烈”，亦不取韩、段二碑，其史家之用意是不难理解的。

第四章

《论佛骨表》:崇佛与排佛之间的文化思考

隋唐佛教,盛极一时。然唐代也有多次的排佛事例,尤以“会昌灭佛”最为酷烈。五代政权仍然排佛。北宋诸帝多为崇佛之君,大量刊译佛典,寺庙僧尼之数远超前代。在唐代士大夫排佛的事例中,尤以傅奕、韩愈、萧倣、李蔚诸人为最,两《唐书》纪传皆有详载,且全文采摭韩愈《论佛骨表》,以见郑重其事。虽然两《唐书》对佛教多持批评的态度,然而五代政权排佛,北宋朝廷崇佛,《新唐书》史臣尽删《旧唐书》僧人传记,两者颇为异趣,值得认真探讨。本章将以两《唐书》采摭韩愈《论佛骨表》为切入点,深入辨析崇佛与排佛之间的文化思考。

第一节　韩愈与士大夫排佛言论的蓝本

唐代以来,儒、释、道之间的地位高下不定。中晚唐时,“三教论衡”虽已流于御前仪制的“公式文字”,其目的也不在探讨学理,但却为三教人物提供一个求同存异的思想缓冲区。从“论衡”的内容与性质来看,要点在于“衡”而不是“论”,属于较低层次的思想交流,但也维持了较融洽的文化氛围;坚持儒家本位的士大夫则无法认同这种“论衡”方式,他们从国家政治、经济、文化方面的利益反对佛教,但鲜有直接触及佛理的核心内容。这种“反对”方式虽然无法根本动摇佛教的教义,却往往遭遇释家与奉佛者异常激烈的反驳。据两《唐书》本传称,太史令傅奕屡上疏表极论佛法之弊,文辞切直,掀开了唐代士大夫排佛的序幕。沙门法琳、普应、明概及奉佛者则撰文严斥傅奕。朝臣中奉佛者亦众,萧瑀尤与傅奕争论不休。唐高祖"将从奕言","会传位而止"。太宗嗣位,尝召问佛法。傅奕曰:"佛是胡中桀黠,欺诳夷狄","于百姓无补,于国家有害。"太宗"颇然之"。傅奕临终仍诫子勿学"妖胡"之言。傅奕编集"魏晋已来驳佛教者为《高识传》十卷,行于世"。傅奕的排佛言论导其先锋,后继者如韩愈、萧倣等皆受其启发,带来深远的影响。

邵博《邵氏闻见后录》卷八称,韩愈《论佛骨表》实以傅奕的奏疏为蓝本而"广"之。陈善《扪虱新话》、赵翼《陔馀丛考》、钱大昕《十驾斋养新录》等对邵氏的观点也有相同的论证。考察韩愈《论佛骨表》所本,其要点有三:一、汉代以前无佛法,君明臣忠,祚长年久;二、佛法入中国以后,主庸臣佞,祚短政虐;三、佛是夷狄之人,不知君臣之义、父子之情,伤风败俗。唐代历朝皆有士大夫排佛的事例,韩愈对此必然熟悉,其排佛论点亦非新的创见,那么,韩愈的奏表究竟因何触怒宪宗呢?《旧唐书·韩愈传》载述宪宗说的两段话,曰:"愈言我奉佛太过,我犹为容之。至谓东汉奉佛之后,帝王咸致夭促,何言之乖剌也?愈为人臣,敢尔狂妄,固不可赦。""愈为人臣,不当言人主事佛乃年促也。我以是恶其容易。"其实,宪宗所称"乖剌之言"并非韩愈个人的"狂妄"之处,而是历来排佛者的共同观点。据《旧唐书·宪宗本纪》载,宪宗嗣位之初曾阅览列圣实录、国史,对前朝的排佛言论自然不会陌生,但他却不深察"夭促"旧说的"蓝本",反而两次以此怒责韩愈,似乎刻意突显韩愈"狂妄"之罪,以掩其"不善听谏"之嫌。如果结合前文"碑辞不实"之诉、斫磨韩碑、谏迎佛骨、贬谪潮州诸事来看,前后相隔不过数月;宪宗"将加极法"之怒,或可理解为韩碑事件的馀波,韩愈又一次为"情绪的宣泄"而付出沉重的代价。

韩愈谏迎佛骨,实未能对佛教的学理产生摧坚作用,但其结果却震动一时，“乃至国戚诸贵”，“人情惊惋”，又传为中国佛教史之公案。两《唐书·韩愈传》俱载备述，并全文采摭《论佛骨表》，甚为重视。但两《唐书》对韩愈排佛的评价却颇可玩味。《旧唐书》本传所论，只有“虽于道未弘，亦端士之用心也”区区数语。《新唐书》本传称，“昔孟轲拒杨、墨，去孔子才二百年。愈排二家，乃去千馀岁，拨衰反正，功与齐而力倍之，所以过况、雄为不少矣”。《新唐书》将韩愈排抑佛老、孟子抗拒杨墨相提并论，倍加赞誉；韩、孟“拨衰反正”之功处在伯仲之间，而韩愈的儒学成就犹在荀子、扬雄之上。北宋朝廷崇佛，《新唐书》对韩愈的排佛却倍加称赏，此则说明史臣对佛教的态度与官方的立场有所不同。这一点值得关注。

第二节 韩愈以后的排佛事例

据《旧唐书·萧倣传》载，懿宗“怠临朝政，僻于奉佛”，“数幸诸寺，施与过当”。萧倣上疏直谏，列举前朝故事，以辨“佛者，当可以悟取，不可以相求”，“非为帝王之所能慕也”。《旧唐书》全文采摭萧倣《谏懿宗奉佛疏》，其文以韩愈自况，曰：“昔年韩愈已得罪于宪宗，今日微臣固甘心于遐徼。”懿宗对其表示“甚嘉之”，惟未纳其言。《新唐书》本传亦载此事，文字较简略。《旧唐书·李蔚传》载，懿宗“奉佛太过，常于禁中饭僧，亲为赞呗。以旃檀为二高座，赐安国寺僧彻，逢八饭万僧”。李蔚上疏切谏，采集“本朝名臣启奏之言，以证奉佛初终之要”。《旧唐书》全文采摭其《谏禁中饭僧疏》。懿宗“优诏嘉之”，但未纳其谏。《旧唐书·懿宗本纪》“史臣曰”引“咸通耆老”之语称，懿宗“削军赋而饰伽蓝，困民财而修净业”，“是以干戈布野，虫旱弥年，佛骨才入于应门，龙𬨎已泣于苍野”。由是观之，《旧唐书》史臣对唐代君臣的佞佛活动非常不满，具体的纂修方法是直接采摭唐人的排佛奏疏或“耆老”之言，大抵皆全文载入史传，以备前史之阙载。

《新唐书》本传载述李蔚切谏懿宗“奉佛太过”之事，亦采摭其奏疏，但文字较为简略。所不同者，《新唐书》增载咸通十四年懿宗“诏迎佛骨”之事，对照其文字，当是摭自苏鹗《杜阳杂编》、康骈《剧谈录》的相关材料而文饰之。苏鹗，生卒年不详，咸通间举进士，十试而未登第，好学忘倦，喜闻前代故实，乾符三年(876)撰成《杜阳杂编》三卷。康骈，生卒年不详，乾符五年进士登第，六年举博学宏词科，乾宁二年(895)撰成《剧谈录》二卷。宋祁偏好笔记小说，凡可入史者多采摭不遗。《李蔚传》除载录李蔚的奏疏，亦采摭咸通士人所记的咸通时事，所述情境较翔实可据，亦能突显懿宗佞佛之甚。这确是宋祁的史家妙笔。

《新唐书·李蔚传》“赞曰”对宪宗、懿宗的佞佛亦予以严厉的谴责。文曰：“若佛者，特西域一槁人耳。”“至宪宗世，遂迎佛骨于凤翔，内之宫中。韩愈指言其弊，帝怒，窜愈濒死，宪亦弗获天年。”“懿宗不君，精爽夺迷，复陷前车而覆之。”又曰，“懿不三月而徂，唐德之不竞，厥有来哉。”宋祁对唐代佞佛君臣的批评与《旧唐书》史臣的立场一致，二者均严斥宪、懿二君“迎佛骨”之举，其结果皆是“弗获天年”。值得注意的是，宋祁对“佛者”的诠释及其对释子、奉佛者的诸种责难，大抵皆与韩愈《论佛骨表》的排佛言论相近。宋祁将“唐德之不竞”的根本原因归咎于“佛者”，虽然这种见解与佛教的教义颇有出入，但这在唐代士大夫对佛教的“认知”中却有着普遍性的意义。因此，韩愈的排佛言论虽然没有触及佛教的核心哲学，但却始终能够在传统士大夫的哲理思维中有着深远的影响。

在两《唐书》采摭韩愈的几篇古文中，《论佛骨表》篇幅最长，约一千字。虽然两《唐书》对韩愈的总体评价并不一致，但二者皆全文采摭《论佛骨表》入史。这对于偏好韩文者来说，似乎能够说明韩愈古文因其文学价值对两代史臣产生了影响而得到重视;然而,对于两《唐书》史臣来说,乃是从撰史选材的立场考量,因唐代士大夫的排佛奏疏具有史料价值而采摭入史,其文学因素实未产生主导性作用。此外,在《旧唐书》中所采摭的排佛奏疏,无论在篇数或篇幅方面皆较《新唐书》为多,此乃《旧唐书》史臣意在保存前代"旧章"之故。

第三节　两《唐书》中的僧人传记

自《三国志》始,正史立有《方技传》。《后汉书》易作《方术传》,载录 34 人,其中多为阴阳家者流。《晋书》改作《艺术传》,载录 24 人,正史中始有僧人传记。《旧唐书》更作《方伎传》,《新唐书》则称《方技传》。《旧唐书·方伎传》载录 31 人,其中阴阳家者流 23 人,其序曰:"旧本录崔善为已下,此深于其术者,兼桑门道士方伎等,并附此篇。"按照传序所称,"桑门道士"的传记原不载于"旧本方伎传",《旧唐书》史臣从其他史料中一并抄入,汇同一篇,即今本《旧唐书·方伎传》。然而僧人传记仅仅是"并附此篇",地位较为次要。《方伎传》载录僧人 8 名,即玄奘、神秀、一行、弘忍、慧能、普寂、义福、泓师。诸僧皆在玄宗朝或前朝之世,"安史之乱"以后的僧人则未见载。

据《唐会要》卷四十七载,大历十三年四月,尚书省集议"澄汰佛道二教",彭偃献议曰:"前代帝王,岂恶僧道之善如此之深耶?盖其乱人,亦已甚矣。""况今出家者,皆是无识下劣之流,纵其戒行高洁,在于王者,已无用矣。"《旧唐书》本传载述此事,全文采摭彭偃之议。彭偃,《新唐书》无传,其事迹附见卷二二五《逆臣·朱泚传》,全文仅三十五字,极为简略。究其所由,当是宋祁不齿彭偃"附逆"之行,遂简附其事迹于《逆臣传》后。关于两《唐书》对唐代士大夫排佛事例的不同处理方式,这是一个相当典型的例子。彭偃所称的"况今出家者,皆是无识下劣之流”，是指“安史之乱”以后的佛教僧尼的情况，其中多有假借佛教方便之门而逃避战乱、赋税的一般百姓，并非真正的僧尼之属，能够载入史册者更是鲜有其人。彭偃的“无用”之论，是传统士大夫从国家政治、经济的利益来看待佛教问题的惯性思维，他们的排佛奏疏正好成为《旧唐书》对佛教批评的例证。五代时期虽不乏佞佛之君，但在政治上对佛教仍然严加管制。据《五代会要》卷十二所载，大抵皆为官府对僧尼剃度、立像造庙、斋会行香、开讲功德的诸多管制，对违犯者一律予以严厉的处罚，即使是州府官吏也不例外。中国历代政权对佛教所采取的政策，实际上是取决于政治与经济因素，而非帝王对佛教教义的真正理解，《旧唐书》对唐代僧人的立传与评价，正好反映出史臣的观点与五代官方的立场是一致的。

《新唐书·方技传序》所谓的“方技”是指“推步、卜、相、医、巧”五个方面，不包括前史所称“方伎”或“艺术”中的僧、道之属，整部《新唐书》也未有任何僧人传记。《新唐书·方技传》载录 22 人，与《旧唐书·方伎传》重合者 14 人，如果减去《旧唐书》所载的 8 名僧人不计，重合率约 64%，《新唐书》当是根据后者改编而成。《新唐书》尽删《旧唐书》僧人传记，赵翼《廿二史札记》卷十六对此即表示不满，文曰：“余尝谓《新唐书》一部独缺两僧，一高行之玄奘，一邪倖之怀义，究属史家缺事也。”赵翼认为，《新唐书》对僧人立传的处理方式不如《旧唐书》妥当，史臣至少应以“方外处之”的原则为高僧玄奘立传，这是《新唐书》不该出现的“史家缺事”。《旧唐书》本纪载，高宗“御安福门，观僧玄奘迎御制并书慈恩寺碑文，导从以天竺法仪”。这是唐代佛教的盛事，《新唐书》只字不载，可见史臣是刻意删削玄奘的事迹。赵翼提及的另一名“僧人”薛怀义，《旧唐书》卷一八三《外戚传》有传，本名冯小宝，其实是个“挂名”的僧人，也是个“伪冒”的外戚。《旧唐书》不载薛怀义于“僧人传”，固然是明见，史臣或又因见薛怀义与内朝的关系密切，遂载之《外戚传》,然而终究是归类不当。《新唐书》史臣不以薛怀义为“僧人”,亦不立《薛怀义传》。在这“史家缺事”的背后却有史臣始终坚持的一己之见。

第四节 宋祁的观点与北宋官方的立场

《新唐书》尽删《旧唐书》僧人传记,究竟是北宋官方的立场,抑或史臣的个人意见呢?以下略作辨析。《宋景文公笔记》中有三处关于宋祁对佛教观点的材料,值得关注。其一:“余谓‘佛’,西方之达人也。其言汪茫漫诞,贯生死鬼神无有滨涯,合万物之妄以为一真。”“佛与中国老聃、庄周、列御寇之言相出入,大抵至于道者,无今古华戎,若符契然。”其二:“儒家本孔氏,道家本老氏,佛家本浮屠氏。吾世为儒。”“佛家自远方流入中国,其言荒茫奓大,多所譬喻。”其三:“吾殁后”,“冢上树五株柏,坟高三尺,石翁仲兽不得用。盖自摽置者,非千载永安计尔。不得作道佛二家斋醮,此吾生平所志,若等不可违命作之。”《宋景文公笔记》是私人著述,与《新唐书》的官修性质有所差别。宋祁以“吾世为儒”自居,对佛、道二家学说亦有认识,但他仍将佛法视作“汪茫漫诞”、“荒茫奓大”之言,褒贬之意,显而易见。值得注意的是,宋祁“不得作道佛二家斋醮”的身后安排,这与傅奕临终诫子的情况极其相似。

据《宋史·宋祁传》载,宋祁“自为志铭及《治戒》以授其子”。但在引文中,《宋史》史臣独漏“盖自摽置者,非千载永安计尔。不得作道佛二家斋醮,此吾生平所志”与“违命作之,是死吾也,是以吾为遂无知也”二句。考其所由,当是元朝人崇奉喇嘛教,以西藏喇嘛帕思巴为帝师,新君登位须先由帝师授戒,影响所及,乃至宰相脱脱刊修《宋史》时,见此数句而不以为然,刻意删去,遂使后人不察宋祁“生平所志”焉。由是观之,无论在公、私立场,宋祁对佛教始终是持批评、否定的态度，即使临终之际亦未能释怀。

自北宋开国，宋太祖即崇佛护法，一反五代政权排抑佛教的态度，例如建隆元年（960）下诏修复寺院、乾德四年（966）派使者赴印度取经、开宝四年（971）依《开元释教录》雕刻《大藏经》等，对佛教采取积极扶植的政策。太宗太平兴国七年（982）建立译经院，诏西土高僧翻译梵经；太宗自称能够“微究”佛教宗旨，又称“浮图氏之教有裨政治，达者自悟渊微”。雍熙三年（986），太宗亲撰《新译三藏圣教序》，以冠群经之首。真宗大中祥符六年（1013），完成《大中祥符法宝总录》，所载译籍二百馀部，成绩斐然；真宗还亲自为佛经作注，撰有《释氏论》。宋仁宗时，完成了《天圣释教总录》《景祐新修法宝录》等。由此可见，佛教事业在北宋前期即已得到蓬勃的发展，其对宋人的生活亦有多方面的影响。

北宋前期编纂的大型类书，例如《唐会要》《太平御览》《文苑英华》《册府元龟》等，皆载有大量的佛教史料，作为官修的《新唐书》当可据此而广为甄选唐代释家材料，编成一卷内容精彩、翔实可据的“唐僧传”，使得唐代的佛教兴衰与僧尼事迹，也能达于“垂劝戒，示久远”的纂修宗旨。然而《新唐书》始终是独阙一卷“能以技自显于一世”的“唐僧传”，未能如实地反映出北宋官方崇佛护法的立场。有趣的是，仁宗一朝的君臣如何能够接受独阙“唐僧传”的《新唐书》以体察太宗所称“浮图氏之教有裨政治”的治国宏旨呢？如果从儒家的史官传统来看，佛、道二家始终处在“备为一技”的位置，未能彰显于史册，更不能与儒家“修齐治平”之道等同而论；即使《晋书》与《旧唐书》将二家之属列在《艺术传》或《方伎传》，亦是本于“式备前史”的做法，非有积极表彰之意。《新唐书》尽删僧人传记，虽是过激之举，但仍不悖于史官传统之旨，亦符合儒家不语“怪力乱神”的传统思想。

结 语

中国学术素有文史不分的传统。从中国学术史的角度来看，研究者往往能够从史书中发掘许多史学、文学方面的重要材料，进而探讨前代史书所体现的文史观，及其对后世文史领域的影响。范晔撰《后汉书》尤其重视史书“论赞”中的“杰思”，他以班固《汉书》诸篇“论赞”作为比较的对象，立志要超越“古今著述及评论”。范晔《狱中与诸甥侄书》称，“吾杂传论，皆有精意深旨”。“至于《循吏》以下，及《六夷》诸序论，笔势放纵，实天下之奇作。其中合者，往往不减《过秦》篇”。“赞自是吾文之杰思，殆无一字空谈”。《宋书》本传载入此信后称，“晔《自序》并实，故存之”。可见沈约非常认同范晔的自我评价。萧统《文选》不收史传作品，但其卷四十九、卷五十“史论类”仍然选录“赞”、“论”共九篇，《后汉书》独占四篇。萧统推重史书“论赞”的文学价值，对《后汉书》诸篇“论赞”评价甚高。由此可见，史书中所具有的文学价值已经得到六朝史家和文学批评家的公认和称赏。唐初史家纂修前代八史仍然接受这种文史观念的影响。

《史通·论赞》篇称：“大唐修《晋书》，作者皆当代词人，远弃史、班，近宗徐、庾。夫以饰彼轻薄之句，而编为史籍之文，无异加粉黛于壮夫，服绮纨于高士者矣。”刘知幾对南朝以来的文史观念与唐初史家的“粉黛”笔法提出批评，坚持必须严格区分“词人”之句与“史籍之文”。其实，如果按照这个观点，两《唐书》纪传也未能完全符合刘氏的史学要求，即使《史通》诸篇行文亦多有骈俪之迹。章学诚提出另一个文人与史家之“患”的难题。《与陈观民工部论史学》称：“文士撰文，惟恐不自己出，史家之文，惟恐出之于己。”梁启超申论“史家四长”亦引章氏此篇为据。以上诸家所论，主要从历代史书之优劣与史家笔法之高下，辨析史学与文学之间的界域，探讨史家之文与文人之文之间的差异，进而建构一种宏观的理论体系。

中国历代史书之纂修，史官大抵皆具“文人”与“史家”的二重身份，然亦不免于二重身份之所“患”。这种情况固然为史书文史观之研究提供了契机，然而，如果研究者固执于“文人”或“史家”单一立场的观点，恐亦难得要领。本文采用“文史结合”的综合研究方法入手，以五代、北宋“史臣本位”为问题考察的立足点，探讨两《唐书》采摭韩愈古文入史的考量因素，进而廓清两《唐书》所体现的文史观。这样既能把握较为宏观的研究理论，又能具体辨析微观的研究课题；既能审视观照两《唐书》史臣甄选史料的实际情况，又能兼及探讨韩愈古文对两《唐书》史臣乃至五代、北宋士人的不同影响。本文立论的思考是：引文入史，由史论文，广泛地应用五代、北宋政治文化环境的不同和修史观念之差异所透露的时代讯息，对两《唐书》中的文学与史学、史学与经学、朝廷与藩镇、佛教与僧人传记等课题进行个案比较研究，力图以散点透视的方式对两《唐书》文史观之异同提出新的诠释。

关于两《唐书》采摭韩愈古文与唐宋古文运动的关系，通过本文的辨析可得出如下的认识：一、韩愈的古文创作与专意于“韩门弟子”的应试文章对推广唐代古文运动有密切的关系，此与欧阳修倡导北宋古文运动、力斥“太学体”的方法明显不同；二、两《唐书》对韩愈古文的评价互有异同，但两者皆因其史料价值而大量采摭入史，此与史臣是否偏好韩愈古文没有必然的联系；三、《新唐书》采摭韩愈古文主要在宋祁负责的列传，欧阳修负责的本纪采摭较少，采摭的篇幅亦不如《旧唐书》本纪，《旧唐书》史臣亦未见有偏好近体诗文的倾向；四、如果说

《新唐书》对北宋嘉祐以后古文运动之开展带来积极作用,这应是宋祁"文才史笔"的影响;然而,历来论者认为宋祁"刻意文章",属于"西崑馀绪",整体评价不高,文学史上也很少为宋祁着墨一笔,学界必须重新审视这种由来已久的观点。历来认为,《平淮西碑》是韩愈全集中的"第一用意文字",《新唐书》全文载入,《旧唐书》弃而不采,本文选取此篇意在辨析两《唐书》的一取一弃之间,如何体现二者不同的价值判断。韩愈《论佛骨表》是一篇被唐宪宗斥为"乖剌""狂妄"的奏表,两《唐书》韩愈本传皆采摭入史,本文选取此篇意在辨析两《唐书》取舍一致的情况下,如何体现二者背后的不同用意。通过本文第三、第四章的考辨可以证明:两《唐书》采摭韩愈古文入史,无论篇章取舍是否一致,皆有各自的考量准绳,而修史取材的史家立场始终占据主导位置,这与史臣是否偏好韩愈古文始终没有必然的联系。

本文认为,"两《唐书》文史观之研究"关涉的领域甚广,"两《唐书》采摭韩愈古文之研究"只是其中的一个起点。如果从"中文系古代文学专业"的角度出发,还可尝试探讨两《唐书》采摭其他唐人文章之研究,如柳宗元、刘禹锡、元稹、白居易、杜牧等。自《后汉书》始立《文苑传》,后继史书"文人传序"所论述的文学史观,尤其两《唐书》"文人传序"对唐代文学发展的不同表述,皆具有重要的史料价值。如果能够进行两《唐书》文人立传与"传序"文学史观之整体研究,亦是探讨两《唐书》文史观的重要切入口。以上课题,固然不能涵盖本课题研究的全部内容,本文尝试以此作为初步的研究基础,以待补充、丰富、拓展至其他的研究课题,期望能够从"个案的研究状态"逐渐形成一个"整体的研究状态"之认识。

博士学位论文答辩资料

资料 1:导师评语

导师评语

余历雄同学原拟以《两〈唐书〉文史观的比较研究》为题,写作博士学位论文,后因时间与篇幅的限制,不能全部完成与悉数刊出,遂以其中一个部分——《两〈唐书〉采摭韩愈古文之研究》提交答辩。他在撰文之前已通读两《唐书》、两《五代史》与唐宋各大家的文集,故在写作论文时,能够熟练地运用材料,提出许多新见,很好地完成论文写作。以往的研究工作者囿于各种成见,以为五代文风卑弱,崇尚骈偶,因而对古文颇为忽视,又认为《旧唐书》的史官名望低,其成就无法与《新唐书》相比。《新唐书》作者欧、宋均为古文名家,有意识地推进唐代古文运动,于是《新唐书》中尽删名臣骈文。凡此种种,似乎已成定论。实际上这些观点只是根据文学上的一些成说推导出来的,非但与实际情况不合,而且会影响到后人对史书与唐宋文坛实情的了解。

余历雄对五代的史臣和宋祁等人一一进行具体分析,且对两《唐书》中采摭韩愈古文的情况作了细致的发掘与剖析,发现前述各种看法,似是而非,失之粗浅。余历雄对唐宋时期的政治背景与学术背景有清晰的认识,牢牢把握中国史官文化的传统,从而考察两《唐书》采摭韩文的情况,结合时代、思潮和史官的不同立场,深入了解前后两代史臣对"韩文"与"史笔"的不同态度,对比观照两《唐书》文史观的"文体观念"与"史料甄选"之异同,从而正确把握两《唐书》在唐宋骈散文体之争中所起的实际作用。文中所举的例证，如《顺宗实录》《平淮西碑》《论佛骨表》等，前人议之已多，但余历雄都能依据自己的研究心得，开辟新的研究领域，提出与众不同的见解。如云《旧唐书》中的《元稹白居易传论》以骈文写成，乃摭自唐人的现成材料，保存旧章，不能视作《旧唐书》史臣偏好骈文的例证。两《唐书》中采摭韩愈的古文主要在列传部分，又可分为“明采”与“暗采”两种，虽然欧阳修倡导古文深受韩愈的启发，但在纂修《新唐书》本纪时并未将采摭韩文作为主要思考。足见他沈潜有得，殊为难能可贵。

这是一份文、史高度结合的古代文学研究论文，前此同类性质的研究著作很少，余历雄写作这一题目，看来似乎在一些人们熟知的材料上再做文章，实则从材料到观点都是全新的创造，材料得重新发掘，观点得别出手眼，其难度是很大的。他能取得这些成绩，甚为不易。此文已达博士论文的应有水平，故同意其提交答辩。

南京大学中文系 教授、博导
周勋初
2003 年 12 月 15 日

资料 2：论文评阅意见（一）

学术评语

自陈寅恪采用“以文证史”（即“文史互证”）的方法写成《元白诗笺证稿》，使该书成为研究唐代文学、唐代历史的必读书以后，“文史互证”的方法，已成了文学、史学研究者努力掌握的研究方法之一。但由于采用这一方法，必须以广博的文史知识和校勘、比较的坚实功底为前提，所以真正运用好这一研究方法并产生了优秀科研成果的学人并不多。余历雄的博士论文《两〈唐书〉采摭韩愈古文之研究》却成功地运用了“文史互证”的研究方法，在这一研究课题上取得了令人瞩目的成就。

该文采用“文史互证”的方法，以五代、北宋“史臣本位”为问题考察的立足点，探讨两《唐书》采摭韩愈古文入史的考量因素，揭示了两《唐书》所体现的不同文史观，既审视观照了两《唐书》史臣甄选史料的实际情况，又兼及探讨韩愈古文对两《唐书》史臣及五代、北宋士人的不同影响，既能把握较为宏观的研究理论，又能具体辨析微观的研究课题，所得出的一系列结论，都能使人信服、折服。这样的论文称得上是优秀的博士论文。出之于马来西亚青年学者之手，尤其难得。

该文的主要参考书目达 212 种，注释 311 个，足见治学态度的严谨和资料工作的扎实。研究方法与研究课题的一致；翔实的资料保证了论点与论据的统一，是本论文的显著特点。

综上所述，该论文已达到博士论文的学术要求，同意通过该论文，建议授予博士学位。

江苏省社会科学院 研究员

陈　辽

2003 年 12 月 1 日

资料 2：论文评阅意见（二）

学术评语

关于新、旧《唐书》对韩愈古文的态度，宋以来的学者多有论及，但一般皆取旧书轻古文而新书重古文的说法，未见深入探究其真相及内在意蕴者。本文选此为题，以韩愈古文中与史实有关的三个文本为分析对象，深研详考，创获颇多，是一篇“小题大做”，也即从具体问题入手而导出重要结论的优秀论文。

论文资料丰富，视野广阔，具有坚实的文献学基础，对论点所涉及的各类文献皆有甄别考订，做到了言必有据。

论文体现出缜密地分析文本的功力，文中所及三个主要文本，前人都已多次论述过，但本文仍能深究其底蕴，在文本自身意义和文外曲致的分析上都相当深刻，体现出较强的古文研究能力。

论文逻辑性强，论述条理清晰，丝丝入扣，在事实依据和逻辑分析两方面都达到了较高的水平。

论文最可称道的是具有较强的问题意识，作者坚持独立的研究探索精神，在一些似乎前人已有定论的地方深入探讨，勇于创立新说，并以实事求是的精神论证之。全文中颇有一些立论新警而又论证充分的新观点，对有关问题的论述已达较高的学术水准。

总之，本论文已完全达到了博士学位论文应有的学术水平，同意提交答辩并申请博士学位。

南京大学中文系 教授、博导

莫砺锋

2003 年 12 月 5 日

资料2：论文评阅意见(三)

学术评语

本论文以两《唐书》采摭韩文作为考察两《唐书》文史观比较研究的一个组成部分，这选题既切实可行，又能作为一个大项目的子项目，具有开拓创新的重大意义。

论文以两《唐书》采摭韩愈的若干具体文章情况作为重点，考察两《唐书》史臣的史学观和文学观，及其与当时社会环境的关系，阐述得非常具体、细致、合理，富有启示性。

论文中有许多创新独到的见解。如认为《旧唐书》史臣未见有骈文律诗的偏好，有些篇章和传论用骈文只是直接采自唐人用骈文写成的材料而未加裁正而已；又如论证同为修《新唐书》的史臣的宋祁和欧阳修的文史思想却有很大的不同；又如提出欧阳修的史学观本于经学见解，重视《春秋》义例，其修史时未将采摭韩愈古文作为主要的思考；又如论证《新唐书·吴元济传》全文采录韩愈《平淮西碑》，反映出宋祁惩恶的史学观念；又如指出两《唐书》虽都全文采摭《论佛骨表》，但两书史臣的立场不同等等，都是发前人之所未发的精辟见解。

论文旁征博引，资料极为翔实，论证非常周密，所以得出的每个结论都具有很强的说服力。

总之，这是一篇具有很高学术价值的优秀论文，完全达到了博士学位论文的水平，建议通过答辩，授予博士学位。

南京师范大学文学院 教授、博导
郁贤皓
2003年12月6日

资料2：论文评阅意见（四）

学术评语

采用“文史结合”的综合研究方法，不但能够避免单纯谈文或单纯论史所可能产生的片面性，还能发现新问题，发掘新材料，提出新结论。前辈们在这方面所取得的辉煌成果，可以为证，余历雄同学这篇博士学位论文的特优，又是一次可喜可贵的证明。

论文从“文史结合”的综合研究方法入手，以五代、北宋“史臣本位”为问题考察的立足点，具体探讨两《唐书》采摭韩愈古文入史的考量因素，对比观照两《唐书》文史观的“文体观念”与“史料甄选”之异同，深入辨析两《唐书》在中唐至北宋中期的“骈散文体之争”中所扮演的实际作用，全面地准确地把握本阶段文史领域的发展脉络，进而拓展对中国文史学科交叉运用的宏观视野。

作者引文入史，由史论文，对两《唐书》中的文学与史学、史学与经学、朝廷与藩镇、佛教与僧人传记等课题进行个案比较研究，以散点透视的方式对两《唐书》文史观之异同提出新的诠释。

论文的资料丰富，论证严谨，写作规范，新见叠出，有理有据，是一篇特优的博士学位论文。阅读后非常欣赏。建议在答辩通过后，授予余历雄同学博士学位。

南京大学中文系 教授、博导
卞孝萱
2003年12月12日

资料 2：论文评阅意见（五）

学术评语

这是一篇创获颇丰的成功的博士论文。

在中国史书编纂传统中，史家直接或间接展示对文学、文学家与文学史的理解与评价，这样的空间是较为可观的。但通常的研究大都局限于前四史的文学性或某些正史的文士传的述介等思路，尚未能充分挖掘这种空间的文史意蕴。本论文以新旧《唐书》如何采摭韩愈古文为切入点，研究视野甚具开拓性，并以充分而可信的论证，彰显了这一课题的学术价值。不仅是对两《唐书》文史观研究的有力推进，而且也为韩愈研究带来了突破性的成果。

对于这一文史相兼的课题，作者恰当地发挥"文史结合"的综合研究方法，无论在文献积累还是理论素养上，都体现出才识精敏，学风踏实，值得嘉许。作者诠释文史纠结的材料时，既注重广涉史学史与文学史等多学科的知识，又能注意史体与文章、史学因素与文学因素各自的特性，贯通而不淆乱，这也尤为值得赞赏。

本文的结构含摄了高度的问题意识，行文富逻辑性，语言简净。注释亦详明，引用前贤研究成果能一一注明初刊与重收出处，有助于明了相关问题的研究历程。

总之，本文已达到博士学位的学术水平。

南京大学中文系 教授、博导

曹　虹

2003 年 12 月 16 日

资料3：答辩会公告

中文系博士论文答辩会

论文题目：两《唐书》采摭韩愈古文之研究
作者：余历雄
指导教师：周勋初教授

答辩委员会

主席：郁贤皓教授(南京师范大学文学院教授、博导)
委员：陈辽研究员(江苏省社会科学院研究员)
　　卞孝萱教授(南京大学中文系教授、博导)
　　莫砺锋教授(南京大学中文系教授、博导)
　　曹虹教授(南京大学中文系教授、博导)

答辩秘书：徐雁平博士

日期：二〇〇三年十二月十八日
地点：南京大学中文系601会议室
时间：下午三时三十分

博士论文答辩会纪要

导师介绍情况

余历雄同学于1996年春季到南京大学读硕士学位,师从曹虹教授。2001年春季再到南京大学读博士学位,由我负责他的学习指导,其中有半年我到台湾讲学,转由莫砺锋教授指导。余历雄在硕士阶段学习的是魏晋文学,他的思辨能力较强,广泛地阅读了先秦两汉至魏晋南北朝的文献,着重于魏晋文学与思想史的综合研究,硕士论文题目是《魏晋玄学三理研究》,得到了答辩委员很好的评价。他读书能够循序而进,由文哲研究而文史研究,学习勤奋而有自己的见解。

余历雄的博士论文原拟以"两《唐书》文史观的比较研究"为题,后因时间与篇幅的限制,不能全部完成与悉数刊出,遂以其中一个部分——《两〈唐书〉采摭韩愈古文之研究》提交答辩。他在撰写论文之前已经通读两《唐书》、两《五代史》与唐宋各大家的文集,广泛地汲取当前唐代文学研究的学术成果,故能熟练地运用材料,提出了许多新见。如云《旧唐书》中的《元稹白居易传论》以骈文写成,乃摭自唐人的现成材料,保存旧章,不能视作《旧唐书》史臣偏好骈文的例证;两《唐书》中采摭韩愈的古文主要在列传部分,又可分为"明采"与"暗采"两种,虽然欧阳修倡导古文深受韩愈的启发,但在纂修《新唐书》本纪时并未将采摭韩文作为主要思考;等等。这是历来研究者都未注意到的问题。

这是一份文、史高度结合的古代文学研究论文，论文的选题具有较大的开拓意义，前此同类性质的著作很少。余历雄不囿于以往研究者的各种成见、定论，勇于创新，很好地完成论文写作，其中一些篇章已写成单篇论文，有的已经在水平很高的杂志上发表。余历雄学风淳正，基础颇厚，日后在科学研究上可望有较好的开拓与发展。此文是由余历雄独立完成，导师只是从旁指导。鉴于此文已达博士学位的应有水平，故同意其提交答辩，申请学位。

答辩人陈述

这篇论文的写作构思，首先是从两《唐书》韩、柳、刘、元、白诸人的本传入手，探讨史臣采摭传主各篇文章之动机、意义与史臣的评价，然后旁及其他纪传中所采摭的诸人文章，关注从“文士文章”到“史家史料”的发展过程，辨析两《唐书》文史观之异同。本文采用“文史结合”的方法，以“史臣本位”为问题考察的立足点，对历来中国史学、文学与文学批评史上的一些说法提出商榷。本文认为，如果仅从两《唐书》的文本研究，抑或文学批评史的个案研究，并不能解决实际的问题。本文也认为，应当重视欧阳修、宋祁文史思想之异同在体现《新唐书》文史观中的重要作用。

两《唐书》采摭韩愈古文主要体现在列传部分，约可概括为“明采”与“暗采”两种情况。《旧唐书》采摭《顺宗实录》文字较《新唐书》多，《旧唐书》不采《平淮西碑》而《新唐书》全文采摭，两《唐书》对《论佛骨表》的取舍一致，这些均与史家修史取材的立场密切相关，但与史臣是否偏好韩愈古文没有必然的联系。两《唐书》采摭韩愈古文入史或对古文运动的发展带来一定的影响，但这并不能视为史臣的纂修本意。

答辩委员发言

陈辽研究员:我是一字一字地读余历雄同学的这篇博士论文,觉得论文写得很好,很能刺激思维,是一种学术的享受。自陈寅恪首倡"文史互证"之法,从之者甚众,实际上谈何容易,历来成功者亦不多,其中学术素养是最大的关键。这篇论文的选题很好,题目本身就决定了不能不以"文史互证"之法入手,论文立论严谨,资料翔实,富有逻辑性,得出的结论很有说服力,纠正了很多旧说。

卞孝萱教授:"文史互证"讲究的是学术素养和研究方法。陈寅恪是"以诗证史",我是"以小说证史",余历雄同学的博士论文似乎是另辟新路子,"以文章证史"。这篇论文可用八个字来形容:引文入史,由史论文。做学问一定要能够超越前人,但新材料不可能不断的出现,敦煌洞能有几个?所以,新方法比新材料更为重要。诗歌、小说、史书中都有很多的"水分",我们必须挤干这些材料中的水分,才能得出可靠的结论。这是一篇特优的博士论文。

莫砺锋教授:我和余历雄同学有半年的师生缘,他读书的特点就是很能发现问题,这篇博士论文也是具有较强的问题意识。这是一个老题目,当初我对他的开题报告的选题有点担心,现在他的成果超出了我原来的预想,立论有据,言之成理。论文第二、三章都写得较充分,第四章则未充分展开,"文化思考"的力度不够,尤其是第四节,建议在修改时多加论述、充实。

曹虹教授:余历雄同学在硕士阶段已经能够在学术与文学之间探索问题,足见他用力之勤,视野开阔,可喜可贺。这是一个很好的选题,注意到文章与史体的个性,重视笔记小说的文献价值,文、史两个方面都结合得很好,激活了相关领域的研究。论文的辨析很有深度,但有时又有求之过深之嫌，解决问题之后仍作纠缠，大可不必如此。第四章后半部确是写得较为匆忙，部分立论稍嫌粗略，史书某类传废立之原由，应该再作考虑。

郁贤皓教授：论文的选题很好，即使是从《两〈唐书〉文史观的比较研究》缩至《两〈唐书〉采摭韩愈古文之研究》，仍是切实可行的范围，能够研究到如此之深，如此之细，这也很不容易。论文的许多观点都很有新意，而且还“破”了前人的一些看法，如《旧唐书》史臣并无骈散文体之偏好，《新唐书》欧、宋文史观之不同等。这些都是独立思考所得，具有很高的学术价值。

主要提问

1. 论文采用文史互证的方法，对两《唐书》的文史观进行宏观理论与微观课题的综合研究。如果从总体看来，哪种文史观更能符合历史著作的要求？

2.《新唐书》史臣欧阳修与宋祁，二者如何在撰著史书中体现文学观的异同？二者文学观之不同何在？

3.《新唐书》一改《旧唐书》之规，尽删僧人传记，这仅仅是宋祁一人的观点所致吗？欧阳修对唐代僧人与佛教的观点如何？

4. 北宋朝廷对教团的掌控较明显，士大夫排佛的事例较少，如何理解北宋佛教与史学的关系？

5. 论文破了前人的一些看法，“破”了之后如何“立”？两《唐书》对韩愈古文或骈散文体的不同态度主要在何处？

答问要录

1. 在不同时期有不同的史学观点，例如《旧唐书》偏重于保存旧章，《新唐书》则史学正统观念较强，二者仍能反映出时代的文史价值观，即使在北宋时期，《旧五代史》与《新五代史》的文史观也很不一样。我们应该回到史臣修史的文化氛围中考察文史观的形成与影响；较难认定哪种文史观更能符合历史著作的要求，若以五代立场而要求北宋文史观，这是较难办的，反之亦如是。当今“盛世”修清史与当时《清史稿》的文史观也大有不同。

2. 欧阳修与宋祁对北宋“太学体”的态度很不一样，宋祁诗文有西崑馀绪，又“刻意文章”，欧阳修则力斥“太学体”，这是两者文学观不同的一个方面，还可以进一步研究。欧阳修、宋祁对“二王八司马”都严加批评，但欧阳修以《春秋》大义之法，尊韩抑柳，亦轻“柳文”，宋祁主要是从史料价值的考量因素来甄选韩文或柳文，尊韩而不贬柳。

3. 欧阳修与宋祁都是站在儒家的史官传统上纂修《新唐书》，从国家利益的原则来看待佛教的影响。宋祁无论是作为文士身份或史臣立场，他对佛教都严加排斥，而作为文士身份的欧阳修对佛教的态度则较平和。尚未找到明确的、切实的材料说明欧阳修对宋祁在《新唐书》中尽删僧人传记的看法，因宋祁负责纂修列传部分，其个人观点应是起着决定性的作用。欧、宋对《藩镇传序》的看法则是一致的。

4. 宋人的思想较为复杂多样，兼容并包，士大夫多能认识佛教的学理，排佛的事例也较少。但是，站在史官的立场上，如司马光编修《资治通鉴》时对佛教也颇多批评，称僧人为“胡僧”，这仍然是体现出儒家的史官传统。

5. 刘知幾《史通》说“文之将史，其流一焉”，这是史家的理论阐释。两《唐书》采摭韩文或其他唐人文章入史，是从“文人文章”发展到“史家史料”的一个重要过程，这是史臣对刘知幾史学理论的进一步落实。至于两《唐书》史臣对韩文具体篇章的取舍，都能说明韩文具有史料的价值，史臣各取所需而化用之。本文所欲“立”的即是两《唐书》史臣“文史同源”的文史观，并纠正“骈散文体之争”的旧说。

论文评价

答辩委员	特优	优秀	一般	不合格
郁贤皓		√		
陈　辽	√			
卞孝萱	√			
莫砺锋		√		
曹　虹	√			

资料5:答辩委员会决议

答辩委员会决议

一、对论文和答辩的评价

余历雄同学的博士学位论文《两〈唐书〉采摭韩愈古文之研究》以五代北宋“史臣本位”为问题考察的立足点，具体探讨两《唐书》采摭韩愈古文入史的考量因素，对比两《唐书》的“文体观念”与“史料甄选”之异同，深入辨析两《唐书》在中唐至北宋中期“骈散文体之争”的过程中所发生的实际作用。

关于两《唐书》对韩愈古文的态度，宋以来学者多有论及，然未见深入探究其真相及内在意蕴者，本文以此为题，以韩愈古文与史实有关的三个文本为分析对象，深研详考，创获颇多，是能从具体问题入手而导出重要结论的优秀论文。论文较好地运用文史互证之法，引文入史，由史论文，对两《唐书》中的文学与史学、史学与经学、朝廷与藩镇、佛教与僧人传记等课题进行个案比较研究，具有较强的问题意识，并能坚持独立的研究探索精神。

该论文是文学与史学的交叉研究，建议修订时进一步加强对所涉及诸事的历史背景的论述。

总之，该论文论证严谨，有理有据，行文富有逻辑性，写作规范，语言简净，多有新见，是一篇优秀的博士学位论文。

二、关于授予学位的决议

在答辩过程中，余历雄同学能正确地回答答辩委员提出的问题。答辩委员会经过认真讨论，以无记名投票的方式一致通过，建议授予余历雄同学文学博士学位。

答辩委员会主席

郁贤皓

2003 年 12 月 18 日

附　录

日本《读卖新闻》关于周勋初教授赴日讲学的报导

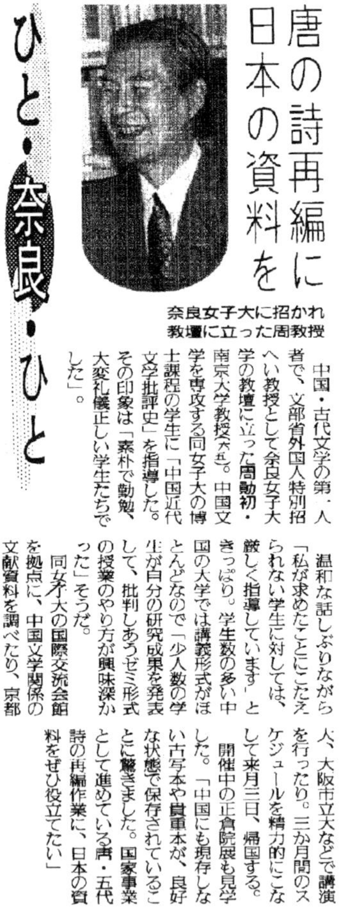

唐の詩再編に日本の資料を

ひと・奈良・ひと

奈良女子大に招かれ教壇に立った周教授

中国・古代文学の第一人者で、文部省外国人特別招へい教授として奈良女子大学の教壇に立った周勛初・南京大学教授(六五)。中国文学を専攻する同女子大の博士課程の学生に「中国近代文学批評史」を指導した。その印象は「素朴で勤勉、大変礼儀正しい学生たちでした」。

温和な話しぶりながら「私が求めたことにこたえられない学生に対しては、厳しく指導しています」ときっぱり。学生数の多い中国の大学では講義形式がほとんどなので「少人数の学生が自分の研究成果を発表して、批判しあうゼミ形式の授業のやり方が興味深かった」そうだ。

同女子大の国際交流会館を拠点に、中国文学関係の文献資料を調べたり、京都大、大阪市立大などで講演を行ったり。三か月間のスケジュールを精力的にこなして来月三日、帰国する。

開催中の正倉院展も見学した。「中国にも現存しない古写本や貴重本が、良好な状態で保存されていることに驚きました。国家事業として進めている唐・五代詩の再編作業に、日本の資料をぜひ役立てたい」

南京大学周勋初教授(65岁),文部省特邀外国教授中第一位中国古代文学教授,日前走上奈良女子大学讲坛,为该大学博士生指导“中国文学批评史”课程。周教授对此间学生的印象是:朴素、勤勉、十分彬彬有礼。

周教授说话温和,但语气坚定地说:“对于不能达到我要求的学生,我正加以严格指导。”中国大学听课学生很多,所以上课完全采用讲授法,他说:“这里学生人数少,我对这里采用的学生发表、讨论自己的研究成果的研讨式授课方法,很有兴趣。”

在日本的三个月日程里,周教授以奈良女子大学国际交流会馆为中心,精力充沛地一边调查与中国文学有关的资料,一边到京都大学、大阪市立大学演讲，下　个月三日回国。

周教授还参观了正在举行的正仓院展，他说：“中国已不存的古写本、贵重本，保存良好，令人惊异。我正在进行重编《全唐五代诗》这一国家项目，很希望利用日本的资料。”

（原载《读卖新闻》1994 年 10 月 30 日。俞士玲译）

扶桑正是秋光好

——周勋初教授东瀛讲学侧记

程章灿

自1994年8月1日至11月3日，南京大学古典文献研究所所长周勋初先生作为日本文部省特聘外籍教授，赴日本奈良女子大学进行为期3个月的讲学。在日期间，周先生不仅向日本学界介绍国内古籍整理研究方面的情况和古代文学研究的最新信息，指导研习中国古代文学和中国文学批评史的彼邦学子，而且广泛接触了日本汉学界同行，访求流落异域的珍贵汉籍，在当地产生了甚为广泛的影响。1994年10月30日，日本《读卖新闻》发表记者对周先生的访问记，报道了周先生在日本的学术活动。

中国文学批评史研究是周先生的老本行，早年所作《梁代文论三派述要》一文，即甚受学界推重；其后写作的《中国文学批评小史》，言简意赅，纲举目张，除在中国大陆、台湾两地印行外，还被译为韩文出版，在日本也有两种译本正在进行。此次在奈良女子大学，周先生即指导此间大学博士、硕士班的学生学习中国文学批评史，又为大学生讲授了曹操与建安文学。虽然时日无多，学生们领略到了周先生渊博的学识、风趣的谈吐和潇洒的风度，都深为钦佩。而异邦学子的真诚好学、朴素勤奋和彬彬有礼，也给周先生留下了很深的印象。周先生感到，日本大学对研究生授课多采取讨论班(seminar)的形式，气氛比较活泼。这种授课方式有其长处，尤其适合发表教师的最新研究成果。

讲学之馀，周先生应邀到京都大学和大阪市立大学作了两场专题学术讲演。京都大学号称日本汉学研究的重镇，素以学风谨严著称。周先生在京都大学演讲的题目是《康熙御定〈全唐诗〉的时代印记与局限》。早在十年前，周先生就撰有长篇论文《叙〈全唐诗〉成书经过》(原载《文史》第八辑，后来收入论文集《文史探微》)。这篇论文揭示了《全唐诗》迅速刻成的秘密，原来是有季振宜《唐诗》和胡震亨《唐音统签》为依据，采取了讨巧的工作方法。其初唐、盛唐部分利用了《唐诗纪》的成果；中晚唐部分加工较多，则利用了《唐音统签》的成果。但《全唐诗》由于成书仓促，也存在不少缺点和不足。这些论述廓清了有关《全唐诗》成书问题的迷雾，阐明了有关此书编校过程的事实真相。在这一次讲演中，周先生从时代背景、编校人员的素质与作风以及清代学术发展史三个方面，进一步阐述了《全唐诗》的时代局限。康熙继位初年，致力于稳定政局，中年以后，天下大定，玄烨遂转变国策，偃武修文，以显示自己的文治武功可比隆唐宋。他将季振宜《唐诗》面交曹寅，组织在籍翰林十人，仅用一年零五个月时间就编成《全唐诗》九百卷，显示出其急于求成的意愿。其间，曹寅肩负着联络江南文士的重任。参加编校《全唐诗》的十个人，均为江南望族，不但本人社会地位高，而且与玄烨个人关系密切。因此，编纂《全唐诗》也体现了清初统治者笼络江南知识阶层的用意。编校十人全都是进士出身，因此，彼等特重科第年辈。《全唐诗》凡例之一曰："唐人世次前后，最为冗杂，向来别无善本，《全唐诗》及《唐音统签》亦多讹谬，应以登第之年为主。"即是此种意识的反映。这种不科学的体例带有显明的时代烙印。《圣祖五幸江南全录》记四十四年四月，玄烨在杭州与常州召诸在籍翰林考诗，说明他遴选编校人员时，着眼于其诗才，而不重视其学识。因此，这些人在写作诗人小传时，文思敏捷，文笔省净，工作效率高，但诗学疏陋，不谙文献，欠考订之功，甚至不能发现王涣之实为王之涣之误。《全唐诗》卷 769 至 784 共 16 卷所谓"世次爵里无考"者 331 人，实则大部分人可以考知，即是其不谙文献的证明。康熙之时，朴学未盛，当时编纂的几部大书如《康熙字典》《佩文韵府》《渊鉴类函》等，均疵谬甚多。乾嘉朴学兴起以后，重实证的学风大盛，金石、名物、地理、职官等专门之学才有了迅速的发展。这也决定了御定《全唐诗》难免存在时代局限。乾隆时，学者利用《永乐大典》辑出了不少重要著作，如《元和姓纂》等。徐松据《永乐大典》编成了《登科记考》等书。而《全唐诗》编校者未能利用《永乐大典》和各种实物及典籍进行考辨，文献史料的视野显得过于狭隘。例如，卷770录潘图诗《末秋到家》曰："归家无所利，骨肉亦不喜。黄犬却有情，当门卧摇尾。"认为潘图世次爵里无考。徐松即引《永乐大典》中之《宜春志》定图为宜春人。其实，《全唐诗》卷551即有卢肇《及第后送潘图归宜春》一诗，可据以考知潘氏之里籍，《全唐诗》编校者却失之眉睫。这也反映了编校工作的草率和疏漏。以今人的条件，这些不足之处是完全可以弥补的。基于这种信念，周先生和《全唐五代诗》诸主编断言，新编《全唐五代诗》不仅是必要的，也是一定会度越前贤的。

京都大学讲演后与文学部师生与若干听众合影

唐代笔记小说研究是周先生近十馀年来的治学重点之一。1987年由中华书局出版的《唐语林校证》上、下册，洋洋五十馀万言，将《唐语林》这一部材料极为可贵极有价值，而又极其芜杂散乱的著作，考源正讹校补辑佚，整理得井井有条，使原书面目焕然一新，也为学术界贡献了一部最可信赖的《唐语林》的定本。新近即将由江苏古籍出版社出版的《唐人笔记小说考索》汇集了周先生近年来研治唐代笔记小说的诸多心得，涉及唐代笔记小说的定义、范围、来源、史料价值、作者事迹以及成书过程等多方面，内容丰富。在大阪市立大学，周先生作了题为《唐人小说的时代特征》的讲演。他从历代书目中子史二部的递为兴衰与相互渗透、唐代史学对小说的影响以及唐代小说的发展三个方面，深入阐述了唐人笔记小说的内涵和特点。历代目录书中子史二部的递为兴衰与交相融合，主要表现在"小说"与"杂史"观念的变化上。从唐人笔记小说的发展来看，唐人对"小说"、"杂史"的理解常持模糊态度，区分并不严格。他们或将小说往杂史方面靠，或将杂史往小说里面塞，都没有把谈学问的随笔一类著作安排妥当。所以，后人创用"笔记小说"一名，试图利用其覆盖面较大的特点来解决这一困难。只是在实际使用的时候，仍需加以斟酌。

我国传统的书法艺术源远流长，深受国人喜爱，在日本也有众多爱好者。古城奈良市即有一个书法研究会，他们定期举办读书班，或专题讨论，或挥毫竞技，同时定期出版书学刊物《新书鉴》，以书会友，切磋技艺。周先生的业师胡小石教授即是中国现代著名书法家和古文字学者，《胡小石书法选集》已由江苏美术出版社出版。周先生曾写过《胡小石先生的教学艺术》（收入《当代学术研究思辨》）一文，赞颂了胡先生从容不迫而又纵横驰骋、娓娓道来而能引人入胜的独特的教学风格。这次，周先生应彼会同仁的邀请，为他们作了一次"关于胡小石先生的书法"的报告，较全面地介绍了胡先生的书学师承、风格特点及其成就。根据周先生的报告要点，日本《新书鉴》杂志 1994 年第 12 期刊发了对胡小石先生的简介以及胡先生楷书五言联“即是羲皇化 远嗣竹箭声”的墨迹，1995 年第 1 期又刊发了胡小石先生行书墨迹一幅。

一千多年前，一批又一批日本遣唐使，冒着生命危险，远道而至。他们胸怀学习唐代文化的热忱，又从中国带回了许多唐代的典籍与文物。一千多年过去了，这些古代典籍与文物有的在其故国已经不复存在了，在异邦却被完好地保存了下来，得到不同寻常的珍惜和爱护。晚清以来，不断有中国学者到日本访书，也时常有意外的惊喜和发现。1919 年，罗振玉将他在京都净土寺町的寓宅捐给京都文科大学，以鬻宅所得资金影印东邦所藏古写卷子本书籍，并委托内藤湖南、狩野直喜二博士经理其事，前后刊行了十集，在中日文化交流史上传为佳话。这套著名的京都大学文学部影印旧钞本丛书中，包括中土不传的珍本《文选集注》及《王子安集》古写本残卷等珍贵资料。作为国家重点科研项目新编《全唐五代诗》的第一主编，在访书过程中，周先生特别注意查找那些有关唐代诗歌的文献，收获颇丰。在天理大学图书馆，周先生看到了稀世珍宝宋本《刘禹锡文集》和《赵志集》的卷子，一种疑为《翰林学士集》残卷的单页，还有几种白居易《新乐府》的古钞卷子，并了解了日本学者关于白居易诗文的各种版本、钞本的整理研究情况。在斯道文库中，还看到李峤《杂咏》的两种古钞本，可以补正我国文献记载之缺误。在大东急纪念文库，他看到明刊覆宋本《高常侍集》(亦有可能为宋刻)。此外，大阪市立大学村田正博先生还向周先生提供了圆城寺珍藏的古写本《唐人送别诗》复印件，内有高奉诗 3 首、蔡辅诗 11 首、李达诗 1 首、詹景全诗 2 首、道玄诗 1 首。这些资料均已不见于本土，对《全唐五代诗》的编纂无疑大有助益。在访书的过程中，周先生得到了许多日本学者的帮助，感受到了故人般的热忱。

大阪市立大学讲演后与文学部师生与若干听众合影

周先生在日期间，恰逢一年一度的奈良正仓院藏品展。正仓院所藏，多是我国唐代文物或日本仿唐文物。展品保存完善，展出内容丰富，连展览说明书也印制得美轮美奂。展品中最令人瞩目的是箜篌的实物和王勃《诗序》钞本长卷。唐人诗中常见箜篌一词，《旧唐书·音乐志》中详细记载了箜篌的形制，但至今世上已难见到这个古乐器的实物了，由此可见正仓院所藏箜篌的珍贵。王勃《诗序》钞本长卷，末署“庆云四年七月廿六日”，即唐中宗景龙元年(707)，上距王勃辞世，仅仅30年左右。这可以说是最为接近王勃集原貌的本子了。历时千年之物，至今观之，纸色如新，没有一点水渍虫蚀的痕迹，怎不令人始而惊叹，继而感慨。摩肩接踵的参观者，早早就在展厅外排队等候，参观时那种认真专注的神情，虚心好学的态度，不仅令人感动，还使人明白了一千多年前的日本遣唐使为了学习和传播大唐文化，何以能不远千里跋山涉水，也使人明白了为什么这些流落异邦的文化宝藏，历经千馀载仍能完好无损。

差不多与此同时，为纪念陕西省与京都府建立友好省府关系 10 周年，纪念京都平安建都 1200 周年，由陕西省和京都府等单位联合在京都文化博物馆举办了盛大的“大唐长安展”。展品分两部分：一是陕西省出展的 120 件唐代文物，一是由遣唐使带回日本的宝物及受唐文化影响而产生的文物。这一展览不仅再现了唐代都城长安的繁荣风貌，探访了京都的文化源流；更展示了两国文化交流人民往来的友好历史。展出受到日本朝野的热烈欢迎，获得了巨大的成功。作为一位研究古代文学特别是唐代文学的学者，周先生也深以恭逢其盛而感到庆幸。

“海内存知己，天涯若比邻。”中国文化将友谊和美好洒向全世界。扶桑之行归来，周先生更深切地体会到这一点。

（原载《中国典籍与文化》1995 年第 2 期）

多元文化的李白

——周勋初教授的一席演讲

石丽东

占据现代人心灵与时间的玩艺形形色色，不胜枚举，以致喜欢读旧诗的人愈来愈少，但是对于嗜好唐诗的知音者而言，大多数会喜爱李白的作品。

这位诗仙的风格豪放、飘逸，形式、格律不同一般，极富感人的力量，投合了现代人读诗的口味；只要提起“将进酒”，便会涌现“黄河之水天上来”的宏伟气象，再吟“月下独酌”，李白的锦心绣笔，便能把“月亮”和“影子”都变成知心人，一同为他的诗、酒起舞助兴。

日前，休士顿莱斯大学亚洲文化中心主办一场有关李白文化背景的学术演讲，由南京大学古典文献研究所所长周勋初主讲，其旧日门生，现执教莱斯大学的钱南秀博士担任翻译。

是日听众以美国学生、教职员为主，周教授准备了一页影印地图，显示李白的往日行踪，另有一套幻灯片，包括：古今画家所创作的数帧李白肖像、墓地墓碑、后人兴建的纪念馆，或诗里所出现的天门山、桃花潭实景，使那些对李白并无所闻的美国听众也能留下一些具体印象。

归纳周教授对李白文化背景的阐释大致有两个要点：一、李白写诗的风格受到早年教育及成长环境的影响；二、李白的诗是大唐及突厥文化交流后所产生的结果，从今日地球村文化的观点探讨大唐文化的这朵奇葩，格外具有深意。

胡化的影响

提起李白的文化背景，周教授指出过去陈寅恪提出李白是胡人的说法，但只是根据其父的行踪所作之推断，后人亦有附和者，但未见进一步论证，周教授认为：李白的家族长期居住河西走廊一带，后又远迁至西域边陲，必然受到突厥文化的影响，但是李白对胡人并无好评，甚至提出讨伐的主张，如果他真是胡人，就不致如此。

接着周教授提出李白立身行事当中受到“胡化”的表现：

周勋初先生在美国 Rice 大学讲演之海报

一、李白一家人的名字奇特。李白字太白，即长庚星，长庚星寓西方之意，诗仙号青莲，此花出于天竺，亦为西域之地，李白的妹妹叫月圆，儿子小名“明月奴”，李白诗中咏月的地方极多，古时候日月对举，日出东方扶桑，月出西方月窟，足见他们一家对象征西方的月亮，怀有深厚的感情，他的另一个儿子叫“颇黎”，为一种西方出产的水晶石名，明月奴的大名叫伯禽，名鲤，谐为“李”字，而古时也有“李”产西方之说，由以上的种种证据看来，他们所使用的名字大都寄托对出身之地的系念。

二、李白的两次婚姻都是入赘，与众不同。我国古代很早就立下父系社会的伦理制度，赘婿向来受人歧视，李白在上安州裴长史书中自称：“许相公家见招、妻以孙女。”并不引以为耻，周教授指出：这是因为西域各民族还保存着很多母系社会留下的风俗，妇女在家中地位重要，李白即受此影响。

周勋初教授及其夫人合摄于美国休士顿市

三、李白五岁入蜀，二十多岁出蜀，同时也受了南蛮文化的牵染。例证之一：他和蜀中友人吴指南到楚地游览，吴死于洞庭湖侧，李白为他就地安葬，数年后又替他拣骨，开棺之时，筋骨尚在，于是"白雪泣持刃，躬身洗削"，又将之移葬鄂城之东，周教授说这是南蛮"剔骨葬"的做法，自《墨子》的《节葬》篇便有记载，华夏文化注重孝道，身体发肤受之父母不可轻也，怎么能用刀刮去肉、再下葬呢？

其次，说到李白好浪游任侠，喜饮葡萄酒，热爱音乐歌舞，都与边陲文化有关。

四、从求学方法上看，李白说他是"五岁学六甲，十岁观百家"。据考证这是汉魏学制，唐代已无此规定，而西凉一带承袭汉魏六朝传统，所以李白在文学上喜乐府古诗，不喜近体，唐初曾颁行"五经正义"，文人参加科举必先在正经正史方面下功夫，而李白学的却是百家杂学，既不去应试科举，也不重视儒家的历史哲学和伦常观念，因而铸成日后政治上的失着。

斯人独憔悴

李白在政治上最大的失败是天宝十五年跟随永王李璘和朝廷反目，后来永王李璘兵败，李白受到系狱流放的迫害，而且不见信于一些学者文人，甚至影响到对他诗歌的评价。永王李璘是由肃宗抚养长大，想与已经登基的兄长一别苗头，自然违背君臣大义，当时举国名士都看出了李璘必败之势。

周教授解释：喜欢纵横家学说的李白，一心想"立抵卿相"，仓猝进入永王的幕府，终于陷于逆境，而使知己杜甫替他作不平之鸣："冠盖满京华，斯人独憔悴。孰云网恢恢，将老身反累。"

周教授总结一句，李白在创作上的成功和政治上的失败，都和他的出身家庭、所处的地域有关，也可在他独特的文化背景当中寻找答案。

周勋初教授自一九九一年以来，分别前往香港中文大学、台北中研院、东海、东吴、成大、师大讲学，九四年应日本文部省之邀，任特聘教授，赴京都大学、国立奈良女子大学讲学，并至新、马、韩国出席国际会议，鉴于以上讲学经验，笔者请他比较各地研究中国文学的特色。

他回答：东亚各地都因循其社会或历史条件而各有优缺点；在大陆研究中国文学，文献资料容易掌握，而且队伍大，交流机会也大，但过去不断受到教条主义、政治运动冲击，尤其在六〇年代因“文化大革命”而一度中断，中国大陆研究人员部分有经济困难、为生活奔波的忧虑。

相形之下，新加坡、中国香港、台湾没有这个问题，但是他们的教学负担重，占去了不少研究的时间，一个人的时间、精力究竟有限。

周教授认为中国台湾比新加坡、香港所多出的另一点优势是：汉学研究的地盘比较大，同行切磋琢磨的机会也多，已经做出了很好的成绩。

前不久台北商务印书馆出版了一本由周教授手著的有关李白的研究，这次来美讲学，莱斯大学方面有意筹划一册李白诗篇的英文集子，并将聘请这位在中国大陆担任唐代文学学会副会长的周教授担任顾问，无疑又替他九七年美国之行留下雪泥鸿爪。

（原载中国台湾《“中央”日报》1998 年 3 月 17 日）

聆教有感

潘吕棋昌

今秋知名学者南京大学周勋初教授来客新竹清华大学，主讲李白专题研究暨唐诗文献学，余慕先生也久，乃摒挡一切，厕居末座而俱学焉。愤悱启发，获益良多。爰不揣翦陋，率尔操觚，聊赋七律一首以志感焉。时西历一九九八年十二月九日也。

桃李广栽著化功，移尊设教到仙蓬。
鸿文昔久惊椽笔，绛帐今初坐杏风。
太白诗心参究竟，唐音文献数从容。
升堂步武宁虚愿，偃鼠临河叹不穷。

周勋初先生参加谢师宴

周勋初教授于 **1994** 年 **11** 月至日本国立奈良女子大学讲学时

与横山弘教授(**20** 世纪 **80** 年代初期学生)及部分研究生合影

周勋初教授于 **2002** 年 **6** 月至台湾东海大学

讲学时与部分研究生合影

后　记

一直以来，我都非常向往到中国深造。1993 年 11 月，我以“马来亚大学中文系在籍学生”的身份，特意筹组了一个“中国教育文化考察团”，到中国数所著名的大学作访问交流，为期十四天，探讨日后负笈读硕攻博的长期计划。当时因是“访华解禁”之初，马来西亚与中国尚未签署任何的教育协议，两国之间也未有任何正式的教育联系，所以整个考察过程是困难重重的。然而通过这一项考察活动，使我对中国大学的研究生制度与现况有了具体的认识。惟当时行程未及造访南京大学，殊为憾事。大学毕业后，我在一所中学担任文史教师，接触了较广泛的文史材料，同时也积极地筹备读硕事宜。1995 年 12 月，南京大学古籍所所长周勋初先生应邀前来参加马来亚大学主办的国际学术研讨会，我有幸向周先生请教申读南京大学硕士班之事。惠蒙周勋初先生与海外教育学院谢乃康先生的鼎力协助，使我能够顺利地在次年春季前往南京大学学习，师从曹虹先生，接受中国古代文学研究的专业训练。据海外教育学院的老师告知，我是第一位到南京大学修读学位的马来西亚人。

攻读硕士学位期间，非常感谢曹虹老师给予我细心的指导，无私的教诲，不因我的专业基础薄弱而冷待。同门师兄与我经常环坐会读《世说新语》，清谈古今，曹老师往往精语独到，疏通关键，一座“莫不厌心”。我的硕士论文《魏晋玄学三理研究》的选题亦是从“清谈”中发微而来。最使我铭记在心的是，曹老师经常不辞劳累，逐句逐字批阅我的论文，琢磨钝石；而我的论文中多有谬误，有负厚望，惭歉不已。此外，莫砺锋、巩本栋、张宏生老师的中国古代文学专题研究，张伯伟、严杰老师的中国文化史专题研究，徐有富老师的中国古典文学史料学研究，武秀成老师的校雠学研究，许结老师的辞赋研究，程章灿老师的石学研究，滕志贤老师的训诂学与《诗经》研究等专业课程，充实了我的基础知识，拓展了我的学术视野。我素好文史兼读，也经常到历史系听课。范毓周先生的一句治学名言颇为精彩："不要迷信古人，不要迷信老师，不要迷信自己。"我以为"不要迷信自己"最为警语。

硕士毕业后，我返回马来西亚教书。后来我因学校公务重访南京大学，便乘此良机向周勋初师请益读博事宜。我非常感谢周老师破例招我为博士生。三年多来，周老师没有再招博士生，许多同学因此戏称我为"周门"的"关门弟子"，将我的博士论文后记喻作"关门弟子的告白"。我两次留学南京大学，前后近六年，周老师对我的学习进展一直是关怀备至的。记得在 1997 年暑假，我计划遨游中国名胜古都。周老师知悉后，便推荐我前去拜访数位前辈教授，增广见识。惟私下忖度：我只是无名豆丁小辈，又未撰著专业的学术文章，实不敢冒昧地打扰前辈研修。后来，我仍然得到陕西师范大学黄永年先生接见，面授关于唐代文史研究的治学之道；又得到四川大学曾枣庄先生接见，讲析主持编纂《全宋文》的经验与心得及《宋代文化研究》的编辑、出版情况。我也很荣幸能够两次拜访八十福寿的卞孝萱先生，聆听卞先生对"以小说证史"的精辟见解。诸位先生的一席教诲，均使我受益匪浅。

在读硕、博期间，我两度选修莫砺锋老师"杜诗研究"的课。每次来听课的研究生都挤满课堂。莫老师的《杜甫评传》也是我喜读的杜学专著。周老师主编《李白研究》一书，又撰著《李白评传》；在我的最后一个学期，周老师开设"李白研究"的课，这是一门另辟学术途径的专业课。周老师认为，胡小石先生《李杜诗之比较》一文是历来同类著作中阐述得最为酣畅的文章；如果以李白研究的方法研究杜甫，以杜甫研究的方法研究李白，其结果往往是“既不知杜，亦不知李”。周、莫二师对李、杜研究的丰硕成果，颇能展示当代学术研究的新视野、新方法。我的博士论文《两〈唐书〉采摭韩愈古文之研究》的选题从文史结合的综合研究方法入手，在学术思考方面也深受启发。学海无涯，其路漫漫，我在留学期间能得到周老师、莫老师、曹老师及诸位先生的导航，豁然不有迷途之忧，诚是幸哉。

我向来不擅长作即席笔录，也从未有自己整理的完整的听课笔记。我整理这份问学笔记是作为一种学习方式的新尝试。周老师学问渊博，对古今中外的中国学术研究、学界轶事都非常熟悉，每次会面皆侃侃而谈。最初的两三次我只是乐闻遐思，耳到而手未到。事后回想稍觉印象模糊，便赶紧追记一二，以备日后参考。此后，我都即席笔录“师门嘉话”纲要，返寓后核查材料，详加整理，或补充备阅书目，或聊作自注，不避烦琐。日复如此，竟以为常。有时也不免耽误原定的课读时间。提交博士论文后，我将一部分的问学笔记呈交周老师校阅、审订。周老师审阅后说，这一份问学笔记能够“示人金针”，催促我尽快完成全稿，又提出“正式出版”的建议。这不禁使我既受鼓舞，又深感惶恐不安。我的初衷只是将它视作一份自我鞭策、自我检讨的真实记录，未敢自诩于人。实际上的“师门嘉话”也远不止于本书的这些内容，然而余力不逮，未能尽录，贻误师门甚矣。

作为一名外国留学生，三年前，我非常幸运地得到中国国家留学基金管理委员会(CSC)提供全额奖学金，修读博士学位；三年后，我又惠蒙周老师耗费两个多月的宝贵时间审订这份笔录整理的讲稿，并蒙凤凰出版社慨允公开出版，甚是感激。谨此，我由衷地向CSC、南京大学中文系与周老师致以万二分的谢意。责任编辑王华宝博士认真审读全稿，作了很多正误补订的工作，在此一并致谢。最后，我要感谢我的父母与家人多年来的默默支持，使我免去生活上的后顾之忧，顺利地在南京大学完成了硕士、博士学位的攻读。谢谢！

余历雄(Er Lee Siong)

2004年6月24日

谨记于马来西亚柔佛州家乡

增订本附录

书评九篇

洋学生苦学写就当代“论语”

刘　伟

《论语》是孔子与其弟子的语录结集，这本书已成儒家经典，最近有一本学术著作《师门问学录》出版，也是用记载师徒之间的问学对话形式写成，内容是中国古代文学部分课题的研究和探讨。书中尊称的“勋初师”，正是南京大学中文系名教授周勋初，学生余历雄则是一名从马来西亚来的学生。

洋学生研究中国古文已属罕见，却又出版这样特殊的著作，还得到名教授青睐，真让人想不到。日前，记者到周勋初先生家里去拜访求教，探出了这段书后的文坛佳话。

破例收“关门弟子”

周勋初是南京大学中文系的名教授、博士生导师，同时担任江苏省文史研究馆馆长，他治学严谨，对学生的要求很高。

1995 年 12 月，周勋初参加马来西亚大学主办的国际学术研讨会时，认识了马来西亚的余历雄，余历雄借机请教申读硕士班的事情。余历雄在次年春季来南京大学学习，接受中国古代文学的专业训练。后来，凭着个人努力，他又一鼓作气攻读了硕士专业。毕业后，余历雄返回马来西亚教书。机缘巧合，他在到中国出差的时候又一次见到周教授，便乘此良机请教读博事宜。此时周勋初已70多岁，3年多都没招博士生，但他看到余历雄作为一名留学生，有不凡的古文造诣，又被他的诚心打动，破例收了这名洋弟子为博士生，于是许多同学都戏称余历雄是“周门”的“关门弟子”。

学习累到昏厥

周勋初多年从事教学工作，他感慨许多学生越来越注重实用主义，在学习上则浅尝辄止，然而他却对余历雄称赞有加，“别看他是外国学生，在全国范围内，他的业务水平绝不低于同专业的其他中国博士生。”

洋学生何以让周勋初如此青眼有加呢？其实，刚到中国时，余历雄的学科基础还不是很好，但他非常用功，一个夏天，他竟因疲劳过度而昏厥，周勋初知道后心疼不已。

周勋初还感慨地说起这样一个故事：在余历雄即将毕业的时候，周勋初问他要不要买东西，他说对南京的土特产很陌生，周勋初追问他，始知余历雄在南京前后六年，竟然没到过新街口的商场一次。周勋初感叹道：“南京大学距新街口不远，我想在南京大学的学生没有到过新街口大商场的，真可以说是绝无仅有，由此也可见他的用功。真是心无旁骛，一心向学。”

感人的课堂笔记

在余历雄临毕业的时候，他的好学又给了周勋初一次惊喜，他突然交来了六个学期的听课记录。

周勋初教学生一直保持定期讨论问题的做法，每隔两周，讨论一次，形式不拘。周勋初万没有想到，余历雄把他讲的内容都记了下来，以备日后参考。有的问题，周勋初记不清，说不准，就指点余历雄向哪些方面查找，余历雄就原原本本整理出了完整的记录。这是很花功夫的事，也可以看出他的记忆力很惊人。后来，在周勋初的帮助下，该笔记得以在凤凰出版社出版，书名就叫作《师门问学录》。

现在余历雄已回马来西亚任教，但《师门问学录》的借鉴意义仍在，周勋初介绍说，该书涉及的内容很广，提醒学生们要将古文与哲学历史综合起来研究；另外一点就是给国内的博士生以借鉴，提高他们提问题的能力。

（《金陵晚报》2005 年 2 月 21 日）

《师门问学录》出版

卞东波

《论语·子张》中说:“博学而笃志,切问而近思,仁在其中矣。”《中庸》亦云:“博学之,审问之,慎思之,明辨之,笃行之。”中国古人读书不但注重“博学”,而且作为学习者更一向强调“问”。但问也不是无关题旨的胡乱提问,而是所谓的“切问”、“审问”,即经过深思熟虑、切中肯綮的发问。有问有必答,中国古代师生之间非常注重学习的互动,在《论语》中已有生动地记载,而宋儒更是在师生答问中表达深邃的哲思与人生的修养。

2004年12月,凤凰出版社出版了由原南京大学中文系博士生余历雄在跟随导师周勋初、莫砺锋教授学习期间记录的师生谈书论学的笔录——《师门问学录》。此书共分六个部分,第一部分是周勋初先生的序,介绍了周先生教育生涯的沧桑以及与余历雄的师生缘。第二部分是主体,记载了从2001年2月25日至2004年1月5日共六个学期,余历雄每两周一次从周先生及莫先生问学的记录。第三部分是余历雄博士学位论文《两〈唐书〉采摭韩愈古文之研究》的提要,作为三年学习的一个总结。第四部分则是有关余历雄于2003年12月18日博士论文答辩时的一些资料,包括导师评语、答辩委员的评阅意见、答辩会公告、博士论文答辩会纪要及答辩委员会决议。这些资料清晰地显示了答辩委员对余历雄博士论文的肯定,也是对周先生指导方式的肯定。第五部分是附录,附载了周先生在日本、美国讲学的报导及影响,展现了周先生教育生涯的一个侧面。最后是余历雄的后记,叙说了他与周先生师生缘以及本书问世的经过。这本书完整地展示了一位在南京大学中文系古代文学学习的海外华人三年学习的经过，也是南京大学中文系古代文学专业攻读博士研究生的一份教学实录。

周勋初教授是南京大学的资深教授，在文史哲领域皆有精深的研究，在人才培养上也桃李满天下。对于未能亲炙周先生学问的学子，读此书无异于亲聆謦欬。《师门问学录》不但是一部生动的教学记录，也是一部富有价值的学术著作。在该书中，师生之间谈书论学，涉及古今众多文史著作及研究领域。从先秦的《韩非子》、楚辞，到魏晋时的李充《翰林论》，到唐代的笔记小说、李白研究，五代史臣《旧唐书》与宋代欧阳修、宋祁《新唐书》"文史观"的异同，再到清代章学诚的《文史通义》以及钱大昕等朴学家的治学方法，都是这本"学术麈谈"的话题。集中讨论则是围绕着余历雄的博士论文展开的，涉及唐五代小说的价值及其研究方法，新旧《唐书》中韩愈、柳宗元、白居易、元稹等人立传的不同。另外此书还涉及当代学术中的一些热门话题，如"古典文学研究的'私人化'倾向"等等。在书中，周先生评骘当代学人，指点当代文史著作的得与失，颇具当代学术史的价值。

对于青年学子来说，这本书也是不可多得的学习资料。从博士论文的选题到写作都有启人心智之处。周先生谆谆教诲，示人以治学之金针。最重要的是，这部师生问学的笔录，无不体现了一位老学人及一位青年学人对学术的热诚及关切，从而凝聚成一股精神力量，在当代学界浮躁功利的氛围中亦是空谷足音。

（《书品》2005 年第 5 期）

意味深长的关门声

——读《师门问学录》

解　之

新年伊始，案台上又增添了一本新书，正题是《师门问学录》，副题是“南京大学中文系古代文学专业攻读博士研究生课程的一份教学实录”，署名：教师周勋初、学生余历雄。此书经凤凰出版社印行面世（2004 年 12 月第 1 版），即有智者呼应，见诸报章，谓之“当代《论语》”。倘考查该书编撰的学术背景，则有两点值得注意：一是学生余历雄为外籍马来西亚学生，负笈远游，问学师门，周先生道德文章宣扬海外，此为一例；二是教师周勋初先生执教数十年，桃李满园，余历雄为其“关门”弟子，《师门问学录》作为先生的关门之声，意味深长。

这本《师门问学录》是编者余历雄整整三年求学经历的真实记录，她将漫长的千余天的师生间的问答内容展示在读者面前，确实令人震惊而欣忭。在全书二十余万言的字里行间，我们既看到了一位博学儒雅、循循善诱、诲人不倦的师者之风范，也看了一位诚敬向学、好思敏求、纯净率真的学生之形象。在这卷平凡而神奇的记录中，我们还看到了师道传统，看到了质疑精神，看到了困惑与解惑，看到了臧否人物的诚挚，看到了很多有趣的学术掌故。然读罢掩卷，还有几点深深的感触：

一是学生的好问与教师的善答，显示了为生者的好学与为师者的博学。在《问学录》中学生对很多基本的传统学术问题均有咨询，比如有关中国文学批评史的问题，有关“桐城诗派”问题，有关《文选》流传与争论问题等等，先生是有问必答，且阐发引申，综汇前贤时彦诸说，提出己见。对有些学者质疑学术研究的“小题大做”与“舍内求外”等问题，先生也直言不讳，明辩事实，提出看法。目前教学改革，大谈启发教育，然中国学生不好问，上课教师满堂灌，以及因扩招，有的博士课程竟有近百人济济一堂，我想读一读《问学录》是不无启迪意义的。

二是“言”的魅力，充盈于《问学录》，使读者获得知识的同时，感受到身心的愉悦。中国文化即有“言”的传统，从孔子师徒对话的《论语》，到《世说新语》记录魏晋的风流清淡，禅门灯录、《朱子语类》记录的师生问答，学识精深，充满睿智。而“言”之所以异于“文”，也有两点显象，一是抗颜直谏，二是机锋理趣。读《问学录》，先生对时下不良的学风，对一些名望甚高者学术的错谬，包括自己读书未尽而出现的误笔，均直言不讳，娓娓道来。而对一些学术问题，如从唐代僧人炼丹看三教关系、从李白的婚姻谈其文化思想，皆极为生动有趣，而在言及电脑给治学带来巨大方便的同时，却常常因“呆头呆脑”而犯错，真是幽默的警示。

三是对培养研究生方法的启示。在《问学录》中，探讨范围非常广泛，如学术研究问题，学风建设问题，如何读书问题，学位论文撰写问题等等，尤其学位论文撰写，又包括选题、格式等细节和“注重才性，趁热打铁”、文章要讲求“气势”等要求，无微不至，而又始终围绕传道授业解惑的师道主旨。固然，学生的才华秉性与先生的学识睿智或许是不可学、不可及的，但这三年时间的涓涓细流汇成的这份厚重的问学答卷，难道不是对报上曾载的有些导师竟不认识自己学生的“荒唐”的当头棒喝吧！

周勋初先生年事渐高，毕生从事的教学一线工作也画上圆满的句号，但那份对教学挚爱的真情和培养学生的深情，却在这“关门”声中余音不绝。只要我们认真读一读《师门问学录》，是会得到“竹中一滴曹溪水，涨起西江十八滩”（苏轼诗句）的效应的。

（《南京大学报》2005 年 3 月 10 日副刊）

“孔门教学”在当代的发展

——评《师门问学录》

陈　辽

一部《论语》,记载的是孔子的学习所得、观察生活所得、人生感悟所得、为政经验所得,以及他对弟子提问的回答。从中可见孔门教学的大概。后代中国的教学,基本上是沿着孔门教学的路子施教的,这特别体现在书院教学中。“五四”新文化运动勃兴,现代教学基本取代了孔门教学,但现代教学的缺失在于,以班级的统一施教取代了因材施教、因人施教、师生间的相互切磋、老师对其一生积学的传授等好传统。南京大学著名学者、博士生导师周勋初教授自带研究生以来,倾其平生所学指导研究生。他带的“关门弟子”、最后一名博士生是马来西亚的青年学者余历雄。这位余历雄是个勤奋好学又好问的人,而且是个有心人。他把周勋初每次对他提出的问题回答情况,每次针对不同的课题对他施教的情况,每次对他的论文(小论文、中论文、博士毕业论文)写作指导的情况,一一作了详尽记录,前后共54次。余历雄的提问,涉及古今文人、学者近百人,古今著作近200部(篇);周勋初的答问、施教和对论文的写作指导,论及和涉及的古今文人、学者共四百五十多人,古今著作近八百部(篇)。洋洋大观,达23万字(含《附录》)。这份学术记录,现已以《师门问学录》(以下简称《问学录》)的书名由凤凰出版社于2004年12月出版。我细读了该书两遍,叹为观止,认为这部《问学录》是“孔门教学”在当代的发展。

第一,周勋初有问必答,体现了他广博精深的文史功力和严谨规范的治学精神。青年学者余历雄并非一般的博士生,他先是在南京大学中文系师从曹虹教授，取得硕士学位；后又返回马来西亚教书；再考上周勋初的博士生。读博前，他已有一定学养，所以他提出的问题很有分量，如果不是像周勋初那样从先秦到清代，对古典文学以及对中国历史都有精湛造诣的学者，是很难当场作出完满的回答的。这里仅举数例，以见一斑：

余历雄问：章学诚《文史通义》是否具有“文学‘战国中心’意识”？周勋初当即对章学诚的生平、学术作了简介，而后答问：章学诚的这个说法有他自己的道理，可以作为我们对中国文学史研究的一种启发，但不能当作一个“结论”。如果仔细推敲，章学诚的说法也有不通之处。他的例证是：“今即《文选》诸体，以征战国之赅备。”然后他从汉魏六朝各种文体的作品中，分别举出一些文章的特点，以证明在战国时期的著作中已有这样的特征。从目前的学术研究来看，要作这样的“论证”并不会有太大的困难，但也不会带来具体的“结论”。其实，章学诚的目的不在“文体论证”，而是探讨中国学术史上经、史、子、集变迁的“势”。他在追溯文章、著述与文体源流的演变之际，同时也辨析“战国著述”与“后世之文”的继承关系，见解颇有独到之处。周勋初的答问共一千数百字，可作一篇《文史通义》的小论文来读。

余历雄问：陈振孙《直斋书录解题》卷四《新唐书》条末有“随斋批注”四字，开头又称“文简”云云。书内亦多处出现“随斋批注”的文字，“随斋”其人为谁？这是个较生僻的问题，不料周勋初又随即回答：上海古籍版《直斋书录解题》（徐小蛮、顾美华点校，1987 年）附录二载有陈乐素《直斋书录解题作者陈振孙》一文。陈乐素广征载籍，考证得清楚：程大昌，谥文简；其曾孙程棨，字仪甫，号随斋，元时人。陈乐素（1902—1990）先生是陈垣的儿子，号称当代中国“宋史三大家”之一，其他二人为邓广铭（1907—1998）与聂崇岐（1903—1962）。如此即时而又正确的答问，不但使余历雄折服，也使我们读者对周勋初的学问钦佩不已。

这样的精妙答问，限于篇幅，不能一一列举。仅此二例，也可见周勋初是怎样博古通今。

然而，和语录、答问的集成的《论语》有别，周勋初的答问和施教，由此及彼，由点到面，由古而今，由中至外（外国的汉学家），努力帮助余历雄打好中国古典文学以及中国文史的基本功，是《问学录》的重点。

当问及“玄学”，周勋初指出，玄学主要是一种“调和”的思想哲学。玄学思潮对南朝文学的影响主要体现在文学批评方面。在魏晋南北朝时期，尤其南朝，文学批评的著述非常丰富，这些都与玄学思潮的发展密切相关，新的思想巧遇这种时代，正好扮演着促进的作用。当余问及陈寅恪的三大册《读书札记》时周勋初便指点他，研究者因需深入探讨陈寅恪学术观点的形成，必须翻一翻这些“读书札记”，看看他的学术观点如何从零碎的“札记”发展到完整的“论文”，那是很有意义的。清代朴学家做学问的方法也常是从‘读书札记’开始，一本书一本书地看，一条一条地写，综合了较多的史料，又能提出自己的见解。很受学者的尊重。当问及宋祁纂修《新唐书》“刻意于文章”，所谓“虬户铣谿体”是何种文体？这个问题看起来是个具体的冷门问题，但却关系到文史的基本功，因此周勋初作了比较简明扼要的介绍：宋祁喜欢标新立异，好用艰深之辞，纂修史书和撰写文章都是这样，前人称为“虬户铣谿”。这是唐代以来就有的情况，也有人称为“涩体”。高彦休《阙史》中以“龙门”为“虬户”，又有晦涩难明的“紫微”、“夕拜”、“蒲亚”、“潞豸”等官名的称谓，这与武则天光宅元年（684）改易官名的情况不一样。至此，余历雄对所谓“虬户铣谿体”也就了然于胸，读者也可以豁然开朗。周勋初在帮助余历雄打好文史基本功时，不是板着面孔教训，作高头讲章，而是穿插了一些趣事、轶闻，使余历雄（包括读者）听得津津有味，如坐春风。如谈及陈寅恪善于做学问，但他讲课效果并不好，学生都说听不懂，听讲者越来越少，只有孙望和程千帆等人坚持听到底。陈寅恪的弟弟陈方恪胸中掌故颇多，脱口而出，但被革命第一、学习第二的某位学生贴了大字报，他一气之下，不再来南京大学中文系上课；方光焘批评郭绍虞长于分析而短于归纳；陈宝箴在戊戌政变后本要被慈禧太后严惩，后来因刚毅为陈说了好话而只受了轻微处分；国学大师章太炎四十六岁和汤国梨结婚，但他此前已和侍妾王氏生过三个女儿，却不算正式婚娶，古代文献中的婚、娶指的是“正室”；等等。这些趣事、轶闻，都和谈及的学术研究基本功有关，读后兴味盎然，加深了必须打好学术基本功的理念。

自然，周勋初给余历雄答问，帮助他打好基本功，作为博士生导师，不能不和指导余的博士论文写作有关。在《问学录》里，贯串着一条如何写好博士生毕业论文的红线。在第一次问学录中，周勋初就劝告余不忙于确定论文题目，如果打算研究宋代文学，现在作为起步阶段，不妨先广泛阅读唐宋文人的别集，例如唐宋八大家的“论”体文学。随着余历雄学习的深入，多次撰写的小型论文、中型论文之被周勋初审读，他在一次问学录里，建议余将博士论文题目改作《两〈唐书〉本纪采摭韩愈古文之辨析》。往后，他又建议余“再仔细斟酌，然后准备一份约四千字的开题报告”。接着，周又向余提出，“重视才性”与“乘热打铁”：你的头脑很清晰，能够提出自己的见解。这就是你的“才性”。你现在大量阅读材料，发现问题后就要立刻往下写，不要过于考虑它与论文选题是否有关。再往后，周又要求余撰写论文要精简利落，一气呵成，还要讲究文章的“气势”，给读者的思维带来“刺激”，豁然通解。指出余的论文中有部分句子“文言味道较重，还得改一改”。还告诫余撰写论文时“要注意避免犯常识性的错误”。周勋初还一再强调，博士论文一定要有新意。当余的论文初稿，其中有新意时便予以鼓励。周勋初总结他带博士研究生，指导写博士论文的体会是，培养研究生不能只看博士论文的厚度或字数，而是必须让研究生受到严谨的方法训练，使之遵守学术规范，指导他们自己拟定长期的研究计划，独立地完成研究项目。在周勋初的悉心指导下，余历雄也充分发挥了他的学术积极性和主观能动性，他提交的博士论文《两〈唐书〉采摭韩愈古文之研究》，得到五位答辩委员的高度评价，三位答辩委员评为“特优”，两位答辩委员评为“优秀”（答辩时周勋初不在场），这在博士论文答辩中也是很罕见的。

从上可见，我们说《问学录》是孔门教学在当代的发展，一则它的教学方法继承和弘扬了孔门教学的优长；二则它又克服了孔门教学的缺失（按：《论语》绝大多数是“结论”，如“学而时习之，不亦说乎”；极少分析、说明何以得出这样的“结论”），将分析和归纳相结合；三则师生平等相待，吸收、运用了讨论班（Seminar）的合理内核，教学气氛生动活泼。可见，《问学录》并不是简单地应用孔门教学法，而是在当代历史条件下，有所发展，有所发明，对当代研究生教学具有现实指导意义。

（《古典文学知识》2005 年第 5 期〔总第 122 期〕）

书林漫游录

冯 闳

《博导书榜：影响中国社会科学院博导的五种书》(中国社会科学出版社，2004 年)是中国社会科学院的一百二十余位博士导师对研究生所作的问卷调查的答复结集，多个领域的优秀学者，如政治学研究所白钢、经济研究所汪敬虞、哲学研究所蒙培元、宗教研究所马西沙、社会学研究所李培林、民族学研究所何星亮、历史研究所商传、考古研究所刘庆柱、文学研究所蒋寅、外国文学研究所童道明等，都就各自的专业推介了书目。不少评荐是切实中肯而又对读者富于启迪的。试就国外与国内的著作，各举两种为例。国外者如江怡研究员荐黑格尔《小逻辑》：

> 这是我进入哲学领域的入门书之一。黑格尔思辨的思维方式深深吸引了当时正上大学本科三年级的我。我从中学到了哲学思考的基本方式，即从概念的形式推演到思想内容的深刻抽象过程。应当说，这本书真正开始让我懂得了什么叫“哲学”以及究竟如何从事“哲学式”的思考。

又如叶坦研究员荐熊彼特《经济分析史》：

> 作为理论经济学尤其是经济史学的经典著作，其主要特点是强调分析方法和分析工具及其演变与发展。作者认为所谓经济分析史，就是“人类为了认识经济现象在心智方面所作的努力的

历史”；经济史学是经济学之“源”而不是“流”，因为“经济学的内容，实质上是历史长河中的一个独特的过程”，这就应当重视制度方面、经济与非经济的联系以及“各种社会科学应该怎样联系在一起”。从而，此书不仅是经济学、历史学等学科的必读之书，也能够为社会科学各相关学科提供学养的涵蕴与方法的启示。我在十八年前攻读博士学位时就开始学习，至今深感认真读此书定会终身受益。

国内者如史金波研究员荐王国维《观堂集林》：

静安先生这部后期著作使我感到他知识博大精深，并善于将各种知识自然地系联起来。他博览群书的刻苦精神，科学而严肃的考证方法，严谨的治学态度和精辟的论断都使我很佩服，并引以为治学的楷模。我自知没有他的才智，达不到他的造诣，但我尽力在我的研究工作中、在我的著述中学习他的治学精神。

在所有被列入的著作中，马克思、恩格斯及毛泽东的著作出现频率最高，这是自然而然的。一则正如经济学家宓汝成研究员所言：“任何人的知识认识，都要受到时代和环境的限制和影响。”毕竟我们已功成名就的那一代代社会科学家中的绝大多数得到的最充分的滋养就是马克思主义、毛泽东思想。二则正如中国哲学史家李申研究员所强调的：“当今之世，主义繁多，百家争鸣。然如马列之博深、严谨者，尚未之见。”故“欲混迹社会科学界者，当以马列为理论基础。其他张三李四，亚当夏娃，可小取，不可依赖。”不少经济学家独崇《资本论》，一些经济学家并举《资本论》与《国富论》，如年已九旬的朱绍文研究员推“《国富论》《资本论》是人类不朽的智慧宝库”，而比朱氏晚生近半个世纪的李海舰研究员则只荐《国富论》。

本书收录的部分问卷在《光明日报》《新华文摘》等十余种报刊公布后，得到了读者的热烈反响。不过本书在内容的可靠性上还有一些可以讨论的余地。一是知识不够准确。如一位人口学家称顾炎武提出了“博学于文”“行己有耻”等著名观点。按这两个观点都已见于《论语》，顾氏不过是加以引用强调而已。一位政治学家和法学家自称少时能够通背《四书》，后来也常翻阅，“从国学修养的角度来说，《四书》是必不可少的”，而“‘中庸’‘修身’‘齐家’‘仁者爱人’‘己所不欲勿施于人’‘苛政猛于虎也’等等，观点鲜明，对中国传统文化影响很大”。按其中的“苛政猛于虎也”并不在《四书》之内，而是出自《礼记·檀弓》。二是评断未必确凿。如一位历史学家称“就古代史学而言，中国史学应是天下第一，尤其是政治史”。三是著录时见误字。如将人名中的郦道元误为郦道之、俞平伯误为余平伯、书名中的《饮冰室合集》误为《引冰室合集》、《卜辞通纂》误为《卜辞同纂》、《甲骨文字诂林》误为《甲骨文字话林》、《现代汉语语法讲话》误为《现代汉语语法讲法》。

随着中国教育规模的大跃进，不仅是博士生，就是博导也早已多如过江之鲫。对博导产生过影响的书，既未必是专业书，又由于受到博导成长的时代、环境及个人见闻的局限，而可能未必是最有益于后学的书。因此除了这样的博导书榜之外，我们更希望看到博导指导学生的全过程。不过有胆量有实力经得起这样“曝光”的博导恐怕就要比具有博导头衔者少得多了，而《师门问学录》（南京：凤凰出版社，2004 年）正是这样一本不可多得、弥足珍贵的书。

周勋初先生研究中国文史，涉域广泛，造诣精深。在先秦文献、魏晋南北朝文学、唐代文学、近代学术史等方面都有深入的研究和重要的著述，除《唐语林校证》《唐钞文选集注汇存》及所主编的《唐诗大辞典》《唐人轶事汇编》外，主要论著多已收入煌煌七卷《周勋初文集》。

而在教书育人方面，他与程千帆先生共同培养了一批杰出的学生，成为国内古典文学研究人才培养的最成功的范例，已是当之无愧的教授之教授、博导之博导。他的马来西亚籍博士生余历雄在南京大学就读六年，竟一次也没有去过离南大不远的南京最繁华的新街口的大商场（周先生慨叹“在南京大学的学生中没有到过新街口大商场的，真可以说是绝无仅有；由此也可见他的用功。真是心无旁骛，一心向学”），却在毕业前夕突然交给导师六个学期的听课记录，原来他把周先生授课和答问的内容都记了下来，整理成为这本二十余万字的教学实录。

周先生称余氏经过百倍努力，业务水平“丝毫不逊于本国的学生”，由本书看这样的赞誉全无溢美之嫌，其读书的勤勉，提问的到位，恐怕是不少本国的学生都要自愧弗如的。而周先生的答问则每每小扣大鸣，对由大到小、由古到今的专业问题，诸如学术趋势、书籍选择、科研经验、写作规范等一一予以指点。如论治学方法，既强调文史研究者一定要掌握考证的本领，辨明事实，但又要求不满足于考证，“总要在辨明事实的基础上说明一些重大社会问题”。论学术风气，直言“目前楚辞学界虽很热闹，水平还是欠佳”，“过去的楚辞学者大都国学基础深厚，现在的楚辞学者则大抵基础有限，仅凭一股聪明劲连猜带想”。不独楚辞学界，“有一些关于李白家世研究的论文，他们写得好像亲眼所见、亲耳所闻那般，几乎是在创作小说”。而评骘的专业书籍不下百种，即使作为书评集来读，也已琳琅满目。如在论及通史类著作时，周先生予以好评的是范文澜的《中国通史简编》：

> 相对于王（国维）、陈（寅恪）、吕（思勉）、邓（之诚）等传统文史学家，范文澜被称为“新史学家”。其实，范文澜与陈寅恪是同时代的人。我很喜欢阅读范文澜的书，他观点明确，说好说坏，绝不含糊，而且看法每与他人不同。别看他是中国共产党中地位最高

的老学者，实际上他在评价前人时，每持儒家观点，这只要看他对李白、杜甫、王维的批评即可明白。他对文学艺术都很内行，常有一些精辟的见解，对人有启发。

而颇有保留的是新编二十二卷本的《中国通史》：

这套书大概是目前篇幅分量最大的中国历史著作。因编撰人员太多，又分散编写，体例较难统一，水平参差不齐。强求一致，则又束缚住了大家的手脚，难得深入。我想，我们还是应该老老实实地做学问，不要去追求那些吹捧出来的"声望"。

书中这样切中肯綮的评点比比皆是，如论陈寅恪著作说：

北京三联书店出版的《陈寅恪集》，这是一件好事。我赞成研究生细读陈寅恪的论文，主要是指那些收录在《金明馆丛稿初编》《金明馆丛稿二编》中的论文，还要去读《隋唐制度渊源略论稿》《唐代政治史述论稿》《元白诗笺证稿》等专著。这套《陈寅恪集》收录了三大册的陈寅恪"读书札记"，我想，出版社大概是考虑到编辑"全集"之故，讲究"全"，所以连这些"札记"也都收录进去。这也是很好的措施。但我认为，研究生阶段不必花太多时间去读陈寅恪的"札记"。这些"札记"是陈先生一边读书一边做的笔记，有的批在书眉上，有的批在边上，或写成了夹注，都较零碎，不成体系。这些观点逐渐成熟以后，大都已吸收到后来正式发表的论文中去了。虽然陈寅恪《读书札记一集》是与《新唐书》《旧唐书》有关的部分，你也不必花很多气力一条一条地阅读，这对你现在的工作没有太多实际意义。当然，快速地翻一下，看能否提供一些有用的材料，也是应该的。研究者因需深入探讨陈寅恪学术观点的形成，必须翻一翻这些“读书札记”，看看他的学术观点如何从零碎的“札记”发展到完整的“论文”，那是很有意义的。

不是既精通唐代文史、又精通陈氏学术（而不是对陈氏盲目膜拜）者是不能做出这样既辩证又切实的指点的。这样的教学实录，不仅可以使在学的研究生们得到有益的参照，也为众多研究生导师们提供了实际的榜样。但这是真积力久自然而臻的境界，却不是照猫画虎之流可以轻易学得到的了。

（《文景》2005 年第 4 期）

师门问学见风范

陈　辽

谈起20世纪学术通人，学者们挂在嘴边的是王国维、鲁迅、陈寅恪、郭沫若、胡适、钱钟书……在某些人看来，新中国没有造就出学术通人。事实上，新中国成立至今已五十六年（而王国维只活了五十岁），从20世纪50年代起，老一代国学大师就对学子作薪火之传，经过半个多世纪的传承，新中国已经有了自己的学术通人。据我所知，南京大学博士生导师、周勋初教授（1929—　），便是新中国造就的学术通人。

首先，他对先秦文学至清代文学以至西学东渐后的中国古代文学，具有深厚的学养和精湛的造诣，并且都有代表性的著作。先秦、两汉文学研究有《韩非》《〈韩非子〉札记》《九歌新考》《释"赋"》《赋体评议》《王充与两汉文风》等著作；魏晋南北朝文学研究有《魏晋南北朝文学论丛》《张骘〈文士传〉辑本》《文心雕龙解析》等著作；唐代文学研究有《高適年谱》《诗仙李白之谜》《唐诗文献综述》《唐人笔记小说考索》《唐代笔记小说叙录》《唐语林校证》等著作；宋代文学研究有《北宋文坛上的派系和理论之争》《宋人发扬前代文化的功绩》等论著；对元、明、清文学研究，在《师门问学录》（周勋初和学生余历雄合著）中也有诸多创见；西学东渐后，则有《西学东渐和中国古代文学研究》的论著；对当代学术研究，又有《当代学术研究思辨》论文集。周勋初弘扬我国文史不分家、"文史互证"的学术传统，有《文史知新》和《文史探微》的论著。周勋初不仅重视古代作家作品，而且对文学批评也深有研究，著有《中国文学批评小史》。此外，由他主编或参预编写的有《唐钞文选集注汇存》《全唐五代诗》(他是第一主编)、《唐人轶事汇编》《宋人轶事汇编》《唐诗大辞典》,等等。2000年,《周勋初文集》七大卷出版,由新中国造就出来的学人中,享受这一殊荣的,周勋初是第一个。

我们说周勋初是学术通人,还因为他学识渊博,能够回答他带的博士生提出的许多生僻但又关系到文学研究基本功的诸多问题。他带的"关门弟子",最后一名博士生是马来西亚的青年学者余历雄。这位余历雄是个勤奋好学又好问的人,而且是个有心人。他把周勋初每次对他提出的问题回答情况,每次针对不同的课题对他施教的情况,每次对他的论文(小论文、中论文、博士毕业论文)写作指导的情况,一一作了详尽记录(按:周勋初外出讲学期间,莫砺锋教授代他指导余历雄,余对莫的指导、答问也作了四次记录),前后共54次。余历雄的提问,涉及古今文人、学者近百人,古今著作近200部(篇);周勋初的答问、施教和对论文的写作指导,论及和涉及的古今文人、学者共四百五十多人,古今著作近八百部(篇)。洋洋大观,达23万字(含《附录》)。这份学术记录,现已以《师门问学录》的书名由凤凰出版社于2004年12月出版。

第一,周勋初有问必答,体现了他广博精深的文史功力和严谨规范的治学精神。青年学者余历雄并非一般的博士生,读博前,他已有一定学养,所以他提出的问题很有分量,如果不是像周勋初那样从先秦到清代,对古典文学以及对中国历史都有精湛造诣的学者,是很难当场作出完满的回答的。这里仅举数例,以见一斑:

余历雄问:章学诚《文史通义》是否具有"文学'战国中心'意识"?周勋初当即对章学诚的生平、学术作了简介,而后答问:章学诚的这个说法有他自己的道理,可以作为我们对中国文学史研究的一种启发,但不能当作一个"结论"。如果仔细推敲,章学诚的说法也有不通之处。他的例证是:"今即《文选》诸体,以征战国之赅备。"然后他从汉魏六朝各种文体的作品中，分别举出一些文章的特点，以证明在战国时期的著作中已有这样的特征。从目前的学术研究来看，要作这样的“论证”并不会有太大的困难，但也不会带来具体的“结论”。其实，章学诚的目的不在“文体论证”，而是探讨中国学术史上经、史、子、集变迁的“势”。他在追溯文章、著述与文体源流的演变之际，同时也辨析“战国著述”与“后世之文”的继承关系，见解颇有独到之处。周勋初的答问共一千数百字，可作一篇《文史通义》的小论文来读。

余历雄问：陈振孙《直斋书录解题》卷四《新唐书》条末有“随斋批注”四字，开头又称“文简”云云。书内亦多处出现“随斋批注”的文字，“随斋”其人为谁？这是个较生僻的问题，不料周勋初又随即回答：上海古籍版《直斋书录解题》（徐小蛮、顾美华点校，1987年）附录二载有陈乐素《直斋书录解题作者陈振孙》一文。陈乐素广征载籍，考证得清楚：程大昌，谥文简；其曾孙程棨，字仪甫，号随斋，元时人。陈乐素（1902—1990）先生是陈垣的儿子，号称当代中国“宋史三大家”之一，其他二人为邓广铭（1907—1998）与聂崇歧（1903—1962）。如此即时而又正确的答问，不但使余历雄折服，也使我们读者对周勋初的学问钦佩不已。

余历雄问：韦绚《刘宾客嘉话录》载述刘禹锡、柳宗元品评韩愈《平淮西碑》，其中提及“薛伯鼻修史为愬传”一事，薛伯鼻其人未详。周勋初当即告诉余历雄：我在《唐语林校证》卷二第219条的校勘中指出，“薛伯鼻”当是“薛伯皋”之形讹。薛伯皋即薛伯高，二名通用。

这样的精妙答问，限于篇幅，不能一一列举。仅此三例，也可见周勋初是怎样博古通今。

周勋初之所以能成为学术通人，除了他在二十世纪五十年代初在南京大学受业于国学大师胡小石、陈中凡、名师方光焘、罗根泽，得益匪浅；并益之于数十年如一日地勤奋治学外，关键在于他有一个整体的中国古代文学观。他把先秦至清代的中国文学视为整体,在整体上加以研究。所以他不像某些学者把中国古代文学切成了一段一段:先秦、两汉、魏晋南北朝、隋唐五代、两宋、元明清,只搞其中的一段,专则专矣,但缺少通体的了解和把握,更没有对他所"专"之外的文学进行深入研究。再就是他做学问贵在创新,在充分掌握了足够的史料或发现新史料之后提出一家之言。第三,他为文立说尽量向深处开掘,达到较大的理论深度。因此,周勋初成为新中国的学术通人,并非偶然。

一代学术,总得由一代学术通人作为代表。我希望,新中国有更多的学术通人出现!

(《江苏工人报·省城视窗》D版,2005年9月21日)

亲师向学　以敬以乐

徐　玥

《师门问学录》是师徒合作的一本书，它是马来西亚籍学生余历雄在南京大学中文系师从周勋初教授攻读古代文学专业博士学位时所作的问学笔记。自 2001 年 2 月至 2004 年 1 月，6 个学期，共 151 篇"问学录"的每一篇都有具体的时间记载，展示了余历雄在博士生阶段的问学过程。学生能如此有心并细致地做这样的问学记录，甚为难得。

以体裁而论，《师门问学录》似属于"问答体"，学生和老师之间的一问一答，很容易让人联想到《论语》和《朱子语类》，以及清代书院山长和生徒之间的"问答"，如李兆洛在江阴暨阳书院的《暨阳答问》，朱一新在广东学海堂的《无邪堂答问》等等；与体裁相关联的，就是那种亲切的问学形式。《师门问学录》是年逾七十的周勋初教授和关门弟子之间一对一的答与问，它真实地反映了学生是如何被老师"领进门"以及如何"修行"的过程。这种问学记录因此也具有"个案"和"样本"意义，尤其是在研究生扩招的今天，它的意义不可忽略。

一直以来，我们似更注重讨论如何培养研究生的一些教育理论或教学方案，对于如何将讨论的内容付诸实践，往往不太在意。对于研究生应该如何读书、如何发现问题、如何循序渐进等问题，因为缺乏可资参考的具体例子，大多是走一步再看一步。此外，对于硕士生、博士生的求学经历，外人多少总有一种"神秘"的印象。虽然一些学位论文的"后记"中介绍了一点作者自己的学习过程，但大多都是寥寥数语的追述，轮廓简单，且多有雷同之处，似乎很难启发后来求学者的思想火花。《师门问学录》代表了南京大学中文系古代文学专业攻读博士生课程的一种情况，书中提供了许多生动的教学画面，大致能够如实地反应出导师与学生之间“答疑”与“问学”的过程，这对于当下研究生的培养，可以提供许多有意义的启发和参考。

近年来，研究生扩招已经成为一种引人注目的现象；不能回避的是，在扩招过程中，教学质量也会有所下降。原来一个导师最多也就指导两到三个学生，现在，指导研究生的人数则成倍增长。学生人数的激增，使导师根本无法做到因材施教，学生与导师之间有了隔膜，难以建立亲切的师生关系；培养的研究生，极有可能变成机械化生产流水线上的产品。在这种无奈的情况下，《师门问学录》中所具体记录的“一对一”的教学样式，确实能让人有眼前一亮的感觉。它比较完整地反映出了研究生阶段导师的“教学”与学生的“学习”情况，不仅全面周到，而且细致入微。导师不仅给予学生学习上的指导、传授学生专业上的知识，他们日常生活中的“师范”意义亦很重要，学生会在耳濡目染的过程之中受到人格上的感化。梅贻琦曾说，师生一道，就是要有“从游之乐”，即“大鱼尾随，是从游也。从游既久，其濡染观摩之效，自不求而至，不为而成”（梅贻琦《大学一解》）。钱穆在《新亚遗铎》一书中谈到新亚书院旨趣时曾说：“上溯宋明书院讲学精神，旁采西欧大学导师制度，以人文主义之教育宗旨沟通世界东西文化……惟有人文主义的教育，可以药近来教育风气专门为谋个人职业而求智识，以及博士式、学究式的为智识而求智识之狭义的目标之流弊。……侧重训练学生以自学之精神与方法。于讲堂讲授基本共同课程外，采用导师制，使学者各自认定一位至两位导师，在生活上密切联系，在精神上互相契洽，即以导师之全人格及其平生学问之整个体系为学生作亲切之指导。务使学者在脱离学校进入社会以后，对于所习学业仍继续有研究上进之兴趣与习惯，以药近来大学教育专尚讲堂授课，口耳传习，师生隔膜，以致学者专以学分与文凭为主要目标之流弊。”（第15页）钱穆所强调的是人文主义教育理念，恰是当今大学教育中缺少的，《师门问学录》提供的个案所体现出来的教育观念和教育方式，在某种程度上与以前优秀的传统教育思想一脉相承。

就专业角度而言，《师门问学录》中，师生的“一问一答”，表现出周勋初教授对中国古代文学和文献学等问题有自己独到的看法。例如，在“问学录（一）”中，余历雄提出这样一个疑问：“《世说新语·文学》篇‘简文称许掾’条刘孝标注引檀道鸾《续晋阳秋》曰：‘……至江左佛理尤胜，故郭璞五言始会合道家之言而韵之。’余嘉锡笺疏曰：各本‘至过江，佛理尤胜’，又引《文选集注》卷六十二公孙罗注引檀道鸾《论文章》，作‘至江左李充尤胜’。程千帆先生《文论十笺》上辑《南北文学不同论》叙魏晋诗风时笺注曰：‘至过江，佛理尤胜’七字原误在‘故郭璞五言始会合道家之言而韵之’十五字之前，今据文义乙正。”这个问题究竟应该怎么样看待？“这一校勘学上的问题，历来争论已久，至今仍然看法不一。”周勋初教授对此提出了自己的观点：这主要是文献记载与历史事实之间，有不相符合之处。《世说新语·文学》篇“简文称许掾”条刘孝标的注文和余嘉锡《世说新语笺疏》的案语，两者都有说不通的地方。现在虽存有唐钞本《文选集注》，但檀道鸾的这段话还是很难理解。通过分析，周勋初教授指出，余嘉锡笺疏的说法虽有文献依据，但不能圆满解决问题；程千帆的观点虽然现在缺乏文献依据，但疏通文义一无障碍。这是在用“理校”的方法校勘古书中所谓“上下两句误倒”的例子。虽然目前学界中大多数人仍然较倾向于余嘉锡的说法，不过他还是相信，以后情况是会有所变化的。所以，他赞成余历雄在论文中采用程千帆的观点。问题虽然很小，可是对于理解古书、研究中国古代文学等却非常有意义。从这些记录当中，不仅可以看出余历雄在博士生学习过程中的刻苦、细心与悟性，更反映出了周勋初教授知识的全面性以及观察问题的深刻与独到。这本书中,我们还可以看到周勋初教授对余历雄在各个方面都有充分的关心与指导。例如,余历雄就有关唐代小说研究的历史情况、中唐文学的课题研究情况、如何判断《宋稗类钞》与宋人笔记小说所载轶事的史料价值等重要问题提出了疑问,周勋初教授都一一介绍评说。对余历雄提交的各个论文,周勋初教授都作了认真的解读与批改,甚至对于引书格式的规范问题都提出了严格的要求。

由于《师门问学录》记录的是导师与学生之间的谈论,所以它不像课堂讲学那样有比较严格的规范性、周密的体系性。谈话一般都是比较随意的,这样,它既有课堂讲学所难以达到的生动性、趣味性,又具有私人性,比较能够如实地反映出问题的本来面貌和导师对某一个学术问题的真正理解,其中后一点特别有意义。

譬如,余历雄想了解有关前辈史学家治唐史的著述与治学情况,周勋初教授向他介绍了除王国维、陈寅恪之外较著名的前辈史学家:吕思勉、邓之诚、岑仲勉、向达、范文澜等等,并向弟子一一介绍:吕思勉写了好几部通史和断代史,还有一些政治史、专题史方面的专著,著作量非常丰富。其中写得最好的是魏晋南北朝及隋唐部分。他的几部中国史著作,一般都分为两部分,上部用纪事本末体,讲政治上的大事;下部为新式的"九通"、"书"、"志"之学,讲社会结构、典章制度与文化学术等。他用的材料都经过考核,还注明出处,便于参照与引用。邓之诚著有《中华二千年史》《清诗纪事初编》《骨董琐记》等,他记性很好,对文献也非常熟悉。《中华二千年史》的思路与吕思勉有些相近,他自云采纪事本末体,而又纲目清晰,似更接近清代史学札记的传统。吕、邓二人都是兼通文学、史学的大学者,能对中国学术作总体的考虑,既能独立完成史学著作,又能独立撰写文学著作。岑仲勉、向达二人接受欧美学术研究方法的影响,他们对近代东西方的汉学研究成果都有相当广泛的涉猎，虽然其研究范围不及上二人广阔，但研究成果却很有深度，可称专门之学。如岑仲勉的《唐史馀瀋》《隋唐史》，向达的《唐代长安与西域文明》。《隋唐史》融入了岑仲勉长期研究文史的许多心得，见解每与他人不同，如对武后与牛李党争的评价等，他对唐人与周边民族的关系甚为重视，也很关注宗教、民俗和社会风气。此外，自二十世纪八九十年代以来出现的隋唐史，较好的还有王仲荦的《隋唐五代史》和台湾政治大学王寿南教授的《隋唐史》。《隋唐五代史》篇幅很大，吸收了学界的最新研究成果，材料丰富，分析细致，立论持平。《隋唐史》叙事条理明晰，遇到复杂的问题则以图表显示，所制图表达数十种之多，读时一目了然，也有其特点。范文澜《中国通史简编》修订本是以马克思主义观点为指导思想编写的历史著作。相对于王、陈、吕、邓等传统文史学家，他被称为"新史学家"。他观点明确，看法每与他人不同，评价前人时，每持儒家的观点。他对文学艺术都很内行，常有一些对人有启发的精辟见解。英国人崔瑞德编著的《剑桥中国隋唐史》中的史学观点很有新意，可提供我们借鉴参考。但其对中国古代文献的掌握与处理上有些问题。郭沫若被人称为中国新史学（即马克思主义史学）的开山祖师。他的主要贡献在先秦史方面。顾颉刚编《古史辨》，影响不可小视。他培养了许多学生，但其成果大都在先秦领域。谭其骧在他影响下专治历史地理，贡献尤大。前些年出版的全22册的《中国通史》，大概是目前篇幅最大的中国历史著作，因编撰人员太多，又分散编写，体例较难统一，水平参差不齐。总主编也是顾颉刚的学生，但与国内同行专家相比，他的研究成果不能算是最高的。周勋初教授的这些介绍，很难一下从书本上获知，可帮助余历雄在研究过程中少走弯路。如此评说众书，其功用近似于专题书目，有利于对某一问题研究状况的总体把握。

周勋初教授在向弟子荐书时表达的对这些学者治学的一些评价

和看法，已经具有学术评论的性质和学术史的意味。譬如，余历雄就该如何看黄永年先生所著的《唐史史料学》一书向周勋初教授请教，周勋初教授指出：这是一部唐代文史研究的重要工具书，黄先生对现存的唐代史料与相关的著作，都作了很好的考辨。特别是对《旧唐书》与《新唐书》的分析评判，最见功力。但书中也有些小疵，如对《刘宾客嘉话录》的版本介绍就有不足之处。当然，像《唐史史料学》这一类的书，牵涉到的典籍和材料太多，学界不断推出新的研究成果，一个人也不可能一一看到，黄先生年纪已大，对新材料和新书的成果不能充分吸收，也可理解，这也是无可奈何的事。这些中肯的评介都会给余历雄的学习很大帮助。

《师门问学录》能让人感受到传统书院讲学，以及中国现代学术史上清华研究院讲学的流风余韵；此种讲学方式，在当今的研究生教学中，希望不至于绝无仅有昙花一现。包括南京大学中文系在内的研究生教育已有向大班教学方向发展的趋势，师生皆有忧虑之心，如何改革调整，已迫在眉睫。希望改革与调整能够从中国优秀的教学传统中找到一些可供转化利用的资源。

（《博览群书》2005 年第 5 期）

师门问学勤为径

吴正岚

2004 年 12 月，凤凰出版社（其前身是江苏古籍出版社）出版了一部由导师和学生共同署名的书：《师门问学录》。此书是南京大学中文系马来西亚籍留学生余历雄师从周勋初教授攻读古代文学博士的三年间所作的问学笔记。它不是靠聪明才智写成的，而是由导师大量的心血浇灌出来的。这份蕴涵着极其丰富的学术内容的记录，可以从学术史和教育史的多重角度加以解读：可以把它当作古代文学研究的治学门径谈，也可以视之为文史研究综述，还可以从中了解周勋初教授的治学方法。而在研究生培养质量普遍下降的今天，这本书最令人感慨不已的特点则在于它是南京大学中文系古代文学专业攻读博士研究生课程的一份教学实录，它向我们具体展示了南京大学古代文学专业教师培养博士生的指导内容与培养过程，生动表现了他们以培养古代文学研究的优秀人才为目标，倾注大量精力和心血，从知识积累、治学方法和学术规范等各方面对学生进行系统训练的情形。因为它不是刻意的创作而是三年教学过程的自然记录，因而显得特别珍贵。

《师门问学录》形象地说明了周勋初教授等人为实现这一培养目标而倾注的大量精力和心血。就时间而论，从余历雄入学起，周勋初教授便定下了师生两周见面一次的"学规"。细心的读者通过 54 次的问学录可以发现，周勋初教授和莫砺锋教授在三年中几乎从未间断对余历雄的隔周一次的指导。

更令人惊叹的是 54 次问学的丰富内容。师生间除了偶尔论及校园建设等问题外，几乎把全部时间都花在探讨学术问题上。这本问学录中，单是与余历雄的博士论文有关的、唐代文学与史学的文献典籍、研究状况、治学路径等诸多信息，就颇令人有琳琅满目、目不暇接之感。此外，"问学"还论及历代学术文化与文学研究关系的数十个问题。据不完全统计，仅涉及的典籍、专著和论文就达八百多种（篇）。尤其值得注意的是，对于论及的每一个学术问题，导师都提出了不同于他人的学术见解，并向学生提示了继续探索的方向。

《师门问学录》记载了余历雄所接受的严谨而系统的学术训练。首先，在知识积累方面，由于余历雄在师从曹虹教授攻读硕士学位时已阅读了先唐的基本典籍，周勋初教授便不再要求他像其他博士生那样从阅读《诗经》《楚辞》《论语》《孟子》《庄子》《左传》《史记》《文选》《文心雕龙》等典籍入手，而是让他直接进入唐宋文学的学习，学习的起点也是研治原典即"广泛阅读唐宋文人的别集"，与此同时，周勋初教授还要求余历雄掌握相关的政治、思想、文化背景，这正体现了周勋初教授一贯坚持的、使学生了解"古代学术的源流"的教学思想。

其次，向学生传授文献扎实与视野开阔并重的治学方法。周勋初教授推崇王国维、陈寅恪等老一辈学者既继承清代朴学又吸收西洋新方法的治学思路，他本人的学术研究从多方面丰富了这一研究方法的内涵，因而被誉为"新朴学"。周教授还一贯以这一思路培养学生。他常常鼓励余历雄大胆提出新见，多次阐述"我们撰写论文并不要求写得面面俱到，而是要有突破口，要能启发思考"的观点。他认为，学术创新意味着在可靠扎实的文献基础上，运用归纳法和演绎法，开拓文学史与思想史、文化史综合研究的思路。在《师门问学录》中，周教授15次提到了原始文献与研究理论相结合的观点。值得一提的是，在《师门问学录》中，周教授50多次提到文献可靠的必要性，具体论述了文献功夫的主要内容：一是学术研究要广泛运用各方面材料，如唐代文史研究应重视唐代笔记小说资料；二是归纳法研究要争取做到"竭泽而渔”；三是注意辨析版本优劣、材料真伪。与此同时，周教授 30 多次谈到思路开阔、视角新颖的意义。相比较而言，周教授对文献问题谈得更多一些，这应当是在学风浮躁的今天更有必要突出文献、而余历雄的论文选题又较多涉及文献问题的缘故。总之，《师门问学录》通过周勋初教授指导余历雄研究“两《唐书》的文史观”这一实例，为我们具体展示了如何运用义理与考据相结合的方法来解决学术问题。

（《中国教育报》2006 年 1 月 26 日〔7〕读书周刊）

传道、授业、解惑的生动实录

——读《师门问学录》

徐宗文

我们传统的教书育人十分讲求个性，所谓“因材施教”一说，即指出具体的教育方法可以也应该因人而异，这是一条颠扑不破的真理。比如《论语》一书对“仁”的阐述，对“为政”的表达等等，孔子就针对不同的教育对象给予了不同的回答，显示了教育思想的丰富性和教育手法的多样化。强调个性绝不意味着否定共性，恰恰相反，个性中包含着共性，从众多个性的教书育人的实践中，我们可以总结和归纳出一些共有的、适合于大多数人的教育方法。无论是历史的还是现实的经验都告诉我们，这些从实践中总结出来的基本规律和普遍方法是每一个从事教育和教学工作的人都应该遵从的。

中国传统的教育实践在这方面给我们提供了十分有益的启示，可是从现实来看，“一直以来，无论教育部或高校院系，大家都只着重讨论培养研究生的教育理论或教学方案，对于该怎么具体指导学生，讨论得较少”(本书第 227 页，以下只注页码)，这不能不说是当下高校教育(包括研究生培养)的一大弊端。近日读到《师门问学录》一书(凤凰出版社 2004 年 12 月出版)，我深深感到，这是一部十分独特的传道、授业、解惑的教学实录，也是一本极为难得的教书育人的生动教材。通观全书，你可以发现，它不是从抽象的理论和古板的教学方案出发，而是从具体的传道、授业、解惑的实践中探讨教育问题——著者周勋初先生和他的马来西亚籍博士生余历雄之间的互动(“答问”和“问学”)，为我们提供了一系列生动的教书育人的案例。他们的做法，周先生自己认为“不一定会得到所有人的认同”（第228页），但我从这些活生生的“画面”中却看出其所蕴含的深刻而科学的教育思想，并坚信这一做法不仅对广大教师、包括莘莘学子们有着重要的借鉴作用，而且对革除当前的教育弊端也有一定的警示意义。

如何“得天下英才而教育之”？自古以来，我国著名的教育家用自己的成功实践为我们总结了许多经验。《论语》一书可以看作（事实上也是）中国古代最典型最权威的教书育人的读本，从第一篇《学而》到最后一篇《尧曰》，都以“问答录”的形式，记载了孔子与其门徒之间的对话，着重反映了孔子对学生传授封建道德、教导修身立业的内容，生动地显示了作为老师的孔子“循循善诱”、“诲人不倦”的形象。正因为这样，“颜渊喟然叹曰：仰之弥高，钻之弥坚，瞻之在前，忽焉在后。夫子循循然善诱人，博我以文，约我以礼，欲罢不能，既竭吾才，如有所立卓尔！虽欲从之，末由也已”（《子罕》）。如果说《论语》一书比较多地侧重于“传道”教育，那么荀子的《劝学》则可以看成是在学习目的、要求、方法等方面对它的继承和发展。此文不仅突出阐述学习对于改变人的本性、培养封建道德的重要作用，而且强调学习必须专心致志，锲而不舍。除此而外，还主张学习要“善假于物”，学会利用有利环境和条件，并且鼓励学生敢于超越老师，出于蓝而胜于蓝。孔子、荀子的这一系列教育实践和论述，到了韩愈那里，被极为精辟地概括为六个字。他在《师说》开篇说道：“古之学者必有师。师者，所以传道、授业、解惑也。”对于“传道”、“授业”、“解惑”，或有不同理解，所谓“诗无达诂”，文亦有此种情况，故我不拟去作具体辨析。我个人暂且把它理解为大致相当于今日所说的思想、能力、知识三个层面，即是说韩愈所归纳和推崇的为师者的三个职能，是指老师一方面要对学生进行思想道德教育，另一方面还要传授技能，传播知识。而这三者之中，其重要性亦可从它的排序中反映出来，即首要的当然是“传道”，其次分别是“授业”

与“解惑”。但在具体的教书育人实践中，却可以先从“解惑”开始，由“解惑”进而“授业”，再通过“解惑”、“授业”过程达至“传道”的目的。这叫循序渐进、寓教于学。

《师门问学录》所记载和反映的就是对传统教育方法的最佳实践，用周先生自己的话说：“自己本来是一名教师，教书育人，是我的本分，也是我的第一任务，因此不管处在什么情况下，总要尽力完成教学任务。”（《序》）作为今日的人民教师，其第一职能自然是教书，即授业、解惑，同时在教书过程中不忘记传道育人。

首先我们打开本书，从开始到结束，几乎每篇每页都有周先生向学生传播知识、释疑解惑的内容，充分显示出他“总要尽力完成教学任务”的努力。这方面的例子举不胜举。例如对于“二王八司马”所谓“革新”、“新政”的评价（第 99 页）、对于韩愈及其唐人排佛行为的理解（第 113—114 页）、对文学理论中有关“贯道”、“载道”关系之辨析（第 143—144 页）等等，都显得极其精辟、深刻——“博我以文”，启人心智。因限于篇幅，不能一一引证。

其次比较多的是他向学生传授治学方法进而培养治学能力的内容，我甚至觉得这是全书的最大“亮点”，也是主要价值之所在。比如怎样选择课题？怎样搜集资料？怎样撰写和修改论文？书中都有一系列的切实指导。不仅让学生知道怎么做，还知道为什么这样做，既可使学生“由之”，又可使学生“知之”。经过这样严格系统的训练，从而从根本上提高了他们的治学能力，即使以后离开老师，也能独立地、从容地进行自己所需要的学术研究。是所谓“授之以渔”，一劳永逸。正如周先生自己所表述的那样：“我们培养研究生不能只看博士论文的厚度或字数，而是必须让研究生受到严谨的方法训练，使之遵守学术规范，指导他们自己拟定长期的研究计划，独立地完成研究项目。”（第 194 页）

例如怎样选择和确定研究课题，这是撰写博士论文、完成博士学业的最基础的一步。对此周先生指导说："我们探讨问题时，提出的问题必须很明确，然后深入分析，具体辨证，不要泛论一切，因为这样做容易引起歧义，见仁见智，达不成共识。"（第14页）这真是智者之见。又如："我们撰写考证性的论文，要能够看得远，看得细，不能是大得无法解决的问题，小得没有实际意义。"（第58页）他在这里虽然是就考证性的论文而说的，其实适用于一切论文。这就告诉我们：论文课题的选择要明确，论题要相对集中，既不要泛泛而论，大而无当，又不要"卑之无甚高论"，小得没有实际意义。

例如怎样收集、整理资料，这是撰写论文的第二步。对此，周先生首先从具体事例出发指导说："从事'作家研究'或'文学流派研究'必须以阅读作品为主，不能以阅读他人的论著而先入为主。"（第18页）并举例说："关于'桐城诗派'，你可以翻阅《方望溪集》《海峰先生文集》《惜抱轩文集》等，自己试作比较，看看方苞、刘大櫆、姚鼐等是否有'诗派的意识'？再读姚鼐、吴仲伦、方东树等人的著作，看是否在理论上有建立本地域的诗派的自觉？"（第18页）其次说："撰写论文引用前人观点时，要注意两点：(1) 要引用第一个提出这种观点者之成果；(2) 要引用首出的单篇论文，不要转引后出的书。"（第76页）再次说："从校雠学的角度来说，著书并不以罗列版本为贵，而应该将掌握到的版本梳理出几个系统，校勘之时，只要抓住几种系列之中的首出之书，也就可以执简驭繁，不致多歧亡羊了。"（第103页）以上三点，皆是从实践中总结出来的宝贵经验，看似无关宏旨，但实在是值得治学者认真参考的。最后，周先生还告诫说："若想归纳出正确结论，那搜集的材料必须全面，而且要排除主观成见，不能只采用自己所需要的材料。"（第214页）这可以说是今日学者之共弊，一针见血，发人深省。

再如如何撰写和修改论文，周先生针对有些青年学者"写尽所知"

等缺点，首先提醒说："撰写论文之前确实必须掌握大量的材料，但不是将所有的材料都写进去，而是取决于这些材料能否解决问题。"（第145页）并进一步指出"撰写文章时要特别注意：著述立论必须严谨有物，不能妄发空泛浮夸之言"（第28页）；又举例说："如果我们选择'比较研究'的课题，应该考虑'求其同不如求其不同'。例如，求苏轼兄弟之同，不如求其不同；求鲁迅兄弟之同，不如求其不同。这样的研究课题将会更有意义，便于读者去掌握，去领会。"（第32页）本书的另一位导师莫砺锋先生也说："我们读书做学问，需要有多方面的'知识背景'之学问，更要能够有一种从'知识背景'中'跳出来'的智慧。"（第81页）"读书，'博'之后要能'约'，不能'流荡不返'。撰写博士学位论文，纲目章节之间应该要有整体的、宏观的思考，这与撰写单篇论文的情况不一样。"（第85页）"撰写论文讨论问题，往往必须在动笔之后，才能够看清楚问题之所在。如果你们始终没有动笔，即使有再详细的提纲和章节，所要讨论的问题依然是模糊不清的。"（第90页）这些确是经验之谈，倘若不是曾为个中之人，如何解得其中三昧？不仅如此，周先生还从文章风格上提出更高要求："我们撰写论文并不要求写得面面俱到，而是要有突破口，要能启发思考"（第136页）；"要能够精简利落，一气呵成，还要讲究文章的'气势'，给读者的思维带来'刺激'，豁然通解。"（第145页）这些意见，既不属宏通的理论，也不是教条和程式，而是切实、灵活的具体指导，相信对于博士学位论文的写作一定具有很大帮助。

最后要强调的是，周先生在"解惑"、"授业"的同时不忘记"传道"，从思想道德的层面，循循善诱，润物无声般地进行"育人"。颇有意思的是，周先生这一回"传道"的对象不是本国学生而是外籍学生，因而他的"育人"方法不是采用那种习见的、惯常的思想政治教育，而是从一般伦理道德的角度，从立身、处世、做人的方面展开，既有针对性（个性)，更有普遍意义(共性)。例如如何在学术界立身？“目下学界有这么一种风气，学生一味吹捧老师，不管是不是符合实际，因为‘名师出高徒’，目的还在抬高自己。”(第13页)借老师的名气或朋友的关系发表文章，这大概也是当前学界的一种“媚俗”之风。因此，周先生严肃地劝告自己的学生说：“如果以后需要发表论文，若有提到我之处，就直接写‘周勋初’，不要写成‘周勋初师’，免得审稿的人以为你要靠老师的面子来过关。这样影响很不好。你要有信心，要靠自己的实力闯出一条路来。”(第112页)又如如何处世？周先生说：“我们应该关心学界的动态，但在学生阶段，首先应该好好学习。做博士生，应该关注社会上的各种思潮，但不要牵扯太多精力，我也不赞成你去参加这样的讨论。”(第16页)这个要求完全是通达情理的：关注学界动态或者社会思潮本也无可非议，但不要投入过多；如果参与无休无止的争论，不仅影响学业，也影响人际关系。再如如何对待师生关系，这也涉及处世、做人的问题。周先生对学生说：“你们学生一辈的人对前辈学者固然要尊重，但不应盲从，应该了解他们的优势在哪里，短处在哪里？那么无论是向他们学习，抑或判断学术上的纷争，都可心中有数而不致目迷五色了。”(第214页)对老师尊重而不盲从，这是做学生的准则。如果一味盲从，不仅在学术上“目迷五色”，甚至在思想上也可能成为老师的信徒和奴隶，这是绝对要不得的。《师说》里说：“人非生而知之者……弟子不必不如师，师不必贤于弟子。闻道有先后，术业有专攻，如是而已。”周先生的意见与韩愈的思想可谓一脉相传，异曲同工。难能可贵的是，一个很有学问的导师，面对自己的学生愿意讲出这样的话题，这不仅是一个学识问题，也是一个“个人修养”的问题，非常值得敬佩！

当然，由于种种原因，周先生在本书的释疑解惑中可能也存在极少的偏颇和遗憾，我愿在此“录”出，也算“问学”之一种吧。比如“刘禹锡认为，段碑是仿效班固《燕然铭》，'别是一家之美'，因碑铭之体应该用骈文撰写，所以段碑较韩碑好"（第109页）。碑铭之体一定要用骈文写？蔡邕是碑体大家，所作碑文甚多，如其《郭有道碑》等，虽有骈化倾向，但不应视为骈体。刘勰说："夫属碑之体，资乎史才。其序则传，其文则铭。标序盛德，必见清风之华；昭纪鸿懿，必见峻伟之烈：此碑之制也。"（《文心雕龙·诔碑》）"其序则传，其文则铭"，指出了碑体的特色，而"传"和"铭"皆非关骈体。碑铭变用骈体，或是后来之事。这句话无论是刘禹锡说的还是周先生自己的意思，似乎都应予以澄清。第50—51页论述"三教论衡"达至三教圆通乃至对社会稳定的作用时说"中国历史上从未发生过宗教战争，即是明证"。此话原本没错，但对于外国学生来说，如果能够补上一句"虽然从未发生过宗教战争，但中国历史上的战争却常常以宗教手段发动"，可能更具有解惑的作用，殆可避免认识的片面性。

读《师门问学录》，我不仅服膺于周先生的教育思想、教学方法，更感动于他认真的教学态度，这正是本书在现今整理、出版的意义之所在，也反映了本书的"独特"和"生动"之处。周先生不仅身体力行，在书中还特别批评了导师中两种最典型的不负责任的现象（第195页）。其一是：有些导师自己承担某个研究项目，则让学生做这个项目的子课题。比如导师做韩愈研究，就叫自己的学生分别做韩愈的诗歌、散文、文论、思想以及交游研究等，每人负责一部分。周先生认为，这样的研究只是配合导师完成了项目，然而对学生来说缺乏系统的专业训练，具有很大的缺陷。其二是："有的博导同时带十几个博士生、十几个硕士生，大批量地生产研究人员，情况已经到了令人担心的地步。"周先生"担心"的这种现象，不只是博士、硕士研究生培养中的"缺陷"而已，简直就是误人子弟。有资情反映，当今的博士生、硕士生导师带学生，一带就是几十个，三年下来，连学生还认不全，被人们讥为"放鸭子”，真是教育界和学术界的一大悲哀。据史书记载，当年董仲舒、马融传授生徒，常以千数，有所谓三年不窥园、莫或见其面之说，始终不信，未料现实中的博导、硕导，水平不及董、马，而行为处事则过之，真是令人大惑不解，又啼笑皆非。但愿教育界、学术界的老师们都能像周先生那样传道、授业、解惑，真正把教书育人这一篇大文章做好，以不辜负人民教师——人类灵魂工程师这一光荣称号！

（《曲士语道》，徐宗文著，江苏教育出版社 2008 年 10 月版）

访谈录七种

扎实空灵　博通专精

徐雁平

一、顺其自然地攀登

徐雁平(以下简称徐):周先生,我记得第一次拜访您是在2000年,当时还请您在我带的一本《当代学术研究思辨》上写了一段话。毕业后留古典文献研究所工作,多次聆听您谈学林掌故和治学心得,受益很多。这次受《中国文化研究》委托,请您较为系统地介绍您的学术研究和教书育人的历程。回忆总是要从头说起,请您谈谈青年时期的求学经过。

周勋初先生(以下简称周):时间过得真快。回头看看自己所经历的艰难岁月和安定的年代,是有不少感慨。近些年,因为各种机缘,这类回忆文字也零星写了一些,你可能看过一部分。

我于公元1929年生于上海郊区南汇县西周家宅的一个中小地主家庭。中、小学阶段,由国民党统治到沦陷于日本侵略者,抗战胜利后又恢复到国民党统治,兵荒马乱,生活极不稳定,学习极不正常。小学读了五年,换了五个学校,中间还从一位秀才读了半年私塾。高小五年级未读,跳级进入上海静园小学,突击记下英语二十六个字母,随后慢慢补课直到毕业。父亲周廷槐先生,毕业于光华大学中文系,曾在全校作文比赛中夺魁,受到校长张寿镛的赏识,但在日本发动太平洋战争后即告失业。我也在读了一年初中后失学回家。闲居一两年后，又跳级就读周浦中学。这时正值日寇投降，父亲找到了工作，我又有了机会进入上海沪新中学读书。父亲深感文科学生求职困难，于是让我学理科。该校只上半天课，化学、物理负担很重，但从未做过一次实验，纸上谈兵，学的都是空头理论。况且初中二年级因跳级而未读小代数，高中二年级上大代数，一直处在似懂非懂的状态，仅能勉强应付。

我踏上古典文学的道路，带有很大的偶然成分。高中阶段读的是理科，但我对历史一直较感兴趣，因为小时在农村长大，没有任何文娱活动，只能听听浦东说书。什么薛仁贵征东薛丁山征西之类，倒也头头是道，听来兴趣盎然。找章回小说来读，什么《七侠五义》《小五义》之类，读得不少。随后又读《水浒传》《三国演义》，一百零八将都背得出来，这就算是培养起了一些文化方面的基础。

1950 年，招生广告上说有一所学校文史系要招生，这很合我的胃口，于是我就填了个第一志愿，但随后情况有变，结果考上了南京大学中文系。只是入学不到半年，发现肺病仍未痊愈，不知是高考体检时因疏忽而让我漏网了呢？还是其时适值有所好转，这时又告复发？万般无奈，只能转入疗养宿舍，直到三年级结束时才恢复健康，转入正常的学习生活。总的说来，大学四年，只有最后一年才用功读了些书。

我步入正常的读书生涯，是在南京大学开始的。当时有不少名师，如胡小石、罗根泽、方光焘、陈瘦竹等先生，都曾给我很大的影响。大学毕业，胡小石、罗根泽两位老师向校领导推荐，希望把我留下任教，但终因出身不好、表现不佳而不能留校。对此我并不怪怨任何人，根据当时的标准，我自然不能进入本校老师行列。

这时中国文字改革委员会新建，需要人，而与我同一年级的全国大学生都已提前一年毕业，这样我才有机会分配到该会的汉字整理部。前后两年半功夫，主要做编制发布《汉字简化方案》的具体工作。1956 年时，知识分子政策出台，胡小石先生开始招收副博士研究生，他希望我回去继续跟他学习，于是在年底又考了回来。自此以后，我再也没有离开过南京大学。1959 年改为助教，1961 年升为讲师，1980 年升为副教授，1984 年教育部特批为教授，1986 年批准为博士导师。

徐：您去年在八十岁生日庆祝会上的致辞真挚感人，您特别讲到地主家庭出身和“落后的政治表现”所造成的艰难处境，在这种处境中您是如何读书的？

周：如果从上面所说的简历而言，我除了生病外，好像几十年过得很顺利。事实上不是那样，因为家庭出身不好和政治表现落后，我在八十年代前基本上是个时遭冷眼看待的另类。如果从这一点来看，走过的路就有些曲折，时有哭笑不得的事情发生。

我在政治运动之中，始终处在危险状态，但在有关学术的运动之中，常是承担重要的具体任务。因为政治条件太差，只能埋头做做具体工作。自知只是当前业务上有此需要，裹挟到了运动中去，工作中是主力，身份却不明，不知是资产阶级代表呢？还是革命队伍中的一员？这样也就没有什么主人翁感。

我前后教过四年中国文学批评史，因此一会儿被吸收到文艺理论教研组，一会儿被安排在古代文学教研组。“文革”期间，我被吸收进了注释《马恩列斯文艺论著选读》的编写班子，却是从未想到过的殊荣。心想这与个人的政治条件相距太远，不该参加这项尖端性工作，但以前教批评史，也算是吃理论饭，这时召唤你入闱，又怎能推脱？这时还有人拉我一起去教毛泽东诗词，则岂敢当此大任，赶快敬谢不敏。

由于我身份特殊，因此就像棋盘上的一只小卒，让人随手抛掷。“文革”之中又让我去编《辞海》，暑假时集中到上海，住在工作室中，热气蒸腾，但不提供席子，只供应厚被。“文革”结束，我又奉命赴上海辞书出版社去修改此前的修订稿，将工农兵三结合时绞尽脑汁增加进去的革命用语统统删掉。总之，我的前半生，就是这么七颠八倒地任人摆布，生命消耗在种种“革命”行动之中。

因为我有“使用价值”，做事又尽心尽力，每一次去“打杂”，都认认真真去做。但这样就很少有完整的时间用在读书上。教过的课中，除中国文学批评史讲过四遍，其余都是短兵相接，没有什么备课时间，一声令下，就走上讲堂。想起一些贩卖错误知识的情景来，还不免暗自脸红。

任务多变，不可能获得一个专注的机会，因此承担某一任务时，也不存什么长时期钻研的奢望。好在秉性还不算太懒，有些想法，也不愿随便让它忘掉，于是在突击某一任务将毕，改为从事另一项目时，总是想及时地把一些心得记下来。我的几本书，绝大多数是利用突击任务的空隙，或是利用某一偶然的机缘，侥幸抢出来的。

历史发展到某一阶段，总会发生这一时期的特有问题。人处其中，随波逐浪，只有那些得天独厚的人和善于利用形势者，才能大显身手，像我这样方方面面条件都差的小知识分子，只能随顺形势，利用空隙，做些他人不屑做的工作。“文革”之中，百无聊赖，写了几部稿子，这样做，也只是书生积习难除，随手涂抹罢了。当时也没想到日后会有正式出版的一天。时来运转，后来能有机会将往日各种各样的文章陆续编集成册，实非始料之所及。

1991年《文史知识》编辑部约我写过一篇治学之道，当时即以《顺其自然地登攀》为题。若用传统文化中的哲理来说，或许也可以说是道家的处世态度和儒家的进取精神相结合吧。我很喜欢这个题目，觉得它能概括我的读书治学之路。

徐：南京大学因为承中央大学的统系，建国以后由于种种原因，衰落得很厉害。但您在中文系读书时，还得到不少著名学者的教益，请您谈一些当时跟从老师学习的情况。

周:回过头来看,我之所以成为现在这个样子,受社会上主流思潮的影响较小,而受老师的影响较大。建国以后,教学与研究领域中理论上受苏联的影响很大,什么思想性、艺术性、人民性等新名词风行一时;现实主义、浪漫主义、反现实主义等史观,占主导地位;用马、恩、列、斯、毛的语录开道,结合古典文学中的一些材料,演绎成文,也很常见。南京大学的这些教授,当然也在进行思想改造,但仍保留着他们的治学风格,而我受他们影响,走的路子也就显得“陈旧”和“落后”。

老师的榜样起着熏陶的作用,可能对学生的影响比较大。胡小石先生的影响,在我日后的古代文学研究中,是显而易见的。方光焘先生讲文艺学与鲁迅研究,不囿于一般见解,精彩时出,发人之所未发,这种言必己出的精神,对我也深有影响。陈瘦竹先生讲曹禺《雷雨》,特别指出其受希腊悲剧的影响,这种大处着眼的观点,在当时的研究者中是看不到的。因此,从教育方面来说,我受到的启发不光来自古代文学方面,当时教过我各门功课的人,都在潜移默化地起熔铸作用,我一直怀着感激的心情纪念老师。

从学术的传授来说,又像接力赛跑中的传棒一样,老师探讨某一问题,有些想法没有深入下去,学生听后觉得还可开拓,于是在此基础上深入下去。胡先生讲《楚辞》,说到东皇太一这一神名可能由“东皇”“太一”二者合成,此神可能原产齐国,但他未作申述,也未见诸文字。随后我写《九歌新考》一书,其中《东皇太一考》一文,就是申述师说而成的。胡先生认为,阅读古书要看古注。他为我指定的《楚辞》读本是王逸、朱熹、戴震三家注本。王逸注《九歌》,近于隔靴搔痒,但胡先生认为还得认真读,因为这是第一部古注,必然保存着许多古义。我读书时一直遵循着他的教导,注重原始文献,引用材料时,选择首出的第一手材料。这些地方也是清儒所提倡的路子。胡先生、方先生讲课时旁征博引，时见触类旁通之妙。这种学风，具有很强的吸引力。我在年轻时喜泛读，不愿囿于文科教学过于拘守专业的时风，是与师承有关的。

现在江西义宁陈氏家族史的研究很受人关注。我的老师中有一位是陈家的，他就是陈方恪先生，因为他排行第七，大家都叫他陈七先生。他是个公认的才子，诗文水平特高。解放初期他在南京图书馆任研究员，胡先生请他来为我们研究生讲版本目录。陈七先生喜欢清谈，不好好备课，有一位革命第一、学习第二的学生就贴大字报炮轰他，吓得他不敢来了。我倒很喜欢听他讲前朝掌故，所以对炮轰他的人很讨厌，但也无可奈何。

以上说的是几位老师在学业方面对我的指引，我还要特别提的是老师对我的关爱。大学期间因为生病，就想延长一年在校时间，还希望能补些课程。与系主任方光焘先生商量，方先生考虑了一会，答应了我的请求，并说胡先生下学期要开文学史课，他年纪大，以后可能不再开课，你就好好跟着学，其他课就不用上了。胡先生也很高兴，给了一本上课笔记本，让我记录讲课内容。可是第一次上课，大概是因为我这样的“类别”（我连团员都不是）不值得培养，就被人事秘书挡在外面，怎么解释也不让进。胡先生知道后，直皱眉头，限于当时特殊情况，他也不便与行政干部发生直接冲突。我只得去找方先生，方先生发脾气了。方先生是出名的进步教授，人事秘书还没有胆量向他挑战。于是我才有了一年的学习机会。因为精力集中，所以学得较好，对我一辈子影响都非常大。后来我写《九歌新考》，主要得力于这一年的学习。毕业前，方光焘先生对我说，系里老先生年纪大，而年轻教师很少，我应该留下来做助教。可让胡先生提出要求。但我没敢与胡先生讲明。后来罗根泽先生说，他已向组织上提出要求，但组织上说我留下来不合适。我到北京后，从同学侯镜昶那里得知胡先生也提出过申请，也被拒绝。胡先生很生气，说他从来没向组织提出过要求，女儿生物系毕业分到东北，是服从安排，没有要求留在身边。现在让周勋初留校，纯粹是因这学生好学，可以培养，因此请组织上要慎重考虑。

我说这些琐事，主要是表明几位老先生的有教无类的思想。我在最艰难的时候能一步步走过来，主要是得到他们的帮助。我很珍惜在人生最黯淡时得到的温暖。后来我当教授、做古代文学学科带头人，对待学生和年轻教师，很受几位老先生思想的影响。这是中国传统教育思想的精华，要好好继承。

徐：周先生，我看您的著述目录，您在1956、1957年在中国文字改革委员会时有两篇关于语言文字方面的文章，1958年读副博士期间在《雨花》上发表《携手并进》小说。1959年6月有学习金文的报告《禹鼎考释》（与谭优学合写）。我还注意到一个现象，胡小石先生的弟子中多有擅长书法者，而您也没走这条路。也就是说小说、文字学、书法这三个方向，您似乎都没有去发展，这是环境的限制，还是个人的兴趣？章学诚说过，为学要看“性之所近，力所能勉”，您日后选择的文史研究是不是更适合您个人的心性？

周：我这个人前半生没有什么固定的方向，总是在不断地突击，所以现在好多特点都和我的个人经历有关。《禹鼎考释》是课程报告。1956年底回到南大，胡小石先生的治学方法是传统的，所以一定要从小学入手，学习文字学、音韵学。他自己教我们《说文解字》、甲骨文和金文。徐复先生教过一段时间的音韵学。不久“大跃进”就开始了，就和写小说发生关系了。那时已经有下放干部，我去采访下放干部，就写了一篇《携手并进》。写小说不是我的本意。这是政治任务。我自己不可能自发写小说，没这个条件。在大学里教书，这个才是我最大的兴趣。小说写来写去势必会被一个套子套住。如果真的写小说了，按我的个性而言，总想突破套套，触及时弊，政治上可能就有危险了。

搞古代文学这条路还是对的，风险小一些。像我这种出身不好，对家庭的感情又那么深，自己也不是党员，团员都不是。更不可能跟家里划清界限，去揭发家里如何如何。除了古代文学，其他的都不能碰，碰了很可能要出事情。

胡先生字写得好，可以跟他学书法啊。诗做得好，可以跟他学学作诗啊。我个人这方面没有太多的天赋，但也不是说我自己绝对不能做。后来为什么没能跟着胡先生学呢？这与我个人的性格有关系。我每次对工作都是全力以赴，不可能腾出手来再花很多时间干其他事情。比如教课，批评史是五年级的课，要从孔子讲到王国维，全是我一个人讲。那时强调古代文学理论，还要再加讲一门《文心雕龙》。加了这门课后，连备课时间都没有，所以每次做这些事情的时候，觉得压力特别大，只能拼命地干。而且，哪个老师教不下去的课，都叫我去顶替。一会儿教中国散文，一会儿教大学语文，一会儿教文学史。“文化大革命”的时候，我既要编《辞海》，又要编马列文论，又要“评法批儒”，也是耗尽精力。所以我不可能腾出手来，既学写字，又学写诗。总之是条件限制，不是没有兴趣。

二、特殊年代的著作

徐：从您的著述一览表来看，《九歌新考》1986年出版，在著作出版时间序上排第五，但该书是您的第一本著作，而且是在学生时代完成的。这本早年的著作为什么起点那么高？

周：《九歌新考》在我已出版的十几部著作中情况很特殊。这是我的第一部专著，凝聚着学生时代的心血。它的起点高，一是得益于对师说的引申，二是我选择的学术路径比较稳妥，三是因为年轻人的锐气和想象力。

胡小石先生晚年对神话传说感兴趣，因此花在上古神话与《诗经》《楚辞》上的时间很多。光讲《楚辞》，就用了近两个月的时间。我则围绕着讲课找书来读，前后大约花了半年时间。可以说，这是我大学生阶段读书最见成效的一门课程。

胡先生 1959 年 10 月开始为研究生讲《楚辞》，我在重听此课的过程中不断受到启发，此前积累下的一些问题，这时一一贯穿起来，形成许多新的论点，也就一气呵成写了下来。小石师本想让我作神话方面的毕业论文，为此我已读过《山海经》等书，这时已无可能深入下去，只能在构思较为成熟的《楚辞》方面留下一些文字了。

在此期间，我还利用到北京探亲的机会，到北京图书馆去看书，按照从古旧书店买到的饶宗颐《楚辞书录》上的提示找旧杂志看。像孙作云的《九歌司命神考》等文，发表在《清华月刊》一卷一期，外地很难看到。我之所以要去寻找，也有一份好奇心在驱使。但由此我却了解到不少过去有关《楚辞》研究的情况。

胡先生认为阅读《楚辞》三部著作最重要：一是王逸的《楚辞章句》，二是朱熹的《楚辞集注》，三是戴震的《屈原赋注》。这恰好代表了汉学、宋学和清代朴学的成就。千百年来，有关《楚辞》的著作汗牛充栋，势难读遍。我在精读三书的基础上，又对蒋骥《山带阁注楚辞》等书加以泛读，并对清儒的一些研究成果，如《日知录》等书中有关《九歌》诸神的考订，广为搜讨。

胡小石先生是《楚辞》名家，40 年代任教云南大学时，讲授《楚辞》，享誉一时。当时闻一多、游国恩在西南联合大学任教，也讲《楚辞》，呈鼎足之势。只是胡先生未将研究成果撰为专著，因而其影响远逊闻、游二人。我对闻、游二人的著作颇为欣赏，闻先生天才横逸，在在给人以启发，但他得出的结论，却难信从；游先生的《楚辞概论》是当时最好的一本入门书，但我对他在《九歌》方面的研究，也难信从。我在听胡先生讲课之时，常将当代诸家的学说与之作比较，最后结论是，胡先生的说法最为可信。因此，《九歌新考》中的很多论点，即阐发师说而成。

《楚辞》之学，如想要有大的突破，应具很高的识见，胡先生即在见解高明这一层上胜人一筹。例如他在民国十年任教北京女子高等师范时，即以人神恋爱的新说解释《九歌》中的许多爱情描写，其后学生苏雪林撰写成文，把《楚辞》研究推进到一个新的阶段。胡先生讲《九歌》时，提出神有地方性的问题，对我启发极大。我还注意到另一种情况，即某位神祇定要由该地区的神巫来祭祀。“巫”字之前常标地名，如梁巫、晋巫、秦巫、荆巫等，所祀者当然也是该地区的神了。《史记·封禅书》是研究先秦两汉宗教问题的重要文献。有关各地的神祇，周天子与地方诸侯以及秦、汉朝廷中奉行的祀典，其中都有详细的记叙。神话、传说问题与宗教问题密切相关。因此我以《史记·封禅书》为重要依据而阐述先秦两汉的神祇情况，也可说是一项文献上的开拓，前人似未注意这一问题。胡先生在讲课时，还根据《史记·封禅书》中“亳人谬忌祠太一方”一语，考知这里指的是北亳，战国时为齐济西地，因而说明谬忌的身份实为燕齐方士，从而推断东皇太一是齐国的神。我又从中得到启发，对此作了进一步的论证。

就全书而言，我对《东皇太一考》《楚祀河伯辨》和《秦汉宗教一般》三章的写作最为满意，行文最为酣畅，理论成分也最浓厚。当时我的年龄才三十上下，而我与之商榷的许多学者，大都是老师宿儒，我在河伯的地祇性质上与之辩诘，颇有初生犊儿不畏虎之感。当然，我的这一说法是否可信，还应接受检验和批判。但我体会到了研究工作首先要在理论上进行突破的重要性。现在年轻学者作论文时，常是感叹笔头钝，进展慢，我就时而以早年写作《九歌新考》为例而予以劝说：只要你对某一问题考虑成熟，找到了症结所在，那么行文之时必然势如破竹，几万字的文章不日即可完成。

此稿于1960年完成，随即交中华书局上海编辑所，到了1964年9月，稿子退了回来，附编辑所信一封，说《九歌新考》对于《九歌》及有关问题所作的考证都较翔实，有创见。但由于其中多数的考证，如《秦汉宗教一般》《东皇太一考》《楚祀河伯辨》《楚神杂论》等，对于今天的读者如何正确理解《九歌》似乎并无多大意义；同时由于这些考证都属于古代宗教制度或宗教传说方面的问题，在目前出版似亦不大适宜，所以暂时不拟接受出版。

“文革”结束，学术活动逐渐恢复正常，我则忙于整理其他几部稿子出版，直到1981年才能转向此书。这时重读旧稿，发现颇有芜杂之病。年轻时写作，舍不得割爱，有些节外生枝的文字夹杂其中。过了二三十年，毕竟老到了些，也就大加改削。当时就阅览所及，也增加了一些新材料，因此有的引文出于80年代，但全书的基本格局未变。

徐：您对《韩非子》的研究始于对法家著作的注释，按照通常情况，这一时期的著作因受当时政治的影响，很快会被淘汰。但您的几种著作生命力很强，《韩非子校注》的修订本马上要出版，《〈韩非子〉札记》至今屡屡被人引用，《韩非》被收入《中国思想家评传简明读本》。其中是否有某种缘由？

周：这些非常年代的著作还有人读，并陆续重印，确实是很有意思的事情。它们有较强的生命力，主要是写这些书时是从文献出发，说了些贴近原意的话，而不是套用某种理论，或者唱唱革命高调，进行所谓的批判。

“文革”后期，中央文革领导小组让南京大学负责法家著作《韩非子》的注释工作。他们倒也引进了竞争机制，每一种法家著作都由两家承担，另一种《韩非子》注本由上海总工会负责。当时形势极为复杂，一般人认为，上海是受“四人帮”控制的，江苏省委彭冲等人则是听邓小平的，两边关系很紧张。上海由总工会的理论班子负责，必然忠实贯彻“四人帮”的政治意图；我们编《韩非子》的注释本，自不能跟着走，应该老老实实地干，把它编成一本富有学术气息的读本，尽量忠于原著，少用那些政治用语。这番设想，很快在编写组中达成共识，这就为日后的成书提供了保证。

打倒“四人帮”后，我们决心将此书改写成一部真正的学术著作。于是上级委我以重任，由我负责改写定稿。我就想到，必须先在文字上取信于人，增加校勘部分。我们在讨论之时对字词曾有很多推敲，但当时计不及此，没有做什么记录，只能到各大图书馆中去广求善本，作一番版本方面的校雠，再吸收清代和当代学者的校勘成果，寻求根据。为此，我在北京崇文门旅馆中住了两个多月，每天到北京图书馆去校书。当时借书限制较少，我乘此机会，看到了不少善本，大饱眼福。

因为这是突击任务，不受他事影响，精力非常集中，一年多后书已很熟了。一个晚上，突然感到某篇文章之内有一个问题前人尚未讲过，可以阐发，只是改稿任务太重，无法精心组织成文，不过还是觉得应该立即记下，以免日后遗忘。星期天回家，就把这一提纲演绎成文。因为每一篇文章一般只有三四千字，一天也就完工了。这样，我在完成集体著作《韩非子校注》时，还完成了一本个人著作《〈韩非子〉札记》。

我在写《〈韩非子〉札记》时曾向洪诚先生求教，每抄清一篇，就送去请他提意见。这样前前后后一共送去几十篇之多。当初我写这些稿子时，“文革”尚未结束，根本想不到日后还会出书。也只是书生积习难除，想及时记下一些读书心得，免得日后遗忘罢了。洪先生一谈起学问就兴趣盎然，为我看稿子，也不像是什么负担，但为此事而耗费他不少精力，今日思之，仍觉过意不去。洪先生把意见批在我的稿子上。他学问好，读书认真，看稿子时一丝不苟。我当时就意识到，洪先生的这些意见，以及扶植后学的这份情意，对我来说都有永远的纪念意义。因此，我把其中几篇有代表意义的稿子一直保存着。

陈奇猷、张觉在《韩非子导读》一书中介绍二十世纪内的《韩非子》研究著作时，以为《韩非子校注》最值得称道，是一种雅俗共赏的《韩非子》读本；作者校勘时利用了国内各大图书馆珍藏的善本，取舍比较慎重，凡有校改，必列出校记。注释大多比较简明精确、深入浅出。

我很庆幸，处在史无前例的“文化大革命”中，演出这幕评法批儒的荒诞剧时，不幸卷入其中，但巧用机缘，个人还能完成公私两部著作，不但在学识上有所提高，而且对学术界也未造成损害，反而增添了一些可供参考的研究成果。

《〈韩非子〉札记》中几篇有关文学的札记，像《韩非写作手法上的一些特点》《历历如贯珠的一种新文体——储说》等写得有把握，而有关哲学的几篇，普遍感到薄弱。有关历史的几篇，则尚有满意的地方。《战国时代的封君》《战国时期的几起变乱佚史》等文，有关若干国家史实的考订，前人均未道及，辨析还是比较细致的。《韩非与“百国春秋”》《〈战国策〉与〈韩非子〉》等文，前人议之者已多，但我在对历史文献进行探讨时，有些地方似乎更为深入些。有关版本目录的几篇，则是这次参加工作后的新收获。

我力图打破写作学术论文的程式，不拘一格，采用了各种研究方法，写成风格各异的札记。例如《韩非的偏见》一文，仅限于归纳材料，让论点自行浮现；《〈亡征〉史实例证》等文，则用注释的方法提示相关的历史事件，藉以说明产生法家理论的政治背景；《〈韩非子〉版本小议》等文，则用统计的方法将研究成果列表说明，让读者易于掌握《韩非子》各种版本的异同。

总的看来，《〈韩非子〉札记》中的四十八篇文章大体都能贯彻我原先的写作意图。有话则长，无话则短，随心所欲，信笔抒写。最长的几篇，如《韩非与“百国春秋”》《战国时期的几起变乱佚史》等，大约在八千字左右；短的一篇《当涂之人——韩玘》，不过千字略过。从我自己来说，不断变换手法，很有兴味；对读者而言，文章错落有致，或许容易引起他们的兴趣。此书出版后很受各界欢迎。我也不太明白此中原委，但《札记》内容不一，采用综合研究方法，目下很少见到同类著作，当是受到注目的原因之一吧。通过此书，我结交了好些本行之外的学者。1995 年后多次出境访问，遇到不少新的朋友提及此书，“文革”时期的著作居然还能得到大家的青睐，实属意想不到的事。

徐：《中国文学批评小史》多次重印，好像也有些传奇色彩。

周：这本书太特别了。自 1981 年长江文艺出版社出版以来，先后在韩国、台湾地区、辽宁、江苏、上海、香港地区、日本出版，是我的著作中版本最多的。

1958 年，中国文学批评史课突然走红起来，我一连教了四年，同时讲授《文心雕龙》。其中有半年轮空，我就每天上南京图书馆读书，认真积累原始资料，编成了一种《中国文学批评重要专著篇目索引》。

上文学批评史课时，每一遍都有侧重和追求。第一遍讲课，力求对讲到的内容有真切的了解，不要传播错误知识。第二遍讲课，觉得应在漫长的批评史各时段中抓住重点。第三遍讲课时，我就将讲授上半段批评史时的一些读书心得慢慢写成了文章。记得曾经拟过几个题目，对每一个时期文坛上发生的重大事件进行剖析，或许能够执简驭繁，先把古代文论发展史上的几个重要阶段的轮廓勾勒出来。我为先秦拟的题目为“儒道两家对文论的影响”，两汉拟的题目是“王充与两汉文风”，魏晋南北朝拟的题目是“梁代文论三派述要”，唐代拟的题目是“元和文坛的新风貌”，宋代拟的题目是“北宋文坛上的派系与理论之争”，明代拟的题目是“王学左派影响下的文坛演变”，清代拟的题目是“新旧交替过程中的王国维”。后因“文革”陡起，这项计划无法实现，在“文革”之前，只发表《梁代文论三派述要》，刊登在《中华文史论丛》第五辑上。

就在“文化大革命”前夕，中华书局上海编辑所来约稿，让我为他们的一套畅销书“古典文学基本知识丛书”编一本《中国文学批评简史》，我就利用四年讲课时逐步修改而成的讲义，很快写出了初稿，但还没有来得及交出，横扫传统文化的“大革命”就爆发了。改革开放后，我就听到各地有好几种批评史要出版，也就抓紧时间将《简史》修改了一遍，改名《小史》，抢在前面出版，否则会有被人诬为抄袭大部头著作而遭湮没的危险。

这些年我一直在想，为什么这本貌不惊人的《小史》在大浪淘沙般的潮流中未遭淘汰，还能够取得较好的效应？分析起来，有三点值得注意：一、正确定位。写一种书，要有个人的特点，不要千篇一律，与其他人的著作大同小异，这样很难脱颖而出。现在学生负担很重，不大可能啃大部头的书，我的这本《小史》，向“少而精”的方向努力，写得还算简明扼要，可以提供一些基本知识。二、不花哨。现在的人总是喜欢高谈理论，他们写的著作，像是在用中国古代文论去为洋式理论作注脚，这样常是闹得不伦不类，读起来很吃力。我就想到，写书不能故作高深，用平常心去对待，努力做到深入浅出，反而会受到读者的欢迎。三、注重原典。从事中国古代文学研究的人，最好接受一些清代朴学的训练，一切从文献出发，有一分材料说一分话，不要渲染，不能拔高。既是写史，还要把史料串起来，勾勒出一条清晰的线索，尽量讲清前因后果，好让读者有所启发。

三、发挥新意，摒弃陈言

徐：1980 年到 1982 年您发表的论文和出版的著作很引人注目，论文如《叙〈全唐诗〉成书经过》《王充与两汉文风》《刘勰的两个梦》《〈文赋〉写作年代新探》等，著作如《高適年谱》《〈韩非子〉札记》《中国文学批评小史》，都是在这三年中面世的。这些论著是否确立了您在古代文学研究领域的地位？

周：这不好确切地说。不过这些论文著作一直有人引用，还没有过时。我写文章、写书是从文献出发，力求有创见，发人所未发，解决一些问题。我想以《高適年谱》为例，谈谈研究工作是如何展开的。

这本书1980年9月由上海古籍出版社出版，是我正式出版的第一本著作。写作的起因是对郭沫若《李白与杜甫》有怀疑。郭沫若对高適批评得很苛刻，说他内战内行，外战外行，与杜甫分属拥护玄宗和拥护肃宗的不同派别，至死不能解开疙瘩，倒像参加了"文化大革命"中的两派群众组织似的。过去我有个印象，杜甫入蜀之后，生活艰难，是靠老朋友高適、严武接济为生的，而《李白与杜甫》中的说法与此相距太远了，我就想到，可以找本高適的集子来读读。

到资料室去借来了一本四部丛刊本《高常侍集》，翻阅之后，颇觉茫然。高诗不编年，分不清哪一首是少作，哪一首是晚作。唐人称呼好用排行或官衔，不大称名字，这就让人难以断定这些诗歌的投赠对象是谁？古今地名差别很大，高適诗中提到的地名很多，我就分不清他到底去过哪些地方，其路线又怎样？反正那时没有什么硬任务，读不下去也就算了。找新、旧《唐书》中的高適传记来读，增进了一些了解，但与他诗集中的作品仍然联系不起来，也难以判断他跟杜甫及其他诗人到底是什么关系。

隔了不久，从另一本书上却发现了一条材料，说是《郡斋读书志》上有记载，高適是在天宝八载制科（有道科）中举的，这时我想起有一本年谱上说高適于开元二十三年登第，二者相差太远了，到底哪一种说法正确，这引起了我的兴趣。

拿《全唐诗》中的《高適集》和《四部丛刊》本《高常侍集》作比较，发现二者颇有出入，例如《高常侍集》卷一中有《宋中送族侄式颜时张大夫贬括州使人召式颜遂有此作》，奇怪题目何以会那么长，读《全唐诗》后，始知自“时张大夫贬括州”之下，原来是注文，《四部丛刊》本是活字本，只有一套模子，无法用大小字体区分开来。《全唐诗》本的诗题当更近原貌。《全唐诗》中的《高適集》中的这一类注，当为高適自注，故至可珍视，例如《东平留赠狄司马》诗下，有注曰“曾与田安西充判官”，后来我查明，狄司马曾随安西都护田仁琬从军新疆，田仁琬于天宝元年去职，狄亦随之东归，故高赠诗慰勉。高诗自注提供了考查的线索，意义重大。

这两种《高適集》中的诗，还有出入，《全唐诗》中多出四首，这些诗篇是否可靠，必须从唐宋时人的记载中找到旁证才是。为此我又勤翻各种文集、总集、笔记等典籍，发现这些诗在《文苑英华》、洪迈《万首唐人绝句》和葛立方《韵语阳秋》中均已记载，这就更使我相信：《全唐诗》本的《高適集》的文献价值要比《四部丛刊》本为高。这与讲版本的人重视《四部丛刊》而轻视《全唐诗》的看法不同。后来我又翻阅了《唐诗纪》一书，经过详细的比照，始知《全唐诗》本的《高適集》是抄录《唐诗纪》而成的。

和高適同时的诗人，上起开元之前，下至大历阶段，前前后后翻了几遍，把和高適有关的诗摘了出来。这时才知杜甫的赠诗数量最多。杜诗又多注本，可以从注中发现新的线索，于是我又借出钱谦益、仇兆鳌、浦起龙、杨伦等人的注本来看。这样的读书方式，倒是有些近于所谓“并读”之法，不但查到了许多有关高適的材料，而且掌握了各家注杜的风格特异处。例如钱注的特点为以史证诗，仇注的特点为富赡博综，浦注的特点为层次明晰，杨注的特点为简练精到。

在高適友朋的赠诗中，发现了一首刘长卿的《秋夜有怀高三十五适兼呈空上人》诗，颇为特别，前人似未注意过。后经综合考察，确信高適为密宗信徒。这个问题，我写了一篇论文。我对高適诗中提到的人一一试加考证，倒像解答数学难题似的，兴致很高。可以说，目前大家所知的高诗中的人物，绝大多数是我考出来的。这也可说是我的一份贡献吧。正因为我对唐代的情况太陌生了，阅读之时不断发生问题，随之就找有关的书来读。这样不断跟踪追击，大量检核最基本的文献，知识也就不断扩大深化。这样，掌握的材料越来越多，围绕着高適的问题对有关唐诗的文献全面地翻检了一番。

查考高適生平，对他的家世却一无所知，心想现存文献中不可能再有什么线索可寻找，但近百年来出土的墓志，还可以再爬梳一番，为此我又翻检起石刻资料来。也算皇天不负苦心人吧，我在《千唐志斋藏石》中居然发现了一方墓志，考出高適就是高宗时名将高偘的孙子。这一结论，已为学术界所接受。

年谱完稿后，心想这种白手起家的急就章难免没有错误，总得请人审读一遍，才能放心。当时我还不认识孙望先生，于是转请郁贤皓介绍，将稿子送了过去。孙先生看稿子非常仔细，返回时附上三张纸，密密麻麻地写满了字，共提了二十一条意见。小至一个错字，大至一个事件的考订，内中包含着他几十年来研究唐诗的心得。为了帮助一个不熟悉的人，竭尽所知和盘托出，这种精神，怎不让人感动！

早年对唐诗文献下的一些基本功夫，也为后来主编《唐诗大辞典》作了很好的准备。譬如，《唐诗大辞典》有一个附录《唐诗文献综述》，内分文集、史传、小说、谱牒、碑志、壁记、登科记、书目、诗话、艺术、地志、政典、释道书等十三类。这五万字，写得还是比较顺畅的，前后花了两三个月的时间就完成了。大约个把星期写好一类。如果没有从前的积累，肯定不会有这样的效果。当然，这次写全面的综述，也让我学到更多的东西。过去从事唐代文学研究工作时，因为工作忙乱，头绪繁多，只是干啥学啥，从未系统地积累过资料，梳理过问题，这时逼着自己构拟出一个唐诗文献研究的体系，对各类问题进行系统的清理，这才看出自己的长处究竟在哪里，不足在哪里，从而对该补的知识尽可能地作了一些弥补。

徐：您的古籍整理著作（包括主编的）如《唐语林校证》《唐人轶事汇编》《唐钞文选集注汇存》《〈册府元龟〉校订本》在学术界有很好的口碑，后书还得了首届中国出版政府奖，这与您遵循的在研究的基础上进行整理的原则有关联？

周：研究与整理相结合的确是很重要的原则，一方面它能提高古籍的整理水平，另一方面它又可以推出一批研究成果，有副产品，两者互相促进。

我开始校勘《唐语林》时遇到了很大的困难，该书无古本可依、无善本可据，是汇编多种笔记小说而成的，各人记叙的方式和材料来源不同，并且历经分合与传写，错误很多。整理古籍的对校法、本校法都行不通。采用理校法吧，风险太大，而且全书篇幅很大，纯出臆断，也不像校书的样子。这样，校书四法中就只有他校法可供采择了。

应该说用他校法治《唐语林》，回旋余地还是较大的。因为《唐语林》所依据的原书，半数以上还流传于世，宋元时人的总集、类书、别集、笔记中也保存了许多可供参证的材料。只是材料分散，情况复杂，要想做好工作，也不容易，得花大力气才行。

我将《唐语林》八卷逐条剪开粘贴在稿纸上，将有关材料附后，制成长编，分装八册。工作时，放在一只大包里，时常翻来翻去，倒像是账房先生在查账似的。经查对后，发现《唐语林》中有些文字本是摘引几种书中的若干条文字编成的。我确是处处不忘寻根究底，多方探索，对《唐语林》中的每一条条文作了校雠和考核，对五十种原书一一作了研究，对阑入此书的条文作了追踪，可以说是对唐代笔记小说作了认真的研究。后来我将研究心得写成《唐语林援据原书提要》，作为附录；后又进行综合研究，写成《唐语林原序目考辨》一文，收入论文集《文史探微》中。文中把书名的混乱情况分为“书名夺误”、“异称淆混”、“题署不常”、“篇章窜乱”、“附文随入”、“无法印证”、“疑莫能明”、“难以决断”、“钩沉可得”、“似佚实存”十项，这是我国笔记小说中常见的现象，这里所作的典型分析，或许对读者会有启示作用。

我为《唐语林》涉及的五六十种笔记作了提要，对书中难解的俏皮话与双关语作了解释，并且写了两万字的前言，详细分析《唐语林》的文献价值和流传过程中出现的问题，这里都有我研究的心得。这些成果，正是从逐字逐句的推敲中提炼出来的。后来我把整理过程中发现的许多问题慢慢扩大为专题论文，前后总计也有二十多万字，后编为《唐人笔记小说考索》一书，这本书可以说是《唐语林校证》的姊妹篇。

多年的劳碌总算有了收获。《唐语林》此书，学者以其材料可贵，都想援用，但又因其杂乱异常而不敢贸然从事。《唐语林校证》出版后，一些朋友来信说，他们敢于大胆使用此书了。程千帆先生称赞此举是救活了一本死书，虽觉过誉，但看到自己的劳动有益于人，也感到当年的惨淡经营完全值得。

《唐语林校证》取得成功，朋友鼓励我继续开拓，进行唐人笔记小说的研究和整理，这就是古委会项目《唐人轶事汇编》，我请南大古典文献研究所的严杰、武秀成、姚松负责全书编纂的具体工作。《唐人轶事汇编》总结了前人的经验教训，在内容上有了进一步的考量，在体例上有了很多新的建树。全书共一百七十余万言，分为四十卷，引用唐宋文人所撰的杂史、传记、故事、小说近三百种，所收人物二千七百多人，内容可谓宏富。又加上体例上有很多长处，便利读者使用。

《唐人轶事汇编》中每一位人物的事迹，采取编年与分类相结合的方法排列，这样可以看出人物自幼成长的过程，也可看到他在其他方面的种种表现。材料的择取，集中于文史类内，排除那些荒诞无稽的记载，但对某一方面的特殊材料，如有关一行、张果等人的某些事迹，涉及宗教与民间信仰，或与自然科学方面的问题有关，故亦慎择摘取。好些辞条共记一事，则按照著作的先后或记载的完整程度排列，读者不但可以掌握首出的与完整的材料，还可以了解到这些事件传播的广泛程度。有的辞条涉及多人，则用互见法加以解决。但这在工作上却增加了不少麻烦。总的说来，我们在内容和材料的审辨上下了很多功夫，多方发掘，继以考证，每一个环节都可看出编纂者的努力。这本书1999年获得第二届古籍整理图书一等奖。

徐：从1982年发表的《刘勰的两个梦》、1985年发表的《刘勰的主要研究方法——折衷说述评》到今年在《中国文化》上发表的《"折衷"＝儒家谱系≠大乘空宗中道观》，您已发表十篇《文心雕龙》研究论文。这些论文中的一个重要方面，那就是对刘勰的主要研究方法的关注。二十余年间您好像一直在坚持并深入思考刘勰的"折衷说"?

周：你看到了我论文中的一个脉络，那就是《文心雕龙》系列。论文中还有几个系列，如唐诗系列，其中李白研究较为突出；如《文选》系列；如唐人笔记系列。这些都是中国文学史上的重大问题。《文心雕龙》当然也是一个不能回避的节点。

研究《文心雕龙》的人，在说明刘勰的思想时，大都致力于参照西洋文艺理论而构拟一套完整的理论体系。80年代之前的《文心雕龙》研究者，大都采择苏联的文学原理，作为参照而构拟刘勰的理论体系；80年代之后，又有一些人参照欧美的文艺理论而构拟刘勰的文学理论体系。我却总想从文本出发，力求按照《文心雕龙》文章中的格局，勾勒出刘勰的理论体系。

刘勰的理论，熔铸了此前的经史百家之学，因此我在写作有关《文心雕龙》的文章时，总是希望找出《文心雕龙》中学说的源头，根据魏晋南北朝时的风习，说明刘勰的各种建树。例如我从《序志》篇中的“唯务折衷”之说，寻找折衷这一方法的学术渊源，说明刘勰使用这一方法所取得的成就。根据《序志》篇中提到的大《易》之数，分析刘勰与《易》学的多种联系，说明《文心雕龙》中的文原之说与结构问题。根据刘勰对《春秋》学的推崇，研究刘勰何以又会遴选潘勖《九锡》为有骨之作的代表。我的研究工作，遵循“发现问题，解决问题”的原则，虽然未必能把问题解决得很妥当，但我一直努力这样去做。

刘勰之所以取得巨大的成就，看来就与这种“折衷”方法有着很大的关系。“折衷”方法在刘勰那里有三种运用方式，一是裁中，二是比较，三是兼及。在文学的横向研究中，刘勰能“剖情析采”，而在纵向研究中，能“观通变于当今”。刘勰能运用对立统一的观点分析一切文学现象，将之区分为若干对重要范畴，并用两点论的眼光加以考察，这就掌握到了辩证法的要领。他的观察能力堪称敏锐，他的分析能力可谓深入，这自然与他学识深邃有关，但主要的原因之一，怕是通过“折衷”法的运用而获得了朴素辩证法的效益。

80 年代初期，我开过两次《文心雕龙》的选修课，就将 60 年代写的讲义重新捡出，挑取《原道》等十三篇有代表意义的文章，编成一种取名为《文心雕龙解析》的教学用书。我不取通论式的教学方法，而是将所选的文章一篇一篇地分析。先是“解题”，因为刘勰取篇名时都很有讲究，往往与他观察问题的角度有关，反映出他不偏于一端的辨证观点。中间为对正文的“分析”，按其自然段落进行讲解，这里就得注意所讲内容的学术渊源，论点展开时的内在逻辑程序，还得注意刘勰使用骈文而形成的特殊论证方式。末尾作一“小结”，发表我个人的阅读心得。这一讲义，自以为还有一些特点，可惜其后因为任务转移而始终无法加工出来。

1995 年时，我因参加北京大学主办的《文心雕龙》国际会议，还写作了《"登高能赋"说的演变和刘勰创作论的形成》一文，仍然保持我在各种文化现象中穿穴的研究方式，也曾受到好评。然因教学、行政、研究头绪纷繁，精力无法集中，始终无法在《文心雕龙》的研究领域中作全面的开拓。

近年我重读《文心雕龙·序志》篇，仍坚持以前的想法。《序志》篇中的"擘肌分理，唯务折衷"与《论说》篇中说的"般若绝境"无关，前者指的是态度与方法，后者指的是本体论的探讨。研究刘勰的研究态度与研究方法，应尊重他本人的自述，深入探讨"折衷"说的内涵，而不能自作主张，以今人的观点帮他与"低层次的儒家思想"拉开距离。一些研究者先对"折衷"一词进行加工，不顾其本义，将之无限扩大，纳入儒（荀子）、释、道等学说，再将《论说》篇中的"有""无"之辨注入，不顾这种学说的复杂内容，说成定然是龙树之说。这样做，主观的成分嫌多，说服力很不够。研究刘勰的学说，首先应该注意他与儒家的关系，此外他生当玄风大盛之时，还得注意他与玄学的关系。当然，刘勰信奉佛教，后来出家成为一名正式的僧徒，因此也得注意他与佛学的关系。但研究《文心雕龙》得从文本本身出发，尊重刘勰本人的自白，分清主次，不能只是根据现代人的认识，为它拟构一种新的体系。

四、治学精神与研究方法

徐：就古代文学研究方法而言，程千帆先生曾经提出文献学要与文艺学相结合，您提出的是文献学与综合研究相结合。两种主张有不少共同之处，如对文献学的重视，又体现各自的学术研究特长。请您对文献学与综合研究相结合的主张作一些解说。

周：一个人的学术研究特点和侧重，受老师的影响也很大。中央大学一批教授的学问倾向于清末到民国初年的传统，也就是倾向清代朴学。胡先生在教我们的时候，要学文字音韵学，十三经也要找几本来让我们读一读。汪辟疆先生教目录学，这也是清代朴学的一个传统。程先生这一辈人比较明显地继承了这些传统，他受朴学的影响主要表现在他从目录学入手。文献学基础一直是南京大学的传统。程先生和我的主张确实有很多相通的地方，我们多年在这里培养学生，学生根据自己的情况，对这些主张又加以很好地继承和发展，在本校古代文学学科，已形成优良的学术传统；很多学生毕业后，将这种学风带到各个地方，这种主张对中国的学术发展大有益处，也得到学界的普遍认可。

我提出这种主张，是源于中国传统文史之学的特征。中国是一个文明古国，各种学问都有悠久的传统，因此我们要求新一代的古代文学研究者具有深厚的文献学基础。只有这样，他们才能驾轻就熟地驾驭材料，懂得从什么地方加以发掘，放在怎样的时代背景与学术环境中加以考察，以及如何利用各种手段加以考核。具有深厚文献学基础的人就有可能掌握并使用最恰当、最可靠的材料进行研究，从而得出可信的结论。

古代文学研究牵涉面至广，一个优秀的研究工作者应该最大限度地掌握一切相关知识。但“一物不知，儒者之耻”的时代毕竟已经过去了，学术在发展的过程中逐渐从综合走向各学科的独立，文学也早已成了专门的研究对象。时至今日，再要培养出章太炎那样的学者，已无可能。校雠学中的各种知识，先秦时期的各种学问，国外传来的各种思潮，都可为我所用，而且也往往是必要的手段，这些手段本身也有可能成为我们主要的研究对象，但以一个中国古代文学研究者而言，他的主要研究对象是文学，否则他就应该改称其他专家，而非我们这一领域的学者了。

我们的研究对象是文学，因此研究工作者必须在文艺学理论指导下开展工作。任何一门学问，都有它的理论作为指导，古代文学研究工作者应有理论上的高度修养，包括古今中外的种种理论，才能全面掌握文学这一特殊的艺术样式的特点，理解历代作家在内容、形式、技法等不同方面的继承与创新，正确估量他们对时代精神的独特感受，并对他们创作上的成败得失作出全面而恰当的判断。

古代文学的综合研究前景广阔，但在运用多种方法时，应当首先重视作为研究对象的古代文学本身，达到精熟程度，如此才能避免牵强附会和生吞活剥之弊。中国古代学术长期处在融而不分的状态，历史上已经形成文史不分的传统，我们必须正视这一学术传统，而不能对文学作孤立的封闭研究。古代文学研究以文学为主体，进行理论上的综合研究，当是切实可行的正确途径。

徐：周先生，请您举例谈谈综合研究这一主张。

周：先以《〈文赋〉写作年代新探》一文为例吧。我教过多年批评史，需要考察学术思潮，因此对中国哲学史也较关注，平时也读读这方面的著作和文章。虽然素养不足，但也有助于发现问题。陆机何时作《文赋》，向为学术界聚讼的焦点。我在读此文时突然感到，内如"伫中区以玄览，颐情志于典坟"等句，出于《老》《庄》等玄学著作；"若夫随手之变，良难以辞逮"等句，明显地受到当时玄学领域中言不尽意论的影响。我又想到，唐长孺先生在分析《抱朴子》而推论南北学风异同的一篇文章中曾提到，吴国的学风比较保守，《易》主今文家说。陆机的从曾祖陆绩为江南的《易》学大师，世家大族以世传经学为门户的光荣，这就可以作出推断：陆机青年时期不可能接受玄学，只在到达洛阳之后，才有这种可能。杜甫在《醉歌行》中曾说"陆机二十作《文赋》"，过去学界一直沿用此说，现在看来，此说已难成立。这番论证，自觉比逯钦立先生的《文赋撰出年代考》进了一步。逯先生此文自是杰作，他用排比的方法考查《文赋》的写作年代，但陆云与陆机通信提及各种作品时是否严格按时序排列，难以确说，而且“文赋”二字还可作文体解释，我的结论似乎较为可信一些。

我在该文中还曾引及刘敬叔《异苑》中记载的陆机夜遇王弼之鬼的传说，说明陆机思想的变化。这样征引材料，在老辈学者中是不多见的，但我对此很感兴趣，觉得考证文章中增加一些小说笔记的材料，能使气氛生动。当然，这类材料的使用得有限制，看用在什么地方。假如把这用来考查某一件事的背景，说明其时的社会风气，就很有说服力，应该发掘这类材料的深层涵义。这种在考证文章中也喜欢用小说的脾性，可能与我毕竟出身于中文系有关。

又如我早年的《韩非子》研究，我自己也感到奇怪，像我这样一个思维迟钝、学术底子又薄的人，怎么可能每读一篇《韩非子》就产生一种新见？事后思之，这可能与学术界的现状有关。清末以来，子学逐渐兴起，“五四”之后，学人开始注意先秦诸子各家学理上的贡献。但学术上的分科发展日益明确，研究哲学的人不再留意文学与史学，反之亦然。《韩非子》一书，这时已被列入“哲学”一科，自后也就少见有人从其他学科的不同角度去研究了。我自年轻时起就喜欢泛读，对文、史、哲都有些兴趣，读《韩非子》的文章时，就想在他人注意不够的地方，从每一篇文章中发掘出一点新见。

徐：您在文献学与综合研究相结合中好像很看重触类旁通？

周：触类旁通大概是综合研究中较高的一个层次。我在《文史探微》的《后记》中说，学习文学作品时，往往连类而及，也相应地读一些史书或哲学著作，这样做，是希望对古代学术能有更完整的认识。从多角度探讨问题，往往可以取得触类旁通的良好效果。

我们从事古代文学的研究，困难之一就在合适地处理专与博的关系。从我本人来说，尽管个人资质驽钝，还是希望尽可能地多懂得一些。（徐插语：您的论文往往有纵深之感，能见源流。）这与源头意识是有关系，我研究先秦诸子时打下一些基础，所以讲得出来源在什么地方。原原本本、贯通始终是一种史学观念。我能在触类旁通上有些收获，也与我的“打杂式”的学术经历有关。这些工作中，中国文学批评史的教学与研究，对我的视野和思考问题的方法益处很大。

在社会科学领域内，经常发现这样一种有趣的现象：有些文学问题，由历史学家或哲学家来阐释，常是更为合适；有些历史问题，由哲学家或文学家来阐释，常是更为合适；有些哲学问题，由文学家或历史学家来阐释，常是更为合适。一个文人的思想和作为，本来可以从文、史、哲等不同方面进行解剖，而作为一个具体的人，他在各方面的表现，又是融为一体而很难区分的。这就说明，研究一位伟大的作家，要有多方面的知识，只有进行综合研究，才能取得深入而透彻的了解。陈寅恪学问渊博，考察某一问题时，浮想联翩，触类旁通，新的见解层见叠出。在他的笔下，史学和文学的特点如水乳之交融。而他有关名教与自然之争的阐释，又影响哲学史的研究至巨。他的这些成功经验，应该仔细地予以总结。

徐：我在准备对您的采访前，先咨询了您的部分弟子，他们说您对比较法的娴熟运用，对他们影响很大。深入的比较是否可以归入综合研究，或者触类旁通？也请您举例一谈。

周：研究古代作家，应注意运用比较的方法。因为那些杰出的作家，感情浓郁，个性突出，更易与周围的人区别开来。后人若能进行各种不同角度的研究，也就容易把握他的特点，从而使这一研究工作更具体，更深入。这个问题用我的李白研究来解释，比较清楚。详细内容可看《诗仙李白之谜》和《李白评传》。

大家知道，唐代社会很开放，宗教信仰很自由，儒、释、道并行，文士都有三教兼崇的作风，只是各有所偏罢了。李白人称诗仙，自然偏于信奉道教；王维人称诗佛，自然偏于信奉佛教；杜甫人称诗圣，自然偏于信奉儒家。应该说，儒家重视人伦物理，把人生价值寄托在三纲六纪的实施上，不重来世或现世的成佛或成仙，因此它与宗教是有区别的。中国以儒家宗旨为立国之本，士人无不接受有关儒家的教育，因此，他们的立身行事，都与儒家制订的各项准则有关。杜甫人称“一饭不忘君”，立志“致君尧舜上”，终身都在为实现儒家的道德规范而奋斗。王维中年之后信奉佛教，常是过居士生活，但他仍在朝为官，可见他还是不忘尘俗。当他十七岁时，曾作《九月九日忆山东兄弟》诗。李白的情况与此不同，按李白排行十二，足见其兄弟之多，只是在他诗文中从未出现一人名字。直到他以永王璘事获罪而下狱，在《万愤词》中悲呼“兄九江兮弟三峡”时，仍然不提兄弟之间来往的丝毫踪迹。这在注重家族关系的中国士人中，情况显得很特殊。

与此相同，李白在诗文中也很少提到父母，以致后人无法知道其名字。王琦为李白《万愤词》作注，说“太白诗中绝无思亲之句”，这在当时其他文人中也是不多见的。

李白自称是凉武昭王暠之后，但他从未系统地追述过上代情况。杜甫可就不同了，远祖杜预，功业、学术均极突出；祖父杜审言，以诗歌著称当世；叔父杜并，为父报仇不惜身殉，这些都是杜甫引以为荣的事，屡在诗文中提及。杜甫屡次提及其父杜闲和几个兄弟，感情极为深厚。这些地方，充分反映出了中国士人注重伦理道德和注重家族关系的特点。在这些地方，李白却是完全不同，这不能不引起读者的诧异。

在封建社会中，闺闱之内的私情向来被人认为不能见诸文字，因此在诗人笔下，言及夫妻情谊的诗篇不多见，但杜甫这位重视伦常的大诗人，却是留下了好几首叙及妻室的诗篇。当他在安史之乱中身陷长安，怀念居住鄜州的一家老小时，作《月夜》诗。杜甫的这种家庭观，以及与妻子之间感情上的联系，与李白长期在外浪游不大顾及家庭形成了强烈的反差。

可以附带一提的是：李白为儿女取的名字也极为奇特。儿子大名伯禽，小名明月奴；另一个儿子叫颇黎，还有叫天然的；女儿则名平阳，这与国人取名的习惯完全不同。杜甫为儿子取名宗文、宗武，就是完全符合命名规范的了。

盛唐诗人多有边塞之行，像高適、岑参、王昌龄、王维、崔颢等人都有过这方面的经历，高適、岑参且以写作边塞诗享大名，但李白却无边塞之行的记录。他的壮游，限于人们常来常往的一些地方。按李白的平生所尚来说，理当从军边疆，一展豪情壮志，但他既不从军又不去边塞，这种情况也与其他诗人不同。

这时唐王朝与边疆民族常有冲突，还引发了几次激烈的战争，如与吐蕃争夺石堡城，与南诏战于西洱河。汉族文人持尊王的态度，往往不分青红皂白，同仇敌忾，丑诋异族，李白却持相反的态度，反对这类战争。而在平定安史之乱的战争中，由于明皇的一纸分镇诏书，形成肃宗与永王李璘的拥兵对立。李白作为参与永王幕的唯一名士，遭到了政治上的严惩。这番政治上的抉择，又是与同时其他诗人截然有异的地方。

李白个人事业上的成功与失败，与他天生的材质有关，也与他独特的文化背景有关。分析这种文化背景，拿他和盛唐其他诗人作比较，也就是一件很有意思的事。前两年我写了篇篇幅较大的论文《李白的晋代情结》，其中有我对李白的新思考。

徐：您的不少论文选题很新颖，且有以小见大的特点，这是否是您的学术追求？

周：这可能有些老师的影响，胡小石先生的学术研究具有“语不惊人死不休”的气概，我虽不才，但也追求创辟之功，写作论文时，总想发前人未发之覆。例如 90 年代一口气写了有关李白的十篇文章，从文化的角度阐发李白的特异之处，故以《诗仙李白之谜》一名问世。事后表明，我所谈的问题他人确是没有谈过，至少在观察问题和论证的方式上有不同，这是我敢于在学术界继续活动的一些自信。

我总想在前人已说过的话之外，提出一些他人意想不到的见解，拓宽学术界的研究视野，如说王粲死于麻风病之类。大作家和重要著作中包含的内容更为丰富，可以从不同角度进行考察，挖掘出更多的深层涵义，这样才能显出个人的独到见解和思辨能力。80年代中期之后，我又把注意力慢慢转到小问题上，为此写过《“芳林十哲”考》之类的一批论文，企图采用“小题大做”的手法，通过一些他人注意不够的社会现象，揭示历史上的一些重大问题，并依此形成个人的治学风格。

论文题目或角度好，还可能与读书时注意发掘疑点有关。既有疑点，就得解疑。如我在阅读《三国志》时，发现内有曹氏“三世立贱”之说，这与历代帝王之家情况大异。何以如此？我从曹氏家世论及曹操的突出之处，说明他改变社会风气的努力，从而对建安文学作出新的解释。又如文体论中常引“登高能赋”之说说明赋体产生，我就觉得里面有个概念转换的问题，因而写作《“登高能赋”说的演变和刘勰创作论的形成》一文，对后人以经说立论，吸收山水诗等创作经验，用“登高必赋”说替代儒家诗论的过程作了考察。这种穿穴式的论证方式，在目下的《文心雕龙》研究中，似乎并不多见。《从“唐人七律第一”之争看文学观念的演变》也可看出我的努力方向。

徐：不论以小见大、比较、综合研究，其中有一共通点，那就是将所研究的问题放回它所处的背景，仔细寻找问题的脉络或者重要的关联，而不是从时新风行的理论出发，附会成文。你的文章居高临下，故所得的结论坚实可信。

周：这是我考察问题的一个通则。它与我研究先秦诸子、教批评史有一定的关系。教批评史就一定要分时代，先秦的思想是怎么来的，汉朝的思想是什么样子，魏晋南北朝、唐朝又有什么变化等等。中国每个时代的知识分子都不一样，更不能用现在知识分子的想法去套过去。比如说李白、杜甫，决不可能产生在魏晋南北朝。而刘勰的一些想法，也不可能产生在后代。特定的环境产生有特定思想的人。研究某个人的时候，首先要放在他的那个时空背景下。

我研究唐代笔记小说的方法，是先从目录学着手，把它放在学术史的源流中加以考察，然后将它置于唐代文化的大背景下予以审视，结合政治、历史、宗教等多种因素，探讨它与其他文学门类的关系和相互影响。我的做法是：在宏观的透视下对具体的作家作品作微观的剖析，再将微观的实证性考辨中所得出的结论上升为宏观的理论阐发，这样不断酝酿，反复探求，力求阐发的理论，言必有据，不流于空洞浮泛；所作的考证，触处多通，不陷于饤饾琐碎。这种宏观与微观相互支撑的研究方法，希望能为目前尚不太为人重视的唐人笔记小说研究提供一些综合研究的实例，得出若干经过考核的结论，说明唐代笔记小说的学术价值，并阐述这一文体所发生的重大影响。

《文史探微》一书内收录了七篇魏晋南北朝文学研究的论文，其中有几篇是我比较满意的。我的研究特点是从思想领域的文化背景上透视，因观察问题的角度有与他人不同之处，所以能在一些老问题上提出新的见解。《文史知新》中也有好几篇论文有这样的特点。

我撰写《文学"一代有一代之所胜"说的重要历史意义》不是为了研究中国戏曲，而是探讨这个命题在"近代以来有关编写中国文学史"的过程中的学术意义。近些年来，有些文学史研究者只是将一部部的文学史著作排比下来顺次介绍，他们从出版年代的先后来诠释"文学史学"的发展，但他们对民国时期一些学者的学术背景或师承关系不太清楚，对各种文学史著作中"史的观念"的渊源关系关注较少，未能将相关研究提升到学术史研究的高度。

需要特别指出的是，陈寅恪先生在对所研究人物的家世与信仰的分析方面，卓有建树。我从他的著作中得益不少。在《当代学术研究思辨》中，我选讲了他的《陶渊明之思想与清谈之关系》，着重讲了这一点。

不论研究哪一位作家，若能了解其家世和信仰，也就可以帮助我们更深入地掌握其创作个性，了解这种个性，可以帮助读者更好地把握其论点。如果我们要想了解那些“跌宕文史”的老一辈学者的个性，那也得了解其家世和“所遗传之旧教”，这或许也是“知人论世”的必要功夫吧。陈寅恪的著作，特别富于文学意味，个性尤为突出。读他的论文，也就应该对他的家世和“所遗传之旧教”有所了解。从陈寅恪的家世和“所遗传之旧教”着手，进窥陶渊明的家世和“所遗传之旧教”，可以掌握陈氏研究方法中一些显著的特点，而陈寅恪之研究陶渊明，如上所言，看来颇得力于在家世与“所遗传之旧教”等问题上发生的共鸣。

徐：程毅中先生在《文学遗产》2001 年第 4 期上发表了《寻求新朴学发展的道路——读〈周勋初文集〉志感》一文，他用“新朴学”来概括您的学术研究，您是否同意？“新朴学”是相对于乾嘉朴学而言，“新”体现在哪些方面？

周：“朴学”本是一个好的意思。朴朴实实，不花里胡哨，实事求是，从实证出发，从文献出发，有材料根据。程毅中先生给我这一评价，我虽觉不敢当，但也可以接受，因为能与“朴学”联系在一起，总是好事。他说的“新朴学”，要从他那篇评论文章的具体内容去理解。我印象中，程先生是说文献学和综合研究是一种具有朴学精神的治学方法，是一种具有民族特色的文史研究道路。这种方法强调的是“论从史出”，不同于专事训诂、考证的清代汉学，也不完全同于义理、考据、辞章并重的旧朴学。

问题是怎么理解“新”。我的“新”不单是发展了朴学，与现在一般的看法也不一样。“新”不仅扩展朴学的范围，还要有新的方法。新的学科，新的知识，都要积极地应用。胡小石先生是李瑞清的学生，接触过清末的不少学者，他继承朴学传统，而又采择西洋新兴学术。我在他的指导下，也曾学过一些小学方面的著作，并对文史不分的传统表示认同。我的很多论著中有考证，考证是文史之学的一种重要手段。但我也很重视在这一基础上的分析与解释，我要显现出考证的意义何在。在研究中，归纳法、比较法、追溯源流法我用得较多，清代朴学对这些方法也有很好的运用，在此之外，我对民俗学、文化学的方法也有选择性的运用，这在《九歌新考》和我的李白研究中可以看得很清楚。我前些年写过《李白诗原貌之考察》一文，最近有人说，这篇文章很有新意，以为其中包含有经典的形成、接受理论、书籍史等等。其实我没有看过这些理论，我只是强调在诗文的总集、别集外，还要使用唐宋人的选本、金石实物，乃至小说、笔记、诗话等材料，进行综合性的古籍整理与研究。

说到使用材料的扩充，如对笔记小说的运用，我有些创新，这超出了清代朴学的范围。如写《〈文赋〉写作年代新探》曾引及刘敬叔《异苑》中记载的陆机夜遇王弼之鬼的传说就是一例。《唐语林》的整理研究，对我展开唐代文史研究很有助益。写《韩愈的〈永贞行〉以及他同刘禹锡的交谊始末》一文，我从韩愈因其长兄韩会党附元载而遭贬的隐痛立论，结合相关的文献材料，分析永贞前后的政治形势，探讨韩愈与刘禹锡、柳宗元之间的政治分歧与隔阂，得出一些新的结论。王运熙先生看了我的论文之后，说是我的新见主要得益于研治唐宋笔记小说而发掘的材料，解决了许多问题。确实如此，当时我正在整理《唐语林》，发现了一些常被人们忽略的重要材料，例如，韦绚《刘宾客嘉话录》相当真切地反映了刘禹锡对韩愈的一些看法，柳宗元对韩愈也有意见。这些材料对我们深入了解韩、柳、刘之间的交谊始末有很大的帮助。

徐:我在准备这次访谈时,听到一位学者对您的学术的总体评价,认为您的学术研究是一个矛盾的统一体,既博通又专精,既传统又创新,既扎实又空灵。您觉得这种评价是否准确?

周:这种说法很有新意,把握了我的治学特点;这也是我不断努力的方向。虽不能至,然心向往之。

五、得天下英才而教育之

徐:我去年奉命写改革开放以来高校古代文学研究发展报告,系统地翻了十几种重要的学术期刊,总体感觉是 70 年代末到 80 年代前几年,南京大学古代文学学科的力量较弱,重要学术期刊上似乎只有程先生和您的论文。当时是如何设法改变这种局面的?

周:南大的力量当时确实很弱,出去开会,就会感觉到南大和兄弟院校的差距。这里面原因很多,最关键的是缺人,没有研究队伍。一些教师因“文革”期间的荒废,在新时期虽很努力,但力不从心。在这种情况下,我们决定培养新的队伍。

我自 1982 年起任博士研究生副导师,1986 年评为博士生导师,1989 年后又和莫砺锋联合培养了一批本国的博士生,还有四名韩国学生,最后一名博士是马来西亚的余历雄。

我们在学生的培养方面用了很多心力,如基本典籍的研读、不拘一格的指导、论文的写作、师生的交流、英语的学习等等,都是有特色的。局面到了莫砺锋在学界露头角后开始改变,他的《江西诗派研究》出版是个标志,后面又陆续有优秀学生出来,南大古代文学终于在学术界站稳脚跟。

这个群体的一个整体特色是学风朴实，每一个人都能埋头苦干，在海内外的声誉不错。就留在南大的这些学生而言，我还是很看好的。希望他们秉持敬业乐群之教。

徐：据我所知，您的《当代学术研究思辨》在研究近现代学术史研究领域，是很重要的著作，经常被引用。但这本书在研究生教学方面，也有其独到的价值。请您稍加解说。

周：《当代学术研究思辨》是在我 1987 年主持的"现代学者治学方法研究"课题基础上形成的，我的研究思路是对当代学术研究的演变和发展规律分别进行探索，总结学者治学过程中的经验和教训。就教学而言，这本书中的第四组文章，就是选择王国维、陈寅恪的五篇代表作进行评析那部分，影响较大。后来不少大学的研究生课程中都有这样的设计。（徐插语：您有专门研究陈寅恪的文章，论著中也多次引用他的论点。您好像很受他的影响。）影响不太好说。很多人认为陈寅恪的文章对我的影响大。我是喜欢读他的文章，也喜欢介绍给别人读。我在给研究生上课时对他们讲，你们读文章要读第一流的文章。取法乎上，得乎其中；取法乎中，得乎其下；若取法乎下，就无所得了。所以我就从王国维和陈寅恪讲起。挑的文章都是最好的，最能反映作者个人特点的文章。比如王国维的《殷卜辞中所见先公先王考》。有些人奇怪，中文系的教授怎么讲这篇文章呢？这是我的特点，我觉得文史是不可分的。

我们在研究工作中如果一味地讲资料，讲考证，文章看上去就没有灵气。如果学生一天到晚讲文献，不读些空灵的文章，脑筋就很死板。所以我也希望他们多读陈寅恪的文章，多读闻一多的文章。他们的文章时见空灵之妙。陈寅恪的文章很有特点，他的文章时见触类旁通之妙，陈寅恪还有还有一个好处，他讲的"独立之思想，自由之精神"，从学术研究来说，也就是不能人云亦云，要发人之所未发。他每一篇文章都有创见，出人意料之外，又在情理之中。比如陈寅恪讲李白是胡人，我也不相信他的，但我觉得这篇文章写得好，启发性大，让人好好地考虑这些问题。写文章不一定要像一些伟大人物那样，都能放之四海而皆准，颠扑不破，好像最后真理似的。文章要能启发诱导人。

徐：《师门问学录》就更特别了，几乎是独一无二，请您谈谈这本书在指导学生方面的意义？

周：儒家的教学内容，不仅是传授知识，还包括对学生整个人格的熏陶。这个传统延续了很长时间。改革开放之初，我们的教学方法，保留了很多传统，但现在因为研究生扩招，要完全恢复传统讲学模式已经很困难了。但作为一种优秀教学传统，某些方面继承下去很重要。

《师门问学录》的问世，情况比较特殊。我那时已经七十多岁了，只招了余历雄一个博士，所以我还能慢慢地、细细地用一问一答的方式给他讲。这个学生非常有心，把我讲的都记下来了。我看了后也觉得内容很好。我觉得书中保留了一些传统。通过问答式的教学方式，达到教学相长。此外，书中还有一种师生情谊在。胡先生对我影响就非常大，跟他学的几年工夫，见面的次数也有限，很难说他到底教给我多少知识。但老师怎样做人，老师对学问的态度，对学生是熏陶、是潜移默化。熏陶就很难量化出来，完全是润物无声。说到师生情谊，我很感慨，一辈子教书，犹如拦腰分成了两截。“文革”之前也教过不少学生，但没有什么贴心的；本来提出“贴心”二字就应该批倒批臭，你想与无产阶级争夺下一代么？

幸运的是，“革命”的年代终于过去，“文化大革命”之后，迎来了改革开放的春天。孟子的“三乐”终于光临寒舍。我妻子祁杰也是当教师的，以前受我连累，一直处境尴尬，如今合家欢欣，过上了太平日子。

自80年代起，“得天下英才而教育之”的快乐，全部得到了实现。我先后教过的本科生、硕士生、博士生数量很大，成才者多，这是我们当教师的最感满足的地方。清规戒律撤防了，师生之间的无形障碍就消除了。教师认真地教、学生认真地学，师生关系融洽，从中看到了个人与国家的希望。

人到中年，各种任务丛集而至，但我很清楚，自己本是一名教师，教书育人是我的本分，也是我的第一任务，因此不管处在什么情况下，总要尽力完成教学任务。教师作出的努力，总能在学生那里得到回报。留在身边的一些学生，朝夕相处，容易增进感情，就是在外地任职的学生，也一直保持着深厚的情谊，每当我讲学或开会在外，总有一些学生随侍在旁，交流情况，无所不谈，宛如家人。师生的情谊，属于人类感情中最纯真的部分，自应百般珍惜。

徐：最后，请您对有志于文史研究的年轻人提出一些建议或期望。

周：当然，先要做人，人要先做好。不要人品很坏，让大家嗤之以鼻。大节不能亏。我这个人其他没什么好处，我就是坚持实事求是。好就是好，坏就是坏。我喜欢埋头苦干。我做事情还是比较认真的。做学问不能想发财，不能追求轰动效应，一夜成名。我希望我的学生能开拓，能下苦功夫。现在有些人写了一两本书，有了点小名气，就到处活动；还有些人半政界半学界地炒作自己；有些人专门喜欢和媒体拉关系。真正的学术研究应该与名利和媒体保持距离。

人年轻时要去开拓。现在常有人说，搞自然科学的人要趁年轻，老了就越来越跟不上新的发展了。从事人文科学研究的人，重积累，老了书读得多，学问也就越发成熟。这话未必正确。搞人文科学的人也要趁年轻。这时思想活跃，感觉敏锐，更有可能发现新问题；况且年少气盛，初生牛犊不畏虎，更有可能闯出一条新路来。我就觉得眼下写文章时有些老气横秋，不像当年写《九歌新考》时那么浮想联翩，新见时出。

从事学术研究，应把"发人之所未发"作为第一要义。假如只是改头换面地抄袭前人的某些观点，或是把许多人的观点综合一下，或是在前人的结论上再增加几条材料，都算是新创，那又有什么意味？我的几本书，如《九歌新考》中提到的东皇太一为齐地的大神，楚人不能祭祀河伯等，虽是发挥师说而成，但观察问题的角度和论证的方式均不相同，自信前人从未说过，至少可以作为一家之言吧。又如我在写《〈韩非子〉札记》时，力求每一篇文章都要有新见，至少要提出一些新的材料，段熙仲先生称赞此书为"篇篇有根据、有心得的学术论文"，恕不敢当，但自信每写一篇札记时，都曾说出若干新的道理来。

应该抓住一切机会谋求发展。人生在世，总是面临着很多机缘，往何处发展，则很难说，看你是否能把握住它。如有机缘而没有实力，则还是无法把握，因此首先就得注意培植实力。我与唐代文学本无缘分，当年因读《李白与杜甫》而引起了一点疑问，才产生了《高適年谱》一书，对唐代的史事和文献认真地学习了一番。1978、1979 两年中曾到北京图书馆读书，校勘《韩非子》，抓住机会对《高常侍集》也作校勘。这时始知故宫博物院中藏有季振宜的《唐诗》钞本和胡震亨的《唐音统签》全本，就到该处要求阅读，随后就写了《叙〈全唐诗〉成书经过》一文，学术界就以为我对《全唐诗》也颇有研究的了。日后又搞《唐语林》的整理工作，对唐代的笔记小说也就比较熟悉了。我在指导学生时，常叫他们作滚动式的研究。研究一个专题，搜集材料、分析问题时，要把想到的东西及时记下。写成一本著作，决不能把看到的、想到的悉数写入，前时记下的心得，有时会在日后的研究中起作用，往往会滚雪球似的形成另一种新说，从而产生另一著作。这样不断滚动，涉及的东西越来越多，知识面越来越广，也就可能成为这一新开拓的领域中实力雄厚的学者，并有可能形成自己的体系。我在整理好《韩非子校注》后，完成了《〈韩非子〉札记》一书。同样，我在整理好《唐语林校证》之后，完成了《唐人笔记小说考索》一书，《考索》即是在整理《唐语林》时所积累下的材料上写成的。

成名后要把持住自己。我的文集里有不少论文是为参加各种学术会议而准备的，虽然是“赶会场”，但我黾勉从事，从不马虎。在这些论文里都有一些新见解，有的观点或结论解决了一些老问题，有的则为学界提供新的思考，大部分论文都能反映出我的独特体会，绝少有与人雷同之处。现在有些学者非常热衷于参加国际学术研讨会，四处结交国内外的朋友，藉以提高个人的声望，但他们提交的论文很多是泛泛而谈，缺少个人心得，也没有解决什么问题。我并不排斥学术研讨会，反而多次主办规格较高的国际学术研讨会，但要求与会者提交较高水平的论文。

〔采访者：徐雁平，南京大学文学院副教授。本次采访在准备期间，曾以电子邮件咨询周勋初先生在全国各地的十几位弟子，得到很重要的信息和建议，采访提纲设计，部分采纳了他们的建议，谨此致谢。对周先生两次采访的录音与文字整理工作，由文学院古典文献学专业研究生王连琦同学完成，特此说明。〕

（《中国文化研究》2009 年 · 冬之卷）

认真踏实的学者风范

——周勋初先生与南大文学研究

谢智光

小　传

周勋初先生，1929年生，上海市南汇县人。1954年毕业于南京大学中文系，分配至国务院中国文字改革委员会工作。1957年考回南京大学中文系当副博士研究生，1959年肄业改任助教。1961年升为讲师，1980年升为副教授，1984年国家教委特批为教授，1986年批准为博士生导师。1984年至1987年任南京大学研究生院副院长。现为南京大学文学院教授，北京大学等高校兼职教授，并任江苏省文史研究馆馆长，全国高等院校古籍整理研究工作委员会副主任，国家古籍整理出版规划领导小组成员，中国唐代文学学会顾问，中国古代文学理论学会顾问，中国《文选》学会顾问，《全唐五代诗》第一主编，《中国思想家评传丛书》副主编等。

自1991年迄今，分别赴香港中文大学，中国台湾的“中央研究院”、东海大学、东吴大学、成功大学、台湾师范大学、中兴大学、逢甲大学、交通大学、玄奘大学、暨南国际大学讲演。1994年应日本文部省邀请，任特聘教授，赴国立奈良女子大学讲学，国立京都大学、大阪市立大学讲演。同时并历年参加香港、澳门、台湾等地与新加坡、马来西亚、韩国等国举办的国际会议。1997年应邀赴美国密西根州立大学、莱斯大学、华盛顿大学讲演。1998年赴台湾“清华大学”任教，2002年赴台湾东海大学任教。

周先生已出版的著作有:《高適年谱》《〈韩非子〉札记》《中国文学批评小史》《九歌新考》《文史探微》《文史知新》《唐语林校证》(整理)、《当代学术研究思辨》《唐人笔记小说考索》《唐代笔记小说叙录》《诗仙李白之谜》《魏晋南北朝文学论丛》《唐诗大辞典》(主编)、《唐人轶事汇编》(主编)、《唐钞文选集注汇存》(纂辑)、《李白研究》(选编)、《李白评传》《册府元龟》校订本(主编)与《周勋初文集》七集等,其余论文一百多篇。

前　言

2008年12月初,林庆彰教授抵南京搜集民国时期的经学著作,并与南京大学、南京师范大学两校古代文学、古典文献两专业的教授互相交流。趁着这次抵宁的机会,12月6日晚上七点,林老师至周勋初先生府上采访周先生的治学方法和学术历程。今年是周先生八十大寿,南京大学文学院举行了隆重的庆典,并出了两本纪念专刊,盖周先生的弟子们今皆已有所成就,这不啻是对周先生最大的祝贺。林老师在南京的行程安排紧凑,短短两小时的访谈,已熟识的两位先生都意犹未尽。以下是访谈纪要,以飨读者。

(一)家世环境坎坷

周先生是江苏省南汇县(今已改成上海市南汇区)人。周先生家里好几代已在上海,周先生自谦说家里没有什么特别的家学。家里本务农,到了曾祖父一代发了财,但没有什么文化传统,祖父也不怎么读书,仍捐了一个监生。周先生的父亲则是光华大学中文系毕业的。抗日战争爆发后,其父不愿意周先生读文科,中学读的是上海沪新中学的理科。因为战乱的关系,周先生没有受过完整的中学教育。尔后日本军队入侵上海，接着国民政府也进来；加上周先生从小身体不是很好，常常生病，因此读书的历程很曲折。小学读了五年，就换了五个学校——不换学校不行，因为动乱；中学读了四年，换了四个学校。高三没有读完，因为患了肺病且长达七年之久，1954 年以来才渐渐的痊愈。五十年代时，正逢土地改革，周先生只好决定考大学。因为读书的阶段是断断续续的，对理科已不熟悉，于是报考文科，进入位于六朝古都的南京大学。

（二）南大学习遇恩师

进入南京大学中文系就读，周先生师从胡小石先生、罗根泽先生、方光焘先生及陈瘦竹先生，受他们的影响很大。周先生说自己一辈子都非常的困难。南大毕业后，老师们对他非常好，希望他留校。但是周先生的政治条件太差，不能留校。方光焘先生在周先生困难的时候，多让他读了一年；而胡小石先生讲授中国文学史，为周先生打下了基础，并影响他后来走向古典文学研究这一条道路。吴玉章先生创建中国文字改革委员会需要大学生去工作，但是当年没有毕业生，1953 年的都已提前毕业，于是上级就把周先生分配了去。1956 年党中央宣布新的知识分子政策，胡小石先生就告诉周先生，让他回来继续读书，后来周先生就没离开过南京大学，这是周先生入南大教书的因缘。

周先生投入学术工作后，研究的领域范围非常广泛。在“文化大革命”时从事法家著作的研究，因为当时只能这样做。改革开放前后，国家整个环境全然不同。以前周先生连小组长都没有做过，1984 年，周先生就任南京大学研究生院的副院长。对于自己亲历的这些历史，周先生颇多感慨。

（三）研究通才

周先生在南京大学念副博士生读了两年。胡小石先生让他写《山海经》方面的论文，周先生就勤奋去做，后来完成《九歌新考》一书。周先生个性认真，老师交待什么，就集中精力去做。系里面有什么新的课程派给周先生教，他也尽力去教。因此除了文学的专长之外，其他方面的课题也深入去研究。南京大学莫砺锋教授在周先生八十寿辰的纪念论文集中，称赞周先生是“通人”；程章灿教授在《古典文献研究》第十一辑（周先生八十寿辰纪念专号）中，认为周先生治学范围广博，涉及诸子学、中国古代文学、中国文学理论与批评、中国古典文献学、近代学术史等学科领域，在先秦诸子研究、楚辞研究、魏晋南北朝唐代文学研究、中国文学批评史及近现代学术等方面都有精深研究和重要成果，并对学术界产生了重大影响。

（四）学生时代的著作《九歌新考》

周先生早期著名的一本著作即《九歌新考》，这个“新”指的是灵感方面的新，有一种新想法。改革开放后，周先生没有再继续研究《楚辞》，楚辞学方面的课程也没讲过，但有人称，周先生提出的《九歌》研究论点则是现今三个楚辞研究流派中的一个。《九歌新考》受到学界的赞叹，当时是经过胡小石先生审改的，可见老辈学者对于学术要求的踏实。

（五）谱谍学研究

周先生的另一个专长是谱谍学研究。一开始是写《高適年谱》，当时写书的环境也很不好，“文革”当中劳动了三年多，被派回来编辑《辞海》。家里当时仅剩四本毛泽东的论著，唯一一本学术作品是郭沫若的《李白与杜甫》，只有这本在当时可以阅读。周先生以为，郭氏这书讲高適有一点过分。因为杜甫到四川时，还受到高適的帮忙照顾。郭氏把高適、杜甫二人写得像仇人一样，就不大中肯了。在困难的环境中写成这本《高適年谱》，花了一年多一点时间，周先生并写了一篇《写作〈高適年谱〉的机缘与甘苦》，亦收在周先生文集第七集当中。

（六）先秦诸子学研究

周先生研究《韩非子》是在 1974 年开始的。《韩非子》研究的前期工作是把先秦诸子认真读过，周先生笑说，即使没有兴趣，人家交给你这个工作，你一定要认真。在大陆要出身好的、或是党员，在仕途上才可能沾一点光。而先生受胡小石、罗根泽等先生的影响较大，当时认为受资产阶级学术影响深，思想水平总跟不上先进。

周先生研究《韩非子》有三种著作，一是《〈韩非子〉札记》；另一是《韩非》，今年已再版；还有一种集体编写的《韩非子校注》，明年将由周先生修改出新本。改革开放之后，有这种著作很平常，但在当时是很特别的，属于"文化大革命"的评法批儒著作。日本有位法学院的学者，东京大学图书馆馆长，觉得周先生在此时有这种著作很特别，特别来南京与之交往。关于此事，可参看周先生文集第七集当中的写作心得：《评法批儒运动的参与和两种〈韩非子〉著作的产生》。

（七）文学批评研究

周先生中年时一本重要的著作，即《中国文学批评小史》，周先生自谦说是一本不到二十万字的小书，1981 年出版。因为太畅销，台湾最初的版本还是盗印版。周先生本来不知道自己的著作被台湾出版社盗印了，有一年到新加坡参加学术会议，遇到台大外文系的张静二教授，才知道盗印者是嵩高书社。而这本批评小史，先后已出了十种左右版本，最早是长江文艺出版社，后来是辽宁古籍、复旦大学、香港三联书店；韩国、日本也译成韩、日文出版。该书流传之广，甚至可以写成一篇《中国文学批评小史》的流传史。除了台湾有盗印版，韩国也有盗印版，与原来的底本不一样。这样的结果是周先生意想不到的。林庆彰先生采访到此，谓介绍周先生的学术成就的文章应该不少，应该出一本评论集。周先生云大陆方面较少有这种著作，以后可以考虑出版。

（八）近代学术史研究

对于近代学术史，周先生有一本专著：《当代学术研究思辨》。1983 年起，与程千帆先生一起带博士生。在大陆学术界，当时流行讲方法论，除马克思主义方法论外，另一个重要的提法是“新三论”（系统论、控制论、信息论）。当时莫砺锋教授在哈佛大学做研究，发现美国人并不讲“新三论”，国内这种现象是非常可笑的。大抵理论要看用在哪些方面，是一种方法的运用。而周先生就开了一门课叫“近代学术研究方法”，讲王国维先生《殷卜辞中所见先公先王考》等文，认为这篇文章非常了不起，把中国学问的研究向前推进了一大步。许多人质疑周先生，以一个中文系的教授的身份，怎么会去讲这篇文章。周先生后来写成《当代学术研究思辨》，很多大学把这本书作为教材。

（九）与台湾的学术交流

1998年与2002年，周先生分别来台湾“清华大学”及东海大学驻校授课。至“清华大学”待了半年，上了两门课：唐代文献学研究及李白研究；东海大学则加上唐人笔记小说这门课。对于两岸学生的研究态度，周先生发现，若就博硕士生而言，认真程度应该是差不多的。然而如东海大学博士生有许多是在职进修，比较没办法分出多一点的时间作学术研究，这是比较可惜的。南京大学对文献要求较高一点，文献学的基础比较扎实；而台湾学生则对欧美理论兴趣更浓厚一些，这是有一些不一样的。

（十）对于未来研究生的期待

如果有学生想作唐宋文学研究，周先生会先教他们什么呢？周先生强调，要研究生先熟悉原典，做文史哲的综合研究。目前学术界上最大的问题在于分工太细，又常常引入西方理论套用在文本上，反倒是最重要的原著文本没有读熟读好。文史哲本不分家，做综合性的研究，这样子才较完善。比如周先生研究李白，认为李白的思想是非常特殊的，可以称作“多元文化的结晶”，不可只作其诗的研究，应该其思想、背景一起放进来讨论。现今研究李白的人不知道有多少，必须扩大到文化层面进行考察，才能有深刻的了解。周先生研究李白的著作有三本:《李白研究》《李白评传》《诗仙李白之谜》,能有这样的成果,是因为知识面很广,而不只是抄抄前人的想法。

周先生学术研究五十年,一直都很忙碌,随和的他笑说平时没有特别的娱乐,而到各地开学术研讨会也算是一种调剂,可以到各处游山玩水,各处讲学。如到日本、美国、欧洲都是与师母一同前往,互相支持,令人欣羡。国内的名山大川也因为学术活动顺便参访,平时就是在学校里散散步。接下来还有关于《文心雕龙》的研究尚待完成,周先生坦然说,能完成就完成,目前身体休养非常重要;而原本想完成的《学术史》基本上已经放弃了,周先生说他写书不太愿意批评老辈学者,这也是周先生谦冲为怀的治学态度。

后　记

周先生的学术著作有二十几种,集体著作有四种,单篇论文百余篇,可说是著作等身。此次访谈大约两个小时,由于时间有限,无法细谈许多研究心得。关于周先生学术研究的成果,可参阅周先生八十寿辰时中华书局及凤凰出版社出版的两本论文集。周先生与林庆彰老师相识二十年,两位老师抽空相聚,分外亲切。这天南京天气稍冷,周师母还准备了热汤圆给我们取暖。为了不打扰周先生,晚上九点多我们就离开周先生宅邸。这次访谈由袁明嵘学长拍照,谢智光整理。

〔采访者:谢智光,台湾东海大学中国文学系硕士生。本次采访是在林庆彰教授的指导下进行的。〕

(台湾《国文天地》第25卷第2期)

传统文化是民族和谐共处的纽带

——周勋初教授治学之道访谈

刘若一

“要实事求是，不要浮夸；要踏踏实实，不要浮躁；要开拓创新，不要僵化。当然，先要做人，人要先做好。”这几句话听起来平实，却是一位研究中国传统文化的老人一生的治学心得。这位著名学者就是江苏省文史研究馆馆长、南京大学文学院周勋初教授。

周勋初教授著作宏富，研究范围相当广泛，主要集中在中国古代文学史、中国文学批评史、中国古代思想史、中国古典文献学等领域。他已经出版的著作有《高適年谱》《〈韩非子〉札记》《韩非》《中国文学批评小史》《九歌新考》《文史探微》《文史知新》《唐语林校证》（整理）《当代学术研究思辨》《唐人笔记小说考索》《唐代笔记小说叙录》《诗仙李白之谜》《魏晋南北朝文学论丛》《无为集》《馀波集》《唐诗大辞典》（主编）《唐人轶事汇编》（主编）《〈册府元龟〉校订本》（主编）《唐钞文选集注汇存》（纂辑）《李白研究》（选编）《李白评传》等，后又汇集若干著作编成《周勋初文集》七册，此外还在国内外重要期刊上发表论文100多篇。

冬季的一个下午，在周勋初教授的家里，他和记者作了交谈。周勋初教授从学术研究如何处理博通和专精的关系讲起，把我们带进中国传统文化的殿堂。

博通与专精的学术风范

记者(以下简称"记"):现代学术的一大特点是分工日趋细密。使得学者往往只能集中精力在某一个较狭小的领域内精耕细作,才可能获得较好的成绩。然而就其本质而言,学术研究,尤其是古代文史方面的学术研究,却又是需要广博的知识结构和宏通的学术视野的。七卷本的《周勋初文集》同时展示了您在学术上的博通和专精。请您谈谈您在学术研究上是怎样处理二者关系的。

周勋初(以下简称"周"):这个问题牵涉到中国传统文化和现代学术的发展趋势问题。中国传统文化是综合式的。中国过去的知识分子都是读四书五经开始。隋唐时出现科举制度,科举制度考试的主要项目是儒家几部经典,所以后来的知识分子从小开始读四书五经。他们读四书五经时,一定是综合性的,几部经典要翻来覆去地读。《诗经》之类的经典是综合性的,关于植物学的知识,动物学的知识,很多知识都在里面。但西方不同,近代尤其资本主义发展后,是分科学习,如天文学、地质学、文学、哲学、历史都是分开的。清朝末年开始学新学,光绪后期,开新式学堂,办了两个大学,一个是京师大学堂,后来发展成北京大学,另一个是两江师范学堂,发展成了南京大学。这时候就开始分科。到了民国后,分得更细。分科学习容易吃透,但是最大的缺点是知识面不广,往往陷于只知其一,不知其二。随着中国传统的学习方法慢慢遭到忽视,学科分得越来越细。某些高校教师一辈子只精读一本书,这样的结果是造成对这本书很熟,但是理论水平低,视野狭窄,其他知识积储不够,也就不能深入。拿杜甫的诗来说,他的诗反映了唐朝最辉煌时期到衰落的时候,要真正理解研究杜甫的诗,就得全面了解唐朝的历史、当时的政治背景以及其他文化方面的背景,如果只从文本分析，则理解不深透。只专不博就会产生“专家不少、大学者少”的现象。这个问题现在已经受到学术界的重视，高校提出要通识教育，一、二年级要打通专题，三、四年级读专业。通识教育是中国的趋势，也是世界的趋势。

记：博通与专精相结合，宏观与微观相结合，这对做学问很重要。

周：做学问更是要宏观和微观相结合。我的学生，一位来自马来西亚的博士余历雄整理了我的授课笔记，编辑成《师门问学录》一书，内中论及我对唐代笔记小说的研究，介绍很多学者的看法，认为“这种宏观与微观相结合的研究方法，为目前尚不太为人所重视的唐人笔记小说研究提供了综合研究的实例”。

学术创新要一步一个脚印

记：现在学术研究的文章与书籍越来越多，但是有新意的学术观点却不多。您怎么看待这个现象？根据您自己的研究经历，您认为又该怎样学术创新？

周：南京大学的特点是比较重视继承中国的传统。程千帆先生曾经提出，文献学与文艺学相结合。我提出的是文献学与综合研究相结合。我们研究文学，也不是只读一首首诗就行了，文学涉及许多学科，要了解社会、历史、经济、文化、政治等等，通过多方面的了解，才能更好地去解释文学现象，理解文学作品。例如研究李白，我的书叫《李白评传》。几千年来知道李白的人很多，研究李白的人也很多，但是要读出新意很难。有一次我有机会去九华山参加李白学会举办的会议，我带了一篇文章《李白及其家人名字寓意之推断》。李白的子女名字都很奇特，很有意思。他有个儿子叫伯禽，伯禽是周公长子的名字，周公是个大圣人，一般老百姓谁会给儿子取个名字和圣人的儿子一样呢？

李白还有个女儿叫平阳，这也很奇怪。古代所谓“平阳歌舞”是指什么呢？“平阳”指汉武帝的姐姐平阳公主，“歌舞”指平阳公主家的舞女卫子夫。汉武帝到他姐姐家，看到舞女卫子夫的舞跳得很好，就带回宫中受到宠幸。但是中国古人与现代的观念不一样，对舞女啊、戏剧演员啊，都认为是社会地位比较低的。当时一般中国人都不会给自己家的女儿取个名字和“平阳歌舞”有关系的。于是我就写文章，从李白给子女取名字的寓意开始分析李白。李白很特别，生在现在吉尔吉斯斯坦国境内，他从小生长在西域，后来居住在绵州昌隆县，也就是今天四川江油市。唐朝时候江油县一带有很多少数民族杂居，非常冷僻。我研究李白的时候先从李白的出身、地区开始考察。李白居住的这个地方和羌人有关，他在文化上受羌人影响。四川又是道教的发源地，所以李白信仰道教。这些文化影响决定他和杜甫接受到的观念完全不一样。我在《李白评传》里写到了许多别人没有写过的东西，详细论证了李白所受到的突厥文化、南蛮文化、羌族文化等多种不同文化的影响，说明李白复杂多样的思想和璀璨多姿的身影，从而将李白其人定位为多元文化的结晶。这一观点已为很多人所沿用。有人评论说我的书里面运用了民族学、民俗学、宗教学等学科知识。这说明传统文化研究要提出新意，不仅要文史哲打通，同时也要吸纳新的学科知识进来。我观察问题的角度和别人不一样，我的李白研究和别人也就不一样。

另一方面，虽然我运用的材料是新的，但是考证方法是传统的。我觉得做学问，要创新，就得一步一个脚印，踏踏实实，不乱发挥。现在西方的新方法层出不穷，我们做传统文化研究还是要从文献出发。

记：七卷本的《周勋初文集》是不是就有继承和创新相结合的特点？

周：可以这么说。我在继承和创新方面处理得比较认真。我强调继承,更强调创新。人家讲过的我不讲,“语不惊人死不休”,能争取得到大家的公认。同时我在继承上也很注意,不是胡乱说,而是综合前人的学术成果。

传统文化是民族和谐共处的纽带

记:经常听到社会上有人问及,国学研究有什么用?因为国学研究不是有形的,而我们又处在一个科学技术和物质生活日新月异的时代。您作为一代国学大师,请您根据您自己的研究经历和体会谈谈国学研究或者说学术研究,它的意义究竟在哪里?

周:首先必须声明,我的学问还很不够,不能妄称大师。中国传统文化到底起不起作用,起多大作用,怎么起作用,这一直是我们要思考的问题。中国五千年文明,但是很多人不知道传统文化在哪里。传统文化在哪里呢?就在我们身边。我写过一篇文章《传统文化就在我们身边》。传统文化是看不见的,但是我们的确沾了传统文化不少光。我举个例子,现在世界上很多地方仍然存在着宗教与民族冲突,印度和巴基斯坦、巴勒斯坦和以色列等等,冲突不歇。只是纵观中国历史,为什么宗教和民族问题并不严重呢?这是因为中国自古以来,看待民族问题着重文化包容,而把宗教置于礼制之下。比如在唐朝时,李白对道教十分尊崇,但是他对佛教也不无称赞。王维信奉佛教,但是也称赞道教。明朝时候,徐光启向利玛窦学习西方科学,利玛窦传播天主教,徐光启就入了天主教。只要维护礼教,尊王敬长,也就可以。信仰天主教时一点问题都没有。

有些人常用经济观点分析战争冲突,其实往往不单是经济问题,还有文化冲突问题。中国传统文化具有包容性,在历史上很少发生消灭不同民族或不同宗教的事情,而是尊重自己,尊重他人。我有次在美国讲学时候，也举过一个例子。犹太人在世界上漂流，很多国家迫害犹太人，但是中国从不歧视犹太人。宋朝时一批犹太人到京都开封来，后来他们一直在开封定居，且和中国人通婚，同化了。而在世界历史上，从来没有一个民族同化掉犹太人的。所以说这个中国传统文化就像中国的中药一样，见效不一定快，但慢慢调理人的身体，能调理得很好。那天听我讲演的人中有一位犹太富婆，说是很感动，他们犹太人都知道这段往事。现在我们和以色列关系很好，这也得益于我们中国传统文化。传统文化有助于世界和平。

台湾问题也是这样。由于传统文化这个纽带，“台独”肯定失败，大多数台湾人相信统一。中国必然是统一才能发达，分裂就会衰乱。

可以说，传统文化正是我们这样一个多民族国家中，民族与民族之间能够团结共处的一个纽带。

做学问要先做人

记：您一生学术硕果累累，对新一代学人有什么希望？

周：要实事求是，不要浮夸，不要浮躁，不要急功近利，要有开拓，不要墨守成规，不要僵化。当然，先要做人，人要先做好。不要人品很坏，让大家嗤之以鼻。大节不能亏。我这个人其他没什么好处，我就是坚持实事求是。好就是好，坏就是坏。我喜欢埋头苦干。我做事情还是比较认真的。做学问不能想发财，不能追求轰动效应，一夜成名。我希望我的学生能开拓，能下苦工夫。现在有些人写了一两本书，有了点小名气，就到处活动；还有些人半政界半学界地炒作自己；有些人专门喜欢和媒体拉关系。这些都是和真正的学术研究有距离的。

记：您认为媒体能为学术界做些什么呢？

周：我希望媒体能够向社会介绍一些埋头苦干的学者。弘扬踏踏实实、实事求是的精神。发现真正有价值的学术著作，是难能可贵的。真正的学者，真正的学术著作得到公认，需要一个历史过程。现在大家对我评价比较好也是经历了几个阶段。1964 年，我的一篇论文《梁代文论三派述要》在《中华文史论丛》上发表。这是个纯学术刊物。俞平伯、郭绍虞的文章也都发表在那上边。我那时候三十多岁，比较年轻，大家看到我的文章也在上面发，感到很奇怪。但经过一个历史过程，这篇文章最终还是得到了学界的认可。我比较幸运，得到公认比其他人早一点。

〔采访者：刘若一，江苏省广播电视总台《金陵之声》电台记者。〕

（原载《淑世心声》，江苏省文史研究馆编，凤凰出版社 2009 年 1 月版）

在研究中国传统学术的新途径上摸索前进

徐雁平

一、泛览与专精

徐：周先生，您的学术研究涉及的领域比较多，而且对所研究的问题都有出色的论著，但因为学术分科、分专业的隔阂，学术界对您的研究往往只是了解其中某一方面。大家对您的学术研究有较为全面的认识，是不是要到2000年出版七卷本《周勋初文集》以后？

周：我的专题研究性质的著作大都收在文集中，这套书对于总结自己的学术研究具有特别的意义，而学术界凭借这套文集，也对我有较为全面的了解。以前我出去开会、参加学术活动，常有人对我的学术研究表示诧异；我也时有隔行如隔山的感觉，觉得自己在学术研究队伍中常是一个"另类"。

徐：这套文集中有几种书写于六七十年代，那时哪有几人做学问，所以外界觉得你的学术道路比较顺，因为您一直在做研究。请问是这样吗？

周：其实哪有什么顺啊。我曾用马克思对商品的分析作自我解剖，认为我这个人没有什么价值，但有使用价值。我也就是靠那么一点"使用价值"才能在高等学校中领一份口粮。邓小平在政治生涯中有三起三落，其实我这种小人物身上也有三起三落。解放初，因为我家被划为地主，而我又很看重传统的伦理道德，因此在学校，我是思想落后分子，这是一落；1956年出台新的知识分子政策，胡小石先生让我回校读研究生，这是一起；反右派时，我在“鸣放”中发表了一些出格的言论，面临很多风险，又是一落；1959 年之后，刘少奇、陈云等主政，郭影秋校长提出“坐下来，钻进去”的号召，我被委以编写和讲授中国文学批评史的重任，后留校任教，又是一起；从“四清”到“文革”，我又屡遭磨难，直到 1978 年后的改革开放。用上海话来说，这是“三跌三掼”。在我起步时，幸亏有几位老师爱护，不然哪有作学问的机会。

徐：我注意到您的不少研究领域，都与您当时教的课有关，如中国文学批评史等；或与被指派的工作有关，如《韩非子》研究等。您的学术研究涉及多个领域，或者说文史打通，是否有被逼出来的原因？

周：应该有这方面的原因。我这个人一辈子都没有什么固定的专业岗位，总是在不断突击，所以好多特点都和我的个人经历有关。许多教师一辈子就讲一门课，而我一开始就开了两门课。文学批评史从孔子讲到王国维，全是我一个人教。那时强调古代文学理论，所以还要教一门《文心雕龙》。加了这门课后，我连备课时间都没有了，压力特别大。此外，哪位老师缺档了，哪个老师教不下去了，都叫我去顶。一会儿教“中国古代散文”，一会儿教“大学语文”，一会儿又教文学史，就是这种状态。“文化大革命”的时候，我既要编《辞海》，又要编《马列文论》，又要编《韩非子》，同样是耗尽精力。

我有“使用价值”，还有那么一点适应能力，我后来写文章谈治学经验，取名《顺其自然地登攀》，就是这个意思。我做事时，总是尽心竭力。如搞法家著作的注释，虽在当时只是裹挟进了政治运动，但我还是认真对待。为了注好《韩非子》，我读先秦诸子，读《左传》《战国策》，读相关的好多书。这样干，各种知识就贯通起来，逐渐养成了综合分析问题的能力。这种贯通，就像蜘蛛结网，网越大，越能捕到更多更大的东西。编写《马恩列斯文艺论著选读》，就得读马恩原著，这对我扩大视野、提高思辨能力也有帮助。

当然，治学涉及面广，应该与我的几位老师有关。学中文，研究的是一门综合型的学问，老师胡小石先生可谓是博学多能，后人很难比。胡先生当年任南京博物院顾问，博物院买到什么钟鼎、书画等物，都来请他鉴定。又如汪辟疆先生，鉴定古籍版本的功力深厚，学校或是中文系进了一批古籍，汪先生一眼便可以定这是明版，那是清末版。他们的学问都覆盖好几个领域，这对我很有吸引力。

中央大学的一批教授，体现了清末到民国初年的学术特点。他们都有清代朴学的基础。胡先生在教我们的时候，要求学文字学、音韵学，十三经中也要找几本来让我们读一读。汪辟疆先生教目录学，这也是清代朴学的一个传统。程千帆先生这一辈人比较明显地继承了这些传统，程先生受朴学的影响主要表现在他从目录学入手。文献学基础一直是南京大学的传统。这些老辈也接受西方的影响。胡先生对西方的东西也很注意，如民俗学、宗教学等，这对我也有影响，在我写的《九歌新考》中不难看出。

徐：很冒昧地问，中央大学、金陵大学中文系的传统，不少老辈学者能写诗、填词，长于书法，您对这些有没有兴趣？

周：许多朋友看见我，喜欢说“你是胡先生的高足，帮我们写两个字吧！”说实话，我家连一支像样的毛笔都没有；诗呢，也做不好，所以我的学识和胡先生就没法比了。

的确，我的老师有很多突出的本领，而我好多都拿不起手，很惭愧！我不止一次地想：当年求学条件如此好，有像胡小石先生这样的名师在，自己今天却连诗都做不好，懊悔么？细想想，觉得也没有什么可以懊悔的。为什么？如果我年轻时大部分精力用在跟胡先生学诗学字，用在跟汪先生学版本，那现在就成了这么一个人：或许有人称你书法家，却只是一般路子；或许有人称你能诗，却不见得水平有多高……

一个人的精力有限，一天二十四小时睡掉的时间就有八、九个小时。这个比例是根据我自己的情况而言。我自幼就身体不好，不能开夜车。一天中再除去必要的活动，能用的时间少之又少。若扑在写字、作诗上，其他方面就很难说了。不管怎样，虽然字画不在行，但我毕竟写了一些东西，这些东西是我心血之所在，多少还是被学界认可的，所以我说，不必懊悔了。

徐：去年十一月份，您在一次小型会议上向博士生介绍治学经验，说读书治学，要用六分精力与时间去泛读，用四分去精读。二者若能协调好，则能培养起笼罩全局的气概，并能不断开拓新的领域。我当时有些惊讶，因为现在似乎更看重精读。散会后，与张伯伟老师说到这一用功方法，他说，这是聪明人的读书法，不容易做到。您为何如此强调泛读?

周：我说这话，是有针对性的，也是个人经验的总结。现在教育领域内专业的学习更趋细密。以中文系而言，学习文学史时，就要分古代文学与现代文学两大块，如先秦两汉、魏晋南北朝、唐宋、元明清等等；有的以文体分，如赋、诗、词、曲等等。为了更趋专精，有的老师毕生只读一本书，如《文心雕龙》；有的只研究一个人，如李白，或杜甫。这样做，也就是所谓单科独进。然而快则快矣，效果却未必好。一些教师对研究对象的情况确能迅速掌握，却未必能深入。因为就其所钻研的一本书或一个人而言，实际上牵涉面很广，就以《文心雕龙》而言，阅读这书，不能不对先秦至梁代的典籍与众多人物，乃至时代思潮社会动向都得有所了解。阅读一部书，不是只认识这部书中的一个个字，他对这些字中的含义都得有足够的了解。

用苏式教育培养出来的学者，也包括某些采纳欧美教育体系培养出来的专家学者，最常见的是一些博士论文型的学者。这就是说，他们在做博士论文时下过一番功夫，等到取得学位，参加工作后，一方面已很少有精力再去进行开拓，一方面此前积累的资源全部花在论文中，已无多馀的资源可用，也无能力再行积累，于是就吃老本，躺在博士论文上吃用一辈子。处在这种情况下，势难涌现出什么杰出的大学者。我们把当下的学者与前相比，发现目前活跃于学坛的大都是一个个小专家，已经少见堂庑博大的学者。

过分偏重专业的训练，忽视与之相关的学术，而从观察源流演变的角度看，对中国文化的传统缺乏基本的了解，显然也会产生不少局限。事实也已证明，过分强调专业，过分依赖科技，忽视大脑思维的融会贯通，同样无法取得满意的成绩。因此，传统与现代的沟通与结合，仍有很多工作要做，仍有很多问题要探讨。

徐：与泛读、专精相关的一个问题是读常见书与读未见书，您怎么看这一问题？

周：这要看针对的是什么问题以及哪一个时代的问题。大体上说，读宋代、唐代以前的书要以常见书为主，以稀见书为辅。陈寅恪就是读主要的常见书，如新、旧《唐书》和《资治通鉴》等，他其实也看了不少其他书，不要以为他文中没有引用，就说他没看过那些书。材料不是都要摆出来，有些要放在文章后面。

明清书多，但也要抓主体与重要的。刘重喜写博士学位论文，题为《明末清初杜诗学研究》。几年前，他让我给他的写作提纲提建议，我当时说掌握文献，强调竭泽而渔，当然不错；但杜诗文献实在太多，千家注杜，良莠杂陈，所以也不必拘泥。先泛读一遍，将一些浮泛之作弃在一旁，而把精力集中放在几种有代表性的著作上，这样也就够了。

我们一般看书总希望求全，但首先要抓住主要的。如研究王国维，首先就得精读《观堂集林》，我以为他的好文章都在这里。陈寅恪的文章，我赞成研究生细读，主要是那些稍早出版的著作，三联书店出版的《陈寅恪集》中有三大册“读书札记”，我以为不必花太多时间，这些札记比较零碎，且某些观点成熟后，大都吸收到后来正式发表的论文当中去了。

徐：您涉及的研究领域多，而且在这些领域里都取得了很好的成绩，论文有创新性也有个性。您在写这些论文时，是否在对相关主题已经有很全面深入的了解之后才动笔？如果是这样，那您如何分配精力与时间？

周：其实我在写文章前，是对面对的问题已有较长时间的思考。但思考与写文章有不同之处，文章要有系统，有章法。实际上，写文章也是学习研究的过程。以《唐诗大辞典》的附录《唐诗文献综述》为例，这篇文章五万多字，因为前期积累较好，两、三个月就写好了；而《唐钞文选集注汇存》与《册府元龟(校订本)》的前言，对我来说，因为要深入到新的领域中去，就写得很辛苦。我主编的《宋人轶事汇编》即将出版，前言刚写好，三万字左右，也是用心力写的。这类文章中的有些内容，是在写的同时进行学习与探索，而不是全部学好了再写。用这种方式撰写论文，其实对自己是一种督促，催着我去思考一些问题。

二、探求中国古代文史的特色与相应的研究方式

徐：我最近读了您写的《刘勰是站在汉代经学"古文学派"立场上的信徒么?》，这篇文章的后半部分特别有意思，就是特别重视一个人的学术背景与师承，这让我想到《四库全书总目》中有好多提要似乎就是这种思路。两者之间有联系吗？

周：论一人的学术，去考察他的时代背景，以及他的师承，在古代是很常见的批评方法，目录学中的"考镜源流"也寓有这层意思。这一思路被广泛应用，可见是被认可的，即承认师承或者家学的重要影响。这一方法在现代学术研究中用得少，可能与教育制度转变有关，一个

人所受的影响可能来自多方面，但也不是说就能忽略它的重要性。

我这篇文章，是在重新思考一个老问题。范文澜先生在《中国通史简编》中提出刘勰完全站在汉代经学“古文学派”立场上。我指出，范氏为早期注释《文心雕龙》的权威学者，故此说一出，随即得到各种不同类型的学者的赞同。杨明照先生国学基础湛深，治学恪遵传统规范，也赞同这观点。王元化先生熟谙马恩原著，精于西方思辨哲学，因此他的研究《文心雕龙》，属于新派，但他也认为刘勰基本上应属儒家古文学派。

范氏为《文心雕龙》作注，起于1913—1917年就读北京大学文科国学门时。1914年，黄侃进入北京大学任教，讲授《文心雕龙》。他是章太炎的高座弟子，而章氏则为近代力主古文经学的代表人物。黄侃治经，与他的两位老师章太炎、刘师培一致，主古文经学。

自清代中期起，经学上又兴起了一阵今古文之争。清末康有为等人倡言今文经学，为其变法主张寻找理论根据，学界则视章太炎为清代朴学的最后一人。他早年投身种族革命，不论在政治上还是在学术上，与康氏全然对立。因为古文经学重视通训诂，举大义，治学以小学为基础，强调无徵不信，因而时人普遍认为古文经学的研究方法比较科学。黄侃也是这一学派的代表人物。

范文澜先生也治经学，当年就从世传《左氏》学的刘师培治经。范氏后来有《经学概论》一书，该书第一章“今古文家法”下，注明出于“陈伯弢先生”，这或许是因为当年他在北京大学学习时从陈氏治史学的原因，陈氏则是承袭清代朴学的一名年长学者。而清代经学的争论，集中在对《左传》的真伪与价值的判断上，范氏在该书第九章论《左传》时引“黄季刚先生”说，足以说明范氏治经恪守师说，信从古文的态度。

范文澜早年的《文心雕龙讲疏》一书，则在当年跟随黄侃学习《文心雕龙》的基础上继续钻研而撰成，自然带有章黄学派笃守古文学派的余风。其后范氏投身革命，学习马克思列宁主义，在哲学上自然推崇唯物论，从而与经学中的今文经学距离益远。自今文经学中衍生的谶纬等说，更会遭到彻底的否定。

杨明照与王元化的年辈有差别，与范氏的学术道路均有差异，但杨、王二人的主要学术活动均在建国之后。其时学习哲学，首先得分清唯心论与唯物论的界线。如上所言，清代朴学仍被认为具有一些唯物主义的因素，因而古文经学占有比较高的位置；今文经学，当然是必须严加批判，予以抛弃的了。其中的谶纬等说，虽然内中杂有一些古代的神话传说，但总系汉代的官方学术，迷信色彩浓厚，故在强调阶级分析的情势下，也要彻底予以唾弃。

由此可知，范、杨、王等《文心雕龙》权威学者作出的这一结论，有学术传承方面的原因，也有时代风气的影响。考察一种学说，乃至追随首创者而起的一些学者对此所作出的阐释，往往也与各人的学术传承与时代风气有关。

徐：这种分析法，在您前些年写的《文学“一代有一代之所胜”说的重要历史意义》中也可见到。在文中，您指出胡小石先生早年在两江师范学堂学农博专业，信从达尔文的进化论，又承其家学，接受扬州学派的影响，首先在中国文学史的讲授中引入“一代有一代之所胜”的学说；胡先生终身在高校任教，一直开设中国文学史课，他的学生之中也有不少人以讲授中国文学史为专业，如冯沅君、苏雪林、胡云翼、刘大杰等人，这一学说的影响也就随之扩大。这一写法，将若干片段串连，既有探案的趣味，又有学术史眼光。最重要的是，显现了传统学术评论方式的魅力。

周：我平时也喜欢与学生聊学术掌故，其实掌故中的内涵很丰富。你看《师门问学录》，其中就有好多掌故，余历雄对掌故也很有兴趣。如余历雄让我谈谈詹锳与杨明照关于《文心雕龙》的论争时，我就是从两家受学的背景入手，结合两人的研究来评说两家分歧的原因及各自的短长。

回到刚才说的范文澜先生。我很喜欢读范文澜的书，他观点明确，说好说坏，绝不含糊，而且看法每与他人不同。他是中国共产党中地位最高的老学者，实际上他在评价前人时，每持儒家观点，这只要看他对李白、杜甫、王维的批评即可明白。这也就是说，他骨子里传统的东西很多。这些东西从何而来，当然要追溯到他所受的教育。

徐：从师承与学术背景着手研究问题，是否是您特别有心得的一种研究方法？

周：我用这一方法确实探讨了不少问题，但这一方法不能用得太死，就是不要将它作为判断的唯一依据；要用活，用得有说服力。还要联系当时的文化与学术思潮。如以《〈文赋〉写作年代新探》一文为例，陆机何时作《文赋》，历来多有争论。我在读《文赋》时突然感到，“伫中区以玄览，颐情志于典坟”等句，出于《老》《庄》等著作；“若夫随手之变，良难以辞逮”等句，明显地受到当时玄学领域中言不尽意论的影响。我又想到，唐长孺先生在分析《抱朴子》而推论南北学风异同的一篇文章中曾提到，吴国的学风比较保守，《易》主今文家说。陆机的从曾祖陆绩为江南的《易》学大师，世家大族以世传经学为门户的光荣，这就可以作出推断：陆机青年时期不可能接受玄学，只在到达洛阳之后，才有这种可能。杜甫说“陆机二十作《文赋》”，过去学界一直沿用此说，现在看来，此说已难成立。

徐：您的学生俞士玲在《陆机陆云年谱》中进一步落实了您的论断。您考《文赋》写作年代，行文似乎要求严整，密不透风；但您引用刘敬叔《异苑》中记载的陆机夜遇王弼之鬼的传说，说明陆机思想的变化。这样征引材料，作为例证解说，眼光很特别。您好像很能发掘特异现象背后的意义，如《刘勰的两个梦》，选题、解读也不同一般。两篇文章选题、用材料的不同，使得文章有些新奇，而且可读性很强。我觉得这两篇文章可能也是您的特色之作，很能表现您的一些重要治学方法。

周：你说到的这两篇文章都发表在1982年，在那个时代的学术氛围中，这种特色可能更为明显。

我总想在学术研究中闯出一条新路，这种用材料的方式，或者思考问题的方式，后来在我的唐代文学研究中表现得更充分，那就是对笔记小说材料的运用。在正史本传中，重要人物的事迹往往都写得四平八稳，较难看出人物的性格，韩愈在正史里的形象是正义凛然的，我写《韩愈的〈永贞行〉以及他同刘禹锡的交谊始末》，利用笔记小说中的材料，展现一个更为复杂丰富的历史人物形象：韩愈曾经恶意嘲弄至亲至敬的同年崔群，刘禹锡批评此举为"轻薄"；韩愈平时还有矫激、尖刻、好胜、重名的毛病。王运熙先生看了我的论文后，以为我的新见主要得益于研治唐宋笔记小说而发掘的材料。傅斯年先生有"官家的记载时而失之讳"、"私家的记载时而失之诬"的说法，认为官方记载和私家著述互有短长，必须对勘互读，不能偏于一端。研究唐代文学，如果只是依据两《唐书》纪传和文人别集，忽略了笔记史料，恐怕很难得出新的结论。

我觉得考证文章中增加一些小说笔记的材料，能使气氛生动。当然，这类材料的使用得有限制，看用在什么地方。假如把这用来考查某一件事的背景，说明其时的社会风气，就很有说服力，应该发掘这类材料的深层涵义。《刘勰的两个梦》写得比较充分，还不全在于对于两个梦的象征意义的把握，应留意文章后半部分如何展开，即要注意到当时许多文人都有梦到多彩之物的现象，盛行一时的占梦风气，以及说梦与玄风之间的关系。文章要看到后面，才能看到深处。

徐：您撰写的《文心雕龙》论文虽然也以考证法辨明事实，但并不是以考据见长，所举例证似不丰富，但论说却很有力度。您特别注重在讨论问题时，要将问题放到当时的文化、学术思潮、政治背景中考察，这是使论文看起来很有力量的方法吗？

周：我重视文献，但不太做纯粹的考证，在史料选择上也比较节制。资料无穷无尽，用得太多，文章难免拖泥带水，阻碍文章气势，伤害文章灵性。

我以为中国的文史之学研究，可以借鉴西方的多种方法与理论，但最根本的是要注意到我们是在研究中国传统文化中的问题，要贴着问题讲，顺着问题的脉络讲，要注意到问题的周边情况。我的《〈文心雕龙〉书名辨》是一篇不长的论文，我在文中指出，研究历史上的人物，需要将他放在生活的特定年代加以考察。他和同时代的人，因为生活背景一样，认识问题也就必然会有相同之处。当然一些杰出人物的成就往往会超出同辈人，但也不可能遗世独立。《文心雕龙》的书名，据《序志》篇开头一段文字，是说他在撰述时分别从构思与美文两方面着手。而这一想法，在魏晋南北朝时较为普遍，如萧统《文选序》中的“沉思”与“文心”意思相通，“翰藻”与“雕龙”涵义接近。如果看看前朝，也有不少类似的见解，如范晔在《后汉书》中说“情志既动，篇辞为贵。抽心呈貌，非雕非蔚。”“抽心”是说为文的用心，“呈貌”是指文章具有美感的外观。魏晋南北朝人探讨文学问题时，大多是从文思与美感两方面着手，刘勰为他的著作命名，正反映了时代的特点。“文心”与“雕龙”是主从关系，还是并列关系？还应从骈文写作特点考察，“文心雕龙”是对举成文，而不是现代人取书名时的思维方式。如何更好地理解书名涵意？范晔“抽心呈貌”一说的表述方式似乎可以考虑，这一说法不违刘勰的原意，同时顺着范晔的意思看，“文心”与“雕龙”的关联也更加紧密了。

徐：联系前面提到的《刘勰是站在汉代经学“古文学派”立场上的

信徒么?》,还有《〈文心雕龙·辨骚〉篇属性之再检讨》一文,这些文章都有在总结梳理、重新思考的基础上再探索的特征。您这些年写《文心雕龙》方面的文章,是否有一种要回到历史语境中去讨论问题的思路?

周:我在做研究时,也常是在探讨研究中国学问的方式这个问题。中国人研究"中国学问",不能完全套用西方的研究模式,也不能只是将"中国学问"作为"西方式研究"的一种取证。我研究唐代小说时,对以西方小说为标准甄别中国古代小说的做法很感困惑,总以为这么做没有注意到中国古代小说的特征。《文心雕龙》研究的西化痕迹也很重,这在词语、范畴、结构等方面十分明显,我并不排斥西方,我只是觉得中国问题有其特殊性。

因为年岁已高,精力有限,这几年就缩短战线,主要研究几十年前就很有兴趣的《文心雕龙》。这些研究确是具有反思性质。

以前我写过文章,提出刘勰兼崇玄学的问题,也是从刘勰并不固守古文学派立场着眼而进行考察的。现在我觉得这一问题还有深入探讨的必要,如何深入,就是要将这一问题放在中国经学发展史的背景下加以透视,考察刘勰生活年代经学界的情况,再对刘勰的行文脉络进行分析,才能正确把握其原意。

刘勰在《文心雕龙·序志》篇中提出"马、郑诸儒",只是举例性质,以马、郑为汉代经学的代表。因为郑玄遍注群经,尤精三礼,六朝的人都以他为经学的代表。马融为其师,成就亦卓著,师徒合称,也是学术界的常见做法。

马融、郑玄在六朝人的眼中,形象是明晰的。郑玄注经,或可说是以古文为主,但他遍注群经,兼采纬候,不再专主古、今,后代经师大都就是沿着这条道路向前发展的。魏晋南北朝时经学界的情况大体上就是如此。马融自称"学无常师",不时引用老庄思想以自我辩解。刘勰博学，对马、郑的为人与学风当深有所知，那他又怎会把二人视作古文学派的代表人物来看待？当代学人根据“马、郑”一词立论，将刘勰视为儒家经学古文学派的忠实信徒，只是一种误读。

刘勰研治文学，将儒家学术视为最高准则，故对经学的影响很是关注。汉代帝王采取了哪些重大措施，决定经学动向，影响文学的发展，自然成了他的关注点。《文心雕龙》许多篇章涉及这一问题时，都把西汉、东汉两次经学会议置于承前启后的重要地位，分析其对文学的巨大影响。他又撰《正纬》一篇，区别出其“有助文章”的一面，从而主张有选择地从中汲取滋养。刘勰不但在《时序》篇中纵论两汉经学，还在其他许多篇章中叙及经学界的许多重要人物，对刘歆、扬雄、桓谭等人固有赞美之辞，然对董仲舒、公孙弘、刘向也表示推崇，这里看不出有什么固定的立场，只能视作南朝学术界的一般常见情况，后人从事《文心雕龙》的研究，也就不必太多地去关心他在经学方面的“立场”问题。

所以说，文章的深度与力量，不完全依靠穷尽所有的史料，有时是源自一种对时代氛围、文学风气、学术思潮的整体把握。

徐：您的第一篇《文心雕龙》研究论文《刘勰的两个梦》发表于1982年，至今将近30余年。您好像一直以单篇论文发表您的学术见解，而且近几年论文比以前多，请问您是否对《文心雕龙》有一较有规模的著作？我去年曾听凤凰出版社姜小青社长说他们社向您约了一本《文心雕龙》注释方面的著作，而从您近年发表论文的情况来看，似乎还有一个研究系列，将来是有两种《文心雕龙》研究著作出版吗？

周：我做研究，往往从自己有心得的具体问题入手，写成单篇论文，而不是先去构想一个体系。我的《文心雕龙》研究是如此，李白研究也是如此。做研究工作，实际上体现一个人的智力。我非常重视单篇论文，一个人真正的才力体现在这上面。

其实，我研究《文心雕龙》比第一篇正式论文要早好多年，60 年代上课时，就编有讲义。80 年代初期，我开过三次《文心雕龙》的选修课，就将旧讲义重新捡出，挑取《原道》等十三篇有代表意义的文章，编成一种取名为《文心雕龙解析》的教学用书。《文心雕龙解析》只解析了十三篇，我准备再作《诠赋》《丽辞》两篇。因为精力有限，不想多做了，只想写本自己觉得有些心得的《文心雕龙》研究。

我要在这本书的体例上创新，充分反映我读书与思考的过程。该书共十五篇，每篇大致包括三部分：第一是“解题”，对刘勰各篇命名的涵义与意图予以辨析解释。第二是正文的注释与解读，其中注释是逐段进行，解析字词；再在疏通字词的基础上讲各句、前后文之间的关联与转合；然后是思考，提出该篇中存在的重要问题，我是如何看待这些问题，希望对读者有所启发。第三是研究，收录我已发和未发的专题研究论文，如在《辨骚》篇下收录我最近写的《〈文心雕龙·辨骚〉篇属性之再检讨》一文，《序志》篇下会收录我早年写的《刘勰的两个梦》，还有有关“折衷”说的几篇论文。这一体例与我教学的方式有很大关系，其中有一个思路：从培养自学能力到引导大家作初步研究，再提高到专题的深入研究，形成论文。

三、出人意料之外，又在情理之中

徐：与中国文学批评史、魏晋南北朝文学研究相比，您的李白研究起步较晚。也请您谈谈这方面的研究心得。

周：我在较早写的《中国文学批评小史》中没有讲李白。1989 年中国李白学会的年会在安徽九华山举行，郁贤皓教授邀我参加，我就写了第一篇李白研究论文《李白家人及其名字寓意之推断》。后来出版了《诗仙李白之谜》；2003 年应陈平原教授之约，编辑出版了《20 世纪中国学术文存》中的《李白研究》;2005 年出版了《李白评传》,收在《中国思想家评传丛书》中,展示了我在李白研究中的多方开拓。李白研究,是唐代文学研究中的高难度题目,主要是因为研究积累太丰富。如果要谈心得,那就不能从概念出发,或者从前人的研究模式出发。

徐:您说的研究模式,是指阶级分析模式吗?从概念出发又如何理解?

周:先说从概念出发吧。胡小石先生有一篇《李杜诗之比较》的文章,是他 1924 年的演讲,至今仍有启发性。他说李白守着诗的范围,杜甫则抉破诗的藩篱,这与通常的说法不一样。人们的印象中,杜甫信奉儒家思想,在文学思想方面倾向于保守,而李白是信奉道家思想的浪漫主义诗人,在文学思想方面是进步的。这一"常识"不准确。李白自称是西凉武昭王李暠之后,魏晋南北朝时期,西凉地处偏远的西陲,相对于战乱的中原而言,还算是一个比较安定的地区,也保留了许多汉魏六朝的传统文化,李白受这样的文化传统影响,擅长的是古诗、乐府。所以不能在概念分析里转圈,必须回到作品中来,回到他所处的时空中来。

我们的研究,受非学术性因素影响太大,如郭沫若的著作,造成跟风研究的坏风气。我总有些不合时宜,喜欢翻旧杂志,这是"落后于时代"的表现。我很重视陈寅恪《李太白氏族之疑问》一文,这篇论文从唐代中外文化交流的角度入手,认为李白是胡人,我不信这种结论,但认为对我很有启发。这种文章,比起郭沫若那种依傍政治而抢占制高点的著作来,无法相提并论。

徐:阶级分析的研究方法主导古代文学研究的局面,在 70 年代末 80 年代初开始得到转变,一系列的文学家年谱和以考据见长的著作出版可视为标志。您在 1980 年出版了《高適年谱》,为何没有以同样的研究方法作李白研究?

周:在唐代文学研究中,考证确实作用重大。譬如傅璇琮先生的《唐代诗人丛考》,有转变一时学术风气的作用,对于中小诗人的研究、对于文学流派的研究有很大的推动作用。但考证又不能解决所有问题,文学有文学的特征,它不是史学,更不是自然科学。具体落实到唐代诗人的考证上来,我做《高適年谱》,对高適天宝八年登有道科之前的行踪,没有十分的把握,只提供一种或可被大家接受的解释,因为史料不足。考证在面对较为特殊的对象时,有不少局限性。如研究李白,要对其生平考证得十分精确,就很困难,因为他结交的人中大都为中下层的无名人物,漂流各地,文献记载很杂乱,自己的诗文中也少明确的时地记录,考证起来,就有难度。这就得考虑开辟新的研究路径。这条路径就是从文化的角度研究李白。

徐:您从文化背景角度研究李白,首先作李白及其家人名字寓意一文,引人注目;还有"剔骨葬"那篇,应该也很受人关注。请您简要谈谈相关研究。

周:李白这个人物很奇特,身上有许多谜一样的东西。我是试着慢慢解开这些谜的。如李白及其家人的名字就很值得留意,他们好像对西部有特别的感情。这篇文章的角度有些奇特,但反响不错,我便构思有关李白研究的其他文章,陆续写了十篇,后来结集在台湾商务印书馆出版,名为《诗仙李白之谜》。

徐:您说到这里,我想起闻一多先生在他的著作中讲过中国西部对于古人有特别的意义,似乎是神话的渊薮。后来看姜亮夫先生的《楚辞》论著,其中说到屈原作品中关于西部的语句也很多,说是对祖先诞生之地的怀念。看来西部非同寻常。

周:你这点联系很好。我们今天对故土或祖先诞生之地,感情已渐渐淡漠,所以很难理解古人的感情。文化传统和信仰对古人而言,是溶在血液与精神中,他们在很多代后,与故土、传统还有千丝万缕的联系。

李白身上的异族文化痕迹，还可通过丧葬习俗来考察。李白五岁入蜀，二十多岁出蜀，受南蛮文化的影响。“剔骨葬法”，自《墨子》的《节葬》篇便有记载，但在汉族生活的中原地区是从未听闻的，李白就是用这种葬法来处理好友吴指南的丧事，这就使我想到蛮族文化对李白的影响。《新唐书·吴保安传》记载郭仲翔“二次捡骨”归葬吴保安之事，可与李白葬友一事互相参照。

徐：您的这些推论与研究很有趣味，初看觉得有些惊险新奇，但将它们与其他信息联系起来看，又觉得言之有理，能站得住脚。您写这些文章时有什么感觉？

周：你有新奇惊险的感觉，可能是因为文中的见解与角度不同一般造成的。我的《魏氏“三世立贱”的分析》一文，不少人读后也有同感。曹氏三代都把出身贫贱的女子立为后妃，《三国志》裴注中就提到过，但一般认为这一现象是曹氏家族的非礼妄为，却不挖掘其中的深层涵义。曹氏这么做，不但有阻止后族干政的目的，还意味着对传统道德观念的离弃。曹氏这样的家风，对“慷慨以任气，磊落以使才”的建安文学影响深刻。

徐：您这类文章有一个共同特点，就是对一些被人忽略的细节或小问题深入挖掘，从而显现出重要意义。因小见大，中间是否有一个跳跃性思维？

周：有趣味、有重要意义的细节，其实并不好找，或者说不易遇到。如何发现，要有准备，也要机缘。细节和具体问题如何去解读？一定不能就事论事，不能将它们看作孤立的现象，要将它们与周边或前后的事情放在一起，这些现象会彼此解释。还是回到前面说到的李白研究。你单看李白与家人的名字，觉得奇怪；单看他“剔骨葬友”，也有同感；但如果将这两个现象联在一起，就稍感自然了。对这一问题不断探讨，多方考察，你就会感到文章惊险的后面有着强有力的支撑。

先看李白的婚姻，他的两次婚姻都是入赘，与众不同。李白在《上安州裴长史书》中自称“许相公家见招，妻以孙女”，并不以为耻。这是因为西域各民族还保存着不少母系社会留下的风俗，妇女在家中地位较重要。

再看他的个性爱好，李白好浪游任侠，喜饮葡萄酒，热爱音乐歌舞，这也与边陲文化有关。

还可观察他受教育的情况。唐人的启蒙教育是读《千字文》与《太公家教》等书，也学习儒家经典，写近体诗，然后参加科举考试，进入仕途。李白的情况很不一样，他“五岁学六甲，十岁观百家”，这是汉魏学制，而西凉承袭的是汉魏六朝传统，所以李白在文学上喜欢的是古诗、乐府、辞赋，不喜近体；唐初颁行《五经正义》，文人参加科举考试一定先在正经正史方面下功夫，而李白学的是百家杂学。他不参加科举考试，只想要一朝出奇策，立不世之大功，“立抵卿相”，有些纵横家的味道。天宝十五年，李白入永王李璘幕，陷于逆境，这与其文化背景不无关系。

我一一解开诗仙李白之谜时，除强调文化交流外，还要证明他在创作上的成功与政治上的失败，与他的家庭、所处地域有关，这些都可在他独特的文化背景当中找到解释。

四、“得天下英才而教育之”

徐：我曾听徐兴无老师说，他跟从您读博士时，师生交流似乎以面谈为主，而类似现在的教室上课不多，似乎不用上那么多课程，但学术研究照样做得不错，这是什么原因？

周：这种上课方式，如《师门问学录》中所展现那样，是比较传统的教学方式。旧时书院讲学，往往有弟子问老师答的“问答”记录，你研究清代书院，应也看到不少这类文献。这种学习，有从游之乐，有观摩濡染之效，还有感情交流，不只是知识的传授。但在现在的教学体制中不易推广，除不能一对一地教学外，更重要的是我们现在多的是专家型导师，而没有通人型导师。我不是通人，达不到这种境界，而且真正的通人也不多了，但我从先秦到晚清的学术与文学都能讲讲，所以还能回答学生的各种问题。与学生面谈或闲聊，实际上类似中医里面的把脉一样，从中发现学生的才性，他的所长和所短，然后有针对性地调养培育。

徐：面谈似乎是无法取代的学习交流方式，内容当然较多，博士论文选题以及如何展开研究应是其中主要内容吧？

周：这是谈话的一个重要内容。作为博士阶段的研究，选题必须得当，要能够发挥自己的优势，要能够完成本阶段的学习目标，还要有长远的研究计划，才能在博士毕业后继续相关的研究。如果完成博士论文以后，在学术上停滞不前，这样的训练是有问题的。

学生的选题也是在一次一次的交谈中磨出来的。你看《师门问学录》中余历雄的选题，最初是想做“北宋三苏政论文研究”，最后定为“两《唐书》文史观的比较研究”，其中反复讨论，都有记录。又如胡传志，他的博士论文选题“金代文学研究”，也是在面谈中得知他读了哪些书，兴趣何在，然后形成具体研究计划。他的论文做得不错，现在是金代文学研究专家，但我还在提醒他，要强化金代文学与宋代文学关系的研究。

徐：您的文集第一册正文前有不少著作书影，还有胡小石、洪诚、孙望、程千帆四位先生关于您的论著批语的照片，这应是表示在学术研究中良师益友的重要性。有意思的是，余历雄在马来版《师门问学录》正文前有您批改他博士论文的照片。这好像是在显示一种教学传统？

周：这也就是手把手地教。改文章，对学生来说很重要，他们会从中琢磨老师为何修改，从而提高自己。我用在改学生论文上的精力和时间很多，你看俞士玲《西晋文学论稿》后记中提到她从日本留学一年回来后，要按期毕业，如何紧张地写论文。她前晚送来写好的章节，我常是在次日就给她写出修改建议。学生毕业后，他们寄来的论文我也修改；我已经不指导博士生了，但有人将论文送给我，我也尽力提出建议。童岭将他的博士论文《日藏六朝隋唐汉籍旧钞本综合研究》初稿给我看，我就提供了有关1981年扬州地区出土"广陵王璽"的重要信息，可破日本学术界主张"汉委奴国王印"伪造说之谬。台湾任教于辅仁大学的学生陈恬仪将博士论文《谢灵运仕隐曲折研究》寄给我，我也提出意见，这论文写得很好，但我希望她修改后能更完善。

徐：2008年4月莫砺锋老师在您八十生日祝寿会上致辞，曾说："周先生对教学工作付出的心血，丝毫不逊于他本人的学术研究"，您如何看待自己的教学工作？

周：我除出版七卷本文集外，又编纂、主编了几种大书，或许有人有误解，觉得我只埋头学术，只管自己写文章，不管学生。其实，就像莫老师所说，教学生用的时间比科研时间还多。教师的责任首先是教书，教好书才算是尽到了责任，这是一种职业道德。现在《师门问学录》提供了一个了解我如何教学生的窗口。

我对学生好，与我对师生关系的感悟有关。我的老师对我好，我才能走上治学之道。在我毕业的时候，胡小石先生、罗根泽先生都希望我留下来。方光焘先生任系主任，他为了让我跟胡先生学，还与人事秘书发生正面冲突。他也希望我留下来。我这个人没有什么特殊才能，成绩也一般，有的也就是六七十分。我有什么地方值得老师们如此器重？自己也觉得很奇怪。胡先生、罗先生、方先生在大学里教了几十年书，见过的学生不知道有多少，竟然认为我可以造就；又因为我不能留在南大，胡先生就很生气。但当时学校或许认为我政治上不合格，不让我留校。

教书是在传承文化，同时也是传承一种感情。我那天在祝寿会上的演讲，主要就是强调老师要关怀学生，继承“有教无类”的优秀传统。

五、教学相长，探求不歇

徐：您最近写的一些《文心雕龙》和李白的文章中，似乎又出现了一种新的动向，好与其他学者商榷。这在过去好像不太多见。

周：是这样。这对我来说，可以说是心存隐忧，有感而发。因为眼下《文心雕龙》的研究者中普遍存在着一种低沉的情绪，以为这门学问在上一世纪九十年代兴起过一阵高潮之后，随即步入了低潮。一些年青学者认为，老辈学者的成就已经高不可攀，无法超越，《文心雕龙》的文章已经被人写光了，大家已难有什么作为了。《文心雕龙学刊》上的文章，大都题目很小，确是少有开拓。在一次会议上，甚至还有人称自己这一代为“残废”，这样的自我贬损，实在令人心寒。我因而感到应该尽我所知，和大家一起寻找一条走出困境的道路。

我和罗宗强先生讨论过这个问题，认为应在中国学术史的基础上研究《文心雕龙》。刘勰博学，书中融合了此前的经史百家，又受后起的玄学与佛学的影响，内涵极为丰富，思辨极为细密，论断极为深刻。而近代的一些研究者，接受的已是分科后的教育，他们往往各有专精，而又常是出现一些不应有的错误。这也就是说，老一辈人常是各有所短。去年我在《古典文献研究》第13辑上发表了一篇《西河王济非王武子辨》，批评周振甫等几位先生的错误。大家都认为周先生的作风很踏实，他的《文心雕龙注释》被列为“教育部全国高等学校中文学科教学指导委员会指定书目·大学生必读”，可见此书受重视的程度。虽然我所批评的是书中的个别错误，但还是反映出了他在史学方面修养的不足，这种问题在以前的朴学家身上是不大会出现的。有的学者则在哲学等方面有弱点，有的则不太了解近代学术思潮，而这对于从事学术活动的人来说，也应具备。一代代的学者总是受到某一时段主流思潮的影响，产生很多局限。只要我们的学问从根本做起，培植起深厚的学力，把刘勰的《文心雕龙》放到当时的语境下作整体考察，克服前人的偏颇之见，在前人的基础上有所突破，多方挖掘这一著作的内涵，那么每一种学问都有很多新的空间可以开拓，人们对学问的探求将是无穷无尽的。

我写《刘勰是站在汉代经学“古文学派”立场上的信徒么？》一文，与范文澜、杨明照、王元化等人商榷；写《〈文心雕龙·辨骚〉篇属性之再检讨》一文，与牟世金等人商榷；写《“折衷”＝儒家谱系≠大乘空宗中道观》，与张少康等人商榷；……其实上述诸位都是我的前辈和好友，我写这类文章，向他们讨教，目的也在求得“龙学”的发展。我对经学、佛学与目录学所知甚浅，如今正像孟子所说的：“予岂好辩哉，予不得已也。”目的只在求得“龙学”的前进。

徐：在《中国社会科学院文学研究所学刊》2007 年号上，您又发表了长篇论文《李白的晋代情结》，您好像一直对李白研究有很浓厚的兴趣？

周：我对李白的研究，植根于对唐代文化的探索。在中国历史上，唐代有着异样的光彩。我在最近写的《宋人轶事汇编》前言中，将唐代文化与宋代文化作比较，也是想从两个朝代的不同面貌上来观察唐代文化的特点，对此进行新的探讨。李白研究也得放在这种唐代文化背景下探讨。

魏晋南北朝时期，人称“五胡乱华”，大批游牧民族入居中原后，逐渐与久居此地的汉族融合，到了唐代才真正融为一体。长期阻隔而形成的南北不同民风，到了唐代才慢慢凝聚成一种高亢而有华彩的风貌。况且唐朝实行开放政策，西域文明通过丝绸之路而输入，东方日本和南方的许多小国，也都纷纷前来学习与交流，因此唐代文化呈现出特异的多姿多彩。我认为，李白最能充分呈现这一唐代文化的特点。因此，我把李白定位为"多元文化的结晶"。

我在以前写的文章中，论证了李白受到南蛮文化和突厥文化的影响；2006 年我在《中华文史论丛》第 1 期上又发表了《李白与羌族文化》一文，说明他与羌族的关系。我的关注之点，放在四川西北部，这里正是少数民族丛居的地区，也是南朝与西凉等地沟通的要道。这种研究工作，要求很高，要从国家、民族、宗教、民俗、神话、传说、历史、地理等方面综合起来，作细致的爬梳和剖析，才能得出新的结论，这可不是介绍李白的几首诗、几篇散文就能奏功的。我对这种探讨很有兴趣，只是限于精力日退，恐怕往后的进展不得不放缓了。

徐：我已经看到马来亚文化事业有限公司的新版《师门问学录》，发现内容与凤凰出版社原版已有很大不同。您似乎对这本书很看重，请您谈谈其中原因。

周：我这种人，过去称为教书先生。一辈子就做一件事：教书。因为教的是大学生，总想讲出些新意，因此杂七杂八地写过一些东西，但都没有留下什么有关我的主要活动的文字，如今却由最后受业的弟子余历雄留下些记录，当然会感到高兴。凤凰出版社的本子传到马来西亚后，余历雄任教的拉曼大学也很重视，大家对他的好学多有好评，这对提升他在学术界的地位也有帮助。马来西亚的华人很重视中国的传统文化，于是就有出版社来与凤凰出版社商量，要在凤凰出版社出新版之前，先在马来西亚出版，这当然应该支持。于是去年年底，就出了这种马来西亚版。

我和余历雄商量，既然大陆已有很多学校把这书列为培养研究生的重要参考书，那何不把一些书评也一起印进去，这也可帮助读者进一步了解这书的作用。这书问世后，书评很多，评论者分从各种不同方面加以探讨，对于读者或许有所启发。网站上的评论也很多。我们最后决定，从中挑选九篇正式发表的书评附在书后。我又考虑到，一些单位曾经来采访过我，探讨治学方面的问题，性质与《师门问学录》相近，也可一起印进去，供读者参考。

我的研究工作，都是围绕着教学而进行的。一些研究著作，可以说是副产品，只有这本《师门问学录》，才应该说是主要产品，对此我当然会很重视。2008 年，37 位受业弟子各撰学术论文一篇，由莫砺锋编成《周勋初先生八十寿辰纪念文集》，他还撰写了序言与一篇研究述评《贯通历代，弥纶群言》。书中同样洋溢着师生情谊，这也是作为教师的我最大的快慰。

〔徐雁平受《文艺研究》杂志委托，再次采访周勋初先生。为使这次访谈与以往其他刊物的访谈有区别，内容大致以《文心雕龙》研究、李白研究和《师门问学录》三个主题为中心，时间集中在 2000 年以后。访问地点：周勋初先生家中；访问时间：2011 年 1 月 8 日，1 月 12 日，1 月 23 日。其中利用了本人 2010 年 6 月 8 日部分访谈内容。童岭博士提供了部分访谈记录，特此致谢。〕

（《文艺研究》2011 年第 6 期）

国学研究,要扎根于中国的文化传统

徐雁平

周勋初教授,上海南汇人,1929 年生,1954 年毕业于南京大学中文系,分配到中国文字改革委员会工作,1956 年底考回南京大学读副博士研究生,未及毕业即留校任教,自此后一直任教于南京大学。现任南京大学文学院教授,江苏省文史研究馆馆长;治学范围涉及诸子学、楚辞、中国古代文学、中国文学理论与批评、中国古典文献学、近现代学术史等学科领域。

人生经历在学术研究上的印痕

徐雁平教授(以下简称徐):周先生,我读了您最近发表的一些谈治学的文章,也多次聆听了您在研讨会上的致辞与报告。个人以为其中有一种趋向,那就是无论谈自己的研究,还是评价其他学者的研究,往往从“所处之环境,所受之背景”入手。不知这种感觉是否准确?

周勋初教授(以下简称周):应该说有这种倾向,大概是因为这些文章和发言,有总结反思的性质。年纪大了,回头看看自己走的路,真有不少新的体会。

一个人的学术观点,往往与他的人生经历有关。这对他人来说或许不合适,但对我来说却是感受很深。我年轻时多病,初中时生中医所说的流痰,俗称“流痰不留命”,高中时生肺病,都是生命攸关的恶疾。家长为此牵肠挂肚,母亲为此不知流了多少眼泪。在我病重时,两个弟弟又不幸夭折,母亲受到了严重的打击,终日以泪洗面。我真觉得家人之间的感情出于天性，是人世间一种最纯洁的感情。

儒家强调的是人伦关系。由于我早年的这种经历，一直在亲情的温暖下求得生存，对于儒家学说也就自然地趋向认同。我以为，儒家的学说按其本义而言，并无深文奥义，但关乎人伦物用，可以促进社会和谐。因此我比较相信儒家早期提出的一些原则，以为依此申发，切合中国人的实际情况。

我前后生过七年肺病，在死亡的边缘上徘徊，长期过着与世疏离的生活。前三年时，一直卧床养病，只能生存在一种空幻的梦想中。后来读道家的著作，齐生死，等荣辱，也就容易理解。面对挫折与磨难，也就不会过度介意，平时不太斤斤计较个人得失。

徐：您的文集第七卷名为《无为集》，您总结自己的治学经验时，认为只是“顺其自然地登攀”。您总结自己的处世原则，以为是将儒家的进取精神与道家的处世态度结合在一起。如此看来，您的个人经历、人生态度好像对学术研究有比较明显的影响。

周：确实如此。基于传统源自人情物理的体会，坚持实事求是，不唱高调，得出的结论就显得自然。

因为一生多灾多难，所以在学习古代文史时就对儒家与其他一些学派的思想有一些特殊体会。

举例来说，魏晋南北朝时，竹林七贤中的阮籍，母亲死后还饮酒食肉，礼教中人都视之为不孝；然而临殇一恸，乃呕血数升。鲁迅在《魏晋风度及文章与药及酒之关系》这一名文中指出，阮籍是真正的信奉礼教，那些援据礼制而对他指责的人倒是假道学者，这是深刻的见解。因为阮籍的孝亲，不在于外在的形迹，而在于真挚的感情。这倒也无关于儒家的义理，儒家只是依据这种人伦关系宣扬其教理而已。比较之下，我就觉得儒家的理论可能更切合实际。“老吾老以及人之老，幼吾幼以及人之幼”，爱有等差，人的生存状态原本就是这样。父母子女为直系亲属，关系就亲，旁系亲属关系较远，血缘愈疏的亲戚关系就更远。儒家的礼，就是根据这种关系制订的。历朝历代，人们为死者披麻戴孝时，在丧服上就有所区别。由此可知，古人为什么会如此重视丧服制度。

我在《郭璞诗为"晋中兴第一"说辨析》中论及王敦之乱，谢鲲与郭璞均不顾自身安危，极言进谏。谢鲲为"八达"之一，史称这些人行"同禽兽"，但在生死关头，却能"推理安常，时进正言"。郭璞行同巫觋，喜言灾异，后来因为阻挡王敦谋篡而被杀。他们的归宿似与平时的行为大相径庭，原因在于他们的骨子里遵循的是真正的儒家精神。时至魏晋，放达者加入了道家狂放的内容，张皇神异者加入了阴阳家的内容，但他们所遵循的政治准则，仍是儒家的"君君、臣臣、父父、子子"。

徐：中国的文化传统也是多元的，是否可以说，在文史研究中，充分理解作为主流的儒家思想是必要的功课？

周：可以这么说，但对儒家的推崇也不能走向极端，这里问题很多，无法细说。就我的经验而言，研究中国古代文学的人不可不了解儒家思想，《论语》《孟子》是必读书。对此如无基本知识，则其研究工作定将隔靴搔痒。

徐：研究近现代学术史的学者，总结晚清以来南京的学术传统，称之为"东南学术"。南京应是"东南学术"的大本营。南京大学承接的是中央大学的统系，您在中文系读书时，得到不少著名学者的教益。这一学术传统到底在哪些方面给您启迪呢？

周：我也注意到近年有不少学者讲"东南学术"，但要了解它的特色，还要将它放到当时的学术格局中考察。今年八月，南大文学院举办"《文选》与中国文学传统国际学术研讨会"，我作大会主题演讲时，也提到这一问题。在当时人看来，南京似乎就是保守的旧学的大本营。不过，那时旧学还有发展空间。因为这时正处北洋军阀执政时期，各个系统的军阀忙于争战，无暇顾及其他。若从好的一面看，当时一些执政者也有其开放的一面，他们对学术问题不加干预，因此各家各派可以自由发展。总的来看，这一阶段可以称为近代中国学术的黄金时期，犹如魏晋南北朝时一样，国力虽弱，思想界却很活跃，创获也多，成为百家争鸣的又一次高峰。例如胡适、鲁迅、郭沫若、冯友兰、熊十力、顾颉刚、陈寅恪、赵元任等，各路大师都是在此时段中先后涌现的。这些学界要人，一直影响后代学术的走向。桐城派和《文选》派中人物，没有遭到过什么政治上的打压，只是大势所趋，不能像过去那样风光罢了。他们转来转去，最后都集中到南京。

南京大学接受的是中央大学的遗产，初期的教师中有胡小石、汪辟疆等先生。我受他们影响，走的路子也就显得“陈旧”和“落后”。我在“文化大革命”中曾被加上“封建学者俘虏”的恶谥，今日则又有人认为我在寻找一条新朴学的道路，或许就与这种学统有关。

徐：记得王元化先生说过，南京的学术，可与京沪两地形成鼎立之势；只是在我看来，南京似乎一直处在边缘状态。这种旧的学术传统，在当时可能也处在边缘位置吧？

周：南京这地方，与京、沪相比，没有政治资源、地理位置的优势，到今日好像还是在“边缘”上。不过，边缘也有边缘的好处。

建国后的情况又有变化，因为政治上的主导思想，除前时的进化论之外，又增加了阶级论。当时认为，像胡适、钱玄同等人物属于资产阶级学者；李详、黄侃等人属于封建学者。从社会发展史的角度来看，封建学者自然低一等。何况与鲁迅叫阵的《学衡》派中人物也集中在此地。因此南京大学的前身，成了保守派的集中之地。这样，南京大学的地位必然会下降。大学院系调整时，首都北京，重点建设北京大学；中国最大的城市上海，重点打造复旦大学，也就相当于苏联的莫斯科大学和列宁格勒大学。处于二者位置中段的南京大学，势必要有降格的处理。当然，各级领导都没有明白地宣布过这一点。作为一名底层的学生，仅凭个人观察，也无法具体地说明内情，只是觉得大势就是如此。

到了二十世纪六十年代初，罗根泽、胡小石、方光焘等几位先生先后去世，南京大学已无知名的人物。三十年代声华籍甚的南雍重镇，已经跌至谷底，无怪乎处在南京本地区的兄弟院系也对我中文系古代文学专业的学术水准表示轻视。

徐：在您的著作中，《九歌新考》虽在1986年出版，但该书是您的第一本著作，而且是在学生时代完成的。这本早年的著作是否受胡小石先生的影响？

周：《九歌新考》在我已出版的十几部著作中情况很特殊。这是我的第一部专著，凝聚着学生时代的心血。它的起点还算高，一是得益于对师说的领悟，二是选择的学术路径比较恰当，三是出于年轻人的锐气和想象力。

胡小石先生晚年对神话传说感兴趣，因此花在上古神话与《诗经》《楚辞》上的时间很多。讲《楚辞》，就用了近两个月的时间。我则围绕着讲课找书来读，前后大约花了半年功夫。胡先生于1959年10月开始为研究生讲《楚辞》，我在重听此课的过程中不断受到启发，此前积累下的一些问题，这时一一贯穿起来，形成许多新的论点，也就一气呵成写了下来。

胡先生是《楚辞》名家，40年代客座云南大学时，讲授《楚辞》，当时闻一多、游国恩在西南联合大学任教，也讲《楚辞》，呈鼎足之势。只是胡先生未将研究成果撰为专著，因而其影响远逊闻、游二人。我对闻、游二人的著作颇为欣赏，闻先生天才洋溢，但他提出的论点，却难信从；游先生的《楚辞概论》是当时最好的一本入门书，但我对他在《九歌》方面的研究，也难信从。我在听胡先生讲课时，常将当代各家的学说与之作比较，最后结论是，胡先生的说法最为可信。因此，《九歌新考》中的很多论点，即与师说有关。

就全书而言，我对《东皇太一考》《楚祀河伯辨》和《秦汉宗教一般》三章的写作最为满意，行文最为酣畅，理论成分也最浓厚。当时我的年龄才三十上下，颇有初生犊儿不畏虎之感。当然，我的这一说法是否可信，还应接受检验和批判。

“勤杂工”与综合研究

徐：周先生，您治学的范围很广，涉及中国古代文学史、中国文学批评史、中国古典文献学和中国思想史，所以有学者说是“贯通历代，弥纶群言”，请问这种综合性的学术研究格局是如何形成的？

周：一个人治学的特点，与他的经历也有很大的关系。我研究的范围广，除了兴趣广泛的原因外，还和我的“勤杂工”身份有很大关系。

我干的活很多，有人称我为“多面手”，我则自嘲为“勤杂工”。从留校以来，除了教中国文学批评史和《文心雕龙》外，要开什么新课，接手人家丢下的课，还有其他各种突击任务，总会首先考虑到我。做研究生起，就碰到鸣放、反右派、大批判、交心、拔白旗、大搞卫生、除四害、大跃进、大炼钢铁、四清、“文化大革命”……参予大编教材，先编中国文学史，后编中国文学批评史。“文化大革命”后期又参加注释《马克思、恩格斯、列宁、斯大林文艺论著选读》，编《辞海》，注释法家著作《韩非子》。改革开放之后，改教越南留学生，开大一语文课，三次集中参加高考出题……如此奔波劳碌，非勤杂工而何？身份特殊，做的都是实际工作，这倒也培养起了苦干实干的精神，或许也可以说是“有心种花花不发，无心栽柳柳成荫”吧。

徐：“特殊身份”促使您做了许多不熟悉的事情，这样也可能有助于您打破包括学科分界在内的各种界限，让您注意到不少其他专门学者看不到的问题。

周：当时可能没有这样清晰的意识。我的前半生，处在计划经济阶段，而自改为教师以后，折腾不歇，一直从事集体项目的突击活动，其时分配任务，首先考虑的是政治条件，而我在这方面则是一穷二白，但我不看重个人身份，做事比较认真，对业务比较钻研，因而自有其使用价值。这种态度，有助于学术研究的开展。譬如我在《选》学方面，利用1994年日本讲学的机会，引进了一部《文选集注》，随后编成了《唐钞文选集注汇存》一书，而我之所以能够有此眼光，也与我的勤杂工身份有关。因为做的事多了，涉及的方面多，故能注意到他人看不到的地方。

我很庆幸，"文化大革命"中因无事可做，无书可读，偶然闯入唐诗领域，却一发而不可收，取得了一些学术界普遍认可的成果。有的朋友说，你太幸运了。唐代文学研究出现高潮时，你就赶上了，并能迅速占有一席之地。应该说，情况确实如此。但机遇是对所有的人都敞开的，我只是到处打杂，经手的事多，故能及时地抓住机遇而已。

徐：还是接着上面的话来讨论吧。您主张的综合研究，最早是在《九歌新考》中得以展现的吗？

周：《九歌新考》问世后，虽然获得了一些赞誉与肯定，但总的说来，始终处于不冷不热的状态。这是因为《九歌》情况复杂。这里不光是打通文、史、哲的问题，还应运用神话、宗教、民俗等各种学问作综合研究，这也就是说，研究问题时应该配备相关的各种知识，否则易起瞎子摸象之感。我对《九歌》多方考察，而我提出的论点，如称东皇太一是齐国的上帝之类，他人不太容易贸然接受，但也似乎难于正面驳斥，这样也就必然会陷于不冷不热的状态。

我以为，即使你运用一段材料，举出一个例证，解决一个具体问题，也要有综合研究的能力。例如大家考察出土楚简中“大水”这一问题时，也要用上文字学、民俗学、宗教学与典章制度等方面的知识，深入检讨，才能求得真相。这可不是光从文献中举出一两个特例就可以万事大吉的。

徐：综合研究是您学术研究中一个重要的观点。您近年写的《刘勰是站在汉代经学“古文学派”立场上的信徒么?》，还有《“折衷”＝儒家谱系≠大乘空宗中道观》《〈文心雕龙·辨骚〉篇属性之再检讨》等文，有一种要回到历史语境中去讨论问题的思路。请问，这一思路是综合研究主张的进一步发展吗?

周：我在做研究时，也常是在探讨研究中国学问的方式这个问题。中国人研究“中国学问”，不能完全套用西方的研究模式，也不能只是将“中国学问”作为“西方式研究”的一种取证。我研究唐代笔记小说时，对以西方小说为标准甄别中国古代小说的做法很感困惑，总以为这么做没有注意到中国古代小说的特点。《文心雕龙》研究的西化痕迹也很重，这在词语、范畴、结构等方面十分明显，我并不排斥西方，我只是觉得中国问题有其特殊性。

以前我写过文章，提出刘勰兼崇玄学的问题，也是从刘勰并不固守古文学派立场着眼而进行考察的。现在我觉得这一问题还有深入探讨的必要，如何深入，就是要将这一问题放在中国经学发展史的背景下加以考察，考察刘勰生活年代经学界的情况，再对刘勰的行文脉络进行分析，综合论证后，才能正确把握其原意。

刘勰在《文心雕龙·序志》篇中提出“马、郑诸儒”，只是举例性质，以马、郑为汉代经学的代表。因为郑玄遍注群经，尤精三礼，南朝学界都以他为经学的代表。而他不再专注古、今，甚或兼采纬候，后代经师大都就是沿着这条道路向前发展的。魏晋南北朝时经学界的情况大体上就是如此。刘勰既非经师，又不墨守，那又怎么会去坚守古文学派的阵地？范文澜等人囿于今人成见，以为经古文学派内含唯物主义的因素，高于唯心主义的今文学派，因而力主刘勰为古文学派的信徒，未免受当下主导思想的影响太深。

所以说，文章的深度与力度，不完全依靠穷尽所有的史料，有时是源自一种对时代氛围、文学风气、学术思潮的整体把握。这是综合研究的特色。

新意，法度，情理

徐：周先生，记得您以往也强调过，做研究要“出人意料之外，又在情理之中”。我想这也是您做学问的主张吧。您的不少论文选题很新颖，如为人熟知的《魏氏“三世立贱”的分析》等，很具代表性。也请您谈谈这一学术追求。

周：有人称我为文献学家，有人说我专作考证，实则我也追求理论上的创辟，总想在前人已说过的话之外，提出一些他人意想不到的见解，拓宽学术界的视野，如说王粲死于麻风病之类。我在阅读《三国志》时，发现内有曹氏“三世立贱”之说，这与历代帝王之家情况大异。何以如此？我从曹氏家世论及曹操的突出之处，说明他改变社会风气的努力，从而对建安文学作出新的解释。又如文体论中常引“登高能赋”之说说明赋体产生，我就觉得里面有个概念转换的问题，因而写作《“登高能赋”说的演变和刘勰创作论的形成》一文，对后人以经说立论，吸收山水诗等创作经验，用“登高必赋”说替代儒家诗论的过程作了考察。这种穿穴式的论证方式，在目下的《文心雕龙》研究中似乎并不多见。

《刘勰的两个梦》这篇小文之所以引人注意，还不全在于对两个梦的象征意义的把握，读者还应留意文章后半部分如何展开，即要注意到当时许多文人都有梦到多彩之物的现象，盛行一时的占梦风气，以及说梦与玄风之间的关系。文章要看到后面才能看到深处。

徐：二十世纪八十年代以后，古代文史研究中的考证之风渐渐复苏，您在 1980 年出版了《高適年谱》，也能充分显示您的考据功夫。请问您为何没有以同样的研究方法去研究李白？

周：考证不能解决所有问题，文学有文学的特点，它不是史学，更不是自然科学。具体落实到唐代诗人的考证上来，我做《高适年谱》，对他在天宝八载登有道科之前的行踪，没有十分的把握，只提供一种或可被大家接受的解释，因为史料不足。考证在面对较为特殊的问题时，有不少局限性。如研究李白，要对他的生平考证得十分精确，就很困难，因为他结交的人中大都为中下层的无名人物，漂流各地，文献记载很杂乱，自己的诗文中也少明确的时地记录，考证起来，就有难度。这就得考虑开辟新的研究路径。这条路径就是从文化的角度研究李白。

徐：您从文化背景角度研究李白，内容很丰富，也有新意，请您谈谈相关的研究。

周：李白生于安西四镇最西端的碎叶附近，在今吉尔吉斯共和国的托克玛克附近，这与杜甫等人的文化背景截然不同。他成长的地方，处于今四川省西北部，正是少数民族聚居之地。我自研究《九歌》始，对中国民族史一直很有兴趣，对羌族的活动也很关注。这时我从李白《登峨眉山》中的“倘逢骑羊子，携手凌白日”几句诗中又得到启发。骑羊子即羌族神仙葛由。羌人尚白，李白诗中多用“白”字，如白龙、白鼋、白龟、白鹿、白兔、白虎、白鹦鹉、白蝙蝠、白石等等，不一而足，随后我就写了《李白与羌族文化》一文，畅论李白与羌族文化的种种关系。以前我曾论证过他受到南蛮文化和突厥文化的影响，因此将李白定位为“多元文化的结晶”。可以说，这是我对这一问题进行了长期的持续不断的探讨后才得出的结论。

大家知道，李白笃信道教，这很容易理解，因为巴蜀地区本是道教的发源地，而他出川之后，首先想到的是“自爱名山入剡中”，则似显得突兀，大家对此似乎不太容易理解。

我对江南神仙道教的历史与传播也作了考察，引用了《五岳真形图》等材料，说明“一生好入名山游”的李白，不光注目于风景的佳丽，还醉心于神仙的出没，因为道教中的神仙无不隐显于名山秀水之间。浙东之地，赤城、四明、天姥、天台，都是李白神往之地，所以有《梦游天姥吟》等名作传世。他对金华牧羊儿的向往，抒发对赤松子的追随意愿，又可与皇初平的牧羊故事联系起来。宗教的传播，神仙的流动，看似缥缈无稽，实则有其统绪可循，一一追踪解读，也是治学中的一件快事。

徐：您这类文章有一个共同特点，就是对一些被人忽略的细节或小问题深入挖掘，从而显现出重要意义。因小见大，中间是否有一个跳跃性思维？

周：有趣味、有重要意义的细节，其实并不好找，或者说不易遇到。如何发现，要有准备，也要机缘。细节和具体问题如何去解读？一定不能就事论事，不能将它们看作孤立的现象，要将它们与周边或前后的事情放在一起，这些现象会彼此解释。还是回到前面说到的李白研究。你单看李白与家人的名字，觉得奇怪；单看他“剔骨葬友”，也有同感；但如果将这两个现象联在一起，就稍感自然了。对这一问题不断探讨，多方考察，你就会感到文章惊险的后面有着强有力的支撑。

总之，这些研究，在运用材料、设计视角，以及得出的结论等方面，时有新颖的发现与发明，但这种新，并不险怪，而是在法度与情理之中。

整理大型古籍，提升对文化传统的整体把握

徐：您早年偏重文史方面的研究，重视高水准论文的撰写；后来走向有规模的或集成性质的研究，这是学术发展的内在要求吗？

周：应该说是步入改革开放阶段和自身年岁增长之后的自然发展。譬如早年我对唐诗文献下的一些功夫，为后来主编《唐诗大辞典》作了很好的准备。《唐诗大辞典》有一个附录《唐诗文献综述》，内分文集、史传、小说、谱牒、碑志、壁记、登科记、书目、诗话、艺术、地志、政典、释道书等十三类。我写了五万字的介绍，还是比较顺畅的，前后花了三个月的时间就完成了。大约个把星期写好一类。如果没有从前的积累，肯定不会有这样的效果。当然，这次写全面的综述，也让我学到更多的东西。过去从事唐代文学研究工作时，因为工作忙乱，头绪繁多，只是干啥学啥，从未系统地梳理过问题，这时逼着自己构拟出一个唐诗文献研究的体系，对各类问题进行系统的清理，这才看出自己的长处究竟在哪里，不足在哪里，从而对该补的知识尽可能地作了一些弥补。

徐：您在唐宋文献整理方面，《册府元龟(校订本)》应是一项十分重要的成果。最近在《中华文史论丛》上读到您的《唐宋人物轶事的不同风貌》，得知《宋人轶事汇编》明年要出版了，这样唐宋人物的轶事就形成了全新的“姊妹编”。总体看来，在您的主持之下，南京大学古籍所的唐宋文献整理颇有气象了。

周：我从事唐代文化方面的研究，利用过《册府元龟》中的资料，又从岑仲勉等人的介绍中，知道其中的史料比眼下流传的几种正史，还有某些优胜之处。陈垣以及后来的一些专家利用《册府元龟》中的材料，补足了《魏书》中多页原缺的文字，于是《礼志》《乐志》与《刑罚志》

成了完帙，于此可见此书文献价值之高。当时中华书局虽然已将残存的宋刊《册府元龟》五十八卷、明代黄国琦等据几种钞本刻出的完帙先后印出，但均未加整理，鲁鱼亥豕，字句不通之处甚多，那么我等如将宋明两种印本互校，再与通行的史书善本参校，就可以整理出一种可信便用的好本子。这么做，比较容易着手，前景也可控制，成果的价值也高，于是我与所内同仁统一了认识，首先挑了这一种当时普遍不被看好的书作为所内的一项重大的古籍整理项目。

程千帆先生是研究宋代文学的权威学者。他在工作中深感丁传靖的《宋人轶事汇编》已经不合时代要求，因此劝我再接再厉，编一种新的本子去替代它。我于是又组建队伍，历时十三年，才完成初稿。我为此书又写了一篇长长的《前言》。《唐人轶事汇编》的《前言》，重点介绍笔记的价值、国史与笔记的关系、学术观念亟待更新等问题，《宋人轶事汇编》的《前言》则将重点放在论证唐代社会与宋代社会的不同，生活在不同时代的文士文学观念有差异，这些如何反映在笔记之中。二者既要分别有其总体的叙述，显示两种书的不同文献价值，学者应如何对待，如何利用；还要相互呼应，说明唐宋两代人物的时代风貌。

徐：在古籍整理方面，应再次提及您整理的《唐钞文选集注汇存》。大家看来，这也比较冷门。自 2000 年出版后，却很受《文选》学界重视，今年上海古籍出版社又出了增补本。您将这书从日本带回中国，已经很不容易，该书的《前言》也费了不少心力吧？

周：我于 1994 年以日本文部省外国人特聘教授的身份到日本讲学，在天理图书馆看到了这部书。此书真可说是一本奇书，它的流传经过，不要说中国人不清楚，连日本人也说不大清楚。

南京大学藏有罗振玉刊行的《唐写文选集注残本》，我曾借出阅读过。其后我在整理《唐语林》时，于卷二原出《刘宾客嘉话录》中的正文中发现了一条公孙罗的注文，也就在《校证》中提示“日本金泽文库唐写残本《文选集注》中引有《文选钞》佚文”。这时有机会到日本天理图书馆中去看《京都大学旧钞本丛书》中的《文选集注》，观感自然大有不同。罗振玉的书，只有自藏的 48、59 卷据原件影印，其余均为摹写之本，第 116 卷前半，更是只用小字誊录，距原貌更远。《旧钞本丛书》本则按原件尺寸用珂罗版影印，保留文献原貌，二者价值自然无法并论。这时我就想到，应该把日本文部省给我的十万元资料费全部用来复印此书，把这宝贵资料携回国内，那就比购买任何一种可在书店里买到的东西更有价值。我的这一决断，事后看来，完全正确。

我觉得应该为该书写一篇水准比较高的《前言》，叙述此书的价值与传播始末。只是国内于此可谓一无相关资料可言，因此我又请求日本朋友援手，提供日本学者与台湾学者有关此书的论著，然后花了很长时间，慢慢理出头绪，写下了一篇较长的《前言》，为读者提供一些基本的、必要的知识。在这段学习过程中，我也探讨了流传过程中出现的一些复杂问题，提出了一些研究心得。

接续情意深长的讲学传统

徐：周先生，您知道好多学术掌故，我们在研究所里听您讲掌故，您有时一聊就是一个多钟点。这些掌故里面包含许多学术史方面的知识，还有前辈学人以及自己治学的心得体会。请问您这些掌故是从何处得来的？

周：熟悉我的人都知道，我喜欢闲聊，可能跟师辈的作风有关。因为我喜欢泛读，又有喜奇好异的习性，对胡小石先生一辈来说，均属晚年弟子，童言无忌，提问题时也就没有什么顾虑，结果常能听到好多不易获得的知识。我读本科时，成绩平平，老师看中我能发现问题，因而想方设法让我继续学习;不然,哪有今天。但是随着革命秩序的建立,一切要求正规,课堂讲学已成接受知识的法定途径。而且班上的学生也多,大家如果都去老师家中请教,老师也势必难以招架。

到了近现代,社会转型加速,传统的教学方式不断受到冲击。我的几位老师虽然已经不是书院出身,但前时的流风遗韵尚存,他们的师辈也喜欢有年轻人前去提问。胡先生学问博大,他最佩服的学者是乡先辈沈子培先生,当时沈氏以遗老的身份退隐沪上,胡先生则寓居清道人家中,沈子培常说年轻人可以带一些问题去谈谈,当时出入沈府的,还有王国维等人,都对此老的应答如响开示门径表示钦佩。罗(根泽)先生常说,当年钱玄同在北京,喜欢年轻人去谈学问,提问题,他承此学风,也喜欢学生带问题去,他的研究生却不上他门,也不带问题去,这让他深感失望。

徐:您撰写的近现代学术史论著,有很开阔的视野,让读者看到一些脉络性的东西;而且还有趣味,其中有很多关于学术传承方面的掌故。从这些文字中,也能看到您对老师或前辈的为人为学,是在有意识地表彰。

周:这类文字,主要围绕黄侃、胡小石、罗根泽等先生展开。我在前面大略说过,他们在很长一段时间内,被人冷落,所以要如实地加以说明。

胡小石先生的文集,是在他去世多年后陆续整理出版的。第三册收录语言文字方面的文章,其中多为甲骨文、金文,于是我请其再传弟子万业馨教授誊写后出版。几年前,我应南京大学出版社之请,编了一种《胡小石文史论丛》,作为《南雍学术丛书》之一,我还写了几万字的导读,说明胡先生在现代学术史上的地位。我在2000年《文学遗产》上发表了《文学"一代有一代之所胜"说的重要历史意义》,自以为对小石师在文学史方面的贡献写得比较深入,所以反响也很好。

罗根泽先生一生四处流转，没有长期追随的学生。二十世纪八十年代，北方有杂志约请人写他的传记，最后辗转到我这里。我用了两个多月的时间写出传记，分论罗先生在诸子学、文学批评史、文学史研究方面的成就。到目前，这一传记还是学界了解罗先生的基本文献。罗先生的大女儿对我说，他们罗家对我很感激，我也自觉欣慰。发潜德之幽光，作为学生，责无旁贷。

徐：师承是中国传统学术发展中很重要的环节，您在写文章时，也时从这一角度论说。对尊师重道的传统也用心实践。您在教学生方面也有不少成功的经验吧？

周：我以为对学生的教育，要秉持“有教无类”、“因材施教”的传统。我的学生选题比较自由。譬如王青研究神话传说，徐兴无研究谶纬，俞士玲研究晋代著名作家，吴正岚研究六朝家族文化，胡传志研究金元文学。我不是什么通人，我只是涉及面广，所以还有能力与他们讨论，教学效果不错。

我关心学生，但决不以培养学生的方式建立派系。我是一名教师，长期担任学科带头人，这方面我坚持唯才是举的原则。即使与我没有师承关系的年轻人，也都一视同仁。举一个例子吧，古代文学教研室主任原来由张宏生担任，他去哈佛访问一年，我就推荐许结接任。许结高中毕业，没有学历，但他的品德和才学都很好，已经发表很多论著。他当时在系资料室工作，要转到教学岗位上来，障碍很多。我去找副校长，找人事处，反复说明，才能成功。后来证明他的领导能力和学术研究都很不错。高中毕业的人领导一群已经出了名的博士，这在中国高校里，恐怕是第一例。

徐：这种事情，对于现在的体制而言，简直是天方夜谭。我感觉我们的学术制度在变，也就是说，在人文学科里，越来越刻板化，人文精神正在不断丧失。我曾听徐兴无教授说，他跟从您读博士时，师生交流似乎以面谈为主，不用上那么多课程，但学术研究照样做得不错，这是什么原因？

周：我体会到，学生从师受学，在课堂上学到的东西，大都是当局规定的一些必备知识，将来可由此谋生，服务于社会，而在课余问学得到的东西，则常是贯穿着更为深层的内涵，如人格的感染，治学的态度，研究的方法等等，往往在不经意间得到熏染。古代书院制下的教学，就很重视师生之间的答问，这也可以说是中国优秀文化传统在师生关系中的一种体现。

徐：《师门问学录》是一本很独特的书，这本书似乎可以看作一种传统的遗存；所以书一出版，就很受人关注。凤凰出版社 2004 年出版，2010 年出了马来西亚版，今年又在凤凰出版社出了增订本。这本书，对目前的教育体制，尤其是国学教育有很好的借鉴作用。请您谈谈这本书在指导学生方面的意义。

周：儒家的教学内容，不仅是传授知识，还包括对学生整个人格的熏陶。这种传统延续了很长时间。改革开放之初，我们的教学方法中还保留着很多传统，目下教学方式则更讲求制度化。所谓制度化，也就是用大规模培养理工科人才的方式批量加工，犹如工厂里大规模生产产品一样，又因研究生扩招，要完全恢复传统讲学模式已经很困难了。反正中国每过十年、二十年在教育学生的方式方法上就会有变化，西化之风越来越起主导作用，传统的充满人文精神的教学方式能否占有一席之地，已难确说。

《师门问学录》的问世，情况比较特殊。那时我已经七十多岁了，只招了余历雄一个博士，所以还能慢慢地、细细地用一问一答的方式给他讲。这个学生非常有心，把我讲的都记下来了。我看了后也觉得内容很好，其中保留着一些传统。通过问答式的教学方式，达到教学相长。书中还有一种师生情谊在。

我在高兴的同时，也暗感神伤。因为我明白，这种教学方式很难复制。一般说来，大家在视之为常态的情况下出现某一特殊事例，还有这种可能，想把特殊事例作为常规来推广，除非环境整个改变，否则绝无可能。从中国目前情况来看，尽管大家都把发扬传统文化挂在嘴边，实际上往往只是说得好听一些而已，如果主事者认为这种教学方式不能产生最大效益，也就只能让其自生自灭。

诚朴求通辅新命

——采访著名文史学家周勋初先生

王月清

又是人间四月天，仲春的暖阳温煦宜人，一如书桌前80岁的周勋初先生的从容淡定。

80岁的老人了，身体依然挺拔朗润，思路依然清晰缜密。

带着上海口音，他说，大型古籍整理研究项目《册府元龟》(校订本)获得首届中国出版政府奖是集体合作的结晶；他说，80岁后尚能主持编纂《全唐五代诗》《宋人轶事汇编》等重活……

一

1929年4月，周勋初出生于上海市南汇县，1954年毕业于南大中文系，分配至国务院中国文字改革委员会工作。1957年考回母校，成为中文系首届副博士研究生，师从著名学者胡小石先生。其时，中文系只有胡小石、陈中凡、方光焘三位一级教授可以带研究生。未及毕业，周先生就留校任教，从此走向了古典文学研究之路。

在南大读书期间，受胡小石、罗根泽、陈中凡、汪辟疆、方光焘、张世禄等大师的教泽滋养，周先生在文字训诂(包括甲骨金文)、目录学、文学史、文艺学等方面打下了坚实的基础，使他在以后的学术道路上，虽被动地变换方向，但总能左右逢源触手生香。例如他在读大学时曾听过楚辞名家胡小石先生讲课，读研究生又重听此课，对在楚辞中涉及的先秦神话产生了一些想法。可是研究生尚未卒业，系里却让他中辍学业并立即承担文学批评史的课程。考虑到自己即将转向专治批评史，遂抓紧时间撰写了《九歌新考》一书。此书是周先生的第一本学术专著，在成书 20 多年后才得以出版，但它实已达到很高的学术水准，显示出周先生的著述从一开始就有着很高的起点。在“文化大革命”期间的“评法批儒”运动中，有不少学者被迫参加了所谓的“法家著作”的注释评论工作，但事过境迁，未见有多少书成为有学术价值的著作。周先生当时参加了由南京大学承担的编写《韩非子》新注的任务，他却把那个儿戏式的政治任务变成了严肃的学术活动，不但乘机熟读了《韩非子》，而且对先秦诸子也广泛地涉猎了一番，并对《韩非子》中的某些问题进行了深入的思考，从而写出了《〈韩非子〉札记》这部著作。就在前不久，由其定稿的集体著作《韩非子校注》也将再版。

周先生说，一个学者能做点经得住时间考验的事件是最能令人欣慰的。

二

自 1959 年留南大任教至今，周先生已走过半个世纪的学术生涯。期间，各种运动浪费了他的学术生命。20 世纪 80 年代后，周先生一方面全力投入学术研究，一方面又担任了南京大学古典文献研究所所长、南大研究生院副院长、江苏省文史研究馆馆长、全国高等院校古籍整理研究工作委员会副主任等职务。既忙于教书育人，又忙于学科建设，以开阔的学术视野，纵横文献学、历史学、文学等学科，在楚辞学、诸子学、目录学、文学史、文学批评史、学术史等领域作出出色的研究成果，以“专通结合”、“贯通历代”、“弥纶群言”的特色在学界卓然建树。

周先生治学成就与他对学术规范的尊重、对乾嘉学派以降的学术源流的深切理解密切关联。周先生曾为南京大学的研究生开过一门“近代学者治学方法研究”的课程，从近代学者中选出王国维、陈寅恪二人的几篇代表作作为教材，详细解析它们在方法论上的特点，为学生们指点治学门径。他还曾对黄侃、胡小石、陈寅恪、朱东润、罗根泽、程千帆等学者的治学特点写专文予以总结、论析。周先生后来把这些讲稿和文章编为《当代学术研究思辨》一书，于 1993 年出版问世，受到热烈的欢迎，被多家兄弟高校采为研究生教材。事实上，周先生对学术源流的理解和掌握并不仅限于此书。周先生平日与学生闲谈时，常会兴致勃勃地谈论有关近代学者的趣闻掌故，对缪荃孙、沈曾植、陈三立、李瑞清等人的情况如数家珍。周先生在方法论上并不局限于此，他对近代学术受到西方思潮影响的情况也非常熟悉，曾撰写《西学东渐和中国古代文学研究》一书对之进行剖析。他对当代的海外汉学进展情况也十分关注，与许多著名的外国汉学家保持着密切的联系。转益多师，博采众家，周先生形成了自家的研究方法和路数。

周先生的治学成就，与他对基本文献的尊重与考辨密切关联。在学术研究中，他注重从目录学入手，辨章学术，考镜源流，推出具考索之功又有独断之论的成果。其专著《九歌新考》《〈韩非子〉札记》《唐人笔记小说考索》等专著就是例证。

谈及南京大学古典文学学科在海内外的影响和特色，周先生把“以文献为基础”视为该学科的特色之一。他认为，具有深厚文献学基础的人就有可能掌握并使用最恰当、最可靠的材料进行研究，从而得出可信的结论。

事实上，周先生的《唐语林校证》《唐钞文选集注汇存》《唐人轶事汇编》等一系列成果成为古籍整理领域里版本可靠、源流清晰、释义精确的典范性成果。有了这样的基础，周先生于 1994 年担纲大型文献《册府元龟(校订本)》整理项目，带领古典文献学、中国古代文学的学术团队，历经 13 年，终于完成煌煌之册、1600 万余字的古籍整理精品，被誉为“近百年古籍整理图书史上的典范”。2007 年 11 月，首届中国出版政府奖公布，全国共 4 种古籍类图书获奖，《册府元龟》（校订本）名列榜首。

三

周先生问学一生，其学术研究既有继承乾嘉汉学传统，但又努力吸收现代学术研究方法，努力开拓了一条具有民族特色的文史研究之路，形成了一种“新朴学”。

这种“新朴学”体现在他以实证精神求真、求是、求通的学术研究中，也体现在尚诚、尚朴的育人事业中。

而今享誉海内外的南大中国古代文学国家重点学科中，莫励锋、张宏生、张伯伟、曹虹、程章灿、巩本栋等都是周先生和程千帆先生联合培养的早期学生，其中莫励锋是周先生协助程先生培养的中国第一位古代文学博士，他现在是中国古代文学重点学科带头人。回首在程师和周师门下“如坐春风”的时光，他们感受到的是师门素心问学、诚朴做人的传统。

同出师门的中国社科院研究员蒋寅形容同学眼中的周先生是一位“望之俨然，即之也温”的老师。先生的学问和严谨让同学们敬畏，先生的关爱和扶掖让同学们温暖。现已接过周先生的接力棒担任古典文献研究所所长的程章灿回忆说，读博期间，经济大潮让他心有彷徨，是周先生一句“以不变应万变”的话点拨了他，让他有了甘坐冷板凳的定力。程章灿说，周先生君子之风影响了弟子们。面对毁誉、荣辱，先生总是淡然处之，面对不公、浮躁，先生总是直言棒喝。面对所有后学，先生总是有教无类。学界同仁寄来专著，先生能一一回信，学界会议邀先生参加，先生能每次必带论文，决不做赶场子的事。对拉关系评重点一类的事，先生总是嗤之以鼻。得知优秀的年轻人要出专著、评项目、评职称，先生总是极力推荐。武秀成的《〈旧唐书〉辨证》、卞东波的70万字的《唐宋千家联珠诗格校证》等专著，都是在先生的亲自关心下出版的。

一堂师友，素心问学。走过九十多个春秋的中国古代文学学科是诚朴雄伟的百年南大的缩影，80岁周先生是其间的亲历者和参与者。继往圣之绝学，阐旧邦辅新命，弘扬优秀传统文化，为中华民族复兴而努力，这是80岁的周先生乐观其成的。

〔采访者：王月清，南京大学党委宣传部副部长，《南京大学报》主编，南京大学哲学系教授、博士生导师。〕

（《南京大学报》2008年5月20日·总第975期）

顺其自然地攀登

人物小传

周勋初，上海南汇人，1929年生。1954年毕业于南京大学中文系，分配到中国文字改革委员会工作，1956年底考回母校读副博士研究生，未及毕业即留校任教，自此后一直任教于南京大学。周先生治学广博专精，涉及诸子学、中国古代文学、中国文学理论与批评、中国古典文献学、近现代学术史等学科领域。

现任南京大学文学院教授，江苏省文史研究馆馆长，中国唐代学会顾问，中国古代文学理论学会顾问，全国古籍整理出版规划领导小组顾问。

2000年江苏古籍出版社出版260万字的《周勋初文集》，共七册，收录《九歌新考》《〈韩非子〉札记》《韩非》《文心雕龙解析》《中国文学批评小史》《文史探微》《诗仙李白之谜》《当代学术研究思辨》《西学东渐和中国古代文学研究》《无为集》等16种专书。此后又出版著作《李白研究》《师门问学录》《李白评传》《馀波集》《艰辛与欢乐相随：周勋初治学经验谈》。此外，周先生还编纂或主编诸多古籍整理项目与工具书，如《唐语林校证》《唐诗大辞典》《唐人轶事汇编》《唐钞文选集注汇存》《册府元龟校订本》《宋人轶事汇编》等，均为传世佳作。

求学途中的"冷暖"与"机缘"

记者:周先生,我多次聆听您谈学林掌故和治学心得,受益很多。从头说起,先请您谈谈青年时期的求学经历。

周勋初:时间过得真快,近些年,回忆文字也零星写了一些。我踏上古典文学的道路,带有很大的偶然成分。1929年,我出生于上海郊区南汇县西周家宅的一个中小地主家庭。中、小学阶段,由国民党统治到沦陷于日本侵略,抗战胜利后又恢复到国民党统治,兵荒马乱,生活极不稳定,学习极不正常。小学读了五年,换了四所学校;读了一年初中后失学回家;高中三年级时,我突然大口吐血,始知患了严重的肺病,不得不回家休养,幸亏链霉素进入上海,才免于一死。

全国解放,家庭发生巨大变化,我遂勉力以同等学力考入南京大学中文系。以前学的数理化全已遗忘,不得不考文科。步入正常的读书生涯,是到南京大学开始的。当时有不少名师,都曾给我很大的影响。大学毕业,胡小石、罗根泽两位老师向校领导推荐,希望把我留下任教,但终因我出身不好、表现不佳而不能留校。这时中国文字改革委员会新建,我有机会分配到该会的汉字整理部。前后两年半工夫,主要做编制发布《汉字简化方案》的具体工作。1956年时,胡小石先生开始招收副博士研究生,他希望我继续跟他学习。我在年底又考回来后,再也没有离开过南京大学。

记者:您的文集第七卷《无为集》中认为自己是"顺其自然地攀登",我感觉您的学术研究与人生经历似乎是存在联系的。您如何看待这种联系?也请您简要回顾下您的主要学术研究经历。

周勋初:一个人的学术观点,往往与他的人生经历有关。我前后生过七年肺病,长期过着与世疏离的生活。大学前三年,一直卧床养病，只能生存在一种空幻的梦想中。后来读道家的著作，齐生死、等荣辱，也就容易理解。面对挫折与磨难，也就不会过度介意，平时不太计较个人得失。多灾多难的经历使我在学习古代文史时，对儒家的思想有一些特殊体会。儒家强调的是人伦关系。而我早年一直在亲情的温暖下求得生存，所以对儒家学说便自然地趋向认同。我认为，研究中国古代文学的人不可不了解儒家思想，《论语》《孟子》是重要的必读书。

大学阶段，跟胡小石师学《楚辞》，收获最大。研究生时，胡先生本想让我做《山海经》的研究，后因急于接替重病在身的罗根泽恩师上中国文学批评史课，这才赶忙把学习《楚辞》时考虑过的一些问题写下，因为时间限制，只能就其中《九歌》方面的问题略抒己见，也就写成了后来正式出版时取名为《九歌新考》的第一本书。

20 世纪 80 年代，我花在唐代文学方面的精力较多，因此比较关注陈寅恪、岑仲勉等人的研究成果。其后接受程千帆先生的建议，为硕士生开设近代学者治学方法研究一课。到了 90 年代，我将这一方面的论文和讲义编成《当代学术研究思辨》一书，公开出版。除了写书之外，我还先后写过一百几十篇论文，先是编著《文史探微》《文史知新》《魏晋南北朝文学论丛》三本论文集。所收文章，上起先秦，下至当代。文章内容，以文学为主，但又不囿于纯文学的范围，而与传统意义上的文史之学联系密切。这与我的师承有关，也与我个人的特殊境地有关。

除此之外，我还先后编了两本论文集——《无为集》与《馀波集》，把那些零散的文字又汇集起来，前者编入了《周勋初文集》(凤凰出版社，2000 年)，后者则于八十寿辰时编就出版。

1983 年，全国高校古委会成立，我出任学校古籍所所长，于是又把很多精力投入古籍整理项目。其中规模较大者，一是与一些友人主持

《全唐五代诗》的编纂，出任第一主编，希望总结唐诗文献整理方面的新成果，编成一本质量上超过清代康熙御定《全唐诗》的崭新总集。一是组织古籍所与中文系古代文学教研组内同人，整理出一部《册府元龟》的校订本。这本书犹如一座未被开发的宝库。我们将宋本与明本互校，并与史书互核，后且附以人名索引。这就为文史学界的研究工作者提供了不少便利，出版后得到很高评价。

20 世纪 90 年代，我还做了一件颇为惬意的事，将我国流散在外的珍贵古籍唐钞《文选集注》迎归故土，编辑加工出版。此书以日本《京都帝国大学文学部影印旧钞本丛书》内的二十三卷残帙为基础，加入台湾“中央图书馆”所藏的一卷，天津艺术博物院馆藏的一卷残帙，北京图书馆所藏的两片残页，按一百二十卷本原来的顺序编排，命名为《唐钞文选集注汇存》。本世纪初，我又筹划出了一种增补本。各界朋友共襄盛举，我能为此稍尽绵薄之力，实属三生有幸。

记者：您在中文系读书时，还得到不少著名学者的教益，请您谈谈当时跟从老师学习的情况。

周勋初：我受老师的影响很大。胡小石先生的影响显现于我日后的古代文学研究中。方光焘先生讲文艺学与鲁迅研究，不囿于一般见解，言必己出的精神对我也深有影响。胡先生、方先生讲课时旁征博引，时见触类旁通之妙。我在年轻时喜泛读，就与师承有关。因此，从教育方面来说，我受到的启发不光来自古代文学方面，当时教过我各门功课的人，都在潜移默化地起熔铸作用。

我还要特别提到的是老师们对我的关爱。大学期间因为生病，想延长一年在校时间。方先生答应了我的请求，并让我好好跟着胡先生学文学史。胡先生也很高兴。可是我第一次上课，就因为一些原因被挡在了外面。幸得方先生帮助，我才有了一年的学习机会。因为精力集中，所以学得较好，对我一辈子影响都非常大。我说这些琐事，主要是表明几位老先生有教无类的思想。我在最艰难时能一步步走过来，主要是得到他们的帮助。我很珍惜在人生最黯淡时得到的温暖。

博通专精　触类旁通

记者：就古代文学研究方法而言，您提出要将文献学与综合研究相结合。您特别注重发掘疑点，将问题放到当时的社会背景中考察，这是使论文看起来很有力量的方法吗？

周勋初：我重视文献，但不太做纯粹的考证，在史料选择上也比较节制。不然，文章难免拖泥带水，损伤了气势和灵性。我以为，研究历史上的人物，需要将他放在生活的特定年代中考察。以《〈文心雕龙〉书名辨》为例，刘勰和同时代的人，因为生活背景一样，认识问题必然会有相同之处。《文心雕龙》的书名，据《序志》篇开头一段文字，是说他在撰述时分别从构思与美文两方面着手。这一想法，在魏晋南北朝时较为普遍。刘勰为他的著作命名，正反映了时代的特点。"文心"与"雕龙"是主从关系，还是并列关系？还应从当时盛行的文体——骈文的写作特点考察，"文心雕龙"是对举成文，而不是现代人取书名时的思维方式。

前人早已指出，读书要能发现问题，应在人们习焉不察的地方读出。有人认为我的文章选的角度一般都比较好，我想这与读书时注意发掘疑点有关。既有疑点，就得解疑。我追求创辟之功，写作论文时，总想发前人未发之覆。照理说，研究某一问题，必须先把有关文献搜集全备，读遍之后，再来动笔，但我后来因为年事日高、杂务日多，已无此可能。稍微有点自信的是，自己的思路还有一些特点，写出的东西不大可能与人家撞车。例如上世纪 90 年代一口气写了有关李白的十篇文章，从文化的角度阐发李白的特异之处，故以《诗仙李白之谜》一名问世。事后表明,我所谈的问题他人确实没有谈过,至少在观察问题和论证的方式上有不同,这是我敢于在学术界继续活动的一些自信。

记者:您撰写的《李白家人及其名字寓意之推断》《李白剔骨葬友的文化背景之考察》等论文,选题新颖,趣味性强,引人注目。其中有一个共同特点,就是对一些被人忽略的细节深入挖掘,以小见大,从而显现出重要意义。请您对此简要谈谈。

周勋初:有趣味、有重要意义的细节,并不容易发现。如何发现,要有准备,也要机缘。细节如何去解读?不能将它们看作孤立的现象,要将它们与周边的事情放在一起,这些现象会彼此解释。以这两篇论文为例。你单看李白与家人的名字,觉得奇怪;单看他剔骨葬友,也有同感。但如果将这两个现象联在一起,就稍感自然了。李白为儿女取的名字极为奇特,如儿子大名伯禽,小名明月奴,似乎对西部有种特别的感情。李白五岁入蜀,二十多岁出蜀,受南蛮文化影响,剔骨葬友即南蛮文化的体现。李白的种种谜团,均可在他独特的文化背景中找到解释。

得天下英才而教育之

记者:周先生,您曾向博士生介绍治学经验:读书治学,要用六分精力与时间去泛读,用四分去精读。我当时有些惊讶,因为现在似乎更看重精读。您为何如此强调泛读?

周勋初:现代学科的学习更趋细密。以中文系而言,学习文学史,就要分古代文学与现代文学;有的以文体分,如赋、诗、词、曲等。为了更趋专精,有的老师毕生只读一本书或研究一个人。这样做,快则快矣,效果却未必好。因为就其所钻研的一本书或一个人而言,实际上牵涉面很广。就以《文心雕龙》为例，阅读这本书，不能不对先秦至梁代的典籍与众多人物，乃至时代思潮、社会动向都有所了解。

古代文士大都信从“一物不知，儒者之耻”的古训，因此关注的事很多，写作的范围极其广泛。我们从事古代文学的研究，困难之一就在于合适地处理专与博的关系。从我本人来说，尽管个人资质驽钝，还是希望尽可能地多懂得一些，有时还能略有所获，主要就靠触类旁通。一个人若是具有多方面的兴趣，并有相应的驾驭能力，则可充分利用所得材料，制作成各种合适的“成品”。

陈寅恪告诫人们读书必求正解，如从汉学规范而言，也就是在训诂上要有深厚的修养。我觉得，当代的人要对文献资料作出正确诠释，必须具备多方面的知识，读出字词中潜藏着的深层含义。知识越多越好，这样才能触处多悟。

记者：您的学生莫砺锋教授曾说：“周先生对教学工作付出的心血，丝毫不逊于他本人的学术研究”，您如何看待自己的教学工作？

周勋初：我除了出版七卷本文集外，又编纂、主编了几种大书，也有一些人有误解，觉得我埋头学术，只管自己写文章，不管学生。其实，就像莫老师所说，我教学生用的时间比科研时间还多。教师的责任首先是教书，教好书才算是尽到了责任，这是一种职业道德。现在《师门问学录》提供了一个了解我如何教学生的窗口。比如，我与学生交流以面谈或闲聊为主。这种形式，实际上类似中医里面的把脉，从中发现学生的才性，他的所长和所短，然后有针对性地调养培育。改文章，对学生来说很重要，他们会从中琢磨老师为何修改，从而提高自己。我用在改学生论文上的精力和时间很多。学生毕业后，他们寄来的论文我也修改；我已经不指导博士生了，但有博士生将开题报告给我看，我也尽力提出建议。

我对学生好，与我对师生关系的感悟有关。我的老师对我好，我才能走上治学之道。教书是在传承文化，同时也是传承一种感情。老师要关怀学生，继承“有教无类”的优秀传统。

〔访谈整理：肖　瑶　谭玉珍　丁思露〕

（《新华日报》2020 年 9 月 22 日《思想周刊·学林》第 178 期）

增订本后记

六年前，我完全没有想到我的留学笔记《师门问学录》能够在中国大陆由颇享盛名的凤凰出版社公开出版。我也完全没有想到，六年后的今天，能在母校南京大学为此书写下“增订版后记”。

当年我完成博士学位课程回国后，便于拉曼大学（Universiti Tunku Abdul Rahman）中文系执教。期间也参与规划本科教学课程、指导中文硕士研究生与中文馆藏建设等工作，辗转五年，教学与俗务两相繁，不由得放缓了学术研究的步伐。系上安排我给本科生讲授“中国思想史”、“先秦哲学著作专著”、“唐宋文选”与“元明清文选”，以及给硕士班讲授“中国文学专题”。后来从大部分学生的回应中得知，他们大都满意我的授课方法，对他们汲取专业知识、提升学术水平有很大的益助。我也因能达到学以致用而感到高兴与欣慰，这些年来的努力毕竟没有白费，使我对日后的教学工作更具信心。

在《师门问学录》出版后，南京大学吉隆坡硕士班于 2005 年 10 月主办了一场“一位留华文学博士的学术历程”新书讲评会，由林水檺老师与黄先炳师兄给马来西亚的读者郑重地介绍此书的学术意义与两代作者的师生因缘。先炳师兄还以亲身闻见说明，中国多所高校中文系已将此书列为研究生的必读书籍。2006 年 2 月，拉曼大学首次主办“中文专书推介礼”，校长黄丽绥博士也冀望此书能够进一步推动校内撰文著书的研究风气。先后两场的讲评会与推介礼，皆为此书在南国的流传提供了很好的契机。同时，我也借鉴此书的撰著经历，与我指导的硕士生分享读书心得，并成功为拉曼大学培养出第一位中文硕士。在我指导的本科毕业论文学生中，他们也能从此书中受惠，撰写出较好的学位论文，甚至在毕业后获得全额奖学金，负笈台湾大学、新加坡国立大学继续深造。

我读到此书的第一篇书评，那是许结老师（笔名解之）所写的《意味深长的关门声——读〈师门问学录〉》，喻我为周勋初老师的关门弟子，誉此书为“关门之声”，师生好问善答，意味深长，而在“关门”声中仍可听到馀音不绝的“言”之魅力。曹虹老师向来重视“问出来”的学问，每当谈及慧远与鸠摩罗什的佛学对话时，尤其欣赏慧远质询的问题及其所蕴涵的思想史意义，同时也赞赏鸠摩罗什的回答能够碰撞出一段思想的华章。曹老师也称许此书中的“问”与“答”的治学意义。卞东波师兄则引证古人读书“切问而近思”与“审问之”的修养，及其对现代学问理念之意义，而认为此书的“答问”中更体现出对学术的热诚及关切，从而凝聚成一股精神力量，在当代学界浮躁功利的氛围中亦是空谷足音。吴正岚师姐的书评则从一个“勤”字入眼，定量统计，细细地分析了此书的问学内容与示范作用，同时也折射出正岚师姐向来治学以勤的心得。这份留学笔记能够得到母校师长们的关心与重视，不吝赐文评介，使我深刻感受到师门情谊之真诚与可贵。

此书又承复旦大学中文系傅杰先生（笔名冯闳）赐予书评《书林漫游录》，认为这是当前“博导书榜”上“不可多得、弥足珍贵的书”，亦使我铭感在心。

此外，有一次我阅读汤炳正先生的《楚辞讲座》一书（广西师范大学出版社，2006 年），书中附有何炜先生的一封信，提及《师门问学录》的出版“颇可以见其中周氏学问之路径，给人以教益”，“而无数学问精深的国内弟子，没有去做这个工作，去传递他们导师的学术思想和为人为文的美德”。又据黄仕忠先生的分析，“国内学生因为来得容易而不珍惜，或是待知应当珍惜时，已经时过境迁。”“而唯有那个海外弟子，他怀着的，是一颗朝圣的心，方能如此有心，所以，他写成了”。其实，早在程千帆先生与蒋寅、张伯伟诸位老师答问的《书绅录》中，已经展示了南京大学中文系“金针示人”的治学艺术与师德，为后来的“程、周弟子”提供了有迹可循的学术路径。确实，我在读了何炜先生的这段文字时，仍然不禁感触良多。记得当年给我写推荐信的洪天赐院长曾经这样说：“环顾本国（马来西亚）大专院校之中华文化研究领域，古代文学专业诚属薄弱的一环，目前国内大专中文系已经无法培养训练博士级的古代文学研究人员。”当时我正是怀着兢兢业业之心重返南京大学中文系读博，希望能够藉此取得较扎实的学问基础，将周老师的治学之道南传，惠及学林。惟屈指已届十载，国内培养古代文学博士生的学术条件似乎未见应有之改善；虽言百年树人，然而情景如此，岂不让人唏嘘。

在2006年与2008年，承蒙主办单位的盛情邀请，我有幸前来参加两次的唐代文学国际学术研讨会，期间皆能再次亲聆周老师的教诲，衷心感恩。2008年4月，南京大学文学院主办“周勋初先生八秩华诞庆典暨学术思想研讨会”，并出版了纪念论文集与纪念专号，真可谓一时之学术盛事。莫砺锋老师在祝寿会上还说，“周先生对教学工作付出的心血，丝毫不逊于他本人的学术研究”，而《师门问学录》的出版已经“成为风行海内外中文学界的教学参考书，在东南亚的中文学界产生了重大的影响”。但是，当时我却为南国俗务的牵绊而未能亲身前来向周老师拜寿，每思及此，真是愧疚万分。同年10月，我与爱妻慧萍首次联袂来访南京，并到周老师府上请罪。不料周老师、周师母却设宴款待，座席上尚有莫老师、莫师母、曹老师与俞士玲师姐，专为祝贺我俩的新婚之喜。师恩宽厚，永铭在心。

九年前的初春，我有幸得到“中国国家留学基金管理委员会”全额奖学金来华修读博士学位。九年后的仲秋，我又得到“中华文化研究项目”全额奖学金前来母校南京大学进行四个月的研修计划，并在研修之馀进行此书的“增订版”工作。此次除了校正原版的文字错误，增加数帧周老师讲学的照片，书前还编入周老师批阅文稿的插页，作为纪念。另外，书后也附录了数篇具有特殊意义的访谈录与书评，弥补了笔记内容之不足，同时也彰显周老师“教育英才”的成就所赢得的学界推崇与喝采。凤凰出版社的责任编辑王华宝博士特别编制“人名索引”“书名篇名索引”，给读者在翻检书中的相关资料时提供了许多便利，谨此致谢。

最后，衷心感谢拉曼大学为学术人员提供了研修假期，感谢南京大学文学院副院长徐兴无老师的热情协助，感谢父母家人与爱妻慧萍的关爱与谅解，感谢中文系诸位学生的加油打气，使我能够顺利、愉快地进行研修工作。谢谢。

余历雄 ER LEE SIONG

2009 年 12 月 2 日

谨记于南京大学西苑宾馆

马来西亚版后记

这是我第三次为此书撰写后记，心情十分愉快。这一册《师门问学录》（增订本）能够在中国江苏南京与马来西亚吉隆坡先后出版，首先要特别感谢三位穿针引线的关键人物——王华宝博士、黄先炳师兄、刘育龙学长。

早在南京求学时，我就已经读过王华宝博士编辑的一些学术书籍，当时的社名为江苏古籍出版社，后改名凤凰出版社。王博士也是《师门问学录》的责任编辑，2005 年在上海举行的“第八届华东地区古籍优秀图书评奖会”上，此书荣获二等奖。但我与王博士始终缘悭一面。2009 年杪，我再到南京大学进修，并重新校阅增订本书稿与商讨出版细节，始于周勋初老师家中与王博士初次见面。王博士毕业于南京师范大学，师从徐复、钱玄诸位先生，长期从事古文献整理与古汉语研究，温文儒雅，学术专精，他也敬称周老师为“师”，又比我年长数岁，我亦视之如师长。在筹备出版增订本的过程中，王博士始终给予全力的支持与关注，从编辑新版、编制索引到国际出版合同，皆亲力亲为，既保证了学术质量，也使此书能够如期在马来西亚付印、面市。

2002 至 2003 年间，黄先炳师兄与我同在南京大学中文系攻读古代文学专业博士课程，在诸位老师金针示人的引导下，我们都深刻体会到程千帆先生“文献学与文艺学相结合”与周老师“文献学与综合研究相结合”的学术研究特长，从中获益匪浅。在马来西亚六字辈的中文博士群之中，先炳师兄是其中少数愿意在古典文献下功夫的研究者，去年八月他在第六届马来西亚汉学研讨会上的论文报告与总结发言，更展示了扎实的学术工夫与风范。当先炳师兄知悉凤凰出版社有意出版增订本时，认为应该推广此书在马来西亚中文学术领域的影响，便主动提出在马来西亚同步出版的建议，得到了周老师与凤凰出版社的同意与支持。在先炳师兄的积极引荐下，马来西亚文化事业有限公司对出版此书深感兴趣，又因刘育龙学长的落力协助，终于促成了两家出版社进行“国际合作”的第一步。

我在马来亚大学修读本科期间，曾多次与刘育龙学长一起参加华文学会的活动，知道他从中学到大学都是接受理科的训练，但对文学创作的热诚却是不曾忘怀，用情颇深，出版了多部诗集、评论集，多次荣获全国性的文学奖项，赢得一时称誉。育龙学长毕业后加入出版界，在历史悠久的马来亚文化事业有限公司服务，从事出版教育读物的工作。在育龙学长的洽商与协调下，秉持出版高素质教材读物的原则与立场，又为此书换上新貌，郑重向马来西亚的读者献上一册问学心路历程的记录，完成了“国际合作”的出版任务。此书初版四千本，在中国的图书市场售罄已久，在马来西亚的书店也较难购得；今承马来亚文化事业有限公司出版“马来西亚版增订本”一千本，适时克服了一书难求的难题。诸此种种，育龙学长始终扮演着重要的出版人角色。

在周勋初老师的学术著作中，有好些都曾得到多家出版社的先后再版，尤其是《中国文学批评小史》一书，自长江文艺出版社（武汉，1981）首版以来，先后再版者包括丽文文化公司（高雄，1994）、辽宁古籍出版社（沈阳，1996）、江苏古籍出版社（南京，2000）、复旦大学出版社（上海，2007）、三联书店（香港，2008）以及日本、韩文的翻译本等，充分反映出周老师的研究成果已在海内外学界产生广泛与深刻的影响。因此，这本《师门问学录》（增订本）能够在马来西亚出版，欣喜之际，也希望能将南京大学中文系的朴实学风、周老师的治学方法南传，向马来西亚的学林同道分享研究成果。我也衷心希望此书能够鼓舞更多的年轻学子积极从事文史研究工作，真诚踏实，关切学术，以在当代学界“浮躁功利”的氛围中仍能怡然自处，不致有迷途之虞。

我也谨此感谢何振森先生惠赐墨宝，为此书的封面挥毫题字，增添光彩。在南京凤凰出版社与马来亚文化事业有限公司的精诚合作下，此书即将与马来西亚的读者见面，专此一文，敬祈不吝赐教。谢谢。

余历雄 ER LEE SIONG
2010 年 6 月 6 日
谨记于金宝大雄山房

人名索引

二　画

三　画

四　画

五　画

六　画

七　画

八　画

九　画

十　画

十　一　画

十　二　画

十　三　画

十　四　画

十　五　画

十　六　画

十　七　画

书名篇名索引

一　画

二　画

三　画

四　画

五　画

六　画

七画

八　画

九　画

十 画

十一画

十 二 画

十 三 画

十 四 画

十 五 画

十 六 画

十 七 画

十 八 画

十 九 画